Car là où sera ton trésor ton cœur aussi sera.

Matthieu 6,21

D'abord, je voudrais porter un toast. Levez donc vos verres.

(L'air grave :) À Charlestown !

À Charlestown, nos deux kilomètres et demi de briques et de pavés. À ce quartier de Boston qui ne figure sur aucun plan de la ville, tout comme un enfant naturel n'apparaît pas sur la photo de famille. À ces deux kilomètres carrés d'Amérique qui ont envoyé davantage de fils à la Seconde Guerre mondiale que n'importe quel autre endroit des USA. Au site de la bataille de Bunker Hill, où le sang de la guerre d'Indépendance a irrigué notre sol et notre histoire. Le territoire, la tribu et la fierté de Charlestown, voilà notre triptyque fondateur !

Mais regardez un peu tous ces gens issus d'autres horizons qui viennent nous piquer nos maisons de grès brun et nos villas à deux étages, et font grimper le prix des résidences de nos ancêtres. Des jeunes cadres qui roulent en Volvo et mangent de la cuisine asiatique ; nantis de revenus confortables, ils ont réussi à nous chasser de notre terre, ce à quoi les Britanniques n'étaient jamais arrivés.

Mais, soyez-en sûrs, nous ne nous laisserons pas faire. « Attendez de les regarder dans le blanc des yeux pour tirer ! » : tel était l'ordre donné par le colonel William Prescott le 17 juin 1775 à la bataille de Bunker Hill, vous vous en souvenez ?

Maintenant, comportez-vous en héros : passez-moi ce pot. On va se prendre un œuf dur avec le dernier, histoire de voir comment il glisse. Découvrez-vous, messieurs. À cette flèche qui domine la colline, au monument en granit qui nous enterrera tous : le plus grand bras d'honneur du monde, celui qui s'adresse à Boston, le gentil frère, ainsi qu'au vingt et unième siècle.

À Charlestown ! À votre santé !

Première partie

Fierté

1

Le coup de la banque

À l'intérieur de la banque, devant la porte du fond, Doug MacRay respirait profondément sous son masque. Bâillait. C'était bon signe. Ça l'oxygénait. Il essayait de rester sur le qui-vive. Ils s'étaient introduits par effraction pendant la nuit, ce qui leur avait laissé tout le temps de manger peinards leurs sandwichs, de se lancer des vannes et de se mettre à l'aise, ce qui, pour le coup, n'était pas génial côté boulot. Car ça ne l'excitait plus, tout ce truc : passer à l'action, avoir peur et se retrouver en plein dans la dynamique – bref, tout ce qui constituait le métier de bandit. *Entrer, prendre l'oseille et se tirer*, pour citer son père. Tu parles, dans ce domaine, il avait raison, le vieux filou ! Doug attendait que ce soit bien ce qui se passe.

Il tourna la tête de droite à gauche, sans toutefois réussir à entendre craquer son cou. Il regarda le 38 dans sa main, mais il y avait longtemps que ça ne le faisait plus bander de tenir un pistolet chargé. Il n'était pas venu éprouver des sensations fortes – il n'était même pas là pour le fric, même s'il ne partirait pas sans lui. Il était là pour faire le boulot. Le boulot par excellence, comme il y a le nec plus ultra. Jem, Dez, Gloansy et lui qui déconnaient à bloc, comme au temps de leur jeunesse, sauf que désormais c'était ainsi qu'ils gagnaient leur vie. Ils étaient braqueurs et, braqueurs, ils commettaient des braquages…

17

Ça lui fit chaud au cœur, et il ressentit des picotements dans son dos musclé. Il se retourna vers la porte et donna avec le canon de son pistolet un petit coup sur le devant en plastique dur de son masque, la réplique d'un casque de gardien de but de hockey sur glace, histoire de se remettre les idées en place. Un pro, un athlète au sommet de sa carrière que c'était. En pleine possession de ses moyens.

Jem lui faisait face, tel un sosie : il avait remonté la fermeture éclair de la combinaison bleu marine toute poussiéreuse qu'il portait au-dessus de son gilet pare-balles, tenait son flingue d'une main gantée, ses yeux réduits à deux orbites sombres sous son masque blanc de gardien de but couturé de marques noires.

Éclats de voix qui se rapprochent, joyeux et étouffés. Serrures renforcées qu'on manœuvre, barres de sécurité qu'on libère.

Rai de lumière, main de femme sur la clenche, porte poussée par une grosse chaussure noire... froufrou d'une jupe noire à fleurs qui entre dans la vie de Doug.

Il attrapa la directrice de la banque par le bras pour l'obliger à se tourner vers lui et lui montra le pistolet sans le lui coller sur la figure. Elle avait les yeux verts, ronds et vifs, mais c'est son masque qui faillit lui arracher un hurlement, pas le colt.

Jem repoussa la porte du pied derrière le sous-directeur et fit voler le carton qu'il tenait à la main. Deux tasses de café fumant giclèrent sur le mur, où dégoulina une tache brune.

Doug prit les clés des mains de la directrice, qu'il sentit défaillir. Il la força à emprunter le petit hall conduisant aux cages des caissiers, derrière le guichet de devant, où attendait Gloansy, habillé, masqué et cuirassé de kevlar, exactement comme lui. La directrice sursauta en l'apercevant, mais il ne lui restait plus assez de souffle

18

pour crier. Doug la confia à Gloansy, qui la fit coucher à plat ventre avec son assistant en costard gris, là, sur la moquette derrière les cages. Gloansy entreprit de lui ôter ses chaussures, le masque filtrant sa voix et la rendant plus grave.

Ne bougez pas. Fermez les yeux. Il n'y aura pas de casse.

Doug et Jem passèrent dans le hall et franchirent la porte blindée restée ouverte. Dez se tenait à côté de la porte d'entrée, invisible depuis Kenmore Square, car les stores étaient baissés. Il jeta un œil par la fenêtre avant de lever le pouce, glissé dans un gant bleu. Doug et Jem traversèrent alors la seule partie du hall que l'on apercevait depuis le renfoncement où se trouvaient les distributeurs automatiques.

Jem déplia par terre un long sac de hockey en toile. Doug fit tourner la plus petite clé du trousseau de la directrice dans la serrure du coffre où étaient entreposées les remises du soir, des sacs en plastique gris argent se répandant par terre, comme des saumons qui s'échappent d'un filet percé. Tout ce qu'on avait déposé pendant le week-end. Il les ramassa, cinq ou six à la fois, des sacs mous remplis de liquide et de liasses de chèques retenues par des bulletins de versement, et enfourna son butin dans le sac ouvert de Jem.

Après avoir pillé les remises du soir, Doug gagna seul la porte située derrière le local des distributeurs automatiques. Il introduisit la clé adéquate dans la serrure et regarda les cages des caissiers, où Jem avait obligé la directrice de la succursale à se relever. Elle avait l'air petite sans chaussures, tête basse, les cheveux lui retombant sur le visage.

– Répétez, lui ordonna Jem. Plus fort.

– Quatre... cinq... sept... huit... dit-elle en regardant par terre.

Voix étranglée. Doug fit comme si de rien n'était et composa le code sur le cadran. La porte de l'armoire des distributeurs automatiques s'ouvrant, il déverrouilla le dispositif d'alimentation et retira la cassette à billets. À la fin de ce long week-end, elle n'était pas à moitié pleine. Tout compte fait, il ramassa les planches de timbres-poste et les jeta dans le sac avec les billets de dix et vingt dollars. Il appuya ensuite sur l'interrupteur de service, remit en place la cassette vide et repassa en vitesse devant le guichet des chèques pour glisser le sac par la porte blindée donnant sur les cages des caissiers.

Là, il sortit un petit coffre d'un tiroir du guichet du caissier en chef. Sous des formulaires bidon et une pile de calendriers de l'année se trouvait une enveloppe marron renfermant la clé cylindrique de la chambre forte.

Jem et la directrice campés devant la grande porte de la chambre forte : ça aurait pu être un couple attendant l'ascenseur, s'il n'y avait eu le flingue. Jem la serrait dans ses bras, explorant à travers sa jupe son cul rebondi avec le canon du 45 et lui glissant des trucs à l'oreille. Doug fit du bruit en s'approchant d'eux par-derrière, Jem braquant aussitôt son flingue sur la hanche de la dame.

– Elle dit que la minuterie est réglée à 8 h 18, lança-t-il.

L'horloge numérique intégrée à la porte du coffre indiquait 8 h 17. Ils gardèrent le silence pendant la minute fatidique, Doug se tenant derrière la directrice, l'écoutant respirer, la regardant s'agripper les deux côtés du corps comme pour s'étreindre elle-même.

L'horloge affichant 8 h 18, Doug inséra la clé au-dessus du cadran noir et épais.

– On est parfaitement au courant pour les codes panique, dit Jem à la directrice. Maintenant, tu l'ouvres comme il faut.

Elle tendit une main raide, l'appuya sur la porte en acier froid en y laissant brièvement l'empreinte d'une paume, puis s'attaqua au cadran. Lorsqu'elle hésita, après avoir composé le deuxième numéro, Doug comprit qu'elle s'était trompée.

– Pas la peine d'essayer de gagner du temps ! grommela Jem.

Elle essuya une main tremblante sur sa jupe. La deuxième fois, elle parvint jusqu'au troisième numéro avant que ses nerfs ne lâchent et que ses doigts ne tournent trop vite le cadran.

– Bon sang ! gronda Jem.

– Je suis désolée, pleurnicha-t-elle, aussi en colère que terrifiée.

Jem lui colla son arme sur l'oreille.

– Tu as des enfants ?

Elle se détourna.

– Non, répondit-elle d'une voix étranglée.

– Un copain ? Un mari ?

– Non.

– Nom d'un chien ! Des parents, alors ? T'as des parents ? Qui c'est que je peux menacer ?

Doug s'en mêla et lui écarta du visage le flingue de Jem.

– Combien d'essais avant que la minuterie déclenche un délai d'attente pour empêcher qu'on ouvre la porte sous la contrainte ?

Elle avala sa salive.

– Trois.

– Et combien de temps faut-il attendre après ?

– Euh… un quart d'heure.

– Écris-la, dit Jem. Note la combinaison par écrit, je vais m'en occuper moi-même.

Doug la regarda faire la grimace et sentit qu'elle avait peur.

– Vous n'avez pas envie qu'on reste encore un quart d'heure…

Elle réfléchit un instant, puis avança la main sur le cadran, très vite, comme un oiseau qui passe la tête hors de sa cage. Doug lui saisit le poignet et le serra bien fort.

– Doucement, dit-il. Prenez votre temps. Une fois que vous avez commencé, ne vous arrêtez pas.

Elle replia les doigts de l'autre main autour de son pouce. Quand il la lâcha, elle avança prudemment la main vers le cadran. Cette fois, ses doigts lui obéirent et ne se mirent à trembler qu'au moment où elle composa le dernier numéro. Un déclic se fit entendre à l'intérieur.

Jem manœuvra la roue de verrouillage et la porte s'ouvrit en tournant sur des gonds massifs. La chambre forte émit un bâillement étouffé après avoir roupillé tout le week-end.

Doug saisit la directrice par le bras pour l'éloigner. Elle s'arrêta en voyant son bureau, par où ils étaient passés en faisant s'écrouler le plafond sur la table.

– C'est mon anniversaire… dit-elle à voix basse en redoutant que ce soit le dernier.

Doug se dépêcha de la confier à Gloansy, qui l'obligea à se coucher à plat ventre derrière, comme le directeur adjoint. Dez se trouvait tout près, son masque éraflé posé de guingois, signe qu'il s'interrogeait. Il surveillait les ondes, écoutant ce que lui transmettait le fil invisible glissé sous sa combinaison et lui remontant jusqu'au cou.

– Rien à signaler, dit-il.

Calme plat sur les fréquences de la police.

Doug était toujours déçu par l'intérieur des chambres fortes, en tant qu'objets de conquête. Les endroits auxquels les clients avaient accès, par exemple la salle des coffres, brillaient comme un sou neuf, mais les pièces dans lesquelles se trouvait vraiment l'argent n'étaient pas plus folichonnes que de vulgaires placards à balais.

Celle-là ne faisait pas exception. La porte du principal coffre-fort renfermant les réserves de caisse se composait d'une fine plaque métallique équipée d'une malheureuse serrure de tiroir à bureau, que Doug fit sauter du premier coup. La chambre forte avait beau avoir l'air redoutable de l'extérieur, une fois qu'on était dedans, le tour était joué. Il dédaigna les lourdes étagères sur lesquelles étaient posés des rouleaux de pièces de monnaie pour s'emparer des piles de liasses usagées maintenues par des bandes de papier dont la couleur lui indiqua tout de suite à quel genre de coupures il avait affaire : rouge pour les billets de cinq dollars, jaune pour ceux de dix, violet pour les vingt, marron pour les cinquante et enfin un magnifique jaune moutarde pour les cent dollars. Il les défit au passage et les ouvrit en éventail, de manière à vérifier qu'elles ne contenaient pas de micros miniatures ou de sachets de colorants.

Quatre chariots étaient alignés au fond de la chambre forte. Dans les tiroirs du haut se trouvaient environ deux mille cinq cents dollars. Doug emporta le tout, sauf les billets piégés servant d'appât, c'est-à-dire les petites liasses de vingt dollars maintenues par des trombones et glissées au fond de chaque compartiment. C'est dans le tiroir du haut que puisent les guichetiers pour mener à bien les transactions habituelles, mais c'est aussi celui qu'ils vident en cas de braquage.

Plus profonds, les tiroirs du fond renfermaient aussi de plus grosses coupures destinées aux transactions commerciales et aux fermetures de comptes. Au total, il y avait là quatre fois plus d'argent que dans ceux du haut. Doug les vida consciencieusement en s'arrêtant aux billets piégés.

Ils laissèrent de côté la salle des coffres. Pour les ouvrir, il aurait fallu en percer chaque fois la porte, ce qui aurait demandé un quart d'heure par serrure, à raison de deux serrures par coffre… Quand bien même ils auraient eu toute la journée devant eux, la banque avait pour clientèle des gens de passage, étudiants de l'université de Boston et locataires d'appartements, de sorte que ça ne valait pas le coup… S'agissant d'un établissement situé dans un quartier chic, ils auraient d'abord visé les coffres, les succursales des bons quartiers disposant en général de moins de liquidités, leurs clients étant plus souvent payés par virements que par chèques, et préférant régler leurs achats par carte de crédit plutôt qu'avec des billets.

Avec sa main gantée de bleu, Dez leur fit signe de s'arrêter.

– Il y a un connard au distributeur.

À travers les rideaux, Doug aperçut un étudiant en survêtement qui voulait tirer de l'argent. Sa carte fut rejetée deux fois avant qu'il consente à lire le message affiché à l'écran. Il regarda la porte, vérifia les heures d'ouverture, puis décrocha le téléphone de service réservé aux clients.

– Non, dit Dez.

Pendant ce temps, Doug observa la directrice de l'établissement couchée derrière la deuxième cage. Il s'était renseigné sur son compte : elle s'appelait Claire Keesey, avait un coupé Saturn couleur prune équipé d'un becquet inutile sur lequel était apposé un autocollant proclamant « Respirez ! », avec le logo « smiley ». Elle était célibataire, et quand il faisait bon, elle prenait sa pause de midi dans le jardin public à côté de l'étang de Back Bay Fens. C'est en la suivant de temps à autre, pendant des semaines, qu'il avait appris tout ça.

Désormais, tout près d'elle, il voyait la racine de ses cheveux, légèrement plus foncée, d'un marron clair qu'elle teignait en blond vénitien. Sa longue jupe en lin noir faisait ressortir ses jambes jusqu'au bout de ses bas blancs en dentelle, où, chose qu'on n'aurait pas dû voir, une méchante couture sur le talon gauche montrait qu'elle les avait reprisés.

Elle tourna sa tête qu'elle avait posée sur son bras replié, juste assez pour jeter un œil à Gloansy, qui, penché en avant, observait le petit jeune en train de téléphoner depuis l'espace des distributeurs. Elle glissa lentement la jambe gauche vers la chaise du guichetier, puis le pied sous le comptoir, là où Doug ne pouvait pas le voir, et tâtonna quelques instants, avant de reprendre sa position initiale et de remettre la tête dans le creux de son bras.

Doug expira lentement. Il y avait un problème.

Devant le distributeur, le jeune reposa le téléphone et flanqua un coup de pied dans le mur avant de sortir en bougonnant dans le petit matin.

Jem déposa le sac destiné au butin près du sac à ouvrage et de celui contenant les outils.

– On se tire ! dit-il, ce qui correspondait parfaitement au vœu de Doug.

Gloansy prit des liens en plastique dans sa poche tandis que Jem et Dez sortaient des flacons de chlore de leur sac à ouvrage. Pendant ce temps, Doug pivota et emprunta le couloir de derrière pour gagner la salle de détente. On y avait installé le matériel de sécurité sur les étagères en bois, et le système s'était déclenché : les caméras s'étaient mises en marche, une petite lumière rouge clignotant au-dessus de la porte. Doug arrêta les trois magnétoscopes, éjecta les bandes et, tant qu'à faire, débrancha le système.

Il revint avec les bandes et les flanqua dans le sac à ouvrage sans que personne s'en aperçoive. Gloansy avait fait asseoir le directeur adjoint sur la chaise d'un caissier, les mains liées derrière le dossier. De la morve

25

mêlée à du sang lui décorait les lèvres et le menton. Jem avait dû lui flanquer son poing sur la gueule lorsqu'ils avaient débarqué.

Doug se colla le lourd sac sur l'épaule à l'instant même où il vit Dez cesser de répandre du chlore et déposer les flacons par terre.

– Arrête !

Dez porta le doigt à son oreille, alors même que Jem sortait de la chambre forte, les flacons à la main. Gloansy s'apprêtait à attacher avec une cravate les poignets de la directrice assise derrière le directeur adjoint lorsqu'il s'immobilisa. Tout le monde observa Dez, sauf Doug, qui s'intéressait à la directrice en train de regarder fixement par terre.

– L'alarme silencieuse s'est mise en route…

Jem chercha Doug du regard.

– Bon Dieu de bordel, fit-il en posant le flacon de chlore.

– N'importe comment, on a fini. On se casse, lança Doug. On se tire.

Jem dégaina son pistolet et s'avança vers les deux banquiers en le tenant à hauteur de la taille.

– Qui l'a déclenchée ?

La directrice continua à contempler le bout de ses pieds. Le directeur adjoint dévisagea Jem, une mèche noire irrégulière lui tombant tristement sur les yeux.

– On était partis, dit Jem en désignant le hall arrière avec son arme. On était sortis, bordel !

Le directeur adjoint lui fit la grimace derrière ses cheveux. Il larmoyait à cause des vapeurs de chlore, s'en ressentant encore de s'être pris un coup à la porte.

Jem le fixait. Le directeur adjoint ne pouvait pas faire pire que de jouer à celui dont on a blessé l'amour-propre.

Dez ramassa son flacon de chlore et se dépêcha d'en répandre un peu partout.

– On y va, dit-il.

– Il faut qu'on s'arrache, dit Doug à Jem.

Encore quelques secondes à le fixer et le charme fut rompu. Jem s'écarta, cessa de crisper la main sur son arme qu'il reglissa à sa ceinture. Il s'apprêtait à faire demi-tour quand le directeur adjoint prit la parole :

– Écoutez, personne n'a rien…

Jem lui fonça dessus. Des phalanges s'écrasèrent sur sa tempe en faisant le même bruit que la glace qui se rompt sous les pas ; Jem y mettait le paquet.

Le directeur adjoint valdingua vers la gauche et s'effondra sur l'accoudoir, sa chaise se renversant et tombant sur le côté.

Il s'affaissa, toujours attaché à sa chaise par les poignets. Jem posa un genou à terre et cogna à coups redoublés sur la joue et la mâchoire du type à sa merci. Puis il s'arrêta et retourna chercher le chlore. Il fallut que Doug lui attrape le bras pour l'empêcher de vider le flacon sur la tête en compote du lascar.

Il était assez près pour voir étinceler comme de la neige dans la nuit les iris pâles, presque bleus et tirant sur le blanc, de Jem à travers l'ouverture de son masque de goal. Doug lui prit le flacon de chlore des mains et lui demanda de remplir les sacs. À son grand étonnement, c'est ce qu'il fit.

Doug traita au chlore le compartiment réservé aux remises effectuées la nuit, ainsi que le tapis sur lequel ils avaient rempli leur sac à butin, se montrant nerveux quand il s'approchait des fenêtres, s'attendant à ce que hurlent des sirènes. Il vida le flacon sur la cassette du distributeur de billets, puis regagna le comptoir.

Le directeur adjoint restait accroché à sa chaise renversée. N'était sa respiration sifflante, Doug aurait pu le croire mort.

Les sacs avaient disparu. Ainsi que la directrice.

Doug partit à l'arrière, y voyant trouble à cause des vapeurs de chlore. On avait empilé les sacs, qui attendaient, tandis que Dez et Jem, qui avaient ôté leurs masques, se tenaient à côté de la porte, Jem tenant la directrice par le cou pour éviter qu'elle ne voie leurs visages. Dez ramassa son sac à main marron là où celui-ci était tombé lorsqu'ils avaient fait irruption dans la banque et adressa un regard d'avertissement à Doug.

Lequel enleva son masque de goal, mais pas la cagoule qu'il portait en dessous.

– C'est quoi, ce bordel ?

– Et si on est déjà cernés ? répliqua Jem, furieux. On a besoin d'elle.

Les roues qui dérapent sur les gravillons de la petite rue, le véhicule utilitaire qui s'arrête, et Gloansy, visage découvert, qui lâche le volant pour descendre ouvrir les portières latérales.

Dez se mit en route en tenant à deux mains le sac marin, qu'il balança ensuite à l'intérieur du véhicule.

– Fiche-lui la paix, lança Doug.

Mais Jem la faisait déjà sortir en vitesse de la banque pour gagner la camionnette.

La cagoule de Doug tomba, l'électricité statique la faisant crépiter. Chaque seconde comptait. Doug trimbala le sac à ouvrage en plein soleil et le déposa avec fracas à l'intérieur du véhicule. À côté de lui, Jem essayait d'y faire grimper la directrice sans qu'elle voie son visage. Doug la prit par la taille et la hissa dedans, puis se dépêcha de passer devant Jem en lui laissant le troisième sac.

Doug poussa la directrice sur la banquette pour la coller contre la cloison aveugle.

– On ferme les yeux, lui dit-il en lui enfonçant la tête entre les genoux. Et pas un bruit !

Le dernier sac atterrit dans un bruit sourd, les portières claquèrent, la camionnette remonta le raidillon en faisant des embardées, rebondit sur le trottoir et passa sur la chaussée. Doug sortit de sa banane un couteau universel Leatherman, en déplia la lame la plus longue, tira sur l'ourlet de la veste noire de la directrice, tailla dans le tissu, puis referma la lame et arracha une languette. Le bruit la fit tressaillir, mais elle ne se débattit pas.

Il leva les yeux, ils allaient bientôt arriver à Kenmore Square, le feu étant au rouge au bout de Brookline Avenue. La banque se trouvait sur la droite. Toujours appuyé sur les épaules de la directrice, Doug surveillait les environs. Pas de voiture de patrouille dans Kenmore Square, rien du tout.

– Et le changement de caisse ? demanda Gloansy.

– Plus tard, répondit Doug sans desserrer les dents et en remettant le Leatherman dans sa banane.

Le feu passa au vert, la circulation reprit. Gloansy roula doucement et tourna à gauche dans Commonwealth Avenue.

Une voiture de police arrivait, tous feux éteints. Elle venait dans leur direction, du côté de la station de bus située au milieu de la place, sur le terre-plein. Le pilote alluma les gyrophares pour ralentir la circulation, fit demi-tour et coupa la route derrière eux pour s'arrêter au bord du trottoir devant la banque.

Ils longèrent la station de bus et prirent vers le pont routier de Storrow Drive. Doug enroula deux fois le morceau de tissu autour de la tête de la directrice et l'attacha serré, à la manière d'un bandeau. Il l'obligea à se redresser un peu, agita une main devant son visage, puis il lui allongea un coup de poing, en s'arrêtant à quelques centimètres de son nez. Elle ne réagit pas.

Il lui permit d'effectuer le reste du trajet assise, se glissa à l'autre bout de la banquette, s'installant le plus loin possible d'elle, puis se dépêcha d'enlever sa combinaison, un peu comme s'il essayait de se débarrasser de sa peau de truand.

2

La scène de crime

Adam Frawley gara la voiture du FBI sous l'ombre oblique du Green Monster, le célèbre mur vert qui borde le côté gauche de Fenway Park, l'immense stade de base-ball de Boston, traversa au pas de course la passerelle qui enjambe le Massachussetts Turnpike, une autoroute à péage, son classeur et son clipboard coincés sous le bras, en enfilant des gants en latex. De ce côté-là, on avait dressé une grande clôture recourbée en haut pour éviter que les supporters des Red Sox ne se jettent dans le vide tous les ans au mois de septembre[1]. Au bout de Newbury Street, deux membres de la police scientifique de Boston en coupe-vent, accroupis derrière le ruban jaune, relevaient les empreintes digitales sur une porte en métal couverte de graffitis et remplissaient des sacs de détritus ramassés dans la petite rue, non loin d'un coupé Saturn couleur prune.

Les guides touristiques de Boston vous expliquent qu'il est très chic de flâner dans Newbury Street ; on commence par le Public Garden, dans le centre, puis on remonte en coupant dans l'ordre alphabétique les rues transversales, Arlington, Berkeley, Clarendon, jusqu'à Hereford, et en oubliant les autres, avant d'en arriver au M, soit Massachusetts Avenue, une grande artère

1. Allusion au fait que les Red Sox perdent toujours leurs matchs au dernier moment *(NdT)*.

qui délimite officieusement le quartier de Back Bay, côté ouest. Newbury Street se poursuit au-delà, mais le charme étant rompu, elle se retrouve à longer l'affreuse autoroute à péage, un peu comme une ruelle parallèle à Commonwealth Avenue, son humiliation s'arrêtant au pont des suicidés.

Frawley tourna au carrefour et déboucha face à la banque, tout au bout d'une rue remplie d'immeubles résidentiels à la façade en briques, au bas desquels se trouvent des bars et des petits commerces. Kenmore Square est un goulet d'étranglement où convergent trois grandes rues, Brookline, Beacon et Commonwealth, qui se rejoignent au niveau d'un arrêt de bus à partir duquel Commonwealth se transforme en boulevard divisé en deux par un terre-plein recouvert de gazon. Des voitures de police, des camions de pompiers et des véhicules de la télé garés devant le trottoir encombraient la rue, réduite à une seule voie.

Un ventilateur imposant barrait l'entrée de la banque, déversant à l'extérieur une odeur âcre d'eau de chlore. Apposée sur la vitrine, une affichette manuscrite expliquait que l'agence serait fermée pour vingt-quatre heures et renvoyait les clients vers les distributeurs du quartier, ou les invitait à s'adresser à la succursale la plus proche, à l'angle de Boylston et Massachusetts.

Frawley ouvrit l'étui renfermant ses documents et plaqua sa carte professionnelle du FBI et son écusson contre la vitrine, à côté de l'autocollant de la FDIC, son sésame. La Federal Deposit Insurance Corporation garantit les comptes de dépôt à hauteur de cent mille dollars, moyennant quoi tout délit commis aux États-Unis à l'intérieur d'une banque est considéré comme un crime fédéral. Un flic de la police de Boston qui s'était collé un mouchoir sur la bouche entra dans le hall des distributeurs automatiques et éteignit le gros ventilateur pour laisser entrer Frawley.

– Le voilà, dit Dino en l'accueillant, un clipboard à la main, du côté du guichet où l'on rédigeait les chèques.

Ça sentait moins fort l'infraction que dans l'entrée.

– Tout allait bien jusqu'à ce que je prenne la voie express…, soupira Frawley.

Le détachement spécial de la police de Boston chargé des cambriolages de banques ne dépendait pas du bureau du centre-ville, mais il opérait depuis les locaux de Lakeville, une petite cité-dortoir située à cinquante kilomètres au sud de Boston. Frawley venait d'entrer dans le parking réservé quand on l'avait appelé.

Dino lui remit des chaussons en papier. Dean Drysler, qui faisait partie de la police de Boston, avait trente-sept ans. Lieutenant, il était affecté en permanence à ce détachement. Enfant du cru, il était grand, longiligne et déterminé. Proportionnellement à la population, on déplorait davantage de braquages de banques et d'attaques de fourgons blindés à Boston que n'importe où ailleurs aux États-Unis, et Frawley ne pouvait pas se passer de Dino, qui connaissait les lieux.

Frawley avait trente-trois ans. Trapu et doté d'un œil d'aigle, il faisait de la course à pied. Il n'y avait que deux ans qu'il était en poste à Boston, et en tout huit ans qu'il appartenait au FBI, ayant enchaîné des affectations de courte durée à Miami, Seattle et New York. C'était, sur le plan national, le plus jeune agent du FBI spécialisé dans les délits prenant pour cibles des établissements bancaires. Il faisait partie d'un détachement de cinq agents affectés à Boston au service de la répression des attaques de banques et était chargé d'enquêter sur les méfaits de ce type commis dans les États du Massachusetts, de Rhode Island, du New Hampshire et du Maine. Son partenariat avec Dino s'apparentait à une relation de maître à élève, même si leurs rôles respectifs en la matière s'inversaient d'un jour, voire d'une heure à l'autre.

Il enfila ses chaussons en papier par-dessus ses chaussures taille 42, mit de l'ordre dans son fourbi : classeur, clipboard, magnétophone, et parcourut du regard les divers uniformes et autres coupe-vent frappés de sigles tapageurs.

– Elle est où en ce moment ?

– Derrière, dans la pièce où les employés se retrouvent pendant la pause. Ils l'ont relâchée dans Orient Heights, au nord de l'aéroport. Elle s'est dirigée vers une petite épicerie, là-bas, et ils ont appelé. On avait déjà envoyé une voiture de patrouille ici après le déclenchement de l'alarme silencieuse.

– D'où est-elle partie ?

– Du guichet numéro 2.

Ils franchirent la porte blindée derrière le guichet, où les émanations étaient encore plus fortes, la moquette étant déjà décolorée par endroits. Avec son clipboard, Dino désigna un bouton par terre.

– L'alarme. Le directeur adjoint est hospitalisé à Beth Israel, au bout de la rue : il en a pris plein la gueule.

– Lui, on le tabasse, elle, on l'emmène faire un tour et puis on la relâche ?

Dino composa une grimace sardonique.

– Saine et sauve.

Frawley oublia un instant ses doutes et tâcha de rester cohérent.

– Quelque chose sur la voiture ?

– Une camionnette, à ce qu'il paraît. J'ai lancé un avis de recherche concernant les véhicules incendiés.

– Tu lui as parlé ?

– Je l'ai d'abord mise en présence d'une femme flic.

Frawley regarda derrière Dino la chambre forte ouverte, dont les serrures rondes à piston étaient libérées. Deux techniciens en combinaison et chaussons en papier en inspectaient les cloisons intérieures avec des lasers bleus. On avait relevé à l'extérieur de la porte une belle empreinte digitale, au-dessus du cadran, mais elle était petite, probablement celle de la directrice.

– Un Morning Glory [1] ?

– Un Morning Glory et un Jack-in-the-Box [2]. Ils ont opéré une dérivation et se sont introduits pendant la nuit. Les téléphones sont tous hors service. Le PC de la sécurité de BayBanks a essayé d'appeler après avoir constaté que l'alarme silencieuse s'était déclenchée, mais comme personne ne répondait, ils ont envoyé un flic. Le responsable de la sécurité est en route, avec les codes et les caractéristiques, mais j'imagine qu'ils ont neutralisé deux lignes téléphoniques fixes et une alarme cellulaire. Ils ont niqué la cellulaire et l'une des lignes de la Nynex.

– Une seule ?

– On attend un camion de la Nynex pour en avoir confirmation. La chambre forte doit être reliée directement au commissariat, comme les alarmes des caissiers. Les mecs ont attendu que la minuterie de fermeture soit désactivée, puis ils ont demandé à la directrice de leur ouvrir.

– Sous la contrainte ?

– À mon avis.

Frawley nota le tout.

– C'est plus pratique que de se trimbaler avec un chalumeau et des bouteilles d'oxyacétylène pour découper les cloisons.

Dino haussa ses épaules pointues.

– Je me demande s'ils n'auraient pas pu neutraliser l'alarme de la chambre forte.

Frawley réfléchit.

– On les aurait peut-être repérés trop facilement.

---

1. « Gaule matinale » en argot *(NdT)*.
2. « Diable dans la boîte » *(NdT)*.

– Quoique, dans certains cas, le cambriolage, c'est de la petite bière pour ces mecs-là.

Frawley acquiesça.

– Il leur faut carrément braquer quelqu'un pour avoir le sentiment d'exister.

– L'essentiel, c'est qu'ils s'y connaissent en matière de lignes téléphoniques et de la technologie qui va avec.

Frawley hocha la tête et observa la banque souillée à partir du deuxième guichet, ses yeux de flic commençant à le picoter.

– Ce sont les mêmes gus, Dino.

– Et maintenant ils nous font des embrouilles. Regarde-moi ça un peu...

Dans les agences des quartiers résidentiels, on a coutume d'installer le bureau de la direction à l'avant de l'immeuble, bien en vue derrière des baies vitrées, pour souligner qu'il est occupé par quelqu'un d'accessible et donner un visage sympathique, celui de quelqu'un du coin, à un établissement qui vous prélève des commissions pour avoir le privilège de vous rendre l'argent qui vous appartient. Kenmore Square constituait une adresse de choix : nombreux piétons, en raison des étudiants et de la présence de boîtes et du stade de base-ball, mais un endroit curieux pour y installer une banque, tout en longueur, avec ce virage au bout de la rue. Voilà pourquoi le bureau de la directrice était caché derrière les guichets, dans le couloir du fond, près de l'espace de repos et des toilettes.

S'y trouvait un photographe de la police, dont le flash projetait des ombres sur le bloc de ciment du plafond qui était tombé sur le bureau et avait écrasé un téléphone et un écran d'ordinateur, les câbles et le clavier pendouillant par terre comme des entrailles. Des baguettes et des grillages en acier soigneusement découpés gisaient au milieu des morceaux de plâtre, de liège aggloméré jadis collé au plafond, de la poussière de ciment et d'espèces de copeaux gris moucheté.

Frawley regarda les divers revêtements de sol visibles dans le carré percé à travers le plafond et aperçut un tableau pour mesurer l'acuité visuelle au-dessus de l'évier d'une salle de diagnostic. Les cambrioleurs s'étaient introduits dans le cabinet d'optométrie du premier étage et avaient découpé le plafond pendant la nuit. Voilà ce qu'il en coûte de s'installer dans une vieille ville comme Boston, et pourquoi les banques préfèrent ouvrir des succursales dans des immeubles séparés de leurs voisins !

Un casque rouge sortit du trou et un pompier fit semblant de sursauter.

– Oh, je vous ai pris pour les cambrioleurs !

Dino le regarda en hochant la tête.

– Déjà parti faire la pause, Spack ?

Il avait dit son nom sans prononcer le *r*, « Spark » devenant « Spack » ; il savait à merveille prendre à l'occasion l'accent de Boston, sa ville natale.

– Je suis venu me faire examiner les yeux. C'est lui, votre petit génie ?

– Agent spécial Frawley, je vous présente Jimmy, capitaine des pompiers.

De sa main libre, Frawley lui montra le plafond.

– Un carré parfait de soixante centimètres de côté, dit Jimmy. Du bon boulot.

– Oui, mais le tout, c'est de le décrocher, plaisanta Dino.

– J'espère que vous allez choper ces petits génies avant qu'ils n'attrapent le cancer. (Il montra le trou.) Ces copeaux gris, là-bas, eh bien, c'est de l'amiante.

– Ils ont laissé des outils là-haut ? demanda Frawley.

– Non. Rien du tout.

Frawley regarda l'orifice au bord bien lisse.

36

– Ils ont utilisé une scie à béton ? demanda-t-il à Dino.

– Oui, et puis un chalumeau pour les baguettes en acier. Rien que de très banal. On a affaire à des prolos de la cambriole. Des crétins ordinaires.

– Des crétins capables de court-circuiter des alarmes, le corrigea Frawley.

– Spack va nous l'éliminer, ce trou, déclara Dino en tournant les talons. Hé, fais gaffe, Spacky, ne va pas te claquer un muscle et être obligé de prendre une année de congé d'invalidité à cause de moi !

On entendit rigoler les pompiers au-dessus.

– Si je chope un claquage à cause de toi, tu sauras de quel muscle je parle, Dean ! lui lança le capitaine Jimmy.

Dehors, devant la porte de derrière, Frawley entendit tout près les voitures foncer sur l'autoroute à péage pour entrer en ville ou la quitter. Les petites places de stationnement et les bennes à ordures attachées avec des chaînes se trouvaient en contrebas de la rue, sorte de caniveau recueillant du sable, des gravillons et des saletés.

On appelait communément « Morning Glory » un braquage de banque particulièrement réussi et lucratif. Tendre un guet-apens aux employés avant l'ouverture de l'établissement revenait à dire que l'on aurait moins de monde à contrôler. Rassemblées dans la chambre forte, les liquidités des magasins n'avaient pas encore été distribuées aux guichetiers ou dispersées dans des coffres auxiliaires ou des tiroirs supplémentaires, de sorte qu'on pouvait les récupérer et les embarquer plus rapidement. Un Morning Glory, c'était d'ordinaire un employé distrait qui, chargé d'ouvrir la banque, se faisait braquer avec une arme sur le parking. S'introduire par effraction la nuit, puis attendre qu'arrive le directeur ou la directrice, le propre même du Jack-in-the-Box, exigeait davantage de préparatifs et, chez les casseurs de banques bien connus pour ne pas se fouler, un goût pour le travail parfaitement aberrant.

Voyant une photographe poser une règle à côté des traces de pneus, Frawley faillit lui dire de laisser tomber. On n'allait pas tarder à retrouver la camionnette avec laquelle les braqueurs s'étaient enfuis, incendiée dans un parking désert.

Il les imagina en train de charger leur véhicule en vitesse, mais sans paniquer, l'alarme silencieuse résonnant dans leur tête. Pourquoi prendre le temps de casser la gueule au directeur adjoint ? La chambre forte était vide et ils étaient déjà en train de se tirer. C'était complètement dingue d'embarquer la directrice. Ça ne collait pas du tout et c'était du même coup un élément à prendre en compte.

Derrière les cages, la tache de sang sur la moquette avait peu ou prou la forme du continent africain. Un mec de la police scientifique en prélevait des échantillons, qu'il déposait dans une petite enveloppe marron.

– Ils l'ont menotté à la chaise.

Dino lui montra un sac à mise sous scellés dans lequel se trouvait un lien en plastique qui avait été tranché, un de ceux équipés d'un clic.

– Ils lui ont fêlé la mâchoire, et peut-être la pommette. Enfin… les os autour des yeux.

Frawley hocha la tête ; l'odeur était affreusement âcre. Le chlore a pour vertu de dissoudre l'ADN. Les criminalistes du FBI s'en servent pour récurer leurs plans de travail et éviter de contaminer les preuves. Frawley avait entendu dire que les violeurs en aspergent leurs victimes pour effacer leurs empreintes génétiques, mais pas les casseurs de banque.

– Du chlore, hein ?

– C'est un peu exagéré. Mais bon, quand on campe ici toute la nuit, on ne prend jamais assez de précautions.

– Ça, ils n'ont pas envie de se faire piquer. Car ça risque sans doute de leur coûter cher.

Frawley se remit le biper sur la hanche, s'accroupit derrière la troisième cage et remarqua des miettes dorées sur la moquette décolorée, à moitié désagrégées par le chlore.

– Ils se sont installés là pour pique-niquer, dit-il.

Dino s'accroupit à son tour, le crayon coincé derrière une oreille poilue.

– Le casse leur a donné faim. On a affaire à des prolos, moi, je te le dis. Des œufs durs et du café en thermos. Les pique-niqueurs...

Dino se releva, Frawley restant toujours assis sur les talons, en train d'imaginer les lascars alors que le jour se levait et qu'ils avaient pris possession de la banque. Il regarda, derrière la cage, les fenêtres de devant donnant sur le square. Il se rappelait vaguement être passé devant la veille – l'impression d'arriver dans la dernière ligne droite, les jambes en compote, encouragé par les spectateurs.

– Le marathon passe par là ?

– Oh, putain, Frawl, j'avais oublié ! Regarde-moi ça. Quarante-deux kilomètres et tu galopes comme si de rien n'était !

Frawley glissa son biper sur le devant de sa ceinture.

– J'ai bouclé en trois heures et demie. J'en suis bien content.

– Félicitations, espèce de vieux barjo ! Il n'y a pas d'autre sport ici. Qu'est-ce que tu penses de tout le temps qu'ils ont passé ici ?

– Je termine, répondit Frawley, qui s'intéressait au coffre ouvert derrière le dernier guichet. Alors, comme ça, le cabinet d'ophtalmologie était fermé toute la journée ?

– De même que le club de gymnastique au dernier étage. Mais des employés sont allés regarder la course. On a une bonne vue de là-haut, des fenêtres

39

panoramiques. À 6 heures, ils étaient partis. Dehors, la circulation automobile a repris vers 8 heures, même s'il y avait encore des coureurs qui se traînaient. Il ne leur a fallu que quelques heures, à nos gus, pour embarquer le matos, percer le trou et se retrouver en bas.

— Des jeunes… Ils passent par un trou de soixante centimètres de côté creusé dans le plafond.

— Ce ne sont pas des vieux artistes, non. Ceux de l'ancienne génération – les crocheteurs de serrures, les plombiers –, il leur aurait carrément fallu tomber sur un lit pour amortir leur chute.

— Comment sont-ils entrés dans l'immeuble ?

— Par une autre porte, derrière. Une entrée séparée, destinée à ceux qui travaillent au-dessus.

— Il y avait des caméras de surveillance dehors ?

— La banque n'en était pas équipée. Mais on va vérifier. Il n'empêche que s'il s'agit bien de nos gus…

— Oui, ils se sont déjà fait serrer.

Frawley mit les mains sur les hanches, les mollets et les jambes toujours endoloris.

— Alors ? Qu'est-ce que t'en penses ?

— À vue de nez ?

Dino inspira et regarda autour de lui, comme Frawley.

— Ils ont visé juste. Un jour férié, la centième édition du marathon. Il faisait beau, la place était noire de monde à cause de la course. En face, la librairie et les boutiques de vêtements, même si les clients règlent surtout par carte. Et aussi la supérette, le McDo et la cafétéria, là, l'Espresso Royale. Et comme l'équipe des Boston Red Sox joue à demeure, ça fait monter en flèche le chiffre d'affaires des restos et des bars du quartier, qui récoltent encore davantage qu'en trois jours. Et puis aussi, bordel, les boîtes de Landsdowne Street. Ce qu'ils se sont ramassé, au total, avec les recettes de samedi et dimanche ?

Il roula sa langue dans sa bouche.

– Ça se chiffre en millions de dollars, reprit-il. En comptant la chambre forte, les dépôts effectués pendant la nuit et le distributeur ? Je dirais trois millions deux cent cinquante mille dollars. À dix pour cent près… Oui, dans les trois millions deux cent cinquante mille dollars.

– Moi, j'estime qu'il y en avait pour trois millions et demi de dollars, déclara Frawley en se retournant vers la chambre forte ouverte. Ah, putain, je les veux, ces mecs !

Il lui fallait la chambre forte. C'était elle la victime. Pas la société à qui appartenait cette banque, pas le gouvernement fédéral qui l'assurait et qui l'employait, lui. La chambre forte : vidée, profanée, geignarde. Frawley en avait besoin comme les inspecteurs des homicides se prennent de pitié pour le cadavre car c'est ce qui va les pousser à traquer le criminel.

On n'avait pas touché à la salle des coffres. Il y aurait fallu une patience d'ange et l'abnégation d'un joueur de loto, avec une chance sur cent de trouver un objet de valeur qui ne soit pas assuré ou dont on ne puisse pas identifier le propriétaire.

Il franchit la porte de la réserve où l'on conservait l'argent liquide. Il lui arrivait de retrouver suspendus dans les chambres fortes des vestes ou des parapluies appartenant à des caissiers. Il en avait vu aussi qui servaient de salles de repos…

Les portes et les meubles avaient été saupoudrés de céruse. Dans un classeur qui avait été forcé, il ne restait plus que des chèques de voyage, une flopée de bandes en papier déchirées et de couleurs bien déterminées, ainsi que les bordereaux de la directrice. Il essaya de repousser du coude la porte déformée, en faisant grincer les gonds quand elle se rouvrit tout doucement.

41

Il restait six liasses de billets bien fermes, soigneusement empilées au-dessus des tiroirs. Frawley regarda à l'intérieur de l'un des petits paquets de billets retirés de la circulation et découvrit un sachet de colorant glissé dans un creux. De la marque SecurityPac. Lorsque les sachets sortaient de la banque, un dispositif électronique dissimulé à côté des portes les faisait exploser une vingtaine de secondes plus tard, au minimum. La liasse s'enflammait et brûlait à cent cinquante degrés, de sorte que le voleur ne pouvait plus l'attraper et s'en débarrasser. Il s'en dégageait également un aérosol de colorant rouge indélébile, qui transformait ceux qui y touchaient en bombes fumigènes. Les coupures n'avaient alors plus aucune valeur et le voleur avait la peau tachée pendant des jours entiers. Ce que l'on savait moins, c'est que bien souvent s'échappait aussi une giclée de gaz lacrymogène et incapacitant des paquets ainsi piégés.

Frawley inspecta les tiroirs sans y toucher, ceux dans lesquels il n'y avait que les billets appâts attachés ensemble au fond de chaque casier. Il s'agissait de coupures de dix ou vingt dollars, dont on avait relevé le numéro et l'année d'émission et qui étaient conservées à la banque conformément au code fédéral des assurances. Cela permettait de faire le rapprochement entre, d'une part, un suspect et l'argent retrouvé sur lui, et, d'autre part, la scène de crime.

Les billets appâts renfermaient souvent un mouchard, sous forme de bande magnétique qui, une fois qu'on les sortait du tiroir, déclenchait une alarme silencieuse reliée à la police. Appelés « paquets B », ces billets faisaient office de mini-micros. Combien de braqueurs à la manque, arrêtés chez eux après avoir ramassé mille deux cents dollars, ont attendu de passer en jugement pour savoir comment le FBI avait réussi à les coincer !

Comme il n'y avait pas de moquette, l'odeur de chlore avait de quoi donner le vertige, mais Frawley resta à l'intérieur le plus longtemps possible. Si seulement la chambre forte pouvait lui demander de lui rendre justice ! Si seulement il pouvait lui prendre la main afin de la rassurer et passer un engagement avec elle, de flic à victime ! Il n'aurait pas été obligé de se consacrer autant à ces entrepôts vides.

Le technicien tamponna l'intérieur des joues de la directrice pour prélever des échantillons de son ADN. Puis il prit ses empreintes digitales pendant que Frawley photocopiait ses coordonnées.

Claire G. Keesey, née le 16/4/1966. Il vérifia et s'aperçut qu'elle avait trente ans ce jour même.

Dino, qui voulait aller faire un tour en haut, laissa Frawley l'interroger tout seul. Elle essuyait ses doigts tachés d'encre quand il se présenta, la poignée de main qu'ils échangèrent machinalement ayant l'air déplacée. Il lui avait dégoté un Poland Spring. Elle le remercia, décapsula la bouteille et en but une gorgée avant de la poser sur la table à côté d'eux, à côté d'un Coca Light vide.

Frawley s'assit dans l'angle, en face d'elle, pour éviter qu'elle ne soit distraite par les allées et venues des flics. À cet endroit, ça ne sentait qu'un peu le chlore. Elle gigota sur son siège en se préparant à ce qu'on lui pose des questions et lui fit un petit sourire sans trop savoir quelle attitude adopter. Elle frotta ses mains tachées sur ses genoux, comme si elle avait froid. Elle avait les bras nus, et longs.

– Vous ne portez pas de veste ? lui demanda-t-il.

– Quelqu'un l'a prise, répondit-elle en se retournant vers la porte. Pour la mettre sous scellés… Ils… ils ont découpé dedans un morceau de tissu pour me bander les yeux.

– Aimeriez-vous que… ?

Il ouvrit son blouson, elle hocha la tête. Il se leva pour le lui poser sur les épaules, elle l'enfila pendant qu'il se rasseyait. Les manches étaient à peine trop longues pour elle. S'il avait su qu'une femme allait mettre son blouson, il en aurait choisi un neuf.

– Vous êtes bien sûre que ça va ? Vous ne voulez pas voir un médecin ?

– J'ai des courbatures, c'est tout.

– Pas de bosses ou de bleus ?

– Non, répondit-elle en s'apercevant seulement à cet instant-là à quel point tout cela était bizarre.

Il lui montra son petit magnétophone à cassette, l'alluma et le posa sur la table.

– Mademoiselle Keesey, je voudrais commencer par votre enlèvement, puis revenir au braquage proprement dit.

En entendant parler d'enlèvement, elle battit des cils et sa gorge se serra.

– Il est rare qu'une employée de banque se fasse kidnapper au cours d'un casse par ailleurs réussi. Cela signifie toutefois que vous avez passé un bon moment en compagnie des truands et que vous disposez peut-être de renseignements susceptibles d'être utiles à l'enquête. Je coordonne toutes les enquêtes du FBI sur les hold-up de banques à Boston et ne m'occupe que de ce genre de délits. Tout ce que vous pourrez me dire risque par conséquent d'avoir son importance. Je précise également que si vous voulez répondre à une question que je ne vous ai pas posée, allez-y, ne vous gênez pas.

– Dans ce cas, si c'était possible… Personne n'a été en mesure de me dire comment allait Davis.

– Le directeur adjoint ? On s'occupe de lui à l'hôpital. Il va s'en tirer. Il est blessé, mais ça va aller. C'est ça que vous vouliez savoir ?

Elle fit signe que oui et se frotta la joue, la tache ayant séché et ne partant plus.

– Vous les avez vus lui taper dessus ?

Elle baissa les yeux et hocha la tête.

– Ils n'y sont pas allés de main morte, ajouta-t-il.

– Je... je n'ai pas regardé.

– Bon, j'imagine qu'ils vous ont aussi menacée en vous relâchant. Ils vous ont dit de ne pas coopérer avec la police et le FBI, c'est ça ?

– Oui.

– D'accord. Pourriez-vous me préciser la nature de ces menaces ?

– C'était après qu'on s'est arrêtés. Un de ceux qui étaient assis devant... le même qui se trouvait avec moi dans la chambre forte... il avait mon sac à la main.

– Continuez... Pendant tout le trajet, vous aviez les yeux bandés, non ?

– Euh... oui, il l'a secoué, mon grand sac Coach... je sais bien quel bruit font mes affaires. Il l'a ouvert et m'a annoncé qu'il me prenait mon permis. Il m'a lu ce qu'il y avait de marqué dessus. En me précisant qu'il le gardait.

– Répétez-moi ce qu'il vous a dit exactement, si vous vous en souvenez.

Elle courba la tête, regarda par terre et s'exécuta d'une voix douce :

– « Si tu racontes quoi que ce soit au FBI, on va revenir te voir, on te sautera, puis on te butera. »

– Bien.

Il fit mine de noter le tout et lui adressa un sourire de circonstance.

– L'intimidation est bien entendu l'une des spécialités des truands. Ce que je peux vous dire, c'est qu'ils ont leur fric, qu'ils croient s'en être tirés sans dommage et qu'ils ne veulent plus entendre parler de cette enquête, je vous le garantis. Il n'est donc pas question qu'ils prennent maintenant le risque d'être démasqués.

– Je... enfin, bon.

Il se fit expliquer comment elle était sortie de la banque pour monter dans le véhicule avec lequel les truands s'étaient enfuis.

– Vous êtes sûre qu'il s'agissait d'une camionnette ?

– Oui, rien qu'au bruit des portières. Et puis à sa façon de danser sur la route.

– Vous rappelez-vous avoir vu une camionnette dehors le matin, en arrivant ?

Elle fit signe que non, grimace à l'appui.

– Je ne sais pas. Une blanche, peut-être…

Elle lui raconta le trajet.

– Vous ne voyiez rien du tout avec votre bandeau ? Même pas tout en bas ?

– Un petit rai de lumière, parfois. Mes genoux appuyés au siège… il était blanc, le siège… ou crème.

– Aviez-vous l'impression que des lumières défilaient ? Il y avait des vitres à l'arrière, là où vous vous trouviez ?

– Je… non. Je n'en sais rien. Je ne m'en souviens pas.

– Il s'agissait d'une camionnette familiale ?

– Oui. Sans doute.

– Vous n'en êtes pas sûre.

– Je ne sais pas ce qu'est une camionnette familiale. Si c'est un minibus, alors oui, j'en suis sûre. On est allés faire du ski dans le Maine l'hiver dernier, des copains et moi, et on en a loué un. Un Villager, je m'en souviens parce que c'est un drôle de nom pour une voiture, et nous, pour rire, on se baptisait « les villageois »… Je ne sais pas si c'était le même, mais ça y ressemblait.

– Bon, d'accord. Ça y ressemblait comment ?

– Devant, deux sièges séparés. Au milieu, la banquette sur laquelle j'étais assise. Et puis une autre derrière.

Elle refit la grimace.

– Je brode peut-être un peu, mais, en tout cas, c'est comme ça que je vois les choses.

– Il n'y a pas de mal.

Il voulait l'encourager sans pour autant la flatter, de manière à ce qu'elle lui fasse un récit honnête.

– Où étiez-vous assise ?

– Sur la banquette du milieu. Oui, au milieu.

– Il y en avait combien auprès de vous ?

– Un seul.

– Et sur votre…

– À ma droite.

– Côté portière. Vous étiez collée à la cloison. Et, à votre avis, il n'y avait pas de vitres. Combien y avait-il de mecs devant ?

– Deux.

– Et derrière, il y avait quelqu'un ?

– Oui.

– Deux mecs devant, un à côté de vous et un autre derrière.

– Euh… oui.

– Et dans la camionnette ils avaient enlevé leurs masques.

– Oui, mais je ne peux pas l'affirmer de façon catégorique. Au fond, je n'en sais peut-être rien du tout.

Frawley s'en voulut de s'être surtout intéressé au véhicule car on allait le retrouver incendié.

– Ils communiquaient comment ? Ils parlaient beaucoup ?

– Très peu. « À droite »… « À gauche »… « Oui »… Vous voyez le genre.

Elle le regarda.

– C'est ce qui me permet de dire qu'ils avaient ôté leurs masques.

– Au son de leur voix.

– Ils avaient l'air atroce à l'intérieur de la banque, avec ça sur la tête. Complètement déformés… Plus

47

rien d'humain. De vrais monstres. Est-ce que je peux…
il faut que je vous parle des masques ?

– Je vous écoute.

– Ils étaient tous identiques. Comme Jason Voorhees
dans *Vendredi 13*[1].

– Vous voulez dire des masques de hockey ?

– Oui, mais… avec des éraflures partout. Des points
de suture noirs.

– Des points de suture ?

– Un peu comme des galons noirs.

Le regard vague, on la sentait tenaillée par la peur.

– Pourquoi faire ça ? reprit-elle. Pourquoi les couvrir
d'éraflures ?

Frawley hocha la tête. C'était là un détail curieux, et,
pour mener à bien son enquête, il était friand de détails
curieux.

– Alors, comme ça, ils n'ont pratiquement rien dit en
route ?

Elle n'avait pas envie d'en reparler.

– Non.

– Est-ce qu'ils avaient l'air de savoir où ils allaient ?

– Oui, c'est possible…

– Et ils vous ont dit où ?

– Non.

– Ils vont ont dit quand ils allaient vous relâcher ?

– Non.

– Et vous pensiez qu'ils allaient le faire ?

– Euh…

Elle regarda dans le vague, un peu comme si elle était
dans un état second.

– Non.

– La camionnette s'est-elle arrêtée plusieurs fois ?

1. Série de films d'horreur des années 80, qui ont ensuite
donné lieu à une série télévisée dans les années 90, mettant en
scène un tueur portant un masque de hockey *(NdT)*.

48

– Oui.

– Pour quelle raison ?

– Sans doute à cause de la circulation.

– D'accord. On n'a pas ouvert une portière pour laisser entrer ou sortir quelqu'un ?

– Non.

– Et vous n'avez pas essayé de vous enfuir ?

Elle cligna des yeux.

– Non.

– Vous vous trouviez sur une autoroute ?

– Pendant un moment, oui.

– Vous aviez attaché votre ceinture de sécurité ?

Elle mit sa main sur ses genoux et rassembla ses souvenirs.

– Oui. C'est parce qu'ils étaient armés que je n'ai pas cherché à m'enfuir, ajouta-t-elle en le fixant de ses grands yeux verts.

– Bien.

Pour ne pas rompre le charme, il enchaîna aussitôt :

– Vous ne leur avez pas posé de questions ?

Elle fit signe que non.

– Pendant tout le trajet ? Et ils ne se sont pas adressés à vous ?

– Non.

– Ils ne vous ont pas dit un mot. Bref, ils vous ont laissée toute seule sur la banquette arrière ?

– Sur celle du milieu.

– Exact.

– Oui. Sauf que…

– Je vous écoute.

Elle avait à nouveau le regard perdu dans le lointain.

– Celui qui était assis à côté de moi… non, pas à côté de moi… mais sur le même siège, la même banquette… celui qui m'avait bandé les yeux… je sentais bien que… enfin, qu'il me regardait.

– Il vous regardait.

– Pas exactement. Oh, et puis je n'en sais rien. C'était peut-être juste une impression.

– Comment ça, « pas exactement » ?

– Je ne dis pas que… euh… il me regardait pour de bon. Enfin, je n'en sais rien. Simplement, je sentais quelque chose.

– Vous aviez droit à toute son attention. Et ensuite ?

Ses yeux se gonflèrent alors qu'elle se remémorait la scène.

– On a continué à rouler. Une éternité. C'est moi qui dois être… Ça n'en finissait pas, mais on dirait que j'ai des trous de mémoire… Je tourne à vide. Je sais qu'on a fini par quitter l'autoroute et qu'on a bifurqué des tas de fois. J'avais hâte qu'ils s'arrêtent, qu'on en finisse, et voilà que d'un seul coup ils s'arrêtent et là, j'ai eu envie qu'ils continuent à rouler ! Le moteur tournait toujours, mais je sentais bien qu'on était arrivés. C'est là qu'ils ont secoué mon sac. (Elle le regarda en face.) Avec mes cartes de crédit et les clés de ma voiture…

– Si on les retrouve, vous pourrez les récupérer. Le mec qui était assis à côté de vous… c'est lui qui vous a menacée ?

– Non. Non, c'était la voix d'un autre assis devant moi, celle du type en colère. Celui qui m'a emmenée dans la chambre forte.

Elle tira sur ses doigts tachés.

– Je ne me souvenais plus de la combinaison.

– C'était lui qui conduisait ?

– Je… non, je ne crois pas. Ce n'était pas lui… je me trouvais à gauche et la voix venait de devant à droite.

– À votre avis, c'était lui qui dirigeait l'opération ?

– Je n'en sais rien. Tout ce que je sais, c'est que c'est lui qui a pris la parole à ce moment-là.

– Et celui qui était à côté de vous ?

Elle releva un peu sa jupe de manière à croiser les jambes. Frawley vit qu'elle n'avait pas de chaussures et que ses bas étaient tout sales aux pieds.

– Il a dû y avoir des tensions, reprit-elle.

– Entre eux ? Comment ça ?

– Celui qui était en colère, c'est lui qui a voulu m'embarquer.

– En sortant de la banque. Et les autres ?

– L'un d'eux lui a posé des questions. Enfin, je n'en suis pas sûre, ça s'est passé si vite. Je crois que c'était celui qui était assis à côté de moi.

– Donc le type en colère, comme vous dites, vous a pris votre permis de conduire.

– Et ensuite quelqu'un a ouvert la portière. Mon voisin m'a aidée à descendre.

– C'était une portière coulissante ou normale ?

– Je… je ne m'en souviens pas.

– Et votre voisin, là… vous me dites qu'il vous a aidée à descendre ?

– Exactement… C'est que j'avais peur de tomber ! J'avais peur de tout, de tout ! Pourtant il m'a empêchée de tomber.

– Donc il ne vous a pas fait sortir brutalement ?

– Non. Il m'a pris le bras et j'ai obéi. Je me disais que je n'avais pas le choix.

– Vous a-t-il soulevée, puis déposée par terre ? Vous a-t-il guidée ?

– Je n'avais pas… en fait si, j'avais la trouille, une trouille bleue, j'étais terrifiée.

Elle décroisa les jambes et se redressa.

– Mais je ne pensais pas comme qui dirait… Je n'avais pas l'impression qu'il était… bon, c'est peut-être de la naïveté de ma part… Si ça avait été l'autre, celui qui était en colère, qui s'était chargé de moi, je n'aurais jamais pu descendre toute seule de la camionnette. J'aurais été incapable de marcher, point-barre.

51

– Bien, ne vous énervez pas. Avez-vous une idée de sa taille ?

– Oui. C'était un costaud.

– Vous voulez dire quelqu'un de forte corpulence ?

– Un grand baraqué.

– Vous l'avez trouvé sympa ?

Elle vit bien où il voulait en venir.

– Non. Froid, mais pas en colère, c'est tout.

– D'accord. Donc, vous voilà dehors…

– Me voilà dehors et on marche vite. Il me tient par le bras. L'océan sentait mauvais, une odeur très désagréable, et il y avait du vent. Je me suis dit qu'on se trouvait à l'aéroport, car j'entendais les avions, mais ce n'était pas piste : on avançait sur le sable. On était sur une plage. En gros, il m'a dit de me diriger vers l'eau et d'attendre d'avoir les pieds mouillés pour enlever mon bandeau. Avec tout ce vent et le sable qui volait, et puis le bruit des avions en l'air, c'est tout juste si j'ai entendu ce qu'il me racontait. C'est alors que d'un seul coup il m'a lâché le bras et je me suis retrouvée toute seule. Je suis restée plantée sur place une minute environ, comme une idiote, c'est sûr, avant de comprendre que je devais avancer. J'ai fait de tout petits pas, même pas des pas, je me traînais littéralement sur le sable glacé parce que je me voyais tomber d'une falaise. Ça a duré un temps fou. Je n'ai jamais marché aussi lentement… Un autre avion est passé au-dessus de moi en faisant hurler ses réacteurs, un bruit de plus en plus fort, un boucan effroyable, comme s'il entraînait l'air avec lui… Soudain, le sable n'était plus pareil et j'ai senti l'eau me baigner les chevilles. J'ai enlevé mon bandeau, il n'y avait plus personne. En tout, j'avais dû parcourir, je ne sais pas, une dizaine de mètres.

Elle se frotta un talon avec les orteils de l'autre pied et regarda ses bas complètement fichus.

– Et puis d'abord, pourquoi m'ont-ils piqué mes chaussures ?

– Pour vous empêcher de donner des coups de pied ou de courir, vous ne croyez pas ?

Elle attrapa la bouteille et but un peu d'eau, sa main tremblant encore davantage.

– Le jour où on m'a mise à la crèche, j'ai piqué une crise quand ma mère a voulu s'en aller. Pour me punir, Mme Webly m'a enlevé mes souliers en cuir vernis. Du coup, j'ai arrêté de pleurer.

Sur ce, elle frotta ses mains pleines de taches.

Frawley la laissa brûler encore de l'adrénaline, puis il lui demanda de lui raconter le hold-up proprement dit. Le résultat ne fut pas très convaincant, car elle n'arrêtait pas de revenir sur les marques noires dessinées sur leurs masques. Ses yeux s'embuèrent, mais elle ne pleura pas en expliquant comment Davis Bearns s'était fait casser la gueule par le truand « en colère ».

– Il était tombé… il était affaissé sur le bord de sa chaise et l'autre continuait à lui taper dessus.

– Avez-vous vu M. Bearns déclencher l'alarme ?

Elle reprit sa bouteille de Poland Spring, mais sans l'ouvrir, et regarda l'eau clapoter à l'intérieur. Avec les yeux de quelqu'un qui vient d'avoir un accident de la route. Elle était bouleversée, mais il ne savait pas si c'était le fait de lui raconter tout ça ou le contrecoup de ce qui lui était arrivé.

– Non, répondit-elle.

Il passait maintenant moins de monde devant la salle de repos.

– Vous êtes sûre, mademoiselle Keesey, que vous ne voulez pas voir un médecin ?

– Certaine. Ça va.

– Vous avez roulé un bon moment. Et, vous le dites vous-même, vous n'êtes pas en mesure de nous relater en détail ce qui s'est passé pendant le trajet.

– Je… je n'étais pas dans mon état normal. Je me suis repliée sur moi-même, c'est tout.

– Vous pouvez vous laisser aller. Ça ne vous ferait pas de mal.

Elle releva les yeux, l'air encore plus calme et déterminée.

– Il ne s'est rien passé, dit-elle.

– D'accord, fit-il en hochant la tête.

– Mais c'est ce que tout le monde va penser, non ?

Il essaya de détourner son attention.

– Si jamais quelqu'un vous…

– Il m'a frotté son arme sur les fesses…

Elle cligna plusieurs fois des yeux, refoulant ses larmes et luttant contre la fatigue.

– Celui qui était en colère…, reprit-elle. Pendant que les autres se trouvaient devant la chambre forte, il m'a dit des trucs, ce qu'il voulait me faire… Mais ça s'arrête là.

L'air désabusé, il haussa d'abord les épaules, sans trop savoir quoi lui répondre, puis il hocha la tête.

– Vous voulez bien me répéter ce qu'il vous a dit ?

– Non, pas vraiment, fit-elle en lui décochant un sourire glacial.

– D'accord, d'accord.

– Vous me regardez comme si j'étais une imbécile…

– Absolument pas.

– Comme si j'allais sauter dans un minibus avec le premier venu !

– Non. Écoutez…

Il prit son magnétophone. En réalité, il n'avait rien à lui dire, il espérait seulement qu'éteindre l'appareil leur accorderait un moment de répit.

Elle était là, en face de lui, à respirer profondément, perdue dans ses souvenirs.

– Lorsque je marchais vers la mer… je ne pensais à rien. À rien, ni à personne. En revanche, dans la camionnette, sur la route, avec un bandeau sur les yeux, eh bien, j'ai vu défiler ma vie. Je me suis vue telle que j'étais, ce que j'ai pu vivre jusqu'à aujourd'hui… aujourd'hui, c'est mon anniversaire.

– Je vois.

– Ça a l'air dingue. Je sais, il faut prendre les choses comme elles viennent. Je ne comprends pas pourquoi j'y attache tant d'importance.

Elle croisa les bras et remua ses pieds sans chaussures.

– Ce n'est pas grave.

Ça aurait pu s'arrêter là, sur un « merci » et une poignée de main, si elle n'avait toujours pas eu sa veste sur les épaules.

– Écoutez, reprit-il, j'ai vu des gens, des clients qui faisaient la queue au guichet pour déposer le chèque de leur salaire lorsque a surgi une espèce de multirécidiviste qui criait « Haut les mains ! » et pour qui plus rien ne sera jamais pareil. On s'imagine que braquer une banque, ça ne fait pas de victimes, que c'est un délit couvert par l'assurance, mais quand un caissier se retrouve mis en joue, eh bien, il ne verra peut-être plus jamais les choses de la même façon. Moi, ce que j'en dis, c'est juste pour que vous vous prépariez.

– Je n'ai même pas encore pleuré…

– Les nerfs vont lâcher, vous allez sans doute commencer par déprimer un peu. Histoire de faire le deuil, quoi. Laissez-vous aller. C'est normal. Il y en a qui subitement flippent un max, d'autres qui remontent tout doucement la pente, et puis un beau jour ils n'y pensent plus. Dans un premier temps, ils vont vous hanter, ces mecs. Mais ça va passer.

Elle le regardait, fascinée, comme s'il lui tirait les tarots. Il comprit qu'il devait se contrôler. Une jolie fille, meurtrie et vulnérable… S'il en profitait, ça reviendrait à s'emparer des billets piégés disposés dans la chambre forte. Désormais, c'était elle sa chambre forte, la victime.

– Et oubliez le Coca Light. Pas d'alcool ni de caféine, surtout pas. Continuez à boire de l'eau. Prenez une de mes cartes, il y en a dans la poche de poitrine de ma veste.

Elle en sortit une pendant qu'il se levait.

– Et pour ma voiture ?

– Vous devriez pouvoir la récupérer d'un moment à l'autre. Il va falloir l'épousseter pour enlever la céruse dont on l'a saupoudrée afin de relever les empreintes. Si vous n'avez pas de double des clés, votre concessionnaire devrait être en mesure de vous en procurer un.

Elle crispa les doigts de pied.

– Et mes chaussures ?

– Là, il va falloir qu'on les conserve un moment. Ils sont comme ça, dans la police scientifique. S'ils le pouvaient, ils vous glisseraient dans un sac en plastique et vous garderaient des mois, comme un vulgaire échantillon.

– Ce ne serait peut-être pas si bête…

Elle se releva, ôta sa veste et en lissa les manches avant de la lui rendre.

– Merci… agent Frawley, dit-elle en jetant un coup d'œil à sa carte.

– Il n'y a pas de quoi.

Il mit la veste sur son bras.

– Et n'allez pas vous inquiéter pour ces menaces. Pensez d'abord à vous.

Elle acquiesça d'un signe de tête et regarda la porte, sans pour autant décoller.

– Le fait est que sur mon permis… Eh bien… il y a mon ancienne adresse.

À quoi bon lui dire que les truands avaient dû la suivre pendant des semaines avant le matin fatidique ? Il palpa sa veste pour retrouver un stylo.

– Donnez-moi la bonne.

Frawley la regarda serrer dans ses bras un homme au teint rose et aux cheveux blancs, vêtu d'un costume rayé.

– On dirait un bon témoin, déclara Dino. Tu veux rédiger le PV ?

Frawley fit signe que non tout en continuant à l'observer.

– Il va falloir que je remplisse le formulaire d'ouverture d'enquête pour les pontes de Washington.

– Hou là ! fit Dino en s'approchant de lui. Quel regard !

Frawley hocha la tête et lorgna le père et la fille qui passaient devant les fenêtres de la façade et s'en allaient.

– Je m'apprêtais à faire une croix dessus, seulement…

– Hé ! Je vais pas en faire une jaunisse.

– Seulement, reprit-il, elle a déménagé il y a environ un an. L'adresse qu'on avait n'était plus valable.

– Bon, elle en a une nouvelle. Et alors ?

Frawley se retourna et vit se dessiner un sourire sur sa gueule de petit futé.

– Ah non, soupira Dino en jouant les incrédules. C'est pas vrai…

Frawley hocha la tête.

– Charlestown…

3

Le partage

Doug traversa Austin Street avec un gros sandwich jambon-fromage acheté au rayon traiteur du Foodmaster et remonta Old Rutherford Avenue pour rejoindre la patinoire de l'O'Neil Memorial.

– Salut, chéri, dit la femme couleur bois de chêne qui fumait derrière le rayon locations.

Il la salua de la main et lui adressa un sourire aimable qui masquait son cafard. Derrière elle était clouée au mur une photo jaunie découpée dans un journal, le montrant en tenue de joueur de hockey sur glace de l'équipe du lycée de Charlestown. Il feignit de ne pas la voir.

La patinoire proprement dite n'était qu'à moitié éclairée, les fanions des Boston Bruins [1] et du Charlestown Youth étant accrochés tout là-haut, au-dessus des enfants de la crèche. Appuyés à des casiers de bouteilles de lait, ceux-ci défilaient lentement et d'un pas saccadé autour de leur grosse monitrice. Deux profs se trouvaient côté spectateurs, des filles du quartier. Négligées, jambes comme des poteaux, longue chemise et pantalon stretch, elles le regardèrent passer pour gagner les gradins éraflés par les patins.

À mi-hauteur des gradins, Jem et Gloansy se partageaient une pizza saucisse-hamburger et buvaient

1. Équipe de hockey sur glace de Boston (*NdT*).

chacun une énorme bière en bouteille planquée dans un sac en papier.

– Qu'est-ce que vous manigancez, vous deux, espèce de pédophiles ? leur lança Doug.

Il les salua, poing contre poing, et s'assit dans la rangée au-dessus.

Tout comme ses sept frères et sœurs, Freddy Magloan, de la famille Magloan de Mead Street et personnellement surnommé « Gloansy », était né avec des taches de son. Il avait la gueule d'un imbécile heureux, avec une mâchoire puissante et des oreilles tellement tavelées qu'elles en avaient l'air bronzées. Ses mains blêmes étaient elles aussi piquées de taches de son.

Jimmy Coughlin, « Jem » pour les intimes, qui logeait dans Pearl Street avec les siens, avait, lui, des bras musclés, une carrure impressionnante et une tête qui ressemblait à une petite courge, couleur rouille et surmontée d'épais cheveux noirs coiffés en arrière. Son prognathisme n'arrangeait rien, pas plus que ses yeux d'un blanc bleuâtre comme flocons de neige. Il carburait à la menace ou à l'hilarité. Les phalanges de part et d'autre de sa bague irlandaise en or émaillée d'émeraudes étaient encore gonflées et violacées d'avoir passé à tabac le directeur adjoint.

– Et voilà le cerveau, dit-il. Où est le Monseigneur ?

– Il arrive, répondit Doug en posant son sac marron sur une vieille inscription raciste tracée au couteau.

– Cheryl, mon pote, dit Gloansy en désignant de la tête la prof aux cheveux crépus tenus par un chouchou léopard. Chaque fois que je la vois, je repense à la photo de classe quand on était en cours élémentaire 2… Pas vrai, Duggy ? Au milieu, au premier rang. La même robe à volants que dans *La Petite Maison dans la prairie*, et des chaussures roses en plastique. Mains jointes et chevilles croisées.

– C'est la dernière fois que c'est arrivé, dit Jem en mastiquant.

Doug se rappelait qu'un jour, alors qu'il était en cours moyen 1, Cheryl l'avait attendu, disait-elle, pour l'embrasser, ce qui était le cas avant qu'elle le repousse et le fasse tomber du trottoir, puis se dépêche de rentrer chez elle en riant. Du coup, pendant quelques années il s'était posé des questions sur les filles… À l'époque, elle habitait déjà dans une cité de Bunker Hill, un dédale de logements sociaux ressemblant carrément, c'est le cas de le dire, à des bunkers. Deux ans plus tôt, son jeune frère, que tout le monde à Charlestown appelait « Dingo », s'était défoncé au PCP et avait sauté par-dessus le pont enjambant la Mystic River. Il avait été emporté par le vent du large et avait failli percuter, à deux immeubles près, le toit de la maison de sa mère isolé par du gravier. L'un des petits Noirs qui trébuchaient sur la glace était le fils de Cheryl.

– Je repense à sa bouche et à tout ce qu'elle a fabriqué avec, reprit Jem.

– Pas la peine, dit Gloansy, qui, lui, avait la bouche pleine.

– La meuf, elle refilerait la chaude-pisse à une cuiller en plastique !

– Bordel, laisse-moi d'abord avaler, protesta Gloansy.

– Tu sais que le jour où elle a soufflé dans l'alcootest, elle s'est retrouvée en cloque ?

Jem pompa une gorgée de bière et se gargarisa avec.

– Imagine la grille du conduit d'évacuation de la douche de Gloansy, toute visqueuse, avec des poils partout. Eh bien, chez elle, c'est pareil, mais dans la gorge !

– Oh, putain ! s'insurgea Gloansy, qui s'étouffa avec sa pizza.

Desmond Elden, alias « Dez », arriva à la patinoire, pas tout à fait aussi musclé que Jem ou Doug, mais avec un côté intello, dû à ses lunettes à la Buddy Holly. Il portait des bottes à lacets, un jean délavé et une chemise assortie, dont la poche était frappée du logo de la Nynex. Il avait les cheveux emmêlés, après avoir porté toute la matinée un casque de la compagnie du téléphone.

Dez salua brièvement Cheryl et sa bande, puis il grimpa au milieu des gradins, tenant à la main son déjeuner glissé dans un sac isotherme.

– Je devrais te compter une retenue pour te montrer si poli, railla Jem.

Dez s'assit sur un gradin au-dessous d'eux.

– Comment ? Tu ne leur as même pas dit bonjour ?

– Espèce de couille molle ! Tu leur raconterais n'importe quoi, aux meufs…

– Tu l'as garé où, ton 4 × 4 ? lui demanda Doug.

– Sur le parking du Foodmaster. Il y avait une voiture de flics, ce qui fait que je suis venu à pied, pour faire gaffe.

Il ouvrit la fermeture éclair du sac en nylon coincé entre ses genoux pour y prendre un gros sandwich enveloppé dans du papier paraffiné, et sourit.

– Ma mère a fait un pain de viande hier soir, ajouta-t-il en mordant dedans à pleines dents. Il va falloir que je me grouille. Je dois être à Belmont dans trois quarts d'heure environ, pour installer une ligne RNIS.

Jem avala une bonne gorgée de bière.

– C'est pour ça que j'ai dû arrêter de bosser. Ça comportait trop d'obligations, dit-il en montrant Dez du doigt.

Gloansy but un coup pour fêter ça.

– Amen, mon frère.

Doug ouvrit sa canette de Mountain Dew.

– Bon, allons-y.

Jem rota. Pas un seul gamin sur la glace ne tourna la tête dans sa direction. Doug aimait bien la patinoire parce que l'acoustique y était lamentable. Il se méfiait de plus en plus des dispositifs de surveillance qu'on installait à Charlestown, mais aucun micro ne pouvait vraiment capter les conversations qui se tenaient dans ces espèces de frigos bruyants.

– Il n'y a pas grand-chose à dire, déclara Jem. Apparemment, on s'en tire sans casse. Comme d'hab, les journaux n'ont rien compris, et tout s'est bien passé, sauf à la fin.

– Écoute, Duggy, c'est toi qui nous as expliqué qu'on entraîne les mecs à la banque à attendre que tout soit fini pour déclencher les alarmes.

– C'est vrai. C'est une question de sécurité. Et en plus les banques souscrivent des assurances en cas d'enlèvement et d'extorsion, et à cause de ce genre de conneries elles ne peuvent pas jouer.

Jem haussa les épaules.

– Bon, l'autre pédé a pissé dans sa culotte. Seulement, ça n'aurait jamais dû arriver. Ça aurait pu très mal se terminer. Il est temps de faire les comptes. Gloansy, mon pote, le moment est venu de payer pour tes bêtises. On va te faire une retenue sur ta part.

La mine de Gloansy s'assombrit. Il regarda Jem, bouche bée.

– Qu'est-ce que c'est que ce bordel ?

– Tu étais chargé de les surveiller. Tu savais bien que Monseigneur Dez devait laisser branchées les sonneries d'alarme de la chambre forte et des guichets.

– Comment ? On me met à l'amende ? Moi ? !

– On te demandait seulement de les faire coucher à plat ventre, loin des alarmes.

– Je t'emmerde.

Gloansy avait les larmes aux yeux tellement ça le révoltait.

– On me demandait seulement… Connard ! Qui c'est qui l'a piquée, la camionnette ? Tu crois peut-être que t'avais qu'à te pointer avec ta gueule enfarinée ? Et qui c'est qu'a cramé les bagnoles, après qu'on a pris du retard pour changer de caisse ?

– Qui est-ce qui regardait le petit jeune devant le distributeur au lieu de surveiller les employés couchés en face de lui ?

– Putain !… Et qui c'est qu'a retardé le changement de caisse ? C'est toi qui as embarqué la directrice. Pourquoi tu te fais pas une retenue sur ta part ?

– J'y compte. Comme pour toi. Cent dollars en moins pour nous deux.

– Cent dollars…

Soulagé, Gloansy fit une grimace qui revenait à l'envoyer paître et lui flanqua un grand coup de poing sur le triceps.

– Espèce d'enfoiré !

Jem lui tira la langue et lui donna une tape sur la joue.

– Sur le point de sonner les cloches, ma pépette.

– Va te faire foutre ! répliqua Gloansy, rasséréné, en repoussant sa main.

Il roula un morceau de pizza et l'enfourna dans sa bouche cernée de taches de rousseur.

Doug mordit dans son sandwich, dégoûté par tout ce cirque.

– Et maintenant, le chiffre magique, dit Jem en ouvrant des sachets de sel pour les répandre sur le carton refermé de la pizza. Ça représente la part de chacun, en comptant tous les frais.

Il traça avec le doigt un montant à cinq chiffres : 76 750.

Gloansy essaya de le déchiffrer à l'envers. Soudain, il ouvrit des yeux ronds.

Dez hocha la tête et esquissa un sourire avant de regarder Doug.

Lequel finit de mastiquer, puis se baissa pour souffler sur le sel et effacer le chiffre.

— J'en ai mis une petite partie à part pour la cagnotte, en prévision du prochain coup, et aussi pour remplacer les outils dont je me suis débarrassé. Et les liasses de nouveaux billets que j'ai brûlés car on ne va pas se prendre la tête pour ça. Et enfin les dix pour cent destinés au Fleuriste. En tout, ça nous fait un sacré paquet ! Ah, et puis…

Il plongea la main dans sa poche arrière.

— Ça vient du distributeur. Des timbres pour tout le monde.

— Qu'est-ce que c'est que ce truc avec le Fleuriste ? lui demanda Doug.

Jem distribua les feuilles de timbres.

— Histoire de lui rendre un coup de chapeau.

— Et pourquoi tu le mêles à ça ?

— Figure-toi qu'il est déjà au courant. On lui doit bien ça.

— Comment veux-tu qu'il soit au courant ?

Doug laissa retomber son sandwich sur le papier d'emballage posé sur le banc.

— Moi, j'y ai rien dit. J'ai rien dit à personne. Sauf si quelqu'un ici est allé raconter des choses à l'extérieur, il ne savait rien.

— Écoute, Duggy… Les gens savent des choses. Ici même, à Charlestown.

— Explique-moi comment.

— Ils sont au courant, point-barre.

— Au courant de quoi, hein ? Ils s'imaginent peut-être qu'ils savent des trucs, mais ça ne signifie pas qu'ils les savent vraiment. Au FBI et chez les flics, ils ont peut-être l'impression d'être au parfum, mais justement, si on ne s'est pas fait serrer et si on peut continuer le boulot, c'est qu'ils savent rien du tout.

— Fergie, lui, il connaît des tas de secrets, Duggy.

– Et maintenant il en connaît un autre sur nous. Je ne vois pas l'intérêt de le crier sur les toits.

– Si on ne l'arrose pas, on risque d'avoir des ennuis.

– Comment ça ?

Doug sentit bien qu'il se laissait emporter.

– Comment ça, « des ennuis » ? Quels ennuis, tu veux me le dire ? La règle du silence ? Tout le monde s'en fout, à Boston. On n'attend plus que ce soit fini pour baver dans les journaux et tout raconter aux keufs. J'espère seulement que t'es pas allé le voir dans son magasin…

– Je l'ai vu dehors, sur la jetée. C'est le cousin de ma mère, Duggy.

– On n'est pas des Italiens, Jem. Un cousin au troisième ou quatrième degré, tu lui envoies au mieux une carte à Noël, mais tu vas pas te couper en quatre pour lui. Le FBI le tient à l'œil, lui et son magasin, je te parie tout ce que tu veux.

– C'est vrai. Mais tu crois qu'il le sait pas ?

Dez sortit de son silence :

– Tu lui as filé dans les trente-cinq mille dollars… Il va les blanchir avant de les envoyer à l'IRA ?

Jem pouffa.

– C'est seulement des bruits qui courent. Juste pour faire branché.

– Dez est sûr que Fergie sert de couverture à l'IRA. En fait, il en sait rien, tout comme il ne sait pas que Fergie deale du PCP et adore lui-même ce machin-là. C'est un mec de soixante ans chargé à la poudre d'ange que t'as vu sur la jetée, mon petit Jem, un mec avec qui t'as causé et à qui tu as versé du fric.

– Écoute, Fergie est toujours en train de mettre des choses en branle. « Tu es déjà en train de préparer ton prochain coup », qu'il m'a dit, sans le dire vraiment. Or, lui, il a des gros machins qui pourraient bien nous servir. On n'aurait plus qu'à les lui acheter.

Doug faillit sauter de son siège.

– Pourquoi veux-tu qu'on ait envie de bosser pour quelqu'un d'autre ? Donne-moi une raison.

– Ça nous fait de la pub.

– De la pub !

Doug tendit la main vers l'endroit où il y avait eu du sel.

– T'as des gosses qui portent un appareil dentaire ou un truc dans le genre, reprit-il, ça ne te suffit pas ? Pour l'instant, on a davantage de fric qu'on est capable d'en blanchir. De la pub, c'est un truc à se faire gauler, mon petit. Fergie a de la place sur son tableau de service parce que la bande à Boozo a tiré au flanc dans le New Hampshire et que son espèce de fils qui marche à la méthamphétamine, Jackie le Chacal, a descendu un vigile armé. Et ça continue à nous mettre tous sous pression, à Charlestown. Il a quel âge, Jackie, le tien ? Un peu moins ? Il va crever en taule. De toute façon, il allait y passer, il était trop con et trop bavard, mais il crèvera avant d'avoir purgé ses quatre-vingts ans de prison. Et ça, c'est avant qu'on le mette en examen pour meurtre, rien que pour avoir fait du racket, et aussi parce qu'il est tombé sous le coup des peines automatiques infligées en cas de délit commis avec une arme à feu. Là, ça ne rigole plus. Ici, on est tous mal barrés, à part le Monseigneur. Si on retombe, avec ces peines automatiques pour les armes à feu, ça va saigner. Compris ? Ou bien il faut que je te l'écrive avec du sel ?

– Moi, je veux pas retomber, déclara Gloansy.

– Et moi, je retomberai pas avant toi. Les seuls que les keufs aiment encore moins que les truands professionnels, c'est les truands irresponsables. Les mecs du FBI, bon, d'accord, ça leur plaît pas qu'on casse des banques. Les keufs, c'est les keufs, hein. Si tu y ajoutes agression et enlèvement, alors là ils commencent à baliser. Ils se sentent visés. D'un seul coup, c'est leur poste qui est en jeu : on risque de les muter ailleurs ou je ne sais quoi. Il leur faut des résultats. Et on ne gagnera pas en les attaquant de front. Si tu joues les durs à la Jimmy Cagney, ça les met hors d'eux. Et après, tu foires à chaque coup. Le truc, c'est de pas rester les deux pieds dans le même sabot, de pas chercher à réparer une connerie en en faisant une autre.

Le silence retomba, et Doug se rendit compte qu'il venait de se lancer dans ce qui était, chez lui, une diatribe. Il était le seul à pouvoir parler sur ce ton à Jem, et même là, il était allé trop loin. Gloansy et surtout Dez se seraient, eux, retrouvés la gueule en sang en moins de deux…

Jem faisait maintenant semblant de se curer les dents avec la langue. Pour Doug, il y avait trop longtemps qu'il la fermait quand il s'agissait de ça. Il ne savait pas au juste pourquoi il était lui-même d'aussi mauvais poil. Ça venait des blagues, de leur haleine qui sentait la bière et de l'heure qu'il était. C'était toute leur jeunesse qui tournait en rond sur la glace, là-bas en bas.

— Et merde, dit Doug avec un geste de la main. Tu veux arroser le Fleuriste, très bien, arrose-le. Lui faire plaisir ? D'ac-cord. Mais ça va servir à rien. Nous, on est des pros, pas des cow-boys. C'est pas notre genre. C'est pour ça qu'on a toujours une longueur d'avance quand on joue au chat et à la souris. On dépend de personne, il faut qu'on soit futés, et ça en permanence, sinon on va se planter. Je lâcherais tout plutôt que devenir une espèce de distributeur de billets aux ordres d'un gangster. Il suffirait que je pense que c'est ce qui va se passer pour que j'arrête immédiatement les frais.

Jem rigola.

— Déconne pas. Tu serais incapable de raccrocher.

— Il faudra bien un jour.

– Tu ferais une vieille dame très gentille, si t'avais pas du flair dès qu'il s'agit de monter un coup. Il n'y a que toi pour avoir autant de veine.

Doug mastiqua et regarda les enfants quitter la patinoire, puis se diriger vers la sortie en marchant avec leurs patins.

– La part de Duggy est chez moi, dit Jem en faisant comme s'il ne s'était rien passé.

Il remit à Gloansy et Doug des clés de casier à anneau orange.

– Vos calibres sont devant. N'oubliez pas qu'il faut absolument le blanchir, ce fric. Bon, pour finir… la directrice de la banque.

Ce disant, il regarda Doug, qui haussa les épaules.

– Oui ?

– Tu lui as piqué son permis de conduire. Qu'est-ce que ça donne ?

– Rien.

– Je croyais que tu avais dit qu'elle habitait Charlestown.

– Elle n'est pas encore rentrée chez elle. À mon avis, on peut l'oublier. Du moment que tu t'es débarrassé des masques, elle ne sait rien de nous.

– Et comment que je m'en suis débarrassé !

– T'avais l'air très fier de ton œuvre d'art, je voulais en avoir le cœur net.

– Les masques, les outils, j'ai tout viré.

Doug haussa les épaules.

– Bon, alors…

– Je l'ai vue aux infos, dit Gloansy, on l'emmenait avec son père. Elle était trop bouleversée pour leur raconter quoi que ce soit.

– Oui, fit Doug en s'essuyant le nez comme s'il était en train d'attraper un rhume imaginaire.

– Alors c'est plié. On ne risque rien. Et avec ça, la réunion du club d'investissement est officiellement annulée.

Dez emballa son fourbi.

– Je file.

– Je te suis, dit Doug en embarquant le sien.

– Putain, où est-ce que vous courez comme ça ? demanda Jem. Il y a le feu ou quoi ?

– J'ai des trucs à faire, répondit Doug.

– Laisse tomber. À nous la glace. Gloansy et moi, on va faire du patinage.

– Moi, je ne peux pas, déclara Doug en se levant.

Dez était déjà à échanger des saluts du poing et s'en aller.

Jem se rembrunit.

– Il habite chez moi, le mec, et je le vois jamais.

– Il faut que je me casse. Vous savez comment ça se passe chez moi, à l'entracte.

– Alors reste. On va se descendre des bières, peinards, quoi. Gloansy a amené ses protections de goal. On va le tester aux tirs au but.

– Va te faire foutre, dit Gloansy, qui prit la dernière petite tranche de pizza.

– Je me sauve, déclara Doug en s'engageant dans l'escalier en bois tout éraflé. En plus, tu as tort. J'en ai un, de boulot. Vous empêcher de fondre les plombs, vous autres pédés.

– Ah, non alors ! s'insurgea Jem, qui avait déjà oublié leur prise de bec. Ça, c'est un boulot à plein temps !

Doug reparut au moment même où Dez sortait sa part des casiers installés dans le hall de la patinoire – on aurait dit deux gros annuaires emballés dans du papier paraffiné. Jem leur ayant aussi laissé un sac à provisions Filene plié, Dez flanqua le tout dedans et roula le cabas pour se le mettre sous le bras, comme un ballon de football. Ils quittèrent les lieux et se retrouvèrent à la lumière vive du grand jour.

– Ma mère me tanne pour que tu reviennes manger un soir.

– Oui, bientôt.

Le soleil, haut dans le ciel, lui déclencha un éternuement retentissant et bienvenu.

– À tes souhaits ! dit Monseigneur Dez.

Doug le regarda du coin de l'œil.

– Tu vas en déposer la moitié dans le tronc de l'église ?

– Je suis pressé. Plus tard.

– Avant que tu te décides, ils auront le temps d'installer des bains turcs dans le confessionnal de Saint Frank.

Dez le regarda sans sourire.

– Elle ne pèse pas lourd, notre part. Tu trouves pas ?

Doug se frotta les yeux.

– Putain de merde !…

– Pourquoi ? Pourquoi le laisser faire la loi ? Tu sais que c'est toi le patron. Et puis cette histoire de retenue, c'était du flan.

Doug haussa les épaules, s'en moquant éperdument.

– Au fait, c'est quoi une ligne IRNS ?

– RNIS, le corrigea Dez. Réseau numérique à intégration de services, l'Internet rapide. Le débit sera bien plus fort, comme pour un tuyau d'alimentation en eau. Les fibres optiques. On pourra surfer sur le Net comme on change de chaîne.

– Ah oui ? C'est ça l'avenir ?

– Le présent. Demain, va savoir… Un jour, il n'y aura plus de fils, ça, je le sais. Un jour, il n'y aura plus de gens comme moi.

– Tu devrais peut-être penser à te trouver autre chose à côté.

Dez sourit en direction de l'autoroute.

– Il faut que j'y aille.

Ils se saluèrent, poing contre poing, Dez descendant la pente, un joli paquet d'argent liquide sous le bras.

Doug tourna, partit dans l'autre sens et remonta Old Rutherford en examinant au passage le parking pour essayer de repérer d'éventuels fouille-merde. Il emprunta Devens à droite et suivit la rue jusqu'à Packard, une voie à sens unique, une des rares dans Charlestown, un quartier très dense, à être flanquées d'un passage. De là, on apercevait l'arrière des immeubles, les fenêtres en saillie et les balcons surplombant des murs en briques séparant de minuscules places de parking pavées. Devant chacune, une poubelle vide, sauf devant celle de Claire Keesey, sa Saturn prune étant déjà partie. Une poignée de menus à emporter était glissée sous sa porte-moustiquaire.

Ne t'arrête pas ! se dit-il.

Il fit comme s'il était satisfait et enfonça les mains dans les poches de son survêtement. Il s'était contenté de lui éviter un cassage de gueule. Il baissa la tête, comme un honnête homme, et passa son chemin.

4

Playstation

Sur le flanc arrière de la colline, c'était Charlestown sans les becs de gaz. Des maisons attenantes en bois, avec un escalier pour monter sur le toit et une entrée qui donnait sur des trottoirs descendant à quarante-cinq degrés vers la mer. Pendant la tempête de neige de 1978, les enfants du quartier, montés sur des snowboards et des cartons pliés en guise de luges, avaient dévalé Mystic, Belmont et North Mead à plus de trente kilomètres à l'heure, avant de s'arrêter brusquement en bas, dans Medford Street.

L'embourgeoisement, qui avait permis aux autres fiefs de Charlestown, comme Monument Square, City Square et les Heights, d'acquérir une nouvelle virginité, avait aussi touché ce vieux secteur, que l'on appelait communément l'« arrière de la colline », sans le transformer définitivement. On y voyait des Audi et des Acura garées devant les trottoirs, et parfois aussi des bouteilles d'eau minérale de marques « branchées » dans des poubelles destinées aux déchets recyclables, sans parler des façades lavées au jet et soigneusement repeintes. Pourtant il y avait encore çà et là des fenêtres derrière lesquelles ondulaient des rideaux en dentelle irlandaise, et quelques pompiers et employés municipaux qui se disaient toujours chez eux.

En haut de Sackville Street, Doug s'était beurré deux muffins de maïs préalablement emballés dans du papier paraffiné. Son grand thé, dans lequel il avait ajouté plein de lait et de sucre, fumait dans sa tasse en carton frappée de l'effigie de Lori-Ann qu'il avait posée sur le toit de sa Caprice Classic modèle 1986 piquée par la rouille.

C'était là qu'il avait coutume de prendre son petit déjeuner. De l'autre côté de la rue, la maison qu'il regardait, avec son revêtement rouge vif et ses finitions d'un blanc immaculé remplaçant le gris perle plaqué sur le gris anthracite qui s'écaillait, était celle dans laquelle il avait passé sa jeunesse. Pour lui, c'était toujours celle de sa mère, même si elle l'avait quittée, l'abandonnant lui aussi du même coup lorsqu'il avait six ans. Son père avait réussi à la conserver pendant une bonne dizaine d'années, ce qui signifiait, et il avait du mal à y croire, que depuis lors il avait personnellement logé ailleurs, où s'était écoulée la deuxième moitié de sa vie. Cette maison continuait à hanter ses rêves : l'énorme citerne à mazout dans le sous-sol en pierre, les sombres boiseries du salon avec ses vieux radiateurs et ses murs tapissés en jaune moutarde, et la chambre d'angle au rez-de-chaussée, celle que balayait le pinceau des phares des voitures.

C'était là qu'il venait se ressaisir. Un boulot foireux – il avait beau leur avoir rapporté un max, pour lui ce serait toujours un ratage – le mettait immanquablement en boule, mais sans jamais autant le déprimer que dans le cas présent. Il ne cessait de repenser à ce braquage pour essayer de comprendre où ça avait déconné, et en fin de compte il en revenait toujours à la directrice de la banque assise près de lui dans la camionnette, un bandeau sur les yeux. Cette image l'obsédait. Elle lui avait paru si fragile, et pourtant d'un calme olympien ! Elle avait pleuré en silence à côté de lui (il l'avait sentie trembler, ses mains flasques posées sur ses genoux), comme la statue d'une femme aux yeux bandés en train de sangloter. À force de la suivre, il avait trouvé le moyen de se laisser entraîner dans le mystère de sa vie.

Aujourd'hui, il remontait la pente. On était en avril et les trottoirs grouillaient de jeunes femmes qui ressemblaient à Claire Keesey, venaient habiter ici parce que le quartier était sûr et les loyers abordables, et se découvraient les jambes et les épaules au sortir d'une longue hibernation. Ce n'étaient pas alors les occasions qui manquaient à Charlestown, et il était temps d'en profiter. L'espèce de brouillard dont il s'était brusquement trouvé environné au début de leur opération à la banque, et qui avait persisté les jours suivants, se levait enfin.

Il hocha la tête et chiffonna l'emballage des muffins. Il n'allait pas continuer à se ronger les sangs parce qu'il n'avait pas dit aux autres que c'était elle qui avait déclenché l'alarme. C'était fini. C'était de l'histoire ancienne. Il était temps de passer à autre chose.

– Regarde-moi ça un peu, fit Jem.

Doug déposa bruyamment son litre de Mountain Dew et prit le catalogue de printemps tout froissé de Victoria's Secret. Page après page, Jem avait mis un peu d'eau sur les seins de chaque mannequin présentant de la lingerie, plissant le papier fin et faisant saillir des tétons très convaincants.

Doug feuilleta le catalogue en hochant la tête.

– Et tu me dis que ça ne t'a demandé que la moitié de la matinée ?

– Il y a des jours comme ça… Tu te réveilles avec la gaule. Putain, je déborde d'énergie. J'ai déjà fait de la muscu deux fois aujourd'hui, pour travailler les épaules et les mollets. Qu'est-ce que tu fabriques quand t'arrives pas à te concentrer tellement t'as envie de baiser !

– Tu te tires sur l'élastique.

– Non, non, répondit Jem en hochant la tête. Non, ça, j'ai arrêté.

– Pardon ?

Sourire chez Doug.

– Tu as arrêté…

– Il paraît que la beuh, ça t'enlève toute initiative. Moi, je te le dis, la pignole, c'est sûr. T'es tout flagada, garanti. Chaque fois, je me sens fatigué, mollasson… Sérieux.

– Eh bien, ce coup-ci tu vas descendre carrément trois fois au sous-sol faire de la muscu et tout ce qui va se passer, hein, c'est que le foutre va te monter à la tête et que tu vas devenir pédé. J'ai vu le cas, mon pote. C'est affreux.

– Tu parles d'expérience…

– Bah, il me vient comme ça parfois des idées de génie. Et si tu y allais mollo, mon vieux, et que tu te trouvais une régulière ?

– Je crois que je m'en sors pas trop mal. Et ça va aller de mieux en mieux. L'abstinence, ça la rend encore plus affectueuse, la bite. Putain, t'es bien le dernier qui devrait me faire chier avec ça, toi qui as déjà changé de vie.

Doug s'empara de la télécommande sur le dessus en verre de la table basse, fit apparaître le menu du câble et le juxtaposa sur la scène de billard figurant dans le porno soft qui passait sur Spice Channel. Il se dégota un film de kung-fu sur la chaîne payante que Jem avait piratée et décida de le regarder sur cette immense télé.

– Si ta vue s'améliore, tu pourrais peut-être te trouver un écran plus petit.

– Bon, maintenant écoute. Je parle de ce soir, d'accord ? Il paraît que la masturbation rend sourd. Alors on va se procurer des cornets acoustiques chez l'antiquaire et se pointer au Tap, là où il y a tous les petits bourges bien propres sur eux, et on va leur faire coucou en se curant les oreilles avec le truc, puis on leur chantera du Beethoven : « Pom pom pom pom !... Pom pom pom pom !... »

Doug rigola.

– Tu arrives avec ton catalogue ?

– Mais avant, je vais me verser de l'eau sur la braguette, histoire que ça ressemble à une jolie petite tache de foutre.

Il mima son entrée dans le bar, les hanches en avant, un grand sourire irlandais plaqué sur les lèvres.

– Salut, les copains !

– Oui, mais tu vois, c'est à cause de ce truc-là, en face, qu'on n'a pas de meuf attitrée.

– Putain, dans ce cas, ça marche.

Jem sauta sur son canapé en cuir vert et attrapa la télécommande de sa PlayStation.

– Les Bruins ! lança-t-il.

Ils se branchèrent sur NHL 96, un jeu vidéo mettant en scène les grandes équipes de hockey sur glace ayant participé au championnat, disputant d'abord un match à la régulière, sous les hurlements du public, avant d'oublier le palet et d'opter pour un jeu dur, jusqu'à ce que les masques volent, que l'image apparaisse en gros plan et que les types enlèvent leurs gants, tandis que le journaliste hurlait « Combat ! » en son 3D.

– Comme au bon vieux temps, mon gars ! s'exclama Jem en se tournant vers Doug, les larmes aux yeux, Dis-moi, pourquoi est-ce qu'on joue pas à ça tous les jours ?

Doug fut obligé de se lever et de passer devant les grands amplis pour aller pisser. Le carrelage noir et blanc, plutôt fatigué, de la salle de bains, le rideau de la douche complètement pourri, les tuyaux recouverts de mousse qui traversaient le plafond pour rejoindre sa propre salle de bains au second, tout cela lui parut virtuel, et ça tanguait, comme s'il était bourré. La patinoire électronique et sa glace sur laquelle il n'y avait pas de frottement avaient l'air plus authentiques que la maison de la mère de Jem.

Il revint dans le couloir étroit dont les murs se gondolaient et qui se racornissait aux angles, un monde rafistolé, la photo encadrée du cardinal Cushing accrochée au-dessus du bénitier à sec depuis longtemps ayant l'air bien floue.

Un bruit de verre, devant la porte en bas, lui glaça les sangs, la caféine et le gaz carbonique s'évacuant de son monde parallèle, maintenant que le jeu ne l'excitait plus.

– Krista est chez elle, dit-il à Jem en revenant près de lui.

– T'inquiète pas, elle va pas nous emmerder.

– Je vais prendre ma part, que ce soit réglé.

Jem lui décocha un sourire glacial.

– Tu vas filer.

– Non. Je vais prendre ma part, qu'on en finisse, et je redescends.

Jem se leva, toujours sceptique, et se dirigea vers l'encadrement de la porte qui reliait le salon et la cuisine mal entretenue du premier étage. Là, il tira sur la moulure, dont un grand morceau se détacha, découvrant des étagères en contre-plaqué clouées entre les vieux murs et ressemblant à une rangée de fentes de boîtes aux lettres. Il récupéra le paquet de Doug sans toucher à d'autres paquets plus petits, enveloppés dans du papier journal souvent déchiré et qui laissaient s'échapper de l'argent liquide.

– C'est ça, ta planque ? lui demanda Doug.

– Pourquoi pas ?

Doug lui désigna du menton la pièce encombrée de jouets.

– Si on débarque ici avec un mandat de perquisition, qu'on compare tout ce matériel avec ta feuille d'impôts et qu'on s'aperçoive ensuite que tu voles de l'électricité et que tu t'es bidouillé un branchement pirate sur le câble, tu crois pas qu'on va donner des petits coups sur les murs ?

Jem haussa les épaules et remit en place la moulure en la frappant du bas de la main pour la faire rentrer.

– T'as toujours la trouille. Et toi, où c'est que tu le planques, ton fric ? Parce que tu le dépenses pas, ça, je le sais.

– Pas en haut.

Doug soupesa le paquet.

– Au fait… qu'est-ce que tu as prévu pour avoir du liquide propre ?

– On peut toujours en blanchir une partie.

Doug hocha la tête ; il se sentait encore de bonne humeur à cause du jeu vidéo.

– Ce soir, on pourrait faire comme les gens du coin…

– D'accord. Mais seulement si on mange là-bas. Qu'on profite de la soirée ce coup-ci, Duggy, qu'on déconne pas, et qu'on se contente pas d'y faire un saut, comme pour tirer du fric au distributeur.

Doug hocha la tête, rasséréné.

– Je monte ça en vitesse. Toi, appelle les deux autres pédoques.

Doug revint, habillé d'un blouson Timberland en daim ; dans la doublure matelassée étaient glissés huit mille dollars en billets de vingt et de cinquante.

La maison de la mère de Jem avait deux étages, où s'empilaient des appartements identiques, comme il y en a tant à Charlestown. Le diabète l'avait détruite petit à petit, la mère de Jem : il l'avait d'abord privée de l'usage de ses pieds et de ses orteils, puis de ses doigts, de ses genoux, d'un rein, et pour finir c'était son cœur qui avait lâché. Depuis, la maladie s'était transmise à toute la maison, dont les pièces pourrissaient l'une après l'autre.

En guise de loyer, Doug, qui occupait tout le second étage, payait la taxe foncière, qui s'élevait à deux mille dollars par an. Au premier étage, Jem veillait à ce que chacun bénéficie à l'œil de prestations comme l'électricité, le câble, etc. Krista, elle, habitait au rez-de-chaussée.

Kristina Coughlin suivait de très près son frère Jem – elle était née exactement onze mois et onze jours après lui. Ils se chamaillaient comme s'ils étaient mari et femme ; c'était elle qui s'occupait du linge et leur faisait de temps à autre à manger (l'une de ses spécialités étant le poulet « à la king » tout gluant, une recette qu'elle tenait de sa mère), tandis que de son côté il lui gérait son compte et se prélassait devant la télé.

Comme son frère, elle n'était pas triste. Entre vingt et trente ans elle avait brûlé la chandelle par les deux bouts, ce qui commençait seulement à se voir, même si elle s'était très vite remise de sa grossesse. Elle avait les yeux blanc et bleu de Jem, en plus discret toutefois, qui lançaient des éclairs quand elle picolait, ce qui lui arrivait souvent. Elle se faisait au rasoir une espèce de coupe en dégradé qui lui parsemait le crâne de mèches irrégulières. En bonne fêtarde, elle s'éveillait le soir, tout comme ses cheveux blonds et sales qui ne prenaient du volume qu'à ce moment-là. Elle avait une poitrine scandaleusement étroite et de longues jambes le plus souvent glissées dans un jean délavé et perchées sur des talons hauts afin de mettre en valeur son cul en forme de cœur…

Ils avaient grandi ensemble, Doug passant tellement de temps chez les Coughlin dans son enfance que lorsque son père s'était éclipsé et que la mère de Jem l'avait recueilli, ça n'avait pas changé grand-chose.

Krista et lui formaient depuis longtemps un couple qui se retrouvait de façon sporadique et ne marchait pas, sauf pour baiser et faire la fête. Seulement maintenant elle ne pouvait plus arrêter de boire. Elle avait essayé, lorsque Doug était sorti de prison, quelques semaines seulement après la mort de sa mère, mais avait rechuté grave au bout d'à peine quelques mois. Doug, au fond, s'était senti soulagé de ne plus avoir ce boulet à traîner. Deux mois plus tard, elle racontait à la cantonade que c'était de Doug qu'elle était enceinte…

Pour l'heure, elle était assise à la table et regardait Jem écluser une High Life d'un seul coup.

– Et tu comprends pas pourquoi il ne descend plus ? lui demanda-t-elle d'une voix cassée par la fumée de cigarette.

– Il s'en fout, Duggy… Pas toi ? Il a beaucoup de volonté.

Il finit sa bière en y allant d'un sourire de taré.

– Il en a peut-être trop, ajouta-t-il.

Sur la table, le téléphone sans fil sonna. Il s'en empara et répondit :

– Gloansy, espèce de bâtard !

Il se leva pour aller faire les cent pas dans l'étroit couloir.

Depuis la disparition de la mère de Jem, trois ans plus tôt, il n'y avait pratiquement pas eu de changements au rez-de-chaussée comme au premier étage. Ils étaient allés s'installer en bas dans le salon de derrière, juste au-dessous de la « salle de jeux » de Jem. Un antibois en érable protégeait un papier peint laiteux et parcheminé que la nicotine avait fait jaunir, ainsi que des boiseries blanches tout éraflées. On s'était contenté d'ajouter un déambulateur, pour l'instant inutilisé et tout collant à cause du jus de fruit renversé dessus, et une chaise rembourrée en plastique, dans laquelle était attachée la petite fille d'un an et demi.

Shyne tenait dans une main un biscuit à la farine complète, et dans l'autre le ruban d'un ballon Mylar en forme de cœur qui piquait du nez. Quoi que puisse évoquer son nom, orthographié en l'occurrence de façon originale [1], Shyne était une Blanche. Poupée à la peau d'albâtre, elle avait des cheveux fins et cuivrés, et les petits yeux blancs au regard triste des Coughlin. Elle ne ressemblait absolument pas à Doug, ce qui excluait, pour tout le monde, y compris lui-même, qu'il puisse en être le père, comme le prétendait Krista…

Shyne mastiqua son biscuit et regarda Doug de l'autre côté de la table. Elle avait l'air débile. Au premier abord, on ne s'en apercevait peut-être pas, mais il suffisait de passer un moment avec elle pour se rendre compte qu'elle n'était pas en phase avec les autres. Les rares fois où Doug en avait parlé à Jem, celui-ci lui avait ressorti, en guise de réponse, des salades entendues à la télé sur le fait que les enfants ne se développent pas tous au même rythme. Et il n'avait jamais pu aborder la question avec Krista, qui voulait toujours y voir la preuve qu'il était prêt à s'en occuper.

Maintenant qu'elle était seule avec lui, Krista secoua ses cheveux blond cendré et s'éloigna de la table, l'air toute petite et fatiguée dans sa vieille chaise sans accoudoir.

– Je ne lui demande pas ça.

Il regarda le ballon rouge à moitié gonflé et totalement immobile ; il voulait voir la gamine d'un an et demi le faire rebondir, avoir une réaction…

– Quoi donc ? fit-il.

– De nous laisser dans notre coin, comme ça. C'est nul de s'entêter. Des fois, j'ai l'impression, je te jure,

1. *Shine* (« cirage ») est un terme péjoratif désignant un Noir *(NdT)*.

qu'il en a plus envie que moi. À croire que c'est toi et son amitié pour toi qu'il voudrait préserver.

– D'où tu sors ça ?

Elle haussa les épaules, comme si cela tombait sous le sens.

– Tu ne viens pas nous voir. Enfin quoi, c'est un connard, mais vous deux, vous êtes comme des frères.

Elle se passa la main dans les cheveux, se les remonta au-dessus des oreilles, puis les laissa retomber.

– Ou alors, c'est de ma faute. Comme si j'avais une maladie contagieuse qui t'empêchait de venir me voir.

Doug soupira en se calant sur sa chaise.

– C'est toi qui es contagieux, reprit-elle. Tu m'as passé le virus dans ma jeunesse et ça m'a marquée pour la vie.

Elle ramassa un set de table gaufré en forme de trèfle, sur lequel avaient séché des reliefs de repas.

– Hier soir tu es rentré tard de ta réunion, dit-elle.

– Ah là là, cette porte en verre qui vibre !

Jem fit irruption dans la pièce.

– Gloansy est là, lança-t-il.

Il s'installa en face de Shyne et tira sur la ficelle de son ballon, histoire d'attirer son attention. Elle leva les yeux sur le cœur affaissé qui se balançait lentement.

– Vous êtes encore en train de parler de tes réunions ? fit-il. C'est une véritable religion chez toi…

– Justement, répondit Doug, elles se tiennent dans une église.

Jem laissa sa nièce et se tourna vers la table éraflée, faisant sauter dans sa main un Zippo frappé du drapeau de l'Irlande.

– Hé, je ne bois plus. Plusieurs jours d'affilée. Ça fait du bien de revenir en arrière, de remonter le mécanisme. Simple mesure de salubrité. Mais bon, chez toi ça dure depuis combien de temps ? Un an ou davantage ? Ça, c'est ce qui s'appelle arrêter la tise !

– Ça fera deux ans le mois prochain.

– Ah là là, qu'est-ce qu'on se sent bien quand on ne picole plus ! Je me souviens de la fois où tu avais replongé… au mariage de Dearden.

Krista sourit en repensant à la scène. Doug se demanda pourquoi ça revenait toujours sur le tapis.

– C'était une connerie.

– Une connerie et t'as foutu le chambard. Tu parles d'une nuit, toi !

– J'avais tenu presque un an avant cette rechute.

– Une rechute ? Un plongeon, oui ! T'as fait un de ces cirques ! Ce que je veux dire, Duggy, c'est que tu t'y es remis comme il faut. Regarde-toi. Inébranlable. Mieux, plus fort, plus rapide. Alors, ça ne peut pas faire de mal de se laisser aller une fois de temps en temps et de picoler un peu avec tes espèces de copains mal inspirés qui ont la gorge sèche.

Le téléphone sonna, Jem l'attrapa et répondit.

– Monseigneur de la pédale.

Krista s'assit, les bras croisés, et regarda sa fille, perdue dans ses pensées.

– Tu n'es pas prêtre, lui dit-elle.

Doug se retourna et la dévisagea.

– De quoi tu parles ?

– Même le Monseigneur, Desmond le myope, le pape du village oublié, même lui s'abaisse à boire un verre avec les mecs.

– Parce qu'il est capable de se contrôler. Moi pas.

– Parce que t'es un alcoolo.

– C'est vrai. Parce que je suis un alcoolo.

– Et fier, malgré tout. Fier d'être atteint de cette maladie.

– Oh, putain ! Tu me demandais pourquoi je ne descends plus ?

– Dis, qu'est-ce qui te branche, en ce moment ? Casser les banques, c'est tout ? Être le prince de ces voleurs ?

Épuisé, Doug fit la grimace. Il n'avait jamais abordé le sujet avec elle et elle savait bien qu'il n'aimait pas du tout qu'elle en parle.

– Autre chose avant que je m'en aille ?

Krista essuya la bouche de sa fille, qui s'était barbouillée de biscuits réduits en bouillie.

– Oui, lança-t-elle en se retournant vers lui. Qu'est-ce qu'il faut faire pour te sortir de l'espèce de rêve dans lequel tu vis ?

N'obtenant aucune réponse de sa part, elle se leva et passa à la cuisine, toujours les bras croisés, le laissant avec Shyne qui le mangeait des yeux.

Ils traversèrent Rhode Island pour gagner, au sud, le Connecticut, dans la Monte Carlo SS modèle 1984 de Gloansy, noire avec finitions intérieures orange. Avec trois délinquants endurcis à l'intérieur et un max de liquide, il ne fallait pas s'attendre à ce que Gloansy respecte les limitations de vitesse au volant de sa voiture décorée comme un arbre de Noël. Voilà pourquoi c'était Dez qui conduisait. Assis devant, lui aussi, Doug s'occupait de la radio et vérifiait de temps à auftre dans son rétroviseur latéral qu'ils n'étaient pas suivis, tandis qu'à l'arrière Jem et Gloansy se partageaient un pack de six bières.

Deux heures pour arriver au casino de Foxwoods. Ils avaient beau redoubler de prudence, rien ne disait qu'il n'y avait pas un billet piégé et l'un des rituels de Doug consistait à blanchir l'argent. Comme il y tenait absolument, cela présentait aussi l'avantage de refréner les velléités de dépenses de Jem et Gloansy.

Jem aimait bien la roulette et avait l'habitude de blanchir ainsi la moitié de son fric en enchaînant les cocktails, des Seven and Seven offerts par la maison, et en laissant des pourboires énormes, comme un ado de quinze ans qui sort pour la première fois avec une fille.

Gloansy se paya un cigare à douze dollars et décida de perdre au poker avec des mises importantes.

Doug se montrait assidu aux tables de vingt-et-un. Il commença par déposer soixante billets de vingt dollars sur le tapis et regarda les coupures sales disparaître pour être remplacées par quarante-huit jetons poussés vers lui. Il buvait des Coca sans glace et ne jouait pas pour gagner, seulement pour ne pas perdre, nuance. Il s'agissait en l'occurrence de rester le plus longtemps possible dans chaque partie en se contentant de quinze ou seize points et en laissant à chaque fois le brasseur atteindre le 21 et découvrir son jeu. Quand il se fit rembourser, une demi-heure plus tard, il n'avait perdu que six jetons. Il plia les mille cinquante dollars bien propres dans sa poche à fermeture éclair, déposa sur la table un billet de cent dollars et blanchit en vitesse encore mille trois cents dollars avant de racheter des jetons et de recommencer à zéro.

Il mit moins de trois heures à renouveler entièrement ses huit mille dollars en n'ayant lâché en tout et pour tout que trois cent vingt dollars, en comptant les parties, les pourboires et une commission de quatre pour cent au casino réputé le plus rentable de tout le pays.

Il retrouva Dez devant une Infiniti rouge qui tournait sur elle-même. Ils firent ensemble deux fois le tour complet de la salle avant qu'un cri de guerre indien ne les conduise à Jem, qui dansait comme un Apache autour de la roulette à cinquante dollars car il venait enfin de tirer le double zéro. Ils touchèrent leurs gains et le sortirent de là.

Jem voulait s'arrêter un quart d'heure dans un salon de massage près du casino, mais Gloansy refusa :

– Déjà que je me suis fait entuber de mille neuf cents dollars par le mec en rouge, je vais pas en filer cinquante à une geisha pour qu'elle fasse la même chose.

Il préféra les amener dans un grill, quelques sorties plus loin sur l'autoroute en remontant vers le nord ; ils se prirent un box près de la fenêtre pour ne pas perdre de vue leur Monte à ailerons noirs. La table fut bientôt recouverte de morceaux de viande et de canettes de High Life, sans oublier le Mountain Dew de Doug, servi sans glace dans un grand verre.

– Et maintenant, c'est quoi le programme, Duggy ? lui demanda Gloansy.

– On se paye un club de strip-tease.

– Je veux dire pour nous. Pour l'équipe.

– Je ne sais pas, mais je pense qu'on devrait se remuer. J'ai deux ou trois projets.

– Tu parlais d'aller faire un tour dans un bordel.

– Peut-être. On pourrait choisir un machin plus cool pour commencer.

Jem écarta cette idée d'un geste de la main.

– Il n'y a pas de truc plus cool qui tienne.

– Oui, mais s'arrêter au boxon, ça signifie qu'on y va en plein jour. Et puis il y aura des vigiles armés, du monde et de la circulation. Moi, j'hésite à mettre le paquet, tu vois. Il faut la jouer gagnant.

Jem braqua son couteau dans sa direction.

– Tu déclines, DigDug. Ça commence à m'inquiéter. Dans le temps, t'étais le premier à entrer dans la danse.

– Dans le temps, je bandais tous les matins en arrivant à l'école. Maintenant on est en 1996, j'ai trente-deux ans et je veille au grain.

– En tout cas moi, je suis prêt, dit Gloansy. Quand tu veux, Duggy.

Jem piqua dans l'assiette de Gloansy un des morceaux de viande les plus roses et se l'enfourna dans la bouche.

– Quand *je* veux, espèce de tarlouze.

Gloansy regarda son steak se faire avaler et remit du ketchup sur le reste.

– C'est ce que je voulais dire.

Ils mangèrent, burent et déconnèrent, comme d'habitude, en foutant le bordel. Doug essaya de les faire accélérer, comme s'il animait une sortie d'études à l'extérieur de Charlestown.

– S'il fallait que je me range des voitures, déclara Gloansy, j'aurais sans doute une cage de base-ball. Ça permet de jouer aussi bien dedans que dehors. Avec restauration rapide et tout le toutim. Ça manque à Charlestown. Et toi, Jem ?

– J'ouvrirais un magasin de vins et spiritueux. En plus, tu vends des clopes, des billets de loterie et des revues porno. C'est le grand bazar du vice.

– Duggy y a pensé, autrefois.

– Vu qu'il ne boit plus, je l'ai repris à mon compte, son projet lucratif.

– Tu pourrais aussi y installer un comptoir où on donne les photos à développer.

Jem le dévisagea, Dez soutint son regard pendant quelques secondes avant de s'esclaffer, et Doug avec, l'un et l'autre se mettant à pouffer de rire.

– Qu'est-ce que c'est que ça ? s'insurgea Jem. C'est quoi, cette histoire de photos à développer ? C'est pas drôle. Moi, je la trouve pas drôle. C'est complètement idiot.

Ils se gondolèrent encore plus fort en voyant Jem furibond, ce qui commença à importuner les gens assis aux tables voisines. Doug se leva pour aller aux chiottes. En revenant, il eut droit au même spectacle que ceux qui s'étaient installés dans le box latéral : Gloansy et Dez qui jouaient au foot avec une plaque de beurre, tandis que Jem vidait une autre bière à long goulot et regardait par la fenêtre en dodelinant de la tête au son d'une petite musique intérieure. Telle était la vie prestigieuse des hors-la-loi, la majesté dont pouvait se réclamer celui qui était le prince des voleurs.

Lorsqu'il fut revenu, la serveuse leur apporta la note.

– On se casse, lança Doug.

– Il va falloir que je m'arrête en chemin, dit Gloansy avec le sourire. À Providence.

Fatigué, Doug n'aspirait qu'à revenir à Dodge.

– Espèce de losers !

– Non, rectifia Gloansy. Espèce de losers en rut.

Il entendit mastiquer à côté de lui : c'était Jem qui bouffait la note.

Doug eut droit à une danse super-érotique exécutée par une Portugaise aux cheveux longs et aux seins en forme de poire. Il succomba à son décolleté vertigineux et aux oscillations de sa féminité, lorsqu'elle glissa des petites mains sur les muscles de ses épaules et se pencha vers lui. Quand elle se retourna et s'installa sur ses genoux, en ondulant de la taille et des hanches, il se dit que ça faisait quatre mois qu'il n'avait pas baisé, soit depuis le début de l'année.

Après, pendant qu'elle se rhabillait sur le siège voisin, ça lui fila les glandes et il se sentit seul. Force était d'admettre, même s'il n'avait pas de copine, que pour un mec, se pointer dans un club de strip-tease, ça revenait à tromper les femmes en général, sentiment qui allait de pair avec la ferme intention d'un mari volage de se repentir et de réparer ses erreurs. Elle le soulagea de ses trente dollars, sourire et clin d'œil à l'appui, puis elle marqua un temps d'arrêt, pinça les lèvres et lui jeta un regard inquiet. Elle avança la main et explora tout doucement le petit coin de peau, là où il avait le sourcil fendu, et déposa un baiser sur cette vieille cicatrice avant de partir à la recherche d'un autre client.

Ce baiser gratuit le laissa pantois. Trente balles pour une paire de miches et du frotti-frotta, et ensuite un vrai moment d'intimité ? Elle aurait pu s'épargner son petit numéro d'entraîneuse et le faire payer uniquement parce qu'elle avait eu pitié de lui !

Ça lui fit la même impression de se retrouver dehors, devant le Foxy Lady, que d'arrêter de jouer sur la PlayStation. Tout d'un coup il atterrit et l'air de la nuit s'apparenta à une main glacée qui le tenait derrière, par le cou. Les rires laissèrent place à des ronflements tapageurs lorsqu'ils arrivèrent dans le Massachusetts. Dans la Monte, ça puait le Drakkar Noir « spicy » et la sueur de strip-teaseuse, tandis qu'il fonçait sur la route pour regagner Dodge, orphelin, de nouveau hanté par l'image de Claire Keesey assise dans la camionnette, les yeux bandés… Il traversa le pont, entra dans Charlestown, puis effectua un petit détour par Packard Street, histoire de voir sa porte et ses fenêtres où il n'y avait pas de lumière, avant de convoyer chez eux les autres habitants de Charlestown qui roupillaient.

5

Entretien

– En gros, je n'ai toujours pas atterri depuis ce matin, dit Claire Keesey en haussant les épaules.

Elle s'était recroquevillée sur les coussins bordeaux d'une chaise à bascule héritée de l'époque où elle était étudiante, le sceau du Boston College gravé sur l'appui-tête évoquant un petit soleil. Le bureau que son père s'était aménagé à la maison, un austère ensemble secrétaire-étagères en acajou disposé derrière des portes-fenêtres à clenches en cuivre, occupait la moitié du séjour. Sa mère, sourire crispé, mains agitées, avait glissé une serviette en papier gaufré sous le dessous-de-verre frappé du sigle BC, précaution supplémentaire pour éviter que Frawley ne renverse de l'eau. Ce vendredi-là, son père, teint pourpre et cheveux tout blancs, avait pris le premier train pour pouvoir ouvrir la porte et reluquer cet agent du FBI.

Frawley regarda son magnétophone portable, un Olympus Recorder, posé sur l'étagère à côté du fauteuil à bascule. C'était sa mère qui le lui avait offert le jour de la remise des diplômes à Quantico, et depuis lors, en même temps qu'un pull droit ou à col roulé, ou bien un pantalon, commandés chez L. L. Bean (sauf la fois où elle lui avait expédié des bongos), elle lui envoyait à Noël un paquet de quatre microcassettes vierges Panasonic MC-60, « pour tes étrennes ».

Une demi-heure venant de s'écouler, l'appareil émit un déclic et se rembobina. Claire était assise en tailleur, bras croisés, mains cachées dans ses manches. Sur la jambe droite de son pantalon de survêtement coquille d'œuf était marqué « Boston College » en grosses lettres bordeaux et or, son ample sweat-shirt vert susurrant quant à lui « BayBanks » au-dessus de sa poitrine. On aurait dit qu'elle s'était habillée ainsi parce qu'elle était en congé-maladie, même si de fait elle s'était débarbouillé le visage et brossé les cheveux, qui sentaient un peu la vanille.

– Ma mère ne veut plus que je reprenne mon travail à la banque, déclara-t-elle. Elle ne veut plus que je quitte la maison. Hier soir, après, disons, trois vodka tonic, elle m'a avoué qu'elle avait toujours su qu'il allait m'arriver quelque chose. Ah, et mon père ? Lui, il voudrait que j'obtienne un permis de port d'arme. Soi-disant qu'un de ses copains qui est flic lui aurait expliqué que le gaz moutarde, c'est bon uniquement sur les œufs brouillés… Bref, je suis là à les regarder s'occuper de moi. Comme si à trente ans j'étais revenue en arrière et qu'ils me considéraient toujours comme une gamine. Et le pire, vous savez, c'est que parfois ça me plaît. Oui, des fois ça m'arrive d'en avoir envie, tout simplement.

Elle frémit.

– À propos… eux non plus, ils ne me croient pas.

– Qu'est-ce qu'ils ne croient pas ? Et qui sont les autres dans le même cas ?

– Qu'il ne va rien m'arriver. Ma mère se comporte avec moi comme si j'étais le fantôme de sa fille, une morte vivante. Mon père, lui, suit son petit train-train, avec ses petites habitudes…

Frawley avait toujours tendance à vouloir jouer les psys. Il se dit qu'il n'était pas là pour aider ou soigner quelqu'un, mais pour obtenir des renseignements.

– Pour quelle raison pensez-vous que je ne vous crois pas ?

– On me traite comme si j'étais un être vulnérable et sans défense. Vous voulez que je sois comme ça ? Alors accrochez-vous parce que être fragile, ça, j'en suis capable !

Elle leva ses manches, toujours sans découvrir ses mains, l'air désabusée.

– Quelle bêtise de monter dans la camionnette ! Non ? C'est un peu comme si j'étais une petite fille de six ans sur son vélo rose et qu'on m'avait embarquée dans un véhicule sans que je crie ou que je me débatte. La victime idéale !

– Je croyais que vous n'aviez pas le choix.

– J'aurais pu me défendre. J'aurais pu les laisser, je ne sais pas, moi… m'abattre à la place.

– Ou alors ça aurait pu se terminer pour vous comme pour le directeur adjoint.

Elle hocha la tête ; elle voulait se calmer, mais n'y arrivait pas.

– Je suis allé voir M. Bearns, reprit Frawley. Vous ne lui avez toujours pas rendu visite, m'a-t-il dit.

Elle baissa la tête et acquiesça en silence.

– Je sais. Il faut que j'y aille.

– Qu'est-ce qui vous en empêche ?

Évitant d'abord de répondre, elle haussa les épaules sous son sweat-shirt bouffant.

– On nous a formés à aider les braqueurs, dit-elle. Vous êtes au courant, non ? On nous a formés à les aider, carrément, à ne pas leur opposer de résistance. En allant jusqu'à répéter les ordres qu'ils nous donnent pour qu'ils sachent bien qu'on va leur obéir à la lettre.

– Histoire de mettre à l'aise le truand. De faire en sorte qu'il s'en aille rapidement sans présenter de danger pour les clients et vous.

– Bon, d'accord, mais… de là à l'aider vraiment ? Enfin quoi… s'écraser devant lui ? Il ne faut pas charrier, vous ne trouvez pas ?

– Les braqueurs de banques sont pour la plupart des accros qui cherchent à se payer leur dose. C'est le désespoir, la peur du manque qui les rendent imprévisibles.

– D'accord, mais tout se passe comme s'il fallait leur obéir aveuglément, du style : « Ne leur refilez pas un paquet piégé avec colorant s'ils n'en veulent pas. » Vous me suivez ? Dans ce cas, à quoi bon en être pourvu ? Et puis aussi : « Soyez polis. » Dans quel autre métier parle-t-on ainsi ? « Merci, monsieur le braqueur. Bonne journée. »

Par la fenêtre, Frawley regarda deux petits garçons qui jouaient à se renvoyer une balle de tennis, en faisant un vrai spectacle de vendredi après-midi.

– À propos de formation, reprit-il, à la BayBanks il est expressément stipulé que ceux qui ouvrent le matin doivent entrer l'un après l'autre, de manière à ce que le premier confirme au suivant que tout est en ordre, lequel transmet à son tour le message à celui qui est derrière lui.

– C'est exact. Je le sais, admit-elle d'un air contrit.

– Et vous n'aviez pas l'habitude de procéder ainsi.

– Non.

– Pourquoi ?

Elle haussa les épaules.

– Par paresse, ou bien par complaisance… C'étaient les caissiers qui nous donnaient le feu vert.

– Ah oui, le coup des stores. Seulement, ils n'arrivent sur place qu'une demi-heure après vous. Et déclencher l'alarme silencieuse… On ne vous a pas appris à attendre qu'il n'y ait plus aucun danger ?

– Là encore… À quoi bon déclencher une alarme après un braquage ? Vous pouvez me le dire ? À quoi ça sert ?

– M. Bearns vous a fait courir un danger, à tous les deux.

– Mais sur le coup on ne pouvait pas le savoir, répliqua-t-elle avec humeur. Quand nous sommes arrivés, ils étaient déjà à l'intérieur de la banque, à nous attendre… Ils étaient plus nombreux que nous, on a eu une trouille bleue. J'ai bien cru ne plus jamais ressortir vivante de l'agence.

– Je ne vous fais aucun reproche, j'essaie seulement de…

– Pourquoi ne suis-je pas allée voir Davis ? Parce que je ne voulais pas m'effondrer devant lui. Moi qui habite une banlieue tranquille, qui m'en sors sans une égratignure et qui suis bien à l'abri chez mes parents ?

Elle écarta les cheveux qui lui retombaient sur le front.

– Pourquoi ? Il vous a posé des questions sur moi ?

– Exactement.

Elle eut l'air accablée.

– À l'hôpital, on ne veut rien me dire au téléphone.

– Il va quasiment perdre l'usage d'un œil.

Elle se cacha le visage derrière une manche sans main et se tourna vers la fenêtre, derrière laquelle on voyait les enfants jouer à la balle. Il insista, voulant en avoir le cœur net :

– Il a la mâchoire fracturée. Des dents cassées. Et, malheureusement pour moi, il ne garde aucun souvenir de cette journée. Pas même de s'être levé le matin…

Elle se voilait toujours la face.

– Il n'y a que moi ?

– Oui. Vous êtes le seul témoin. C'est pour ça que je compte sur vous.

Elle regarda un moment dehors, ne s'intéressant à rien de précis.

– Parmi les membres du personnel, reprit Frawley, y aurait-il quelqu'un qui vous semblerait mécontent ou susceptible de transmettre des renseignements sur votre façon d'opérer, sur les procédures d'ouverture de la chambre forte ?

Elle faisait déjà signe que non.

– Même sans le vouloir ? Quelqu'un de bavard… Quelqu'un qui a une piètre image de lui-même et besoin d'être aimé… ou de faire plaisir ?

– Nous formons une excellente équipe. Un peu comme une famille.

– Personne qui aurait pu être victime d'un chantage ou qu'on aurait poussé à donner des renseignements ?

Elle se découvrit le visage, l'air triste mais l'œil sec, et le regarda.

– C'est de Davis que vous me parlez ?

– Je vous parle de n'importe lequel d'entre vous.

– Davis s'imagine que parce qu'il est gay… Il déconne, mais bon… il croit que ça lui met des bâtons dans les roues. « Regarde un peu autour de toi, que je lui ai dit, la moitié des mecs qui travaillent dans une banque vivent dans le South End. » Cette année, le soir de la Saint-Valentin, il m'a demandé ce que je faisais. « Bof, je vais louer *Le Choix d'aimer* et le regarder toute seule chez moi, qu'est-ce que tu veux… », lui ai-je répondu. Comme il était seul lui aussi, on a passé la soirée ensemble, au Cosmos et au Good Life. C'était génial. Il n'y a pas longtemps qu'on se fréquente.

– Avait-il fait une rencontre ? Une de ses liaisons s'était-elle mal terminée ?

– Je ne sais pas. Je n'ai jamais vu ses copains. Il ne m'en parlait pas. Il était marrant. C'était sympa de se retrouver avec un mec qui remarquait quand j'étais allée chez le coiffeur.

– Donc vous ne savez pas s'il multipliait les aventures ?

– Écoutez… On l'a passé à tabac, vous vous rappelez ? Lui, il est innocent !

Il s'imprégna de la déception qu'elle éprouvait à son égard, mais se demanda si cet accès de colère ne cachait pas quelque chose. Il n'y avait qu'à voir comment elle avait prononcé le mot « innocent »…

– Il était ambitieux et voulait avoir de l'avancement ?

– Le soir, il suivait des cours dans une école de commerce.

Elle était sur la défensive et prenait le parti de Bearns.

– Mais pas vous.

– Moi ? Non, alors !

– Pourquoi ?

– Une école de commerce ?

Elle le regarda comme s'il était complètement fou.

– Eh bien ? Ça aide à obtenir une promotion, à s'élever dans la hiérarchie. Vous avez formé quatre autres directeurs adjoints qui vous sont ensuite passés devant pour devenir cadres. Pourquoi rester ici à vous occuper des clients ?

– On me l'a proposé. Le programme de formation des dirigeants.

– Et alors ?

Elle haussa les épaules.

– Vous n'allez pas me dire que vous adorez être directrice d'agence.

– En général j'en ai horreur.

– Et donc ?

Il la sentait perplexe.

– C'est un boulot. Bien payé, vraiment bien payé, plus que celui de mes amis, quels qu'ils soient. Je ne bosse jamais la nuit et jamais le dimanche. Je ne ramène pas de travail à la maison. Mon père… lui, il est fait pour être banquier. Pas moi. Je n'ai jamais considéré que c'était ma vie. Ma vie, elle consistait à être jeune. Jeune et pas compliquée.

– Et ce n'est plus le cas ?

Elle se tassa un peu sur sa chaise.

– Comme mes copines, c'est ça ? En principe, elles devaient sortir avec moi ce soir-là. Pour fêter mon anniversaire, mes trente ans, eh oui… Elles avaient loué une limousine. Moi, je trouve ça plutôt ringard. Ce qui fait que je me suis désistée, j'étais toujours sous le choc, je leur ai dit d'y aller sans moi puisqu'elles avaient déjà la limousine. Elles m'ont rappelée le lendemain pour me raconter en long et en large leur repas et me parler du serveur, canon, avec des tatouages aux phalanges, et aussi des mecs qui leur ont payé à boire, et m'expliquer qu'elles avaient remonté Tremont Street en chantant des chansons d'Alanis Morissette avec le toit ouvert, et que Gretchen et un flic qui n'était pas en service se sont fait des mamours devant le Mercury, et ça m'a paru complètement nul. C'est ça ce que je suis ? Ou plutôt… c'est ça ce que j'étais ?

Frawley sourit en son for intérieur. Il était séduit par le côté vulnérable de cette fille qui ne savait plus où elle en était et mettait ainsi son âme à nu en se livrant à cette introspection qu'elle venait de découvrir. Mais il avait décidé de ne pas mélanger le sexe et le travail : il voulait retrouver les truands qui avaient pique-niqué dans la banque, pas sortir avec Claire Keesey.

– Je devrais me sentir encore plus mal, non ? reprit-elle. Les gens à qui je parle me regardent comme s'il m'était arrivé quelque chose d'affreux, comme si, disons… je devrais suivre une thérapie de choc.

Il se leva pour éteindre le magnétophone. Ils en avaient apparemment terminé.

– C'était un braquage, auquel vous avez participé malgré vous. N'allez pas chercher midi à 14 heures.

Elle se redressa sur son siège, anxieuse maintenant qu'il était sur le point de s'en aller.

– D'un seul coup, ma vie prend un tour bizarre, et il y a des agents du FBI qui frappent à ma porte. Savez-vous que j'ai eu du mal à vous reconnaître quand vous êtes arrivé tout à l'heure ? Ça s'arrête là… J'étais tellement larguée la dernière fois que je vous ai parlé.

– C'est normal, je vous l'ai dit. La gueule de bois de ceux qui se sont fait braquer. Vous dormez bien ?

– Oui, sauf que je fais des cauchemars. Ma grand-mère, tenez… Elle est morte il y a trois ans. Eh bien, je la vois assise au bord de mon lit, en train de pleurer, une arme posée sur ses genoux.

– Ça, c'est la caféine. Je vous ai conseillé de ne pas en prendre.

– Alors, comme ça, vous n'avez encore arrêté personne ?

Il s'immobilisa devant la porte à double battant. Était-ce parce qu'elle voulait savoir des choses qu'elle le retardait ainsi, ou bien parce qu'elle s'intéressait à lui ? À moins, tout bêtement, qu'elle n'ait pas envie de se retrouver seule avec ses parents…

– Non.

– Vous avez des pistes ?

– Rien dont je puisse parler à l'heure actuelle.

– J'ai lu dans la presse qu'on a retrouvé une camionnette en train de brûler.

Il hocha la tête.

– Effectivement, on a saisi une camionnette incendiée.

– Pas d'argent à l'intérieur ?

– Je suis désolé… Je ne peux pas vous le dire.

Elle sourit et hocha la tête : elle n'avait pas l'intention d'insister davantage.

– Je voudrais juste… des réponses, vous comprenez ? Je voudrais savoir pourquoi. Mais il n'y a pas de raison, si ?

– L'argent. La voilà, la raison. Ce n'est pas plus compliqué que ça. Vous n'avez rien à voir là-dedans.

Il mit son matériel sous son bras.

– Vous restez encore quelques jours ici ? lui demanda-t-il.

– Vous voulez rire ! Je vous le dis, si je ne m'en vais pas tout de suite, je ne m'en irai jamais.

– Vous retournez à Charlestown ?

– Ce soir. J'ai hâte d'y être.

Il eut envie de lui dire que ça ne manquait pas de sel de la voir regagner le quartier de la pègre, mais conclut que ça ne pourrait que la faire flipper.

Au volant de sa Chevrolet Cavalier rouge terne, il passa devant des mini-hôtels particuliers entourés de pelouses dessinées par des paysagistes bouffis d'orgueil, en cherchant à trouver une route pour sortir de la résidence de la Table-Ronde.

– Tout ce qu'elle dit est très clair, déclara-t-il à son interlocuteur, qu'il avait joint depuis son téléphone de voiture. Sauf que, sur un point particulier, elle ment.

– Moui, fit Dino. C'est la seule raison pour laquelle tu t'occupes d'elle ?

– Je ne m'« occupe » pas d'elle, répondit Frawley, en repensant au fait qu'elle l'avait retardé à dessein.

– Dans ce cas, qu'est-ce que tu fabriques là-bas un vendredi après 6 heures du soir ?

– Canton est sur ma route.

– N'importe quelle petite ville de la côte sud du Massachusetts se trouve sur ta route, Frawl. Tous les jours, tu perds trois heures à faire la navette entre Charlestown et Lakeville. Je suis content que tu t'attaches à vivre au milieu des truands, mais ça commence à devenir maladif.

– Ah oui ?

– C'est le printemps. Tu sais ce que ça signifie ?

– Un jeune homme a des lubies, qui débouchent sur...

– Le braquage d'une banque. Et aussi butiner les jolies fleurs. Tu as environ soixante heures devant toi. C'est ton week-end, mandaté et mis en œuvre par le FBI. Enlève ta cravate et va tirer un coup. Arrête un peu de cavaler comme un dingue, puis de marquer la pause pour bâiller avant de repartir pour un tour. Fais-le pour moi.

Frawley tourna à gauche dans Excalibur Street.

– Bien reçu. À plus.

6

Le parrain

Ils étaient blottis au fond de l'église du Sacré-Cœur, tels un père et son confesseur : le quinquagénaire était tranquillement assis et se cramponnait de la main gauche au banc du devant, le plus jeune à moitié tourné sur ce même banc, regardant monter de l'entresol des corps, comme des fantômes portant toujours l'imperméable qu'ils avaient sur le dos au moment de leur mort. En bas, on avait vidé et lavé la cafetière, fini les beignets, rangé le sucre et les petites cuillers, mis les détritus au rebut et sorti les poubelles.

– Bonne réunion, dit Frank G. en tambourinant avec ses doigts sur le bois sombre. Il y avait du monde ce soir.

– C'est toujours comme ça pendant le week-end, convint Doug M., comme s'il faisait partie du groupe.

Pompier à la brigade de Malden, Frank G. avait deux enfants et en était à son second mariage. En trois ans, c'était tout ce que le parrain de Doug avait dit à son propos. Lui, qui ne buvait pas depuis neuf ans, se montrait très actif chez les Alcooliques anonymes ; il mettait surtout l'accent sur le deuxième terme du binôme, même s'il faisait apparemment partie de la paroisse du Sacré-Cœur, à moins que ce ne soit justement pour cette raison… Doug, de son côté, mettait un quart d'heure pour venir de Charlestown et assister aux réunions, auxquelles il participait essentiellement parce que ça lui évitait de s'épancher devant des proches, ce qui, à ses yeux, revenait à chier tous les soirs sur son paillasson.

— Alors, qu'est-ce que tu racontes, beau gosse ? Comment ça se passe ?

— Ça va, répondit Doug en hochant la tête.

— Ton intervention a été très bonne en bas. Comme toujours.

Doug n'y attacha aucune importance.

— Il faut croire que j'ai plein de trucs à dire.

— Tu as une histoire à raconter. Comme nous tous.

— Chaque fois, je me dis : « Tu te lèves, tu dis ce que tu as sur le cœur, deux ou trois phrases, et tu retournes t'asseoir. » Et je me retrouve toujours à parler cinq minutes. À mon avis, le problème, c'est que ces réunions font partie des rares endroits où j'arrive à tenir un discours logique.

Frank G. hocha la tête, ce qui chez lui signifiait « Je suis d'accord », « Je connais la chanson », aussi bien qu'« On a déjà entendu tout ça » et, parfois, « Continue »… Il avait le visage austère et passe-partout du type qui n'a pas dormi dans une pub pour un médicament contre le rhume ou encore celui du père de famille aux abois qui fait du covoiturage et souffre parfois d'aigreurs d'estomac.

— C'est une aubaine de pouvoir se rendre dans un lieu comme ça. Pour faire le point, savoir où on va… Il y en a qui peuvent plus s'en passer. L'occasion est trop belle.

— Tu as remarqué, dit Doug.

— Billy au regard triste. Ce qui le fait kiffer, lui, c'est d'avoir honte. Tous les soirs, c'est lui qui parle le premier, il se lève pour nous raconter son petit laïus, il pleurniche un bon coup, et hop ! le rideau tombe. Chez lui, ça a remplacé la tise.

— N'empêche que pour ça il faut se sentir piteux. Moi, par exemple, il y a personne d'autre que moi que je risque de décevoir. Il y a personne à la maison pour m'empêcher de partir en vrille. Quand je suis à Charlestown, tout ça m'échappe.

Un jour, Frank G. avait mentionné qu'il avait passé son enfance et sa jeunesse à Charlestown, même s'il n'avait jamais admis devant Doug qu'ils avaient les mêmes racines.

– Tu sens pas les stigmates.

– Je raconte que j'ai fait de la taule parce que j'avais cogné sur un mec dans un rade, mais bon, là-bas c'est des choses qui arrivent. Il y en avait juste un qu'avait besoin qu'on lui rectifie le portrait. Enfin, j'ai purgé ma peine, je suis sorti… C'était le prix à payer, quoi. Un peu comme si j'avais passé deux ans sous les drapeaux. Mais les autres là, en bas ? Si jamais j'évoque la prison, ils ont les yeux qui leur sortent de la tête et ils se mettent la main sur le portefeuille ! On est à Malden, pas dans une banlieue à la con, mais ça me rappelle que je ne vis pas toujours dans la réalité, là où je suis.

– Personne vient ici pour se faire des copains, reprit Frank G. Toi et moi, par exemple, on n'est pas des potes, mais des associés. On a conclu un pacte. Cela dit, je vois pas très bien ce que ça vient faire là-dedans, que t'habites seul.

– D'accord. Tu as raison.

– Je joue le rôle de ta femme. Et je suis aussi tes enfants. Tes parents et ton curé. Si t'es le premier à te décevoir, tu nous déçois tous, et c'est tout l'ensemble qui s'écroule. Quant aux autres qui t'écoutent, eh bien… ils ne te demandent pas de les raccompagner à Charlestown. Ils respectent le boulot qu'on fait ici. Que tu fais, toi. Tu viens là depuis bientôt deux ans, ce qui veut dire que tu progresses. Moi, je préfère qu'on me respecte que d'avoir des potes sympas, y a pas photo.

Un vieil homme remonta l'allée centrale en traînant les pieds. Il arqua les épaules sous son imperméable et salua avant de sortir.

– Billy T., dit Frank G. en lui faisant un signe de la main et en regardant la porte de l'église se refermer. Je me demande bien où il habite et s'il a quelqu'un à qui parler.

Il secoua la tête devant ce personnage, puis la secoua encore plus fort.

– Mais il y a un truc que je pige pas chez toi, et c'est pas rien. Pourquoi est-ce que tu te compliques la vie ? Après tout ce que t'as appris ici… comment se fait-il que t'arrives pas à comprendre que tu dois pas fréquenter des gens qui boivent ?

Doug laissa échapper un bruit qui trahit son impatience : il savait bien que Frank G. avait raison et qu'en même temps lui-même ne changerait pas.

– On choisit ses amis, d'accord ? Mais on ne choisit pas sa famille. Eh bien, mes copains… c'est eux ma famille. Je me retrouve avec eux sur les bras, et c'est pareil pour eux dans l'autre sens.

– Quand on arrive à l'âge adulte, on quitte sa famille, mon vieux. On évolue.

– Oui, mais le fait est que… que c'est grâce à eux que je n'ai pas recommencé à boire. C'est comme ça que ça marche. Par l'exemple. Chez moi, c'est efficace de les voir se planter continuellement.

– D'accord. Si tu trouves malin de traîner avec ces crétins…

– C'est pareil que soulever des haltères. On acquiert de la résistance. On est tenté d'abandonner, de zapper le dernier mouvement, de réduire le poids car on a les bras en feu. Moi, je fais comme si de rien n'était, je termine la série. Me retrouver avec eux, c'est une façon de me rappeler que je suis fort, que c'est ça que je fais. Sinon, je risquerais de devenir feignant.

– D'accord, Doug. J'ai compris. Je pense aussi que tu te plantes en beauté. Tiens, j'ai un oncle. Sa femme est morte, il s'apprête à rentrer dans une maison de retraite, et je l'aide à s'y préparer. Finalement, c'est sympa de ma part. Il y a environ un mois, on était au Friendly en train de manger des cheeseburgers. Super, le mec. Il m'expliquait qu'en repensant à sa vie il soupirait : « Si seulement j'avais su à l'époque ce que je sais maintenant ! » Il a pas forcément des regrets, mais il voit désormais les choses sous un autre angle. Du style : « Les jeunes ne comprennent rien à la jeunesse. » Moi, je l'ai écouté poliment en buvant mon milk-shake avec une paille. Seulement, en le voyant avoir du mal à mordre dans son sandwich jaune et aplati, je me suis dit : « Tu parles ! Il se comporterait exactement comme il l'a fait à l'époque, même en sachant ce qu'il sait maintenant. Tu le fais revenir à l'âge de vingt et un, vingt-cinq ans, eh bien, il se replongerait dans l'ambiance et commettrait exactement les mêmes erreurs. Parce qu'il est comme ça. »

Frank G. se pencha vers le dossier de Doug, posa les avant-bras dessus et croisa les doigts.

– Et toi, qui es-tu ?

– Moi ?

– Pour quelle raison Doug M. se croit-il différent des autres ?

– Sans doute… parce que je le suis, voilà tout.

– Bon, d'accord. Là, il y a un problème, il faut qu'on en parle. T'as pas l'air de réaliser que tes amis, c'est toi. C'est comme ça que tu te définis, par les gens que tu attires et ceux dont tu t'entoures. En ce moment, je fais partie de toi, pas vrai ? Juste une petite bouchée, peut-être… Espèce de veinard ! Mais le plus gros est une tumeur cancéreuse, je parle de tes abrutis de copains. Tu les vois ce soir ?

– Oui.

– D'accord. Fais-moi plaisir, observe-les bien. Parce que ces visages que tu vois te regarder… eh bien, c'est toi !

Doug eut envie de répliquer, de protester. Il voulait que Frank G. sache qu'il ne se réduisait pas à la somme de ses copains.

Le prêtre, costume sombre et faux col, mettait la main devant les cierges posés sur l'autel et soufflait dessus pour les éteindre, ce qui faisait de la fumée.

— On dirait que ça ne va pas tarder à fermer.

— Je crois que j'ai peut-être fait une rencontre intéressante, annonça Doug.

Frank G. ne répondit pas tout de suite, son silence étant plus éloquent qu'un simple temps mort. Du coup, Doug se retrouva sur des charbons ardents, partagé entre son désir de lui plaire et l'espoir d'y être arrivé.

— Elle participe à nos réunions ?

— Non, répondit Doug, étonné.

Frank G. hocha la tête, comme si c'était là une bonne nouvelle.

— Que veux-tu dire par « Je crois que j'ai peut-être fait une rencontre intéressante » ?

— Je ne le sais même pas. J'en sais rien du tout.

Frank G. donna un petit coup de poing sur le dossier de Doug.

— Ne t'emballe pas, c'est tout. Prends le temps de choisir ta compagne. Attraction ne rime pas avec destin, ça aussi, c'est la soif qui te l'apprend. C'est pas pour te briser le cœur, mon petit, mais neuf fois sur dix une idylle, ça crée des ennuis parce que ça n'apporte pas de solution.

Il continua à hausser les sourcils au-dessus de ses yeux que l'alcool ne faisait plus rougir depuis longtemps.

— En dehors du fait de ne pas t'aventurer seul dans un bar, c'est là la décision la plus importante que tu seras amené à prendre.

7

Saturday Night Fever

Doug continua la soirée au Tap, car il leur avait dit à tous qu'il irait. En haut, des corps chauds s'entassaient autour d'un comptoir en verre, sous un éclairage avant-gardiste, au milieu des rires, du tintement des verres et du brouhaha que faisaient tous ces gens qui se lâchaient, comme tous les week-ends. Les gémissements d'une guitare dissuadaient les buveurs de pousser la porte de l'arrière-salle avec sa scène à un tabouret et un seul éclairage. L'endroit servait d'alternative aux jeunes cadres qui n'avaient pas pu entrer à la Warren Tavern le samedi soir.

Doug s'engagea dans l'escalier étroit juste derrière l'entrée et s'enfonça dans un nuage de fumée. Le sous-sol était aménagé dans le style du vieux Boston, avec murs en briques et plafond bas, ce qui le faisait ressembler à un cachot où l'on buvait de la bière et allait pisser. Des caisses de bouteilles vides faisaient office de bancs le long des murs, un juke-box à CD palpitant dans un coin, à l'image d'un cœur. Les toilettes étaient lugubres, mais jamais encombrées ; ces dames éméchées d'en haut s'enhardissaient à y venir en se frayant un passage parmi leurs concitoyens, telles des débutantes à un congrès d'égoutiers, adressant au passage des « Pardon ! » affectés et pointant leurs faux ongles vers les panneaux « Lui » et « Elle ».

– MacRay ! s'écria Gloansy en sautant sur la barre en forme de tuyau.

Il brillait dans ses yeux kaki une exaltation démentielle.

Doug le rejoignit et le laissa lui donner, comme un hystérique, l'accolade et une tape dans le dos.

– Quoi de neuf ?

– Ça baigne. Tu vas bien ?

Splash[1], le barman aux mains moites, aperçut Doug et lui lança un truc du style « Tiens, un revenant ! », puis lui servit machinalement un jus de citron vert à l'eau de Seltz. Des éclaboussures sautaient de tous les verres qu'il servait. En guise de réponse à Gloansy, Doug s'envoya une lampée d'eau de Seltz, puis balaya la salle du regard.

Gloansy avait déjà fait signe à Jem, qui s'écarta de deux petits jeunes à l'air hargneux que Doug ne connaissait pas et se dirigea vers le bas, un passage s'ouvrant aussitôt devant lui. Estimant que Doug ne pouvait pas le voir, Jem salua de la main Krista, qui se trouvait dans un coin, et la scène s'anima, telles des pièces à moitié ivres sur un échiquier poisseux et encombré. Krista arrêta de tourner son bourbon-Coca dans sa main et posa celle-ci sur l'avant-bras de Joanie Lawler, mettant un terme à leur discussion. Joanie, une fille robuste à tête de grenouille qui habitait dans une cité et se trouvait être la mère de Nicky, le fils de Gloansy, et à qui Gloansy devait depuis longtemps passer la bague au doigt, la laissa partir en lui chuchotant des encouragements.

Dez ayant glissé un dollar dans le juke-box installé dans le coin, on entendit *Linger* des Cranberries, un succès récent figurant sur la liste composée exclusivement de groupes irlandais. Dans une heure environ,

1. « Éclaboussure » *(NdT)*.

Dez, en DJ autoproclamé, aurait pris ses quartiers pour la nuit et installé l'ambiance, faisant fuir les jeunes cadres et leurs problèmes artificiels en les noyant sous un déluge de chansons des Clancy Brothers et de gigues interprétées à l'accordéon, avant de passer aux choses sérieuses avec une compile longue durée de U2.

Jem s'approcha et balança un swing du droit à vitesse réduite. Doug entra dans le jeu et recula brusquement la tête, feignant d'avoir été touché. Il répliqua en lui allongeant un direct au visage, comme dans *Star Trek*, ce qui le fit reculer. Jem, qui jouait les vedettes, renversa de la mousse de sa High Life à long goulot sur deux filles désœuvrées qui portaient des anneaux créoles.

– Le cerveau, fit Jem.

– Le branleur, dit Doug.

Lui et Jem se tapèrent les poings.

– Plus maintenant, lui rappela Jem, qui vida sa bière avec un grand geste du bras. Quatre High, ajouta-t-il en tendant l'index en direction de Splash.

Gloansy sourit, toujours aussi friand de leurs jeux de grosses brutes.

– Dis, Jem, j'ai l'impression que tu as envoyé un peu de mousse sur les dames ici présentes.

Jem se retourna, les filles du quartier regardant, furieuses, leurs chemisiers, comme si on les avait tachés de sang. Elles étaient mécontentes mais réceptives, et n'importe quel geste de politesse, un mot d'excuse, une serviette en papier ou un verre offert, aurait pu les amener à écarter les cuisses plus tard dans la soirée. Mais Jem s'en fichait. Ce soir, il se taperait seulement des bières.

– C'est archi-plein là-haut, hein ? dit-il en rotant. On devrait ouvrir un bar. Ou plutôt moi, je devrais ouvrir un bar. Avancer à quelqu'un le fric pour qu'il me procure une licence de débit de boissons. Histoire de combiner mes deux passions, la boisson et le pognon.

– Je suis pas sûr qu'un bar de pédés, ça marcherait dans le coin, ironisa Doug.

Gloansy hurla de rire et trépigna, Jem y allant d'un sourire assassin. Doug se retourna et se vit dans la glace derrière le comptoir ; Krista s'était installée à côté de lui sans dire un mot.

– C'était le délire chez Bully, expliqua Jem. On a commencé là-bas. Il te sert des cruches. Et là-bas y a pas de touristes à la mords-moi-le-nœud.

– Il se fait, je sais pas… vingt cents par bière, déclara Doug. Et les femmes sont obligées d'amener leur propre bidon d'oxygène.

Splash tendit le doigt en l'air, leur cria quelque chose du comptoir et disparut.

– Le vieux McDonough nous a suivis, reprit Jem. Il s'est faufilé parmi les clients en agitant son espèce de canne à la con et en bavant sur ce qui se passe à Charlestown. Une espèce d'imposteur pleurnichard aux pattes arquées, voilà tout…

– Il a toujours habité à trois rues de chez moi, déclara Gloansy en prenant plaisir à se triturer le nez. Comment ça se fait que son accent irlandais est de plus en plus fort ?

– C'est parce qu'il a le cerveau mité. Il faudrait l'euthanasier, le mec. Notre lanceur de balles fait copain-copain avec tout le monde, en racontant ses salades et en portant des toasts. Comme quoi le vieux Charlestown a bel et bien disparu…

Doug sentit que Krista se penchait vers lui et collait sa hanche à la sienne, façon de se rappeler à son bon souvenir. De toutes ses fréquentations au sous-sol du Tap, c'était elle la plus sérieuse. À une époque, lorsque Doug y passait la nuit, ils faisaient la loi en bas. Il était sur son terrain, et elle en faisait partie. Il s'était débarrassé de ses vieilles habitudes, sans pour autant y renoncer définitivement. La seule différence était que les canettes de bière ne descendaient pas des étagères pour se frotter à lui…

Pour se distraire, Doug chercha un peu la bagarre.

– C'est pas le cas ? Il a pas disparu corps et biens ?

Jem leva les bras de façon théâtrale.

– Mon cul.

– Il existe donc toujours ? Il est simplement en état d'hibernation ? Il fait la pause ?

– C'est cyclique, tout ça, philosopha Jem.

– Tu crois que les autres tarés là-haut vont investir en masse ici dans l'immobilier, et puis un beau jour aller voir ailleurs ?

– Partir en courant, oui, corrigea Jem. J'ai un plan.

– Tu as un plan, répéta Doug.

Il regarda Gloansy et précisa :

– Il a un plan.

– Oui, confirma Jem, un plan. Tu sais, ici, des fois j'ai l'impression d'être la dernière sentinelle de garde… Celle qui veille sur le Charlestown d'autrefois.

Dez les rejoignit, se toucha le poing avec Doug et chanta :

– Le voilà parmi nous !

Doug le calma un peu en affectant un ton grave.

– Jem a un plan, déclara-t-il.

– Ah bon, dit Dez, qui finit sa High Life, les yeux luisants derrière ses lunettes. Il s'agit encore de faire sauter des synagogues ?

Jem poussa un rire tonitruant et lui donna un coup de poing sur le sein gauche.

– On va ramener cette ville des années en arrière, déclara Doug. Remonter dans le temps, comme dans *Retour vers le futur*.

– Ça, c'est super, dit Dez en se frottant la poitrine, sans revenir pour autant sur sa position. Moi, je regrette les émeutes raciales des années 60 et les braquages au cran d'arrêt en pleine rue.

Jem fit à nouveau semblant de frapper Doug, sans aller plus loin ; il avait suffisamment confiance dans son projet d'alcoolo pour continuer et fit le signe de la paix, comme les hippies.

– On a le choix entre deux possibilités, commença-t-il.

– Deux possibilités, répéta Doug pour les autres.

– Regardez, par exemple, les deux pétasses là-bas.

Elles sortaient ensemble (l'union fait la force) de l'escalier recouvert d'un tapis caoutchouté, comme deux pucelles qui entrent, un cierge à la main, dans une grotte de film d'horreur. L'une avait enfilé un chemisier noir informe, l'autre s'était jeté sur les épaules un pull vert cru en cachemire dont les manches nouées lui cachaient les seins.

– Ils ont raison dans le journal : Charlestown est envahi de femmes célibataires. Le quartier est sûr, elles ont de la place pour garer leurs Honda et autres Volkswagen. Maintenant, je voudrais savoir si on va se la donner un peu. (Il leva le doigt en l'air.) Ben, non, je ne crois pas. Est-ce qu'on va aller s'asseoir en haut avec les autres en col roulé, à boire du chablis, le pull noué autour de la taille ?

– En buvant du chablis, répéta Gloansy avec le sourire.

– On va leur foutre la trouille et leur faire quitter la ville. Comment ? Bon, d'abord, une pollution due à des produits chimiques qui se sont déversés là où il ne fallait pas. Le coup de l'environnement, l'air qui est pollué, les émanations… Elles vont commencer à s'inquiéter pour leurs ovaires… Elles font tellement attention à leur santé que moi, ça me rend malade. Et après ? Eh bien, après, on va leur causer d'un violeur en série.

Doug écouta son raisonnement en hochant la tête.

– T'as envie de t'en charger ?

– Il suffit de faire courir des bruits. Le petit laïus sur le quartier qui n'est pas dangereux, c'est ça qui fait qu'ils arrivent par troupeaux entiers. Il faut leur raconter que ça craint dans le coin. Les faire flipper, voilà tout, et hop ! La cote immobilière va s'effondrer et on ne parlera plus que de ça.

– En gros, conclut Dez, tu serais prêt à n'importe quoi pour tous les virer.

– Ça peut pas louper, à mon avis.

– Tu veux dire que c'est génial, oui ! renchérit Gloansy.

Splash reparut avec quatre High Life non décapsulées coincées entre ses doigts.

– Vous allez vous la donner, ce soir, dit-il. Il a fallu que je monte en chercher des fraîches.

– Et quatre de plus, fit Jem en distribuant les canettes.

Il en posa une sur le bar en face de Doug.

Les Miller High Life étaient depuis longtemps leur arme favorite. Mousse ambrée, or froid dans une bouteille incolore, parfaitement transparente et dotée d'un long goulot. Le nec plus ultra en matière de bière. Pour Doug, l'étiquette avait quelque chose qui lui faisait toujours penser à un billet de banque, la capsule dévissable lui évoquant, elle, une pièce de monnaie en argent dentelée sur le bord.

Jem avait déposé devant lui une arme chargée : la canette attendait, se couvrant de buée.

Krista se pencha vers Doug.

– Enfin quoi, Jimmy !

Jem engloutit sa bière, puis reprit la parole, pas content du tout :

– Qu'est-ce qui va pas ?

– Toi.

– Je te dérange, moi ? Et moi qui croyais que c'était grâce à moi que tu pouvais boire à l'œil.

– Ne sois pas un connard de pochetron. Tu picoles ou tu fais le con, mais pas les deux à la fois.

– Tu ferais mieux de la fermer tant que c'est moi qui raque.

Elle plissa les yeux, comme s'il se trouvait au loin.

– Qu'est-ce qui t'arrive ? Ça revient au même que lorsque tu débarques chez maman avec tous ces gâteaux…

Jem se sentit piqué au vif. S'il s'avisait de gifler Krista, Doug s'en mêlerait, et il n'avait aucune envie de lui sauver la mise, à la petite. De fait, elle préférait qu'il soit soûl et puis docile, le Doug, mais pour l'heure ils s'en prenaient, elle et lui, à son propre frère, ce qui était bien pratique.

C'est alors que, d'un seul coup, Jem se rasséréna et sourit, même si ce n'était qu'intérieurement. Il se pencha au-dessus du coude de Doug.

– Tu me comprends, non ?

– Aussi bien que n'importe qui.

– On a toujours dit que si l'un de nous tombait, les autres continueraient à partager en quatre et lui garderaient sa part, non ? C'est comme ça que ça se passe ici. Je paye une tournée ? Oui, mais une à chacun, une à vous quatre, toujours. Si tu meurs demain et que le soir je sors et je paye une tournée, eh bien, je paierai quatre coups. Tu peux t'attendre à en avoir toujours le quart. Même dans cette espèce de prison où tu t'es enfermé. J'ai comptabilisé ce que représente ta part depuis deux ans.

– Con-tabilisé ?

– Oui, compta… Et merde !… J'ai calculé ta part. Et tu vas pouvoir te prendre une cuite d'enfer. Quand les écluses vont s'ouvrir, tu pourras picoler à l'œil aussi longtemps que tu voudras… Oui, à mes frais. Hé, je vous présente mon frère ! lança-t-il à la cantonade en se dressant sur la barre, au moment même où arrivaient quatre autres bières. Elle, c'est ma sœur, et lui, c'est mon frangin !

Des têtes se tournèrent, sans que personne adresse de bravos, ni quoi que ce soit, tout le monde, en bas, ayant l'habitude de le voir se lâcher comme ça. Il finit sa bière, la remplaça par une autre, cette soudaine bouffée d'affection l'amenant à quitter la salle. Dez fit promettre à Doug de disputer avec lui une super-partie de hockey sur la table à dôme, puis Gloansy disparut, Doug se retrouvant seul au bar avec Krista.

Elle repoussa son bourbon-Coca à moitié vide et s'empara de la bière à laquelle Doug n'avait pas touché. Il essaya de ne pas la regarder en vider la moitié.

– Je suis fière de toi, lança-t-elle.

– Ben voyons, dit-il avec un sourire désabusé.

– Je parle sérieusement. J'ai jamais connu de mec aussi costaud. Bien plus que n'importe lequel de ces…

– Bon, d'accord.

Il fit signe à Doug de lui apporter un autre verre d'eau de Seltz.

Krista but encore une gorgée de sa bière en se frottant le genou sur la cuisse de son compagnon.

– Qu'est-ce qui nous est arrivé ? On ne s'en est pas sortis, de toutes ces conneries ? Enfin quoi… On est là, toi et moi. Tout compte fait.

– Tout compte fait.

– Si on regarde les choses en face, reprit-elle, ses cheveux blonds épars et mal lavés lui retombant en dents de scie sur les oreilles, est-ce que toi et moi, on a quelqu'un d'autre ? Avec tout ce qui s'est passé entre nous…

La glace inclinée permettait à Doug d'avoir une bonne vue de la salle. Dez avait opéré une retraite pour se confesser devant le juke-box. Assise sur un tas de caisses de Beck, Joanie, une Budweiser à la main, avait plongé l'autre main dans la poche arrière de Gloansy, lequel, passablement éméché, adressait un compliment égrillard à une meuf qui passait par là. Jem était revenu avec deux inconnus, des petits jeunes du coin pleins d'ardeur qui se régalaient des histoires qu'il leur racontait, les mains en avant, comme s'il emballait le moteur d'une Harley. Ils étaient là, à l'écouter, tels des disciples débordant d'enthousiasme, et Doug en fut aussitôt écœuré.

Ces visages que tu vois te regarder, lui avait dit Frank G. L'atmosphère enfumée de la salle et la présence de Krista à côté lui donnaient une impression de déjà-vu.

– J'ai pas envie de passer le reste de ma vie ici, déclara Krista. Ça, non.

Doug n'en était pas convaincu. Il avait du mal à croire ce qu'elle racontait, même lorsqu'il savait que c'était la vérité.

– Est-ce que je peux te dire un secret qu'une femme ne devrait jamais confier à un homme ?

Elle s'approcha de lui, sa chaude haleine lui chatouillant l'oreille.

– Je commence à me sentir vieille ici.

Elle guetta sa réaction.

– Moi, j'ai l'impression de plus être dans le coup, déclara-t-il.

– À mon avis, on nous a remplacés.

Il acquiesça d'un signe de tête, haussa les épaules et plongea son morceau de citron vert dans son eau de Seltz.

– C'est peut-être pas plus mal comme ça.

Elle avait fini sa bière.

– Si tu connais un autre endroit où aller à la place, ou si tu peux être quelqu'un d'autre.

Il trouvait tellement banal de sentir la main de Krista à l'intérieur de sa cuisse qu'il dut attendre qu'elle la remonte le long de la couture intérieure de son pantalon pour qu'il s'en rende vraiment compte.

– Ça fait combien de temps, dans ton cas ?

Il paraît que lorsqu'on se noie, on a l'impression que l'eau se réchauffe avant qu'elle nous engloutisse. En l'occurrence, se sentir attiré par ce qu'il connaissait par cœur s'apparentait à un bain tiède… *C'est comme ça que tu te définis, par les gens que tu attires et ceux dont tu t'entoures.*

– Trop longtemps.

Elle avait le chic de continuer à lui parler à l'oreille tout en se servant de sa main experte. Tout comme il ne pouvait pas échapper à l'humidité de la pièce, elle ne le lâchait pas.

– Tu sais ce qui me manque ? Ton grand canapé avec son accoudoir que j'avais bien en main. Ça me plaît de penser que tous les jours tu passes devant et que tu vois les marques laissées par mes ongles.

Doug ne s'intéressait qu'au bourbon et au Coca qu'elle avait oubliés, le mixeur, mordillé au bout, étant planté dans la glace en train de fondre,

Dans son haleine et sur ses lèvres il sentit ce sourire matois mêlé à l'odeur de la High Life.

– L'homme le plus solide que je connaisse…

Les premières mesures de *Mother Macree* parvinrent jusqu'à lui. Il se leva, de sa main elle lui effleura la cuisse.

– Je reviens tout de suite, dit-il.

Il se dirigea vers les toilettes, mais une fois au milieu des fêtards il rebroussa chemin, franchit la porte et grimpa deux à deux les marches recouvertes de caoutchouc.

Retourner dans la salle du haut revenait à sortir d'une station de métro pour se retrouver dans un cocktail. Salle remplie de meufs en pantalon bien repassé ou qui tripotent le collier qu'elles ont autour du cou, et de mecs impatients qui les lorgnent. Des petits jeunes, un verre à la main, qui singent leurs parents et essaient de faire mieux que le voisin. Des mecs qui font semblant de tenir à des meufs, qui de leur côté affectent l'indifférence. La comédie humaine.

À l'entrée, celui qui vous filait un coup de tampon sur la main voulut savoir si tout allait bien. Doug se demanda quelle tête il avait. Celle d'un maniaque alcoolique, voilà ce qui le distinguait des autres. La file d'attente s'allongeait jusqu'au carrefour, ou presque. Il pressa l'allure, les mains dans les poches, pour ne bousculer personne, et mit cap au sud en longeant Main Street.

Aux abords de Thompson Square, le béton céda la place à des briques à l'ancienne. Derrière la vitrine embuée de Fergie le Fleuriste, il distingua une lueur blafarde, son éclat falot s'apparentant à celui du pouvoir évanoui des gangs qui jusqu'à une époque récente avaient régné sans partage sur Charlestown. La lumière s'accrut soudain lorsqu'il passa devant ; un grand balaise d'Irlandais aux cheveux blancs et en survêtement avait ouvert la porte. Rusty, un prétendu ancien porte-flingue de l'IRA, qui bossait pour Fergie. Il regarda à droite et à gauche dans la rue, et suivit d'un œil inquiet la silhouette de Doug et son ombre. Puis l'on vit apparaître Fergie derrière lui, plus petit d'une tête, ses mains de boxeur enfoncées dans les poches de son sweat-shirt, l'étroite cagoule rabattue sur le crâne, à la façon d'un capuchon de moine. Il ne flottait pas dans son sweat-shirt zippé, le vieux mafieux, même si Doug se rappelait que dans le temps son père lui avait expliqué que Fergie portait des sweat-shirts de bonne femme parce que ça mettait en valeur son gabarit.

Doug se contenta de lui jeter un coup d'œil en passant avant de regarder le sommet illuminé du monument. Mieux vaut ne pas s'intéresser de trop près à un gangster, surtout la nuit dans une rue sombre, et surtout pas quand il s'agit d'un mec aussi parano et allumé que Fergie. Et encore moins quand on est déjà de mauvais poil : les vrais tueurs le sentent et vous le renvoient à la figure. D'un seul coup, on se retrouve criblé de balles... Doug entendit se refermer les portières de la voiture et gronder le moteur, tandis que le fantôme vivant du vieux Charlestown s'engouffrait dans sa Lincoln Continental noire comme un corbillard et disparaissait.

En admettant que l'obélisque du monument de Bunker Hill soit le gnomon d'un cadran solaire constitué par Charlestown (l'agglomération elle-même ressemblant sur une carte à un cercle irrégulier qui bave comme un jaune d'œuf du côté nord-ouest), alors Doug avait quitté le Tap vers 9 heures et se dirigeait désormais vers 8 heures. La maison de sa mère, située dans Sackville Street, se trouvait juste après 11 heures, celle de la mère de Jem, qui donnait dans Pearl Street, n'étant pas loin de minuit.

Packard Street, où habitait Claire Keesey, tirait sur les 6 h 30.

La veille au soir, il avait pu constater que sa Saturn prune était revenue à sa place habituelle, entourée d'un muret en briques. Le coupé sport, on discute pas le prix, était garé nez au mur, le becquet inutile et l'auto-collant sur lequel figurait le logo « tête souriante », accompagnant le slogan « Respirez ! », se retrouvant donc côté rue. *Et maintenant ?* Telle était la question qu'il s'était posée en regardant, depuis son propre véhicule, ses fenêtres faiblement éclairées au premier étage. C'était une perte de temps que de passer comme ça en voiture devant la maison d'une inconnue, en cherchant... en cherchant quoi, au juste ?

Il avait fini par se sauver en vitesse au volant de sa Caprice, pour remonter Monument Avenue, une artère étroite bordée de maisons attenantes en briques qui débouchait sur la grande bite en granit prise sous le feu

des projecteurs. Il rentra chez lui et sortit de sa cachette
– derrière le rebord de la fenêtre de la cuisine – le
permis de conduire de la demoiselle. Il en avait vu de
dures, ce papier d'identité plastifié tout recourbé et
plissé d'avoir passé de longues soirées dans des petites
poches. Sur la photo qui ne la mettait pas en valeur,
Claire avait l'air étonnée, comme si quelqu'un, derrière, l'avait bousculée alors qu'elle était en train de
sourire.

Le plastique noircit et s'affaissa avant de brûler. La
photo fondit et pleura, le permis souffrant dans le cendrier, se gondolant, puis dégageant de la fumée noire et
grasse. Simple cérémonie destinée à mettre un terme à
son engouement insensé.

Et là, ce soir, alors qu'il se rendait à sa réunion dans
Malden Street et s'arrêtait à Bunker Hill pour se
prendre un Mountain Dew, il l'avait vue, sa bagnole,
garée le long du trottoir devant le Foodmaster, comme
une bombe prête à sauter, avec l'autocollant qui lui
lançait : « Respirez ! »

Il s'était garé une rangée plus loin et était resté assis
dans sa voiture, les mains tranquillement posées sur le
volant, à regarder la Saturn dans son rétroviseur. Et
puis, merde, il était sorti de la Caprice et avait traversé
le parking en se doutant qu'elle allait faire un tour
au CVS. Il y était entré et avait vérifié toutes les allées
du supermarché.

Et l'avait aperçue plus bas, au Hair Care, à l'étage
intermédiaire, vêtue d'un sweat-shirt rouge et d'un
pantalon de survêtement gris, une casquette de base-
ball Avia sur la tête, des tennis aux pieds et des lunettes
de soleil orange sur le nez. À Charlestown, on avait
l'habitude d'en voir, le week-end, des meufs mal atti-
fées, des jeunes cadres qui faisaient leurs courses planquées derrière des lunettes, sous des chapeaux et dans

des vêtements bouffants ; des gens que ça valait le coup d'impressionner, il n'y en avait pas.

Il avait tripoté des jeux de cartes au bout de l'allée, pendant qu'elle examinait des après-shampoing. Il y a des femmes à qui les casquettes ne vont pas, ça leur donne l'air austère et triste, mais là il l'imaginait très bien jouer au base-ball et expédier une balle avec la batte, sa queue-de-cheval blonde flottant au vent. Elle avait choisi un tube couleur caramel, il l'avait suivie jusqu'au kiosque à journaux, deux allées plus loin, où elle s'était acheté *People*. Puis elle avait tournicoté dans la grande allée centrale avant de faire la queue, l'air soudain sur ses gardes. Elle avait embarqué une boîte de bonbons au lait malté et l'avait enveloppée dans sa revue avant de s'avancer.

Il s'était pris un œuf au chocolat au rayon des soldes et s'était mis derrière elle. Avait senti une odeur de vanille, ça venait peut-être de l'après-shampoing qu'elle utilisait auparavant, et avait lorgné son cou parsemé de taches de rousseur. Puis il avait eu peur qu'une espèce de sixième sens ne l'avertisse de sa présence, mais elle ne regardait que son petit portefeuille rouge retenu par une chaîne, celui à l'intérieur duquel la place réservée au permis de conduire était vide.

Il avait fait un pas en arrière lorsqu'elle était partie, puis il avait lâché quelques pièces pour sa friandise tandis qu'elle aidait une vieille dame à franchir les portes en accordéon avec un chariot rempli de papier toilette sans nom de marque et passer sur le trottoir. Il était sorti derrière elle, tel un fantôme, puis il l'avait regardée monter en voiture et régler son rétroviseur avant de faire marche arrière et de filer.

Tu vois bien, il n'y a rien d'extraordinaire, s'était dit le prolo qui sommeillait en lui, à quoi le célibataire de trente-deux ans qui lui tenait compagnie avait répondu : *Ben voyons !*

Pourquoi être allé raconter à Frank G. qu'il avait peut-être fait une rencontre, il n'en savait toujours rien.

Et là il était à nouveau, à pied cette fois, en train de regarder sa fenêtre ! Le matin il allait voir la maison de sa mère et le soir il restait campé devant chez elle. Depuis quand était-il devenu complètement taré ? C'était pour ça qu'il avait arrêté de picoler ? Pour pouvoir passer ses samedis soir à faire le pied de grue dans des petites rues comme un voleur timoré ?

Il n'avait pas d'autre avenir. On ne pouvait même pas appeler ça un rêve, car c'était le contraire, et le contraire d'un rêve, ce n'est pas un cauchemar, c'est le néant. Le sommeil de la mort. Charlestown était une grosse armoire réfrigérante, et sa fenêtre à elle, là-bas, avec sa lumière jaune, était la dernière canette de bière posée sur l'étagère. Celle qu'il ne pouvait pas ouvrir, celle qu'il ne lui fallait surtout pas toucher.

Pas très réveillé, il feuilletait *Vette* en regardant sur une chaîne câblée la rediffusion du match des Boston Sox qui s'était déroulé pendant l'après-midi lorsque, après 1 heure du matin, on frappa à la porte. En tee-shirt, caleçon et pieds nus il traversa le salon qui, un étage en dessous, était la « salle de jeux » de Jem, et, encore un autre en dessous, la salle à manger de la mère de ce dernier, devenue désormais le domaine de Krista et Shyne.

La prison l'avait rendu méticuleux en lui donnant un goût quasi militaire pour l'ordre – ce que Jem taxait de maniaquerie –, et chez lui ça se voyait. Maison propre, vie saine, esprit tranquille... Il avait décidé de ne plus jamais recevoir personne.

Il s'arrêta devant la porte donnant sur le couloir – elle était fermée à clé – et sous laquelle pointait un rai de lumière.

– Duggy...

Krista, la voix étouffée par le bourbon et cassée par la fumée du bar. Elle cessa de frapper pour gratter doucement, et c'est tout juste s'il ne la vit pas s'appuyer sur la porte et y coller l'oreille, comme elle le faisait naguère avec lui pour écouter battre son cœur. Elle avait dû mettre la main tout près de sa bouche pour dire un secret à la porte.

– Je sais que t'es là.

Tout ce qu'il n'avait pas bu ce soir-là, toutes les erreurs qu'il aurait pu commettre mais n'avait pas faites… Et maintenant elle revenait le voir. Et grattait à sa porte pour tenter sa chance une dernière fois.

– Dis-moi ce que tu veux que je fasse, reprit-elle. Explique-moi pourquoi ça ne me suffit pas d'avoir envie de toi.

Il posa la paume de la main sur la porte en espérant qu'une manière de courant passe entre eux. Puis il éteignit toutes les lumières, passa devant le canapé dont l'accoudoir portait les traces des ongles de Krista et se coucha.

8

Frawley au Tap

– Où étiez-vous passée ? lui demanda Frawley.

– Aux toilettes, en bas, répondit June, qui suspendit son sac au tabouret et repoussa son genou de la main en regagnant sa place. Il n'y a pas la queue.

– Il y a un sous-sol ?

– Bien sûr. Toutes les filles le savent.

Dans la bouche de June, un agent immobilier dont il avait fait la connaissance au Store 24 où elle était venue acheter du fromage frais et lui des piles AA pour son magnétophone, le mot « filles » n'était pas anodin. Ils habitaient tous les deux dans le quartier de l'arsenal, elle dans un appartement en copropriété avec vue sur l'eau, lui dans une sous-location dont les deux fenêtres donnaient sur une autoroute et où des caisses de bouteilles de lait lui servaient de bibliothèque, ses livres et ses vêtements étant dans l'ensemble restés emballés dans des cartons. D'une certaine façon, avec ses mèches blondes qui lui mangeaient le visage et, comme s'il s'agissait d'un épouvantable secret de famille, lui en masquaient les bords où elle commençait à avoir des rides, elle trouvait crucial d'être et de rester une « fille ».

– Vous n'êtes jamais venu ici, lui dit-elle, l'œil pétillant et l'air de s'amuser, comme toujours.

Il fit signe que non et continua à chercher l'escalier.

– Mais vous êtes allé au Warren.

– Non.

– À l'Olives, alors ? Enfin… vous êtes au moins allé au Figs !

– Je suis passé devant l'un et l'autre.

– Ah là là, Adam… (Elle posa la main sur son poignet, comme si elle priait le ciel qu'il connaisse un prompt rétablissement.) Vous savez que j'avais fait des réservations à l'Olives le week-end dernier, pour 21 heures, et qu'il m'a quand même fallu attendre trois quarts d'heure ? Quand je me suis installée ici, en 1992, bien avant que tout ça ne change, soit dit en passant, il n'y avait que deux restaurants où je pouvais envisager d'aller, le Warren et la Tavern on the Water. Maintenant, regardez… (elle montra la salle, comme si elle était chez elle) tout ce qu'on voit ici… eh bien, c'est en ce moment que ça se passe. On est dans un quartier très recherché, l'équivalent du South End il y a quelques années. Sauf que ce ne sont plus les pédés, mais les filles célibataires qui donnent le la.

Encore les « filles », songea Frawley.

– Le seul inconvénient, c'est qu'autrefois l'endroit avait mauvaise réputation à cause des dockers, des gangsters, etc., mais il faut bien dire que ça s'améliore sans cesse. Le secteur est en plein essor, il y a tous les jours une dizaine de filles qui m'appellent pour que je leur trouve un appart.

Elle buvait une margarita en se léchant les lèvres collées de sel, tandis que Frawley pensait à *Girls, Girls, Girls*, le tube des Motley Crüe en 1987.

– Maintenant, on peut même manger de la cuisine thaïlandaise. Ça veut tout dire. De la cuisine thaïlandaise à Charlestown ? Hissez le drapeau blanc !

Frawley hocha la tête en se demandant toujours où se trouvait l'escalier.

– Le mois prochain va s'ouvrir un nouveau bistrot à vin… À la place du Comella, je crois. L'endroit est fermé depuis presque un an. Il va falloir qu'on l'essaie.

– C'est génial, dit-il, alors qu'il pensait exactement le contraire.

– Et puis il va falloir que vous m'emmeniez faire de la course à pied, un de ces jours. Il paraît que c'est un bon entraînement au cardio-boxing.

S'entraîner pour être prêt à suivre une séance d'entraînement, voilà qui était nouveau ! Frawley trempa ses lèvres dans la « super »-margarita qu'elle l'avait persuadé de commander.

– Dites-moi, qu'est-ce qui vous a poussée à venir vous installer ici en 1992 ?

– Sincèrement ? Le parking. Et tout le quartier a littéralement explosé autour de moi. Mon premier appart, avant que j'achète près de l'arsenal, donnait dans Adams Street, l'immeuble branlant en copropriété où il y avait une fille qui était standardiste chez Harvard Health. Elle passait ses week-ends en pyjama et pleurait toujours le lundi avant d'aller bosser. Complètement azimutée, je veux dire par là qu'elle repeignait les murs de son appart jusqu'à 3 heures du mat. Elle était sortie avec un connard qui habitait au-dessus de chez nous, une histoire absolument lamentable, et elle s'était retrouvée enceinte, en ayant d'ailleurs de la chance que ça s'arrête là. Après, elle a voulu que je l'accompagne, vous comprenez, pour qu'on règle le problème, et il a fallu que je fasse taire ses protestations là, devant la clinique… Qu'est-ce que vous cherchez ?

– Euh, rien. Le serveur.

– Il va revenir, dit-elle en s'attrapant une mèche pour la tortiller. Mais vous, agent spécial Frawley (elle adorait l'appeler ainsi), pour quelle raison habitez-vous ici ? C'est dingue de faire tout ce trajet pour aller bosser. Ce n'est pas à cause des casseurs de banques au moins ?

– Faut croire que si.

– Alors vous êtes comme Sigourney Weaver, qui vivait avec les singes pour pouvoir les observer ?

C'était bien fait pour lui : s'il n'avait pas essayé de l'impressionner le jour où ils s'étaient rencontrés, on n'en serait pas là.

– Quelque chose dans le genre.

– Parce que tout ça est en train de disparaître. La météorite qui a éliminé tous les vieux dinosaures ? Elle s'abat sur la ville, comme les cuissardes avec talon de soixante-quinze centimètres. C'est ça, le pouvoir exercé par les filles.

Une sonnerie aiguë se déclencha, à peine perceptible.

– Ah, fit-elle en grimaçant un sourire.

Elle prit son sac accroché au dossier du tabouret, s'empara d'un téléphone portable à clapet et en sortit l'antenne.

– J'avais peur que ça arrive, dit-elle.

Elle répondit en se bouchant l'autre oreille.

– Bonjour, Marie.

Elle leva les yeux au ciel.

– Je vous entends à peine… Ne quittez pas.

Elle mit la main sur l'écouteur.

– C'est une cliente, qui vient de signer un contrat de cession pour un trois-pièces dans Harvard Street – avec parking, mon exclusivité.

Elle ouvrit des lunettes à monture plate et les chaussa.

– J'ai en ai juste pour deux minutes, promis.

Elle reprit la communication.

– Bon, Marie, on est en juin…

Frawley s'excusa et déambula au milieu des gens, jusqu'à ce qu'il découvre l'escalier près de l'entrée – des marches recouvertes de caoutchouc et toutes glissantes à cause de la bière renversée, et rien d'indiqué. Il avait l'impression de descendre dans la réserve du Tap, lorsqu'un tournant fit écran au vacarme qui régnait en haut, aussitôt remplacé par les rires, les cris et la musique venant d'en dessous.

Il déboucha dans une espèce de catacombe aux murs en briques et au sol en pierre tout poisseux. Petit bar avec sa glace sale, juke-box dans le coin, et ça dégoulinait de sueur. Musique au rythme agressif : Frawley reconnut *Bullet the Blue Sky* de U2, ce qui lui rappela la fac de droit et l'époque où il s'était rendu, au volant de sa Volkswagen verte, au siège du FBI pour y avoir un entretien. Dans quel album ce titre figurait-il : *Joshua Tree* ou *Rattle and Hum* ?

Un blond portant de drôles de lunettes à large monture dansait devant le juke-box en imitant Bono au milieu de la chanson : *Peelin' off those dollar bills, slappin' 'em down* [1]...

À quoi tout le monde répondait en chœur :

Cent !

Deux cents !

Frawley constata que la tequila commençait à lui chauffer la couenne en se passant la langue sur la lèvre supérieure constellée de gouttes de sueur. C'était là sa place, pas en haut avec les autres branchés, non ici, en bas, dans la chaufferie où tous les soirs on alimentait la bête... Le vrai, l'authentique Charlestown. « Dehors, c'est l'Amérique... », rugissait Bono.

On le bouscula et il revint à lui. C'était l'œuvre d'un pro, presque d'un flic, qui avait fait apparaître son arme de service glissée dans son étui d'épaule.

Il leva les yeux et croisa ceux du type qui l'avait bousculé : injectés de sang, voilés, presque bleuâtres et rapprochés. Le prognathisme du personnage aidant, il pensa aussitôt à une trombine avec un numéro au-dessous. Bref, une photo d'identité versée à l'épais dossier de Lakeville.

---

1. « Il sort des dollars et les dépose... » *(NdT)*.

L'autre continua à le dévisager, Frawley encaissant le coup reçu en même temps que la tête du lascar, bien trop éberlué pour chercher à soutenir le regard du repris de justice plus balèze que lui. Il n'y avait même pas deux minutes qu'il était là, en bas, et on l'avait déjà repéré !

– T'es debout, Jem ! lança quelqu'un, en réalité le barman.

L'intéressé tourna la tête et eut un sourire carnassier.

– C'est là-bas les toilettes, dit-il.

Il se dirigea vers quatre bières décapsulées qui l'attendaient sur le bar en lui donnant un bon coup d'épaule au passage.

9

Le jardin dans les marécages

Après avoir pris le petit déjeuner dans la maison de sa mère donnant sur Sackville Street, Doug se rendit à Boston en traversant le pont, puis il acheta dans Causeway Street le *Boston Herald* et le *Boston Globe* à un vendeur ambulant grisonnant et secoué de tremblements. Il remonta ensuite sur la voie express au volant de sa Caprice, mit cap au sud et roula en sens inverse de la plupart des voitures à cette heure.

Il passa le plus clair de la matinée à repérer des banques en banlieue, en tâchant d'avoir un minimum d'enthousiasme pour un braquage qui n'allait pas leur rapporter des masses. Il cherchait un truc qu'il puisse contrôler, un coup qu'ils pourraient faire en vitesse et qui dégagerait un bénéfice correct, vu les efforts consentis. Bref, cela même que visait n'importe quel truand. Ils devaient ramasser un butin correct pour reprendre confiance en eux et ça devenait trop dur de s'attaquer aux banques en centre-ville.

Il remarqua bien une agence coopérative dans East Milton Square, une succursale de la Bank of Boston à la lisière de Quincy et de Braintree, et une société de crédit à Randolph, mais rien qui fasse tilt dans sa tête. Il essaya de savoir si ça venait de son état d'esprit ou si c'était la modicité du butin qui le refroidissait. Du fric, il y en avait partout où il regardait. Le tout était de trouver un coin où on en détenait, fût-ce brièvement, une quantité suffisante pour que le jeu en vaille la chandelle.

On installait partout des distributeurs de billets : dans les bars, les stations-service, même dans les commerces de proximité ouverts la nuit. Ces machines étaient alimentées par des fourgons blindés qui effectuaient jusqu'à cinquante livraisons par jour pour répandre du fric aux quatre coins de Boston. À la différence des gens qui se précipitent pour vider leur compte lorsqu'ils redoutent que la banque fasse faillite, il s'agissait toujours pour ces véhicules d'apporter du liquide, pas d'en retirer. Ils commençaient ainsi la journée chargés à bloc et déposaient chaque fois de cinquante à quatre-vingt mille dollars, pour ne rapporter le soir que des listings et des récépissés. Il fallait donc les attaquer de bonne heure, ces fourgons, alors qu'ils effectuaient leurs premières livraisons. C'est ainsi qu'il avait procédé dans le passé, et cela avait été couronné de succès. Sauf que les sociétés de transport de fonds avaient pigé le coup et qu'elles prenaient davantage de précautions le matin, affectant deux hommes par véhicule, veillant à ce que ceux-ci restent en permanence en contact radio, ou demandant tout simplement à la police de les escorter et ne relâchant leur vigilance que l'après-midi.

Les commerces de proximité et ceux du même genre ne commandaient que des billets de vingt dollars, lesquels leur étaient généralement livrés par des véhicules utilitaires blindés appartenant à des sociétés telles que la Loomis, Fargo & Co ou Dunbar, mais les heures de livraison et les itinéraires empruntés changeaient en fonction de la demande, et Doug n'était pas en mesure de les connaître. Les banques, elles, avaient autant besoin de billets de dix que de billets de vingt – il y avait même en centre-ville des distributeurs garnis de jolies piles de billets de cent. Ils étaient distribués séparément par les succursales, qui utilisaient des véhicules banalisés pourvus de blindages spéciaux et de vitres pare-balles. Le hic, c'est que les billets étaient d'ordinaire neufs et portaient des numéros de série qui se suivaient, ce qui les rendait facilement reconnaissables.

Doug en était arrivé à ne plus vouloir se limiter aux banques, mais il était de plus en plus difficile de trouver des commerces qui réalisaient ne serait-ce que la moitié de leurs ventes en liquide. Il y avait bien les boîtes de nuit, mais c'était du fric qui appartenait au milieu et on courait beaucoup moins de risques à voler l'argent de l'État qu'à se retrouver entortillé dans des spaghettis… Fenway Park, le célèbre terrain de baseball, l'avait un moment intéressé pendant qu'il préparait le braquage de Kenmore Square, mais s'il aimait bien dresser des plans dans sa tête, c'était un coup bien trop fumant, « un coup de pub », comme disait Jem, tout juste bon à avoir les flics sur le dos en permanence. Tant pis pour le sacrilège. Il suffit parfois de savoir qu'on peut monter un coup.

Il pensait de plus en plus aux cinémas, aux grands, aux complexes multisalles. Seule une partie des billets était réglée par cartes de crédit, ceux à tarif réduit l'étant tous en liquide. Comme pour les stades de baseball, ce n'était pas la vente de billets qui rapportait le plus, mais celle de la nourriture et des boissons. Les cinémas réalisaient la plupart de leurs bénéfices en donnant à boire et à manger à un public captif, et, l'été, les grands films attiraient des rangées entières de petits jeunes apathiques qui n'avaient rien de mieux à faire que claquer du fric. Les complexes multisalles faisaient leur beurre les soirs de première, pendant le week-end, et le lundi matin leurs coffres étaient aussi remplis que ceux d'une banque le vendredi.

Pourtant ce n'étaient là que des possibilités et des probabilités, rien de plus. Il regarda quelques cinémas sur le chemin du retour, mais se contenta de passer devant en essayant de se ressaisir. Que ce soit fortuit ou délibéré, l'itinéraire qu'il avait emprunté pour regagner Boston l'amena à longer le Fenway Park et à prendre le pont à péage vers Kenmore Square.

La Saturn était garée à sa place habituelle, derrière la banque, et ça lui fit un coup de la voir, un peu comme si l'on avait jeté un caillou sur son pare-brise. Il éprouva la même excitation que lorsqu'il apercevait sa mère au milieu des gens quand il était petit. Pendant un an ou deux après sa disparition, il avait consigné fidèlement ses moindres faits et gestes dans un cahier, de manière à ce qu'à son retour il puisse lui apprendre tout ce qui lui avait échappé à son sujet.

Il effectua un virage à cent quatre-vingts degrés autour de la gare routière et entra lentement dans le parking surmonté par le panneau Citgo qui servait de point de repère, là, à l'endroit même où il était venu se garer pour examiner la banque en se répétant qu'il était complètement malade. Il se dit qu'il pourrait s'y asseoir un moment et regarder la banque de l'autre côté du square.

Une minute plus tard, il claquait la portière de la Caprice et traversait la rue. Sans doute aurait-il une meilleure vue de l'Uno. Puis, le feu vert pour les piétons restant allumé, il traversa Brookline Avenue et se retrouva sur le trottoir devant la banque.

Il aurait dû filer sans s'attarder devant les vitres. Mais, la porte de l'agence s'ouvrant, il la tint à une vieille Noire en fauteuil roulant... Et d'un seul coup il se retrouva à l'intérieur et se dit qu'il allait devoir gribouiller quelque chose sur un formulaire de remise ou bien se tirer dare-dare.

Il se mit à faire la queue devant un guichet en se tapotant la cuisse avec son *Boston Herald* roulé. Retourner sur les lieux du crime revenait à se comporter comme un pyromane larmoyant ! Et brusquement il sentit le chlore, alors que ce n'était qu'un effet de son imagination.

– Tiens, bonjour.

Elle l'avait reconnu tout de suite, nom d'un chien, la petite caissière noire souriante au cou étroit et aux cheveux en bataille.

– Ça fait un moment que je vous ai pas vu ! Vous voulez de la monnaie pour le parcmètre ?

– Tout juste. Merci d'avance.

Il sortit un billet d'un dollar de ses doigts humides et le glissa derrière la cloison de sécurité.

De là où il était, il distinguait à peine le hall qui conduisait à la porte du bureau de la directrice. Là-bas, quelqu'un bougeait.

La caissière s'approcha de la cloison pare-balles percée de petits trous.

– Vous savez qu'on nous a braqués ?

– Ah oui… C'était dans cette agence ?

Derrière lui, les caméras perchées en haut des murs ressemblaient à des petits oiseaux cyclopes, et lui, il continuait à baisser la tête et regarder ses mains.

– Tout le monde s'en est bien sorti ?

– Moi, ça va, je n'étais pas là.

Avec ses doigts marron, fins et secs, elle empila soigneusement quatre pièces de vingt-cinq cents et les poussa vers lui, comme s'il s'agissait de jetons dans un casino, et ajouta en baissant le ton :

– Mais notre directeur adjoint s'est fait tabasser. Violemment… Il est toujours à l'hôpital. La directrice devait en principe reprendre le travail aujourd'hui… Vous savez, la blonde qui se promène avec ses clés attachées à un cordon…

– Oui, peut-être.

– Il n'était pas question qu'elle ouvre l'agence, mais qu'elle vienne, tout simplement… On ne l'a pas vue.

Ces quelques mots lui restant en travers de la gorge, il faillit lui expliquer que la Saturn couleur prune était garée derrière. Il était complètement déjanté, voilà tout. La gorge serrée, il ravala ce qu'il allait lui dire, ramassa ses pièces et s'en alla, nageant en plein brouillard, n'osant même pas ouvrir la bouche pour la remercier.

Il avait réintégré sa Caprice sans dommage quand il repensa soudain à sa petite idée et décida de ne plus fermer l'œil tant qu'il ne saurait pas si elle était justifiée ou non. C'est dans cet état d'esprit qu'il fit demi-tour et emprunta le pont en direction de Fenway Park, où il se gara. Il longea au petit trot une rue jusqu'à Boylston Street, traversa Park Drive et entra dans Back Bay Fens.

C'était un jardin public aménagé autour d'un étang, une oasis de verdure au milieu de la ville, alors que le printemps était en pleine puberté. Entre les pistes cyclables qui bordaient Park Drive se trouvaient les Fenway Gardens, cinq cents petits lopins de terre transformés en jardins potagers qui s'échelonnaient le long de sentiers en terre battue recouverts de gravier. Au début du mois d'avril, il y avait suivi à deux reprises Claire Keesey à l'heure du déjeuner et l'avait regardée s'asseoir sur un banc en pierre tout fissuré et manger une salade dans un Tupperware sous les doigts vert pâle d'un saule. Elle se tenait bien droite sur son banc, un peu comme si elle posait pour l'épais magazine de mode ouvert à côté d'elle. En général, elle s'accordait quelques minutes de plus que son heure de repas.

Il repéra l'endroit à un petit nain-épouvantail coiffé d'un grand chapeau, fait de brins d'osier et incliné sur deux morceaux d'échelle se croisant à angle droit, qui était planté au bout de l'allée. À part ça, il ne reconnaissait rien d'autre. Le printemps était arrivé et les potagers n'étaient plus du tout les mêmes.

Il la vit s'agenouiller pour fouiller le sol avec une fourche à manche court et gratter comme pour y imprimer sa marque. Elle s'arrêta et se releva pour boire de l'eau ; il constata alors qu'elle n'était pas habillée pour jardiner, mais en tenue de ville, tunique rose pâle par-dessus une jupe longue couverte de boue, complètement abîmées l'une et l'autre. Elle attrapa une fourche-bêche, releva ses manches sales et se remit à retourner la terre.

Les cyclistes ou les gens qui promenaient leur chien ralentissaient en arrivant sa hauteur, un chiot remonté se mettant même à japper en la voyant. Jamais Claire Keesey ne leva les yeux. Un homme torse nu mata Doug d'un jardin situé un peu plus loin, et celui-ci lui lança un sale regard. Puis il se dirigea rapidement vers sa voiture, le mystère de Claire Keesey lui obscurcissant l'esprit.

10

Taché

Caprice de la géographie ou de l'urbanisme, la section C de la ligne verte de Boston compte douze arrêts, tous situés à Brookline et s'échelonnant entre Kenmore Square et Cleveland Circle. Les vieux tramways y roulent en hauteur, sur des voies parallèles à Beacon Street. À l'arrêt Saint Paul se trouve un Holiday Inn à deux étages qui occupe la moitié du pâté de maisons. C'est là, dans l'atrium, que se réunissait quatre fois par an, le mardi à l'heure du petit déjeuner, le détachement du FBI spécialisé dans les agressions contre les établissements bancaires.

Celui-ci avait été mis sur pied à la fin de 1985, à une époque où la coopération entre les divers services chargés de faire respecter la loi à l'échelon fédéral, au niveau de l'État ou sur le plan local avait échoué en raison de querelles et de contradictions entre leurs attributions respectives. Mariage forcé que cette affaire : dans le Massachusetts on avait en effet assisté à quinze braquages de fourgons blindés sur les soixante-cinq qui avaient eu lieu dans tous les États-Unis. Au début des années 90, grâce aux efforts du détachement, ce chiffre avait été réduit de moitié, progrès significatif certes, mais insuffisant pour que Boston cesse d'être la capitale des attaques de fourgons blindés. On avait aussi constaté une réduction des hold-up dans les banques, ceux-ci ne s'élevant désormais qu'à moins de deux cents par an dans la région et leur taux d'élucidation grimpant jusqu'à soixante-treize pour cent, ce qui était énorme par comparaison avec les quarante-neuf pour cent obtenus à l'échelon fédéral.

Au sein de ce détachement spécial, l'antenne chargée des enquêtes, qui fonctionnait jour et nuit, se composait de cinq agents du FBI, de deux inspecteurs de la police de Boston et de deux ou trois membres de la police montée du Massachusetts. À la réunion d'information qui se tenait ce jour-là assistaient également des représentants de l'administration pénitentiaire du Massachusetts, de la police de Cambridge, un conférencier de la DEA [1], des responsables des principales banques et sociétés de transport de fonds et un délégué de la banque de la Réserve fédérale de Boston, tous échangeant des renseignements et notant les tendances en mangeant des croissants et en buvant du jus de canneberge.

Ce matin-là Frawley trépignait d'impatience, contrairement à son habitude. Il avait passé toute la journée de la veille à suivre, avec sa Cavalier et en compagnie de Dino, un fourgon blindé de la Northeast Armored Transport, suite à un tuyau que lui avait donné la section travaillant sur le crime organisé. Le fourgon avait effectué cinquante-quatre livraisons dans des supermarchés, des commerces de proximité et des boîtes de nuit de Saugus et Revere, tout cela ne lui laissant guère le temps d'essayer de retrouver les « pique-niqueurs », auteurs du coup de Kenmore Square.

Il aimait bien gribouiller, le Frawley, et ne s'en sortait pas mal du tout. Le cadre de la banque de la Réserve fédérale lui faisant part de ses inquiétudes sur le Big Dig (le vaste projet de réaménagement du sys-

1. Drug Enforcement Administration : agence spécialisée dans la répression du trafic de drogue (*NdT*).

tème routier au sein de l'agglomération de Boston, qui ne se limitait pas à la remise en état des ponts délabrés et des autoroutes défoncées, mais comprenait aussi le percement d'un long et vaste tunnel passant à quelques dizaines de mètres seulement des chambres fortes renfermant les lingots d'or de cet établissement), il ajouta des galons noirs aux masques de hockey percés de trous en forme d'œuf pour les yeux qu'il avait déjà dessinés sur les marges de son agenda. Puis il représenta les braqueurs de face et de profil, comme s'il s'agissait de photos d'identité : deux petits trous pour les narines, une fente inexpressive pour la bouche et deux triangles peints en bas des joues. On n'avait pas réussi à retrouver d'où venaient les masques, une visite chez un costumier du quartier chinois lui ayant néanmoins permis de voir, accrochés aux murs, des dizaines de masques d'horreur style *Vendredi 13*.

Il lui était extrêmement difficile de traquer une équipe disciplinée car cela le privait de deux avantages essentiels sur les pilleurs de banque habituels – leur bêtise et leur cupidité. Il ne pouvait pas compter sur leur besoin maladif de se lancer dans des coups irréfléchis, ce qui lui laissait encore moins de chances de leur mettre la main au collet.

Il repensa à la chambre forte cambriolée, au placard béant, aux tiroirs pillés, tentant encore une fois d'être envahi par cette sensation de viol. Il revit les billets appâts et les sachets de colorant qu'ils avaient laissés sur place, sans y toucher. Comme tous ceux qui exercent un métier secret, les vrais casseurs de banque professionnels sont superstitieux. D'ailleurs, il n'y avait lui-même pas touché, étant lui aussi superstitieux à sa façon en tant qu'individu s'intéressant à un art en voie de disparition. Il était le dernier d'une longue lignée d'inspecteurs spécialisés dans les affaires de hold-up de banques, celle-ci remontant aux Pinkerton et aux attaques de diligences. S'il ne pouvait pas figurer au début, il estimait ne pas pouvoir faire moins que d'être là où il était, à savoir à la fin. Les cartes de crédit, les cartes de retrait, les cartes à puce, Internet… bref, l'apparition d'un monde sans argent liquide signait à terme la fin des casseurs de banques comme on les connaissait et l'arrivée d'une nouvelle génération. L'avenir de la délinquance financière résidait dans le vol d'identité et le détournement de fonds par le truchement de l'électronique. Le prochain Adam Frawley serait un internaute au teint blême. Rivé à son bureau, il traquerait les cyber-délinquants avec un clavier et une souris, au lieu d'un dictaphone à microcassette et d'un formulaire bleu FD-430, celui-là même que remplissaient les agents du FBI après une attaque de banque. Il serait bientôt complètement dépassé, l'Adam Frawley. Les techniques, les ficelles qu'on utilisait dans les opérations de surveillance et d'infiltration, tout ce qu'il savait sur les banques, leurs chambres fortes et ceux qui les dévalisaient, plus tout ce qu'il avait encore à apprendre à ce sujet, eh bien… tout disparaîtrait avec lui. Il lui appartenait de tirer sa révérence, à l'image du dernier chevalier ou du dernier moine se retrouvant à moucher les bougies de l'église.

Derrière les masques en carton, il dessina un combiné et le relia au poste de téléphone par un cordon en spirale. Sa seule piste pour l'instant. Les « pique-niqueurs » avaient fait montre de compétences propres aux techniciens en téléphonie, que ce soit dans l'affaire de Kenmore Square ou dans les autres coups que le détachement spécial les soupçonnait d'avoir montés : l'attaque des sociétés de crédit de Winchester et de Dedham, la ponction opérée au mont-de-piété de Milk Street, le casse des distributeurs de billets de Cambridge et de Burlington, le vol au crédit coopératif de Watertown, les deux banques vandalisées juste de l'autre côté de la frontière avec le New Hampshire, le week-end du mois de septembre – ils avaient pillé trois entrepôts de Providence, neutralisant pour ce faire les systèmes de sécurité ADT dans tout l'est de l'État de Rhode Island –, et enfin les braquages de fourgons blindés à Melrose, Weymouth et Braintree, qui n'avaient certes pas nécessité de connaissances particulières en matière de technologie, mais dont il les voyait très bien être les auteurs. Du travail d'équipe de trois ou quatre hommes à chaque coup, et tout cela au cours des trente derniers mois.

Frawley avait relevé des marques récentes sur un poteau téléphonique tout près du croisement où était située la BayBanks, laissées apparemment par un ouvrier de ligne portant des chaussures à pointes. Il avait fallu trois heures à une équipe de la Nynex grimpée sur une plate-forme élévatrice pour rétablir le fonctionnement normal de la boîte de dérivation.

Personne, au sein de ce véritable Monopoly actuellement en plein essor qu'étaient devenus les opérateurs téléphoniques, n'avait été capable de lui expliquer de façon satisfaisante comment un truand avait pu localiser l'antenne cellulaire qui renvoyait le signal d'alarme de la banque au poste de police du secteur D-4 et la mettre hors d'état de service à plus de deux kilomètres de là, sur le toit de l'hôpital des anciens combattants édifié en haut d'une colline de Roxbury.

Il dessina une tour cellulaire équipée d'antennes ressemblant à des points de suture, puis il l'étoffa et la transforma en obélisque, comme celui du monument de Bunker Hill.

On n'avait retrouvé aucun indice matériel sur la scène de crime passée au chlore, non plus qu'à l'intérieur de la camionnette dont s'étaient servis les truands avant de l'incendier, sans même parler des bandes des caméras de surveillance qu'ils avaient embarquées. Il ne lui restait plus qu'à espérer que l'injonction légale de produire des documents donnerait des résultats, puisqu'il ne s'agissait pas d'avoir seulement accès aux registres de la Nynex, mais aussi aux dossiers des employés et de connaître leurs adresses. Il était prêt à suivre n'importe quelle piste concernant les employés d'un opérateur téléphonique situé à Charlestown, quitte à ce que les avocats de la défense lui reprochent d'avoir organisé une « chasse aux sorcières » lors du procès : il n'avait rien d'autre à se mettre sous la dent pour l'instant.

En plus, on l'avait appelé, juste avant le début de la réunion, pour l'avertir que Claire Keesey n'avait toujours pas repris le travail.

Son crayon n'arrêtait pas de bouger, tous les éléments qui se bousculaient dans sa tête prenant forme grâce au dessin automatique : des mains gantées braquant – pan ! –, des flingues en carton ; des carafes d'alcool de contrebande, des symboles « dollar » couturés de cicatrices...

Il se força à ne pas regarder encore une fois sa montre, tandis qu'une fonctionnaire de la DEA, enceinte jusqu'aux dents, faisait remarquer que la baisse des prix de l'héroïne risquait de s'avérer juteuse pour ceux qui écoulaient les billets volés. Apparemment, les cartels colombiens et les producteurs traditionnels des pays asiatiques se livraient à une guerre des prix et de la qualité, les Colombiens contrôlant le marché de la côte Est en s'adressant à ceux qui fumaient ou sniffaient l'héro parce qu'ils avaient peur de se l'injecter. À cinq dollars le képa, on trouvait maintenant du bourrin plus fort que la coke et moins cher que la bière dans la rue.

La consommation d'héroïne augmentait aussi à Charlestown, mais en plus du côté anachronique de ce quartier, les accros du coin restaient portés sur la poudre d'ange, la drogue des voyous de la fin des années 70. On la vendait en petits paquets, ou « sachets de thé », le produit étant tout à la fois un anesthésique, un stimulant, un dépresseur et un hallucinogène. Qu'elle soit considérée comme tabou par rapport aux autres drogues expliquait certainement pourquoi elle avait autant de succès à Charlestown.

Mais il fut de nouveau distrait. Il contempla les nappes couleur corail qui se reflétaient sur les verres d'eau, comme des nénuphars. De l'autre côté des fenêtres se trouvant sur sa droite, la lugubre rue se dessinait au fusain, hachée par le crachin qui n'avait cessé de tomber toute la matinée.

Le biper de Frawley et celui de Dino émirent en même temps un signal. Frawley se cala sur sa chaise pour lire ce qui s'affichait sur l'écran accroché à sa hanche, à savoir le numéro de téléphone du bureau de Lakeville, suivi de 91A. Au FBI, 91 est le code signalant l'attaque d'une banque, le A précisant qu'il s'agit d'un hold-up commis par des truands armés.

Dino avait son portable, Frawley et lui se levèrent et s'éloignèrent des tables, tous les deux en costume, réunion oblige. Dino tint son portable le coude levé, comme s'il fallait manier ce genre d'appareil avec plus de solennité qu'un fixe.

– Ginny, dit-il. Dean Drysler… Ah oui… Bien. Ça s'est passé quand ?

Il se dirigea vers le mur et regarda par les fenêtres ruisselantes qui donnaient sur Beacon Street, côté ouest.

– J'ai compris.

Il mit fin à la communication et se tourna vers Frawley.

– Un mec qui essayait de fourguer des billets volés à une banque. Il y a à peine quelques instants. Il prétendait être armé, mais n'a pas sorti son flingue.

– D'accord.

Il n'y avait pas de quoi leur faire quitter la réunion.

– Et alors ?

– La Coolidge Corner BayBanks, à l'angle de Beacon et de Harvard.

Il montra la fenêtre du doigt.

– C'est à deux rues d'ici, en allant par là.

Frawley se raidit, puis chercha du regard la porte qui donnait dans le hall.

– J'y fonce.

Il quitta précipitamment la pièce, cavala avec ses chaussures neuves sur le tapis de sol glissant pour s'engouffrer dans le hall, passer en coup de vent devant le portier avec son gilet à la noix et s'enfoncer dans le brouillard. Il descendit un raidillon, s'engagea dans une voie privée assez large, traversa à contre-jour Beacon Street où il y avait beaucoup d'animation, longea une petite grille qui bordait les voies du tramway jusqu'à ce qu'il puisse couper la chaussée glissante devant le flot de véhicules qui se dirigeaient vers le centre-ville, remonta un trottoir et passa devant un Kinko, un bureau de poste et un magasin diététique.

Il parcourut les quatre cents mètres en un temps record et porta la main à son arme glissée dans son étui d'épaule en arrivant au carrefour où se trouvait la banque. Il lui suffit de voir un monsieur à la mise soignée danser d'un pied sur l'autre, des clés à la main, en essayant de repérer des individus cagoulés pour comprendre que le braqueur avait filé. Il sortit son étui et l'ouvrit pour montrer sa plaque.

– Eh bien, vous avez fait vite ! dit le directeur de l'agence, des lunettes gris argent perchées de façon décorative sur son nez.

– Il y a combien de temps qu'il est parti ?

– Une ou deux minutes. Je suis sorti presque aussitôt après lui.

Frawley regarda alentour. Rien à signaler au carre-four battu par la pluie, les gens n'ayant aucune réaction comme ça aurait été le cas si quelqu'un avait couru, aucune voiture ne s'échappant d'une place de station-nement réservée aux handicapés.

Le directeur tendit le cou jusqu'à ce que la pluie tom-bant sur ses lunettes l'oblige à reculer sous le surplomb.

– On ne le voit nulle part.

– Comment était-il habillé ? Il avait un chapeau, des lunettes de soleil ?

– Oui. Une écharpe autour du cou, qui lui remontait jusqu'au menton et lui rentrait dans la veste. Et une espèce de ruban couleur caramel.

– Des gants ?

– Je n'en sais rien. Est-ce qu'on peut rentrer ?

Frawley vit venir les gyrophares bleus des véhicules de patrouille à près d'un kilomètre de là, les autres voi-tures s'écartant pour les laisser passer.

– Après vous, dit Frawley.

C'était une vieille banque élégante, bien aménagée et mal éclairée. Le service à la clientèle était concentré derrière une partition en bois ne montant pas très haut et percée de portes battantes. Des lampes à abat-jour vert éclairaient les écrans des ordinateurs qui ressem-blaient à des caisses à savon. Dans le fond s'alignaient les guichets et les bureaux de change.

Les clients et les commerciaux se turent, tous les regards se tournant vers le directeur et l'agent du FBI trop bien habillé pour la circonstance. Derrière, les cais-siers avaient quitté leurs guichets pour venir s'agglutiner dans celui de leur collègue situé tout à droite.

– Faites votre déclaration, dit Frawley.

– Oui, répondit le directeur. Euh… Vous m'écoutez tous ? Je suis désolé de l'agression qui vient de se pro-duire ici et…

Tout le monde guetta la suite.

– Oui, j'en ai bien peur, nous allons devoir cesser le travail pendant environ une heure ou deux (il jeta un coup d'œil à Frawley pour en avoir la confirmation), peut-être un petit plus… Aussi je vous demande quelques minutes de patience, et vous pourrez vous en aller.

Frawley pria en vain ceux qui avaient pu voir le bandit quitter l'établissement de lever la main. En règle générale, les clients ne s'aperçoivent pas que quelqu'un exerce un chantage en glissant un petit mot comminatoire au caissier et ne l'apprennent qu'ensuite, lorsque le directeur les informe de ce qui s'est passé.

Dino arriva en même temps que les flics, leur serra la main et les tint à l'écart pendant que le directeur accompagnait Frawley dans le fond, où se trouvaient les caissiers.

– Votre vidéo-surveillance, ça bouge ou ça bouge pas ?

– Hein ?

– Vous avez des caméras ou bien des appareils…

Frawley leva la tête et eut la réponse à sa question. Les caméras étaient installées trop haut sur le mur.

– Elles ne sont même pas foutues de voir en dessous de son chapeau, grommela-t-il en tendant le doigt. Deux mètres cinquante au maximum, au grand maximum… Il faudra les faire installer plus bas. Est-ce qu'elles ralentissent et ne prennent plus que soixante-dix images après qu'on a déclenché l'alarme ?

– Je… Je n'en sais rien.

Les autres restaient groupés autour du guichet situé tout à droite, se mettant une main sur l'épaule ou sur le dos pour se remonter le moral. La caissière qui travaillait à cet endroit était une Asiatique d'une trentaine d'années, une Vietnamienne peut-être – menton baigné de grosses larmes qui retombaient sur son chemisier rose saumon. Elle portait des bas de nylon couleur chair et ses genoux grassouillets tremblaient.

Son tiroir du haut était ouvert, mais aucun compartiment n'avait été vidé.

– Il a pris combien ? lui demanda Frawley.

Ce fut une femme avec une longue natte grise tirant sur le blanc qui lui répondit :

– Il n'a rien pris du tout.

– Rien du tout ?

– Elle est restée paralysée. Elle est en formation, c'est son deuxième jour. J'ai vu qu'elle avait des ennuis, j'ai aperçu le petit mot et j'ai déclenché l'alarme.

Le petit mot en question était posé juste dans l'ouverture aménagée en bas du guichet sécurisé, griffonné sur une serviette blanche en papier froissée comme une lettre d'amour que l'on aurait trop longtemps tenue dans sa main moite.

– Vous y avez touché ?

– Non, répondit la caissière vietnamienne. Si… au moment où il me l'a glissé.

– Il portait des gants ?

Ce fut la caissière en chef qui répondit à sa place :

– Non.

– Quelqu'un a vu une arme ?

La Vietnamienne fit signe que non.

– Il a parlé d'une bombe.

– Une bombe ? fit Frawley.

– Une bombe, répéta la caissière. Il portait un cartable sur son dos.

Sur le mot, on lisait : « J'ai une BOMBE ! Mettez TOUT L'ARGENT dans le sac. » Et puis, en gras : « S'IL VOUS PLAÎT, NE DÉCLENCHEZ PAS LES ALARMES OU QUOI QUE CE SOIT !!! »

Frawley se sentit interpellé par ce « S'il vous plaît ».

– Un cartable ?

– Comme un petit sac à dos. Pas une serviette. De couleur grise.

Frawley sortit son feutre rebouché pour retourner le billet avec. Derrière, le logo de Dunkin's Donuts. Dino se présenta devant le guichet, comme l'aurait fait un client.

– Il sent encore le café, dit-il. Il y a un Dunkin's Donuts en face… N'est-ce pas, mesdames ? Et depuis la devanture on voit la banque, pas vrai ?

Oui, oui… Elles acquiescèrent en silence.

– Il s'est assis là-bas pour écrire ce petit mot, puis il a traversé la rue en le tenant à la main.

– Il a peut-être agi sur un coup de tête, en conclut Dino. Ce n'est pas un accro.

– Ni un spécialiste du chantage à la bombe.

Frawley se retourna vers la caissière vietnamienne.

– Il parle d'un sac sur son bout de papier. C'était le même que celui dans lequel se trouvait la bombe ?

Elle était maintenant en train de renifler.

– Non, un sac blanc, un sac-poubelle. Il l'a emporté.

– Et il est parti comme ça ? En sortant par la porte…

– Il faut que j'aille aux toilettes, dit-elle à l'adresse de sa supérieure.

– Il est devenu nerveux, expliqua celle-ci à Frawley. Sans doute parce que je l'avais remarqué. Il a aussitôt fait demi-tour.

Frawley regarda Dino.

– Il lui faut du fric de toute urgence.

Dino était bien d'accord.

– D'ici, le tram est gratuit en allant vers la banlieue.

– Quelle est la banque la plus proche ? demanda Frawley à la caissière en chef.

– C'est une… une autre BayBanks. À Washington Square.

– Mesdames, il me faut tout de suite un téléphone et le numéro de cette agence.

Frawley se dirigea vers la porte blindée et, pour ce faire, passa devant la caissière en chef.

– Il avait un chapeau ? Un blouson ? lança-t-il en tournant la tête.

– Un chapeau cloche, répondit-elle. Avec en haut un machin lié au golf. Sa veste était courte et serrée. Trop épaisse pour le printemps, mais pas bon marché. Une veste de chasse, de couleur verte… Il était bien habillé !

– Dino ? dit Frawley, qui réagit au quart de tour.

Dino lui fit signe d'y aller et décrocha un téléphone.

– Vas-y, vas-y.

Frawley s'arrêta au bord du trottoir mouillé. La Taurus de Dino y était garée, ses phares et ses feux de détresse bleus clignotant. À cause des voitures de police arrêtées en double file, tout le secteur était embouteillé.

Un tramway remonta la côte en brinquebalant. C'était le seul à circuler dans le coin. Frawley traversa la rue et se dépêcha de l'intercepter, puis il se précipita à l'intérieur, les portières étant ouvertes.

– Il faut que vous alliez directement à Washington Square, dit-il au conducteur qui mâchonnait un cure-dents.

Sceptique, le type regarda son écusson.

– Elle n'est pas grosse, votre plaque.

– Oui, mais c'est une vraie, répliqua Frawley.

C'était bien la première fois qu'il réquisitionnait un véhicule.

– On y va.

Le conducteur réfléchit un instant, puis haussa les épaules et ferma les portières.

– Moi, ça ne me dérange pas.

Le tramway se fraya un passage au milieu des voitures qui klaxonnaient, accélérant après le carrefour, passant devant des boutiques de luxe, une pâtisserie fine, un RadioShack et des immeubles résidentiels.

– Vous gagnez combien, vous autres ? demanda le conducteur.

– Hein ? dit Frawley, debout à côté de lui.

Il avait le cœur qui battait fort et tenait toujours son écusson à la main.

– Sans doute moins que vous.

– Vous faites des heures supplémentaires ?

– On est obligés de travailler dix heures par jour.

– Et moi qui vous croyais intelligents dans votre branche…

Le conducteur donna un coup de klaxon – ils n'allaient pas ralentir au prochain arrêt pour laisser monter les gens en imperméable et parapluie qui attendaient.

– Hé, dites donc ! lança une femme derrière Frawley, ses sacs à provisions affalés à côté d'elle.

– C'est le FBI qui est aux commandes, madame, lui répondit le conducteur.

Ils grillèrent encore un autre arrêt, ce qui leur valut une salve de doigts d'honneur. Et puis, d'un seul coup, la route qui longeait la voie sur la droite en dévia pour remonter une côte devant eux.

– Holà ! Mais c'est pas la route !

– On va la retrouver, ne vous inquiétez pas, dit le conducteur. Écoutez, vous autres, vous devriez vous syndiquer. Tout le monde en a le droit, aux États-Unis.

– Oui, c'est noté, fit Frawley en cherchant la direction. Putain, c'est où, Washington Square ?

– Prochain arrêt, Washington Square ! claironna le conducteur.

Le talus se retrouva au niveau de la route au bas de la côte, la nouvelle voie débouchant sur un autre carrefour. Frawley aperçut, tout près sur la droite, l'enseigne vert et blanc de la BayBanks au carrefour. Le tramway freina, ses roues crissèrent, à la surprise générale, la réaction la plus vive étant celle du type en veste verte et chapeau cloche, une écharpe brun-roux autour du cou, qui sortait de l'agence, un sac en toile jeté sur l'épaule et un sac-poubelle blanc à la main.

Son métier amenait Frawley à opérer presque exclusivement sur les scènes de crime. Depuis huit ans qu'il traquait ceux qui s'en prenaient aux banques, il n'en avait jamais surpris un sur le vif.

– Ouvrez ! lança-t-il en cognant sur la portière.

Le conducteur n'attendit pas d'être arrêté pour s'exécuter, Frawley sauta à terre en courant et fonça jusqu'au carrefour, en slalomant entre les voitures, avec sa veste qui claquait au vent.

Le suspect coupa la rue transversale, marchant d'un bon pas, comme s'il n'entendait pas hurler Frawley lancé à sa poursuite. Une voiture l'obligea à faire un détour et à intercepter le fuyard plus loin sur le trottoir.

De près, le type avait l'air largué et pas du tout menaçant – nez et bouche sous un chapeau de pluie gris, dissimulé derrière de grosses lunettes de soleil, écharpe couleur caramel enroulée autour du cou. Les chaussures de marche de chez L.L. Bean, le pantalon de velours pelucheux et le petit sac à dos gris, ça ne collait pas. Rien à voir avec l'accoutrement habituel des braqueurs de banques solitaires qui font du chantage au guichet en remettant au caissier un petit mot menaçant. Frawley était désormais assez près pour distinguer des billets de cinquante dollars plaqués par l'électricité statique au sac-poubelle blanc et flasque qu'il tenait de la main gauche.

– Ne bougez pas ! lui lança-t-il en tendant vers lui une main ouverte, l'autre étant posée sur la crosse de son arme toujours dans son étui.

La fermeture éclair de la veste du mec étant remontée jusqu'au cou, il ne pouvait avoir que des gestes gauches.

On entendit un craquement quelque part sur le type, on aurait dit celui d'une amorce qui saute. Frawley repensa au chantage à la bombe, et c'est alors que tout le trottoir se teinta en rouge.

Frawley recula en vacillant, persuadé que le type s'était fait sauter sous ses yeux. Il fut atteint par quelque chose (un morceau de goudron), eut la gorge en feu et ressentit des picotements aux yeux, qui s'embuèrent. Il mit une main sur son visage et constata qu'il était couvert d'un liquide rouge.

Il essaya de reprendre son équilibre sur le trottoir, mais son système respiratoire se grippa. Les yeux mi-clos, il vit que le suspect bougeait, trébuchait en arrière et tombait du trottoir. Quelque chose lui vola au visage, comme un oiseau couvert de sang. Il le chassa, et le suivant, et encore celui d'après, l'un d'eux lui collant à la main. Il était rouge et vert-de-gris. Il le mit sous ses yeux qui gonflaient et tenta d'y voir clair.

C'était un billet de cinquante dollars, taché et roussi.

Un sachet de colorant. Non pas une bombe, mais une quinzaine de centilitres de teinture rouge et de gaz lacrymogène projetés d'une bombe remplie de CO_2 sous pression qu'on avait dissimulée dans un trou creusé au sein d'une pile de billets retirés de la circulation.

Il se retourna, à genoux, se força à ouvrir les yeux, qui pleuraient, et vit les billets tachetés voleter dans le square, comme des feuilles tombées d'un arbre à argent. Comme dans un rêve, le sac-poubelle, barbouillé de rouge, roulait, vide, vers le tramway arrêté de la Green Line.

Frawley se releva et réussit à quitter le trottoir. Il reprit progressivement de l'assurance, cria autant pour arrêter le suspect que pour ne pas avoir les voies respiratoires obstruées.

En face, une silhouette traînait une écharpe derrière elle. Un petit objet étant tombé sur la route – le sac à dos –, il suivit la forme floue entre deux voitures en stationnement. Devant le grillage elle tourna à droite, l'écharpe à franges continuant à onduler.

Il entendit des piaillements en arrivant à l'angle de la rue : la cour de récréation d'une école élémentaire. Quand ils l'aperçurent, les gamins présents s'enfuirent en hurlant vers le bâtiment.

En voyant les gamins, le suspect ralentit assez pour que Frawley attrape le bout de son écharpe, s'y cramponne et le fasse tomber. Il le maîtrisa tout de suite, lui ramena de force les bras dans le dos et d'un coup de genou lui colla la tête dans le gazon.

Il n'avait pas de menottes sur lui. Depuis sa première affectation, il n'avait jamais serré personne sans avoir obtenu un mandat d'arrêt au préalable. Il lui enleva ses gants et lui serra les pouces en lui tirant sur les bras, de manière à ce que la douleur l'empêche de bouger.

Le type cracha par terre.

– Hein ? lança Frawley, surexcité, avec les oreilles qui sifflaient et le nez qui coulait.

– Abattez-moi, lui dit le mec.

Frawley s'aperçut alors qu'il ne se défendait pas, mais sanglotait, tout bêtement.

On entendit s'approcher des sirènes. Les enfants se laissèrent tomber des cages d'écureuil, Frawley hurla aux instituteurs de les faire rentrer. Il se montra moins dur avec le type et desserra son écharpe tachée de boue qui l'étranglait. Il avait environ la quarantaine, ce type, et l'air désespéré et déjà penaud.

– C'est à cause de l'emprunt immobilier, ou bien t'as un enfant malade ? lui demanda Frawley.

– Hein ? dit l'autre en reniflant.

– C'est à cause d'une histoire d'emprunt immobilier ou bien d'un gamin malade ?

Entre deux sanglots, il fit une grimace et laissa échapper un soupir résigné.

– Un emprunt immobilier.

Frawley sortit une fois de plus son écusson doré, en le tenant bien haut pour que les flics dans les voitures de patrouille hurlantes le voient.

– Il fallait le faire refinancer.

Les flics débarquèrent, prêts à entrer dans la danse, leur flingue à la main. Frawley s'interposa entre eux et le braqueur.

– Ça va, reculez ! leur cria-t-il.

Ils finirent pas rengainer leurs armes. Frawley leur en voulait tellement qu'il arracha une paire de menottes des mains de l'un d'eux pour les mettre lui-même au type. Après quoi il alla voir la cour de récréation déserte, s'arrêta devant le grillage qui ne montait pas très haut pour s'essuyer les yeux et le nez du revers de sa manche et faire le point. Son costume était fichu, et il avait les chaussures, la ceinture et la cravate tachées. Il se frotta la main gauche, sa paume étant rouge vif, la peau déjà imprégnée par la poudre de l'aérosol. Il regarda en l'air pour s'éclaircir la vue et aperçut toute une ribambelle de têtes alignées devant les fenêtres des salles de classe, celles des élèves, à qui les instituteurs essayaient de faire regagner leur place. Il se toucha le visage, pas très rassuré, craignant le pire.

Dino était en train de descendre de sa Taurus. Il traversa le trottoir pour le rejoindre, pressa le pas, puis ralentit en constatant que ce n'était pas trop grave.

– Il ne manquait plus que ça, dit-il avec un grand sourire qui découvrit de parfaites dents blanches. Ça, c'est une première !

Frawley leva les bras, comme pour les égoutter.

– Ça va, Dean ? lui demanda-t-il, le nez bouché.

Dino apprécia le spectacle.

– La totale, quoi, à part le bidon de peinture sur la tête ! Fais-moi plaisir. Quand tu sors ton écusson, tu te présentes : « Jerry Lewis, du FBI ! »

Pour sa peine, il eut droit à un doigt d'honneur rouge vif. Frawley regarda le braqueur, penché au-dessus d'une voiture de patrouille pendant qu'on le palpait, une oreille collée au capot, comme si celui-ci lui expliquait à voix basse de quoi serait fait l'avenir de ses enfants… Puis on le redressa et l'embarqua dans un véhicule, tandis qu'il pleurait comme une Madeleine.

– Marrant, quand même, comme boulot, tu trouves pas ? plaisanta Dino en s'approchant de Frawley.

11

Le jay's on the corner

Il se montait partout des pressings, à Charlestown. De nos jours, les femmes ambitieuses doivent pouvoir compter sur une laverie dans leur quartier. À tel point que même les vieilles laveries automatiques, comme le Jay's on the Corner, s'équipent de comptoirs noirs en bois laqué, effectuent des livraisons la nuit, passent en continu de la musique douce et, d'une manière générale, se font belles : tous les matins on lave les vitres, arrose le trottoir, repeint les panneaux et récure la brique récalcitrante au jet d'eau haute pression.

Cela part du principe que le nouveau capitalisme exerce autant d'influence sur les gens que s'ils tombaient amoureux. Aucune autre force dans l'univers n'aurait pu amener l'habitant du Charlestown traditionnel à se donner un coup de rasoir, porter une cravate, surveiller ses manières et se mettre un peu d'eau de Cologne. Le printemps était en fleur dans tout le quartier, et l'économie de marché était une jolie fille en bain de soleil et talons hauts.

Le Jay's occupait un local aussi étroit que celui d'un buraliste, avec en devanture tout ce qui dénotait le Charlestown rénové (installations et tubulures chromées sur le comptoir, café gratuit), tandis que le vieux Charlestown était toujours présent dans le fond (murs tapissés de liège aggloméré sur lequel on avait piqué des cartes de visite et des prospectus pour cours de guitare, et où se trouvaient l'antique machine à laver à savon et les tables de découverte à l'ancienne, avec billes en bois, pour les tout-petits). On voyait des rangées de machines à laver installées dos à dos sous une étagère centrale, les séchoirs à deux compartiments se trouvant en face, poussés contre les deux longs murs. Les machines modernes qui acceptaient les pièces d'un dollar étaient devant, et les vieilles bécanes fonctionnant avec de la petite monnaie ferraillaient à l'arrière.

Doug était installé au milieu de la rangée de gauche, assis sur la dernière machine propre du lot, les suivantes ayant toutes leur cadran encrassé. Juché au-dessus de ses vêtements qui tournaient dans le tambour, il feignait de s'intéresser au *Boston Phoenix*, un journal gratuit, tandis que les machines de Claire Keesey étaient en marche presque derrière lui. Ça faisait déjà un moment qu'elle était là, assez en tout cas pour avoir foncé chez lui ramasser quelques vêtements sales, puis être revenu la suivre à l'intérieur. Il avait posé par terre son sac à linge dans lequel il n'y avait plus rien. C'était l'un des deux ou trois objets qui lui venaient de son père et auxquels il tenait : un sac de l'armée à sangles sur lequel figurait une inscription au pochoir désormais décolorée : « MacRay, D. ».

Et maintenant ? Cela avait été une réaction instinctive ou seulement pure folie que de sauter ainsi sur l'occasion qui s'offrait sans savoir comment en profiter ensuite. Il se trouvait à quelques mètres d'elle et ils étaient quasiment seuls (à part le type qui se grattait la tête derrière le comptoir et parlait grec au téléphone), et pourtant il ne voyait pas comment entrer en contact avec elle. Lui emprunter de la lessive ? La ficelle serait un peu grosse, non ? Ou bien lui demander tout de go : « Alors, vous venez souvent ici faire votre linge ? » Ben tiens, pendant qu'il y était, il n'avait qu'à la faire fuir, aussi !

Et même si elle lui jetait un coup d'œil et ne détournait pas aussitôt le regard, même si l'on voyait se dessiner un petit sourire sur ses lèvres, on était en milieu de matinée, et il aurait beau faire, il aurait l'air d'un chômeur de Charlestown qui se conduit comme un gros balourd.

« Dites donc, je ne vous ai pas vue au Foodmaster ? »

Là, ça ne pouvait pas louper !… Enfin… à part que ses vêtements allaient être propres, tout cela revenait à perdre son temps pour pas un sou. Il imagina les autres en train d'entrer et le voyant essayer d'avoir le culot de s'envoyer la directrice de la banque qu'ils avaient pillée…

Une partie du linge de Claire Keesey fut prête alors qu'il était en train de se raisonner. Elle entreprit de sortir un à un les vêtements chauds du séchoir, puis de les plier et de les ranger dans un immense panier jaune vanille. Elle ne tarderait pas à récupérer le reste qui séchait déjà, ainsi que des tennis qui tournaient tout seuls dans un troisième appareil en faisant un bruit de tracteur.

Il referma son journal et le jeta par terre, décidé cette fois à jouer le tout pour le tout. Ses grosses chaussures touchèrent le sol, il se frotta énergiquement le visage pour se donner du cran. Qu'est-ce qu'il pouvait bien lui raconter sans avoir l'air d'un vulgaire dragueur ?

Bonne question. Un truc sur le blanc et les couleurs qu'il faut séparer ? Non, ça, n'importe quel abruti le sait. Il suffisait de lui demander : « Qu'est-ce que je lave à froid, et qu'est-ce que je lave dans l'eau chaude ? » Du style : « Est-ce que je prends une douche froide pour me réveiller ou une douche chaude pour me délasser ? »

Oui, mais n'était-ce pas là un stratagème qui risquait de la vexer ? Au fond, c'était peut-être macho de penser que les femmes savent mieux faire la lessive que les hommes. Oui, mais c'était justement ce qu'il pensait depuis le début, et si elle le prenait mal, eh bien, il saurait à quoi s'en tenir et il ne lui resterait plus qu'à rentrer.

Il secoua les mains et fit craquer les vertèbres de son cou, même s'il avait l'impression de se dégonfler une fois de plus. Et merde ! Il lui suffisait de penser à l'angoisse qu'il éprouverait parce qu'il s'était déballonné... C'était la seule raison qui l'avait poussé à venir vers elle.

Il passa par l'ouverture entre les rangées de machines à laver, les mains dans les poches, pour ne pas avoir l'air menaçant. Le dos tourné, un chemisier blanc à la main, elle s'était arrêtée de plier ses vêtements.

– Euh, excusez-moi...

Elle se retourna aussitôt, sidérée.

– Bonjour. Bon, je me demandais si vous saviez...

Il faisait tellement d'efforts pour s'exprimer de façon claire qu'il ne s'aperçut pas tout de suite qu'elle avait les larmes aux yeux. Elle se dépêcha de les essuyer, penaude et littéralement consternée d'avoir été prise sur le fait, puis elle s'efforça de tout cacher derrière un sourire forcé.

– Je... oh, fit Doug.

Les larmes revenant, elle essaya une fois encore de sourire, avant d'y renoncer et de se tourner dans l'autre sens. Elle leva la tête vers les ventilateurs accrochés au plafond, le geste de quelqu'un en plein désarroi, puis recommença à plier son linge, plus vite cette fois, en faisant comme s'il n'était pas là.

– Ça va ? lui demanda-t-il, même si ça sonnait faux.

Elle se mit de profil et battit des cils, attendant qu'on la laisse tranquille. Puis elle se tourna carrément vers lui et le fusilla du regard tout en l'implorant en silence : *S'il vous plaît, allez-vous-en !...*

Ce qu'il aurait dû faire. Sa présence ajoutait encore à son désarroi. Seulement, il était coincé. Si d'aventure il renonçait, ce serait définitif.

Elle ramassa le reste de sa lessive pendant qu'il hésitait, flanqua dans son sac à linge les vêtements qu'elle n'avait pas pliés, une chaussette de tennis et deux culottes lilas tombant lentement par terre. Elle voulait en finir, s'en aller. Elle s'écarta de la machine à laver, traîna son panier rempli de vêtements chauds et passa devant lui, tête basse, pressée de sortir (elle avait encore un séchoir qui tournait).

– Hé, lui lança-t-il, vous avez oublié…

Mais elle avait tourné sur le trottoir et disparu.

Derrière le comptoir, le chauve tendit la tête, tenant le combiné à hauteur de sa poitrine. Un client qui faisait ses comptes regarda lui aussi la porte, sa copine jetant à Doug un regard lourd de reproches.

Doug se retourna vers les séchoirs en marche et les tennis qui faisaient pom, pom, pom dans l'un d'eux, et se demanda ce qui avait bien pu se passer.

Au nord de la ville, le Malden Bridge enjambe la Mystic River et donne dans Everett, le ciel s'ouvrant au-dessus d'une zone industrielle sinistre éclairée comme un film de Batman, les panneaux de signalisation indiquant Factory Street et Chemical Lane. Dans la partie ouest d'Everett s'entassent de chaque côté de Main Street des maisons fatiguées abritant plusieurs familles, tels des spectateurs qui attendraient un défilé depuis cinquante ans…

Doug gara sa Caprice devant un centre funéraire et coupa trois rues avant de déboucher dans la dernière, tenant d'une main un sandwich acheté au D'Angelo et un sac en plastique de chez True Value Hardware, et de l'autre un carton de la taille de deux magnétoscopes.

Au bout de la rue se trouvaient des villas datant de l'après-guerre, avec deux jardins, un devant et l'autre derrière, et où n'habitait qu'une seule famille. Il n'y avait pas de lumière à la porte vers laquelle il se dirigea, il déposa tout son chargement sur le perron. Il frappa doucement avant d'entreprendre de s'attaquer à la lampe installée en haut, dans l'entrée. Il dévissa le lobe de verre, effleurant des insectes morts au passage.

– J'arrive, Douglas ! claironna Mme Seavey.

Elle déverrouilla la porte et la poussa avec son déambulateur. Elle portait un pull irlandais boutonné au-dessus d'une robe d'intérieur en flanelle rouge, et malgré son teint gris elle lui fit un sourire radieux. Il la trouvait déjà vieille quand elle enseignait en cours élémentaire 2.

– J'ai un peu de retard, déclara Doug, qui entendit derrière elle l'indicatif d'une émission télévisée, *La Roue de la fortune*. Comment va votre jambe ? Elle est venue, aujourd'hui, l'infirmière ?

– Oui, je crois.

– Vous vous déplacez normalement ?

Elle lui coula un sourire malicieux, se sépara de son déambulateur et fit quelque pas en long et en large, les bras écartés pour ne pas perdre l'équilibre.

– Tralala, tralalère…

Avant de partir à la retraite, Mme Seavey avait été l'institutrice de Doug. Le dernier week-end où elle était en fonction, elle avait vidé sa légendaire penderie pour en offrir le contenu à tous ceux que cela intéressait. Doug avait récupéré le maximum de livres, de cartes d'activité, de cartes de lecture et de feutres secs, tellement il tenait à emporter des choses à elle. Malheureusement, n'ayant guère de place chez les Forney, qui l'avaient recueilli, il avait été obligé d'en jeter la plupart. Il y avait alors deux ans que sa mère s'était tirée, et son père était parti passer vingt et un mois de vacances à la prison de Concord.

Il ouvrit le sac qu'on lui avait donné à la quincaillerie et en sortit un paquet d'ampoules vrillées.

– Voilà, je vous ai acheté des ampoules fantaisie au lieu des normales parce qu'elles me faisaient penser à vous.

– Ah, ah ! dit-elle en riant. Parce que je suis bizarre ?

– Exactement. « Faible consommation permettant d'économiser l'énergie, longue durée », lut-il sur la boîte. « Des années entières d'éclairage », c'est marqué ici.

Elle gloussa de nouveau, puis le regarda derrière la porte-moustiquaire enlever l'ampoule morte qui émettait un petit bruit et mettre à la place la nouvelle, vrillée. Elle appuya sur l'interrupteur. Aussitôt s'alluma une lumière douce.

– Vous avez encore besoin que je vous donne un coup de main ce soir ? lui demanda-t-il.

– Non, merci, Douglas, tout est en ordre, Dieu merci.

Il ouvrit la porte-moustiquaire et sortit de sa poche une grosse liasse de billets. La mémé aimait bien les billets de cinq et dix dollars, des petites coupures avec lesquelles elle pouvait faire ses courses chez l'épicier du coin.

– Ça fait neuf cents dollars, dit-il. Mon loyer des trois prochains mois.

Elle lui prit la main qui tenait les billets et la secoua doucement.

– Je te remercie, mon garçon, lui dit-elle avant de glisser l'argent dans la poche de son sweater.

– Bon, je ne vais sans doute pas rentrer de bonne heure ce soir.

– Rentre quand tu veux.

Elle lui fit signe d'y aller, comme s'il avait été vilain, lui laissant voir au passage l'hématome qu'elle avait au poignet et qui n'était toujours pas guéri.

162

– Moi, je vais me coucher.

Elle lui saisit de nouveau les doigts, elle qui avait la peau froide et parcheminée, les os de sa main évoquant de petits crayons glissés dans une trousse. Doug lui déposa une bise sur le front.

– Portez-vous bien. Soyez sage.

– Dans le cas contraire, je ferai attention, répondit-elle, sourire aux lèvres, en s'éloignant de la porte à reculons.

Il écouta pour être sûr qu'elle fermait bien à clé et attendit que la lumière s'éteigne pour traverser l'allée et se rendre au garage. Son mari, M. Seavey, avait travaillé jusqu'à sa mort chez Goodyear, où il fabriquait du caoutchouc, mais le soir et le week-end son frère et lui conduisaient un taxi ou transportaient des gens en limousine. Doug se souvenait toujours de son dernier jour de classe, l'année du cours élémentaire 2, où devant l'école, sur le trottoir, il avait regardé Mme Seavey lui envoyer un baiser du siège arrière d'une rutilante Oldsmobile noire aux vitres équipées de rideaux argentés, puis s'en aller.

En bon Irlandais, son mari était un mordu de la bagnole, un peu comme un chasseur adore ses chiens, et avec l'aide de ses copains de beuverie il s'était construit un grand garage qui ressemblait à une grange, où on pouvait mettre deux voitures et auquel on accédait par des portes battantes. Depuis, Doug avait enlevé les poignées extérieures, de sorte qu'on ne pouvait plus les ouvrir que de l'intérieur. On y entrait désormais par une petite porte sur le côté, juste derrière la palissade qui délimitait la propriété. À la lumière de la Vierge en plastique bleu qui se trouvait dans le jardin de derrière du voisin, il ouvrit le cadenas, puis les deux verrous, en haut et en bas, et referma derrière lui avant d'allumer.

Les lampes halogènes fixées aux chevrons éclairèrent la Corvette vert émeraude qui se trouvait au milieu de l'aire bétonnée. C'était un modèle ZR-1 datant de 1995, une voiture puissante qui avait d'abord et avant tout l'avantage d'être équipée d'un moteur Lotus LT5 de quatre cent cinq chevaux et tout en aluminium. Il s'agissait là d'une des dernières 448 ZR-1 de 1995, l'année où s'était arrêtée la chaîne de production de ce type de véhicules. La voiture lui avait coûté soixante-neuf mille cinq cent cinquante-trois dollars, réglés en liquide, et il avait fait établir la carte grise au nom de Krista afin de ne pas trop se faire remarquer par les impôts.

L'émeraude avait un tel velouté qu'en passant la main sur l'avant du véhicule, du pare-brise qui se teintait au soleil jusqu'aux phares rétractables, on avait l'impression d'enlever le glaçage d'un gâteau. La voiture était juchée sur des cales. Doug avait presque fini d'y adapter un nouveau système d'échappement en acier inoxydable.

Il posa son sandwich sur l'établi à côté du manuel de réparation *Chilton*, sous un panneau perforé auquel étaient accrochés les vieux outils de M. Seavey. Le garage avait été construit pour y garer l'Oldsmobile, et l'on y avait aménagé en contrebas une espèce de réduit au sol en terre battue et aux parois en pierre, dans lequel étaient rangés d'antiques vélos à trois vitesses, des tondeuses à gazon mécaniques et un monstrueux chasse-neige à soufflerie, dont les pales rouillées ressemblaient à des dents grinçantes sur lesquelles aurait séché du sang.

Il laissa le carton de Valvoline devant et sauta en bas, attrapa le lourd chasse-neige par les poignées afin de l'éloigner du mur, car il s'intéressait à une pierre de la taille d'un œuf d'autruche que l'on pouvait détacher du mortier craquelé pour accéder à une cachette. Au départ, il y avait découvert une lettre recouverte de poussière ; envoyée par avion et datant de 1973, d'après le cachet de la poste, une Française y expliquait, dans un anglais hésitant, qu'elle aimerait retrouver un soldat américain du nom de Seavey qui était passé dans le village de sa mère en 1945. Depuis lors, Doug avait été contraint, pour des raisons personnelles, d'agrandir la planque.

Il sortit du carton de Valvoline les paquets enveloppés dans du papier journal et rangea le reste de sa part avec le fric qui s'y empilait déjà en plusieurs tas de tailles curieuses, puis contempla son trésor, tout froid. Là, dans ce trou, il ne payait pas de mine : une collection de rubans de tissu (renfermant soixante-quinze pour cent de coton et vingt-cinq pour cent de lin) portant des inscriptions à l'encre verte ou noire. Des petits chiffons rectangulaires qu'il ne pouvait pas mettre à la banque, ce qui commençait à l'inquiéter. Car il manquait tout à la fois d'espace (il avait agrandi le trou au maximum) et de temps (la petite mémé Seavey n'allait pas tarder à se retrouver dans une maison de retraite). Les trois mois de loyer qu'il lui avait versés pour le garage avaient valeur d'offrande destinée à leur apporter à tous les deux trois mois de chance, car il n'avait aucun plan de secours, que ce soit pour son magot ou pour sa Corvette.

Il préleva une liasse d'un peu plus de deux centimètres sur une pile de billets déjà blanchis, replia l'épaisse feuille de plastique, remit la pierre en place, réinstalla le chasse-neige devant et remonta à la surface. Grâce à l'éclairage, le garage commençait à se réchauffer. Il déballa son sandwich au rôti, sortit un Mountain Dew du mini-frigo qu'il avait branché dans le coin et alluma son transistor. Il lui suffisait, en principe, de songer à s'emparer de ses outils et à se couvrir de graisse en bossant sous la Shamrock [1] pour oublier tout ce qu'il pouvait y avoir d'angoissant dans le monde. Il s'allongea sur le vieux chariot de mécanicien

1. « Le Trèfle », emblème de l'Irlande *(NdT)*.

de M. Seavey, plongea sous la voiture hissée sur des cales en écoutant *Immigrant Song* de Led Zeppelin sur ZLX, et même s'il ne perdit jamais complètement la notion du temps et de l'espace, il arriva toutefois, pendant quelques heures, à s'évader très loin.

De la rue, il entendit pulser la musique chez Jem et sentit que son copain avait mis le feu quand il passa devant sa porte au premier étage. Dans son propre appartement, les murs en papier à cigarette tremblaient et le sol qui s'affaissait émettait un bruit sourd comme la peau d'un tambour. Sa cuiller vibrait sur le plan de travail de la cuisine et la porte d'un meuble de rangement s'ouvrit toute seule. Du Jem tout craché : les basses à fond et pas d'aigus.

Il déplia son canapé-lit et s'assit au bout pour manger un bol de céréales, ne sachant s'il devait allumer la télé pour faire écran au bruit ou laisser tomber. Il était trop fatigué pour aller frapper à la porte de Jem et craignait encore plus de se retrouver entraîné chez lui. De toute façon, il devait y avoir une chance sur deux pour qu'ils reçoivent tous le plafond sur la tête.

Qui est Doug MacRay ? Voilà le genre de questions qu'on se pose le matin quand on est à jeun devant un bol de céréales.

Lui plier son linge et le lui laisser sur le comptoir ? Erreur grossière. Ça revenait à se comporter comme une meuf, à jouer le gentil chien-chien qui remue la queue et te lèche la main avant de pisser fièrement sur le journal, tout pressé qu'il est de te faire plaisir. Un truc de lope.

Il se coucha sur le matelas et attendit que le plafond lui tombe dessus.

Doug entra d'un pas vif dans le Jay's on the Corner et tapa sur le comptoir.

– Hé, Virgil !

Il adressa un signe de tête à l'employé guetté par la calvitie. Celui-ci portait un tee-shirt sur lequel était reproduite la célèbre couverture du disque des Stones où l'on voit une bouche tirer la langue. Doug avait fait sa connaissance et s'était ménagé sa collaboration en lui glissant un billet de cinquante dollars.

Il se dirigea vers la rangée gauche de machines à laver en se rendant bien compte qu'elle le regardait, mais en faisant comme si de rien n'était. Il la sentit surprise de le revoir (elle était sur la droite), trouvant sans doute qu'il s'agissait d'une coïncidence troublante.

Il ouvrit la porte d'un séchoir et en sortit tout un paquet de linge propre. Ça faisait deux jours que ses vêtements attendaient qu'il revienne les chercher, mais seul Virgil était au courant.

Il se mit à les plier, l'air de penser à des choses bien plus sérieuses, d'abord le jean, puis les chemises, et commença à se dire qu'elle ne viendrait pas le voir, jusqu'à ce qu'il entende sa voix, douce comme une main sur son épaule, et se retourne.

– Excusez-moi. Euh… Bonjour.

Elle lui fit un sourire crispé de l'autre côté de la double rangée centrale où elle se trouvait.

– Bonjour, répéta-t-elle.

Il parut déconcerté, mais se ressaisit.

– Ah oui… Comment allez-vous ?

– Je me sens piteuse.

Elle joignit les mains et les tordit.

– En réalité, j'étais presque trop gênée pour venir ici, mais ma conscience m'a poussée à vous remercier…

– Je vous en prie, c'est normal.

– Il faut croire que j'ai passé un mois… vraiment affreux. Je ne sais pas pourquoi, mais tout m'est tombé dessus en même temps. Ici, malheureusement.

Elle eut un sourire forcé et coupable, comme pour dire « Bof… ».

– Ce n'est pas grave, du moment que ça va mieux.

– Oui, bien mieux, répondit-elle sur un ton faussement poli, allant peut-être même jusqu'à lui parler comme à un enfant, histoire de lui montrer qu'elle était bien élevée. En tout cas, merci de m'avoir sorti mes vêtements. Je n'arrive pas à croire que je les ai laissés comme ça… Et c'est vous qui les avez pliés, Virgil me l'a dit.

– Ah, oui, Virgil. Bon… (Comme si c'était supposé être un secret entre eux deux.) Il n'y avait pas de quoi. Enfin, tant que ça ne vous dérangeait pas. C'est quand même plutôt bizarre, non, d'aller plier le linge de quelqu'un qu'on ne connaît pas…

– Oui… (Elle sourit, mais on la sentait sur le qui-vive.) J'imagine.

Elle tapota le couvercle de la machine du plat de la main et détourna le regard.

– En tout cas… c'était très gentil de votre part, vous êtes sympa. Et je suis désolée de m'être enfuie comme une voleuse et de ne pas avoir été plus polie avec vous.

Sa voix n'était qu'un murmure, un hochement de tête ponctuant de façon abrupte sa gratitude hésitante.

– En tout cas, merci encore. Merci.

Doug la regarda revenir à son séchoir ouvert et voulut dire quelque chose.

Mais aucun son ne sortit de sa bouche. Il se retourna vers la machine, le visage fermé. Il était allé trop loin et lui avait fait peur en parlant de « plier le linge de quelqu'un qu'on ne connaît pas », comme s'il était un abruti qui pique les petites culottes de ces dames pour les renifler ! Et puis à quoi ça ressemblait d'essayer de profiter d'une fille complètement larguée sur le plan affectif ? Et merde ! Il se serait giflé, mais elle risquait de l'observer.

Il regarda de son côté et la vit en train de lire un livre de poche. C'est alors qu'il se rendit compte qu'il ne lui avait même pas demandé son nom ! Tout comme il ne lui avait pas dit comment il s'appelait. Il réfléchit en vitesse. Pas étonnant qu'elle soit partie.

Il avait tout gâché. Il avait eu une occasion et maintenant ils se retrouvaient tous les deux dans une espèce de no man's land où, sans être des inconnus l'un pour l'autre, ils ne se connaissaient quand même pas vraiment. S'il la croisait de nouveau ailleurs, elle resterait sur ses gardes et ne se laisserait pas faire.

Ça valait peut-être mieux. Que ce soit fini avant même que ça commence. Et puis d'abord, qu'est-ce qu'il s'imaginait que ça allait donner ? Qu'il allait l'inviter à boire au Tap, dans la salle du haut ? Ou à manger à l'Olives et qu'ensuite ils finiraient la soirée à l'Opéra ?

Eh oui, ça ne la faisait pas vibrer, elle ne ressentait rien.

Il repensa à la façon dont elle lui avait souri, s'était tordu les mains et l'avait regardé plus longtemps qu'elle n'aurait dû. Et à l'incertitude qu'on lisait dans ses yeux, brillants au-delà de tout ce qui est permis. Ce qui l'amena à la revoir les yeux bandés, image qu'il voulait chasser définitivement de son esprit.

Elle avait dû le sentir venir car elle leva les yeux de son livre alors qu'il s'approchait d'elle, de l'autre côté des machines à laver.

– Salut, dit-il. C'est encore le mec louche de la laverie automatique.

Elle s'esclaffa.

– Oh, non !

Il appuya les doigts sur la machine devant lui, tel un pianiste sur le point de se lancer dans un solo.

– J'étais derrière, en train d'apparier des chaussettes, pendant que vous vous trouviez ici... et j'ai su que je ne me pardonnerais jamais si je ne tentais pas le coup.

Elle tiqua un peu devant ce vocabulaire navrant, ce qui eut pour conséquence qu'il parla plus vite.

– Car si je ne tente pas le coup, dit-il en répétant ses propos blessants et en faisant comme si ce n'était pas regrettable de s'exprimer ainsi, en fin de compte ça va me poursuivre pendant au moins un mois.

Elle sourit, changeant de braquet, feignant de s'inquiéter.

– Êtes-vous réellement aussi dur que ça avec vous-même ?

– Vous n'imaginez pas…, dit-il, un peu moins crispé. Je commencerais par… bon, me taper sur la tête à coups redoublés, puis je m'arrêterais ici tous les jours pour laver mon linge par petits bouts, une chaussette à la fois, dans l'espoir de vous revoir et pas accompagnée, et que vous vous souviendriez de moi. On recommencerait à bavarder et j'aurais quelque chose de sournois comme c'est pas possible à vous raconter sur la météo…

Quand il en eut fini, elle souriait, même si elle ne disait rien, réflexe d'autoprotection oblige.

– Bon, soupira-t-elle, maintenant que vous avez tenté le coup (elle prononça ce mot sur un ton espiègle)… ça vous suffit ? Est-ce que ça suffit, je m'entends, pour vous empêcher de vous faire du mal et de venir ici dépenser toutes vos pièces de vingt-cinq cents ?

– Ah non, alors ! C'est plus possible, maintenant. Vous comprenez… Maintenant, on a causé. Désormais, c'est une question de caractère. Si vous deviez me dire non, alors… alors c'est qu'il y a quelque chose qui déconne chez moi, et ça va continuer à m'obséder, et encore plus, bien plus. Parce que ce que ça veut dire, c'est que je ne suis pas capable de séduire une dame comme vous.

Elle plissa les paupières, toujours le sourire aux lèvres, mais réfléchissant aussi à ce qu'elle venait d'entendre et ne sachant pas trop quoi faire de lui. Ce qui n'était pas grave, Doug ne sachant pas non plus trop quoi faire de sa peau.

– Une dame ? dit-elle en aimant bien comment ça sonnait.

– Bien sûr, dit-il, n'en revenant pas d'avoir remporté cette manche. Une dame…

12

Le coup de fil

On avait laissé un message sur sa boîte vocale :

« Bonjour… Agent Frawley ? Ici Claire Keesey, la directrice de la banque qui a été attaquée… La Bay-Banks de Kenmore Square. Bonjour. Je n'ai pas, ce n'est pas… Enfin… je n'ai pas de renseignement à vous communiquer sur cette histoire. Je vous appelle simplement pour vous dire que je suis normale… que j'ai fini par avoir une crise sans gravité… ma petite dépression, et que maintenant ça va mieux, vraiment mieux. Cet après-midi, j'étais dans une laverie automatique, et… quelque chose a dû me faire penser à ma veste, celle qu'ils ont coupée. Et d'un seul coup ça m'a anéantie. Je suis partie en courant en laissant mon linge et maintenant il faut que j'aie le courage d'aller le récupérer. Il le faut. N'importe comment… je me rends bien compte que je vous laisse un drôle de message et que je vous fais perdre un temps précieux, mais qui d'autre serait capable de comprendre ? Et puis je voulais vous remercier parce que si vous ne m'aviez pas prévenue que ça risquait de m'arriver, eh bien… j'en aurais conclu que j'étais bonne pour du Prozac et une thérapie de groupe. Donc merci. Voilà, c'est tout. Au revoir. »

Ce message, Frawley ne l'eut qu'un jour et demi plus tard. Il essaya d'abord de la joindre à la banque, puis la trouva chez elle.

– Ah, bonjour. Ne quittez pas, d'accord ?

Se déclencha le bip de la mise en attente d'appel.

Elle reprit la communication quelques secondes plus tard.

– Excusez-moi. C'était ma mère, une femme autoritaire.

– Pas grave. Comment allez-vous ?

On baissa la musique.

– Ça s'arrange. Je vais bien, en fait.

– Bon. Je viens de trouver votre message.

– Oh là. Il est incohérent, pas vrai ? Je… après avoir broyé du noir pendant si longtemps, être devenue un vrai zombie, respirer une bouffée d'oxygène, c'était presque la même chose que d'être en pleine forme.

– J'ai essayé de vous joindre au travail.

– Oui, mais je n'ai pas… j'ai fini par y retourner aujourd'hui. La première fois, juste pour aller voir. On a refait ma pièce. Le bureau, la chaise, le plafond… J'ai eu l'impression d'entrer dans une maison hantée, mais j'y arriverai. Je reprends le collier demain.

– À la bonne heure. Il est temps.

– Enfin… non, c'est bien. Autrement, je reste ici à ne rien faire, vautrée devant la télé.

– Vous risquez d'avoir des bouffées d'angoisse ou des montées d'adrénaline quand vous verrez entrer quelqu'un qui a un physique ou un comportement analogue à celui des truands. Dans ce cas, essayez de vous demander ce qui a déclenché cette réaction, et dites-le-moi.

Il y eut un silence.

– Entendu. Oh là là, j'espère que non !

– N'en faites pas une maladie. Vous avez récupéré vos vêtements ?

– Euh… à la laverie ? Qu'est-ce que ça m'a humiliée ! Oui, je les ai récupérés. Lavés et pliés.

– Super. C'est un petit service auquel ont droit les clientes en larmes ?

– Exact. Comme c'est indiqué sur la devanture.

Rien qu'à sa voix, il la sentit sourire.

– Vous aviez un bon de réduction ?

– Un bon de participation, pour souffrance psychologique… qu'ils ont honoré. Mais sérieusement… Vous savez le plus bizarre de tout ?

– Non, quoi donc ?

– À la laverie, il y a un type qui a proposé de me revoir. Un autre client, celui qui m'a sorti mes affaires du séchoir. C'est lui aussi qui les a pliées. C'était drôle… Il n'a pas l'air d'être le genre à plier du linge de femme.

– Ah oui, dit Frawley, qui s'étonna que cela réveille en lui l'esprit de compétition. Qu'est-ce que vous lui avez répondu ?

– Eh bien, sur le moment, j'ai dit oui. Mais j'ai l'impression que c'est un déménageur ou un truc comme ça. J'ai l'impression que ça ne tourne pas encore très rond dans ma tête. Un type que j'ai rencontré à la laverie automatique ? Je suis sûre qu'au bout du compte je vais lui poser un lapin.

Frawley se sentit étonnamment revigoré et sourit.

– Vous ririez bien si vous me voyiez en ce moment, reprit-il.

– Pourquoi ? Vous êtes en opération clandestine ?

– J'ai le cou, la joue et la main gauche teints en rouge. Un paquet de colorant m'a sauté à la figure.

– Un paquet de colorant ? Et puis quoi encore ?

– Il y a eu un hold-up dans Brookline Street. J'ai poursuivi le type et ça a explosé. Et, bien entendu, ça ne disparaît pas en trois jours, comme on le prétend. Bref, je suis au chômage technique pendant quelque temps. Mais je vous raconterai tout ça la prochaine fois qu'on se verra.

– Ça marche.

– Tant mieux, dit-il, un peu grisé. Et bonne chance demain.

– Ah oui. Berk. Ça ira.

Frawley venait de raccrocher quand il eut la surprise d'entendre la voix de Dino derrière lui.

– C'était qui ?

Dino était assis au bord du bureau, dans la grande cellule de l'antenne du FBI de Lakeville.

– La directrice de la banque où il y a eu un Morning Glory.

– Qu'est-ce qu'elle a trouvé ?

– Rien. Elle voulait seulement me parler au téléphone.

– Te parler au téléphone ? Je croyais que tu l'avais mise hors de cause.

– En effet.

– Moui…

Dino sourit.

– Bon, enfin… ne t'emballe pas.

– Non, non.

– Quand il leur est arrivé des ennuis, elles adorent les flics.

Frawley fit la sourde oreille. Dino tenait une grande enveloppe marron dans ses mains velues.

– C'est quoi, ça ? Une citation à comparaître pour l'affaire de Congress Street ? Déjà ? Les archives de la Nynex ?

D'une pirouette, Dino l'empêcha de s'en emparer.

– Quand on demande, on dit « s'il te plaît ».

Penaud, Frawley baissa la main… puis se précipita sur lui et la lui arracha, avant de se rasseoir, radieux, et de l'ouvrir.

– S'il te plaît…

13

AM Gold

Doug joua une partie de street-hockey, ce qui ne lui arrivait pas souvent, à l'endroit où Washington Street se termine en impasse sur un promontoire, à côté de la patinoire. Pour les gens du coin, c'était un véritable événement, un peu comme si Howie Long[1], un enfant de Charlestown, était revenu jouer au touch football[2]. Il ne faisait plus beaucoup de patin à glace, et jamais dehors, ce sport lui évoquant trop de choses négatives : sa jeunesse, ses rêves évanouis, son père… Quand il mettait des genouillères et montait sur des patins, il avait l'impression de se retrouver tout môme, et ce môme marchait à côté de ses pompes. Pour avoir envie de jouer, il fallait qu'il se sente bien dans sa peau, et aujourd'hui ça baignait, c'était super.

Il jouait contre un petit jeune de Chappie Street, qui se prenait déjà pour un Gretzky[3] des rues et qui, de fait, apprenait sa leçon. Doug lui donnait carrément un cours particulier. Jem, qui adorait ce genre de conneries, brillait par son absence, laissant Gloansy étriller

1. Joueur vedette du football américain dans les années 80 et 90 *(NdT)*.
2. Variante de football américain dont on a éliminé les aspects les plus brutaux *(NdT)*.
3. Champion de hockey sur glace pendant trente ans, qui n'arrêta la compétition qu'en 2005 *(NdT)*.

Doug et sa technique datant du lycée. Il cria : « La crosse est là pour qu'on joue avec ! » alors que Doug concluait la troisième partie par un tir frappé qui passa le goal entre les jambes de son jean tombant, un jeune Blanc qui habitait à Mishawum et se la jouait Noir, le palet orange s'envolant du filet par une déchirure pour décrire un arc de cercle et retomber plus bas sur la pente qui descendait vers les rues.

Sautons maintenant le reste de la journée jusqu'à 8 h 15 du soir pour retrouver Doug MacRay en train de remettre en place la carte des hors-d'œuvre, ainsi que la salière et la poivrière en verre, puis d'arranger de nouveau les pétunias dans le minuscule vase noir. Il avait renvoyé deux fois le serveur avec son petit tablier et se rendait bien compte qu'il attirait l'attention des autres convives qui s'amusaient de voir un abruti de Charlestown manger du lapin.

Il essayait de ne pas avoir l'air vexé mais détendu, comme si tout se déroulait comme prévu. Oui, mais d'abord, pourquoi le Tap ? Pourquoi choisir un endroit où on risquait de le reconnaître ? Et pourquoi dans la salle du haut ? À quoi ça rimait, ce cirque ? Lui qui méprisait les imposteurs !

Le fait est qu'il avait balisé à la laverie automatique. Elle avait répondu « oui » et il s'était retrouvé tout con, n'ayant pas élaboré de stratégie. Le Tap, et la salle du haut, c'était la première chose qui lui était venue à l'esprit.

Leur rendez-vous l'avait fait fantasmer comme un ado. *Elle va s'asseoir ici, et moi là. Je vais lui raconter ça, elle va se mettre à rire.* Tu parles d'un gamin ! Sa tunique beige dans laquelle il rentrait à peine les épaules et qu'il avait achetée au dernier moment à la Galleria où elle était exposée sur un mannequin sans tête ? Après avoir passé une demi-heure à fouiller dans son placard ? *Non, mais tu t'es vu, un peu ?* Pantalon noir trop serré en haut, ceinture galonnée en cuir, chaussures souples de couleur noire…

Il avait déconné à mort. Il s'était planqué au fond de la salle pour ne pas risquer d'être vu de l'autre bout. Il examina la carte des hors-d'œuvre pour la huitième fois, ben tiens, regarda les portes en verre dont la couleur lui brouilla la vue.

Il ne l'avait pas volée, cette humiliation. C'était bien fait pour lui, qu'on lui pose un lapin. Depuis le début, il s'était fourré le doigt dans l'œil.

Il attendit encore cinq minutes. Puis cinq minutes de plus : telle était sa punition, se mettre le nez dans le caca, boire sa honte jusqu'à la lie. Qu'est-ce qu'il lui avait dit, déjà, Frank G. ? *En dehors du fait de ne pas t'aventurer seul dans un bar, c'est là la décision la plus importante que tu seras amené à prendre.* Ah, ça, il pouvait être fier ! Il avait tout faux.

Il lui restait le choix entre deux choses : se remettre à picoler, tout de suite, et comme il fallait (gaspiller deux années géniales pour une espèce de jeune cadre coincée !), ou bien se lever, se diriger vers la sortie (et peut-être en profiter pour aller faire un tour aux toilettes, chez les femmes, tiens), puis rentrer chez lui en marchant avec son fute qui le serrait entre les jambes.

Comme toujours, il en revint à ce sur quoi il croyait pouvoir compter. Le truc qu'il avait et qu'on ne pouvait pas lui prendre : le coup d'œil du truand. Les autres… rien ne dit que ce n'était pas auprès d'une femme ou de leurs enfants qu'ils allaient se réfugier. Se précipiter auprès de quelqu'un ou de quelque chose qui vous donne l'impression d'avoir remporté une victoire, quel que soit le nombre de fois où l'on a été humilié.

Multiplier les surveillances de fourgons blindés. S'intéresser aux complexes multisalles : le Revere, le Fresh Pond, le Braintree… Les sorties de l'été intervenant au début du mois de mai, il suffisait de convenir d'un endroit et d'une heure.

Avec la tombée de la nuit les fenêtres du devant fonçaient et les faisceaux des phares glissaient dans Main Street. Il faisait suffisamment sombre pour qu'il se tire sans demander son reste et remonte la côte. Il attendit que le serveur s'occupe de gens assis à une autre table pour se lever et gagner la sortie les jambes lourdes et la tête basse, deux meufs qui fouillaient dans le panier de bonbons à la menthe à l'accueil lui bloquant le passage.

C'est à ce moment qu'elle entra en coup de vent. Elle jeta un coup d'œil à l'hôtesse en jupe serrée, puis regarda le bar central, juste derrière Doug.

Devant, les filles s'en allèrent, elle n'était plus qu'à un mètre de lui. Il sentit la rue, l'odeur de la nuit, et se mit à les suivre, voulant en finir une bonne fois pour toutes. Il l'avait déjà éliminée, le moment était passé.

– Ça alors ! Vous êtes là ! (Elle lui prit le coude.) Je suis très en retard, je sais. Vous partiez ? Oh là là, je suis confuse. Je n'ai même pas… mais vous êtes toujours là, je n'arrive pas à y croire.

Crois-y. À moins que lui aussi, il ait du mal à y croire, qu'il fasse donc semblant de ne pas la reconnaître, la laisse en plan et rentre chez lui avec sa colère.

Mais elle le regardait, tout sourire, et reprenait son souffle.

– Vous vous appelez Doug, c'est ça ?

– Tout juste.

– Je ne vous… Quand je suis arrivée… vous n'étiez pas comme l'autre jour.

– Ah bon…

Elle l'observa.

– Je ne vous… Enfin…

Se faisant maintenant du souci pour sa propre tenue vestimentaire, chemisier en coton blanc montant et serré à la taille, jean délavé et bottines noires, elle enchaîna :

– J'avais du retard, alors je me suis dit qu'en m'habillant décontracté…

– Peu importe. Je crois bien l'avoir plié, ce jean.

Elle regarda le pantalon en souriant.

– Il me semble, oui.

Malgré lui, il commença à se sentir bien.

– J'ai fouillé les poches pour vérifier qu'il n'y avait pas de monnaie ou quoi que ce soit à l'intérieur.

Elle lui fit un sourire radieux, n'ayant plus d'yeux que pour lui. Il se rendit compte qu'il était debout dans l'entrée du Tap, la porte de l'escalier juste derrière lui. Il désigna le fond de la salle d'un signe de tête.

– Notre table est peut-être toujours libre, dit-il.

Ils se faufilèrent pour gagner le mur du fond. Elle posa auprès des fleurs son petit sac à main dans lequel se trouvait son trousseau de clés attaché à une chaîne, Doug s'installant en face d'elle, dos au mur, sur une chaise rembourrée et surélevée. La lumière tamisée de la lampe accrochée au plafond caressait ses cheveux d'un blond vénitien, le reste de la salle s'estompant derrière elle.

Doug tapota la table, sourit, souffla.

– Bien, dit-elle.

Elle se pencha un instant en avant, la lampe lui dessinant des ombres sous les yeux, un peu comme si elle portait un masque. Instinctivement il recula, ne voulant pas qu'elle voie la même chose sur son visage.

– Pourquoi ai-je une demi-heure de retard ?

Elle détourna le regard, s'apprêtant à lui donner une explication, mais son attention fut attirée par autre chose.

– Il n'empêche, enchaîna-t-elle, je n'en reviens pas que vous ayez attendu. Enfin, je m'en réjouis. Et je suis confuse. Et stupéfaite, ça aussi.

– Bof, je ne vous ai guère attendue qu'un quart d'heure. Le reste du temps, je faisais la gueule et me tapais dessus dans ma tête.

– Ah non ! Vous m'aviez prévenue…

– Oui, c'est un problème chez moi.

– Vous ne… Il me semble avoir essayé de vous l'expliquer à la laverie automatique. Mais vous ne me faites pas l'impression d'être du genre à se montrer enfin… aussi dur que ça avec soi-même.

– Je suis du style vulnérable.

Elle sourit en voyant ses bras et ses épaules.

– C'est vrai. Vous attrapez vite des bleus.

– Je me mets sans doute trop la pression. Il y a des choses que je prends trop au sérieux.

– Je vous en prie, vous êtes en face d'une femme toujours sur le qui-vive et qui s'angoisse pour un rien.

Elle s'interrompit, décortiquant la réponse qu'elle venait de lui faire, lorsque la serveuse arriva, une blonde platine aux cheveux courts qui portait des bagues en cuivre attachées avec un clip à une oreille. Elle sourit à Claire.

– Vous voilà.

– Me voilà, dit Claire sur un ton aimable, appréciant la situation.

– Il avait l'air très inquiet.

Elle désigna Doug d'un signe de tête et serra son clipboard à couverture en cuir contre elle.

– En fait, se corrigea-t-elle, il avait l'air de mauvais poil.

– Je croyais que ça ne se voyait pas, s'étonna Doug.

– Est-ce qu'il se tapait sur la tête ?

– Il n'en était pas loin. Je m'appelle Drea. Qu'est-ce qui vous ferait plaisir ?

Claire lui demanda de lui conseiller un vin et en choisit un italien, du valpolicella.

– Un verre ou une bouteille ? leur demanda Drea.

– Une bouteille, répondit Doug.

– Génial.

Drea tourna les talons.

– Apportez-moi aussi un verre d'eau de Seltz avec une tranche de citron vert, ajouta Doug.

Drea s'arrêta une seconde avant d'ouvrir son clip-board et de noter la commande.

– Je reviens tout de suite, dit-elle.

Sur quoi elle disparut.

Claire contempla la table, en se posant des questions sur ce qu'il avait commandé. Et le regarda.

– Je conduis, lui expliqua-t-il.

– D'accord.

– Jusqu'à la fin de ma vie.

Elle hocha la tête, puis fit signe à Drea.

– Je ne suis pas obligée de…

– Non, répondit-il en se balançant un peu. Il n'y a pas de mal. Sincèrement.

– Dans ce cas, pourquoi avoir commandé une bou-teille ?

– Allez savoir…

Il ressentait des élancements dans le crâne. Elle le regardait maintenant de façon différente, les questions qu'elle avait envie de lui poser se bousculant dans sa tête.

– Vous parliez…, reprit-il.

– Quoi ?

– De la raison de votre…

– Ah oui. De la raison de mon retard.

Elle croisa les bras sur la table et s'appuya dessus, façon de se tenir qui en disait long.

– Eh bien… en vérité, je m'apprêtais à ne pas venir du tout.

– Ah.

– J'allais zapper notre rendez-vous. J'avais décidé de ne pas venir. C'est pour ça que je suis arrivée en retard.

Il hocha la tête, attendant la suite.

– Qu'est-ce qui vous a fait changer d'avis ?

Elle respira profondément, garda l'air dans ses poumons et sourit.

– Ce doit être, ça paraît bizarre… d'avoir décidé justement de ne pas venir. Autrement dit, d'avoir conclu que je n'étais pas obligée d'être là ce soir. Et puis de m'être rendu compte que je n'étais pas obligée de faire quoi que ce soit… Comme si, disons… je me sentais dégagée de toute obligation. Bon, ce qu'il faut savoir… c'est qu'il m'est arrivé des tas d'histoires récemment. Je vous fais grâce des détails… Mais j'ai une drôle de façon de réfléchir depuis quelque temps. Je repasse tout dans ma tête, je n'arrête pas d'examiner ma vie, ça me rend dingue. Enfin… plus que d'habitude, hein ? Donc voilà… je ne vais pas y aller, d'accord ? Bon, c'est décidé. Sauf qu'on arrive à 8 heures et que je suis chez moi, à ne rien faire d'autre que de voir arriver 8 heures du soir, et que je me dis : « Rien ne t'oblige à ne pas y aller non plus. » Voilà le genre de conversation que je me tiens. Pourtant j'avais l'impression que c'était moi qui m'imposais ces règles, ces règles arbitraires, et que je me barricadais, jour et nuit. Que je respectais des règles au lieu de… me laisser aller, vous voyez. De faire ce dont j'ai envie. D'être moi-même. Ce qui fait que je me suis dit : « Pourquoi pas ? Il s'agit seulement d'aller prendre un verre avec quelqu'un. Ça n'engage à rien. Pas vrai ? »

– C'est sûr.

– Des gens qui se retrouvent autour d'un verre, il y en a tout le temps, ce n'est pas sorcier. Je sais, je tiens des propos décousus. Ça m'arrive souvent.

– Tant mieux. Ça m'évite d'avoir à dire des choses intelligentes.

– En résumé, je me suis secoué les puces et je suis venue.

On leur apporta le vin. Elle se tut de nouveau, circonspecte. Drea déboucha leur bouteille avec une dextérité toute professionnelle, en la tenant contre sa hanche, puis elle en servit une lampée à Claire et tourna ensuite légèrement la bouteille pour éviter qu'il n'en tombe des gouttes. Claire y trempa ses lèvres et fit signe que ça lui convenait. Doug but un peu d'eau gazeuse pendant que Drea remplissait le verre de Claire en expliquant qu'elle allait revenir prendre la commande de leur repas.

C'est alors que Doug vit, là-bas dans le fond, entrer deux mecs qui saluèrent le portier et disparurent en bas. Il remarqua que l'un des deux portait un pull des Bruins trop grand pour lui et craignit qu'il ne s'agisse de Jem.

– Il y a un souci ? lui demanda Claire.

– Hein ?

– Vous en faisiez, une tête !

– Ah…

Son sourire était sans équivoque.

– Oui, répondit-il pour plaisanter, je crois que j'ai oublié de remettre le lait au frigo. Dites… vous avez faim ?

– Eh bien, vu que je n'envisageais pas de venir, j'ai déjà mangé.

Il s'intéressa à nouveau à la porte donnant sur l'escalier et se posa des tas de questions.

– Si on allait ailleurs ?

– Je… Quoi ? (Elle regarda son verre.) Où ça ?

Bonne question.

– Dans un endroit où on a une bonne vue. De Boston. À moins que… Je ne sais pas, de chez vous on voit bien Boston ?

– Je…

Elle sursauta.

– Chez moi ?

– Holà, non, attendez, je ne veux pas dire… Je n'avais pas l'intention de vous montrer la ville si c'est le spectacle que vous avez tous les matins devant les yeux en vous réveillant.

– Hum.

Et maintenant elle se méfiait. Il était en train de gâcher ses chances, et à toute allure.

– Vous voyez, fit-il en jetant un œil aux tables alentour, j'ai choisi cet endroit… Je ne m'attendais pas à ce que vous acceptiez et donc je suis venu ici car c'était peut-être le genre d'établissement qui vous plaît. À vous, que je ne connais pas du tout, hein ? Et… est-ce que ça vous plaît, au moins ?

Elle sourit, ne sachant trop quoi penser.

– Vous ne touchez même pas à votre verre.

– C'est vrai. Je déraille. Alors, qu'est-ce que vous en dites ?

Elle regarda de nouveau son verre.

– Mais la bouteille ?

– Prenez-la avec vous.

Il était déjà en train de sortir des billets de sa poche.

– Que je la prenne ?

– C'est moi qui la paye. Prenez aussi le verre.

– Le verre ?… Je ne peux pas.

Il déplia ses billets, discrètement, tout en lui laissant voir le paquet qu'il avait sur lui. Il enroula l'élastique rouge autour de ses doigts et sortit un billet de cent dollars, qu'il posa d'aplomb devant le vase, avant de remettre l'élastique autour de sa liasse et de ranger le tout.

– Contentez-vous de sourire au portier, lui dit-il en attrapant la bouteille au moment où elle se levait. Il n'y verra que du feu, je vous le promets.

Ils échangèrent des banalités en remontant tout doucement la côte, elle les bras croisés et tenant le verre d'une main. Leur rendez-vous avait débordé sur Charlestown en général, chaque rue risquant d'amener des complications. Doug ne cessait de s'interroger en silence : *Nom d'un chien, qu'est-ce que tu fabriques ?* – la réponse étant toujours la même : *C'est juste une sortie avec elle, c'est tout.*

– Et vous ? lui demanda-t-elle. Vous habitez ici...

– Depuis toujours, oui. Et vous, avant ?

Faute de l'avoir en face de lui, il ne pouvait pas dire. Il savait seulement qu'il fallait se remuer, faire quelque chose qui l'empêche de voir clignoter le signal d'alarme qui l'avertirait : « C'est un alcoolique ! Sauve-toi ! »

– J'ai habité un peu partout dans Boston, du jour où j'ai été étudiante. J'ai passé mon enfance à Canton.

– À Canton. Ça se trouve dans les Blue Hills, non ? Il y a une patinoire là-bas, à l'écart de l'autoroute. J'y suis allé deux ou trois fois.

– Exact, à Ponkapoag, je crois.

– Donc vous venez de la banlieue ?

– Eh oui, de la banlieue.

Il ramassa une poubelle pour déchets recyclables qu'on avait renversée et alla la remettre devant une porte. Il s'efforçait d'avoir l'air attentionné.

– Qu'est-ce que vous faites comme métier ?

– Je travaille dans la banque. Berk.

– Hein ?

Il regarda autour d'eux pour voir ce qui expliquait qu'elle ait eu cette réaction.

– Non, c'est juste le fait de dire : « Je travaille dans la banque. » Je ne sais pas si c'était pour vous impressionner ou pour vous barber. Je dirige une succursale de la BayBanks. Ça s'apparente beaucoup à la gestion d'un commerce de proximité, sauf que je vends de l'argent et non des amuse-gueule et des cartes téléphoniques. Et vous ?

– Ce que je fais ? Eh bien, ça dépend. On essaie toujours de s'impressionner mutuellement, vous et moi ?

– Bien sûr. Allez-y.

– Je fabrique du ciel.

– Ho là là ! Vous avez gagné. Je croyais que seul le Bon Dieu en était capable.

– Eh non. Moi aussi.

– Bon, je dois reconnaître que vous avez un boulot génial.

– Je travaille dans une entreprise de démolition. On fait sauter des rochers, on abat des immeubles… On dit qu'on fabrique du ciel parce que, quand on rase un grand immeuble, on dégage la vue. D'un seul coup on voit le ciel.

– Ça, ça me plaît. Vous vous chargez des vieux stades et des hôtels qu'on nous montre à la télé quand on les fait sauter de l'intérieur et qu'ils s'effondrent ?

– Non. Je suis plus manuel. Si vous avez regardé *The Flinstones* [1], eh bien, vous m'avez vu. Au signal, je glisse sur l'échine d'un brontosaure et le tour est joué.

Ils arrivèrent en haut de Bunker Hill Street et s'engagèrent sur l'autre versant de la colline, après être passés de 9 heures jusqu'à pratiquement 11 heures sur le cadran constitué par Charlestown. Il l'invita à traverser la rue éclairée au gaz pour arriver à l'entrée de Pearl Street, un plan commençant à se dessiner dans sa tête.

Il lui suffit de voir la maison de la mère de Jem, bonne pour la démolition, au milieu de la rue qui descendait en pente raide pour ne plus songer à revenir changer de vêtements. La Flamer, c'est-à-dire la Trans Am de Jem complètement déglinguée, bleue sur fond bleu, avec des flammes bleues peintes sur le capot et

1. Série télévisée des années 60 (en France, *Les Pierrafeu*) mettant en scène des hommes préhistoriques disposant d'une technologie moderne *(NdT)*.

les côtés, était garée là-bas, tel un signal lumineux le dissuadant d'approcher.

Sa propre Caprice Classic se trouvait trois voitures plus loin.

– Je vous demande un instant, dit-il en sortant ses clés pour ouvrir la portière.

Elle resta au bord du trottoir et regarda la bagnole blanche toute pourrie, avec ses quatre portières et son toit ouvrant bleu délavé.

– C'est votre voiture ? lui demanda-t-elle.

– Ah non !

Il glissa le bras sous le siège en velours du passager, faisant bouger le désodorisant Hooters accroché à l'allume-cigare qui diffusait un parfum musqué évoquant celui de l'orange.

– J'ai prêté des CD à ce connard, déclara-t-il.

Il tâtonna sur le tapis de sol bleu pour essayer de les retrouver, puis il se redressa, brandissant deux coffrets de CD, trop vite pour qu'elle puisse voir desquels il s'agissait.

Il lui fit retraverser Bunker Hill, remonta avec elle trois rues éclairées au gaz pour atteindre les Heights. Ils s'arrêtèrent ensuite en haut de la colline, juste avant le clocher de Saint Frank.

– Nous y voilà.

C'était une coquette maison de grès brun à deux étages, avec fenêtres en saillie s'ornant de bacs à fleurs peints en rouge vif. Une porte noire à double battant, sur laquelle on avait fixé un marteau et des poignées en cuivre et, en bas, une plaque découpée dans le même métal. Doug pénétra dans l'entrée en faux marbre, repoussant avec ses chaussures neuves deux cartons de Federal Express.

– Vous habitez ici ? lui demanda-t-elle en restant prudemment sur le trottoir.

– Que non !

Il leva le bras et passa la main sur le rebord de la porte.

– Non, c'est un copain qui s'occupe de l'immeuble.

Il récupéra la clé, la lui montra et ouvrit la porte.

– On va monter en haut. Qu'est-ce que vous en dites ?

Elle balaya le trottoir d'un regard inquiet avant de le suivre à l'intérieur.

Plein de bosses, le toit était colmaté avec des joints en caoutchouc et entouré de créneaux en briques de plus de soixante centimètres de haut. Laissé à l'abandon, un pigeonnier en bois et fil de fer n'empêchait pas de jouir d'une vue de carte postale sur la ville de Boston qui s'étalait sur un fond bleu-noir velouté, depuis les tours des établissements financiers jusqu'à celle du Prudential, en passant par le John Hancock, qui brillait comme une glace, l'ensemble étant enserré dans le réseau sinueux des autoroutes.

Claire s'installa à l'angle sud, côté ville, pour admirer le reste de Charlestown comme une femme perchée sur un pont très haut, tenant toujours à la main le verre désormais vide.

– Hou là là…

– C'est le mot de la soirée, dit-il.

Il déplia deux chaises de jardin rangées à l'intérieur du pigeonnier, leurs sangles en nylon bleu et blanc s'effilochant, des supports pour verre ayant été rajoutés aux montants tubulaires en aluminium.

Tout autour, les toits ressemblaient à des marches grimpant vers le ciel. On les avait aménagés en terrasses entourées d'une rambarde en cèdre et y avait installé des grills et des meubles de jardin. De vieilles antennes de télévision, dressées comme des épines, voisinaient avec des paraboliques tournées vers le sud-ouest, tels des visages remplis d'espoir. À gauche, en regardant vers l'est, au-dessus de Flagship Wharf, dans le quartier de l'arsenal, les lumières des avions filaient dans le ciel comme des colliers d'étoiles. D'autres appareils virevoltaient en décrivant une trajectoire bien précise, constellation tournoyante.

Les bruits de la ville leur parvinrent lorsqu'elle regagna la chaise posée à côté de la bouteille de vin, sa main libre cachée dans sa poche.

– Le ciel… C'est l'un de ceux que vous avez fabriqués ?

Doug regarda prudemment autour de lui.

– Eh oui.

– J'aime beaucoup ce que vous avez fait là-haut, avec les étoiles.

– Celles-là, on les a importées. Hé… vous n'avez jamais rien commandé à la télé ? Vous savez, tard le soir, grâce aux infopubs ?

– Non. Mais si je devais, je me commanderais une Flowbee [1].

Doug brandit les deux CD.

– *AM Gold*. Une promotion *Time-Life*, vous savez ? On garde l'article un mois, un mois et demi à l'essai, et on peut résilier la commande à tout instant.

La radiocassette, un vieux Sanyo qui avait perdu son chargeur de cassette, était attachée, comme un vélo, au montant de la porte du pigeonnier.

Doug mit le premier CD, le laissa tourner.

– Ça, alors ! fit Claire.

C'étaient les Carpenters.

– Il va falloir attendre un peu pour que ça vous prenne. Pour moi, c'est une étape déterminante.

– Comment ça ? Vous avouez que vous êtes un fan des Carpenters ?

– Soyons clairs. Je n'ai absolument rien d'un fan des Carpenters. Ce qui m'intéresse, c'est ce qui se dégage de cette musique, celle des années 70, avant le disco. Je

1. Tondeuse à cheveux *(NdT)*.

n'aime pas tous les morceaux et il y en a qui sont nuls. *Muskrat Love*, par exemple, qui fait partie du lot. Ce qui me plaît, c'est le côté radio de la chose, un peu comme si on recevait un signal avec vingt ans de retard.

Elle lui prit le coffret des mains et s'assit pour l'examiner.

– Ho là là ! dit-elle, l'air de s'amuser. Ma mère écoutait ça toute la journée.

– Ben oui, ça passait sur WHDH, non ?

Il s'assit à un mètre d'elle, distance respectable, tournés tous les deux face à la ville, comme s'il s'agissait de l'Atlantique.

– Je me calais sur cette station tous les matins en me préparant pour aller à l'école.

– Émission animée par Jess Cain.

– Oui. Ho là là… (La nostalgie, ça crée des liens.) Avec Officer Bill dans l'hélico.

Dans la cuisine, la mère de Doug laissait la radio en marche jour et nuit. C'était un des souvenirs les plus précis qu'il avait gardés d'elle. Mais s'il en parlait à Claire, ça l'amènerait à poser d'autres questions et ses antécédents n'étaient pas très avouables. Il devait faire gaffe à ne pas se griller.

Elle lui rendit le coffret à CD.

– Vous venez souvent ici ?

– Non. Presque jamais.

– Ce n'est pas là que vous emmenez toutes les filles avec qui vous sortez ?

– En réalité, autant vous le dire maintenant, je vous ai raconté des craques tout à l'heure. Je ne sais pas qui s'occupe de cet immeuble, mais seulement où se trouve la clé.

– Ah…

Ça lui donna à réfléchir pendant qu'elle regardait la ville de Boston qui lui faisait un clin d'œil.

– J'avais envie qu'on se retrouve en hauteur, disons…
pour essayer de vous montrer un panorama.

Elle se renversa sur sa chaise.

– D'accord.

Lou Rawls attaqua *Lady Love*, Doug poussa les
basses au maximum. *Oh, yeah…*

Elle sourit, allongea les jambes et plia les chevilles,
comme si elle était bercée par une houle légère.

– Et vous habitez où ?

– De l'autre côté de la colline. (Il tendit le pouce dans
cette direction.) Je suis locataire. Et vous, vous êtes
propriétaire ?

– Ma banque m'a consenti un emprunt à un taux
extrêmement avantageux. Au point que maintenant ça
me revient moins cher d'avoir acheté. Vous allez rester
là-bas pour toujours ?

– Comme la plupart des gens de Charlestown, c'est
ça ? Je dois reconnaître que jusqu'à il y a environ deux
ans je n'avais guère le choix.

– D'accord, le fait est que maintenant… je n'imagi-
nerais pas habiter dans la même ville que mes parents.
Il n'en est pas question. Qu'est-ce qui fait que tant de
gens s'accrochent à cette ville ?

– Sans doute le confort qu'ils y trouvent. Le fait de
savoir ce qui se passe à côté.

– D'accord. Mais même si ce qui se passe à côté
n'est pas si… terrible ?

– Je vous explique plutôt comment c'était dans le
temps que comment c'est devenu parce que, franchement, je ne sais pas trop ce qu'il en est aujourd'hui. Je
me sens un peu déphasé depuis deux ans. Il n'empêche
que j'ai eu une enfance super ici. Les gens vous
connaissaient. On avait un rôle à jouer, et on le jouait.

– Comme dans une grande famille.

– Les familles, elles peuvent nous faire du bien ou du
mal. Du bien et du mal. Moi, mon rôle consistait à être

le fils de Mac. Mac, c'était le surnom qu'on donnait à mon père. Partout où j'allais, à chaque carrefour, on me connaissait. « Tiens, voilà le fils de Mac !… » Tel père, tel fils. Et quand ça dure, on finit par l'intégrer. Mais maintenant ça change. Les gens n'ont plus de liens de parenté. On voit de nouvelles têtes, des inconnus, les autres sont bien incapables de retracer l'histoire de votre famille, de génération en génération. Ça permet d'être plus autonome, du moins dans mon cas. Ce que l'on perd en confort, en familiarité… Bon, moi, je suis bien content de ne pas être reconnu à tous les coins de rue et d'en conclure : « Voilà ce que je suis, le fils de Mac. »

– Ça pourrait donner envie aux gens de sortir davantage. Tout seuls, histoire de couper avec le passé.

Il haussa les épaules.

– C'est ce que vous avez fait ?

– C'est ce que j'ai essayé de faire. Ce que j'essaie toujours de faire.

– Je crois que c'est le lot de tous ceux qui habitent en banlieue. Les banlieues sont des espèces de tremplins. Charlestown, au contraire, ça s'apparente à une usine. Nous, on est des produits du coin, on se la donne tous les jours. Il y a de la pollution, mais, putain, c'est la nôtre, vous comprenez ? (Il avait l'impression de patauger.) C'est une vraie boîte, je vous l'accorde. On dirait une île dont il est difficile de s'éloigner à la nage.

Elle but du vin, après s'en être resservie sans qu'il s'en aperçoive. Le morceau changea.

– *Wildfire*, lança-t-elle en regardant l'appareil. Et dire que je l'adorais, ce titre ! C'est celui avec le poney, non ?

– Vous voyez ? dit-il en retrouvant son entrain.

Ils écoutèrent un moment, les avions et leurs lumières décrivant des orbites dans le ciel.

– Vous avez fait allusion à votre père… reprit-elle.

Aïe aïe aïe ! Là, il s'aventurait en terrain miné.

– Oui.

– Tout le monde habite là, dans votre famille ?

– Non, en réalité plus personne, c'est fini.

– Ils sont tous partis et vous, vous êtes resté ?

– Si on veut. Mes parents se sont séparés.

– Ah… Mais ils habitent dans les parages ?

– Pas vraiment.

– « Pas vraiment » ? Mais encore ?

Et vlan ! Il en prit plein la gueule.

– Eh bien, ma mère nous a quittés, mon père et moi, l'année de mes six ans.

– Oh, je suis désolée. Je… suis désolée de vous avoir demandé ça.

– Non, elle est partie à temps. Pour éviter de péter les plombs. Oui, à cause de mon père.

– Vous n'êtes pas resté en contact étroit avec lui ?

– Plus maintenant.

– J'espère que je ne me montre pas trop curieuse.

– C'est notre premier rendez-vous. Que voulez-vous faire d'autre ?

– Oui, je sais. En général, quand je me retrouve pour la première fois en tête à tête avec un mec, il est intarissable, il essaie de se mettre en valeur et de se placer. Ou alors il me bombarde de questions, histoire de me montrer que je l'intéresse énormément. Comme si, pendant que je suis occupée à lui raconter ma vie, j'allais oublier combien de Stolichnaya ou de Sprite j'ai bus.

Le morceau s'arrêta progressivement, une salve d'éclats de rire retentit dans la rue en bas, puis on entendit se fracasser une bouteille, et ensuite des jurons, des rires et des pas qui s'éloignaient à la hâte.

– Sympa… grommela Doug.

Puis ce fut un titre du Little River Band, ce qui arrangea le tout.

– Je le connais, ce morceau, dit-elle. Je m'aperçois que ces derniers temps j'écoute de la musique nulle et déprimante.

– Ah oui ? Nulle comment ?

– Comme celle qu'on passe à la radio de la fac. The Cure, par exemple, ou les Smashing Pumpkins.

– Mince alors ! Les Pumpkins. Putain, c'est grave.

Elle acquiesça d'un signe de tête.

Il se la joua tranquille.

– Vous avez envie de parler de ça ?

Elle leva son verre, de nouveau vide, le fit tourner en le tenant par le pied et considéra les traces de doigts et de rouge à lèvres qu'elle avait laissées sur le bord.

– Je n'en sais rien. C'est quand même bien de ne plus en être là.

– Bon, d'accord. On n'en est plus là.

Elle baissa son verre.

– Il y a des questions que vous aimeriez me poser ?

– Oh, quelques centaines, environ. Mais comme vous le dites, le courant passe entre nous. À mon avis, rien ne presse. Du moins, j'espère…

À la bonne heure. Ce qu'il venait de dire ne l'avait pas laissée indifférente, quand bien même, se répétait-il, il ne s'agissait là que de passer un moment ensemble.

– Dans ce cas, puis-je vous demander autre chose ?

Il prit les devants :

– J'ai fait les quatre cents coups dans ma jeunesse. Quand je picole, ça me rend con, ce qui fait que j'ai arrêté de boire.

Elle lui coula un doux sourire, presque gênée.

– Ce n'est pas ce que je voulais vous demander.

– Ça fait deux ans que je n'ai pas bu. J'assiste régulièrement à des réunions, plusieurs fois par semaine. J'aime bien. Je crois souffrir d'allergie. Quand on est allergique aux noix ou à autre chose, on ne vous en tient pas rigueur. Moi, c'est à l'alcool que je suis allergique.

Quand j'en bois, je me comporte comme un idiot. Et tout ça fait très mauvaise impression au départ, mais il faut bien que je l'accepte. (Il soupira.) Bon. Qu'est-ce que vous vouliez me demander ?

– J'allais vous demander pour quelle raison vous vouliez sortir avec quelqu'un que vous avez vu pleurer dans une laverie automatique.

Il hocha la tête, pensif.

– Bonne question.

– Je sais.

Petits points bleus et brillants, des gyrophares de voitures de flics avançaient au ralenti sur l'autoroute.

– Je n'ai pas de réponse satisfaisante à vous apporter. Il faut croire que ça m'a intrigué. Une jolie fille qui a des ennuis… ça ne se voit pas tous les jours.

Cette fois, il entendit le vin couler, de façon quasi coupable, dans le verre de Claire. C'était le début de *Miracles* de Jefferson Airplane, à moins que ce ne soit déjà le Jefferson Starship. Il ferma les yeux un instant et revit la RCA gris et noir de sa mère qui, posée sur le frigo, diffusait de la musique.

– Sincèrement, reprit Claire après avoir bu une gorgée, dans quelle mesure avez-vous organisé tout ça ?

– Je n'ai rien organisé du tout, je vous le jure.

– Eh bien, c'est parfait. Vous n'imaginez même pas à quel point. Si je pouvais arrêter la marche du temps, empêcher le soleil de se lever demain matin…

– Qu'est-ce qu'il vous a fait, le soleil ?

– Demain matin, je reprends le travail.

– Vous reprenez le travail ? dit-il en jouant l'innocent.

Le vin ralentit un peu son débit vocal.

– J'ai eu, si l'on veut, des vacances prolongées.

– Génial.

– Pas vraiment.

Elle but une autre gorgée et se tourna vers lui.

– Vous avez toujours habité ici, c'est ça ?

– En effet.

– Qu'est-ce que vous savez sur les casseurs de banques ?

Il s'éclaircit la gorge, puis soupira longuement en silence.

– Qu'y a-t-il à savoir ?

– Il paraît qu'il y en a beaucoup dans le coin. Je me disais que vous en avez peut-être connu dans votre jeunesse.

– Faut croire… Oui, sans doute, faut croire.

– Mon agence, là où je travaille… Eh bien, on s'est fait braquer il y a quinze jours.

– Ah, d'accord.

– Ils s'étaient planqués à l'intérieur et ils nous attendaient.

Il se sentit aussitôt incroyablement mal à l'aise.

– Qu'est-ce qui s'est passé ? Ils vont ont ligotés ?

– Ils nous tenaient en respect avec leurs armes. Ils nous ont forcés à nous coucher par terre et à enlever nos chaussures.

Elle le regarda encore une fois.

– C'est pas le plus dingue, ça ? Nos chaussures ! Ça me travaille, je ne sais pas pourquoi. C'est humiliant, vous savez ? Maintenant, je rêve souvent que je suis pieds nus.

Elle regarda ses bottines posées sur le toit recouvert de caoutchouc.

– Enfin…

– Mais ils ne vous ont pas fait de mal.

– À Davis, si… C'est mon directeur adjoint. Ils l'ont passé à tabac. Une alarme silencieuse s'était déclenchée.

Maintenant il voulait connaître la suite.

– Si elle était silencieuse, comment ont-ils…

– L'un d'eux avait une oreillette reliée à une radio. Une radio de la police.

– C'est ça. Ils ont tabassé le type parce que c'était lui qui avait déclenché l'alarme.

Elle contempla la ville, comme si la réponse à cette question s'y trouvait, quelque part. Mais elle ne lui donna aucune explication, ce qui le laissa songeur.

– La police les a arrêtés ?

– Non.

– Mais elle va bientôt les avoir.

– Je ne sais pas. Les flics ne m'ont rien dit.

– Vous avez sans doute été obligée de subir… euh… un véritable interrogatoire ?

– Ce n'était pas trop pénible.

– Et depuis, vous n'êtes pas retournée au travail ?

Elle fit signe que non et fronça les sourcils, pensive.

– Ils m'ont emmenée avec eux quand ils se sont enfuis.

Il ne pouvait plus la suivre sur ce terrain… ni dire quoi que ce soit.

– Ils étaient inquiets à cause de l'alarme.

Dans le ciel, elle suivit du regard les lumières des avions qui se dirigeaient vers l'aéroport, sur leur gauche.

– Ils m'ont relâchée quelque part dans les parages. J'avais les yeux bandés.

Tout ce qu'il voulait savoir transparaissait dans sa voix.

– C'est terrifiant, hein ?

Elle mit si longtemps à lui répondre qu'il eut peur de s'être trahi.

– Il ne s'est rien passé d'autre, dit-elle.

Elle le dévisageait avec un sérieux des plus troublants. Il bafouilla :

– Non, je n'ai pas…

– Ils m'ont relâchée, point-barre. Une fois qu'ils ont su qu'ils n'étaient pas suivis, ils se sont garés et m'ont fait descendre.

– Ben oui, dit-il en hochant la tête. Évidemment…

Elle croisa les bras pour se réchauffer un peu.

– Depuis, j'ai une trouille bleue. L'agent du FBI m'a dit que ce serait un peu comme de faire un deuil.

– L'agent du FBI ? fit Doug en essayant de conserver le ton le plus neutre possible.

– Mais moi, j'en sais rien. Quand mes grands-parents sont morts, j'étais triste, très triste. Mais est-ce que j'ai vraiment fait le travail de deuil ?

Il continua à hocher la tête.

– Et vous coopérez avec eux ?

– Qui ça ? Les agents du FBI ? Il n'y en a qu'un avec qui je suis en contact. Il a été super.

– Ah oui ? Tant mieux.

Il laissa s'écouler quelques instants.

– Quel genre de questions il vous pose ? Des trucs du style : « À quoi ressemblaient-ils ? Qu'est-ce qu'ils ont dit ? »

– Non. Au début, si. Mais plus maintenant.

– Maintenant… euh… il vous appelle, il vous passe des coups de fil ?

– J'imagine.

Elle le regarda du coin de l'œil, preuve qu'elle avait remarqué qu'il était décidément bien curieux.

– Quoi ?

– Non, je me demandais, c'est tout… En essayant de me mettre à sa place. Il pense peut-être qu'ils avaient un complice qui travaillait dans l'agence.

Elle ouvrit des yeux ronds.

– Pourquoi penserait-il ça ?

– Parce que l'autre type s'est fait casser la figure et que vous, ils vous ont enlevée, puis relâchée sans vous faire de mal.

– Vous voulez dire qu'il me soupçonne, moi ?

– Qu'est-ce que j'en sais ? C'est juste une idée comme ça. Ça ne vous est jamais venu à l'esprit ?

Elle restait parfaitement immobile sur son siège, comme quelqu'un qui vient d'entendre, le soir, un drôle de bruit et tend l'oreille.

– Vous arrivez à me faire flipper.

– Vous voulez que je vous dise ? Je devrais peut-être me contenter de parler de ce que je connais.

– Non, dit-elle, non, ce n'est pas possible.

– Ils ont dû donner un grand coup de filet.

Il avait semé le doute en elle, ce qui était suffisant. Elle avait croisé les bras et levé les épaules.

– Vous avez froid ? lui demanda-t-il.

– Oui.

– En tout cas, ça va être *Muskrat Love*, je crois. Pour nous, c'est le signal.

Elle n'avait plus envie de vin, lui expliqua-t-elle. Il déversa le reste de la bouteille dans la gouttière, rangea les chaises, puis éteignit le lecteur de CD en plein milieu de *Poetry Man*. Le vin avait laissé une tache sanglante sur le trottoir lorsqu'ils redescendirent Bunker Hill Street en direction de Monument Square. En voyant quelques individus faire du skate-board autour des marches, en bas de l'obélisque en granit, Doug repensa à sa bande, et ça le rendit nerveux. Ils arrivèrent à un embranchement de cinq rues au cœur de la partie rénovée de Charlestown.

– Bien, dit-il.

Elle s'immobilisa sur le trottoir en briques, à une centaine de mètres de sa porte, qui se trouvait après le virage.

Elle avait l'air surprise.

– Bien…

Tu l'as eu, ton rendez-vous avec elle, tu as flirté avec le danger, tu t'es lâché. Demande-lui son numéro de téléphone. Sinon, ce ne serait pas poli. Et ensuite, tu t'évanouis dans la nature. Dans son intérêt comme dans le tien.

– Donc… dit-elle, attendant la suite.

Il s'essuya la lèvre supérieure, trempée de sueur. Elle le regardait, tenant à la main son verre vide sur lequel se reflétait la lumière du lampadaire.

– Écoutez, déclara-t-il, je n'aurais sans doute jamais dû être ici avec vous.

– Pourquoi dites-vous ça ? Qu'est-ce que ça signifie ? demanda-t-elle comme s'il s'était exprimé dans une langue qu'il avait inventée.

– Je n'en sais même rien.

Il dansait d'un pied sur l'autre, pressé de s'en aller.

– J'ai l'esprit confus depuis quelque temps, dit-il. J'ai l'habitude de l'ordre, de la clarté, que tout soit bien arrangé. Pas de ça. Pas d'agir d'une façon qui m'échappe.

– Sauf que c'est pareil chez moi.

Cet aveu s'accompagna d'un sourire complice et radieux.

– Il m'arrive exactement la même chose en ce moment, ajouta-t-elle.

– Et puis il faut que… j'essaie de ne pas faire de bêtises, vous comprenez ?

– Eh bien…

Elle s'avança, observa son visage à la lumière du lampadaire, tendit le bras et, comme il ne se rebellait pas, effleura la cicatrice qu'il avait au sourcil gauche.

– Je voulais vous demander… au restaurant… où vous aviez attrapé ça.

– En jouant au hockey. C'est une vieille blessure. Vous… vous aimez le hockey ?

Elle écarta le doigt.

– J'ai horreur de ça.

Il dodelina de la tête.

– Qu'est-ce que vous faites demain soir ?

– Comment ?… Demain ?

– Vous allez sans doute avoir une journée chargée. Vous allez reprendre le boulot, vous serez fatiguée. Ça vous irait, le lendemain soir ?

– Je ne… Je n'en sais rien, répondit-elle, éberluée.

Il se sentait plus crispé que jamais.

– Bon, voilà comment on va procéder. Moi, je ferai tout ce qu'il faudra pour vous revoir. Vous avez envie de me revoir ?

– Je…

Elle leva les yeux.

– Bien sûr.

– Parfait. Bon. On est dingues, l'un et l'autre. Cette fois, ce sera vous qui choisirez l'endroit où on ira… Un truc en dehors de Charlestown. Je passerai vous chercher ici. Donnez-moi votre numéro de téléphone.

Elle le lui communiqua sans qu'il lui laisse le temps de lui demander le sien. Il renonça à lui faire la bise, ne voulant qu'une chose, s'éloigner d'elle. Il ne s'était encore jamais autant comporté comme un ivrogne que maintenant.

– Bonne chance pour demain, dit-il en reculant.

– Merci.

Elle leva son verre comme s'il s'agissait d'un cadeau.

– Bonne nuit, Doug.

– Bonne nuit, Claire.

Et le ciel ne lui tomba pas sur la tête.

14

Le pape du village oublié

Dez habitait le Neck.

Tout comme Charlestown était orpheline de Boston, le Neck était orphelin de Charlestown. Pour y aller, il fallait passer devant la tour Schrafft à la lisière du quartier, côté ouest, puis faire un demi-tour au niveau de la boutique où l'on vendait des tickets de métro et de train de banlieue dans le Flat, se faufiler entre deux autoroutes surélevées qui menaçaient de s'effondrer et, enfin, tourner après le salut en béton à la dégradation urbaine que symbolisait la gare de Sullivan Square. Derrière se trouvait un secteur délimité par six rues et composé de vieilles maisons avec des pièces en enfilade, qu'on appelait aussi le « Forgotten Village [1] », un poste avancé au bord de Charlestown et de Boston proprement dit, le dernier bourg avant les marchés brésiliens de Cobble Hill, dans le quartier de Somerville.

Le Neck incarnait la fièvre obsidionale qui régnait à Charlestown. La mère de Dez continuait à fustiger les traîtres qui avaient accepté les indemnités de préemption, permettant ainsi aux urbanistes et aux ingénieurs de démembrer le Neck. On avait rasé au bulldozer des rues entières, Haverhill, Perkins Place, Sever, en les découpant comme des bras et des jambes. Malgré tout, en vieux baroudeur qu'il était, le Neck survivait.

1. « Village oublié » *(NdT)*.

La maison en aluminium de la mère de Dez – elle avait un étage et donnait dans Brighton Street – était adossée à deux autres résidences montant plus haut. Devant, son jardin carré était entouré d'un grillage de la taille d'un enfant. Du fait qu'il avait passé sa jeunesse sous une autoroute très fréquentée, Desmond Elden s'était senti isolé et marginalisé, mais fier. Quand il regardait les supports métalliques rongés par la rouille d'une Central Artery toute corrodée, avec ses blocs de béton qui s'écroulaient, il pensait souvent au spectacle que contemplent les poissons lorsqu'ils lèvent les yeux sur une jetée.

Il gagnait suffisamment (et de façon légale, auprès de son autre mère, Ma Bell [1]) pour leur permettre de déménager tous les deux, mais se gardait bien d'aborder le sujet. Sa mère ne renoncerait jamais à cet endroit contre lequel elle rouspétait depuis des années. Pas question pour elle de quitter la paroisse. Elle n'avait pas le permis de conduire et aller tous les jours à pied à la messe s'apparentait à une randonnée. Elle parcourait quatre cents mètres lugubres sur l'asphalte brûlant en été ou balayé en hiver par le vent qui soufflait au-dessus du fleuve. Et seulement pour arriver à la tour Schrafft parce que, après, il fallait remonter Bunker Hill pour atteindre le clocher au sommet des Heights. Autant lui demander de troquer Dez pour un autre fils que de lui suggérer de quitter l'église Saint Frank. Pour elle, cette odyssée quotidienne était une partie inté-grante de la messe, comme c'était une partie intégrante du fait de vivre dans le Neck, d'être catholique, d'ori-gine irlandaise, veuve et âgée. La fierté de souffrir. Pour elle, il n'y avait que deux façons de quitter le Neck, l'une étant de voir son domicile rasé au bull-dozer.

1. Surnom de AT & T, opérateur téléphonique *(NdT)*.

Dez comprenait sa vision des choses, même s'il ne la partageait plus. Son métier de câbleur l'avait amené à travailler dans l'agglomération de Boston, perché au bout d'un bras articulé dans des banlieues vertes comme Belmont, Brookline et Arlington, dans des quartiers où il y avait de l'herbe et des parcs et où le ciel était dégagé, voire dans des espaces réduits, coincés entre des maisons. Sa mère, elle, ne connaissait que le Neck. Tout comme fumer n'était même plus chez elle une habitude ou une drogue, c'était carrément devenu un mode de vie.

Le tabagisme dont elle était victime depuis plus de quarante ans était en train de la racornir pour de bon. Ses cheveux, autrement dit sa célèbre crinière rousse, se clairsemaient et n'étaient plus que des mèches brunes. Elle avait la peau tendue et grisâtre (on aurait dit une vieille éponge), les yeux injectés, les lèvres fanées, comme sa beauté, et tout ce qui avait été souple et flexible en elle était en train de disparaître. Elle avait les mains qui tremblaient s'il n'y avait pas un mégot, un paquet souple de cigarettes ou un briquet pour les occuper. Elle passait de plus en plus souvent la nuit toute seule dans sa cuisine, sous la lampe en verre décorée de fruits, à écouter des débats à la radio et à enfumer la maison.

Elle posa ses clopes le temps de s'asseoir et manger le repas qu'elle s'était préparé. La visite de Doug lui avait redonné du tonus, ce qui faisait plaisir à voir. Au moins arrivait-elle encore à s'intéresser aux gens qui venaient. Un chiffon sur l'épaule, elle s'affairait dans la cuisine en chantonnant, comme d'habitude. Dez et elle avaient bien besoin de se remonter le moral.

– Le pain de viande est meilleur que jamais, madame Elden, lui avait dit Doug, penché au-dessus de son assiette qu'il sauçait.

Son secret consistait à faire cuire un échantillon d'épices au four, puis à le couper en lamelles à mélanger à la viande. Sa cuisine était de plus en plus relevée, les cigarettes lui ôtant progressivement le goût.

– Les pommes de terre aussi, maman, avait ajouté Dez.

Elle les remuait avec un fouet, pour y faire fondre quatre morceaux de beurre.

– Oui, avait précisé Doug, tout réjoui, ça, c'est un repas génial.

– Qu'est-ce que vous êtes bien élevés, tous les deux ! avait-elle lâché, ravie. Enfin, mon Desmond, ça ne m'étonne pas. Il a été élevé comme ça. Mais, vous, Douglas, comment avez-vous été élevé ? Avec tous les malheurs que vous avez connus…

Il s'était resservi un peu de ketchup.

– C'est uniquement pour qu'on m'invite à nouveau ?

– Ne parlez pas comme ça. Vous savez bien que vous êtes toujours le bienvenu.

Dez avait mangé de bon appétit, à côté de la photo de son père. Habituellement posée de l'autre côté de la table, on l'avait mise ailleurs pour que l'invité ait de la place. On y voyait vaguement deux bonnes sœurs et tout le mot « hôpital », ou presque, derrière un homme heureux et visiblement surpris en bras de chemise, des lunettes à monture épaisse sur le nez et tenant à la main un chapeau d'été à ruban fin. Ce cliché datait du 4 juin 1967, jour où Dez était né, la ressemblance entre le père et le fils étant d'autant plus saisissante que le second avait hérité les lunettes du premier.

Celles que l'on voyait sur la photo étaient effectivement les mêmes que celles que portait Dez. Depuis seize ans que Desmond père avait été assassiné, Dez et sa mère n'avaient jamais mangé à la maison sans que son portrait leur serve de commensal.

Le sol recouvert d'un lino était penché, et chaque fois que Doug posait les bras sur la table, les trois verres de Pepsi tressautaient.

– Il va falloir que j'y mette une cale.

– Comment va votre père ? avait-elle demandé à Doug. Vous le voyez souvent ?

– Pas tant que ça.

– Jem me dit qu'il s'en sort bien, avait expliqué Dez. Jimmy Coughlin monte le voir bien plus souvent que Doug.

Doug s'était essuyé la bouche et avait hoché la tête.

– Son vieux et le mien se fréquentaient, et Jem, il aime bien qu'on lui raconte les histoires. Sur mon vieux, vu qu'il n'a rien d'autre.

– Ah, les enfants Coughlin…, avait-elle dit en soupirant et hochant la tête. (Dez s'était raidi.) Je ne comprendrai jamais comment vous êtes devenu ce que vous êtes aujourd'hui, Douglas, en vivant avec ces gens. Tous les ennuis que vous avez eus viennent de cette satanée famille.

– Non, avait répondu Doug en braquant sa fourchette sur sa poitrine. J'en suis le seul responsable.

– Cette femme et ses gueulantes… Quelle horreur ! Elle se bourre la gueule et commence à passer des coups de téléphone pour dégoiser contre ses ennemis. Je sais qu'elle vous a hébergé, Douglas, et c'est tout à son honneur. C'est la seule chose qu'elle ait faite de bien. Dommage qu'on n'ait pas pu vous recueillir à l'époque et vous offrir un foyer convenable.

– C'est très joli, tout ça, madame Elden, mais elle a fait de son mieux, la mère de Jimmy. Honnêtement, je crois qu'elle m'aimait davantage que ses propres enfants. Je sais que c'est comme ça qu'elle s'est comportée avec moi.

– Et puis sa fille…

– Maman, l'avait coupée Dez.

207

– Desmond n'aime pas que j'en parle, mais… (elle avait tendu la main pour éviter d'être interrompue par Dez) mais je suis ravie qu'il n'y ait que vous deux.

– Mais enfin, maman, s'était insurgé Dez, je ne t'ai pas dit ça pour que tu puisses…

– Non, non, non, avait lancé Doug en tendant la main à son tour. Il n'y a pas de mal. Krista s'en sort bien. Elle va retomber sur ses pattes. Elle se débrouille.

Son mensonge avait alourdi l'atmosphère pendant que tous les trois mastiquaient.

– Je sais que vous étiez bons copains, à l'école. Mais ce n'est pas avec ce genre de types que je le laissais traîner le soir. (Elle avait regardé Dez.) Enfin, maintenant c'est un homme et il choisit lui-même ses copains. Il sait faire la différence entre le bien et le mal. Suffisamment pour ne pas avoir d'ennuis.

Dez gardait la tête basse et contemplait son assiette.

– J'explique à tous ceux que je rencontre que le mieux de nous tous, c'est Dez, avait déclaré Doug.

Dez avait froncé les sourcils et levé les yeux, tout content.

– Allez…

– Il a été à la fac, avait renchéri sa mère. Il a un bon boulot à la compagnie du téléphone. C'est un garçon honorable et bien élevé. Il m'a beaucoup aidée pendant toutes ces années. Et puis regardez comme il est beau ! Et, donc, pourquoi n'est-il pas marié ? Vous aussi d'ailleurs…

Dez avait montré Doug du doigt.

– Là, t'es tombé dans le panneau.

– Votre autre copain, comment il s'appelle déjà ? (Elle avait claqué des doigts.) Les Magloan de Mead Street. Ils ont tous des taches de rousseur, on dirait une portée de crapauds…

– Gloansy, avait répondu Dez en échangeant un sourire avec Doug.

– Alfred Magloan, voilà. (Hochant la tête :) Desmond me dit qu'il a eu un fils avec sa copine. Je ne la connais pas.

– Joanie Lawler. Elle habite dans une baraque, là-bas.

– Ah oui, ça explique certaines choses. Mais elle a quand même de la veine d'obtenir quelque chose de lui alors qu'elle a déjà largué le magasin. De mon temps, on vous aurait passé la corde au cou avant vingt-trois ans. Les filles de l'époque, elles savaient s'y prendre.

Elle s'était renversée sur sa chaise – elle avait fini de manger, même si elle avait à peine touché à son repas –, avait allumé une cigarette et ajouté :

– Autrefois, je croyais que tout le problème venait de vous autres, les hommes modernes. Maintenant, plus je regarde autour de moi, plus je me rends compte que c'est la faute des femmes. Elles sont trop molles.

Tout sentait la fumée dans la maison, y compris la chambre de Dez à l'étage. La couette sur le grand lit, les haltères posés par terre, son équipement professionnel. Tous les CD de U2 importés, des raretés, et des disques pirates entassés sur son bureau. Il mit *Strength* de The Alarm, juste assez fort pour qu'on n'entende pas ce qu'ils disaient. The Alarm s'inscrivait dans la même mouvance catho-punk-protestaire-à-sensibilité-sociale que U2 et Simple Minds dans les années 80, et Dez mettait du sien pour que cette musique reste vivante.

Un bus entra dans Sully Square en gémissant. Il en venait jour et nuit, tandis que les wagons du métro grondaient sous terre et que criaient les roues des trains de banlieue, sans parler du pilonnage des camions là-haut sur l'autoroute. Mais pour Dez, tout ça, c'étaient des berceuses. Pourvu que ça ne s'arrête pas un beau soir, car alors il ne pourrait plus s'endormir !

Doug s'assit sur la petite chaise devant l'ordinateur et posa une main maladroite sur la souris, ce qui rappela à Dez les vieux qui essayaient de manipuler des microfilms à la bibliothèque. Dez était en train de montrer à Doug qu'une ligne RNIS est très rapide et de lui apprendre à utiliser Alta Vista, un moteur de recherche.

Doug avait tapé « Corvette » et surfait sur les pages Web ainsi obtenues.

– Bon, et maintenant ?

– Si un de ces mots d'une couleur différente t'intéresse, tu cliques dessus.

L'image se figea sur un site appelé Borla, un truc consacré aux échappements.

– Dis, elle aime beaucoup Jem, ta mère.

– Elle l'adore. Tu veux savoir pourquoi au juste ?

– Pas sûr…

– Depuis le temps, il n'est venu qu'une fois chez moi, d'accord ? En tout, il n'est même pas resté un quart d'heure. Donc il débarque… et le voilà qui s'en va chier un grand coup.

Doug s'esclaffa.

– Tu déconnes !

– Sans même tirer la chasse après. Non, il nous en a fait cadeau. Il se fiche de la gueule du monde !

Doug s'essuya le visage avec la main en essayant de calmer son hilarité.

– Des bougies parfumées qu'elle a allumées, ma mère. Elles ont brûlé trois jours d'affilée pour tâcher d'exorciser le fantôme du mec. Et il n'y a qu'un seul chiotte à la maison !

– Ne m'en parle pas, j'habite au-dessus.

– Il aurait dû carrément y foutre le feu après pour nous éviter tout ce cirque.

– Fais-moi penser à tirer la chasse au cas où…

210

– Putain, tu pourrais pisser sur les rideaux et baiser en costard sur le canapé que maman te trouverait toujours des excuses.

– Enfin, il est barge, le mec. Il l'a toujours été.

– Ouais. Mais ça s'aggrave. Chaque fois qu'il me passe un flingue avant un coup, il me fait : « Je sais bien que tu ne vas pas t'en servir. »

Doug hocha la tête.

– C'est ce qu'il dit de toi : « Il ne tirera jamais. »

– Mais s'il faut que tu te serves de ton flingue sur un coup, tu fous tout en l'air. Pas vrai ? T'as tout gâché. Le flingue, c'est un plan de secours.

– T'ouvres pas ton parachute avant de sauter de l'avion.

– Mais pour Jem, si tu te sers pas de ton calibre quand tu fais un coup, t'as tout faux.

Doug était en train de consulter une autre page.

– C'est un tordu, le mec.

– Alors, qu'est-ce que tu vas faire pour ce mariage ?

– J'en sais rien. J'ai horreur des mariages.

Il devait y avoir une double cérémonie : le mariage de Gloansy et Joanie et le baptême de leur petit Nicky avec ses taches de son. Jem était le témoin de Gloansy, et Doug le parrain du petit garçon. Dez, lui, épaulait le marié, sans plus. Il n'était pas du genre à être premier ou second dans un groupe, mais ça l'énervait que sur les quatre de la bande, ce soit Gloansy qui arrive au troisième rang. Gloansy l'abruti, le piqueur de bagnoles, tandis que sans lui, Dez, ils auraient patiné, ils auraient fait des braquages violents, en déboulant à leurs risques et périls par la grande porte ! Il était curieux de savoir si les autres gens s'inquiétaient autant que lui de la place qu'ils occupaient dans le cœur et l'esprit de leurs copains.

Ils étaient tous allés ensemble à l'école, Jem se retrouvant avec eux quand il avait redoublé. Des bons copains jusqu'au collège, où Dez avait commencé à s'éloigner. À moins qu'eux ne se soient éloignés de lui parce qu'il suivait des cours de préparation à la fac, et aussi parce que sa mère lui interdisait de sortir le soir, pour l'obliger à travailler. Doug n'était jamais devenu un étranger, mais n'était pas non plus vraiment un copain. Dez avait pu observer son parcours, comme tout le monde à Charlestown : Doug s'était taillé l'image d'une vedette de hockey sur glace destinée à connaître la gloire. Engagé par les Boston Bruins à la fin de ses études secondaires, il avait été exclu de la Fédération américaine de hockey dans des circonstances obscures et avait réintégré Charlestown après avoir passé quelques mois à l'ombre suite à un vol à main armée. « Interpellation d'une star du hockey », avaient annoncé les journaux. De retour à Charlestown à sa sortie de prison, il s'était remis à picoler et à se bagarrer, petit voyou en train de devenir un véritable truand. Il avait écopé d'une autre peine de prison, de courte durée celle-là, et s'était à nouveau retrouvé dehors.

Après son retour, Dez avait disputé deux ou trois matchs de street-hockey avec Doug, se contentant d'échanger des banalités avec lui. Doug s'était toujours entouré de durs qui vivaient comme ils jouaient, de façon brutale, bruyante et vulgaire… et qui se moquaient ouvertement de ceux qui travaillaient, comme Dez. Sauf que le Doug MacRay sorti de prison ressemblait à un soldat qui rentre à la maison après avoir combattu à l'étranger : c'était un homme différent, qui avait depuis peu cessé de boire et cherchait davantage à s'en sortir et mener une vie tranquille qu'à zoner.

Dez, lui, n'avait jamais été porté sur le hockey, à la différence du base-ball. Mais un jour, dans Washington Street, alors qu'il composait les équipes, Doug avait choisi Dez en premier. Idem une semaine après. Il lui passait même des balles qui lui permettaient de marquer facilement, des tirs que lui, Doug MacRay, aurait pu effectuer les yeux fermés, et entre deux points il engageait la conversation avec lui. Dez avait commencé à venir plus régulièrement. Après un match, ils avaient discuté de leurs pères respectifs, en faisant une grande balade dans Main Street, et pour Dez ça avait été une révélation. En vertu de la loi du silence qui prévalait dans ce vieux quartier, personne ne lui avait jamais parlé de son père. Tout ce qu'il savait, c'était qu'une nuit de janvier 1980, trois ans environ après avoir perdu son boulot à Con Ed, on l'avait retrouvé torse nu dans la neige, au milieu de Ferrin Street, abattu par deux balles tirées de près, une dans chaque sein.

Aucun témoin ne s'était manifesté et on n'avait procédé à aucune mise en examen. Avant qu'on referme le cercueil, le jeune Dez de douze ans s'était emparé des lunettes posées sur le visage affaissé de son père et les avait glissées dans sa poche.

Sa mère ne parlait que de la douleur que lui avait causée sa mort, et même les prêtres qui l'avaient aidée à l'élever et veillaient à ce qu'il travaille bien pour aller à la fac répugnaient à lui répondre quand il cherchait à se renseigner. C'était Doug qui lui avait expliqué que son père avait été tué en allant livrer un « colis » à un dénommé Fergus Coln. À l'époque, celui-ci était un ancien catcheur qui s'était recyclé comme collecteur de fonds de bas étage pour la mafia. Aujourd'hui, il dirigeait le trafic de PCP à Charlestown, lui, Fergie, le tristement célèbre Fergie le Fleuriste. Quoi qu'il ait pu arriver à son père après qu'il avait perdu son boulot à Con Ed, Dez s'était rendu compte que le fameux « colis » qu'il apportait à Ferrin Street en plein milieu de cette nuit d'hiver, eh bien, ce n'était pas un carton de beignets…

Au fur et à mesure qu'évoluaient ces liens d'amitié renoués, Doug s'était mis à l'interroger sur son travail dans la téléphonie : les poteaux sur lesquels il grimpait, les boîtes de dérivation, les procédures d'alarme, les postes de commutation... Ses motifs étaient transparents, mais au lieu d'être déçu, Dez en était ravi. Il apportait quelque chose de précieux à leur amitié.

Il avait commencé par le plus facile : dériver une ligne, la débrancher, couper un câble, le résultat étant que Doug lui avait accordé sa confiance. Il l'avait payé grassement, mais ce n'était pas pour le fric que Dez était revenu, la moitié de cet argent terminant de toute façon dans le tronc de Saint Frank, au nom de sa mère. C'était le fait que Doug, une légende dans le quartier, se montrait attentif à ce qu'il lui expliquait, et tous les bénéfices qu'il en retirait alors dans Charlestown.

Dez avait commencé à avoir la mentalité d'un truand, ouvrant l'œil sur son lieu de travail, suggérant de nouveaux plans à Doug. Quand celui-ci avait eu besoin d'un quatrième complice sur un coup à Watertown, Dez avait tenu à y participer. Ils s'étaient déguisés et munis de flingues, et quand il était rentré chez lui, il avait vomi mais s'était regardé dans la glace au-dessus du lavabo pour réajuster les lunettes à grosse monture noire de son père sur son nez, et ç'avait été comme s'il était devenu un autre homme.

Ce qui primait, c'était le sentiment d'appartenir à un groupe : lors du hold-up de Watertown toute l'équipe était soudée, il régnait entre eux de la fraternité, comme s'ils faisaient partie d'un grand groupe de rock. L'amitié était par définition quelque chose que l'on ne pouvait pas consommer et qui ne pouvait jamais atteindre la perfection, mais réaliser ces coups ensemble était ce qui s'en rapprochait le plus. C'était cette ivresse qu'il recherchait. Le reste du temps, il ne se sentait pas aussi proche d'eux qu'ils avaient l'air de l'être. Ils le surnommaient « le Monseigneur », histoire de se moquer de sa dévotion et de l'éducation austère qu'il avait reçue, tout en pointant le côté élitiste du clergé pour bien le distinguer d'eux.

Il était voué à rester dans l'ombre de quelqu'un et, à ce titre, avait continué à fréquenter Doug, leur amitié se développant, ce dont il se félicitait (ça n'avait pas de prix), même si, au fond, il s'agissait d'une association intéressée : Doug avait besoin de ses compétences en téléphonie et, de son côté, il avait besoin de lui comme ami. Il y avait plus longtemps qu'il ne voulait l'admettre qu'il l'attendait, cette soirée.

– « Elisabeth Shue », dit Doug, ça s'écrit comment ? Avec un *u* et un *e* à la fin ?

– Je crois.

Dez mit en marche ses quatre poupées des membres du groupe U2 qui hochaient la tête – il les avait commandées sur catalogue au Japon, au prix de deux cent soixante-quinze dollars.

– C'est elle que tu amènes au mariage de Gloansy ? demanda-t-il à Doug.

Celui-ci tapa avec deux doigts le nom de la fille, le résulta s'affichant à l'écran.

– Soit elle, soit Uma Thurman. J'hésite entre les deux.

Il se cala sur son siège et eut une mimique désabusée.

– Tu parles d'une connerie, toi, qu'il se marie !

Dez hocha la tête en même temps que ses pantins. S'affichèrent des captures d'écran tirées de *Cocktail* [1], et l'on vit apparaître Elisabeth Shue, seins nus sous une chute d'eau.

– C'est ça, reprit Doug. Il va falloir que je me paye un ordinateur.

1. Film de Roger Donaldson (1988), avec Tom Cruise et Elisabeth Shue *(NdT)*.

Depuis le début de la soirée, Dez avait l'impression que Doug voulait lui dire quelque chose. Quand c'était d'ordre personnel, et pas des propos de mecs dénués d'intérêt uniquement là pour meubler la conversation, ils n'en discutaient que lorsqu'ils se retrouvaient en tête à tête, comme en ce moment.

— Je vais être obligé de te trouver une femme, déclara Doug. Ce sont les ordres de ta mère.

— Ah oui ?… Je te souhaite bonne chance !

Aux yeux d'un étranger, Doug aurait peut-être donné l'impression de jouer la comédie du sérieux, mais Dez savait qu'en fait il n'était pas capable de se dévoiler davantage.

— Sincèrement ? Je tombe amoureux deux ou trois fois par jour, déclara Dez, tu vois le genre. Je vois sans arrêt des femmes au boulot, partout. Même les mères de famille commencent à me plaire.

— Je m'en suis aperçu. Tu serais bien dans une famille déjà constituée. Une mère célibataire, tu t'installes chez elle…

— Une mère célibataire et bandante, précisa Dez en parlant comme un mec, pour éviter que la discussion ne dévie.

— Il n'empêche que t'es toujours pas très attiré par Krista.

— Non.

— Parce que ça ferait des histoires.

— Elle n'a pas le profil, je sais bien.

— Non, non, non. C'est pas ça. Je suis en train de t'expliquer que c'est toi qui ne fais pas le poids.

Ce que Dez ne comprit pas. Ça ne tenait pas debout.

— Tu sais comment elle m'appelle ? « Le pape du village oublié »…

— Et tu es ravi. Mais elle fonctionne comme un tourbillon, Desmond. Ça te dit quelque chose, un tourbillon ?

– Bien sûr.

– Non seulement tu t'y noies, mais il t'engloutit. Il te garde au fond, prisonnier des remous qui tournoient, et ça pendant des jours entiers, parfois des semaines… La force de l'eau t'arrache les vêtements, les cheveux, la gueule.

– Hé…, fit Dez. De toute façon, ça ne plairait pas à Jem.

– Il en serait malade. Et ta mère aussi.

– Tu parles, elle cavalerait partout dans la maison pour cacher l'argenterie, planquer les figurines Hummel…

Dez sourit en imaginant la scène et s'en délecta peut-être un peu trop.

– Krista n'a jamais voulu dire qui était le père de Shyne, hein ? Après avoir reconnu que ce n'était pas toi ?

– Elle ne l'a jamais reconnu, en tout cas pas devant moi.

Dez se souvint d'elle au Tap, l'autre soir, quand elle était venue le voir une fois que Doug s'était esquivé, lui avait effleuré l'épaule, comme si celle-ci était en vison, pour lui demander de remettre la chanson des Cranberries… Et puis le billet d'un dollar qu'elle avait sorti de son jean, et la façon qu'elle avait eue de le lui donner, serré entre deux doigts. « Mon petit cadeau », qu'il lui avait dit, avant de regarder son postérieur emballé dans le jean quand elle était retournée au bar.

Doug se tourna sur son siège.

– Et si on se faisait un cinéma ?

– D'accord. Qu'est-ce qu'il y a à voir ?

– Non, je veux dire, si on braquait une salle de cinéma ? Ça te brancherait ?

Cette fois, Dez saisit.

– Oui, comme tu veux. T'as une idée ?

– On va faire un tour et voir un peu.

Dez hocha la tête et attrapa son manteau. Ils avaient une mission.

En bas, Doug dit au revoir à la mère, qui écarta sa cigarette pour qu'il lui fasse la bise.

– Surveille bien mon Dezi, d'accord ?

– Toujours, madame E.

Si bien que Dez fut obligé de venir, lui aussi, lui faire la bise, et qu'il avait toujours le goût du tabac sur les lèvres quand il se dirigea vers la porte.

– On va se faire une toile.

– Fréquentez un peu les filles ! leur lança-t-elle. Des catholiques, de préférence.

Dez tapota ses poches alors qu'ils franchissaient le portail bas pour s'engager sur le trottoir, petit rituel destiné à vérifier qu'il avait bien son portefeuille sur lui. La nuit était fraîche et dégagée. Il scruta la rue dans laquelle il avait toujours vécu et remarqua une voiture garée un peu plus loin. Il continua à avancer avec Doug, puis le tira par la manche de son blouson pour qu'il se retourne.

– Écoute, c'est peut-être idiot, mais… aujourd'hui j'étais à Chestnut Hill, le quartier à côté de l'autoroute paysagère, un endroit où vivent des familles avec plein de fric. J'étais sur un poteau pour effectuer un relevé, et de là-haut je voyais toute la rue. C'est là que j'ai remarqué une berline rouge, style Cavalier, qui n'arrêtait pas de passer lentement. Comme si elle faisait le tour du pâté de maisons, tu vois, toutes les deux ou trois minutes. Comme je t'ai dit, c'est un quartier de familles avec des petits jeunes qui traînent dehors. Donc j'ai ouvert l'œil. Je savais qu'il ne pouvait pas me voir à cause des arbres, et mon pick-up était garé au coin de la rue. Et là, je suis en train de me dire qu'il faudrait peut-être aviser quand la Cavalier arrête de passer. Je termine mon boulot, descends du poteau et je m'en vais.

– C'est une belle histoire, Desmond.

Dez se désigna du doigt, de façon à indiquer la rue se trouvant derrière eux.

– Deux ou trois maisons plus loin… y a une Cavalier rouge garée de l'autre côté de la rue. À moins que je devienne parano…

Doug afficha soudain un regard inexpressif et Dez en eut froid dans le dos.

– On peut passer par là, expliqua Dez en montrant Perkins Street. On fait le tour, on prend un raccourci pour revenir à…

Doug descendit sur la chaussée et se dirigea à grands pas vers la Cavalier de couleur sombre.

Surpris, Dez hésita, puis il le suivit, mais en restant sur le trottoir.

Lorsque Doug se trouva à mi-chemin, le moteur de la Cavalier se mit à rugir. Les phares s'allumèrent et elle s'engagea dans la rue à sens unique.

Doug s'immobilisa, la Cavalier fut obligée de freiner et s'arrêta à quelques centimètres seulement de ses genoux. C'était une bagnole toute déglinguée de couleur terne, ses phares désagréables projetant une ombre derrière lui dans la rue.

Alors que Doug la contournait pour s'approcher de la vitre du conducteur, la voiture démarra sur les chapeaux de roue. Il flanqua un coup de poing sur le côté du véhicule et le regarda s'éloigner. Dez entrevit le type au volant : cheveux courts, tee-shirt de couleur claire. Les feux stop éclairèrent le carrefour en rouge, la Cavalier braquant à gauche.

Doug partit dans le sens inverse et se précipita vers Cambridge Street, Dez lui emboîtant le pas. L'un et l'autre sentaient monter l'adrénaline. Ils arrivèrent juste à temps au carrefour pour voir la Cavalier dévaler une rue et accélérer en passant devant eux, puis filer sous l'autoroute et avaler la côte, avant de redescendre vers Spice Street et de regagner Charlestown.

– C'était quoi, ce bordel ? s'exclama Dez.

Doug resta campé sur place, les yeux écarquillés.

– Un keuf ? reprit Dez.

– Un keuf serait sorti me contrôler. Au lieu de se planquer, puis de filer.

– Qui, alors ?

– Et merde ! éructa Doug en donnant un coup de pied au trottoir.

Un bus passa devant eux et tourna dans Sully Square, les asphyxiant avec un véritable nuage de gaz d'échappement.

– Mais si c'est le FBI, reprit Dez, comment auraient-ils fait pour… Minute, ils m'auraient surveillé ?

– On a peut-être un peu charrié avec toute cette quincaillerie des télécoms… Quel enculé !

– T'as pu le voir ? Moi pas.

– Il a une tache de naissance, dit Doug en se montrant le côté du visage. Comme une éruption.

– Comme une tache de vin ?

– Oui. Et une autre sur la main.

Doug ferma le poing.

– Et merde, Dez. Va falloir que je laisse tomber les cinémas.

– D'accord, répondit Dez.

Puis :

– T'es sûr ?

Doug regardait vers sa terre natale, la vieille tour de la fabrique de confiserie, la flèche de Saint Frank.

– Qu'est-ce que je fais ? demanda Dez. Il m'a identifié ? Qu'est-ce que ça veut dire ?

Une Mercedes noire et rutilante les doubla pour tourner dans Somerville en diffusant du rap qui forçait sur les basses.

– Il va falloir qu'on se réunisse, déclara Doug. Laisse-moi parler aux autres. Contente-toi d'être attentif, comme la dernière fois. Le repérer… Ça, c'était du bon boulot.

Doug tendit le poing, comme pour le frapper, puis il traversa la rue au pas de course en direction de Charlestown. Dez l'observa et eut envie de lui courir après pour l'aider à tirer tout ça au clair, mais peut-être était-il ébranlé.

Le mec du FBI se gara dans la rue de sa mère. Dez, qui avait la trouille, plongea les mains dans ses poches et rentra chez lui en guettant des Chevrolet rouges, modèle Cavalier.

Deuxième partie

Quand l'amour débarque en ville

15

La rencontre

Trottoir en briques qui permet de suivre les différentes étapes de la « naissance de l'Amérique », le
chemin de la Liberté est un attrape-touristes inventé en
1976 pendant les cérémonies du bicentenaire. Il part du
Boston Common, un jardin public jadis terrain d'exer-
cice pour les militaires, et remonte en serpentant à travers
la ville, passe devant le site du massacre de Boston [1],
puis devant la maison de Paul Revere dans le North
End, et traverse le pont de Charlestown pour s'arrêter
au pied de l'obélisque en granit de soixante-dix mètres
de haut érigé à l'endroit où s'est déroulée la bataille de
Bunker Hill.

L'avant-dernière étape permet d'admirer le plus
vieux bâtiment de guerre à flot au monde, l'*USS Constitu-
tion*, encore appelé *Old Ironsides* à cause de l'épaisseur
de sa coque, qui résistait aux boulets de canon. Dans la
douceur printanière du début du mois de mai, le
pavillon qui flotte au sud du vieil arsenal voit débarquer une foule d'individus participant à des excursions

---

1. Lors d'une manifestation des partisans de l'indépendance
américaine, qui se déroulait le 5 mars 1770, l'armée britannique
avait fait usage de ses armes et tué cinq personnes. Cet épisode
de la guerre d'Indépendance a été illustré par le graveur et
orfèvre Paul Revere, lui-même une grande figure de l'époque
(*NdT*).

scolaires : profs en visière et short descendant jusqu'aux genoux, parents faisant office de chaperons et affublés d'énormes tasses de thé glacé, et élèves du primaire qui trimbalent leurs repas dans des sacs en papier, ainsi que des boîtes de soda enveloppées dans du papier alu. Tout ce petit monde observe les drapeaux hissés en haut des trois mâts, au-dessus des voiles.

Doug, Jem et Gloansy se baladaient autour de la cale sèche, entre le navire et le musée, au milieu des groupes scolaires et des touristes étrangers en chaussettes longues, Doug changeant continuellement de place pour dérouter un micro parabolique au cas où l'on en aurait braqué un sur eux. Jem tripotait le bord de la casquette bleue des Red Sox censée lui porter bonheur, ce qui, cela va de soi, le forçait à plier les bras. Il chaussait de petites lunettes de soleil jaune-orange prétentieuses, trop chères et qui avaient un côté européen sur sa trogne d'Américain bas de gamme. Gloansy, lui, portait des lunettes de sport teintées qui lui donnaient des yeux globuleux de crapaud, ses avant-bras constellés de taches de son ressemblant à des bâtons de cheddar.

Jem cracha dans l'Atlantique.

– Quelle salope ! rugit-il.

Doug se retourna très vite, trop vite, vers lui.

– Hein ?

– Comment ça, « hein » ? L'autre directrice de banque de mes deux, tiens !

– De quoi tu parles ?

– Ça peut être qu'elle.

– Comment ça ? Qu'est-ce qu'elle aurait pu leur raconter ?

– J'en sais rien. Des trucs.

– Explique-moi. Qu'est-ce qu'elle aurait pu leur raconter ?

226

Jem remit sa casquette sur son crâne.

Le couvre-chef s'ornait depuis peu de l'empreinte d'un fer à cheval.

– T'énerve pas, mon vieux. Comment veux-tu que je le sache ?

Doug aurait dû se retenir, mais n'en fit rien :

– Je n'ai pas envie de balancer des trucs comme si ça n'avait pas d'importance. Ça en a. C'est important, c'est même crucial, je ne veux avancer que des choses dont je suis sûr. Qu'est-ce qu'elle pourrait leur raconter ? Qu'on était quatre ? Qu'on était en camionnette ? D'accord. Et alors ?

Doug regarda en face, vers le North End, les jetées des garde-côtes qui s'avançaient dans la mer.

– Il pourrait y avoir des tas de raisons. N'importe laquelle.

– On a pris des tas de précautions, cette fois. Ça m'a mis les boules, mais on a fait gaffe et ça s'est passé comme sur des roulettes, jusqu'au coup de l'alarme.

– Je me tue à te répéter que je n'ai pas d'explication, et toi non plus.

– On a tout désinfecté au chlore. J'ai recompté les outils, on n'a rien oublié là-bas.

– Il y a peut-être eu un concours de circonstances. Rien ne dit qu'ils n'ont pas affecté un mec pour nous surveiller. On n'a pas chômé, ces derniers temps.

– Comment veux-tu qu'on sache d'où ça vient ? dit Gloansy en haussant les épaules, une main dans la poche. Y avait peut-être un mec garé dans la rue…

– Oui, acquiesça Jem en désignant Gloansy. Il a raison. Un voyeur. Un accro de Somerville en train de se shooter. Qu'est-ce qui te permet d'être aussi catégorique, Duggy ?

– Je n'ai aucune information en dehors de ce que je sais, répondit-il.

Les enfants d'une classe passèrent devant eux d'un pas nonchalant. Les garçons s'esclaffèrent et tendirent le doigt en apercevant le tee-shirt de Jem, sur lequel était imprimé : « Les Yankees sont nuls à chier ! » Quand ils furent partis, Jem reprit la parole :

– Ce qui me plaît pas, c'est qu'ils viennent fouiner du côté de Dez.

– Je suis allé lui parler, reprit Doug. Il sait comment réagir.

– Toi, tu le sais. Gloansy, là, il sait comment réagir dans ces cas-là. Le Monseigneur, lui, j'en suis pas si sûr.

– Le problème est simple, déclara Doug en se tournant vers eux. Quand Boozo et son équipe écumaient la région, eh ben, ils nous servaient de couverture. Oui, tous les keufs leur filaient le train parce qu'ils y allaient pas de main morte, question méthode, et puis ils aimaient la tune. Pour nous, c'était du gâteau. C'est ce qui s'appelle avoir du cul. Mais maintenant ils sont tombés et le FBI voit qu'il y en a encore qui montent des coups. Tout leur appareil est resté en place. À mon avis, ils vont nous avoir dans le collimateur.

– Le FBI ? répéta Gloansy.

Doug le regarda comme s'il avait affaire à un taré et enchaîna :

– C'est pas qu'ils ignoraient notre existence auparavant, mais ça les tracassait pas trop. Maintenant, ils risquent de nous cibler davantage, car ils le peuvent. Moi, ce qui m'embête, c'est qu'ils s'intéressent à Dez. Le seul d'entre nous qui n'a pas de casier judiciaire !

Jem posa une basket délacée sur une bitte d'amarrage, face au port, comme s'il était chez lui.

– Donc, dit-il, maintenant c'est nous qui faisons la loi.

Ce fut à son tour d'essuyer un regard méprisant de Doug.

– Il s'agit pas d'occuper une place laissée vide. Il n'est pas question de se mettre en avant, d'attirer l'attention. Je préfère qu'on reste discrets, comme le cheval qui arrive second dans une course, juste derrière le vainqueur.

– Occuper la deuxième place ? gronda Jem comme si Doug venait de l'insulter.

– Il n'y a pas de ligne d'arrivée, mon pote. Le trophée, c'est ça : le fait qu'on se balade avec du fric sur nous et libres comme l'air. Tu viens de le découvrir ?

– Il n'empêche, c'est pas rien d'être le vainqueur.

Il ponctua cette déclaration d'un haussement d'épaules.

– Ça fait chier d'être les meilleurs… Mais on n'y peut rien, conclut-il.

Un touriste étranger qui parlait avec un accent incroyable et sa femme, coiffée d'un chapeau safari, s'approchèrent d'eux, munis d'un guide. Ils cherchaient Faneuil Hall. Jem leur joua le tour qu'il affectionnait tout particulièrement en les invitant à quitter Chelsea Street, puis à remonter vers les HLM.

Gloansy s'adressa en privé à Doug :

– À ton avis, ils savent quoi sur nous ?

– Si ça se trouve, rien du tout. Ils peuvent très bien n'avoir identifié que Dez ou connaître l'adresse de chacun de nous et la bagnole qu'il conduit. Va savoir… Rien ne dit qu'ils sont pas en ce moment perchés sur les toits, à nous observer.

– Ce qui signifie des injonctions du tribunal et tout le reste.

– Ils n'ont besoin de rien pour venir fourrer leur nez ici. Ni motif valable, ni citation à comparaître. Ils peuvent tout simplement commencer par se renseigner sur nous, voir à qui ils ont affaire, et une fois qu'ils savent ce qu'ils cherchent et où le chercher, ils s'adressent à la justice, on leur délivre les documents indispensables et ils passent à l'action.

Gloansy se perdit un instant dans ses pensées, ce qui fit peur à voir. Puis il se pencha vers Doug.

– Ah oui, du style ils installent des caméras dans ta chambre ?

Doug ne put s'empêcher d'imaginer, une fraction de seconde, Gloansy et Joanie en train de s'envoyer en l'air.

– Tu veux que je te dise ? Ils sont balèzes, les mecs.

Jem revint auprès d'eux, toujours à rouspéter sur Dez.

– Et l'autre connard de pape, là, qui voit pas plus loin que le bout de son nez ! Quand je pense qu'il a notre sort entre les mains ! Ça me rend dingue.

– Je t'ai expliqué que je lui ai causé, déclara Doug. Et puis, d'abord, c'est lui qui l'a repéré, ce mec.

– Voilà pourquoi le coup du cinéma, ça va le faire. On va s'y prendre autrement s'ils sont au parfum.

Doug haussa les épaules.

– Ce serait peut-être bien.

– Allons, Douglas ! protesta Jem. Arrête, tu veux ? Tu vas pas laisser ces connards te saper le moral.

– À mon avis, on devrait s'accorder un peu de repos.

– Putain… Pas question !

– Il faut qu'on lève le pied.

– Pourquoi ? On va oublier le Monseigneur. On n'a pas besoin de technicien ou de boîte noire téléphonique pour piquer une bagnole. On redevient les Trois Mousquetaires, comme autrefois.

– Pendant combien de temps ? demanda Gloansy à Duggy.

– Écoute, dit ce dernier, si vous n'avez rien de planqué au fond de votre tiroir à chaussettes, je vous plains.

– C'est pas une question de tune, répliqua Jem, c'est simplement de pas laisser passer l'occasion.

Et toi, sur quelles occasions tu sautes, en dehors de celles que je t'indique ?

– Pourquoi t'es toujours aussi pressé ?

Un guide touristique, vêtu à la Paul Revere, passa devant eux en hochant la tête.

– Pourquoi ? Parce que j'ai toujours été du côté des perdants et que je me suis promis de battre le fer quand il est chaud. Et il est chaud, Duggy.

– Et moi, je te dis que ça va chauffer pour tes fesses et que ça sent déjà le roussi. Avant tout, je veux savoir ce qui se passe exactement.

– Comment tu vas faire ? Je te le demande un peu.

– En plus, et dès maintenant, il va falloir qu'on garde nos distances, les uns par rapport aux autres. Il va falloir qu'on reste chacun dans son coin, au cas où ils ne nous auraient pas encore tous repérés. Et même dans le cas contraire. Pour éviter d'être accusés d'association de malfaiteurs.

Jem dodelina de la tête comme s'il s'apprêtait à flanquer son poing sur la gueule de quelqu'un.

– Enfin, merde ! C'était qu'un mec dans une bagnole !

– Mon mariage, Duggy, dit Gloansy. Joanie va péter les plombs.

– Pour le mariage, y a pas de problème. Il y aura plein de monde. Tant qu'on évite d'être pris en photo, ça roule. Non, je parle d'aller tous les quatre manger une glace ou de se balader. Ça, c'est exclu.

– Quelle salope, quand même ! pesta Jem.

Doug se retourna encore une fois vers lui.

– Tu me tapes sur les nerfs avec ça.

– Pourquoi ? Qu'est-ce que ça peut te foutre ?

Doug ne savait pas si la réponse qu'il allait leur donner était destinée à les rassurer ou bien à couvrir ses arrières.

– Je vais faire ma petite enquête.

– Ta petite enquête sur quoi ? Et comment ? Tu vas recommencer à la filer ?

– J'en fais mon affaire. Je vaque à mes occupations, et vous deux pareil de votre côté. En restant discrets. Comme de braves péquins. Partez du principe qu'ils vous tiennent à l'œil dès que vous mettez le pied dehors. Attendez que le feu passe au vert pour les piétons avant de traverser et ne jetez rien par terre. Baladez-vous dans les rues et restez dans le quartier. Là, ils ne peuvent pas se planquer. Si personne ne remarque rien pendant une semaine ou deux, on se retrouve et on pourra envisager de recommencer.

– Une semaine ou deux ? répéta Jem. Ah, putain…

– Ça te fait des vacances, mon pote. À toi d'en profiter.

– Des vacances ? Tu parles, j'y suis tout le temps, moi, en vacances !

– Duggy a raison, dit Gloansy, qui devait continuer à craindre qu'on n'installe des caméras dans sa chambre. On devrait peut-être lever le pied un…

Jem lui aplatit violemment une main sur la poitrine.

– Ça, c'est pour t'apprendre à réfléchir, espèce d'abruti. Je t'emmerde. « Lever le pied » ? C'est moi qui décide quand on lève le pied.

– Bon, comme tu veux, dit Gloansy en se frottant les pectoraux. Ah là là…

– Quinze jours, Duggy, conclut Jem. Ensuite, on voit.

16

La fille victime d'un hold-up

Il la vit l'attendre à la lumière des lampadaires du carrefour de cinq rues ; vêtue d'un chatoyant haut noir en velours ou en soie et d'une fine jupe turquoise plissée aux genoux (elle avait les jambes aussi blondes que ses cheveux), chaussée de talons hauts noirs, elle tenait d'une main un pull noir et de l'autre un cordon au bout duquel se balançait un petit sac noir. Devant lui, un taxi ralentit à la recherche d'une course de début de soirée. Elle sourit, lui fit non de la tête et lui adressa un signe de la main… et Doug se sentit fondre comme neige au soleil.

Au volant de la Corvette, il longea lentement le trottoir jusqu'à elle. Il portait un jean Girbaud, toujours les mêmes chaussures noires pointues, une chemise blanche et une veste noire. Il descendit de voiture (ça en jetait toujours de sortir de la Corvette) et fit le tour du véhicule pour lui ouvrir sa portière.

Elle écarquilla les yeux en voyant ce gros engin vert émeraude.

– Eh ben… dit-elle en se mettant la main sur le cœur.

Il pensa tout d'abord qu'elle s'attendait à voir un pick-up poussiéreux à l'arrière duquel brinquebalaient des outils, avec sur une vitre un autocollant déclinant l'une des versions du petit Calvin [1] en train de pisser.

1. Héros (avec Hobbes, son tigre en peluche) d'une bande

Mais quand elle se laissa choir dans le siège surbaissé, il constata qu'elle avait l'air amusée. Il se sentit soudain idiot, ce qui n'était pas prévu au programme. Elle rentra les jambes à l'intérieur, il referma la portière, humant au passage un soupçon de parfum au caramel. Il contourna l'arrière aplati de la voiture, vit son image déformée et celle de la rue dans la carrosserie verte, et n'aima guère avoir soudain comme du chagrin, tel un petit garçon.

Il referma sa portière.

– Alors, lança-t-il en essayant de rester positif, qu'est-ce que vous en dites ? Elle est trop puissante ?

Elle se retourna pour regarder à l'arrière.

– Je n'en reviens pas qu'elle soit si propre.

– C'est une voiture de collection, mais je n'en fais pas une fixation. Chez certains mecs, je ne vous dis pas ! Moi, ce que j'aime, c'est me plonger sous le capot. Démonter le moteur et le remonter. Je ne la conduis pas tellement.

Elle promena la main sur la garniture et scruta le tableau de bord. Lui qui avait prévu de jouer les durs, les rusés et les êtres réservés, il avait suffi qu'elle lui adresse un regard pour réduire à néant toute cette mise en scène.

– Je l'ai fait repeindre à mon goût. Pour la plupart des collectionneurs, décaper la carrosserie et mettre une couleur qui n'est pas cotée, ça revient à bousiller un véhicule comme celui-ci. Moi, j'ai pris plaisir à la personnaliser et faire en sorte qu'elle soit unique en son genre.

Elle effleura l'habillage du siège, et son silence lui devint vite insupportable.

– Et alors ? Vous trouvez ça ridicule ?

---

dessinée de Bill Watterson, dont la série s'est échelonnée de 1985 à 1995. Calvin est un petit garçon imaginatif qui vit dans ses rêves *(NdT)*.

– Oui, répondit-elle, mais avec le sourire et sans voir où il voulait en venir. Vous faites de la compétition avec ?

– Je suis allé une fois ou deux tout seul sur une piste dans le New Hampshire, histoire de la pousser un peu.

– À combien ?

– J'ai bloqué le compteur à deux cent cinquante et j'ai dû monter jusqu'à trois cents.

– Bon Dieu…

Il mit la voiture en prise, s'écarta du trottoir et passa la seconde, le moteur les conduisant vers City Square comme un hors-bord sur de l'eau étale.

– J'ai l'impression d'être allongée, déclara-t-elle.

Il regarda ses jambes étendues dans l'habitacle.

– Moi, je trouve qu'elle vous correspond bien, ma Corvette.

Elle passa les paumes sur le siège en cuir et se secoua un peu les cheveux afin de se mettre à l'aise.

– Et moi, je crois que c'est ma voiture qui va être jalouse.

– Ça, oui. Les Corvette et les Saturn s'entendent comme chiens et chats.

Il ralentit en voyant le feu rouge de Rutherford. Il se sentait un peu mieux.

– Tiens, comment savez-vous que j'ai une Saturn ? lui demanda-t-elle en se tournant vers lui après que la voiture se fut arrêtée.

Doug fixa le feu rouge.

– Vous ne m'en avez pas parlé ? Il faut croire que si.

– Ah bon ?

Le feu passant au vert, Doug se cramponna au volant et accéléra en direction du pont. Elle regarda de nouveau la route.

– J'ai dû le faire…

Il se maudit. Il n'y a pas idée d'être si bête !

– On va où ? lui demanda-t-il.

– Je pensais à la Chart House. C'est sympa, mais pas trop chic, hein ? C'est du côté de l'Aquarium, sur Long Wharf. Ça donne sur le port. Qu'est-ce que vous en dites ?

– On y va.

– Vous croyiez que j'allais choisir un resto de Newbury Street ? Sonsie, ou un truc dans le genre ?

– Euh, oui…

Pour lui, dans Newbury Street il n'y avait que des galeries et des boutiques de luxe. Sonsie, ça ne le branchait pas du tout.

– Mais… auparavant…

Elle se tourna une fois de plus vers lui.

– Je voulais savoir si je pouvais vous demander de me rendre un grand service.

– Bien sûr, répondit-il en essayant de deviner ce qu'elle avait en tête au moment où ils traversaient le pont rouillé pour entrer dans la ville. Tout ce que vous voulez. De quoi s'agit-il ?

– Je sais que ce n'est pas une façon géniale de commencer la nuit… mais j'ai un copain qui se fait opérer demain et j'ai promis d'aller le voir.

Doug hocha la tête en notant bien qu'il s'agissait d'un copain et pas d'une copine.

– Et vous vouliez que quelqu'un vous accompagne ?

– Ça ne nous retiendra pas longtemps, je vous le promets.

– Pas de problème.

Un copain…

– Dites-moi où aller.

Il lui suffit d'entendre sa réponse : « Centre ophtalmologique et oto-rhino-laryngologique du Massachusetts », pour savoir aussitôt de qui il s'agissait.

Dans l'ascenseur, elle avait la tête ailleurs et il se rendit compte qu'elle était plus inquiète que lui.

tourna sur elle-même, laissant les chaînes se dérouler, puis s'enrouler de nouveau. Elle lança les jambes pendant qu'elle tournoyait, pliant les mollets, et Doug imagina qu'elle n'avait jamais monté d'escalier que pour se préparer à cet instant, ici, avec cet éclairage, sous ses propres yeux…

– Bon, je commence à avoir le vertige, dit-elle en s'immobilisant.

Tel un garde du corps, Doug se tenait à côté d'elle, enfonçant l'orteil dans le paillis damé. Elle regarda l'aéroport et les avions à l'approche.

– C'est quand même bizarre, déclara-t-elle. On est là, tous les deux, à profiter de la nuit, alors que Davis est tout seul dans une chambre d'hôpital, à attendre…

Il observa ses yeux.

– Il n'a pas eu de chance.

Elle suivit du regard une mouette qui survolait les docks.

– Il suffit d'un rien… On tourne dans la rue où il ne faut pas un matin, et d'un seul coup on se retrouve dans la même situation que Davis, en marge de la vie, à la regarder se dérouler.

– Il a eu la poisse.

– Non, répondit-elle en baissant la tête. C'est pire que ça.

Les bras à l'intérieur des chaînes de la balançoire, elle tortillait la tige de la rose posée sur ses genoux.

– En fait, poursuivit-elle, c'est de ma faute.

Doug embraya aussitôt :

– Comment ça ?

– C'est moi qui ai déclenché l'alarme pendant le braquage. Pas lui. Ils n'ont pas tabassé la bonne personne.

Elle soupira pour ravaler ses larmes.

– Et je les ai regardés faire. J'aurais pu lui éviter ça, j'aurais pu leur dire que c'était moi. Mais non, je n'ai

241

pas bougé. Comme toujours, j'ai opté pour la solution de facilité.

– Attendez, vous aviez peur.

– Il est marqué à vie et il n'a rien fait de mal… rien pour mériter ça. C'est moi qui lui ai causé tous ces malheurs.

– Écoutez, dit-il en s'asseyant sur la balançoire voisine de la sienne. Il faut que vous trouviez le moyen de ne plus y penser… C'est à cause du FBI ? Ils continuent à venir vous voir ?

– L'agent part du principe que c'est Davis qui a déclenché l'alarme. Et, bien entendu, je me suis bien gardée de les détromper, son collègue et lui.

Elle regarda en l'air, au-dessus de l'eau.

– Pourquoi est-ce que je suis comme ça ? Vous, vous n'auriez pas menti.

– Moi, dit-il sans se démonter, je ne leur aurais rien dit du tout.

Elle se retourna.

– Comment ça, vous ne leur auriez rien dit du tout ?

– Je m'en serais tenu à l'essentiel.

Elle ne sut plus quoi penser.

– Parce que vous croyez que l'agent du FBI me soupçonne ?

– C'est une des différences entre passer son enfance à Canton et la passer à Charlestown. Ceux qui n'ont pas souvent affaire aux flics, comme vous sans doute, ont tendance à croire tout ce qu'on leur raconte sur « la recherche de la vérité »… en oubliant que les flics, les agents du FBI, tous ceux qui ont un écusson et de ce fait un grand pouvoir, eh bien, ils sont comme tout le monde. Ils ont une vie, un boulot à préserver. Et pour ça, ils doivent procéder à des arrestations, obtenir des résultats. Ce qui signifie également que s'ils n'arrivent pas à attraper le coupable, ils se contentent parfois de celui qui en a le profil. Et il s'agit en général de celui qui en a dit le plus.

Elle le dévisagea.

– Vous parlez sérieusement ?

– Combien de fois entend-on parler de condamnations annulées, d'aveux extorqués ? Nous, dans le coin d'où je viens, on apprend très vite qu'il ne faut pas leur parler, aux flics. Ou alors en présence d'un avocat.

– Vous êtes en train de m'expliquer que je devrais avoir un avocat ?

– Non, c'est trop tard. Pas maintenant. Si vous faites appel à un avocat maintenant, j'aime autant vous dire qu'ils vont commencer à s'y intéresser, à votre histoire, et de près.

Elle hocha la tête, trouvant sa logique implacable.

– Vous avez fait votre devoir de citoyenne. Et c'est formidable. Vous ne savez rien, d'accord ?

Il insista.

– D'accord ?

– D'accord.

Ce fut à son tour de hocher la tête, soulagé, et de relâcher la pression.

– Dans ce cas, restez-en là. Vous voulez mon avis ? J'ai l'impression que vous n'avez pas pris assez de recul vis-à-vis de ce hold-up. Et je pense que vous le savez. Il lui est arrivé un sale truc, à votre copain. Et, bien sûr, à vous aussi.

Il lui tardait de l'interrompre.

– Je sais, ça n'a pas l'air... bon, il s'agit d'un hold-up. Des hommes masqués, armés, la camionnette. Il y en a qui ont vu bien pire... J'en ai conscience. Mais on dirait que je n'en décolle pas. C'est que j'ai bien cru qu'on allait m'assassiner, que j'allais mourir par terre, dans la banque... et là, j'ai découvert que j'avais gâché ma vie.

Elle se renfrogna, agacée d'avoir l'air de pleurnicher.

– Si seulement on pouvait me la rendre, cette matinée ! Ou bien, comme Davis, faire en sorte qu'elle s'efface pour toujours !

– C'est ça, le problème, dit-il.

C'était à cause de lui qu'elle était triste, il allait peut-être pouvoir y remédier.

– Je ne fais pas le poids dans ce domaine, je le sais bien, reprit-il, mais je peux vous dire la chose suivante : pendant très longtemps, j'ai été le gamin que sa mère avait abandonné, et rien d'autre. Toute mon existence se résumait à ça. Et ça m'a valu des tas d'ennuis. À l'heure actuelle, j'ai l'impression que vous êtes, vous, la fille qui a été victime d'un hold-up.

Le regard fixe, elle était tout ouïe.

– Or, poursuivit-il, il se trouve que je l'aime bien, cette fille-là. Elle ne me dérange pas, je la trouve plutôt jolie. Mais on dirait qu'elle n'est pas très contente de sa vie.

– C'est exact…

Elle réfléchit quelques instants.

– C'est parfaitement exact.

– Vous n'arrivez pas à passer le cap.

– Il faudrait, je sais.

Elle se redressa sur sa chaise, rectifia la position, une petite brise venue du port caressant ses cheveux blond vénitien.

– Je suis désolée de vous parler de ça et de vous filer le bourdon. Je vais retrouver le sourire, promis. Comptez jusqu'à trois.

– Un, deux, trois.

– Et voilà, dit-elle avec le sourire. J'ai un visage heureux.

Le silence retomba, ils oscillaient sur la balançoire, se rapprochant, puis s'écartant l'un de l'autre.

– Vous savez ce que vous êtes, Doug ? Je viens de le comprendre. Vous êtes un mec sympa.

– Ah…

Il empoigna les chaînes de la balançoire.

– Eh bien, non, dit-il.

– Si, et mieux que ça. Il y a des tas de gens sympas, ils ont été élevés de cette façon. Moi, par exemple : j'ai eu des parents aimants, je suis polie, etc., ce qui est très joli tant qu'on ne vous met pas la pression et que vous ne vous effondrez pas. Mais vous… vous avez commis des erreurs, c'est ce que vous m'avez expliqué. Vous n'êtes pas un petit saint ou autre, mais vous savez être gentil. Si vous êtes sympa, c'est que vous méritez de l'être, pas que vous avez appris à l'être.

– Je ne pense pas que vous me connaissiez assez.

Elle ne s'en méprit pas moins sur sa gêne, y voyant de la modestie.

– Vous vous rendez compte que j'ai pensé à vous ? lui demanda-t-elle.

– Ah bon ?

Elle fit encore un peu de balançoire, venant heurter doucement celle de Doug avec la sienne, le regard vif, intense et plein de gratitude.

– Oui.

17

Démolition

La déflagration des charges ressemblait à une salve de coups de feu tirée du haut de la falaise. Le vent chassa des traînées de fumée, des pans de roche s'effondrèrent comme s'ils s'échappaient d'une main qui s'ouvrait, glissant de la paroi stratifiée pour n'être plus que poussière et décombres.

Doug et Jem observèrent de loin la fracture et les éboulements, sentant trembler la terre qui se rebellait, voyant s'élever une véritable nuée. Ils n'étaient pas loin de la camionnette de service aux flancs gris argenté et des types en casque de chantier qui faisaient la queue pour se payer un café ou des Winston. Doug portait une chemise ample à manches longues, sur laquelle était marqué « Mike's Roast Beef », Jem étant, lui, en sweat-shirt blanc frappé d'un trèfle à quatre feuilles vert pâle surmonté d'une inscription en arc de cercle : « Townies [1] ». Il s'était rabattu la capuche sur la tête et les oreilles, montrant ainsi qu'il avait un crâne bien petit. Ils avaient tous les deux sous le bras leur vieux casque jaune, tels des pilotes d'avion à réaction habillés en prolos.

– Tu t'es vu, un peu ?

Doug regarda un mec coiffé d'un casque de chantier avaler une pilule bleue comme s'il s'agissait de ses

1. « Ceux de Charlestown » *(NdT)*.

vitamines du matin. On trouvait aussi, à la camionnette de service, des amphés à trois dollars pièce. Doug se souvenait de la pêche que ça vous filait d'un seul coup, une petite pilule bleue avec une bière à 10 heures-10 h 30 du matin, ça permettait de démarrer la journée de travail sur les chapeaux de roue.

– Hein ?

– Toi.

– Quoi ?

– T'as l'air dans les nuages, carrément aux anges. T'as baisé, hier soir ?

– Ah oui… J'aurais bien voulu.

– Avec quelqu'un que je connais ? Il t'a bien sauté ?

Doug ne put s'empêcher de sourire en regardant la fumée s'étaler au loin.

– C'est quoi alors ? T'as eu une révélation ?

– Tout juste. Dans une résidence en copropriété d'Eden Street. Un appart super.

– Oui, il paraît que le petit Jésus est bon menuisier… J'aurais cru que tu l'avais rencontré au Tap.

Doug avait froid sous le soleil blafard.

– De quoi tu parles ?

– Splash, le barman. Il m'a dit qu'il pensait t'avoir vu là-bas deux ou trois soirs plus tôt.

– L'autre samedi soir, quand on était tous ensemble ?

– Non, Ducon. Plus tôt que ça.

Il récolta un haussement d'épaules dédaigneux.

– C'était un autre Doug MacRay.

– Je vois. C'était peut-être l'ancien Doug MacRay qu'est reparu dans Eden Street. En tout cas, t'as pas intérêt à picoler. Il y a trop longtemps que j'attends ça. Au premier verre que tu reprends, je t'accompagne.

Le soulagement s'insinua tout doucement.

– À propos d'abstinence… T'en es où, de ton côté ?

– Toujours immaculé.

– Mon cul.

– Je te le jure sur la tombe de ma mère.

– Ah oui, c'est là-bas que tu te la donnes ?

– Je fais deux séances d'entraînement par jour. Regarde-moi ces biceps !

– Hé, cow-boy… Si t'y vois pas d'inconvénient, je vais pas rester ici à t'admirer parce que tu fais de la gonflette.

Jem le regarda en fermant un œil, à cause du soleil.

– Toi, t'as baisé, fils de pute. Allez, avoue.

Doug se fendit d'un grand sourire.

– Je ne fais que ça.

Un coup de sifflet mit fin à la pause. Jem s'empara du casque qu'il avait sous le bras.

– D'accord, connard. On va voir Boner et terminer tout ce bordel.

Au loin, on apercevait les membres d'une équipe de démolisseurs, casqués, masqués et portant des lunettes de protection, qui s'engageaient dans la poussière en train de retomber. Doug en sentait déjà l'odeur et se rappela ce qu'il éprouvait quand toutes ces saletés lui bouchaient les pores de la peau.

– Ça te manque des fois, ce machin-là ?

Comme d'habitude, Jem fit tournoyer son casque avec derrière le « J. Coughlin » décoloré et la coiffe intérieure usée jusqu'à la mousse.

– Eh oui. Tu te fous de moi ?

– Moi, ça me manque un peu. Pas le trajet pour venir au boulot, pas les conneries genre aller chercher à bouffer dans un camion, avoir de la poussière plein les cheveux.

– Ce qui te plaît, c'est de faire sauter des trucs.

– Non. J'aime bien les voir s'effondrer, c'est tout.

– Eh bien, après tout, c'était pas si mal non plus de descendre un mur avec un levier. Les équipes de démolisseurs d'autrefois, hein… Équipées de marteaux, de masses et de pics. Ils se pointaient dans un immeuble condamné en bleu de travail tout poussiéreux, du style : « Venez, les guerriers, on va s'amuser [1]… »

Doug haussa les épaules.

– J'aime voir les trucs s'écrouler, point-barre.

À l'intérieur du mobile home, ils attendirent Billy Bona, pendu au téléphone : « Ouais… moui… bien sûr… », et qui étranglait le fil entre ses mains. Dix ans plus tôt, alors qu'il participait avec Doug à la démolition d'un immeuble condamné, un parpaing lui avait arraché les ongles des trois derniers doigts de la main gauche. Les médecins lui avaient expliqué qu'ils repousseraient deux fois plus épais, mais ils n'avaient jamais repoussé. Maintenant, il était contremaître dans l'entreprise de démolition de son père et ses doigts sans protection ne lui servaient qu'à désigner les mecs ou signer des papiers.

Il raccrocha et vint leur serrer la main.

– Les Irlandais qui ne débandent jamais !

– Billy Boner ! dit Doug.

– Comment ça va, le Rital ? lança Jem.

– Vous savez ce que c'est, soupira Boner en virant un clipboard du bureau, un truc par-ci, un truc par-là… Je n'ai que deux minutes à vous consacrer. Qu'est-ce qu'il y a encore ?

– C'est une étude pour une autoroute ? fit Doug.

Jem tripotait le Rolodex de Boner comme un gamin venu voir son père au bureau.

– Le monde étant ce qu'il est, je prends ce qui se présente, répondit Boner, l'esprit ailleurs et n'aimant pas qu'on touche à son bureau encombré. Qu'est-ce qui vous arrive ? Il y a tout d'un coup une famine à cause d'une mauvaise récolte de patates ? Vous revenez faire un vrai boulot ?

1. Célèbre réplique de *Pee Wee's Big Adventure*, film de Tim Burton (1985), avec Pee Wee Herman en vedette *(NdT)*.

– Jamais de la vie, répondit Jem. On voulait seulement revoir les termes de notre accord.

Boner fit la grimace et regarda Doug, soucieux.

– Vous lui reprochez quoi, à notre accord ?

Jem leva un presse-papiers frappé du sigle de la Bonafide Demo et sur lequel on reconnaissait la tour de Pise.

– Tu sais ce que j'aimerais voir à la place ? lança-t-il. Le cuistot des cartons de pizzas, celui qui se tortille sa moustache en crocs, tu comprends ? Ça, ce serait bien.

– Qu'est-ce qui se passe, MacRay ? demanda Boner à Doug.

Doug avait oublié que Jem avait une dent contre Boner. Ça remontait à si loin…

– Il n'y a pas de lézard, Bill, dit-il en lui faisant pour le coup grâce de son surnom, « Boner[1] ». On ne lui reproche rien, à notre accord. Ça baigne.

– Parce qu'il y a ton chien de garde qui bave partout sur mon bureau.

Jem composa son fameux sourire narquois, maintenant qu'il avait trouvé à qui parler, puis il alla s'asseoir sur la grande chaise de Boner en posant ses grosses chaussures pleines de boue sur le bureau.

– Il est un peu dur, ton siège, Boner. T'as un cul bien plus accommodant que le mien.

Boner attrapa son clipboard à deux mains.

– Si vous êtes venus pour me faire chanter, vous pouvez tous les deux aller…

– Holà, holà ! fit Doug. Une minute. Est-ce que tu me connais bien ?

– Oui, autrefois, Duggy. Il y a longtemps. Enfin quoi, merde !

– Sors de derrière son bureau, dit Doug à Jem, juste pour être poli, n'escomptant pas que l'autre bouge, ce

1. « La Tringle » *(NdT)*.

250

qu'il ne fit pas. Il nous convient parfaitement, cet accord, parfaitement, ajouta-t-il à l'adresse de Boner. On se dit seulement qu'on risque d'entendre arriver des chaussures à clous, façon de parler, aussi on voulait venir pour vérifier qu'on n'a rien laissé au hasard.

– Histoire que t'oublies pas, dit Jem en ramassant un bloc de fiches de messages téléphoniques roses.

– Non, c'est pas pour ça, le corrigea Doug. On te fait une visite de courtoisie pour te prévenir que tu risques de voir débarquer des mecs avec des écussons qui te poseront des tas de questions. Mais peut-être pas… On n'en sait rien.

– Putain !… soupira Boner, qui n'avait pas besoin de cette galère.

– Grâce à nous, tu vas gagner plein de sous, enchaîna Jem, assis derrière le bureau. Tu nous engages, tu nous payes à temps plein et nous, on te refile la moitié de notre salaire.

– Je vous empêche d'aller en taule, oui, en vous permettant d'avoir des revenus imposables.

Il se retourna vers Doug.

– Et puis quoi encore ? Je vous fournis un alibi ?

– Ça se peut. Mais surtout un emploi rémunéré. Ils n'ont rien de solide contre nous, sinon leur ambition. Aussi, t'as pas à t'inquiéter. On voulait seulement éviter que tu sois pris de court et que tu ne saches pas quoi répondre. On demande seulement à faire partie de ton personnel… officiellement.

– Les meilleurs éléments de ton personnel, renchérit Jem. Bons travailleurs, sympas, beaux… On était seulement malades ce jour-là.

– Et ensuite tu nous préviens. Ça roule, Billy ?

Boner fit signe que oui. Il jeta un coup d'œil à la pendule. Doug comprit qu'il avait du pain sur la planche et que ce qu'ils lui avaient demandé ne lui posait pas de problème, ce qui était exactement ce qu'il voulait savoir.

– Il est super, le Boner, lâcha Jem. C'est vrai qu'il a pas le choix, mais…

Boner leva un doigt de son clipboard et le tendit dans sa direction.

– Pourquoi t'es toujours aussi agressif, Jimmy ? Enfin quoi, bordel de merde !

– Il a arrêté de se branler, expliqua Doug.

– Ah oui ? Tout ça pour devenir un vrai branleur, répliqua Boner, qui en avait sa claque. Tu n'as jamais eu aucun respect pour mon père, espèce d'abruti !

– Du respect ? répliqua Jem en restant assis, les mains croisées, bien trop calme et détendu. C'est tout ce que tu lui as jamais donné, toi, la petite fille à son papa. T'as repris l'affaire pour qu'il puisse se barrer en Floride.

– Il me semble que toi aussi, tu as pris la suite de ton père.

Jem bondit et fit le tour du bureau pour venir le défier, tandis que la chaise continuait à se balancer.

Doug resta là où il était, las de tout ce cirque.

– Tu crois que j'ai peur de toi ? grinça Boner, tenant pour le coup le clipboard à hauteur de la taille. Hein ? Ouais ? T'as raison, putain, tu me fous les jetons, espèce de dingue.

Il recula et ramassa les fiches roses tombées par terre, vira les papiers posés sur le bureau, balança son clipboard et jeta un stylo sur le téléphone.

Il s'arrêta en face de sa chaise vide, crispant les épaules tant il était furieux.

– Vous êtes venus me parler tous les deux, et maintenant que vous avez fini, moi, j'ai du boulot qui m'attend. Les mecs de mon équipe, ils bossent vraiment pour toucher leur salaire, ils ont une famille à nourrir et eux, ils la gagnent, leur paye !

Il se retourna dans l'espoir de voir un soupçon de honte sur leurs visages. Il en fut pour ses frais. Les mains vides, il ouvrit alors avec fracas la portière fluette du mobile home.

Retour dans la Flamer, la Trans Am toute déglinguée de Jem. Ils roulaient vers le sud, pour aller de Billerica au parking d'un Wendy's où Doug avait laissé sa Caprice. Ni l'un ni l'autre n'avaient été suivis et ils avaient pris un maximum de précautions, mais Doug n'était pas rassuré pour autant et ça le rendait encore plus parano. Il se promit de vérifier une fois de plus ses passages de roue et ses pare-feu, puis de regarder ici et là sous le capot pour voir si l'on n'y avait pas installé des mouchards permettant de le suivre à la trace.

Jem conduisait l'œil brillant, en fonçant sur la route. Il alluma la radio, un air de *Sesame Street* hurla dans les enceintes.

– Quelle chierie ! maugréa-t-il, en appuyant sur le bouton « eject » avant de jeter la cassette sur la banquette arrière comme si elle lui brûlait les doigts. T'as vu un peu ? C'est pour ça que je veux pas lui prêter ma caisse. Elle voulait que j'installe un siège-bébé derrière… en permanence, tu te rends compte ! Ouais, comme si Jem allait se balader dans Charlestown avec ce machin-là pour attirer les meufs !

Il tourna sur l'autoroute, le soleil qui tapait sur les flammes bleues ornant le capot bleu jetait un éclat éblouissant qui dansait dans les yeux de Doug. Les casques étaient ballottés au milieu de toutes les cochonneries qui traînaient derrière, et Doug, exaspéré, rongeait son frein.

– Qu'est-ce qu'on fait pour l'histoire de Dez ? demanda Jem.

– Comment ça ?

– Ça ne me plaît pas.

– D'accord.

– Dans le groupe, c'est lui le maillon faible.

– C'est un mec bien, je te l'ai dit.

– Qu'est-ce que t'en sais ? Putain, dans une confiserie, même là, hein, il a jamais pris un chewing-gum sans commencer par le payer. Comment va-t-il tenir le coup si on le cuisine… si on lui dit de nous balancer ou bien ?… Où c'est qu'il a fait ses preuves, sur ce planlà ?

Doug était tellement en colère qu'il ne trouva aucune justification aux propos de Jem.

– Et la directrice ?

– Celle de la banque ?

– Non, celle du supermarché. Oui, la directrice de la banque. Il paraît que t'aurais trouvé une piste de ce côté-là.

– Pas du tout. Ça donne rien. Point-barre.

– Que tu crois…

– Je le sais. Et je te le garantis.

– De quelle façon ?

– Elle est réglo. T'inquiète pas.

Jem changea de file et glissa entre deux voitures distantes d'à peine quinze centimètres de la sienne.

– Donc y a pas de raison de pas la mettre dans le même sac que les autres.

Doug se tourna vers Jem, dont la bêtise était proprement ahurissante.

– Tu te fous de ma gueule, ou quoi ?

– Je dis ça comme ça.

– Et qu'est-ce que tu dis ? Tu dis quoi, au juste ? T'es un tueur à gages maintenant ?

Jem haussa les épaules, jouant les durs.

– J'aime pas qu'on n'ait pas tout réglé dans le détail.

Doug dut prendre sur lui et se dire que ce n'étaient que des mots, qui eux-mêmes étaient partie prenante du petit cinéma que Jem se faisait dans sa tête.

– Écoute, De Niro. Va falloir que tu recommences à te pignoler. Et vite. Gare-toi, je patienterai. Putain, qu'est-ce qui t'arrive ? La musique toute la nuit…

– Quoi, elle est trop forte ?

– Si elle est trop forte ?

– Enfin, comme tu veux. Moi, je m'en fous.

– Baisse le son dans ta tête, mon pote. C'est quoi, ton problème ? T'as été mordu par un vampire ?

– J'essaie seulement d'être prudent.

– Laisse-moi jouer le parano, d'accord ? Laisse-moi me faire du souci. Du calme.

– Putain… Ça va, mec. Ça va.

Le silence retomba pendant quelques instants. Doug était à cran. Jem baissa sa vitre pour cracher.

– Et pour le mariage de Gloansy ? demanda-t-il.

– Ah ouais…

– T'emmènes qui ? T'as prévu quelque chose ?

Doug fit signe que non.

– Je sais pas ce que je vais faire.

– Hum… Krista, elle a personne pour l'accompagner.

Doug regarda la route, préférant ne rien dire.

– Qu'est-ce que t'en fais d'autre, de ton temps ?

– Pourquoi ? Qu'est-ce que ça peut te foutre ? Qu'est-ce que t'as à me casser les couilles ?

– Je te casse les couilles ? s'écria Jem. De quoi tu parles ?

– Je n'en sais rien… Et toi, de quoi tu parles ?

– Tu vois… C'est comme ça que t'es entre deux coups.

Jem hocha la tête, comme si l'un des deux était dingue et qu'il ne s'agissait pas de lui.

– Ça te va pas, à toi, le temps libre. À aucun de nous, d'ailleurs.

Il agrippa le volant et appuya sur l'accélérateur.

– À propos de temps… Mac, le week-end dernier…
il a demandé de tes nouvelles.

– Ah oui ? dit Doug en se demandant pourquoi tout
d'un coup ça venait sur le tapis. Et alors, comment il
va ?

– Bien, bien. Il a expliqué qu'il aimerait que tu
viennes le voir un jour.

– Ouais, j'en ai l'intention.

– Il aime pas demander, qu'il dit, mais il voudrait
voir ta gueule. Il aimerait sans doute savoir ce qu'il y a
de neuf. Je lui ai dit que je transmettrais le message.

– Bien sûr, fit Doug, qui cherchait déjà à éviter cette
rencontre.

Il y avait une tache sur sa vitre, révélée par le soleil :
une petite empreinte ronde laissée par une main, en
plein milieu, et il se demanda pour quelle raison,
bordel, Shyne s'était trouvée assise ici, devant, sans
ceinture.

– Tu sais que c'est ton père qui m'a filé le plus grand
coup de pied au cul que j'aie jamais reçu ? lança Jem.

– Ouais, répondit Doug en se disant qu'il n'était pas
le seul… et braquant les yeux sur le fantôme graisseux
d'une minuscule paume lisse.

18

Sortir avec la victime

– Mais comment avez-vous su ? lui demanda Claire.

– Su quoi ? dit Frawley.

– Que c'était parce qu'il n'arrivait pas à payer son crédit immobilier ou parce qu'il avait un enfant malade ? Comment le saviez-vous ?

– Ah…

Frawley se frotta la joue, une habitude de ruminant qu'il avait prise après s'être fait asperger. Le colorant avait pâli et pris un ton cuivré qui ressemblait à de l'autobronzant mal appliqué.

– Le petit mot qui sentait le café… La façon dont sa première tentative se soldait par un échec… Et puis, rien qu'à le regarder, tête basse, dans l'aire de jeux. Un air désespéré, comme je n'en avais encore jamais vu.

Ils étaient assis loin du bar de la Warren Tavern, devant un verre sans prétention, et grignotaient des amuse-gueule. Il y avait beaucoup de monde pour un soir de semaine, et Frawley se demanda comment un établissement datant du dix-huitième siècle pouvait brusquement devenir si classe.

Claire portait un top couleur crème, dont elle avait remonté les manches jusqu'aux épaules. Elle buvait tranquillement son vin blanc en se faisant du souci pour le braqueur.

– Et ça signifie cinq ans de prison ?

– Les directives fédérales en matière de condamnations sont très strictes. De quarante à cinquante mois pour un primodélinquant, à quoi il faut peut-être encore ajouter un an et demi pour le chantage à la bombe. J'ai discuté avec le procureur adjoint en souhaitant qu'on ne l'inculpe qu'au niveau de l'État du Massachusetts. Ça ne dépend pas de moi, mais enfin… ce serait moins grave. Ce pauvre type pourrait redémarrer dans la vie.

– Ça, c'est parce que vous êtes sympa.

– Non, parce que lui n'est pas le genre de méchant que je recherche. Faire du chantage à la bombe en refilant un petit mot, c'est le délit le plus idiot qui soit. On agit à découvert, devant une foule de témoins, et sous l'œil des caméras, de surcroît. Hé ! Quinze mille dollars, ça ne représente pas grand-chose comparé à quatre ou cinq ans de prison. Les banques attirent les idiots, les désespérés.

Il trouva là un prétexte idéal pour avancer la main et lui toucher l'avant-bras.

– Je parle des truands, pas des employés.

– Merci pour la précision, dit-elle avec le sourire.

– Une équipe de professionnels qui n'hésitent pas à s'en prendre physiquement aux gens, leur place est à l'hôpital… C'est pour ça que je suis là. Pas pour le raté assis dans un Dunkin's Donuts un matin, en train de se dire que sa vie est finie.

Elle remarqua qu'il se grattait encore une fois la joue.

– Ça vous démange ?

– C'est uniquement psychologique. Me voilà à moitié flic, à moitié truand ! Vous voyez la tête que ça me fait.

Elle sourit et Frawley se dit qu'il ne se débrouillait pas mal.

– Alors, pourquoi les banques ? Qu'est-ce qu'il y a entre les banques et vous ?

– Vous avez vu les pubs pour un film qui va sortir, *Twister*[1] ? Il y est question d'une tornade.

– Bien sûr, avec la vache qui traverse l'écran en volant…

– J'ai passé mon enfance… eh bien, je l'ai passée un peu partout. Ma mère avait le chic pour rencontrer des mecs qui étaient sur le point de quitter l'État dans lequel nous étions, et elle partait avec eux… pour rompre quelques mois plus tard, et on se retrouvait seuls tous les deux une fois de plus. On ne possédait pas grand-chose. Elle se trimbalait avec deux ou trois trucs, son « trésor », comme elle disait. Des photographies d'elle petite fille, la bible de sa grand-mère, des lettres qu'elle avait gardées, mon certificat de naissance, son alliance. Ce qui fait que dans chaque ville où on plantait la tente, elle allait tout de suite louer un coffre à la banque pour y déposer son trésor. C'était devenu une habitude : nouvelle ville, nouvelle banque, nouveau coffre. J'avais huit ou neuf ans quand la ville de Trembull, où nous vivions, dans le Dakota du Sud, a été frappée par une tornade. L'agglomération a été rasée et on a dénombré huit morts. On est allés se réfugier dans une cave où on entreposait des fruits – ma mère me protégeait de son corps en hurlant le Notre Père. Quand ça s'est arrêté, on est remontés et il n'y avait plus rien en haut. Le toit, les murs, tout s'était envolé. Dans tout le quartier les gens sortaient des caves, comme des vers de terre après une averse. Tout avait disparu, ou était déplacé ou renversé. Nous nous sommes contentés de suivre l'itinéraire emprunté par la tornade, jusqu'au centre-ville. Sauf que là aussi, tout était détruit. Il ne restait plus qu'un périmètre jonché de bois de construction fendu et de décombres.

1. Film de Jan De Bont (1996), narrant la traque aux tornades organisée par une équipe de météorologues *(NdT)*.

À l'exception d'une chose : les coffres de la banque. La banque était en ruine, mais la salle des coffres gris argenté était toujours debout. Un peu comme une porte ouvrant sur une autre dimension.

Un sourire perça sous la grimace de Claire.

– J'ai horreur des gens qui savent exactement qui ils sont et pourquoi ils ont envie de ce dont ils ont envie.

– Le lendemain, le directeur de la banque est venu et a ouvert la salle des coffres. Le trésor de ma mère s'y trouvait et il ne lui était rien arrivé.

– Elle est où en ce moment, votre mère ?

– En Arizona. Avec son quatrième mari, un commissaire-priseur dans les marchés aux bestiaux. Quand c'est lui qui répond au téléphone avec son accent, je ne comprends rien à ce qu'il me raconte. Mais sur les trente-quatre États dans lesquels elle a habité, l'Arizona est le premier où elle a résidé deux fois. Ce qui fait que je me dis que ce mec, c'est peut-être enfin le bon…

Elle sourit.

– Cela explique que vous n'êtes pas encore marié.

– Aïe ! Je n'en sais rien. Je crois plutôt que c'est parce que mon poste au FBI m'a amené à déménager sans arrêt. Et j'espère aller bientôt voir ailleurs.

– Où ça ?

– L'idéal, pour un agent spécialisé dans les attaques de banques, c'est d'être affecté à Los Angeles. Boston a beau être la capitale des attaques à main armée de transports de fonds, c'est sans conteste L. A. qui tient le haut du pavé pour les hold-up dans les banques. Le quart des agressions commises contre les banques du pays a lieu là-bas. Avec le réseau d'autoroutes gratuites, on est obligé de recourir beaucoup plus aux micro-émetteurs, aux gadgets et aux bidules… Ici, à Charlestown, ils font appel à des méthodes à papa, comparées à celles utilisées dans l'Ouest.

Claire hocha la tête en faisant tourner le fond de son vin dans le verre. Il voulait qu'elle en commande un autre.

– C'est quand même curieux que vous habitiez ici, vous aussi.

– Boston est une ville géniale. Et moi, j'ai habité partout. Le quartier est super, les gens aussi. Il se trouve seulement que c'est ici que se concentre une faction ultraminoritaire, celle de la subculture du banditisme.

Il termina sa bière Sam Adams.

– On s'en reprend une autre ? demanda-t-il.

Elle leva les yeux de son verre pour le regarder.

– On est là pour une histoire de boulot ou pour se voir, vous et moi ?

Il haussa les épaules.

– Le boulot n'entre pas en ligne de compte.

– Donc c'est pour se voir.

– Le premier pas. On boit un verre, on grignote des amuse-gueule…

– Non, parce que, expliqua-t-elle, vous allez peut-être trouver ça dingue, mais on m'a conseillé aujourd'hui même de ne vous parler qu'en présence d'un avocat.

– Attendez… C'était quelqu'un de Charlestown ?

Elle ouvrit des yeux ronds.

– Comment avez-vous deviné ?

Il baissa légèrement le ton :

– Bon, ici, il y a aussi autre chose : la loi du silence. Elle est sans doute apparue sur le port chez les dockers et les revendeurs d'alcool de contrebande. Depuis vingt ans, on dénombre une cinquantaine de meurtres à Boston, souvent en présence de témoins, et on n'en a élucidé que douze. La loi du silence était simple : « Tu parles aux flics, t'es mort, toi et toute ta famille. » Mais c'est en train de disparaître. Aujourd'hui, les gens s'accusent les uns les autres dans leurs dépositions et se dépêchent de passer un accord avec le procureur. C'est dégueulasse.

Elle hocha la tête, ne l'écoutant que d'une oreille distraite.

– Pour vous, je suis une suspecte ?

C'était drôle. Qui avait bien pu lui mettre cette idée dans la tête ?

– Qu'est-ce qui vous fait dire ça ?

– Je ne sais pas… Les questions que vous m'avez posées chez mes parents. Il ne vous est jamais venu à l'esprit que je risquais de penser…

– Bon, au départ, j'avais affaire à une histoire d'enlèvement de directrice de banque, relâchée saine et sauve. Sans oublier qu'elle habitait Charlestown et… Où voulez-vous en venir, au juste ?

– Nulle part.

Ah oui ?

– Est-ce que je vous aurais proposé de me revoir en privé si je vous soupçonnais ?

– Va savoir… Ça se peut.

– Pas si je voulais vous faire condamner, si je voulais obtenir une preuve valable devant un tribunal.

Elle parut satisfaite. Elle se renversa sur son siège, l'air distraite.

– Franchement, vous voulez que je vous dise ? À l'heure qu'il est, j'en suis presque à espérer que vous ne les coinciez pas. Dès lors qu'il s'agit de déposer, etc. J'ai envie de tourner la page et de passer à autre chose.

– En tout cas, je vais les avoir. Pas la peine de leur faire cracher des dépositions. Même si je les serrais demain, ils ne passeraient pas en jugement avant un an ou deux. Et avec les peines obligatoires de vingt ans requises au niveau fédéral pour les récidivistes commettant des crimes à main armée, en plus de ce qu'ils récolteraient pour leurs agissements, cela équivaut à la prison à vie. Et, croyez-moi, une fois que vous les avez vus au tribunal, ces charlots, que vous avez vu leurs visages… Et merde.

Il fouilla dans les poches de sa veste.

– J'ai failli oublier. Voici, par exemple, une phase de l'enquête, qui figure ici.

Il lui tendit une photocopie couleur qu'il avait faite, au mépris des lois sur le copyright, d'une photo parue dans un livre tout esquinté retraçant l'histoire des Boston Bruins. On y voyait deux yeux mélancoliques sous un casque de goal recouvert de marques intimidantes tracées à la main.

– C'est Gerry Cheevers, dit-il. Le goal des Bruins à l'époque de Bobby Orr.

Elle contempla la photo comme s'il s'agissait d'un cliché des bandits eux-mêmes.

– Pourquoi ces marques ?

Il reprit à son compte l'explication de Dino :

– Chaque fois qu'un palet rebondissait sur son casque, Cheevers soulignait l'éraflure accompagnant la bosse. C'était sa signature.

Elle regarda encore un instant la photocopie avant de la lui rendre et ne se sentit vraiment à l'aise que lorsqu'il la remit dans sa poche.

– Je déteste le hockey, dit-elle.

– Hé, pas si fort ! Le hockey sur glace et les braquages de banques sont les deux sports auxquels on joue toute l'année à Charlestown.

Leur serveur revint.

– Je vais prendre un déca, dit Claire.

Frawley leva deux doigts, cachant sa déception.

– Que diriez-vous d'effectuer une vraie sortie avec moi ? Pour aller voir *Twister* ou autre chose ?

Elle ne fut pas contre, ce qui l'enchanta.

– Ça pourrait être super.

– D'accord.

Il y réfléchit une fois de plus.

– Ça pourrait être super ? répéta-t-il.

– Ça pourrait l'être. Ça le serait.

– Moui… mais ?

– Mais je vois aussi quelqu'un d'autre.

– Ah.

– Je me disais que ce serait plus honnête de vous prévenir.

Elle lui sourit, un peu grisée et ne sachant trop quoi penser.

– Pourquoi ai-je soudain autant de succès ? Comme s'il me poussait à nouveau des seins ! Je rencontre deux mecs intéressants après ce hold-up… Que s'est-il passé ? Qu'est-ce qui a changé ?

– Il s'agit du déménageur ?

Sa surprise indiquait qu'elle avait oublié qu'elle lui en avait déjà parlé.

– Le type dont vous avez fait la connaissance à la laverie automatique, dit-il en souriant. Je croyais que vous lui aviez posé un lapin.

– Qu'est-ce qu'il y a de drôle ?

– Rien.

– Ça ne va sans doute pas vous plaire, mais il m'épaule.

– Bien. Très bien.

– Et ce n'est pas un déménageur.

– Quel mal y a-t-il à déménager des meubles ?

Leurs cafés arrivèrent, avec la note. Frawley resta serein.

– Ça a du bon, la concurrence, enchaîna-t-il. Ça nous force à placer la barre plus haut.

Une fois de plus, elle eut l'air amusée.

– Il n'y a donc aucun règlement du FBI qui interdise ce genre de comportement ?

– De sortir avec une victime ? Non. Je respecte seulement un principe auquel je suis attaché.

– À savoir ?

– Ne jamais faire une chose pareille, dit-il en posant sa carte de crédit.

Dino conduisait un Ford Taurus de 1993, les feux bleu police fixés sous la calandre n'étant visibles que si on les cherchait, ou si le soleil s'y réverbérait. Ce n'était pas une voiture banalisée, comme la Cavalier toute simple de Frawley qui appartenait au FBI, mais, à part l'antenne sur le coffre qui décrivait un arc de cercle, elle permettait de se déplacer incognito dans Charlestown.

La radio de la police gueulait un message, dans lequel il était question d'« odeur de gaz ». Le flic en patrouille ne répondit pas au standardiste « Affirmatif ! », « Compris ! » ou encore « À vous ! », comme à l'armée, mais « Bien reçu ! », ce qui était typique de Boston, pendant que Dino et Frawley sortaient de dessous le pont Tobin et doublaient deux berlines du service du logement, qui roulaient de front au bout de Bunker Hill Street.

– Je leur ai expliqué, déclara Frawley. Je leur ai dit : « Voilà, trouvez-moi un appartement ici, installez-le-moi. Rien de spécial, pourvu qu'on me laisse me concentrer sur ce secteur de deux à trois kilomètres carrés, qu'on me laisse le temps et l'espace. Qu'on me laisse jouer mon rôle. Je serai un Serpico[1] yuppie, un Donnie Brasco[2] yuppie. Dans une ville comme celle-ci, avec des rues étroites et très denses, tout ce qui s'écarte un tant soit peu de la norme se remarque. Le moindre changement saute aux yeux, le moindre écart par rapport à la norme. Impossible de placer une

---

1. Film de Sidney Lumet (1973), mettant en scène un agent du FBI (Al Pacino) dont l'intégrité tranche au milieu de ses pairs *(NdT)*.
2. Film de Mike Newell (1997), relatant l'histoire d'un agent infiltré du FBI (Johnny Depp) *(NdT)*.

maison sous surveillance, même si on a les effectifs nécessaires… même s'il y a un appartement libre en face et que la religion de celui qu'on a dans le collimateur lui interdise de mettre des stores à ses fenêtres, et cela parce que les gens du coin, eh bien… ils se sentent directement concernés. Ici, tout le monde se serre les coudes. Bref, il faut se fondre dans le décor. »

– Seulement, ils ne sont pas d'accord.

– L'antenne de Boston n'y verrait pas d'inconvénient. On arriverait à convaincre le responsable local du FBI, mais pas les grands pontes de Washington. Les gens qui ne sont pas d'ici ont un mal de chien à comprendre que ce coin des États-Unis est un véritable vivier en matière de banditisme.

– Un vivier, gloussa Dino. Comme tu y vas…

Dans le bas de Bunker Hill, les petites épiceries affichaient leur solidarité avec ceux qui bénéficiaient de l'aide sociale, précisant sur des notes apposées en vitrine qu'elles acceptaient l'EBT et le WIC [1]. En haut à gauche, la flèche du Bunker Hill Monument tourna sur elle-même quand ils passèrent devant, Charlestown rôtissant à feu doux sur une broche en granit…

– Qu'est-ce que tu as appris sur le mec qui bosse à la compagnie du téléphone ? demanda Dino.

– Elden. Desmond Elden. Ce que j'ai appris ? Rien, voilà tout. Il habite chez sa mère, il a un boulot stable, il paie ses impôts rubis sur l'ongle et il n'a jamais passé une seconde en prison. Et il va à la messe trois ou quatre fois par semaine.

---

1. L'Electronic Benefit Transfer est un système permettant de régler directement par carte les achats de nourriture effectués dans le commerce, à partir de l'allocation dont on dispose (sous forme de bons alimentaires). Women, Infants and Children est un organisme délivrant une allocation alimentaire supplémentaire aux mères en difficulté *(NdT)*.

– Et tu es persuadé…

– J'en suis absolument sûr et certain.

– Il n'a pas de casier. Il n'a pas fait ses classes, il est passé directement en division supérieure.

– J'ignore ses antécédents, mais c'est ainsi. Quant au fait qu'il est entré sur le tard dans la vie, moi, je dirais que son père à lui tout seul est déjà une première pièce à conviction.

– Bon, explique.

– Lui aussi, il n'avait pas de casier judiciaire, rien, quand on l'a retrouvé dans une des rues devant lesquelles on vient de passer, au début de 1980, abattu de deux balles dans la poitrine. Je n'ai pas lu tout le dossier, mais on dirait que c'était un collecteur de fonds, pas un tueur à gages, plutôt quelqu'un qui servait d'intermédiaire entre les mecs opérant dehors et ceux pour qui il ramassait du fric. Auparavant, il avait travaillé quatorze ans chez Con Edison.

– J'ai compris.

– Ce mec, ce Elden, a dû servir de technicien. Il a accompli un parcours professionnel parfait, y compris en se montrant assidu au travail, sauf dans quelques occasions importantes. Comme par exemple le mardi après le marathon, où il s'est fait porter pâle. Tu tournes à la prochaine à droite.

Dino mit en marche le clignotant.

– Bien, tout cela commence à prendre forme…

– Pour l'instant, je ne l'ai aperçu qu'avec un autre mec, que j'ai réussi à identifier à partir des photos de notre antenne de Lakeville. Un certain Douglas MacRay.

– MacRay ?

– Oui. Ça te dit quelque chose ?

– Il a mon âge. T'excite pas. C'est le fils de Mac MacRay ?

– Bravo !

Dino se lécha les lèvres, sentant qu'il y avait anguille sous roche.

– Bien. Le grand Mac doit purger une peine de dix ou quinze ans. À Walpole, je crois.

– Son fils a pris vingt mois pour coups et blessures. Il a agressé un mec dans un bar, sans que celui-ci l'ait provoqué, et il a failli le tuer. D'ailleurs, il l'aurait tué si on n'était pas intervenu. Il te l'a satonné, pété comme il était, et s'est rendu coupable de rébellion. Il est sorti il y a environ trois ans. Note bien que cette série de hold-up sur lesquels on enquête a démarré environ six mois après.

– Il a été une vedette de hockey sur glace ?

– Un truc comme ça.

– Oui, oui, un champion de hockey au lycée, à Charlestown. MacRay. Il a été recruté, je crois. Putain… c'était pas par les Bruins ?

– Voilà Pearl Street. C'est là qu'il habite en ce moment.

Il s'agissait d'une rue à sens unique et, en plus, qui descendait. Frawley montra une des plus vilaines maisons, située au milieu de cette pente raide. Avec les voitures garées sur la droite, il y avait à peine assez de place pour la Taurus.

– Tu comprends ce que je voulais dire quand je te parlais de surveillance ?

Dino passa prudemment, tout en essayant de se faire une idée de la baraque.

– Au moins, elle est bien entretenue.

– Oh, il n'en est même pas propriétaire. Il loue un appart ou partage la maison, je n'en sais rien. Elle appartient à deux personnes, un frère et une sœur, Kristina et James Coughlin.

– Coughlin…

– Ça te dit quelque chose ?

– Et comment ! Tel père, tel fils. C'était un sacré phénomène, le Jackie Coughlin. Je crois, du moins il me semble, qu'il s'est tué en tombant d'une fenêtre du troisième étage ou un truc dans le genre. Ça ne m'étonnerait pas que ce soit ses copains qui l'aient poussé.

Frawley se souvint qu'on l'avait bousculé dans le bar situé au sous-sol du Tap lorsqu'il avait comparé le regard voilé de Coughlin, avec ses yeux bleuâtres, presque blancs, à la photo d'identité figurant sur sa fiche à Lakeville.

– Le jeune Coughlin a commencé par des histoires de conduite en état d'ivresse et des agressions racistes quand il était ado, et puis il s'est enhardi. Par miracle, il se tient à carreau depuis deux ans et demi. Il ne s'est pas fait arrêter, il n'est même plus en liberté conditionnelle. En 1983, il a braqué une banque avec MacRay, c'étaient encore de jeunes voyous. Du travail d'amateurs. Coughlin a sauté par-dessus le comptoir, pendant que MacRay brandissait un pistolet à clous.

– Sympa…

– Un 22 chargé d'agrafes, comme on en utilise dans le bâtiment. Il s'énervait facilement. Deux mois avant, il s'était fait expulser de l'American Hockey League pour avoir envoyé un autre joueur à l'hôpital.

– D'habitude, on vous décerne une médaille pour ça, au hockey.

– C'était un mec de son équipe qu'il avait tabassé.

– Le genre insouciant, quoi, ricana Dino. Et la sœur de Coughlin ?

– Sa sœur ? J'en sais rien. Je ne l'ai jamais vue.

Ils arrivèrent dans Medford, en bas de la côte, et tournèrent à gauche.

– Ça fait trois, fit observer Dino.

– Pour le quatrième, j'en suis réduit à des hypothèses. On sait, ou c'est tout comme, en tout cas on pense qu'ils ne font pas piquer leurs bagnoles par d'autres, sinon je te parie qu'il y a quelqu'un qui aurait bavé, ou du moins qu'on en aurait eu vent. Coughlin s'est fait piquer en 1990 ou en 1991 pour avoir organisé un rodéo avec Alfred Magloan. De son côté, Magloan a été condamné pour vol de voiture et a fait partie du Local 25, le syndicat des camionneurs. Il bosse aussi parfois comme chauffeur sur des tournages de films.

– Dis donc, Frawl, t'en as rassemblé, des éléments, rien qu'en consultant les dossiers et en laissant traîner un œil ici ou là !

– Je les ai dans le collimateur. À mon avis, ils flairent quelque chose. C'est pour ça qu'ils évitent Elden. Mais j'ai déjà assez de mal comme ça à en surveiller un, alors tous les quatre… C'est pour ça qu'on a pris ta voiture aujourd'hui.

– Tu crois qu'ils t'ont repéré ?

Frawley n'avait pas très envie de l'admettre.

– Je fais gaffe, c'est tout. J'ai déposé une demande pour qu'on m'attribue une autre caisse, mais ça va prendre du temps.

– Tu veux que je prenne du service le week-end ?

– On ne nous a délivré de citation à comparaître que pour Elden, de sorte que je suis persuadé qu'il ne faut pas le lâcher. On va réunir de la paperasse, monter un dossier et ça fera boule de neige.

– Et la banque devant laquelle il est passé au ralenti ? Celle de Chestnut Hill ?

– Je ne sais pas.

– Allez, pas de cachotteries.

Au détour de la rue ils tombèrent sur l'immeuble Schrafft, la caserne des pompiers et l'antenne locale du syndicat des camionneurs.

– C'est une petite agence de quartier. Deux sorties… Un parking très fréquenté et une voie étroite. Succursale modeste, avec un distributeur. Je le sens pas.

Dino mit son clignotant et revint dans Bunker Hill Street, à l'autre bout, en prenant la direction des Heights.

– Mais alors, qu'est-ce qu'il fabrique ici ?

– Pourvu qu'il ne cherche pas à détourner notre attention…

19

Le marchand de sable

– Ça alors !

Claire, qui était en train de planter des fleurs mauves, se retourna brusquement.

– Salut, dit Doug.

– Vous m'avez fait peur ! Par où êtes-vous passé ?

Elle regarda autour d'elle, au cas où il ne serait pas seul.

– Qu'est-ce qui vous amène ?

Elle lui coula un sourire désarmant.

– J'étais dans le coin, je me suis dit que je pouvais tenter le coup.

Elle s'épousseta les genoux – comme si ça pouvait le déranger qu'ils soient sales !

– Vous m'espionnez ?

– Si on veut.

– Eh bien, arrêtez et entrez donc.

Le loquet de la grille était un simple anneau en fil de fer. Une fois de l'autre côté, il s'arrêta sur le joli petit chemin en S recouvert de cailloux qui craquaient sous les pas. Ça aurait paru forcé et maladroit de lui faire la bise, voire guindé. Elle resta à côté de lui pendant qu'il regardait alentour. Un coffre en bois rongé par la pluie et rempli d'outils et d'engrais était ouvert derrière le banc.

– C'est sympa, dit-il.

– Oui, hein…

Elle examina le tout, les mains sur les hanches.

– Mes plantes vivaces me mènent la vie dure et mes plantes annuelles me déçoivent la moitié du temps. Et puis la menthe verte étouffe le phlox.

– Je me disais aussi que ça sentait le chewing-gum…

– Autrement, bienvenue dans mon petit coin de paradis. J'étais en train de planter des impatiens pour donner de la couleur. Si vous voulez bien attendre, j'en ai pour un instant.

– Je vais m'asseoir.

Son dos frôla les vrilles d'un saule pleureur… et il se retrouva assis sur le banc en pierre de son jardin. Il était dans la place. Il essaya en vain d'apercevoir l'endroit d'où il avait l'habitude de l'observer.

Agenouillée sur un tapis de sol en mousse, lui tournant le dos, elle acheva de planter les fleurs et de tasser doucement la terre sur une plate-bande retournée. L'élastique lilas de sa culotte débordait au-dessus de la ceinture serrée de son jean, la petite culotte qu'il avait un beau jour ramassée par terre dans la laverie automatique.

– Ça, c'est une surprise, déclara-t-elle.

– Je n'ai rien de prévu. Je me trouvais dans le secteur et je me suis rappelé que vous m'avez brossé un tableau idyllique de cet endroit pendant le repas.

– C'est vrai. Dites-moi… vous étiez vraiment dans le coin ou vous vous êtes débrouillé pour y être ?

– Plutôt ça.

Elle se retourna pour le regarder et lui adresser un sourire.

– Tant mieux.

– En plus, j'adore les fleurs.

– On dirait.

Elle se remit au travail.

– Quelles sont celles que vous préférez ?

– Euh, les lilas.

Elle tendit le bras en avant pour tasser la terre autour d'une petite tige, un peu comme si elle bordait un bébé.

– Vous apercevez ma culotte, pas vrai ?

– Ce n'est pas grave, ça ne me dérange pas.

Elle ne se redressa pas, pas plus qu'elle ne cacha ce petit truc tout simple et excitant, le laissant comme ça. Elle ne s'arrêta qu'une fois qu'elle en eut fini. Alors elle arrosa un peu les plates-bandes au jet et se lava les mains, puis elle rangea ses outils, s'attacha les cheveux avec un chouchou et emmena Doug faire un tour dans le jardin public.

– Il faut que je vous avoue… dit-elle en tortillant la tige d'une feuille. Hier, j'ai fait quelque chose d'affreux.

– Quoi donc ?

– J'ai regardé un feuilleton. En principe, c'est en fonction d'eux que je choisis les horaires de mes cours à la fac. N'importe comment, c'était toujours la même scène grotesque, où il y a deux personnes de part et d'autre d'une pièce… Elles parlent, parlent à n'en plus finir, jusqu'à ce que la femme se tourne vers la fenêtre, le regard au loin, filmée en gros plan, et soupire : « Pourquoi est-ce que je tombe amoureuse de vous ? » C'était tellement bête et théâtral que j'en riais encore en éteignant la télé. Mais c'est là que moi aussi, je me suis interrogée.

Elle lui jeta un coup d'œil.

– Pourquoi suis-je en train de tomber amoureuse de vous ?

– Eh bien…

Il eut l'impression d'avaler une gorgée d'alcool.

– Vous n'êtes absolument pas mon genre. Mes copines, je leur ai parlé de vous, et à leur avis, je suis tout simplement en train de reprendre du poil de la bête. Mais à la suite de quoi ? Du hold-up ? Enfin quoi… Sommes-nous si différents que ça ? Vraiment ? J'ai l'impression qu'on a plus de points communs que de différences.

– Je ne vous le fais pas dire.

– On aime les fleurs, tous les deux.

– C'est vrai.

– De toute façon, mes copines...

Elle se serra les mains comme si elle avait du mal à s'exprimer.

– J'ai l'impression de m'être éloignée d'elles et il se peut qu'elles s'en soient aperçues. J'ai changé, je le sens bien. Elles ont toujours un côté insouciant, si vous voyez ce que je veux dire, je le leur envie un peu, mais en même temps je ne les comprends plus. Ça me terrifie de songer... enfin... que je les largue...

Ils tournèrent à l'angle d'un espace deux fois plus large, sillonné de chemins de gravier et où poussait un bonsaï de grande taille. Pieds nus, une Asiatique faisait du taï-chi, repoussant au ralenti des murs invisibles.

– Seulement, entre vous et moi... ça va trop vite. Je n'ai pas confiance. Je pense à vous et j'ai l'impression... J'arrive à vous imaginer un bref instant, puis c'est fini. Comme si je vous connaissais très bien et en même temps pas du tout. Comme si vous n'existiez pas vraiment... comme si c'était moi qui vous avais inventé, ou vous qui m'aviez inventée, un truc zen dans ce genre. Existez-vous vraiment, Doug ?

– Je crois.

– Parce que je n'arrive pas à vous situer. Je n'ai même pas votre numéro de téléphone. Je ne peux pas vous appeler. Ni votre adresse... Je ne peux pas passer en voiture devant une maison bien particulière et me torturer en me demandant si vous êtes là et si vous pensez à moi...

– Vous voulez dire qu'il faudrait que je vous donne des références ?

– Exactement. Et puis j'aimerais bien jeter un coup d'œil sur votre permis de conduire ou sur un papier d'identité quelconque. Je voudrais aller faire un tour dans votre salle de bains, passer cinq minutes dans votre placard. Je voudrais être sûre que vous n'allez pas vous évanouir un beau jour comme par enchantement.

– Ça n'arrivera pas.

– Et bon, je sais que c'est idiot, on n'est sortis que deux fois… Je sais que c'est dingue de ma part, d'accord. Mais c'est plus fort que moi, j'ai l'impression qu'il y a quelque chose…

Elle hocha la tête et jeta la feuille sur le chemin de terre.

– Vous êtes marié ?

– Comment ça, marié ?

– Vous ne voyez pas… Vous m'obligez à vous le demander. Maintenant, je ne sais plus où me mettre.

– Marié ? répéta-t-il, ayant autant envie de se moquer d'elle que d'éclater de rire.

– Je voudrais savoir si votre piscine est pleine. Même si, bon… je me suis déjà jetée à l'eau, je voudrais savoir si votre piscine est pleine ou non.

– Elle… elle est pleine, répondit-il.

– On pourrait aller chez vous. Vous pourriez me montrer où vous habitez.

Il était déjà en train de lui dire non.

– Cinq minutes.

Elle leva cinq doigts, surexcitée.

– Pour que je puisse vous ranger dans une case, hein… que vous ne soyez pas juste un marchand de sable. On a fait connaissance dans une laverie automatique, Doug MacRay. Vous vous appelez bien Doug MacRay ?

Il ne pouvait pas craquer maintenant. Elle se rasséréna un peu, les bras ballants.

– Voyez-vous, ça m'amène à imaginer des tas de choses…

– Quoi donc ? Des murs tapissés de photos de femmes à poil ? Du linge sale suspendu au ventilateur de plafond ?

– Euh… au minimum.

– Je ne suis pas marié.

Cette fois il n'hésita pas à rire, ce qui l'énerva.

– Moi non plus, répondit-elle. Pour autant que vous le sachiez.

– Là où j'habite… (Il s'interrompit.) J'allais mettre en cause les voisins, mais ce n'est pas vrai, c'est entièrement de ma faute. Figurez-vous que je suis en train d'apporter des changements à ma vie (c'était bien la première fois que lui-même entendait une chose pareille), et chez moi, eh bien… ça correspond à ce que j'étais auparavant. J'essaie d'arranger ça.

Elle sauta sur l'occasion :

– Il n'empêche que j'aimerais voir…

– Ce que j'étais auparavant ? Certainement pas. Vous aimeriez que j'aille fouiner dans la chambre que vous occupiez à la résidence universitaire pour savoir qui vous êtes aujourd'hui ?

– Non, mais…

– Écoutez, je viens juste de devenir vraiment adulte. C'est récent. Ça remonte peut-être au jour où j'ai fait votre connaissance. Je vous ai déjà montré quantité de facettes peu reluisantes de ma personnalité.

– Et je suis toujours là.

– Et vous êtes toujours là. C'est pour ça que je vous demande de me laisser, pour une fois, essayer de vous faire bonne impression. S'il vous plaît.

Elle hocha la tête, demeurant sceptique.

Il fit mine d'attraper son portefeuille.

– J'ai sur moi mon permis de conduire et ma carte Blockbuster.

– Dites-moi, Doug…

Elle lui attrapa les poignets.

– Dites-moi que je suis en train de faire une bêtise. Je la ferai quand même, cette bêtise, il ne faut pas se leurrer. Je voudrais seulement le savoir.

– J'essaie de vous expliquer qu'il n'y a pas…

– Ah !

Son petit cri fit sursauter une famille de canards. Elle lui tira sur les bras, le regarda dans les yeux.

– Oui ou non ? Est-ce que je suis en train de faire une bêtise ?

Doug la regarda lui tenir les poignets. Il savait bien ce qu'il avait envie de lui dire et ce qu'elle avait envie d'entendre. Il ne lui restait donc plus qu'à le lui dire.

– Non.

Elle le dévisagea, puis elle le lâcha, se désignant alors du doigt.

– Vous me l'avez juré.

– D'accord.

Elle remarqua un oiseau qui voletait autour d'un treillis, le vit picorer des plantes grimpantes et se radoucit un peu.

– Il règne une telle agitation autour de moi en ce moment, soupira-t-elle. Un vrai tourbillon. Mais avec vous, quand nous nous retrouvons en tête à tête, j'apprécie le calme, le silence. Vous arrivez à me faire oublier tout le reste.

L'oiseau alla se poser plus haut sur une autre branche.

– Mais là encore, je ne sais pas si c'est authentique ou pas.

– On ferait peut-être mieux d'arrêter de parler de ça et de voir venir.

– Je ne demande pas de garantie, juste de la bonne foi.

Il hocha la tête, un peu plus rassuré, lui aussi.

– Et c'est exactement ce que je vous ai donné.

Elle se laissa fléchir, se tourna pour repartir et mit une main dans la poche de son jean et l'autre dans la sienne.

– Vous croyez qu'on vient d'avoir notre première dispute ?

– On s'est disputés ?

– C'est peut-être la première fois que j'ai pété les plombs.

Il se sentit soudain le cœur léger.

– Disons qu'on a eu une discussion.

– C'est ça… une discussion.

Elle joignit les mains, les bougea un peu.

– Je ne crois même pas qu'il puisse y avoir de véritable dispute entre un homme et une femme tant qu'ils ne baisent pas.

– Oui… répondit Doug. Mais… une minute. S'agit-il de chercher à se disputer ou de…

– Il s'agit d'une relation dans laquelle on inaugure en permanence. Ce ne serait pas l'idéal, ça ? On n'aurait pas à se soucier du passé ou des antécédents parce que les choses iraient trop vite. On serait tout le temps en train d'inventer quelque chose de nouveau.

– On pourrait faire comme ça.

– Vraiment ? Faire en sorte que ce soit toujours notre premier rendez-vous ?

– Pourquoi pas ?

Il lui lâcha la main.

– Salut. Je me présente : Doug.

Elle sourit.

– Et moi, Claire. Enchantée.

Ils échangèrent une poignée de main, puis Doug regarda sa main vide et haussa les épaules.

– Non, dit-il, le courant ne passe pas.

Elle le poussa en riant, puis elle lui reprit la main, lui mit le bras autour de la taille et l'attira à elle.

Au bout de Peterborough Street, côté parc, se trouvait le Canestaro, un café-pizzeria. Sympa, sans être trop chic : pas de nappe, pas d'huile sur la table, mais du pain et du beurre. Il s'y sentait bien. Comme on voyait encore le soleil au-dessus du grand mur constitué par les immeubles d'habitation qui se dressaient en face, ils prirent une table sur le trottoir et partagèrent une pizza, choisissant elle le poulet et les brocolis, lui les pepperoni. Leur parvenaient les échos d'une rencontre de base-ball qui se disputait au Fenway Park, situé tout près, le commentateur annonçant d'une voix monocorde : « Vaughn, première base, Vaughn... »

Lorsqu'on les servit, Claire avait repris du poil de la bête et le repas se déroula du mieux possible, mais sans que l'on assiste à de grandes révélations. Il se tissa pourtant des liens entre ces deux individus qui se délectaient chacun de la personnalité de l'autre, l'appréciaient tout doucement, sans se presser.

C'est alors qu'elle évoqua sa mère à lui en disant quelque chose qui le laissa pantois :

– Il se trouve que, enfin... chaque fois que vous me racontez que votre mère vous a quitté, on a l'impression que c'était pour vous échapper, à votre père et à vous. Et pas pour... enfin... vous abandonner.

– Oui, répondit-il, sidéré qu'elle passe ainsi du coq à l'âne et qu'elle ait remarqué ça, car personnellement il n'avait jamais vu les choses sous cet angle. Vous avez sans doute raison.

– Pourquoi ?

– Parce que c'est la vérité, faut croire.

– Mais vous aviez six ans. Comment pouvez-vous dire que c'était de votre faute ?

– Je n'y suis pour rien et je vous écoute.

– On ne vous a jamais expliqué ce qui lui arrivait ? Il devait bien y avoir eu des signes...

– Personne ne m'a jamais parlé de ma mère. En tout cas, pas mon père. Mais cela vient aussi de ce qu'il était en grande mesure responsable…

– De quelle façon ?

Il s'accorda un temps de réflexion, alors que passaient des voitures.

– Ça ne va pas vous plaire, dit-il.

– Comment ça ?

Le plus curieux était qu'il avait envie de lui en parler. Il n'en revenait pas d'avoir autant envie d'être honnête, tellement il se sentait mal à l'aise quand il s'abritait derrière un mensonge…

– Un jour, vous m'avez posé des questions sur Charlestown et les casseurs de banques, vous vous en souvenez ?

Elle se contenta de le regarder et souhaita qu'il lui raconte autre chose que ce à quoi elle pensait.

– Oui, reprit-il, incapable de la ménager. Je n'ai rien dit, parce que… parce que, voilà tout.

– Ça alors ! Je n'ai jamais pensé… Excusez-moi.

– Non, non.

Il laissa échapper un rire forcé.

– Ce n'est pas à vous de vous excuser. Moi, ça ne me dérange pas, j'y suis habitué. C'est à cause de vous que je n'ai rien dit.

Elle regarda la rue, songeuse.

– Deux ans après le départ de ma mère, mon père a écopé de vingt et un mois de prison, ce qui signifie que moi, j'ai écopé de vingt et un mois de placement dans une famille d'accueil. J'avais huit ans. Je n'oublierai jamais son attitude quand il est sorti, sa façon de jouer au héros comme s'il me sauvait. J'avais seize ans quand il est reparti en taule, et ce coup-là la banque nous a pris la maison. Je suis allé habiter chez la mère d'un copain. De toute façon, c'était déjà pratiquement elle qui m'élevait.

Il haussa les épaules et respira profondément en regardant sa pizza.

– Voilà l'histoire de mes malheurs. Personne ne fait jamais allusion à ma mère devant moi. Mais entre mon père, qui était ce qu'il était et vivait comme un bandit, et moi, qui lui ressemblais, mais en plus costaud, il faut croire qu'elle a fini par craquer. Du style : c'était elle ou nous. Elle s'est dit qu'elle n'avait pas le choix. J'imagine qu'elle a fondé une autre famille et qu'elle est plus heureuse comme ça. Je n'ai aucune preuve qui me permette de parler comme ça. Je ne lui en veux pas. Mais… est-ce qu'on pourrait parler d'autre chose ?

Ça lui donnait le vertige d'évoquer tout ça. Ça lui donnait le vertige, et en même temps ça le libérait.

– J'ai tellement de copines qui n'arrêtent pas de se choisir des mecs qui ne leur conviennent pas… dit Claire après avoir, par respect, observé un moment de silence.

Du terrain de base-ball monta une acclamation qui ressemblait aux cris de soldats passant à l'attaque, au loin, sur un champ de bataille.

– Je me demande pourquoi il y en a autant qui s'évertuent à se trouver un mec qui ne peut que les rendre malheureuses.

– Je n'en sais rien, répondit-il prudemment. Est-ce que c'est ça, ou bien alors qu'elles se réservent un mec qu'elles croient pouvoir aider ? Quelqu'un qu'elles pourraient sauver ?

Elle piocha dans sa salade et envisagea de manger un morceau de tomate.

– Mais combien de fois cela arrive-t-il ? C'est quoi, le taux de réussite dans ce domaine ?

Elle ne voulut pas de la tomate et la reposa sur son assiette.

– Et pourquoi n'y a-t-il pas plus de mecs qui cherchent à sauver des femmes ? reprit-elle.

– Peut-être qu'il y en a, dit-il, l'air désabusé.

Elle le regarda attentivement, s'arrêta sur son visage et sourit.

– Vous m'aidez, vous savez ? C'est très bizarre, la façon dont nous nous sommes rencontrés. Un peu comme si on vous avait envoyé à mon secours.

Il fut de son avis.

– J'ai envie de vous aider, dit-il.

Il ouvrit les mains, désigna la pizza, le restaurant et le soir qui tombait.

– Je me sens très bien ici, déclara-t-il. Oui, très bien.

Elle attrapa la serviette posée sur ses genoux et la mit sur la table, puis elle repoussa sa chaise.

– À la bonne heure ! Dans ce cas, je vais vous manquer quand je ne serai plus là.

Une serveuse sortit, il y eut une certaine agitation, puis Claire disparut aux toilettes et Doug se mit à l'aise sur sa chaise. Le soleil était en train de descendre derrière l'immeuble d'habitation, barrant la rue d'une ombre immense. On entendait de l'orgue en provenance du terrain de base-ball, une musique déformée et qui couinait en se répercutant. Il poussa sa chaise en arrière, jusqu'à ce qu'elle touche les pointes de la grille en fer forgé, puis il regarda le ciel où se dessinait la traînée de condensation d'un avion à réaction et se passa la main dans les cheveux. Se calma et se demanda quel serait le programme pour eux deux. Comme on allait leur apporter la note, il tâcha d'évaluer combien d'argent propre il lui restait. Il repensa au casino de Foxwoods et à la véritable expédition qu'il devait entreprendre chaque fois qu'il voulait blanchir du liquide. Si seulement il existait un casino indien où il pourrait aller se laver intérieurement !

Il reposa les deux pieds de sa chaise sur le trottoir faisant office de terrasse et sortit une liasse de la poche de son jean. Il était en train de compter ses sous quand il sentit qu'on le piquait derrière, dans le cou. Il commença par sourire en pensant que c'était Claire. Puis il se souvint qu'il y avait une petite grille et comprit que ce ne pouvait être que quelqu'un qui passait dans la rue.

– File-moi tout ton fric, lui dit ce quelqu'un à voix basse.

Il se crispa et ne paniqua pas tout de suite : il se trouvait en terrasse dans une rue agréable, les autres convives mangeant tranquillement devant les voitures qui passaient.

Le braqueur se plaça à côté de lui. Il avait enfilé un maillot blanc en nylon des Red Sox au-dessus d'un jean et portait des petites lunettes de soleil idiotes, couleur vermeil : Jem, avec ses lèvres pâles et son sourire bête.

– Je t'ai foutu la trouille, enfoiré.

Doug se redressa et regarda la porte de la pizzeria. Cette fois, il sentit monter l'adrénaline, commença à se lever, puis se ravisa.

– Qu'est-ce que tu fous ici ? lui demanda Jem en enlevant ses lunettes pour jeter un œil à droite et à gauche dans Peterborough Street.

Il les accrocha ensuite au bouton d'en haut de son maillot et enjamba la petite grille pour venir s'asseoir en face de lui, sur la chaise de Claire.

– Quoi de neuf ?

– Hein ? fit Doug, décontenancé, en regardant une fois de plus la porte.

– Poulet et brocolis ?

Il s'empara de la tranche que Claire avait entamée et mordit dedans.

– C'est quoi, ce bordel ? Avec qui t'es ? lui demanda-t-il avec le sourire, en se marrant.

– Personne, répondit Doug.

C'était le mensonge le plus tordu et le moins convaincant possible.

– Ah bon ? Personne ? répéta Jem.

Il attrapa le verre d'eau de Seltz au citron vert de Claire, porta la paille à ses lèvres et se mit à boire pendant que Doug restait transi.

– Qu'est-ce qui t'arrive ?

Jem avait l'air à peu près net, on ne lui voyait pas le regard opaque du mec complètement ruiné, il devait seulement avoir trois ou quatre bières dans le buffet. La porte était toujours fermée. Doug sortit deux billets de vingt dollars et les flanqua sur la table. Il fit mine de se lever. « Je lui expliquerai plus tard », se dit-il.

– Tu veux qu'on y aille ?

Mais Jem resta tassé sur son siège, avec sa tranche de pizza, et lui fit signe de se rasseoir.

– C'est bon, y a pas le feu.

Il engloutit son morceau de pizza.

– Putain, mais qui est-ce qui met du brocoli sur une pizza ?

La porte s'ouvrit, Claire sortit et Doug rentra dans sa coquille.

Elle ralentit, ce qui était curieux. Sourit à Doug (un drôle de sourire) et s'approcha de l'homme assis à sa place.

Jem qui mâchonne la croûte de la pizza, sans penser à rien. Qui la regarde et se lève comme si de rien n'était.

– Bonjour, murmurent les lèvres de Claire.

– Salut, répondent celles de Jem, qui continue à mastiquer.

Il n'était guère plus grand qu'elle, mais trapu, épaules larges, gros bras, cou de taureau… *Ah oui, j'ai dû prendre ta place.*

Ce n'était pas par hasard qu'ils se croisaient. D'un seul coup, Doug oublia sa gêne et s'en tint à sa fureur.

Même bouffée d'adrénaline, mais pas dans le même état d'esprit.

Et Claire qui le regardait, visiblement mal à l'aise. Comme il ne percutait toujours pas, elle se tourna vers Jem et lui tendit la main. Doug en eut les oreilles qui tintaient.

– Claire. Claire Keesey.

– Jem.

Il lui prit la main et la serra pour la forme, comme un blaireau qui veut avoir l'air poli.

– Jim ?

– Jem, corrigea-t-il. Jem, tout court.

Elle hocha la tête et se retourna vers Doug pour qu'il vienne à son secours.

– Je suis copain avec ce rigolo, lui expliqua Jem. Il habite avec moi. Enfin… pas avec moi, mais au-dessus de moi, dans la même maison. On est voisins.

– Ah…

Il lui tint sa chaise, lui coulant par la même occasion un sourire malsain. Claire s'assit et dévisagea Doug, muré dans le silence, de l'autre côté de la table en croisillons métalliques.

Jem battit en retraite et s'installa sur une autre chaise, au bout de la table.

– Oui, je suis venu assister à la rencontre de base-ball. Et qu'est-ce que j'aperçois ? La Shamrock, garée au carrefour ! Je me suis dit que j'allais voir dans le coin ce qu'il devenait, le mec. Il faut bien que je le tienne à l'œil.

– La Shamrock ? fit Claire.

– Sa caisse. C'est un vaurien, le lascar. Il ne moufte pas. Un petit cachottier.

Claire les considéra, tous les deux.

– Il y a longtemps que vous êtes copains ?

– Non, seulement depuis le cours élémentaire. Il paraît qu'on est comme des frères. Pas vrai, Duggy ?

Tous ces propos s'entrechoquant, Doug resta sans bouger, dans un état second.

– Excusez-moi, reprit Claire, mais vous m'avez dit que vous vous appeliez Jim… ou Gem ?

– Les deux, en réalité. Un mélange.

Elle avait le sourire distant des gens qui vous jaugent.

– Provocateur, hein ?

– De la pire espèce ! Qu'est-ce que vous faites dans la vie, Claire ?

On avait l'impression d'être dans un film… Claire but tout doucement une gorgée de limonade en tirant sur la paille que Jem avait sucée.

– Je travaille dans une banque, répondit-elle. Tout près d'ici, dans la rue voisine. Kenmore Square.

– Attendez. La BayBanks ?

Jem pointa un doigt sur Doug, puis vers elle. Pour finir par claquer des doigts.

– Ce n'est pas celle qui ?…

– Oui. Là où il y a eu un hold-up.

– Ah. Je ne sais pas pourquoi je m'en souviens.

Il adressa un regard à Doug.

– Comment vous vous êtes rencontrés, tous les deux ?

Claire escomptait que Doug lui raconte leur histoire, en tout cas dise quelque chose, n'importe quoi, mais non, il n'y arriva pas.

– Dans une laverie automatique, expliqua-t-elle, inquiète.

– Ah oui, dans une laverie automatique… Il recommence à piquer des soutifs, le mec ? Sérieusement, vous vous étiez emmêlé les chaussettes ? L'amour lave plus propre !

Doug le cloua du regard, mais il souriait et ne se démonta pas.

– Comme j'ai dit, j'allais acheter des places au noir, histoire de soutenir l'équipe du pays. Hé ! Ça vous dit ? Duggy ? Qu'est-ce que t'en penses ?

Claire regarda Doug, qui ne quitta pas Jem des yeux.

– Non ? fit ce dernier. De toute façon, y a pas de problème. J'aime pas trop être la troisième roue du carrosse, vous comprenez ?

Il leur décocha un sourire, puis imita un pistolet avec ses doigts et tira sur Doug.

– Ne croyez pas un mot de ce qu'il vous raconte, Claire. Quel genre de craques il est encore allé vous sortir ?

Claire scruta Doug.

– Minute ! fit-elle. Vous voulez dire que ce n'est pas un astronaute ?

Jem lui montra Doug.

– Putain, ça, c'est bien envoyé ! En plein dans les gencives ! Non, mais bon, lui et moi, on gravite sur orbite haute, alors si vous en connaissez que ça intéresse, qui sont en plus rouquines et un peu faciles…

– Je vous ferai signe.

– C'est sympa. Elle est pas mal, Duggy.

Il tapota sur la table avant de se lever.

– Ne prends pas trop l'habitude de ces petites distractions, Roméo. Y a du boulot qui nous attend.

– Parce que vous travaillez aussi ensemble ?

– Je vous l'ai dit. On est comme cul et chemise. Autrefois, on se racontait tout.

– Vous aussi, vous êtes un homme de l'espace ?

– Oui, on est comme ça. Il nous reste à atterrir en douceur, et lui, le sieur Duggy, il aime bien que ça fasse des remous.

Le sourire s'effaça sous les yeux mornes, pour réapparaître aussitôt. Il enjamba la grille bordant le trottoir.

– Faites gaffe à lui, Claire ! N'oubliez pas ce que je vous ai dit… Rien que des emmerdes !

Il flanqua à Doug une grande claque dans le dos et s'en alla d'une démarche sautillante, en se remettant ses lunettes de soleil sur le nez. Claire le regarda s'éloigner et se tourna vers Doug, qui continuait à fixer la chaise vide.

– Il a l'air sympa, dit-elle sans conviction.

– Vous êtes polie.

– Qu'est-ce qui ne va pas, Doug ? Vous me fichez le trac !

– Je ne m'étais pas préparé à ce que vous le rencontriez, voilà tout.

– C'est à ça que vous faisiez allusion tout à l'heure… celui que vous étiez auparavant ?

– Oui, répondit-il, toujours l'œil rivé à la chaise. En partie.

– Pourquoi il a les yeux comme ça ?

Il ne sut pas quoi répondre.

– Ça va ? lui demanda-t-elle. Ça va aller ?

– Mais oui.

Il émergea, regarda autour de lui, nota que les billets de vingt dollars étaient toujours sur la table. Claire attrapa son eau gazeuse, mais pour le coup il lui prit son verre. Elle se raidit, le regarda dans les yeux.

– Vous avez envie d'être seul ?

Seul, il l'était. Jem avait tout fait pour ça.

20

Séance d'entraînement

Matinée humide, le soleil levant sa fournaise au-dessus des ombres et de la brouillasse – la vapeur montait des rues. À travers le lacis des fils électriques et des lignes téléphoniques qui descendent à hauteur des yeux lorsque Sackville Street plonge dans la Mystic River, on voyait de grandes grues décharger une péniche. En l'air volaient des mouettes, qui plongeaient et tournoyaient autour de la maison de Doug. Une vraie plaie !

Quand son père avait quitté la maison, Doug avait été tellement contrarié que pendant des années il n'avait plus remis les pieds dans le quartier et avait carrément évité Sackville Street. La vie qu'il menait à l'époque – celle d'un buveur – ne lui offrait qu'un piètre soulagement ; il ruminait les souvenirs de son enfance plutôt que d'y puiser des forces. Mais pendant son séjour à la prison de Norfolk, chaque fois qu'il pensait à son chez-soi, à Charlestown, cela tournait toujours autour de la maison de sa mère, et pas du Monument, de Pearl Street ou de la patinoire. Après sa libération, c'était là qu'il s'était rendu en premier. Charlestown était sa mère. C'était Charlestown qui l'avait élevé, la maison étant son visage qui le surveillait et les rues ses bras qui l'étreignaient…

Une des caractéristiques de ses années de boisson était son comportement impulsif, qui ne lui avait

290

jamais réussi. Il en venait toujours à blesser quelqu'un. Comment avait-il pu s'imaginer qu'il en irait autrement ?

C'était la mentalité de celui qui joue à la loterie. Quelque chose qu'il s'efforçait d'éliminer depuis trois ans : le tout ou rien, courir après ce qui vous fait de la pub. Là encore, c'était un truc qui lui venait de Charlestown, au même titre que ses yeux et son visage : rêver, comme un joueur, de décrocher un beau jour la timbale, ce qui changerait définitivement le reste.

Ne pas céder à la cupidité : voilà ce qu'il prônait lorsqu'il s'agissait des banques. Ne pas dépasser les bornes, ne pas présumer de ses forces. *Entrer, prendre le fric et se tirer.* Il lui fallait désormais suivre son propre conseil.

Il était tenaillé par l'idée que Jem s'était trouvé derrière elle à la pizzeria, ce qui renvoyait à l'image tremblotante d'elle et lui devant la chambre forte de Kenmore Square, un couple qui attendait l'ascenseur. Cela cristallisait le danger qu'il avait introduit dans la vie de Claire et dans la sienne. Pour rester à l'écart, il fallait qu'elle n'ait aucun contact avec Jem et que, de son côté, le FBI lui fiche la paix. Cesser de rêver qu'il allait soigner Claire Keesey, ou se donner, par magie, lui-même l'absolution. Le mieux qu'il pouvait faire pour elle, la seule chose en réalité, et pour lui aussi, était de la laisser partir.

La vitre de la porte trembla quand il entra. Il s'apprêtait à monter lorsqu'il s'aperçut que la musique qu'il entendait venait du sous-sol, et non du premier étage. Il rebroussa chemin, sortit et fit le tour de la maison en suivant une bande de ciment qui, envahie par les herbes, conduisait au mur de derrière.

Froide et humide, la cave en pierre, tout comme le sol marron. Des gouttes de condensation scintillaient dans les coins. Le martèlement de l'acier sur l'acier (Jem cognait toujours les poids l'un contre l'autre, il était là pour faire du bruit) allait mourir contre les murs suintants, en guise de contrepoint discordant à *Kashmir* de Led Zeppelin.

Couché sur le dos, Jem enchaînait des développés avec le vieil appareil. Les câbles criaient, les rails étaient rouillés et rongés par la moisissure suite à des inondations.

Il termina et s'assit, le visage en feu, les longues veines de ses avant-bras ressemblant à des bébés serpents en train de se nourrir sous sa peau.

– Salut ! dit-il en sautant du banc. Regarde un peu, je viens de les trouver.

Trois baffles étaient posés sur des supports montant à hauteur d'épaule. On aurait dit des caméras sur trépied.

– Ils marchent sans fil, expliqua-t-il en passant la main autour, comme un magicien en train de faire un tour de lévitation. Ils captent ce que leur envoie ma chaîne là-haut. Trois cents dollars pièce, mais tant pis.

Il monta le son pour en apporter la démonstration, sa tête gigotant au-dessus de son cou épais, oubliant que tout ce qui pouvait être en métal à l'intérieur des baffles se serait oxydé d'ici à quelques semaines, mais peut-être s'en moquait-il.

– Ça donne, hein !

Il était carrément défoncé après avoir soulevé ses poids, même s'il y avait peut-être aussi autre chose. Il baissa le son et chargea une barre pour faire des rotations, l'équilibrant avec deux gros poids de vingt kilos et deux autres de huit.

– Va te changer et redescends, on va se marrer.

Il entama une série de mouvements, le visage congestionné.

Ce n'était pas ainsi que Doug s'attendait à être reçu. Lorsque Jem se montrait sympa en faisant comme si tout allait bien, c'était encore plus effrayant que de le voir attaquer à la masse un mur en pleurs.

– Hier soir…, dit Doug.

– Quel scandale, non ? s'exclama Jem en interrompant ses moulinets et jetant la barre par terre. L'enfoiré de Wakefield ! J'ai horreur des mecs qui lancent la balle en la tenant du bout des doigts et la font dévier. Celui qui la lance tout droit commence à cafouiller dans la sixième manche, perd de la vitesse et ne contrôle plus rien. Les rigolos cafouillent ? C'est comme si on ouvrait une trappe. La balle s'immobilise et on envoie à des joueurs indépendants qui gagnent des millions de dollars des balles de tour de circuit.

– C'est qui que tu suis, Jem ? Elle ou moi ?

Jem resta impassible.

– Je te l'ai dit, mon pote, répondit-il, j'ai aperçu la Shamrock dans Boylston, garée devant la BCN. Ce qui est nul, soit dit en passant. Si jamais on te pique ta trottinette, laisse un mot de remerciement sur le parcmètre.

– Si t'as quelque chose à me dire, je t'écoute.

Jem passa devant lui en souriant pour gagner le baffle à côté de lui.

– J'en sais rien, mon pote, déclara-t-il en baissant le son. Tu vois… je crois que c'est à toi de causer.

Doug renifla et prit appui sur l'autre jambe.

– Je t'ai dit que je veillais au grain. Pour m'assurer qu'on ne risque rien.

– Oui. Et c'est peut-être comme ça que ça a commencé.

Il resserra les bandes en velcro de ses gants de musculation sur ses poignets.

– Mais enfin, enchaîna-t-il, tu m'as vite repris son permis de conduire.

– Arrête tes conneries !

– Ah oui ? Je veux dire… elle n'est pas mal, comprends-moi bien. J'y avais mis la main au cul dans la chambre forte.

Il leva les yeux.

– Même si là aussi tu as sans doute pris des mesures pour que ça ne se reproduise pas, non ?

– De quoi tu parles, bordel ?

– Si tu m'expliques que t'es en train de goupiller une arnaque, moi, je te dirai que c'est super. Parce que ça, je le sens, ça me parle. Mais autrement, je te répondrai qu'on a un problème.

Doug essaya de passer à l'attaque :

– C'est idiot de débarquer comme ça. Une combine foireuse. Qu'est-ce que tu croyais ? Que t'allais m'impressionner, par exemple ? T'aurais pu venir me parler en privé. Je veillais à ce qu'elle ne se retrouve pas en présence de vous, les mecs, mais surtout de toi, le spécialiste de la main au panier. Si jamais elle se souvient de quelqu'un, ce sera du mec qui l'a emmenée faire un tour.

– T'es toujours en train de parler de Boozo et de son équipe, qui déconnaient à plein tube, tellement il leur fallait de l'action. Et là, tu vas faire les yeux doux à la seule personne, la seule, qui peut raconter au FBI des trucs sur nous. Et c'est moi l'abruti…

Il ponctua cette déclaration d'un haussement d'épaules et d'un sourire assorti.

– En tout cas, merci de m'avoir protégé, conclut-il.

– De rien.

– Et puis non, j'en ai pas encore parlé aux autres. Uniquement parce qu'ils péteraient les plombs, et ils sont déjà assez chiants comme ça. Sans compter que ton amant, le Monseigneur, il en crèverait de jalousie. En plus qu'y a rien à raconter, pas vrai ?

– Je te l'ai dit, j'ai obtenu d'elle ce que je voulais.

– Ah oui ? Et ça valait le coup ?

Doug se rembrunit.

– Je te le répète, c'est fini. Terminé.

Jem plissa les yeux pour mieux le voir.

– Dis, tu sais quoi ? L'autre directeur adjoint et moi, on est allés s'acheter des mouchoirs, tous les deux, la semaine dernière. Oui, j'estimais que c'était pas suffisamment important pour que je te le signale.

– Si c'est ce que tu voulais expliquer, alors c'est fait.

– Tu sais, les explications… Tu m'inquiètes, mon pote. La fréquenter en cachette, quand on a le dos tourné ? Ça ressemble à un changement de bord. C'est comme ça que je l'interprète. Elle ou nous.

– Mon cul !

– Je vois pas qu'on pourrait concilier les deux. Dis-moi que je me trompe.

Doug avait toujours été le seul à savoir comment le prendre, le Jem. Quand l'ambiance était tendue, il ressortait son petit numéro de frère qui l'aimait secrètement, Jem se radoucissait et se calmait. Maintenant, l'équilibre était rompu. Maintenant, c'était Jem qui avait tous les pouvoirs.

– D'accord, dit-il en pliant ses bras noueux, hochement de tête à l'appui. Dans ce cas, on peut mettre au point le braquage du cinéma.

C'était trop tôt, mais Doug ne pouvait plus se dérober.

C'est avec un sourire avide et nerveux que Jem interpréta son silence.

– T'as repéré quelqu'un pendant que tu la filais ? Moi pas.

– Quelqu'un observait la maison de Dez.

– Observait… Je crois qu'on est prêts à rentrer à nouveau dans la danse.

– Dans ce cas, il faudra que Dez reste sur la touche.

– Entendu. En réalité, c'est génial.

– Mais il touche quand même sa part, le quart du total.

Jem regarda Doug pour le jauger. Le haussement d'épaules et le sourire furent concomitants.

– Comme tu voudras. N'importe comment, tout ça termine dans le tronc de Saint Frank, pas vrai ? La charité chrétienne, ça nous porte chance. Du moment qu'on fait ce coup en vitesse. Ce qui veut dire qu'il faudra pas traîner. Et ne me dis pas que tu n'y as pas réfléchi, je te croirais pas. Je parie que t'as déjà choisi une cible. Putain, t'as peut-être même déjà concocté un plan.

Peut-être. C'était peut-être exactement ce qu'il lui fallait en ce moment, quelque chose qui lui occupe l'esprit. Quelque chose qui les réunisse tous, comme dans le temps.

21

Le minutage

Braintree est situé dans la banlieue sud de Boston, à l'endroit où la voie express du sud-est se sépare en deux, une bretelle, celle de l'ouest, rejoignant l'autoroute 95 qui relie le Maine à la Floride, l'autre, à l'est, suivant la nationale 3, une route administrée par l'État du Massachusetts qui file vers le sud et va jusqu'au cap Cod, en forme de bras plié. La principale attraction, pour les jeunes de la fin des années 70 et 80, était la South Shore Plaza, une des premières galeries marchandes entièrement recouvertes de la région. Pour y accéder, on prenait le train de banlieue, la « ligne rouge », et on descendait à Quincy Adams avant d'effectuer un court trajet en bus. Un magasin spécialisé qui vendait des fusées explosives, un B. Dalton qui empilait les *Playboy* en surplus sous les tables disposées au fond du magasin, C.B. Perkins, un marchand de tabac, chez qui on trouvait aussi des briquets et des couteaux, Recordtown, et puis les filles de la banlieue qui déambulaient dans la galerie, à deux ou bien en groupe, sans oublier le Braintree, un cinéma qui avait deux salles installées dans un immeuble isolé et qui se trouvait à côté d'un Howard Johnson.

En face de la galerie marchande, de l'autre côté de la rue, Forbes Road, un petit chemin, contournait l'hôtel Sheraton Tara, qui ressemblait à un château, et le South Shore Executive Park. De là, on apercevait l'autoroute, qui se traînait au pied d'une falaise rocheuse que l'on avait fait sauter. Une autre petite route à deux voies, Grandview Road, grimpait le raidillon où, cerné par un immense parking goudronné, le vieux Braintree avait rouvert en 1993, avant de devenir un complexe multi-salles flambant neuf, le Braintree 10.

De l'autre côté d'une autoroute à huit voies passant dans un vallon encaissé se trouvait une autre route longeant une falaise, à la lisière de la réserve de Blue Hills, qui regorgeait de zones industrielles et d'immeubles de bureaux. De là, le cinéma, avec sa grande enseigne, ressemblait à un temple surplombant un ravin jonché de voitures.

Une cible isolée, à laquelle on accédait facilement par l'autoroute. Des points forts et retirés.

Sur un coup, après avoir planifié sa fuite, le plus important est de bien définir son objectif. Une fois que c'est fait, les modalités s'établissent en fonction de la tâche à accomplir.

Comme tous ceux qui travaillent de 9 à 17 heures, on se gare devant l'immeuble anonyme, tout près du cinéma, en haut de Grandview. Derrière les bâtiments, des bois qui descendent vers une zone résidentielle, en face du centre commercial, et un passage réservé aux pompiers, mal entretenu et bloqué par deux roches. C'est par là qu'on s'enfuira, en cas d'urgence. Si tout le reste foire, on sait qu'on peut aller se cacher dans la forêt, larguer ses armes, revêtir une tenue de ville, puis rejoindre une voiture garée devant la galerie marchande avant d'être traqué par la brigade cynophile et les hélicoptères de la police de l'État.

Le scanner Bearcat 210 grésille sous le journal coincé entre les deux sièges avant. Des jumelles attendent dans la boîte à gants, avec le guide de l'ornithologue amateur pour l'alibi, mais on n'en aura pas besoin aujourd'hui. On est trop bien placé : on voit de côté le parking du cinéma, entre les arbustes, avec les corbeaux du matin qui picorent des morceaux de bretzels et des raisins secs.

Apparemment, il n'y a personne dans les deux voitures garées. Une Cressida bleu marine au moteur poussif débarque après 10 heures et s'arrête sur le bord, non loin du bac à ordures. Le gérant verrouille sa portière, introduit sa clé dans la serrure de la porte latérale, tandis que des mouettes friandes de déchets piquent vers le sol, et l'on chronomètre le tout.

Des mouettes et des corbeaux, il n'y a rien d'autre avant 11 h 15, quand arrivent deux voitures importées : le personnel du week-end, en général des gens d'un certain âge et qui travaillent à mi-temps. On chronomètre.

Ce jour-là, la première séance commence à 12 h 20. Si on passe à l'action le lundi en fin de matinée, on n'aura pas à contenir les gens présents, personne ne cherchera à jouer les héros et il y aura très peu de témoins.

À 11 h 29, on voit se pointer une Plymouth Neon blanche, qui va se garer le long de la barrière en bois à l'entrée du parking. Il en sort un type en baskets et queue-de-cheval, qui grimpe sur le toit et s'y assied en tailleur. Il ouvre un sandwich et un yaourt, puis il déjeune en regardant de l'autre côté de l'autoroute les Blue Hills sereines.

À 11 h 32, la caisse arrive. On chronomètre, en notant tout dans sa tête, rien n'étant consigné, de manière à ne pas laisser de preuve au cas où on se ferait serrer.

Le fourgon blindé débarque en grondant, bien stable sur ses énormes roues. On reconnaît un véhicule de la Pinnacle. La Pinnacle a pour couleurs le bleu et le vert.

L'engin roule jusqu'à l'entrée et se gare dans l'accès pompiers, au pied des marches du bureau. On a une vue directe sur l'unique porte arrière, tandis que le moteur tourne au point mort.

Pendant une minute, il ne se passe rien.

Puis la portière droite s'ouvre et le convoyeur descend du véhicule, la main sur la crosse de l'arme qu'il porte à la ceinture. Il est vêtu d'une chemise bleu police au col ouvert, son badge étant fixé avec une pince à une pointe de son col, avec l'insigne de la Pinnacle cousu sur son épaule droite et un énorme écusson en argent accroché à sa poche de poitrine.

La cinquantaine, il est corpulent mais costaud, et arbore une épaisse moustache blanche. Il se dirige d'un pas décidé vers les portes arrière. Sa casquette, qui ressemble à celle d'un flic, lui tombe sur les yeux. Il n'a pas de gilet pare-balles. Ceux-ci ne sont pas donnés et la Pinnacle ne les fournit pas, tout comme elle n'exige pas de ses convoyeurs qu'ils en mettent un.

On surveille de près ses faits et gestes. On s'imprègne de la scène.

Il frappe deux fois à la porte arrière droite. Le chauffeur lui ouvre de l'intérieur en appuyant sur un bouton. Le convoyeur tire alors sur la poignée.

Le scanner est muet. Il n'y a pas de communications radio sur la fréquence de la Pinnacle. Normal.

De l'arrière, le convoyeur sort un chariot à deux roues bardé d'autocollants de la Pinnacle et l'installe à côté du gros pare-chocs en acier du fourgon. Il passe de nouveau le bras à l'intérieur du véhicule pour s'emparer d'une sacoche vert et bleu, munie d'une longue anse.

C'est la monnaie du cinéma. À noter qu'il n'y a pas l'air d'en avoir beaucoup. Le type dépose la sacoche au fond du chariot et referme la porte arrière.

Le convoyeur remet la main sur la crosse de son arme, tout en poussant le chariot sur la rampe destinée aux gens qui se déplacent en chaise roulante, qui contourne l'escalier. Il se dirige vers les portes du milieu, qui ne sont pas fermées à clé, les ouvre et disparaît à l'intérieur.

On chronomètre : 11 h 35.

On ne les voit pas et pourtant on sait que les autres portes, celles qui se trouvent après les guichets, sont à tous les coups verrouillées et que le gérant attend derrière, une clé à la main.

Le type au yaourt termine son repas et s'appuie au pare-brise, le visage tourné vers le soleil, ne prêtant aucune attention au transfert d'argent qui a lieu là-bas derrière. Un sac en papier blanc dérive sur le parking, où attendent les voitures vides.

Le fourgon blindé reste immobile, portes fermées à clé et moteur tournant au point mort.

Il y a quatre portes, une pour le conducteur, une pour le passager, deux autres derrière, et sur le côté une petite trappe (d'environ quarante-cinq centimètres sur quarante), destinée aux colis. Il y a aussi un strapontin à l'arrière, séparé de la cabine par une porte fermée à clé, et qui pour l'heure est inoccupé, car cette mission ne mobilise que deux convoyeurs. Les portes sont toutes équipées de cylindres de haute sécurité, au même titre que les coffres installés chez des particuliers ou à la banque. La clé de contact n'a rien de spécial, mais un dispositif permettant de couper le contact est dissimulé quelque part, ou alors il faut accomplir plusieurs manœuvres dans un ordre bien précis (par exemple allumer le dégivrage, puis appuyer sur le frein, puis allumer de nouveau le dégivrage) avant que le moteur ne démarre.

Quand on met le contact, les portes sont automatiquement condamnées. Lorsque la portière du conducteur est ouverte, celles de derrière se verrouillent du même coup. Au cas où une porte n'est pas verrouillée, un témoin lumineux rouge s'allume au-dessus du tableau de bord et les roues du véhicule restent bloquées afin de l'empêcher de bouger. En plus, chaque porte est équipée à l'intérieur d'un verrou actionné manuellement.

Si le fourgon est encerclé, le conducteur a été formé à condamner toutes les issues et à demander de l'aide par radio. Ce véhicule est un véritable bunker mobile, capable de résister à une agression, son blindage en acier inoxydable étant spécialement conçu pour qu'on ne puisse pas l'endommager. Vu la charge utile autorisée, l'arrière est en général doté d'un blindage plus léger que celui de la cabine. C'est ainsi qu'il peut résister à des tirs de kalachnikov AK-47 ou de fusil d'assaut américain M14, alors que la cabine peut carrément encaisser des rafales de M16. La partie la plus fragile, à savoir les portes arrière, fait quand même plus de sept centimètres d'épaisseur.

Le pare-brise et les vitres sont en verre polycarbonate, moins dense qu'un gilet pare-balles mais tout aussi efficace que du verre blindé, en moins lourd.

Le fourgon est aussi équipé d'un gyrophare, d'une sirène et d'une sono, et l'on a percé quatre judas dans la carrosserie. Les robustes pare-chocs sont conçus pour résister à une voiture-bélier et les pneus, qui ont la même taille que ceux d'un tracteur, sont increvables. Le châssis ressemblerait à celui de n'importe quel camion de deux tonnes s'il n'était pas renforcé pour supporter une charge six fois plus lourde. Ainsi, le différentiel de près de quarante centimètres est-il trois fois plus important que celui d'un véhicule ordinaire.

Les disponibilités en trésorerie de l'économie la plus puissante au monde dépendent de ces fourgons – il y en a toujours des dizaines de milliers sur les routes, avec en permanence des milliards de dollars en pièces et en billets qu'on y transporte d'un lieu à un autre. Tout le monde sait qu'il est pratiquement impossible de s'attaquer à la carcasse du fourgon blindé opérant pour une banque sans en détruire du même coup le chargement. Le véhicule n'est ainsi vulnérable qu'au travers de son équipage.

À 11 h 44, on voit reparaître le convoyeur sur la glissière : il pousse son chariot après être resté neuf minutes à l'intérieur. On le chronomètre.

Entre-temps, trois voitures sont arrivées sur le parking, des gens qui vont tout seuls au cinéma, à l'exception d'une femme en chaise roulante et de la personne qui s'occupe d'elle.

Le convoyeur fait remonter le chariot à l'arrière du fourgon. Il le range à mi-hauteur, en compagnie de trois sacs en toile blanche renfermant de l'argent liquide. En dessous se trouvent les plateaux en plastique remplis de rouleaux de pièces. La sacoche en toile vert et bleu de la Pinnacle est posée dessus.

À l'intérieur des sacs, des sacoches contenant de l'argent liquide et des reçus. Les sacs en plastique de couleur claire sont fournis par la Pinnacle, chacun d'eux frappé d'un code-barres. À l'intérieur du cinéma, le convoyeur a passé le plus clair de son temps à vérifier que les sacs ne sont pas troués, à examiner les scellés et à s'assurer que les sommes indiquées sur les bulletins de dépôt correspondent bien au montant figurant sur le manifeste du gérant.

Le conducteur, lui, a profité de ces neuf minutes pour observer les alentours. Les glaces disposées tout autour du véhicule sont tout spécialement braquées sur les portes arrière, l'endroit stratégique pour une embuscade.

Le convoyeur et le chauffeur ont chacun des oreillettes noires et un micro, et restent toujours en contact radio. Le chauffeur écoute les conversations du convoyeur, au cas où celui-ci l'avertirait d'un danger, et répond à ses messages, par exemple : « Je ne vais pas tarder à sortir. »

Au moment où le convoyeur s'approche du fourgon, un petit miroir parabolique de la taille d'une carte à jouer, fixé juste à côté de la poignée de la portière, lui permet de voir s'il y a quelqu'un derrière lui. Il frappe deux fois, on déverrouille la porte droite à l'arrière. Il l'ouvre et dépose en vitesse les sacs blancs dans le coffre. Puis il range le chariot et referme la porte.

Il va jusqu'à sa portière et enlève ses oreillettes. Le chauffeur lui ouvre, il monte dans le véhicule. On chronomètre : 11 h 46.

Le fourgon reste encore sur place pendant quatre minutes, le temps que le chauffeur vérifie les reçus et entre les codes-barres dans le système informatique de la Pinnacle.

C'est à ce moment-là qu'on s'en va. Les vigiles responsables de fourgons blindés restent à l'affût de gens qui pourraient les suivre et un chauffeur bien formé verra s'éloigner votre voiture et notera son modèle et sa couleur.

On descend en bas de Grandview, puis on emprunte de nouveau Forbes pour gagner le parking du Sheraton Tara. Là, on change de véhicule, avec son complice, et on attend.

Dans Forbes, le fourgon passe devant vous en direction du centre commercial. On constate que le chauffeur est un Noir d'une cinquantaine d'années. Comme personne n'a quitté le parking du Braintree 10 derrière lui, il souffle un peu et se fond dans la circulation, conservant toutefois ses distances. Derrière lui, on démarre en laissant quelques voitures dans l'intervalle.

À l'intérieur, un fourgon blindé est un véhicule spacieux mais banal, et tient tout à la fois de la voiture de police et du poids lourd effectuant des transports longue distance. Hormis le ronron hypnotisant du moteur et de temps à autre les conversations à la radio, on n'entend pratiquement rien dans la cabine. Avec le blindage et le verre spécial, on a l'impression de conduire sous une cloche. Les convoyeurs, souvent d'anciens employés des transports publics de Boston et sa région, ou de l'entreprise gérant les autoroutes à péage du Massachusetts, ont en général été militaires et gagnent de soixante-cinq mille à quatre-vingt-dix mille dollars par an.

Vous restez une trentaine de mètres derrière le fourgon, sur une autre file de préférence. Lorsqu'il entre dans un autre parking pour aller collecter de l'argent, vous prévenez votre complice aux taches de son, qui tourne autour de vous dans une autre voiture volée, et qui pénètre alors lui aussi sur le parking pour surveiller le fourgon. Il a, entre autres talents, celui de faire semblant de dormir.

C'est maintenant à vous de décrire des orbites autour de cet endroit, en attendant. Votre autre complice, celui qui est avec vous, ouvre le bouchon du pot de mayonnaise vide qu'on emporte pour ça, et pisse dedans. On ne peut s'empêche de penser qu'il doit jubiler de sortir sa queue devant quelqu'un et être très fier de faire gazouiller fauvette. Il laisse échapper un soupir de satisfaction, on ne s'en formalise pas.

Au loin, vos potes vous envoient par radio des messages codés pour vous indiquer dans quel sens est reparti le fourgon et on reprend la filature.

Encore cinq arrêts. Soit pour livrer de la monnaie, soit pour en ramasser.

Douze autres arrêts. On traverse Holbrook pour entrer dans Brockton.

Dix arrêts de plus. Il est presque 4 heures de l'après-midi. Après avoir effectué une halte devant un supermarché du centre-ville de Brockton, le fourgon file vers l'ouest et roule dix, vingt minutes sans s'arrêter. On sait, car ça fait partie du boulot, que le garage des fourgons blindés de la Pinnacle est planqué en campagne, pas très loin, derrière deux rideaux de barbelés au bord d'une route, à Easton. On a terminé sa journée de travail, on décroche quand le fourgon est sur le point d'arriver à destination.

Dez se lava comme un billet répertorié se blanchit, désireux qu'il était de retrouver sa liberté de mouvement. Il prit un taxi pour aller de Sully Square à Harvard Square, situé à Cambridge, acheta un billet pour une séance de l'après-midi au Brattle, resta assis un quart d'heure à regarder un film d'action tourné à Hong Kong, puis il franchit avec son pop-corn la porte capitonnée du cinéma et se retrouva dans la petite ruelle qui donne dans Mifflin Place, où il se glissa dans la Caprice de Doug qui l'attendait.

Doug avait, lui, suivi le taxi de Dez depuis Charlestown. Personne ne l'avait imité. Il avait maintenant l'œil rivé sur ses rétroviseurs et, par mesure de précaution, il effectuait des demi-tours et braquait inopinément à droite ou à gauche.

– Ou bien ils me fichent la paix, ou bien ils sont capables de se rendre invisibles, déclara Dez.

– Tu continues à passer devant la banque de Chestnut Hill, lui dit Doug. Vas-y, quand tu peux, faire de la monnaie.

– J'ai mangé tous les midis de la semaine à l'intérieur de mon pick-up garé dans la rue en face. Comment ça se passe de ton côté ?

– Bien. J'essaie de voir quel week-end ce sera, de choisir un film, quoi. J'épluche le numéro de *Premiere* consacré aux films de l'été, comme si c'était le *Racing Form*[1], pour essayer de déterminer qui sera le gagnant.

– *Striptease*, proposa Dez.

– Je sais. Demi Moore. Ma bite a déjà acheté le ticket. Seulement le 28 juin, c'est trop tard.

– *Mission impossible*. La chanson du film a été remaniée par Adam Clayton et Larry Mullen.

– Oui. Je suis d'accord pour Tom Cruise, mais c'est le jour des morts tombés au champ d'honneur. Jem ne veut plus attendre.

– C'est pas la peine de se précipiter.

– Non. Mais ça se goupille bien, ce coup-ci.

– Aussi bien que tu pensais ?

– Regarde les chiffres. La salle principale, mettons cinq cents places. Deux bonnes séances en matinée, plus celles de 19 et de 22 heures, ça représente deux mille spectateurs le samedi et autant le dimanche, plus mille autres le vendredi soir. Cinq mille gus par cinéma, disons que quatre salles sur dix passent des films nouveaux. Rien qu'avec quatre salles sur dix, on arrive à vingt mille spectateurs. Huit dollars par tête de pipe le soir, cinq dollars soixante-quinze en journée, et puis il y a la bouffe. Avec un sachet de pop-corn, un Pepsi et des Goober, tu en auras pour plus de dix dollars. Et il y a aussi une Pizzeria Uno et un Taco Bell dans le hall, et aucun restaurant dans les parages. On va se ramasser cinq cent mille dollars, au minimum, Dez. Et il t'en reviendra le quart, uniquement parce que tu sers d'appât.

Jem avait pour tâche de fournir les armes, les gilets pare-balles, les tenues et les masques.

1. Journal spécialisé dans les courses de chevaux *(NdT)*.

Celle de Gloansy consistait à s'occuper des véhicules, ceux avec lesquels ils arriveraient et ceux dans lesquels ils rentreraient après avoir changé de voiture au cours de leur fuite.

Doug, lui, dressait les plans, c'était l'architecte, le concepteur. C'était aussi lui qui se rongeait les sangs, le perfectionniste, le prudent. Et celui qui ne buvait pas, celui dont l'instinct de conservation inspirait confiance.

Les jours suivants, il redoubla de prudence : il espionnait les convoyeurs du fourgon sur divers trajets qui n'avaient rien à voir avec le cinéma, rien que pour noter en détail comment ils avaient l'habitude de procéder. Il voulait également s'assurer qu'il n'y avait pas d'éléments infiltrés, d'agents du FBI déguisés en convoyeurs, obsédé par l'idée que le FBI les avait dans le collimateur. Il lui fallait la preuve qu'il avait affaire à des travailleurs ordinaires, qui rentraient chez eux le soir. Si bien qu'il planqua dans sa caisse, de l'autre côté de la rue, un peu plus loin que la salle des coffres de la Pinnacle (sans trop s'approcher du grillage et des caméras, car ce n'était un secret pour personne qu'on y détenait parfois, pour la nuit, des sommes atteignant plus de cent millions de dollars), et il reluquait les bagnoles qui passaient dans le coin, cherchant à repérer les convoyeurs qui rentraient chez eux. Il sursauta en remarquant un coupé Saturn couleur prune, mais il n'y avait pas d'autocollant proclamant « Respirez ! ».

Il aperçut le convoyeur à l'épaisse moustache blanche au volant d'une Jeep Cherokee bleue et le suivit jusqu'à Randolph, où il s'arrêta devant une modeste villa à deux étages, près d'une école élémentaire. Il le vit jeter un œil à son courrier dans l'allée, tandis qu'une Toyota Camry se garait derrière lui. C'était sa femme qui rentrait du travail.

Il le vit, avec bobonne à l'air réjoui et des hanches de matrone, traverser une pelouse mal entretenue pour rejoindre sa maison plus toute jeune, et embrassa du regard tout ce que le mec avait à perdre. Après l'affaire Claire Keesey, ce n'était plus la même chose d'examiner comment vivait quelqu'un. Sauf que ces mêmes remords lui donnant une idée, il sut exactement comment ils allaient réaliser le coup.

Il s'égara en essayant de revenir sur la I-93 et se retrouva coincé dans le centre de Canton, d'où était originaire Claire Keesey. Il passa devant le lycée, devant des arbres feuillus et des maisons bien espacées bordées de pelouses soignées, et ça se bousculait dans sa tête ce soir-là. Il eut l'impression d'être poursuivi lorsqu'il fila pour rejoindre l'autoroute. Rentrer chez lui le rendant nerveux, il préféra effectuer un crochet par le Braintree 10.

Il commença par faire le tour du bas de la colline, sous le complexe multisalles. Il y subsistait toujours les deux écrans tout pourris d'un vieux drive-in, le domaine étant désormais divisé entre un terrain de golf et le parking destiné aux gens qui se garaient avant de prendre un bus pour aller à l'aéroport Logan. Une route condamnée par une porte battante en acier fermée par une chaîne et un verrou longeait une série de cages de base-ball. Il remonta en voiture sur le parking du cinéma pour s'apercevoir que cette voie de communication était elle aussi barrée à l'autre bout par un portail qu'on ne pouvait pas ouvrir, la route actuellement inutilisée descendant en serpentant le flanc de la colline envahi par l'herbe, et cela jusqu'aux cages de base-ball. Forbes et Grandview étaient l'une comme l'autre de petites routes étroites à deux voies, et le week-end, aux heures d'affluence, c'était une vraie galère d'entrer dans le parking ou d'en sortir, d'où le rôle crucial que jouait cette seconde voie d'accès, qui permettait de soulager l'autre.

Il entra et acheta un ticket, comme tout bon citoyen, puis il claqua encore un billet de cinq dollars en se payant une pizza. Pour tuer le temps, il déambula dans le vaste hall, remarquant la porte d'un bureau sur laquelle était marqué « Interdit au public », à moitié cachée derrière trois panneaux en carton montrant la Maison-Blanche en train de se volatiliser, scène tirée d'*Independence Day*. Sur un mur était accroché le portrait encadré du jeune gérant, Cidro Kosario, un type au cou de héron qui souriait, vêtu d'un costume qui ne lui allait pas, accompagné de son message d'accueil et de sa signature témoignant de son « engagement à atteindre l'excellence en matière de salles de cinéma ».

Il vit une affiche annonçant la prochaine sortie de *The Rock*, un film d'action racontant les aventures d'un vieil homme qui s'est évadé de prison, ce qu'il interpréta comme un présage, et il se réfugia dans la salle. Avant la projection de *Mulholland Falls*, la dernière bande-annonce était celle de *Twister*. Lorsque le public acclama une vache qui traversait l'écran en plein vol et continua à en parler pendant le générique, Doug comprit qu'il y aurait un week-end juteux quand le film sortirait et il sourit dans le noir.

Les gens du Massachusetts vont faire leurs courses dans le New Hampshire pour éviter de payer la TVA. C'est aussi dans cet État que sévissent les voleurs de voitures du Massachusetts.

La raison en est le LoJack, le service qui permet de récupérer les véhicules et qui fonctionne à partir d'un transpondeur installé à l'intérieur des voitures. Celui-ci indique à la police leur emplacement dès qu'on active le système de détection. Ça ne pose pas de problèmes à ceux qui piquent une bagnole pour aller faire une virée ou gagner les ateliers clandestins dans lesquels on démonte les véhicules volés pour les revendre sous forme de pièces détachées, et qui ont devant eux quelques heures pour opérer. En revanche, si l'on a besoin de voitures au-delà d'une simple nuit pour faire un coup, ça ne marche pas. La présence d'un traqueur LoJack n'est pas indiquée par une décalcomanie pour mettre en garde les voleurs, et le transpondeur et sa pile de secours ne sont pas plus grands qu'une boîte de sardines, ce qui permet de les planquer n'importe où.

Le LoJack était en service dans le Massachusetts, Rhode Island et le Connecticut, mais pas dans le New Hampshire et le Vermont. La solution était simple, mais il ne fallait pas traîner : piquer une bagnole dans le New Hampshire, qui ne se trouvait pas loin, et lui coller des plaques minéralogiques volées dans le Massachusetts.

Doug conduisit Gloansy dans l'arrière-pays. Il leur fallait en tout trois véhicules pour faire le coup, et leur but ce jour-là était de se procurer celui avec lequel ils allaient arriver. Ils cherchaient un minibus aux vitres teintées, Gloansy ayant une préférence pour le Dodge Caravan, même s'il se serait contenté d'un Plymouth Voyager ou d'un truc du même genre. Voire d'une Ford Windstar, à l'exception du dernier modèle sorti dans l'année. Ford s'était mis à enchâsser des transpondeurs dans les têtes en plastique des clés de contact, ce qui signifiait qu'on avait beau percer la colonne de direction, le démarreur ne fonctionnait pas sans la clé appropriée. Gloansy se baladait avec un voltmètre pour neutraliser le système, mais il fallait encore compter trente secondes pour mesurer la résistance existant entre les fils situés sous le tableau de bord et trente secondes de plus pour relier entre eux les résistors, autrement dit une éternité lorsqu'il s'agit de piquer un véhicule en plein jour.

– Ils me bousillent mon gagne-pain, râla Gloansy en tripotant la radio fournie avec la voiture et qui cessait de capter l'une après l'autre les fréquences au fur et à mesure qu'ils remontaient vers le nord. C'est comme lorsqu'on met des gus au chômage pour les remplacer par des robots, enchaîna-t-il. On essaie de me ringardiser.

– Qu'est-ce que doit faire un voleur de voitures qui a une jeune famille à nourrir ? lui demanda Doug.

– Qu'il commence par braquer une caisse, j'imagine. Qu'il garde les clés et enferme le conducteur dans le coffre. Tu vas voir que le mec va le supplier de le laisser désactiver ces saloperies de systèmes antidémarrage !

– Dans la bande on est tous en train de devenir vieux jeu. Ces fils…

La route de campagne était jalonnée d'antiques poteaux télégraphiques, entre lesquels étaient tendus des câbles téléphoniques.

– Il circule du fric là-dedans à l'heure qu'il est, juste au-dessus de notre tête, poursuivit Doug. L'argent des cartes de crédit, des dollars qui filent à la vitesse de l'électricité. Il doit bien y avoir un moyen de se servir au passage. De transformer en liquide toutes ces conneries électroniques.

Gloansy avait apporté deux cornichons achetés dans une épicerie de campagne et les mastiquait comme si c'étaient des bananes, s'essuyant les doigts sur les sièges en velours bleu de la Caprice.

– Oui, mais comment ?

– Tu as compris. Quand on en sera là, je saurai que je suis fini.

Ils trouvèrent ce qu'ils cherchaient dans un parking situé à l'extérieur d'un WallMart de la taille d'un stade. Un Caravan, vert terne et vitres arrière teintées, garé à quatre cents mètres au moins de l'hypermarché.

312

Les nouveaux Caravan avaient de chaque côté des portières coulissantes et à l'arrière des sièges amovibles, l'idéal.

Quantité de voleurs de voitures auraient tiqué en voyant derrière le siège pour bébé, mais pas Gloansy. Il traversa le parking en sifflotant et se mit de la colle sèche sur les doigts pour ne laisser que des empreintes digitales inexploitables. Il faisait trop chaud pour enfiler des gants. C'était déjà assez louche comme ça de porter un blouson de base-ball au mois de mai. Seulement il avait besoin des manches épaisses de ce vêtement pour y planquer ses outils.

Il ne lui fallut que quelques secondes pour s'introduire dans le véhicule. Il resta ensuite une bonne minute assis à la place du conducteur avant que le moteur ne démarre, ce qui pour lui était long, mais enfin Doug comprit en le voyant balancer derrière lui un verrou rouge de type Club qui bloquait le volant. Le Club était foncièrement résistant, mais le volant auquel on l'avait fixé était un tube en caoutchouc mou. Gloansy ne toucha pas au verrou, découpa plutôt le volant de chaque côté. Après quoi il perça le cylindre du démarreur avec un foret, mit en marche le moteur du Caravan et passa devant Doug sans même lui faire signe, se contentant de pincer les lèvres pour composer un sourire de batracien.

Gloansy : un type pas mal, et pourtant il y avait chez lui un côté moite et doucereux qui menaçait de s'effacer, un empressement de surface qui cachait quelque chose de froid et de reptilien, une vie intérieure juste assez maligne pour se soustraire aux regards. Il n'y avait rien d'étonnant, aux yeux de Doug, qu'il soit le seul de la bande à avoir un enfant. Cela dit, il aurait plutôt pensé que le premier à se marier serait Monseigneur Dez…

Plié en deux au bord du trottoir, Doug se penchait au-dessus des jambes de poupée de Shyne pour essayer de glisser la ceinture de sécurité élimée de la Caprice bleue à l'arrière du siège, afin de pouvoir la boucler. Il s'efforça de ne pas jurer comme un charretier, ne prêtant aucune attention au regard fixe de la petite fille et à son haleine fétide, faisant même semblant de ne pas voir qu'elle lui passait la main sur la joue, le cou et dans les cheveux, tout cela le mettant en rogne alors qu'il était en train d'essayer d'attacher ce bordel.

Assise devant, Krista se retourna.

– Des fois, faut immobiliser le truc avec le genou. Poser le genou dessus.

Il était sur le point d'attraper le fermoir lorsque Shyne lui glissa un doigt dans l'oreille. En la repoussant, il se cogna la tête au toit de la voiture et laissa échapper un hurlement, comme s'il allait exploser. La fillette, elle, ne pleura pas et n'eut aucune réaction, visage impassible, peau cireuse, à l'image d'un fruit vernissé par les pesticides. Il se dégageait d'elle une légère odeur de pourriture, de liquide aigre, d'urine.

Ce n'était pas sa fille. Pas son problème.

Il se laissa choir de tout son poids sur le bord du siège et réussit enfin à attacher la ceinture. Il se dépêcha de sortir de là et cambra le dos, assailli par une douleur qui lui décochait des flèches rouges, comme dans les pubs à la télé. Shyne le contempla de la même façon qu'elle contemplait n'importe quoi : comme si c'était la première fois. Il lui ferma sa portière sans même la faire sursauter.

– Où est passé Jem ?

Krista, qui avait ouvert sa vitre, regarda dehors.

– Aucune idée.

Doug contourna la voiture pour rejoindre sa place, scrutant au passage la rue, puis il monta dans le véhicule et replia lentement le dos.

– Je te remercie vraiment, Duggy, lui dit-elle, assise à côté de lui, comme si ça allait de soi. Shyne a eu de la toux et on pouvait pas me donner d'autre rendez-vous qu'aujourd'hui. Ça m'a fait bizarre de te demander ça.

Eh oui.

– Comment elle va, autrement ? se hasarda-t-il à lui demander en mettant le contact. Tu devrais la faire examiner.

– Elle s'en sort bien en ce moment, elle fait de nets progrès. Elle s'ouvre. Elle est timide, voilà tout. Comme sa mère, pas vrai ?

Ça se voulait une blague. Il hocha la tête et passa devant la Flamer bleue de Jem garée au bord du trottoir.

– Tiens, voilà sa caisse.

– Oui. Je ne sais pas… N'importe comment, il doit avoir la gueule de bois.

– Je croyais que tu m'avais dit qu'il n'était pas chez lui.

– Je ne savais pas s'il y était.

Elle regarda par sa vitre, portant des doigts rongés à ses lèvres filiformes.

– On ne peut pas compter sur lui, reprit-elle. À la différence de toi.

Doug ne tarda pas à arriver dans Medford Street, espérant encore passer le reste de la matinée sur le parking du Braintree 10. Shyne, qui avait toujours son regard triste et passif, l'observait dans le rétroviseur.

– C'est pour bientôt, le mariage de Gloansy ? lui demanda Krista.

Doug comprit alors la véritable nature de cette urgence médicale, tourna et suivit les quais, furieux, écrasant l'accélérateur.

– C'est sympa que tu sois le parrain de Nicky.

Elle donna une chiquenaude au désodorisant Hooters orange suspendu à l'allume-cigare, qui diffusait un parfum musqué.

– Jem dit que tu risques d'y aller seul, poursuivit-elle.

– Ah oui ?

– Joanie m'a expliqué que nous autres, les demoiselles d'honneur, on peut s'habiller comme on veut, sauf en blanc. C'est pour ça que je me suis payé une nouvelle robe que j'avais repérée en ville sur un mannequin. Noire, dos nu. Elle tombe comme ça. (Elle glissa les mains en bas de son buste, sans qu'il daigne regarder.) Elle découvre bien le haut des jambes, sur le côté. Un peu comme une robe pour aller danser, mais plus habillée. Sexy.

Après le Neck, il passa sous l'autoroute et entra dans Somerville pour rejoindre le dispensaire en tâchant de garder la tête froide. *Il n'y a pas moyen de s'attaquer à la carcasse d'un fourgon blindé sans en détruire du même coup le chargement.*

– Une robe de cocktail, poursuivit-elle. Ce qui est drôle, car je ne boirai aucun cocktail lorsque je la porterai. J'ai arrêté de boire, Duggy.

Elle l'observait, secouée par les nids-de-poule.

– Et pour de bon, ce coup-ci.

Le véhicule n'est vulnérable qu'au travers de son équipage, songeait Doug pendant ce temps-là.

22

La visite

À Malden Center, ça sentait comme dans un village qu'on aurait construit au bord d'un océan de café chaud. Cela tenait du pléonasme d'être dans un Dunkin's Donuts alors que les entrepôts de grains de café se trouvaient si près, un peu comme si l'on mâchait du chewing-gum à la nicotine dans un champ de tabac. C'était pourtant ce que faisaient Frank G. et Doug M. Le premier, en sweat-shirt noir, buvait tranquillement un déca et le second, qui avait l'air tout fripé avec son maillot gris à manches courtes bleues comme en portent les joueurs de base-ball, faisait tourner dans ses mains un Mountain Dew.

– Alors, quoi de neuf, mon vieux ? Raconte.

Doug haussa les épaules.

– Tu sais ce que c'est…

– Je sais que ça m'énerve qu'un type nous fasse plusieurs fois faux bond.

– Oui, reconnut Doug en se calant sur sa chaise. Le boulot est devenu une vraie saloperie.

– Tu devrais te trouver une femme, beau gosse. Et une maison où la loger, avec deux enfants qui ne veulent jamais aller se coucher. Moi, ça ne m'empêche pas de venir ici trois ou quatre fois par semaine le soir.

– Ça, c'est vrai.

– C'est à cause de ta liaison ?

– Non, non.

317

– Ça l'emmerde que tu picoles pas ?

– Hein ? Non, pas du tout.

Frank hocha la tête.

– Donc c'est déjà terminé.

– Terminé ? (Doug se dit qu'il s'était trop épanché la dernière fois.) Ce n'est pas complètement fini.

– C'est quoi alors ?

– En attente, faut croire.

– Elle n'y pense plus, mais toi si.

– Non, répondit Doug en hochant la tête. Tu te goures. C'est le contraire.

– D'accord. Moi, ce qui m'inquiète, c'est que tu remplaces une dépendance par une autre. Comme si tu retournais dans un rayon du Jordan Marsh échanger un article avec ton reçu. « Cette boisson alcoolisée ne me réussit pas. Je voudrais la troquer contre une jolie fille. » On signe ton ticket et le tour est joué. Mais la nouvelle addiction – la bonne, hein ? parce qu'il s'agit d'amour, mon pote –, eh bien, la nouvelle, un beau jour elle te largue, et tout ce qui te reste, c'est d'être coincé toute la journée dans un trou à rats.

– Bon sang, Frank… J'ai sauté deux ou trois réunions. C'est de ma faute. J'étais très occupé.

– Occupé, mon cul. C'est ça qui te permet de tenir le coup pendant la semaine, l'huile qui graisse le mécanisme. Autrement, tu n'as rien et tu devrais le savoir. Tout le reste s'évanouirait.

– Putain, c'est comme au lycée. Tu te pointes le mardi, on t'engueule parce que t'as séché les cours la veille.

– Ça n'a rien à voir avec le lycée.

Doug s'étonna que Frank se mette en colère.

– Est-ce que j'ai l'air d'un pion ? reprit ce dernier. Tu n'assistes pas aux réunions… ça implique que je te fasse des reproches. C'est comme ça que ça marche.

Doug regarda la table, acquiesça d'un signe de tête et attendit.

Et attendit encore.

– Bien.

Frank G. consulta sa montre.

– Bon, on ne va pas épiloguer.

Doug leva les yeux.

– Hein ?

– Tu viens et tu te consacres un peu à moi, et, de mon côté, je te renvoie l'ascenseur. Vu la situation, si je me presse, je peux rentrer à temps pour mettre mes enfants au lit et leur lire une histoire, pour une fois.

Doug haussa les épaules et leva les mains.

– Frank, j'ai seulement raté quelques réunions…

– Tu fais ce qu'il y a à faire, et là tu as les avantages qui vont avec.

– Les avantages ? Tu as parlé d'avantages ? Parce que c'est un avantage de se retrouver dans un Dunkin's Donuts de Malden Center à 8 heures du soir ? ! s'exclama Doug.

Ce qui était complètement idiot. Frank G. le dévisagea, puis attrapa son coupe-vent jaune, prêt à s'en aller.

– Frank. Écoute, mec, je disais ça pour rire. Je me suis mal exprimé.

– On se verra à l'église.

Franck G. vérifia qu'il avait bien ses clés.

– Peut-être, conclut-il.

Doug avait déconné. Frank passa devant lui.

– Demain je vais rendre visite à mon vieux, laissa échapper Doug.

Frank G. soupesa ses clés, comme s'il s'agissait de Doug en personne, d'un poisson qu'il allait peut-être rejeter à l'eau.

De Mac il ne savait qu'une chose : qu'il était en taule.

– Ça fait combien de temps ?

– Un bon moment. Il m'a demandé de venir pour qu'on discute.

– Ah oui… Et comment ça va se passer ?

– Oh, je vois. Le pouvoir de la pensée positive, c'est ça ?

– Ça dépend en grande partie de toi.

– Alors ça va être super. Après, il regagne sa cellule et moi, je serai tranquille pour environ un an. Voilà comment ça va se passer.

Frank G. hocha la tête et se dirigea vers la porte.

– À bientôt.

MCI Cedar Junction : on aurait pu penser qu'il s'agissait là d'un stade appartenant, comme il en est, à une entreprise spécialisée, disons dans les appels téléphoniques longue distance, comme MCI, ou se consacrant à l'exploitation forestière, comme « Cedar[1] » le laissait entendre. En réalité, MCI était l'abréviation de « Massachusetts Correctional Institution », c'est-à-dire « Établissement pénitentiaire du Massachusetts ». Quand le père de Doug avait commencé à y purger sa peine, l'endroit s'appelait « MCI Walpole », du nom de la ville dans laquelle il était situé, mais, au milieu des années 80, les habitants de Walpole s'étaient rendu compte que porter le même nom que la prison la plus dure de l'État (c'était également chez eux qu'était venu s'installer le service disciplinaire de la police, surnommé « la Fosse ») contribuait à faire baisser la cote de l'immobilier. Aussi avaient-ils engagé une action en justice qui avait été couronnée de succès : on avait donné à l'établissement le nom d'une gare ferroviaire désaffectée depuis longtemps.

1. « Cèdre » *(NdT)*.

Au départ, cet édifice datant de 1946 devait remplacer la vieille prison de Charlestown. Doug pensa à des tas de choses en y pénétrant. D'abord et avant tout au séjour qu'il avait effectué à la prison de Norfolk, qui, elle, portait toujours le nom de la vieille ville dans laquelle elle se trouvait, non loin de là. Norfolk était un établissement de moyenne sécurité, de niveau 4, où quatre-vingts pour cent des détenus s'étaient rendus coupables d'actes de violence. Cedar Junction était de niveau 6.

Il fit les cent pas dans la salle d'attente, en avance sur l'heure de son rendez-vous, le seul homme parmi les six personnes venues rendre visite à un détenu. Le mélange des parfums le fit penser à l'odeur qui règne au grand marché en plein air de Haymarket en fin d'après-midi, un samedi où la température est élevée et où les articles tombés entre les étals se gâtent et sont piétinés. Il y avait trois Noires assises, l'air accablées, déprimées, les yeux injectés de sang, le regard fixe et douloureux. Et aussi deux Blanches, visiblement pas des comiques et complètement usées. Parmi les tenues vestimentaires proscrites figuraient les jeans bleus, les sweat-shirts et le fait d'arriver sans soutien-gorge, mais manifestement pas les pantalons en stretch et les hauts tricotés moulants et décolletés.

Sur le mur, des affiches rappelaient que tout contact physique était interdit. Une note récemment collée sur la porte précisait qu'il fallait absolument porter des sous-vêtements. Il fit la grimace et eut des démangeaisons dans les bras.

Une seule personne venait le voir quand il était au placard – Krista, le troisième week-end de chaque mois. Il lui était très reconnaissant de ces brefs échanges, du moins au début. Mais après avoir rejoint les Alcooliques anonymes et décidé de suivre le programme pour de bon, il l'avait regardée d'un autre œil.

On les appela à l'intérieur, Doug prit place tout seul dans le box et se ressaisit. Ça valait presque le coup de venir lui rendre visite rien que parce qu'il repartait ensuite, quittait la prison, se retrouvait dehors, regagnait sa voiture et s'en allait, en s'arrêtant sur le chemin du retour dans une station-service pour s'acheter un soda : la liberté, tout simplement, une chimère derrière ces murs.

Rendre visite à Mac s'apparentait tout à la fois à un rendez-vous chez le dentiste et au renouvellement de son permis de conduire auprès du service compétent. Il s'agissait d'une épreuve, de quelque chose de redoutable qu'il fallait endurer. Même si, au fond, pour lui ça baignait, il le savait bien. C'était lui qui maîtrisait la relation, lui qui faisait en sorte qu'on lui amène Mac, comme un livre abîmé qu'on ne peut consulter que sur demande à la bibliothèque.

L'ombre de Mac se posa sur lui et, comme toujours, ça lui fila la pêche de revoir le vieux truand ; chaque fois cela réveillait en lui l'image du héros qu'il avait jadis connu, de l'homme solide qui l'appelait alors « petit complice ». Pas l'affreux égoïste qui était tombé seize ans plus tôt et, pour lui, n'était quasiment plus qu'une voix.

Mac s'assit sur sa chaise avec un sourire malicieux et en se rengorgeant. Pourtant il commençait à se tasser, Doug le remarqua : la taille s'épaississait, les muscles de son cou se relâchaient, son visage se creusait davantage. Ses yeux, tels des dés dans un casino, vous mettant au défi de lui faire confiance, tout en faisant comprendre : « Si tu joues assez longtemps avec moi, tu perdras. » Son sourire qui s'adressait d'abord à lui-même, plutôt qu'à vous. Et sa caboche d'Irlandais au cuir chevelu luisant et constellé de taches de rousseur qui lui donnaient un reflet orange, sa caboche désormais barrée de cicatrices roses laissées par des soins médicaux.

Mac se reprit et se mit à califourchon sur sa chaise. Les poils roux de ses bras s'étaient éclaircis au point de devenir presque invisibles. Mac se comportait toujours comme s'ils étaient, l'un et l'autre, sur un pied d'égalité, comme s'ils avaient en définitive une relation équilibrée, et Doug eut pitié de lui, pour en être lui aussi passé par là. Lui rendre visite une fois par an revenait à feuilleter un album de photos, à le voir perdre ses cheveux, à voir ses traits s'empâter, son visage se couvrir de boutons. Il était plus que jamais obnubilé par la ressemblance existant entre le père et le fils, qui avait toujours été frappante. Quand il regardait à travers la vitre, il avait l'impression de se voir lui-même dans vingt ans. Ce qui lui venait autrefois de sa mère, et qu'il avait tout fait pour identifier, avait depuis longtemps disparu.

« Regarde-toi. »

C'était toujours ce que déclarait Mac.

– Papa, dit Doug en prononçant le mot qu'il employait un quart d'heure tous les ans. Comment ça va ?

– Comment ça se passe pour toi ?

Doug hocha la tête.

– Bien. Et toi ?

Mac haussa les épaules.

– Je suis toujours ici.

– On dirait. Tu reçois l'argent ?

– C'est sympa, l'argent. Ça facilite la vie. Même si c'est pas non plus si mal ici. Tu sais comment on arrange les choses…

La ruche de Cedar Junction abritait toute une colonie de mecs de Charlestown qui, avec la complicité de quelques gardiens sympas, arrivaient à se procurer pratiquement tout ce qu'ils voulaient. Dans le système

carcéral, il y avait de bonnes et de mauvaises affectations, comme laver le linge ou fabriquer des plaques
minéralogiques – cela rapportait soixante-treize cents
de l'heure.

Doug fit un signe en se touchant la tête.

– Et ça ?

Mac la lui toucha comme si elle était toute chaude.

– Un cancer de la peau. Ils se contentent d'en brûler
des petits morceaux. On me conduit parfois à l'infir-
merie, ce qui est bien. Ça fait passer le temps.

– Comment ça se fait que t'aies attrapé autant de
coups de soleil ?

– Ça date d'avant 1980. J'aurais dû mettre plus souvent
ma casquette. Ça ne vient pas du cancer, mais des
taches de rousseur qui sont en pleine mutinerie. Je suis
toujours aussi solide qu'un roc. Alors, Jem t'a parlé ?

– Oui, il m'a dit.

– Je ne me sens jamais seul quand il est là. Il vient
tout le temps. Il est marrant quand il s'y met. Il s'excite
facilement, comme son vieux. Ce qu'il faut faire avec
un Coughlin, c'est lui agiter la carotte devant les yeux,
parce que le bâton qui se trouve derrière, ça le dépasse.

– Compris.

Mac fit semblant de se curer les dents, tout en observant Doug, son seul enfant. Quoi qu'il ait pu voir, il le
garda pour lui.

– Il faudrait que je vienne plus souvent te rendre
visite, déclara Doug, qui avait besoin de dire quelque
chose.

– C'est pas la porte à côté pour toi. Venir ici, en pleine
campagne…

– Je fais des trucs, tu sais. Des choses. Le temps
passe…

– Hé… Ici, tu parles à une pendule, philosopha Mac
sans le quitter des yeux – lui qui avait maintenant un an

324

de plus. Je ne me suis pas planté avec toi, Duggy. D'après ce qu'on raconte, tu t'en sors pas mal.

Doug haussa les épaules.

– Le train-train quotidien.

– Plus je vieillis, plus je pense à toutes les années que j'ai ratées. Quel dommage, quand même !

– Oui.

Doug tira sur la tablette en se demandant combien de temps encore ça allait durer.

– Je crois savoir pourquoi tu continues à m'en vouloir.

Doug se redressa un peu sur son siège.

– Ah oui ? Parce que je t'en veux ?

Mac croisa les bras sur sa tunique bleue à manches courtes, son torse s'affaissant au milieu.

– Parce que j'ai paumé la maison de ta mère.

Doug se gratta la nuque.

– Non. Maintenant, je m'en fiche.

– C'est à cause des honoraires d'avocat, Duggy. Et merde. Je pouvais essayer de pas plonger, y avait des témoins nerveux, des changements dans leurs dépositions, mais tu sais bien qu'aucun avocat commis d'office n'en était capable. Quand tu te déclares indigent, autant te rendre directement en taule dès l'ouverture du procès.

– Le fait est que... tu n'as jamais rien mis de côté. Avec tout ce que tu as piqué ! Comme si tu ne pensais pas que tu puisses connaître des moments difficiles.

Mac encaissa le reproche au même titre que tout ce qu'il pouvait tirer de Doug.

– Il paraît qu'une bande de crétins a pris quelqu'un en otage dans l'affaire de Kenmore Square.

– Oui. C'est aussi ce que j'ai lu.

– Un truc d'imbéciles. Les otages, ça attire les flics comme des mouches. À ce compte-là vaut mieux se faire gauler. Tu gagnes tes galons, et tu en ressors plus fort.

Doug regarda les bouts de peau qu'on avait brûlés sur la tête de Mac sans être persuadé qu'il en ressortait plus fort.

– Enfin, comme je te l'ai dit, répéta-t-il en restant à l'affût de gardiens qui risquaient de les entendre, j'ai lu des articles là-dessus.

– Remarque, ça a l'air de leur avoir rapporté gros.

– Il faut croire.

– Et qu'est-ce que deviennent le vieux Boozo et sa bande ?

– Partis définitivement. Boozo croupit dans une taule du Kentucky ou ailleurs. C'est pas comme ici. Pas un second chez-soi.

– Son gosse, comment il s'appelle, déjà ?

– Jackie.

– Il a le don de tout foutre en l'air. À la différence de mon fils.

– Lui aussi est parti et personne ne le regrette.

– L'affaire RICO [1], hein ? L'histoire de racket ?

– Ça, c'était il y a vingt ans. Le FBI a le bras long aujourd'hui, bien plus qu'autrefois. La loi Hobbes, que ça s'appelle. Dès lors que ça concerne plusieurs États, ça lui permet de mettre un terme à n'importe quelle activité de ce genre. Les mecs du FBI ne sont plus obligés de prouver qu'ils sont en présence d'une association de malfaiteurs.

– Ça devient dur, dehors.

– Sans doute. Mais à quelle époque c'était facile ?

Mac sourit. Il essayait de déchiffrer le visage de Doug, à croire qu'on risquait de voir se dessiner des mots dessus.

– Jem dit qu'il s'inquiète pour toi.

1. *Racketeer Influenced and Corrupt Organizations Act* : loi qui permet au gouvernement fédéral de poursuivre des organisations entières au lieu de simples citoyens *(NdT)*.

Doug commençait à comprendre pourquoi il le regardait comme ça.

– Ah oui…

– Il paraît que tu fais des trucs, que tu te comportes de façon bizarre… Ça le tracasse.

– Ah bon. C'est lui qui a estimé qu'il fallait qu'on se revoie, tous les deux, ou bien c'est toi ?

– C'est nous deux.

Doug croisa les bras. Il n'avait pas l'habitude de se faire doubler par Jem.

– Alors me voilà. Je me présente au rapport pour te montrer que tout va bien, merci de ta sollicitude. Question suivante ?

– Il a peur que tu te relâches.

– Je vais te dire un truc. Il s'occupe de moi ? Comme tu le faisais auparavant, hein ? Si tu insistes, je vais être très franc avec toi. Tu as fait allusion à un truc tout à l'heure, à un otage, je crois. À ton avis, quel est le seul et unique responsable de cette bavure ?

– Tu ne bois toujours pas ?

– Putain… Question suivante. Comment ça s'est passé, Noël, pour toi ?

Mac se gratta dans le cou en regardant tranquillement les gardiens présents de chaque côté, puis il s'approcha de l'hygiaphone.

– Seize mois, dit-il.

Doug hocha la tête et attendit la suite.

– Et alors ? Quoi ? Comment ça, seize mois ?

– Il me reste seize mois à tirer. Je vais sortir.

– Sortir ? Sortir d'où ?

Doug se redressa sur son siège.

– Qu'est-ce que tu veux dire par « sortir » ?

– Je sors, petit complice, expliqua Mac avec le sourire. Je vais me retrouver dehors et recommencer à vivre.

Doug pâlit et resta abasourdi.

– De quoi tu parles ?

Mac se rengorgea et haussa les épaules.

– Ça fait un moment que je suis à l'ombre. On insiste auprès du comité de probation pour qu'il fasse de la place à tous les jeunes excités de la gâchette qui débarquent. C'est ça, ou alors il faudra construire une nouvelle prison, tu piges… Les vieux casseurs de banques complètement ringards, ceux qui n'ont même jamais vu un distributeur automatique, qu'est-ce que tu veux en faire ?

Son visage s'illumina d'un grand sourire.

– Hé, je n'en ai même pas parlé à Jem. Je ne voulais pas prendre de risques. Par contre, toi, je voulais te mettre au courant car je t'ai vu plus souvent.

Il allait sortir… Mac allait sortir !

– Le quartier, papa… C'est fini. Charlestown, il n'en reste plus rien.

– Tu essaies de me persuader de croupir ici ? On va la récupérer.

– De quoi tu parles ? Il n'y a plus rien… tout a changé, tu comprends ? C'est terminé.

– Je constate que tu te débrouilles bien. Tu as connu quelques accidents de parcours, mais bon… On va placer la barre plus haut.

Doug ne tenait plus en place sur sa chaise. Il avait envie de se lever, de bouger, mais le règlement l'obligeait à rester assis, à se tortiller, aussi affolé que si son vieux allait être libéré tout de suite.

– Je vais me débrouiller, Duggy, pour que tu la récupères, la baraque de ta mère.

Doug hocha la tête.

– Si tu savais, papa… Tu n'aurais pas les moyens de l'acheter.

– Je vais la récupérer.

Mac ponctua cette déclaration de son fameux sourire.

– Qu'est-ce que tu t'imagines ? Que tu vas débarquer et organiser une de tes petites réunions ? Comme si t'étais toujours le caïd ? Tu ne fais plus peur à personne, papa. Tu n'as plus de copains. Il y aura peut-être deux ou trois vieux assis devant le Foodmaster qui viendront te serrer la main et peut-être te présenter leurs respects. Ce n'est pas comme avant. Le code, il n'y en a plus. Les anciennes manières, tout ça, c'est fini.

– Ça ne va pas seulement être comme avant, Duggy, répliqua Mac, la sonnerie de la caisse enregistreuse retentissant dans sa tête pendant que lui dansaient des dollars dans les prunelles. Ce sera mieux. Laisse le FBI recourir aux grands moyens. Il n'y aura que vous deux, Jem et toi, et moi je dirigerai les opérations...

Doug le regarda fixement. Mac allait sortir.

Doug fonça dans la nuit et tourna en rond avec sa Corvette à cent cinquante à l'heure au milieu de l'agglomération de Boston, en empruntant les bretelles qui reliaient les deux autoroutes traversant plusieurs États, la 93 et la 95. Il lui arrivait de se dire qu'il avait sublimé les pulsions mauvaises de sa jeunesse dans ce moteur V-8 de quatre cent cinq chevaux tout en aluminium. Il surveillait les phares dans son rétroviseur au cas où le FBI l'aurait suivi, ou même seulement Jem, alors qu'en réalité c'était son père qui l'inquiétait. Le vieux truand n'avait pas cessé de le talonner.

Comme tous les autres spécialistes des hold-up et des attaques de fourgons blindés de la vieille école, dans le quartier Mac était considéré comme un vrai cascadeur. Il faisait partie des casse-cou qui préféraient s'en prendre à des transports de fonds que se fixer une fusée sur le dos. Ils n'arrivaient pas à atteindre leur objectif ? Eh bien, c'était le boulot qui voulait ça et, pour eux, se retrouver en taule revenait à effectuer un séjour à l'hosto. Voilà ce qui attendait Doug : il allait attraper le virus du taulard dont était atteint Mac. Les années lui échappaient, à l'image du cancer que la radiothérapie avait brûlé. Son père était l'incarnation d'une vie pas drôle.

Seize mois. Pour Doug, ça aurait tout aussi bien pu être seize jours…

Il regagna Boston avec la Caprice et se gara dans la petite rue où le stationnement était interdit, juste derrière Peterborough. Les lampadaires et le halo lumineux de la ville lui permirent à peine de trouver le chemin du jardin de Claire Keesey, de sauter par-dessus le grillage et d'ouvrir son coffre en bois qui n'était pas fermé à clé.

À l'aide d'une pelle à manche court il creusa le sol retourné, un mètre vingt lui paraissant suffisant pour entreposer provisoirement des choses.

Le seul moment où il courrait un risque serait lorsqu'il reviendrait avec les centaines de milliers de dollars glissés dans des feuillets en plastique, eux-mêmes placés dans des boîtes de pièces détachées pour automobiles. La nuit, quand il faisait bon, le Back Bay Fens, à savoir l'étang situé tout près, attirait des tas d'individus douteux et il avait fait du boucan en creusant. Mais la circulation dans Boylston Street avait étouffé le bruit des lourdes boîtes tombant au fond du trou. Il regarda un instant sa petite fortune avant de reboucher la fosse et eut presque envie de réciter une prière. Il ne voyait pas très bien le rapport qu'il pouvait y avoir entre la visite qu'il avait rendue à son père et le fait de sortir son magot de chez la grand-mère Seavey pour le planquer dans le jardin de Claire Keesey, mais dès qu'il s'agissait d'argent, il suivait son instinct. La situation était en train de bouger, ça, il en était sûr.

L'appeler.

Il en brûlait d'envie. Ce qu'il venait de faire, planquer un trésor dans son jardin, pouvait passer pour un engagement de sa part. Il palpa ses poches pour voir s'il avait des pièces de monnaie et pensa même à ce qu'il allait lui dire depuis un téléphone public. Il l'inviterait au mariage qui avait lieu le lendemain. Il débarquerait avec elle à son bras. Lorsqu'il repartit avec sa voiture, il trouva agréable d'y penser. Ce fut presque comme s'il pouvait y arriver.

23

Réception

Penché au-dessus d'un verre d'eau de Seltz parfumée au citron vert, sa cravate défaite, Doug était assis et regardait Gloansy et Joanie, le marié et la mariée, longer ensemble, tout au fond, le hall de l'antenne locale des Veterans of Foreign Wars [1]. La nouvelle Mme Joanie Magloan, qui tenait à la main une Budweiser Light, donnait l'accolade à tous ceux qui étaient dans les parages et leur faisait la bise, tandis que les maris et les pères qui se trouvaient là venaient échanger en blaguant une cordiale poignée de main avec Gloansy, qui se forçait à pousser de grands rires. Pendant ce temps, le petit Nicky Magloan s'était installé à la même table que sa grand-mère, avec son visage constellé de taches de rousseur et ses mains toujours en mouvement et couvertes de glaçage pour un gâteau servi indifféremment aux mariages ou aux baptêmes.

Le Monseigneur tira une chaise à côté de Doug et se posa dessus.

– Quand même, dit-il, elle est nulle, la musique.

– Desmond…

Doug, qui était de mauvais poil, l'accueillit chaleureusement.

---

1. Association d'anciens combattants ayant servi à l'étranger (*NdT*).

Dez s'était mis en costard. Derrière ses éternelles lunettes, il avait le regard chaviré. Jem avait en effet offert aux invités des tournées de Car Bombs, à savoir une demi-pinte de Guinness avec du Jameson et du Baileys.

La fille avec laquelle Dez était venu, une dénommée Denise ou Patrice, enfin un truc dans ce style, travaillait comme opératrice aux renseignements téléphoniques et avait le visage maigre et les bras flasques. Elle quitta son siège, de l'autre côté de la piste de danse, pour aller aux toilettes.

– Tu l'as laissée toute seule là-bas, fit observer Doug.

– Elle veut pas voir les autres. Elle connaît personne et dans ce groupe… comment veux-tu présenter des nouveaux venus ? Et puis l'autre con de Jem, il se croit drôle à faire des allusions à ses « ailes de chauve-souris », comme si elle ne savait pas qu'elle a des gros bras ! Quel connard !

Il ramena sur lui les rabats de son smoking. On aurait dit qu'il s'enveloppait dans une couverture.

– Ça m'apprendra à essayer d'amener quelqu'un. Je constate que toi, tu es venu en célibataire.

Doug haussa les épaules et se rassit. Il essaya de s'imaginer avec Claire, serrés l'un contre l'autre au fond de la salle, en train de se moquer des gens autour.

– En tout cas, t'es moins con que moi, reprit Dez. Elle déprime, et moi aussi. Je lui ai déjà appelé un taxi.

– Voilà les jeunes mariés, annonça Doug.

– Oui. Qu'est-ce que tu penses de la robe ?

– Sympa. Si on aime les moustiquaires…

– Je parlais de son décolleté.

Joanie était le genre de fille qui ne ratait aucune occasion de montrer ses nibards.

– Elle est costaud, déclara Doug, mais c'est son grand jour.

Elle se précipita, Doug se leva pour lui faire la bise, sa joue frôlant la sienne enluminée par la couperose et récoltant pour sa peine un bon coup de presse-tétines. Après avoir sifflé une ou deux bières, Joanie était toujours partante pour un salut cordial. En prime, elle lui serra le menton pour le remercier d'être le parrain de Nicky.

– Je ne sais pas, Joanie, dit Doug en désignant de la tête le gamin barbouillé de gâteau. Je ne suis pas sûr que le baptême ait bien pris. Le petit avec les taches de son est toujours habité par le diable.

Elle fit sembler de le gifler, puis elle se frotta les nichons contre Dez.

– Superbe, ta robe, dit ce dernier en essuyant ses lunettes comme si elles étaient couvertes de buée. Il y a des tas de peluches dessus.

– Elle me gratte autant que si j'avais de l'urticaire, avoua-t-elle en balayant la pièce du regard et en redressant ses nibards avant d'avaler une autre gorgée. Surtout ne tombez pas la veste, les mecs, enchaîna-t-elle, et restez dans les parages. On va bientôt prendre des photos.

Gloansy s'avança à sa place, échangea des saluts avec le poing, l'air hébété et dans le coaltar.

– T'as qu'à me prendre maintenant.

– Elle a parlé de photos, corrigea Doug.

– Je sais, je sais. Mais c'est son mariage, mon pote. Je suis déjà en train de défiler pendant ma lune de miel… Elle va te laisser faire ça, ta femme ?

Dez le recadra aussitôt :

– Dans ce domaine, Elisabeth Shue n'a pas voix au chapitre.

– D'accord, Dez est bourré, mais toi, t'as pas intérêt à l'être. Où est passé Jem ?

– Qu'est-ce que j'en sais… En train de faire des siennes quelque part.

– Essayez d'empêcher qu'il s'énerve, d'accord ?

Doug échangea avec Gloansy un salut du poing et le regarda s'éclipser pour rejoindre sa femme. Ça ne lui avait jamais plu que Joanie soit au courant de ses exploits – en partant du principe qu'elle en savait au moins autant que Krista, à qui Jem racontait des choses, ce qui était trop. Doug n'avait jamais compris qu'on parle à sa copine, sa femme ou son frère jumeau irlandais. Il lui arrivait de se demander ce que sa propre mère avait dû savoir pour faire ses valises. C'était là une autre raison pour laquelle ils étaient si durs avec les gens de l'extérieur. La cambriole, voilà encore un truc dans lequel il faut être né.

– Il va falloir que j'aille voir ce que devient Patrice, dit Dez, qui se dirigea vers la porte en passant d'un dossier de chaise à l'autre.

Doug se rassit et regarda un vieux couple danser tout seul sur le parquet, suivi par le photographe qui le prenait au flash. Avec son smoking de magicien à quatre sous et ses cheveux blonds ramenés en arrière, le type avait un côté louche. Il faisait aussi office d'opérateur caméscope et Doug avait passé la moitié de l'après-midi à fuir son objectif indiscret.

– Il est pris, ce siège ?

Encore un objectif indiscret qu'il avait fui. Krista s'assit et Doug s'intéressa aux danseurs maladroits, applaudissant poliment à la fin du swing.

Elle but son eau de Seltz parfumée au citron vert en veillant bien à ce qu'il assiste à la scène.

– Tu sais pourquoi la copine de Dez est en train de pleurer dans les toilettes ?

Doug secoua la tête.

– J'ai pas l'impression qu'elle se sente la bienvenue.

– Tu ne m'as rien dit sur ma robe.

– Elle est sympa, répondit-il alors qu'il ne l'avait pas regardée depuis qu'elle s'était assise.

Il avait envie de se montrer vache. En général, ça décourageait les gens, mais pas Krista.

– Il paraît que ça porte bonheur dans un mariage quand une demoiselle d'honneur et un garçon d'honneur font équipe.

Un autre air démarra doucement, le DJ agaçant expliquant que c'était à la demande expresse de quelqu'un.

– C'est que ta copine Joanie a bien besoin d'en avoir, de la chance !

Elle arrosa ça, but encore et se rapprocha.

– Tu sais, je crois qu'on n'a jamais été aussi clairs. Enfin, à jeun. Réfléchis. On ne s'est jamais regardés une seule fois dans les yeux pour s'expliquer.

Il entendit, du côté du bar, acclamer son nom et vit qu'on le saluait en levant des bouteilles et des verres roses. C'est alors qu'il reconnut la chanson : *With or Without You*[1], celle qu'il avait chantée au mariage de Dearden.

S'ensuivirent d'autres acclamations et sifflets. Doug opina du chef en dépit de sa colère, fusillant du regard les miettes et les taches sur la nappe.

Krista lui donna un coup de coude.

– Tu danses avec moi ?

– Je ne suis pas d'humeur à ça.

– C'est un slow. Tu vas voir, ça va te changer les idées. On n'est même pas obligés de danser pour de bon, suffira d'être debout ensemble.

Il leva un peu les yeux, vit tanguer des couples. Il se sentait vidé, comme une bougie en bout de course et prête à s'éteindre.

Elle posa la main sur la sienne, caressa ses veines proéminentes.

– Tu sais que tu me l'as chantée, cette chanson ?

1. « Avec ou sans toi » *(NdT)*.

Elle lui retourna la main, laissant voir sa paume, plus douce, dans laquelle elle se réfugia. Il prit exprès l'air absent, jusqu'à ce qu'elle retire sa main. Elle se renversa sur sa chaise.

– Je devrais peut-être demander à Dez.

Complètement éteint, Doug haussa les épaules.

– Peut-être.

Dez était en train de rebrousser chemin dans la salle, comme aimanté par la musique. Il leur sourit et répondit à un geste de Krista en montrant du doigt sa chemise froissée, puis il changea de direction et vint les voir.

– Salut, dit-il en jetant un coup d'œil à Doug.

– Elle est partie ? voulut savoir Krista.

– Oui, soupira-t-il. Elle s'est tirée.

Krista sortit les jambes de dessous la table, ce qui fit remonter sa robe.

– Doug ne veut pas danser avec moi. Alors que j'ai besoin de danser.

Dez ne comprit pas tout de suite qu'elle lui demandait d'être son cavalier. Il se tourna vers Doug.

– Ne fais pas comme si c'était lui le patron, lui lança-t-elle en se levant. Si tu veux danser avec moi, emmène-moi sur la piste.

– Entendu, répondit Dez, ragaillardi, qui saisit la main qu'elle lui tendait.

Elle finit son verre et le posa ostensiblement à côté de celui de Doug. Il était sûr qu'elle l'avait regardé en s'éloignant, mais il n'allait pas lui faire le plaisir de lui rendre la pareille. Voilà ce qui se passe quand on rompt sans vraiment se quitter, songea-t-il. Les cicatrices démangent et on les gratte. Il se forme des croûtes qui, elles, ne disparaissent jamais.

Jem s'approcha de la piste de danse – lui, le point focal de cet endroit qu'on ne quittait jamais, lui autour duquel les autres gravitaient sur l'orbite de la nostalgie, de la sensibilité à coups de poing, de son attachement brutal et jamais démenti aux vieilles habitudes de Charlestown…

Il avait tombé la veste, un pan de sa chemise à moitié sorti. Une High Life restait prisonnière dans sa main. Il jubilait comme un dingue et avait le regard allumé.

– Hé, là-bas, au bar ! Je bois à la santé de Gloansy !

Dez et Krista ne s'étaient guère éloignés, et Doug vit Dez lâcher la main de sa cavalière.

– Tu as déjà porté un toast, lui dit Doug.

– C'était pour les cadavres ici présents, tu comprends ?

Jem s'approcha et attrapa Doug par le bras pour le forcer à se lever, ce dernier le sentant agressif alors qu'ils faisaient quelques pas.

– On en est où ? Ça se passe bien ?

– Ça baigne.

– J'ai les vêtements, j'ai les combinaisons.

Collé à lui, il lui parla à l'oreille tout en l'entraînant.

– J'ai trouvé les combinaisons dans une entreprise de réparation de climatiseurs à la périphérie d'Arlington… C'est génial.

– On a du boulot ce soir. Faut couper le grillage et se trouver un pick-up à faucher. Tu as dit que tu serais sage, non ?

– Ah… dormir… À quoi bon ?

Alarmant, l'éclair bleu et blanc qui brillait dans ses yeux de taré… Dehors il pleuvait, mais ses cheveux auburn étaient secs.

– Où étais-tu passé ? Qu'est-ce que tu fabriquais ?

Son sourire narquois…

– C'est une fête, mon pote. Une grande occasion.

Il désigna les médailles de la Seconde Guerre mondiale exposées sous verre derrière le bar.

– Je t'ai déjà dit que mon grand-père s'est comporté en héros ?

– Uniquement quand tu bois des Car Bombs.

Son rire…

– Putain… Je suis dingue, ou alors tu vas m'expliquer pourquoi le Monseigneur tenait la main de ma sœur.

Les autres se réunirent autour de Gloansy, le chahut attirant de nouveaux invités et même quelques dames.

– T'énerve pas, c'est tout, lui conseilla Doug.

Jem ricana… puis s'écarta de Doug pour courir après Gloansy, le poing levé, faisant semblant de lui allonger en traître une pêche au ralenti, mais en mettant le paquet. La tête de Gloansy vola en arrière, ses lèvres de crapaud arrosant de bière la compagnie, tandis que les gloussements de Jem amenaient les mecs trempés à s'esclaffer, ce petit numéro réussissant à faire fuir les dames, à l'exception de Krista. Elle resta à côté de Dez en essayant de lancer des regards à Doug.

– Et voilà, dit Jem en quittant le groupe et laissant voir une dizaine de High Life au long goulot décapsulées qui attendaient.

Elles circulèrent vite dans la confusion qui régnait, passant de main en main comme des armes avant une embuscade. Doug se retrouva lui aussi avec une bière à la main, froide, lisse.

– C'est un grand jour pour Gloansy. Joue pas les tarlouzes, lui glissa Jem à l'oreille.

Doug regarda la canette glacée qui n'avait pas de secrets pour lui et lui tenait bien dans la main. Il loupa la plupart des grivoiseries qui fusèrent lorsqu'on porta un toast, la bouteille suant de froid entre ses doigts. Jem se lança dans une déclaration, comme quoi, alors qu'on sait que le mariage et la naissance d'un enfant, ça vous change un bonhomme, il était persuadé que Gloansy resterait toujours au fond et pour de bon pédé jusqu'au bout des ongles. Ce qui déclencha au final

339

une autre salve de rires de pochetrons, ponctuée par le vieux salut irlandais : « C'est comme ça ! »

Jem trinqua bruyamment avec Doug avant de retourner sa canette et de la vider cul sec. Tous les autres firent de même.

Voilà ce qu'était devenue la vie de Doug : une boisson qu'il ne pouvait pas avaler, une fortune qu'il ne pouvait pas dépenser, une fille qu'il ne pouvait pas aimer !

Ce ne fut pas la soif qui fit s'effondrer les premiers remparts, mais ce dégoût qu'il éprouvait pour lui-même. Cette nullité. Et la fébrilité de ses copains, le piège dans lequel il était tombé et où il étouffait.

C'est alors qu'on lui piqua la canette. Dez, juste à côté, lui siffla sa bière en lui adressant un clin d'œil complice et alcoolisé. Derrière lui, Krista s'essuya les lèvres, une High Life vide à la main. Quand elle était soûle, elle voulait être à jeun. Quand elle était à jeun, elle avait envie de boire.

Doug s'en alla. Il avait traversé la moitié de School Street lorsque Jem le héla et l'amena à se retourner.

– Hé ! entendit-il sous la pluie, Jem tenant sur le perron la porte du local de l'association entrouverte. Qu'est-ce qui se passe ? Tu vas où, comme ça ?

– Nulle part, répondit-il en se remettant en route. Ça me regarde. On se retrouve à minuit.

« C. Keesey » : tel était le nom qui figurait à côté de la sonnette, écrit à la main et en majuscules. La porte s'ouvrit tout grand, et Claire écarquilla les yeux.

– Salut, dit-il en faisant de la buée sous la pluie. Vous êtes partante pour une balade ?

Elle l'examina, lui et son smoking détrempé. Pieds nus, les ongles des orteils teints en rose, elle était en short bordeaux et tee-shirt gris pâle, lequel était chaud et sec. Elle jeta un œil dans la rue derrière lui, comme s'il avait laissé tourner le moteur de sa limousine.

– Qu'est-ce que vous fabriquez ?

Alors qu'il se disait qu'elle allait le flanquer à la porte, elle se poussa et l'invita à entrer.

Il s'engagea sur le palier carrelé de blanc en écartant les bras pour éviter de se mouiller le torse, ce qui les faisait ressembler à des branches dégoulinantes.

– Enlevez vos chaussures, lui dit-elle sans perdre le nord. (Elle tendit le doigt.) Et accrochez votre veste dans la douche.

En chaussettes humides, il avança lentement sur le carrelage, puis sur le parquet d'une salle de séjour recouvert d'une moquette jaune citron, et enfin sur le vieux carrelage noir de la salle de bains. Il enleva sa veste et la suspendit à la baguette du rideau rose de la douche que gonflait le vent, le châssis à guillotine de la fenêtre en verre dépoli donnant sur la ruelle battue par la pluie étant légèrement relevé.

De retour dans la salle de séjour, les vêtements collés à la peau, il prit le temps de regarder autour de lui. Aux murs des posters, dont celui de la publicité pour les cassettes Maxwell représentant un type qu'un coup de vent ramène sur sa chaise, et un autre sur lequel un couple s'embrassait dans une rue de Paris. Et puis les diplômes qu'elle avait obtenus, au lycée et à la fac. Posée sur une étagère en fil de fer achetée dans une quincaillerie, une chaîne qui n'était pas mal, entourée de CD. À l'extérieur du coin-cuisine, une table confortable destinée au petit déjeuner à moitié recouverte de courrier, un carnet de chèques et des relevés de compte dans des enveloppes attachées les unes aux autres. En guise de décoration, un grand verre à vin dans lequel flottait une petite fleur rose, qu'il examina à deux fois en se disant qu'elle l'avait rapporté du Tap le soir où ils s'y étaient retrouvés.

Elle sortit de la chambre et fit mine de lui balancer une serviette propre couleur chocolat avant de la ramener à elle pour la garder en otage.

– Pourquoi vous ne m'avez pas téléphoné ?

Il dégouttait sur son tapis.

– Parce que je suis un imbécile. Parce que je suis un con.

– C'est vrai, vous êtes un con.

Elle lui envoya la serviette.

Il y enfouit le visage, se cachant un instant, puis il entreprit de se sécher les cheveux. Il tamponna en vain son pantalon, qui était tout dégoulinant.

– Je n'aurais sans doute pas dû venir.

– Sans prévenir ? Pour mettre de l'eau partout chez moi ? Sans doute pas. Maintenant, asseyez-vous.

Elle avait un canapé en cuir fauve.

– Vous êtes sûre ?

– Asseyez-vous.

Il se posa doucement sur le canapé en essayant de faire le moins de dégâts possible. Elle s'assit en face de lui sur le guéridon, se tenant au bord et lui montrant ses genoux nus.

– Vous revenez d'un mariage ou quoi ?

– Exactement.

– Le vôtre ?

Rien qu'à y penser, ça le fit sourire.

– Non.

– Votre copine vous a largué ?

– Elle l'aurait sans doute fait si j'en avais eu une.

Elle le regarda dans le blanc des yeux, n'y détecta aucune trace de duplicité, puis se demanda dans quelle mesure elle pouvait jouer au détecteur de mensonges.

– Regardez comme j'ai eu un dimanche après-midi trépidant. Comment se fait-il que vous alliez tout seul à un mariage ? Et pourquoi vous ne m'avez pas appelée ?

Mais elle se leva sans lui laisser le temps de répondre et tendit brusquement les mains pour briser net.

– Vous voulez que je vous dise ? Ne répondez pas à ça. Ce n'est pas grave. Je n'en suis plus là. Je n'en suis plus à jouer à attendre ou sortir avec quelqu'un.

– Je ne joue pas…

– J'ai fini par comprendre que si ma vie part dans tous les sens, c'est parce que je ne la contrôle pas. Et il va falloir que ça change.

– Écoutez, ne… Est-ce que je peux vous dire quelque chose ? Je ne sais plus où j'en suis. Tout à l'heure, j'attendais devant votre porte… Chaque fois que je suis sur le point de vous voir, je me dis : « Elle n'est pas aussi jolie que ça. Elle n'est pas si gentille. Elle n'est pas si géniale. » Et à chaque fois je me trompe.

Elle regarda par terre et chassa une mèche qui lui tombait sur les yeux.

– Bon, vous avez le droit d'avoir votre opinion… déclara-t-elle avec un certain cran.

– J'ai essayé de ne plus penser à vous. Je n'ai rien contre vous… Je voulais seulement ne pas attendre trop de vous. Souffrir d'une rupture sans même… C'est fou, non ?

– Non. Non, je connais bien tout ça.

Il eut l'impression de barboter sur le canapé.

– Je suis désolé d'arriver à l'improviste. C'est idiot. Je m'en irai quand vous voudrez.

Elle réfléchit, puis tendit la main pour récupérer la serviette comme s'il était temps qu'il s'en aille… après quoi elle la lui appliqua sur le crâne et lui frotta énergiquement les cheveux à deux mains. Quand elle en eut fini, elle se laissa choir à côté de lui sur le canapé, tandis qu'il s'enroulait la serviette autour du cou.

– Je vous ai vu en photo hier, reprit-elle.

Il se figea. Son petit sourire le laissa pantois.

– Ça alors, vous avez l'air épouvanté. Elle n'était pourtant pas si mal, cette photo. Accrochée au mur du Club des garçons et des filles. Vous jouiez au hockey.

Doug avait imaginé des photos d'identité judiciaire, des photos prises pendant une filature…

– Oh là là… Oui.

– C'est un véritable petit musée qu'ils ont là-bas.

Il était maintenant très mal à l'aise.

– Je vous en prie…

– Vous portiez la tenue des Bruins.

– Les Providence Bruins. Deuxième division.

– Ils vous avaient recruté ? Vous étiez joueur professionnel ?

– Oui, à une époque.

Elle attendit.

– Et alors ?

Du coup il sentit la climatisation, sa chemise et son pantalon étaient tout humides et froids.

– Ça n'a pas marché.

Elle mesura sa déception.

– Enfin… vous avez fait de votre mieux, hein ?

– En réalité, c'est pire. On m'a viré parce que je me suis battu avec un mec de mon équipe.

– De votre équipe ? répéta-t-elle en réprimant un sourire.

– Il était meilleur que moi. Maintenant, je peux le dire. Pas tellement mieux… mais je ne m'étais jamais retrouvé dans cette situation, face à quelqu'un qui était plus doué. C'était un tireur, tout en finesse, et il espérait que je fasse obstruction à l'adversaire pour l'aider. À moi les coups de crosse et les pénalités, à lui de marquer des points et de remporter la palme. Et notre entraîneur marchait dans la combine, tout était goupillé pour préparer le mec à faire ses débuts comme joueur professionnel. Je ne me souviens plus de ce qui a mis le feu aux poudres. Une accumulation de contrariétés. Les deux équipes ont essayé de m'empêcher de lui taper dessus. Ce mec, je ne sais même pas s'il s'était déjà bagarré à cause du hockey. La seule fois où il a réussi à me toucher, c'est quand les autres me tiraient en arrière. Il m'a donné un coup de patin.

Elle tendit la main vers la cicatrice qui lui barrait le sourcil gauche.

– C'est comme ça que vous avez récolté…

– Oui, que j'ai été marqué à vie.

Il se rappelait être arrivé le lendemain à l'entraînement avec la gueule de bois et avoir été rejoint dans les vestiaires par l'entraîneur qui lui avait dit de ne pas se mettre en tenue. Puis il était monté voir le directeur général dans son bureau, où attendait son agent. Les fenêtres du bureau donnant sur la patinoire, il avait regardé s'entraîner son équipe pendant que le directeur général agitait un Tiparillo non allumé et le sermonnait. Il avait été question d'argent et de bon sens : qu'il avait coûté les yeux de la tête au club, et qu'il s'était comporté comme un imbécile. Malgré tout, on ne le virait pas purement et simplement. « Accorde-toi un peu de repos, remets les yeux en face des trous, mon petit. Continue à faire des exercices et évite les emmerdes. » On l'aurait repris deux ou trois mois plus tard, en repartant de zéro. Sauf qu'il était rentré furieux chez lui et avait regagné Charlestown animé par des pulsions autodestructrices. Il s'était bourré la gueule avec Jem et il avait fait le coup avec le pistolet. Son agent lui avait envoyé une lettre, où il évoquait un possible nouveau départ en Hongrie, en Pologne ou dans un coin du même genre. Il ne l'avait même pas rappelé.

Bien, se dit-il en revoyant tout ça alors que Claire était assise à son côté. *Je me souviens de tout. Ne bousille pas ça non plus.*

– Vous savez, fit-elle, quand j'ai ouvert la porte, j'ai cru que vous aviez bu.

Triste mais bien décidé, il sourit en repensant qu'il avait failli se laisser aller lorsque les autres avaient porté un toast au mariage, et fit signe que non.

– Je n'ai pas bu, mais réfléchi.

– Je me suis dit que vous aviez peut-être envie de baiser.

– Ah ! pouffa-t-il. Comment pouvez-vous… Oh là là ! Non. Enfin, à moins que vous soyez d'humeur à…

Pas même un rire de politesse. Dans une large mesure, il sentait bien qu'elle le taquinait, mais, d'un autre côté, qu'elle avait envie de l'envoyer sur les roses.

– Pour quelle raison êtes-vous venu ?

Avant de répondre à cette question, il se rassit, tant ça lui paraissait difficile.

– Le mariage que j'ai quitté… c'était plutôt une cérémonie des adieux. J'ai tiré ma révérence.

Elle hocha la tête sans comprendre et attendit qu'il s'exprime plus clairement.

– Il faut que je vous demande, reprit-il. Est-ce que je suis votre copain ?

Ce mot la fit sourire, mais pas le sentiment qui l'accompagnait.

– Mon copain ? Je n'ai pas eu de copain depuis le cours moyen.

– Est-ce que je suis votre mec ? Est-ce que je pourrais l'être ?

– Je n'en sais rien.

Elle ne broncha pas, le regarda, tout près, et resta impassible.

– Vous pourriez l'être ?

La question demeura en suspens. Des yeux, elle l'invita à combler le vide qui les séparait. Ce qu'il fit en l'embrassant à en perdre le souffle, puis il se renversa sur sa chaise, maintenant qu'elle lui avait répondu.

– C'est pour ça que je suis venu, dit-il.

24

La surveillance

Lorsqu'on surveille quelqu'un, c'est la loi de l'emmerdement maximum qui prévaut : ainsi, quand on oublie son appareil photo, on est à peu près sûr qu'il va se passer quelque chose qui mériterait d'être fixé sur la pellicule.

En filant Desmond Elden, ce dimanche après-midi où il tombait du crachin, ils se retrouvèrent à l'église Saint-François-de-Sales, en haut du vrai Bunker Hill (le célèbre monument qui porte ce nom se dresse au sommet de Breed's Hill – Dino affirma à Frawley que c'était toute une histoire…), pour assister à un mariage où Magloan était présent, apparemment le sien. Ne voulant pas prendre le risque d'entrer dans l'église, Frawley attendit au bord du trottoir avec Dino que la cérémonie soit terminée pour se mêler aux invités qui se dirigeaient vers l'antenne locale Joseph P. Kennedy des Veterans of the Foreign Wars, un immeuble isolé situé au pied de la colline, derrière le Foodmaster, et qui ressemblait à un cube en briques.

Dino resta garé dans School Street jusqu'à l'arrivée des derniers retardataires, puis il se glissa dans le parking, coinçant sa Taurus à côté d'une Escort bleu pâle qui arborait le nom d'un photographe écrit en lettres dorées autocollantes. De là ils voyaient bien l'entrée, les essuie-glaces balayant la pluie fine toutes les quinze secondes environ. Derrière l'immeuble, la ville bouchait la perspective, à l'image d'un mur.

– Il paraît que s'il pleut pendant la noce, ça porte bonheur, déclara Dino.

– Ça ne me dérangerait pas qu'il grêle.

– C'est la pire sécheresse qu'on ait connue en cinquante ans. Quand est-ce que tu vas te secouer ? Connaître un peu les joies du mariage ?

– Quand je pourrai me le permettre.

Frawley avait parlé deux ou trois fois avec Claire Keesey depuis qu'ils étaient sortis ensemble, et qu'ils avaient prévu un jour de se retrouver au Rattlesnake pour boire un verre ou deux, mais un hold-up à la banque Abington en fin d'après-midi (un braquage réalisé par un accro au crack tellement mal en point qu'il avait gerbé sur son flingue) l'avait forcé à tout annuler au dernier moment. Cependant, à en juger par les allusions de Claire, on pouvait tirer un trait sur le déménageur.

Les essuie-glaces dégageaient le pare-brise envahi par la pluie et permirent à Frawley de voir un mec tout de noir vêtu sortir de l'immeuble, puis descendre au pas de course le perron sans imperméable ni parapluie.

– C'est ta génération, commenta Dino avec le sourire. On redouble de prudence, on a la trouille de se marier… Mais quand on leur propose de se jeter à l'eau, ça se bouscule devant le plongeoir.

– Remets-nous un coup d'essuie-glaces, Dean.

Dino s'exécuta. Frawley vit le type en smoking, qui avait maintenant à moitié traversé la rue, se retourner et parler à un mec sans veste sorti sur le palier.

– C'est MacRay, dit-il.

– Lequel ? Celui qui est dans la rue ?

– Il me semble. Et l'autre, c'est Coughlin.

Dino baissa sa vitre, mais la pluie mit un terme à la discussion. Ils n'avaient pas l'air de se disputer, sans donner non plus l'impression d'être pressés de se revoir. MacRay s'éloigna de l'autre côté de la rue, Coughlin le suivant un instant du regard avant de rentrer en vitesse dans l'immeuble.

– Qu'est-ce que tu en penses ? demanda Dino.

Frawley vit MacRay s'engager dans le parking du centre commercial, devant le Restaurant 99, en rentrant les épaules à cause de la pluie.

– J'en sais rien. Il habite par là.

Il tendit le doigt vers la colline derrière eux.

– Il est peut-être sorti se chercher des bonbons Certs. Et, bon, qu'est-ce qu'on fout ici ? Ils ne vont quand même pas braquer leur propre mariage !

Frawley était en train d'enfiler son blouson imperméable rouge.

– Tu te casses, Dean. Moi, je descends ici.

– T'es sûr ?

– N'importe comment, l'arsenal maritime se trouvant par là, je vais voir où il va et je me débrouillerai pour rentrer chez moi.

– Moi, ça ne me dérange pas.

Frawley descendit de la Taurus (on s'aperçoit toujours qu'il pleut moins fort qu'on ne le croyait) et se dirigea au petit trot vers le parking de la galerie marchande en regrettant que ce ne soit pas Coughlin qu'il suive – il voyait bien le cogneur aux yeux pâles en meneur de la bande. On ne pouvait pas le louper, MacRay, avec son smoking ; aussi resta-t-il loin derrière lui, en le filant sur le parking, puis dans la rue et ensuite dans une ruelle qui montait après la patinoire.

En arrivant au carrefour des cinq rues, il sentit qu'il se passait quelque chose. Il eut l'impression que tout convergeait vers le même endroit, mais décida de penser à autre chose, jusqu'à ce qu'il se retrouve près de Packard Street et qu'une alarme commence à sonner dans sa tête. Il avait du mal à l'accepter, même lorsque

MacRay s'arrêta devant une porte. Il l'observa depuis l'angle de la rue, sans pouvoir dire, de là où il se trouvait, quel était l'immeuble où habitait Claire Keesey.

Il respira un peu quand l'autre changea d'avis et s'éloigna. Mais il s'avéra qu'en réalité celui-ci faisait les cent pas, et il le vit s'arrêter auprès d'un tuyau de descente, l'eau qui débordait en haut lui tambourinant sur les épaules.

Puis MacRay se pencha de nouveau pour appuyer sur la sonnette. La porte s'ouvrit, quelques mots furent échangés et on l'invita à entrer, puis la porte se referma.

Frawley longea le trottoir en pataugeant, grimpa le perron, trouva les sonnettes et remarqua tout de suite celle qui était mouillée. Lui était accolé un nom : « C. Keesey ».

Pendant quelques instants tout se brouilla, et il resta campé sur place. Elle avait fait entrer MacRay, un des truands qui avaient braqué la banque où elle travaillait et l'avaient ensuite prise en otage. Et lui, Frawley, il l'avait mise hors de cause. Il l'avait disculpée sans la moindre hésitation. Il avait même essayé de sortir avec elle !

Se serait-il fait rouler dans la farine ? Ces salopards se seraient-ils montrés plus malins que lui ? Se serait-il fait baiser la gueule par elle ?

Le déménageur.

Maintenant, si la porte se rouvrait, ils le verraient en face d'eux. Et ça, il en avait envie. Il avait envie qu'ils le voient, envie qu'ils sachent qu'il n'était pas dupe, qu'il les avait aperçus ensemble. Et alors…

Et alors, il n'en avait plus envie du tout.

Les autocollants apposés sur la fenêtre du premier étage de la maison de Brighton Street indiquaient, en lettres dorées, « Atelier de photographie Gary George »,

précisant en dessous et en plus petits caractères : « Por-
traits professionnels, visages, photos de charme. »

Il se glissa dans l'entrée en fer forgé qui surplombait
la fenêtre de l'appartement en sous-sol pour donner un
petit coup sur la vitre. De là, il avait une vue plongeante sur une salle de séjour, où un Indien en tee-shirt
et pantalon de ville était pelotonné sur un canapé avec
sa copine, en train de se faire des câlins devant un
match de football à la télé. Ils flippèrent en voyant son
écusson et le mec sauta du canapé pour appuyer sur
l'interphone et le laisser entrer.

Le carrelage du hall était fêlé, mais propre. L'amateur de football monta tout seul l'escalier à pas feutrés,
pieds nus, nerveux.

– C'est bon, je voulais juste que vous me fassiez
entrer dans l'immeuble, lui dit-il en lui remontant sa
plaque et en le renvoyant en bas.

Il monta au premier étage, trouva la porte de l'atelier
du photographe, toujours indiquée en lettres majuscules avec des espaces irréguliers. Il frappa et entendit
des pas de l'autre côté.

Il colla son badge sur le judas.

– FBI, ouvrez !

La porte s'entrouvrit de quelques centimètres, soit la
longueur d'une chaîne de sécurité. Le photographe
avait la peau luisante et polie comme s'il se l'était
grattée toute la soirée.

– C'est une blague…

Frawley enfonça la porte d'un coup d'épaule, faisant
sauter la chaîne et claquer la poignée, les maillons s'épar-
pillant sur le parquet en tintant comme des pièces de monnaie.

Le photographe recula en titubant, abasourdi. Il avait
enfilé une petite robe de chambre bleue en tissu-
éponge et ne portait rien en dessous. Frawley le savait

351

car sa robe de chambre s'était ouverte quand il avait été propulsé en arrière au moment où la porte avait volé.

Frawley se redressa, la porte ayant fait les frais de son explosion de colère.

– Ferme ta robe de chambre, Gary.

Gary George obtempéra.

– Vous n'avez pas le droit d'entrer ici sans un mandat de perquisition.

– Je n'ai pas le droit de recueillir des preuves sans mandat de perquisition, mais en général je n'ai besoin que de ça pour entrer quelque part (il lui tendit sa plaque), et de ça aussi (il ouvrit le rabat de son blouson pour lui montrer le SIG-Sauer glissé dans son étui d'épaule). En principe, ça suffit.

Les cheveux dorés de Gary George, ramenés en arrière pendant la journée avec du gel, lui retombaient maintenant, tout secs, sur le visage et lui caressaient les joues comme des herbes folles. Il fit un double nœud à sa robe de chambre. Frawley reconnut l'odeur de l'encens.

– C'est pas une bonne journée pour moi, Gary, reprit-il. C'est vraiment pas génial aujourd'hui. J'aime autant te le dire d'avance, pour éviter que t'aggraves encore les choses. Tu as bossé cet après-midi sur un mariage à Charlestown. Tu les connais comment, ces gens-là ?

– Je ne les connais pas.

– Qui t'a engagé ?

– J'ai apporté les fleurs.

– Tu as apporté les fleurs.

– Je l'ai fait avant tout pour rendre service à quelqu'un.

D'un seul coup, Frawley comprit et sursauta.

– Fergie le Fleuriste ?

Le silence de Gary George voulait dire oui.

– Fergus Coln, le truand et dealer de Charlestown ? Tu parles d'un mec à qui on a envie de rendre service !

352

(Il s'approcha pour regarder ses pupilles.) T'es défoncé ?

Il l'était trop pour lui tenir tête.

– Ça se peut.

– Les photos que tu as prises aujourd'hui, je les veux. Les photos de groupe pendant la réception. Tous ceux qui portaient un smoking. Je te les paierai et je te donnerai peut-être aussi deux ou trois sous pour remplacer la chaîne de sécurité que j'ai pétée… s'il n'y a pas de lézard. Marché conclu ?

Gary George réfléchit, fit signe que oui.

– Excellente décision, Gary. Pour le moment, tout va bien. Comment t'es équipé ? Tu as transformé ta salle de bains en chambre noire ?

Frawley fit les cent pas au milieu des éclairages d'ambiance, des embrasures de porte constellées de gouttes d'eau et des housses en velours, pendant que Gary George s'activait. On voyait sur un mur l'immense portrait d'un mannequin portant une perruque noire coiffée au carré, affublée de grands colliers et coulée dans une robe à la mode des années 20. Évidemment, il ne s'agissait de rien moins que Gary George en personne. Il découvrit dans la cuisine quatre bâtons d'encens en train de se consumer et les flanqua l'un après l'autre par la fenêtre, sous le crachin. La colère le reprit lorsqu'il repensa à MacRay en train de se prélasser chez Claire Keesey pendant qu'il attendait un travelo défoncé qui se trimbalait en robe d'intérieur.

– Hein ? lança-t-il quand, au bout d'une demi-heure, Gary George sortit de la salle de bains les mains vides.

– Je m'arrête un instant pour fumer une cigarette.

Il le refoula dans la salle de bains et ferma la porte.

Lorsque celle-ci s'ouvrit de nouveau, Gary George tenait des épreuves toutes dégoulinantes avec des pinces gainées de caoutchouc. Frawley examina la photo d'un groupe prenant la pose autour d'une table dressée, les mariés derrière, les invités assis devant sur des chaises. Il reconnut Elden tout à fait à droite, et Coughlin aux yeux de fouine presque au milieu, une canette de bière à moitié cachée à côté de sa jambe. Mais pas de MacRay. Et il ne se trouvait sur aucun autre cliché.

– Le grand balaise, dit-il. Avec un gros nez et plus grand-chose sur le caillou.

– Pour les mecs en smoking, ça s'arrête là. Ils n'avaient pas tellement envie de se faire tirer le portrait…

Frawley examina de nouveau la photo. La femme en robe noire moulante, une blonde ravageuse, style salope, ce devait être la sœur de Coughlin, celle qui partageait la maison avec MacRay et lui. Elle avait les yeux de Coughlin.

– Il est peut-être sur la vidéo, suggéra Gary George.

Frawley se retourna et le dévisagea. Il imagina ce que ça pourrait donner s'il passait sa colère sur Gary George au lieu de s'en prendre à la porte.

Il repassa en vitesse dans la pièce principale, lui prit la caméra des mains et éjecta la cassette VHS.

– Il va falloir me la rendre, dit Gary George.

Frawley ne conserva qu'un billet de vingt dollars et vida son portefeuille sur une table de machine à coudre tendue de dentelles.

– Tu parles de ça à quelqu'un, Gary, et je reviens avec une bonne paire de gants et un mandat de perquisition pour détention de stupéfiants, et je te mets cet appart sens dessus dessous. Compris ?

Gary George ramassa les billets.

– Il n'y a que trente-sept dollars…

Frawley était déjà ressorti dans le couloir et s'apprêtait à descendre l'escalier grinçant en ne pensant qu'à une chose : *MacRay, MacRay, MacRay…*

Troisième partie

Ça se gâte

25

Le pop-corn

Le gérant, Cidro Kosario, conduisait une Cressida bleu sale, dont le silencieux était HS. Il se gara à sa place habituelle, à l'ouest du Braintree 10, rabattit les pare-soleil argentés au-dessus du tableau de bord et de la plage arrière. Il ferma ensuite la voiture et se dirigea tranquillement vers la porte de service en faisant tourner les clés autour de son doigt. Il glissa celle qui convenait dans la serrure, et Doug sortit de derrière le local à poubelles.

– Bonjour, Cidro.

Cidro sursauta. Il vit leurs gueules d'affreux et les armes qu'ils braquaient sur lui, et ses yeux du lundi matin se brouillèrent comme des jaunes d'œuf piqués avec une fourchette.

Jem se tenait à côté de Doug.

– On est venus chercher le pop-corn.

– Entre ! lui ordonna Doug.

Cidro ouvrit la porte avec sa clé, la main gantée de Doug le poussant à l'intérieur. L'alarme se déclencha, stridente, panneau de contrôle clignotant sur le mur. Jem referma derrière eux, masquant ainsi la lumière du jour, et se campa devant lui.

– À tous les coups, tu n'arriverais pas à te souvenir du code même si tu le voulais.

– Et tu ne le veux pas.

Pour l'heure, Cidro n'était plus bon à grand-chose. Il leur jeta une fois de plus un regard (non, il ne rêvait pas), puis il considéra les motifs géométriques de la moquette sombre. Et ne leva quasiment plus les yeux pendant les deux heures qui suivirent.

Halloween avait toujours été la grande fête pour Doug et ses potes. À Noël on avait droit à des cadeaux, pour la fête nationale, le 4 juillet, on lançait des fusées et des pétards, mais il n'y avait qu'à Halloween qu'ils avaient l'occasion de se comporter en bandits, porter des masques, traîner toute la nuit et marauder.

Gloansy, quand parfois il menait la vie honnête de chauffeur syndiqué travaillant pour des boîtes de production cinématographique du coin, piquait toujours des trucs sur les plateaux : des accessoires, des câbles, de la bouffe… tout ce qu'il pouvait manger ou embarquer. Sur le tournage de *Malice*, un film avec Alec Baldwin, il avait fauché un coffret qui ressemblait à une mallette renfermant des articles de pêche, à quoi Doug avait depuis ajouté des déguisements de Halloween en promotion.

Dans l'heure qui avait précédé l'arrivée de Cidro, Doug et Jem s'étaient maquillés devant les glaces installées à l'intérieur du Caravan volé. Il s'agissait aussi bien d'avoir l'air intimidant que méconnaissable. Jem s'était tartiné le nez et les joues pour ressembler à une gargouille, puis il s'était posé un menton factice de vieillard et s'était collé un bourrelet au-dessus des sourcils, à la Frankenstein. Enfin, il portait la moustache rouge d'un clown. Au total, il ressemblait à un homme-chien, un clébard humain, et quand il s'était retourné vers Doug, assis à l'arrière, pour lui demander son avis, celui-ci lui avait dit :

– Putain, c'est atroce ! Tiens, prends mon fric, pendant que tu y es !

Doug, lui, s'était composé un personnage qui tenait à la fois du grand brûlé et du mec affreux atteint d'une maladie de peau chronique. Ils avaient un gilet pare-balles sous leur combinaison bleue de mécano, s'étaient coiffés de la casquette assortie et portaient des gants en latex bleu pâle, ainsi que de grandes lunettes de soleil métalliques. Doug était armé d'un Beretta, Jem d'un Glock 9 mm.

– Entre le code pour neutraliser l'alarme, ordonna Doug à Cidro en lui serrant l'épaule. Allez !

Cidro Kosario était un mélange de Noir et de Portugais, un jeune homme triste aux yeux sombres, aux cheveux courts et ondulés, avec un nez crochu et une peau grisâtre. Les types qui se font amocher dans les braquages sont de deux sortes : les connards et les mordus du cinoche qui ne demandent qu'à accomplir des prouesses. Doug l'avait donc filé.

– C'est quoi, ton gamin, Cidro ? Un garçon ou une fille ?

– Elle… euh ?

Cidro avait failli lever de nouveau les yeux sur eux. Après l'avoir vu, en compagnie de sa femme haute comme trois pommes, se balader avec une poussette devant un immeuble résidentiel de Quincy, Doug avait compris qu'il n'y aurait pas de problèmes avec le gérant.

– Une fille, ça, c'est sympa.

Il continuait à le tenir fermement par l'épaule.

– Bon, c'est un hold-up, d'accord ? Tout va bien se passer et, après, tu n'entendras plus jamais parler de nous. Il ne va rien t'arriver, à toi ou à eux, si tu es bien sage et fais ce qu'on te dit.

Doug le sentit trembler.

Jem s'empara des clés de Cidro.

– On est à l'intérieur, dit-il dans le talkie-walkie de la bande.

359

– Oui…, répondit Gloansy.

Derrière les portes du cinéma, ils se dirigèrent vers le hall central, mieux éclairé. À se retrouver comme ça pendant la journée dans un cinéma calme, Doug repensa aux séances de l'après-midi – il avait toujours l'impression de sécher les cours quand il allait voir un film l'après-midi, cela avant qu'il ne décide de les sécher une bonne fois pour toutes.

– Dans combien de temps le fourgon blindé va-t-il venir chercher le fric ?

Cidro commençait à craquer, se tortillait et avait du mal à rester debout.

– Dans une heure et demie, non ? reprit Doug.

Cidro essaya de répondre. Il avait une drôle de façon de respirer.

– Il faut que tu ailles aux chiottes, c'est ça ?

Cidro se figea, le visage tordu par la douleur.

– Tu as de la chance, on a le temps. Tu vas arriver à marcher ?

Doug attendit adossé au mur, en face des toilettes pour handicapés, son flingue braqué sur Cidro, dont le pantalon était baissé jusqu'aux chevilles. Le gringalet se tenait les genoux en se vidant dans la cuvette.

– Bon, allez, torche-toi ! lui lança-t-il.

On voyait bien que Cidro était mort de honte, tel un petit garçon.

– Ça y est ? On va aller voir au bureau.

Jem s'écarta en titubant, à cause du courant d'air qui se produisit quand la porte des toilettes se rouvrit.

– Oh là là ! Ça vous vide carrément les tripes, un vol à main armée ! lança-t-il, railleur.

Ils emmenèrent Cidro dans le bureau du gérant, fermé à clé, et passèrent derrière les trois panneaux en carton faisant de la pub pour *Independence Day*. C'était un coffre de dépôt – un petit regard percé dans le sol, avec deux verrous qui ressemblaient à des yeux au-dessus de la fente rieuse à travers laquelle on ne pouvait que glisser de l'argent.

– Si on te prenait la clé du coffre ? Comme ça, on sera prêts, dit Doug.

Cidro la sortit d'une caisse remplie de timbres et de chèques-cadeaux, au fond du tiroir du bureau. Les reçus des dépôts du week-end étaient attachés avec un trombone à une feuille de calcul posée sur un sous-main-calendrier en attendant qu'on en établisse le décompte. Doug jeta un œil aux bordereaux, et ce qu'il aperçut lui mit du baume au cœur.

Jem arracha du mur les fils du téléphone et les coupa, pendant que Doug examinait la pièce pour voir ce qui pourrait servir d'arme le cas échéant.

– À quelle heure arrive ton équipe de jour ?

Cidro regarda la pendule et tenta de gagner du temps. Doug ne voulut pas lui donner l'occasion de mentir :

– Vers 11 h 15, c'est ça ? dit-il en ramassant des ciseaux, un coupe-papier et un lourd presse-papiers, sur lesquels était marqué à chaque fois le nom d'un film différent, *Edward Scissorhands*, *American Me* et *Jurassic Park* [1].

– Bon, ressors d'ici et couche-toi à plat ventre sur la moquette. On va souffler un peu.

Cidro obéit, vautré sur le sol dans le couloir, face à terre, les poignets attachés avec un cordon en plastique.

L'impatience de Jem permit à Doug de s'installer peinard au bout du comptoir où l'on vendait des sucreries et de regarder son copain tourner en rond. Pas besoin de parler. Jem se balada dans le hall, examina

---

1. *Edward Scissorhands : Edward aux mains d'argent*, film de Tim Burton (1990), avec Johnny Depp ; *American Me : Sans rémission*, film d'Edward James Olmos (1992) ; *Jurassic Park :* film de Steven Spielberg (1993) *(NdT)*.

les affiches et les panneaux en carton montés sur pied et scruta le visage des vedettes, histoire de voir un peu ce qu'elles avaient de plus que lui. Il ouvrit ensuite un sachet de Goober, des cacahuètes enrobées de chocolat, et les goba l'une après l'autre.

Le talkie-walkie fit entendre la voix rauque de Gloansy :

– Le premier va arriver.

La montre de Doug indiquait 11 h 12.

– Cidro, dit-il en coupant les liens du gérant avec son Leatherman, maintenant tu vas te lever et laisser entrer le premier membre de ton équipe de jour. Tu as eu tout le temps de réfléchir, allongé par terre, et j'espère que tu as pensé à ta famille, à l'appart numéro 11 que tu occupes au troisième étage du Livermore Arms, et que tu n'as aucune envie de donner l'alerte à tes employés ou de te sauver en courant une fois que tu auras ouvert la porte de service.

Cidro fit entrer le premier employé, puis le deuxième, le troisième, le quatrième et le cinquième, sans qu'on déplore le moindre incident. Le vieux projectionniste porta la main à sa poitrine lorsqu'il aperçut Jem et sa gueule de chien, mais enfin ça se tassa quand celui-ci l'eut fait s'allonger par terre, les mains liées, comme les autres.

– Bordel, arrêtez de vouloir regarder par ici ! gueulait Jem toutes les cinq minutes, rien que pour entretenir leur frayeur.

Doug amena Cidro à l'entrée du cinéma pour qu'il ouvre les portes de devant, comme d'habitude, puis il referma à clé celles de l'intérieur, le fit revenir dans le hall et l'obligea à se coucher en attendant.

Jem se gavait maintenant de barres de Sour Patch Kids.

– Putain, c'est trop facile ! siffla-t-il en recommençant à tour-ner en round, ne voulant pas dire par là qu'il

362

y avait quelque chose qui clochait, mais que ça se passait trop bien et qu'il n'y prenait donc aucun plaisir.

– Le mec au yaourt ! annonça à 11 h 27 le talkie-walkie.

Doug gagna les portes teintées du hall et vit, tout au bout du parking, le mec au yaourt grimper sur le toit de sa Plymouth Neon pour déjeuner.

– Ça y est. Ils viennent dans votre direction, reprit Gloansy.

Doug bâilla, gonflant ses poumons d'oxygène, enrichissant le sang qui lui irriguait le cœur et le cerveau, tout en sentant naître en lui la vieille appréhension, ce qui n'était pas désagréable. Jem demeura avec les employés couchés sur le ventre, tandis que Doug faisait se relever Cidro et lui expliquait, sous la menace de son arme, comment ça allait se passer.

On entendit arriver le fourgon blindé : bruit du moteur, les freins qui crient, un « pouf » obscène qui s'échappe du pot d'échappement…

Gloansy avait maintenant changé de voix. Il était tout excité, dans le feu de l'action.

– La voie est libre. C'est le moment.

Ce qui signifiait que Gloansy avait bloqué Forbes Road, la seule voie d'accès, avec le camion de livraison vert en forme de cube du *Boston Globe* qu'ils avaient piqué dans la matinée à South Boston, au tout début de ce qui était censé être la lune de miel de l'homme à tête de crapaud.

Doug rendit les clés à Cidro, puis il se planqua derrière un panneau publicitaire pour *Striptease*.

Une ombre s'approcha des portes. On tapa avec une clé sur le verre.

– Vas-y, dit Doug à voix basse.

Cidro s'exécuta, introduisit maladroitement la clé dans la serrure et fit entrer le convoyeur à la moustache blanche et broussailleuse, qui tirait un chariot.

– Comment ça va aujourd'hui ? demanda ce dernier sur un ton impérieux, efficace.

– Bien, répondit Cidro.

– À la bonne heure.

Cidro le dévisagea pendant quelques instants, puis le convoyeur se mit sur le côté en attendant qu'il referme la porte à clé. Ce qu'il fit.

– On rentre et le tour est joué, dit le convoyeur à voix haute. Vous avez eu un week-end difficile ?

Cidro le fixa de nouveau.

– Ah, c'est votre petit dernier qui vous empêche de dormir ? Oui, moi aussi, je sais ce que c'est !

Cidro hocha la tête.

– Bien, dit-il en lui montrant le chemin de son bureau.

Doug sortit derrière le panneau en carton sur lequel on voyait Demi Moore lever son flingue et se précipita sur le convoyeur. Lequel s'immobilisa, embrassant tout le spectacle en un regard, le flingue, la casquette, les lunettes, le visage. D'un seul coup, il comprit qu'il s'agissait d'un hold-up. Mais avant qu'il ait eu le temps d'ouvrir la bouche ou même de lâcher son chariot, il se retrouva avec le canon du Beretta collé sur la figure, un peu comme si une mouche venait de se poser sur son nez.

Doug dégrafa l'étui qu'il portait à la hanche pour s'emparer du 38. Survint Jem, qui écarta Cidro. Doug lui remit l'arme du convoyeur pour récupérer à la place le talkie-walkie et les clés de Cidro.

L'adrénaline lui fit hausser le ton et avoir une drôle de voix :

– Arnold Washton, dit-il en direction du micro que le convoyeur avait sur la poitrine, c'est toi qui conduis le fourgon. Ta femme s'appelle Linda. Tu habites au 311 Hazer Street, à Quincy, et tu as trois petits chiens.

Ne lance pas d'appel de détresse. Je répète, ne fais pas ça. Explique-lui, Morton.

Hébété, le convoyeur ouvrait des yeux ronds.

– Morton Harford, 27 Counting Lane, à Randolph. Ta femme s'appelle aussi Linda. Tu as deux grands enfants. Explique-lui, Morton.

– Ils… ils sont deux, déclara Morton, qui avait perdu son ton bougon et bon enfant. Deux, à ce que je vois, Arnie. Ils portent des masques et sont armés.

– Ne lance pas cet appel, Arnold, répéta Doug. Les deux Linda te disent avec moi de ne pas bouger de ton fourgon et de ne rien faire. Il y a une camionnette qui se gare à côté de toi, elle est conduite par un type qui porte un masque de dinosaure. Il surveille les fréquences radio de la police et entendra tous les messages que tu pourras envoyer. Si tu es bien d'accord avec moi, ôte les mains du volant et lève-les en l'air, pour que l'autre les voie.

Ils attendirent, Doug tenant le talkie-walkie à bout de bras. La voix rauque de Gloansy, déformée par son masque, leur parvint :

– Il a mis les mains en l'air.

– Parfait.

Doug s'éloigna légèrement du convoyeur.

– Ouvre ta chemise, Morton. Il me faut ta radio et tes écouteurs.

Morton s'exécuta, mais lentement, comme si gagner du temps était pour lui une façon de résister.

Il sortit le micro de son tee-shirt à col en V, Jem le tenant en joue avec son propre 38, puis il remit à Doug les fils et le boîtier noir.

Jem lui palpa les jambes pour vérifier qu'il n'avait pas un autre étui à la cheville, tandis que Doug s'équipait du micro et se mettait les écouteurs dans les oreilles.

– Dis-moi quelque chose, Arnold.

Pas de friture sur la ligne de l'émetteur-récepteur, la voix d'Arnold était parfaitement nette.

— Écoutez, les mecs, aucune somme d'argent ne mérite qu'on…

— Ça va. Éteins-moi le système avec une main, puis tu la remets en l'air, comme l'autre.

Jem commençait à s'agiter et tenait l'arme du convoyeur tournée vers le bas, comme dans les films de gangsters. C'est alors seulement que Doug comprit qu'il ne lui avait peut-être pas confié assez de tâches.

Dehors, le grondement s'arrêta.

— Il a coupé le moteur, annonça Gloansy.

— Ça baigne, répondit Doug par radio.

Il s'adressa ensuite au chauffeur :

— Ne bouge pas, Arnold. On n'en a pas pour long-temps.

Il fit signe au convoyeur à la chemise ouverte d'aller dans le bureau. Cidro y entra le premier, suivi de Morton, qui poussait son chariot. Doug resta dans l'entrée.

— Vide le sac sur le bureau.

Le convoyeur se saisit du sac de toile bleu et vert, rempli de rouleaux de pièces de monnaie, qui était posé en bas du plateau, l'ouvrit et en sortit un paquet de billets d'un format habituel, à savoir dix liasses de cent billets d'un dollar tout neufs, reliées par des rubans bleus de la Réserve fédérale. Après quoi il baissa les poignées du sac tout tassé et regarda Doug, l'air de dire : « S'il n'y avait pas ce flingue… »

— C'est tout ? demanda Doug.

Morton ne répondit pas. Doug lui adressa un signe de tête, puis sortit de sa poche la première clé du coffre. Il l'envoya à Cidro.

Lequel l'attrapa et regarda Morton.

— Allez, fais ce qu'on te dit.

Le convoyeur moustachu fit encore plus la gueule. Il replongea la main dans le sac et sortit l'autre clé du coffre que détenait la Pinnacle.

– À genoux ! lui ordonna Doug. Enlève le plateau à pièces du chariot, ouvre le coffre et entasse les sacs.

Ils étaient en train de vider la cavité aménagée dans le sol des sacs qu'elle contenait lorsqu'on entendit des coups de feu dans le couloir. Instinctivement Doug se baissa, pivota et braqua son Beretta à l'extérieur du bureau. Il ne voyait rien, il ne savait pas où se trouvait Jem… qu'il faillit bien appeler par son nom. Il se retourna, mit en joue Morton et Cidro, qui s'étaient tous les deux plaqués au sol.

Encore des détonations. Doug enrageait de ne pas comprendre ce qui se passait.

– Merde ! s'écria-t-il, alors que la voix d'Arnold lui disait à l'oreille :

– Oh, putain, non !

Il ressortit, courbé en deux, ne voyant toujours rien. On entendit craquer et tinter du verre, et les hurlements des employés, Arnold lui criant dans la tête :

– Morty ? *Morty !!!*

Doug quitta carrément le bureau, penché en deux, balayant du regard le couloir, sans perdre de vue Morton et Cidro, reconnaissant l'odeur de la cordite, cherchant Jem. Puis un autre coup de feu et un bruit sourd… le tout suivi cette fois de la voix de Jem :

– Merde alors ! Ça, c'est un milk-shake d'enfer !

– Qu'est-ce que c'est que ce bordel ? lui lança Doug en reculant pour se planquer derrière un ficus en plastique.

C'est alors que Jem apparut, le 38 du vigile à la ceinture. Jem se retourna, pointa son arme en vitesse et fit feu à deux reprises, pan, pan, comme lors d'une fusillade. Bruce Willis, qui trônait sur un panneau publicitaire pour *Last Man Standing*[1], en trembla, tandis que Jem s'exclamait :

– Hip, hip, hip, hourra ! Enfoiré !

Le tout suivi d'un autre coup de feu.

– Y aura pas de match retour !

Sylvester Stallone, en vedette dans *Daylight*[2], sur son panneau se prit une balle dans le menton.

– Dis bonjour à ma petite…

Ce fut au tour d'Al Pacino, qui faisait de la pub pour *City Hall*[3], de se ramasser une bastos dans le buffet.

Le flingue émit encore deux déclics, vide, en fin de compte, épargnant de ce fait les vedettes d'un dessin animé : *Beavis and Butt-Head Do America*. Jem balança le flingue, remit le Glock dans sa main droite et aperçut Doug accroupi derrière l'arbre en plastique. Il haletait sous son gilet et se fendait d'un sourire dément.

– Morty ! hurlait Arnold.

Et Gloansy de crier dans la radio que Doug s'était accrochée à la taille :

– C'est quoi, ce bordel ?

– Arnold ! dit Doug en se redressant de tout son haut, repoussant l'arbre du coude et jetant de nouveau un coup d'œil à Morton et Cidro. Tout va bien, Arnold.

– Qu'est-ce que c'est que ce cirque ?

– N'appelle pas, Arnold. Ton coéquipier va bien, tout le monde va bien… Il n'y a pas de blessés. Tiens…

Palpitant de tout son corps, Doug regagna le bureau et força le convoyeur moustachu à se mettre à genoux.

– Parle-lui, Morton. Allez, dis-lui.

– Je n'ai rien, Arnie. Enfin, je crois.

– Il n'est pas blessé, confirma Doug.

---

1. *Dernier Recours*, film de Walter Hill (1996) *(NdT)*.
2. Film de Rob Cohen (1996) *(NdT)*.
3. Film de Harold Becker (1996) *(NdT)*.

– Je ne suis pas blessé, répéta Morton en s'examinant pour être sûr que c'était bien le cas.

– Sur quoi ils tiraient, Morty ? lui demanda Arnold… qui avait du mal à suivre et pensait que son équipier l'entendait toujours.

– N'appelle pas, Arnold, insista Doug, qui reprenait son souffle et attrapa Cidro par l'épaule pour l'obliger à se relever. Je te passe le gérant.

Il fit sortir Cidro du bureau et lui montra ses employés, tous couchés sur la moquette, les mains sur la tête.

– Explique-lui, Cidro.

Cidro regarda autour de lui et vit le carton qu'avait fait Jem dans le hall.

– Je ne…

– Dis-lui, bon sang !

– Il n'y a pas de blessés.

– Il n'y a pas de blessés, Arnold, répéta Doug en repoussant Cidro dans le bureau.

– Mais enfin, qu'est-ce qui se passe ? fit la voix de Gloansy dans la radio que Doug portait à la taille.

Doug saisit l'appareil.

– Ça va, tout va bien.

– Tout va bien ?

– Qu'est-ce qu'il fabrique, le mec au yaourt ?

– Rien. Il bouge pas.

– Parfait. Reste où tu es. On y est presque, hein…

Une fois le coffre vidé, Doug demanda à Morton de sortir le chariot dans le hall enfumé. Jem fit lever les employés, puis se dépêcha de les flanquer dans le bureau aux murs aveugles.

– Allez, magnez-vous un peu ! Allez, allez !

Il les y enferma avec Cidro et les prévint :

– Maintenant, s'il vous vient l'idée d'ouvrir la porte, je serai là !

369

Il leur claqua la porte au nez et décampa.

Morton poussa le chariot jusqu'aux portes du hall, l'air de se méfier, marchant sans bouger la tête, comme plongé dans ses pensées. Doug le rattrapa et le surprit en train d'examiner le hall pour essayer de trouver quelque chose.

— Tu réfléchis trop, Morton, lui dit-il.

Morton se raidit, ralentit encore. Sa moustache vibra lorsqu'il répondit :

— Personne ne m'appelle Morton.

— Moi si, Morton, ironisa Doug qui lui refit tâter du Beretta. Tu m'en veux en ce moment, Morton, je vois bien. Parce que j'ai mêlé ta famille à tout ça, tu es fou de rage. N'oublie pas que c'est pas ton fric, Morton, et que tu seras bien content de rentrer chez toi ce soir. Toi aussi, Arnold, ajouta-t-il en parlant dans son col. Maintenant, on va tous se tirer et tu vas rester où tu es, sans bouger. Dis-moi ce que tu vas faire, Arnold.

— C'est pas juste, protesta Arnold dans son oreille.

— Dis-toi que c'est ce que tu vas faire.

— Comme moi, le Bon Dieu t'écoute.

— Putain, dis-moi ce que tu vas faire !

— D'accord, soupira Arnold. J'ai rempli mon contrat. Pour le reste, je m'en remets à Lui.

— On va sortir, annonça Doug à Gloansy.

À l'aide des clés de Cidro, il déverrouilla la porte vitrée. Ils passèrent devant le cordon en imitation velours et les guichets qui se trouvaient de chaque côté, et Doug s'arrêta devant les portes qui donnaient à l'extérieur et n'étaient pas fermées à clé.

— Ça va, Morton ?

L'intéressé se contenta de regarder devant lui.

Ils sortirent sur le palier en ciment, en haut de l'escalier. Assis derrière la vitre du conducteur du fourgon de la Pinnacle, les mains levées au-dessus du volant, Arnold les observait.

Doug et Jem descendirent la rampe derrière Morton et son chariot rempli de fric, franchirent les marques au bord du trottoir délimitant la voie réservée aux pompiers et contournèrent le fourgon par l'arrière pour rejoindre l'endroit où était garé le Caravan, son moteur tournant au point mort. Gloansy était au volant, le visage caché par son masque de dinosaure, les yeux braqués sur Arnold.

Jem ouvrit la porte arrière de la camionnette et jeta les sacs à l'intérieur, Morton restant sur place, sa chemise déboutonnée flottant au vent. Doug se plaça derrière lui, scrutant le ciel ensoleillé pour voir s'il n'y avait pas d'hélicoptère.

– Arnold, dit-il, le dinosaure va continuer à surveiller les fréquences radio de la police, et moi, je vais rester en contact avec toi jusqu'à ce qu'on soit hors de portée, compris ? Avant ça, tu n'appelles pas.

Il se débarrassa de ses écouteurs sans même attendre que l'autre lui réponde. Jem referma le hayon d'un coup et Doug fit faire le tour du véhicule à Morton pour qu'il soit côté passager. Jem ouvrit alors la portière coulissante et grimpa à l'avant pour s'installer au volant. Sa portière étant baissée, il tint Morton en joue, celui-ci lui jetant un regard mauvais, pendant que Doug s'en allait lui fermer de l'intérieur la portière coulissante au nez.

Gloansy démarra sur les chapeaux de roue. Ils traversèrent le parking désert en faisant crisser les pneus et mirent le cap sur la falaise. Doug attacha sa ceinture de sécurité. Pendant ce temps-là, Jem sortit son arme de poing par la portière et visa le type au yaourt en train de prendre un bain de soleil.

Il ne tira pas. Gloansy braqua pour s'engager sur la bretelle d'accès d'urgence, heurtant au passage le portail (ils en avaient coupé la chaîne et neutralisé le cadenas pendant la nuit), puis il dévala la route. Elle

371

n'était pas plus en pente que Pearl Street, et Gloansy vira serré au bout, bouscula le second portail cisaillé et atterrit à côté des cages protectrices, les enclos recouverts de grillage réservés aux joueurs de base-ball pour éviter que les balles ne s'échappent, près du terrain de golf.

Gloansy enleva son masque et poussa la camionnette au maximum, traversant à toute allure le parking craquelé pour foncer sur la clôture qui séparait le bas de Forbes Road de l'autoroute fréquentée. Là aussi, ils avaient cisaillé à l'avance le grillage pendant la nuit, en coupant les anneaux bien au milieu afin que la camionnette l'enfonce du premier coup lorsqu'elle sauterait par-dessus le trottoir.

Ils avalèrent bruyamment une bordure envahie par des herbes hautes avant de se retrouver sur la 93, au niveau de la bretelle de sortie numéro 6. Ils coupèrent la route à une autre fourgonnette et tournèrent sur la bande d'arrêt d'urgence pour se mêler à la circulation, perdant dans l'aventure deux enjoliveurs qui roulèrent sur la chaussée comme des pièces de monnaie. Les autres conducteurs freinèrent et klaxonnèrent, Gloansy donnant de grands coups d'avertisseur pour faire dégager les banlieusards effrayés qui faisaient la navette à midi, fonçant droit devant lui, s'intégrant au flot des véhicules sur l'autoroute pour mettre le cap au sud et rejoindre la gare et l'endroit où ils allaient changer de véhicule. Derrière, les sacs remplis d'argent liquide se baladaient ; devant, Jem gueulait comme un putois et Doug, furieux, se découvrait le visage.

26

Sur la bande

Au bord de l'autoroute, Frawley regardait les véhicules défiler à toute allure comme si la fourgonnette verte risquait de repasser par là des heures après le braquage, MacRay et sa bande d'affreux avec leurs masques le conspuant, vitres ouvertes, et brandissant du fric.

Les traces de pneus, deux bandes étroites creusées dans le sol recouvert d'herbes hautes, conduisaient au grillage de deux mètres de haut et débouchaient sur l'autoroute. La bifurcation leur offrait toute une série d'itinéraires pour prendre la fuite… et patati, et patata.

Cloc ! Derrière lui, le seul employé présent sur le terrain de golf repartit de la zone de tir à la recherche des balles perdues après avoir regardé les flics et la camionnette servant à transporter les indices. Frawley aurait bien aimé être spectateur comme lui : il en avait marre de réfléchir en flic et vaquait à ses tâches de façon presque machinale, ne voyant pas très bien pourquoi il devrait s'intéresser à cette affaire-là, mais éprouvant aussi une colère noire envers ces truands.

Le photographe avait terminé, on avait mesuré les traces de pneus et fait des moulages, un pompier était en train de découper le bout du grillage pour qu'on puisse effectuer des essais comparatifs, au cas où l'on retrouverait l'outil dont ils s'étaient servis. Sauf qu'on ne le retrouverait pas. Ils avaient certainement dû le découper en morceaux, qu'ils avaient ensuite balancés dans des poubelles différentes, entre ici et Charlestown.

Dino lui expliquait qu'il faudrait estimer le temps qui s'était écoulé entre le moment où ils avaient cisaillé le grillage et celui où ils avaient scié les chaînes du portail. Il s'intéressait toujours au braquage. Frawley, lui, c'étaient les braqueurs qui l'intéressaient.

Il subsistait une lueur d'espoir du côté de la fourgonnette. Frawley avait lancé un avis de recherche concernant les camionnettes vertes à l'air louche, en s'intéressant tout particulièrement à celles avec plaques minéralogiques réservées aux handicapés. Personne, parmi ceux qui avaient assisté à leur fuite, n'avait fait état de ce genre de plaques, mais Dino et lui savaient bien que ceux qui attaquaient des fourgons blindés les affectionnaient car elles leur permettaient de se garer plus près des portes sans attirer l'attention.

Quant aux conducteurs qui avaient appelé la police, aucun n'était capable de dire à quel endroit la fourgonnette avait quitté l'autoroute. Pour Frawley, ils avaient dû la quitter pour mettre de la distance entre eux et ceux qui par hasard les avaient vus passer avec fracas à travers le grillage, mais sans aller trop loin avant de changer de véhicule, à cause des caméras installées sur les ponts enjambant la voie rapide.

L'hélicoptère de la télé les survolait de nouveau. C'était un après-midi de juin lourd et chaud, et des orages allaient sans doute faire baisser la température.

Son caleçon lui collait à la peau, comme s'il avait enfilé un pantalon par-dessus un maillot de bain. Ça tenait du masochisme de continuer à porter la cravate par un temps pareil, il en défit le nœud, la tira à lui et se la colla dans la poche, tandis que Dino et lui revenaient vers la bretelle. Tout se passait comme si cette chaleur était un obstacle supplémentaire que les voleurs avaient laissé derrière eux, un autre bras d'honneur qu'ils leur faisaient.

– C'est eux, déclara-t-il.

– D'accord.

Dino hocha la tête, sans remettre en cause le bienfondé de cette déclaration, mais désireux qu'il en apporte concrètement la preuve. Ses manches de chemise étaient trempées. Il les avait remontées, découvrant ses avant-bras recouverts de poils grisonnants.

– Le convoyeur et le gérant disent tous les deux qu'ils n'étaient que trois.

– Il pouvait y en avoir un de plus planqué derrière la camionnette. Ou alors un autre qui montait la garde au bord de la galerie marchande, à l'affût d'éventuelles voitures de police.

– Mais ils n'ont pas eu recours à des moyens techniques. Ils n'ont pas coupé un seul câble. On est en présence d'une bande qui a fait usage de la force.

– On n'a jamais vu les mecs recourir à la technologie moderne pour attaquer un fourgon blindé. Ça, c'est pas possible. C'est eux et ils n'ont pas traîné parce qu'ils savent qu'on les a flairés.

– D'accord. Mais Magloan… faire un coup le matin alors qu'il s'est marié la veille ?

– C'est justement la première chose que souligneraient les avocats lors du procès. Ils ont bien manigancé leur coup.

– Et s'il s'avère qu'Elden est resté toute la journée au travail ?

Frawley n'en démordait pas :

– C'est eux.

Un flic de Braintree montait la garde devant le portail en attendant que l'on vienne recueillir des échantillons de peinture verte laissée par la camionnette. La chaîne découpée gisait par terre, tel un serpent mort. Frawley et Dino remontèrent la route pour regagner le parking.

– Il y a sans doute eu un film qui a fait sensation ce week-end ? demanda Dino. *Twister ?* C'est ça, le film à la mode ?

Frawley n'ayant pas le moral, il essayait de lui changer les idées.

– Lors de la première ils ont battu des records question entrées, m'a expliqué le gérant. C'est ce que disait de sa femme mon ex-coéquipier : « Question entrée, elle se pose là ! »

Frawley hocha la tête, bien décidé à rester de mauvais poil. En haut de la pente soufflait un vent brûlant, qui faisait penser à la bouffée d'air chaud que l'on se prend dans la figure quand on ouvre un four. On avait déposé la chaîne cisaillée dans un sac à mise sous scellés, et il s'en dégageait un nuage de céruse, qui ressemblait à du pollen gris. Le camion de livraison du *Boston Globe*, volé dans le quartier de South Boston et qui leur avait servi à bloquer les voies d'accès au cinéma, était juché sur une remorque à plateau, ses pneus éventrés, ses flancs recouverts de poussière, comme s'il avait traversé une tempête de sable.

Debout derrière la glissière montant à hauteur des genoux qui bordait le parking, Frawley regardait de l'autre côté de l'autoroute encaissée la voie industrielle qui passait en haut d'une falaise travaillée à l'explosif. De là, on pouvait observer le cinéma sous une dizaine d'angles différents.

Ils traversèrent le parking pour rejoindre le fourgon blindé, toujours garé sur l'accès réservé aux pompiers, devant l'entrée du cinéma. Frawley trouva que le ruban jaune de la police avait quelque chose d'énervant et le déchira.

– Ils n'ont jamais touché au fourgon, déclara-t-il.

– Ils sont passés par-derrière. Comme dans l'affaire de Kenmore.

– Ils se sont donné du mal pour avoir l'avantage. Ils auraient pu se diriger directement vers le fourgon. On est dans un coin isolé ici… ça ne peut pas l'être beaucoup plus. C'est faisable, mais un peu tiré par les cheveux.

Dino tapota le flanc du véhicule comme il l'aurait fait avec un éléphant effrayé.

– Ils se sont méfiés.

Frawley regarda le ruban jaune qui serpentait sur le parking chauffé à blanc.

– Ils savaient qu'il y avait davantage de fric dans le fourgon, dit-il. Ils contrôlaient parfaitement la situation et ça leur a suffi. Ajoute des jours et des semaines de préparation, les repérages, les filatures de tous les individus concernés. Nos bandits ne veulent pas prendre de risques. Ils font super-gaffe.

– Un autre bon point pour nous, lui renvoya Dino. Ils sont trop prudents, trop rusés… Ils vont se planter.

– Oui, répondit Frawley en s'engageant sur le perron du cinéma. Sauf que j'en ai marre d'attendre qu'ils fassent une connerie.

Entrer dans le hall du cinéma revenait à passer d'un four à un frigo. Le gérant avait disposé des bouteilles d'eau et du pop-corn pour les flics. Ses employés et lui espéraient pouvoir rouvrir pour les séances de 19 heures.

– Le vieux, là… le projectionniste, il va bien ?

– Il n'a pas de douleurs dans la poitrine, rien que des gaz, plaisanta Dino.

Les deux convoyeurs étaient assis sur des chaises pliantes, la casquette à la main, en train de revoir leurs déclarations avec un VRP de la Pinnacle. Aux descriptions imprécises qu'ils avaient données des bandits, Frawley comprit que les menaces que ces derniers leur avaient adressées, du fait qu'ils savaient où ils habitaient, opéraient. Ni Harford, qui avait passé un moment

377

avec les deux braqueurs, ni Washton, à qui celui qui avait une radio avait donné des instructions, ne se disaient en mesure d'identifier les truands. Seul élément exploitable qui ressortait de leur récit, les déguisements effrayants, comme il y en avait déjà eu lors d'une autre affaire dans laquelle il soupçonnait les « pique-niqueurs », qui s'étaient alors attaqués à une banque coopérative de Watertown.

Les convoyeurs se comportaient comme si leur entretien avec l'huile de la Pinnacle n'était qu'une formalité. Ils s'étaient laissé suivre lorsqu'ils effectuaient leurs déplacements en fourgon blindé et lorsqu'ils étaient rentrés chez eux, ce qui était suffisant pour les faire virer.

Ça sentait encore la poudre. Il restait par terre de petits triangles orange numérotés correspondant aux preuves matérielles et indiquant où l'on avait retrouvé les douilles de l'arme de Harford. À côté d'un panneau publicitaire pour *Barb Wire*[1], Frawley examina les trous laissés par les balles sur les tétons de Pamela Anderson, dont la poitrine était corsetée de vinyle : cela tranchait sur les mille dollars en billets neufs, donc facilement repérables, qu'ils avaient eu la sagesse de laisser sur le bureau du gérant. C'était comme l'enlèvement après le Morning Glory : complètement dingue.

Ils s'étaient peut-être déjà mis à dépenser leur fric. Ils ne risquaient rien avec leur butin composé de billets usagés. Frawley se tourna vers Dino pour le lui rappeler, mais celui-ci avait disparu. Il se demanda combien de temps il était resté tout seul ici, à réfléchir.

Il vit le gérant à côté de la porte latérale, là où les truands lui avaient sauté dessus. Il était en train de bercer un bébé, sa femme le serrant par la taille. C'était une petite Latina aux cheveux blonds et raides, vêtue

1. Film de David Hogan (1996), avec Pamela Anderson *(NdT)*.

d'un chemisier en soie et d'une jupe en cuir rouge moulante. Un gérant de cinéma maigrichon avec une petite femme sexy, et l'agent spécial Frawley qui essayait encore de se servir de sa plaque pour s'envoyer en l'air !

Il se glissa dans une des salles vides et s'assit dans l'obscurité à la dernière rangée. Quand on l'avait appelé, cet après-midi, il n'avait même pas eu envie de donner suite. Il ne voulait rien savoir. « J'en ai assez de courir après les voyous et les casseurs de banques », s'était-il dit.

Maintenant, toute cette histoire le contrariait. D'une certaine façon, ces gus avaient franchi une étape en commettant ce hold-up et contrôlant les lieux, ce qui allait beaucoup plus loin que le coup des banques. D'un autre côté, c'était un pas en arrière, une opération peinarde, dans laquelle ils évitaient de s'en prendre à des établissements financiers. Il craignit de les voir lever le pied progressivement, jusqu'à ce qu'il se souvienne que les voyous comme eux n'arrêtent que lorsqu'ils se sont fait serrer.

N'importe comment, il n'y avait pas de temps à perdre.

Il continuait à ruminer au sujet de Claire Keesey, partagé entre un mépris souverain et ce désir qui lui faisait passer des nuits blanches. Couchait-elle en toute conscience avec l'ennemi ou bien n'était-elle qu'une pauvresse aux abois ? Il se leva et contempla l'écran vide, mais il avait beau faire, dans sa tête c'était toujours le même film : Claire Keesey invitant Doug MacRay chez elle, dans son lit, entre ses cuisses…

Il tomba sur Dino, qui l'attendait dans le hall et fit un geste avec son clipboard.

– Une camionnette en feu à environ un kilomètre et demi d'ici, dit-il. On est en train d'éteindre l'incendie. Il en restera peut-être quelque chose.

Pour évacuer le surcroît d'adrénaline ce soir-là, Frawley fit des tours et des détours dans Charlestown, passant dans les rues où habitaient les suspects, et même devant chez eux, au point de retourner jusqu'à la maison d'Elden, dans le Neck. Sur la Monte Carlo SS orange et noir garée en pente dans Auburn Street devant la maison en bois de Magloan, des boîtes de bière étaient toujours attachées au pare-chocs et la lunette arrière annonçait « Jeunes mariés », écrit avec une bombe à serpentins.

Il voulait se rappeler qu'il était à deux doigts de toucher au but. Il passa devant le Tap, dans Main Street, et pensa rentrer chez lui, prendre une douche et changer de vêtements, puis revenir ici boire une bière pour voir s'il pouvait faire remonter quelque chose à la surface. Au lieu de ça, il tourna dans Packard Street, passa devant chez Claire Keesey, puis il longea la petite rue derrière, cherchant l'inspiration et la Caprice toute pourrie de MacRay.

De retour chez lui, il se prépara un cocktail de protéines, mit du poulet au micro-ondes et le mangea en regardant à la télé la finale du championnat de basket entre les Bulls et les Sonics. Puis il prit une douche, rangea une pile de linge propre et ouvrit son courrier. Tout cela en guise de prélude au grand événement de la nuit.

Une réserve de beuh, un attirail pour la dope, des revues porno, des bas résille et des porte-jarretelles… le carton à baskets en bas de son placard aurait pu renfermer n'importe quel fétiche honteux. Sauf que son truc, c'était les copies des entretiens qu'il avait eus sur les scènes de crime et enregistrés sur microcassettes. Il brancha son magnétophone Olympus à la chaîne, écouta en guise d'entrée en matière des comptes rendus de vieilles enquêtes, puis les Morceaux de Bravoure –

les guichetiers qui pleurent, qui lui demandent des explications : « Pourquoi moi ? » –, rien que pour se mettre dans le bain. Puis, la lumière éteinte et les stores baissés, il s'allongea par terre pour écouter la voix de Claire Keesey envahir la pièce et le ramener à la chambre forte de Kenmore et à l'envie qu'il avait éprouvée ce jour-là, que justice lui soit rendue.

   ... celui qui était assis à côté de moi. Non, pas à côté de moi... mais sur le même siège, la même banquette... celui qui m'avait bandé les yeux... Je sentais bien que... enfin, qu'il me regardait.

27

Le lendemain matin

Il avait supporté toute la nuit la musique qui hurlait. En s'en allant, furibond, au petit matin, Doug descendit cogner à la porte de Jem, comme l'aurait fait un keuf.

Rien. Pas de réponse. Ses coups ne firent qu'ajouter des basses au vacarme.

Il arrivait en bas de l'escalier quand deux mecs ouvrirent la porte intérieure fermée à clé. Deux jeunes vigoureux au crâne rasé, portant chacun un tee-shirt différent, un pantalon de treillis et des chaussures de parachutiste. Des petits jeunes en tenue de camouflage qui avaient l'air de sortir du surplus militaire de Somerville.

Ils entrèrent comme s'ils étaient chez eux, faisant vibrer le carreau disjoint. Doug crut les reconnaître, c'était peut-être tout simplement des mecs de Charlestown. Puis il se rappela – au Tap, l'autre soir, les deux jeunes avec qui Jem parlait dans le coin.

Ça ne lui plut pas. Ils lui adressèrent un signe de tête, pas comme des amis, plutôt par respect pour lui et son gabarit, alors qu'il descendait l'escalier.

Ils le hélèrent :

– Salut. Ça va ?

Enfin, un truc dans le style.

– Qui vous êtes ?

– On monte voir…

– Comment se fait-il que vous ayez une clé ?

Il était face à eux sur le palier.

– Jem. C'est lui qui nous l'a filée.

Le nom de Jem était pour eux un vrai sésame.

– Comment ça ? Vous habitez ici ?

– Non.

Ils se regardèrent, comme deux chats, sentant que ça allait chauffer et ne sachant trop quelle attitude adopter.

– Faut qu'on le voie.

– Non. Pas dans cette maison.

Ils échangèrent encore un regard.

– Écoute, dit l'un d'eux sur le ton de la confidence, on sait qui tu es. On sait…

Doug lui tomba dessus, le saisit par le col de son tee-shirt et le plaqua contre la porte.

– Qui je suis, hein ? Qu'est-ce que tu sais, au juste ?

Il le repoussa assez violemment pour envoyer voler le carreau branlant de la porte, qui se brisa dans le vestibule minable. Il ne l'avait pas fait exprès, mais tant pis. Il lui fit carrément traverser le cadre vide, au petit jeune en tenue de camouflage.

– Du calme, mec, on voudrait seulement…

Derrière Doug, la porte de Krista s'ouvrit tout grand. Elle sortit pieds nus, portant un peignoir Victoria's Street en soie noire qu'il connaissait bien.

– Qu'est-ce que ?…

Elle s'interrompit en voyant Doug et le petit jeune en tenue de camouflage.

Dez se précipita à son tour vers l'endroit d'où venait tout ce boucan, enfilant une chemise. Il vit Doug et s'arrêta un instant… puis franchit le seuil, prêt à lui donner un coup de main.

Brusquement, le volume de la musique s'amplifia.

– Hé !

Penché au-dessus de la rampe, Jem regardait la porte défoncée. Il se retourna, descendit une marche, une vilaine robe de chambre blanche piquée dans un hôtel jetée sur un caleçon frappé du logo « smiley », des chaussettes de sport aux pieds, une grande tasse de café à la main.

Krista posa la main sur la poitrine de Dez, qui s'aplatit contre la porte.

Jem descendit encore quelques marches.

– Duggy, lança-t-il, c'est quoi, ce bordel ?

Doug lâcha le petit mec qui le fusillait du regard. Fous de rage, les deux jeunes le contournèrent pour rejoindre Jem en haut.

Doug attendait une explication, mais Jem lui fit comprendre que ce serait pour plus tard, le salua avec sa tasse, fit demi-tour et remonta l'escalier, précédant les petits jeunes en tenue de camouflage. Voyant que c'était allumé chez Krista, il redescendit quelques marches.

– Si c'est ma sœur, dis-lui que j'ai plus de slip propre et qu'elle peut faire une machine.

Il repartit dans l'autre sens et suivit ses petits chéris sur le palier, puis il s'enferma chez lui avec la musique.

Sur le pas de sa porte Krista faisait la gueule, tandis que Dez adressait un regard désolé à Doug.

Lequel quitta l'immeuble et se tira en écrasant du verre avec ses grosses chaussures.

28

Les indices

À l'intérieur du garage-hangar de la casse de South Quincy, Frawley et Dino examinaient l'épave carbonisée d'un Dodge Caravan modèle 1995. Le verre avait été entièrement soufflé par la fournaise. L'arrière et le milieu du véhicule étaient complètement détruits par le feu, le moteur avait fondu et le capot s'était déformé, pourtant le tableau de bord était intact. Le volant était tordu, mais restait d'une seule pièce.

– Ils ont apporté des modifications au véhicule, fit observer Dino en montrant une sangle noircie fixée à un système de blocage soudé au châssis, à côté de la portière du conducteur. Un harnais de voiture de course, précisa-t-il, au cas où ils seraient pris en chasse. Ils ont aussi remplacé le volant. Celui d'origine était équipé d'une barre antivol et ils ont dû la couper. Les liquides accélérants se trouvaient dans des sacs à congélateur scotchés au plancher, derrière, ce qui explique pourquoi c'est là que l'incendie a fait le plus de dégâts.

Frawley passa la tête par l'encadrement de la vitre avant gauche. La garniture avait fondu et de cet enchevêtrement se dégageaient des vapeurs toxiques et nauséabondes. Noir, avec des rainures pour mieux l'avoir en main, le volant était aussi équipé d'un bouton « tête de mort », ce qui permettait de le tourner plus vite.

– Pas d'empreintes, ajouta Dino. Le type au masque de dinosaure portait des gants de conducteur, d'après Washton.

Magloan. Frawley voyait bien Coughlin être le type silencieux portant une moustache de clown qui avait tiré dans le hall. C'était MacRay qui avait parlé, celui qui avait les oreillettes et les fausses brûlures.

– La bagnole a été volée dans le New Hampshire ?

– La semaine dernière, sur le parking d'un WallMart.

– Et les plaques réservées aux handicapés ?

– Piquées la veille à Concord sur une Astrovan custo-misée, devant un dispensaire médical.

Frawley alla voir l'arrière noirci de la voiture, encore chaud.

– Il y a ici des petits morceaux de latex provenant de leurs déguisements, et quelques lambeaux de tissu de leurs vêtements qu'ils ont fait brûler, lui indiqua Dino. Il doit s'agir des uniformes volés chez un teinturier d'Arlington. La boîte fondue, là-bas, c'est la radio du vigile.

Frawley se replaça devant le véhicule. Ça le turlu-pinait, ce volant tordu.

– Pourtant le volant n'a pas été volé, lui, déclara-t-il.

– Non. Il doit être neuf. On en trouve dans n'importe quel magasin spécialisé.

– Tu dis que le dinosaure portait des gants de conducteur ?

– Exact.

– Ceux qui découvrent les phalanges ?

– Faut croire.

Frawley tendit le doigt en avant.

– On a cherché des empreintes sur tout le volant ou seulement sur les rainures ? demanda-t-il.

Dino haussa les épaules.

– Il y a peu de chances qu'on en retrouve avec la cha-leur de l'incendie… Mais c'est une question judi-cieuse.

– Une femme qui, comme les autres, a appelé de l'autoroute… Tu te rappelles ?

– Elle a dit qu'ils klaxonnaient pour faire dégager ceux qui ne roulaient pas assez vite.

Frawley mima la scène.

– Il est gonflé à bloc, attaché avec un harnais de voi-ture de course et tourne son volant avec un bouton « tête de mort ». Ils viennent de faire un gros coup, alors il fonce sur l'autoroute et klaxonne…

Il fit semblant d'envoyer une pêche au milieu du volant.

Ils rapportèrent les casques de chantier qu'on leur avait prêtés et se retrouvèrent pour parler un peu à l'écart du chantier de Billerica, maintenant que Billy Bona leur avait menti sans vergogne. On entendit deux coups de sifflet, signe, comme il était indiqué sur un panneau accroché au grillage, qu'il allait se produire une explosion.

– Ces mecs ont utilisé une charge conique pour faire sauter le fourgon blindé à Weymouth, l'une des pre-mières.

Dino acquiesça d'un signe de tête, croisa les bras et se cala contre le coffre de la Taurus.

– Je me demande quel accord ils ont passé. On a peut-être quelque chose sur ce Bona…

Frawley leva la tête et plissa les yeux, à cause du soleil, en se jurant bien d'apporter lui-même sa citation à comparaître à Bona, pour complicité.

– Le problème, objecta Dino, c'est qu'officiellement ils sont venus travailler ici hier.

– Oui. Il se trouve qu'il avait sur lui leurs cartes de pointage.

– On pourrait interroger les mecs les uns après les autres, cuisiner tous les ouvriers du chantier, perdre un jour ou deux pour essayer de voir qui a bien pu travailler avec ces deux abrutis.

– C'est quand même bizarre qu'ils ne soient pas venus aujourd'hui. « C'est la première fois que ça leur arrive, à ma connaissance », qu'il prétend, le Bona. Mentir au FBI… Il est gonflé, le mec !

– Et y a aussi Elden, qui a également bossé toute la journée d'hier, et là on a vérifié…

– Oui. Son patron nous a expliqué qu'hier il est allé le voir avant de monter dans son pick-up. Soi-disant qu'il s'en souvient parce que le mec n'était jamais venu faire la causette, lui demander comment vont ses enfants, etc., etc.

– Ce qui signifie qu'il savait que ça allait avoir lieu. Il n'y a peut-être pas eu de dispute avec les autres. Pas s'il leur sert, lui aussi, d'alibi. Et Magloan… il ne faut pas se leurrer, il se trouvera bien quelqu'un pour jurer ses grands dieux qu'il fabriquait autre chose ce jour-là. Que tout cela soit bidon ou pas, le fait est qu'on n'a rien. Pas assez pour embarquer qui que ce soit.

– Je ne parle pas d'organiser un tapissage.

– Ça ne suffit même pas pour aller fouiner ici et là. On peut foutre le chambard à Charlestown… Même si on oublie Elden, qui n'a pas de casier judiciaire, les avocats vont se récrier et nous accuser de persécuter leurs clients. Ça ne va pas le faire.

– On peut y arriver.

– On n'a pas assez d'éléments pour les serrer, ces rigolos. Le procureur va nous renvoyer le dossier à la figure et, la prochaine fois, on sera grillés. N'importe comment, qui veux-tu qui te donne l'autorisation d'examiner leurs feuilles d'impôts ?

– MacRay n'a pas de carte de crédit, rien à son nom. La carte grise de sa caisse, une Caprice Classic complètement pourrie de 1986, est au nom de la sœur de Coughlin, qui occupe le rez-de-chaussée de leur baraque. Je me suis renseigné… il y a sept voitures à son nom, toutes couvertes par la même assurance. L'une d'elles est une super-Corvette. Je parie tout ce que tu veux qu'elle n'est pas au courant.

On entendit un coup de tonnerre, un coup de canon, et Frawley sentit le sol vibrer. Ils n'assistèrent pas à la déflagration, mais entendirent son écho s'amplifier, puis s'estomper.

– À mon avis, il va falloir mettre le paquet. Demander de l'aide.

Frawley guettait le nuage de poussière qui n'allait pas tarder à s'élever dans les airs.

– Ce n'est pas la peine.

– Si ces enfoirés s'aperçoivent qu'on les a dans le collimateur, on devra passer à la vitesse supérieure et les bousculer. Confier à d'autres une partie du boulot.

– On peut très bien s'en charger.

Dino gardant le silence, Frawley se retourna vers lui.

– D'accord, soupira Dino. Maintenant, veux-tu m'expliquer ce qui se passe ?

– Ce qui se passe, c'est que j'essaie de coincer des truands.

– Non, je crois que ce qui se passe, c'est que tu prends trop à cœur cette affaire. Je ne comprends pas pourquoi, mais c'est procéder de façon idiote et tu es trop malin pour ça. C'est comme ça qu'on fait des bourdes.

– Je veux qu'on règle cette affaire nous-mêmes.

– Écoute, Frawl… Je peux me montrer coriace. Il y a dix-sept ans que je suis inspecteur, je sais m'y prendre. Ça ne me dérange pas d'utiliser les grands moyens. Il me faut seulement une bonne raison pour ça.

Frawley fit marche arrière.

– Je ne parle pas d'ouvrir les hostilités, dit-il. Boozo et sa bande, on s'est donné un mal fou pour les avoir, et les autres, tous ces petits minables, nous narguent. MacRay et compagnie… On sait à qui on a affaire, et on sait où les trouver. Plus question qu'ils passent à travers les mailles du filet.

– MacRay ? s'étonna Dino. Je croyais que pour toi c'était Coughlin le chef.

– Maintenant, je pense que c'est MacRay.

Dino s'impatientait et fit la grimace.

– Et tu te fondes sur quoi pour affirmer ça ?

– Une intuition.

Frawley regretta aussitôt de lui avoir répondu ça. Dino croisa lentement les bras et s'adossa à la voiture pendant que Frawley attendait la suite.

– Qu'est-ce que c'est que ces salades ? Tu me parles d'intuition ?

– Écoute, Dino. Ces mecs sont une insulte, un affront. Ils se fichent de nous. Il est temps qu'on les fasse un peu flipper, nous aussi. Qu'ils commencent à baliser, pour changer, histoire de leur faire comprendre que ce n'est qu'une question de temps avant qu'on les coince.

Le portable de Dino sonna.

– Il reste une chance, déclara-t-il. Une seule.

Il s'en alla chercher son téléphone dans la voiture et resta sur place, le coude levé, en train de parler rapidement. Il mit fin à la communication, se retourna vers Frawley, l'air presque déçu.

– Ton volant, annonça-t-il. On a relevé une empreinte dessus.

29

L'interpellation

En sortant du coffee shop Lori-Ann, Doug vit deux flics en tenue qui attendaient au bord du trottoir. C'est uniquement parce qu'il n'eut pas envie, pendant une fraction de seconde, de renverser le grand thé qu'il tenait à la main qu'il ne prit pas ses jambes à son cou, comme il faillit le faire, ce qui pouvait se comprendre. Il eut un coup de sang, réaction viscérale devant ces deux flics qui symbolisaient la mort de la liberté. Mais ç'aurait été une grave erreur de s'enfuir en courant, et il frémit en pensant à la catastrophe à laquelle il avait échappé de justesse.

Autrement, tout avait l'air normal dans le bas de Bunker Hill Street à 7 h 30 du matin : des voitures passaient, les gens attendaient le 93 pour aller en ville, au carrefour deux petits jeunes de la cité étaient assis sur des ballons de basket. Pour arrêter quelqu'un qu'on soupçonnait d'avoir participé à un vol à main armée, le FBI aurait bloqué la rue comme on le fait le jour du défilé, ou alors il aurait envoyé des agents en civil lui délivrer le mandat.

Les flics s'approchèrent.

– Douglas MacRay ?

Il décida de venir avec eux, plutôt que de les suivre dans sa voiture. C'était encore une fois bon signe qu'ils lui en aient laissé le choix. On se sentait à l'étroit sur la banquette déchirée du véhicule de patrouille et, comme d'habitude, il n'avait guère de place pour se retourner. Pour une fois, c'était bien d'être là, sans avoir les menottes.

Il posa sa citation à comparaître à côté de lui, sur le vinyle recollé avec du ruban adhésif, puis il sortit un beignet recouvert de sucre-glace et mordit dedans, se rasserénant un peu.

– Si vous voulez, vous pouvez passer par Prison Point au lieu d'emprunter le pont de Charlestown, leur dit-il par l'hygiaphone, sauf si vous allumez le gyrophare.

Mais non, ils restèrent bloqués plusieurs minutes sur la carcasse métallique et grinçante du pont de Charlestown. Doug termina son deuxième beignet, un Boston à la crème, en lisant sa citation à comparaître. « Tribunal de district des États-Unis » : ainsi commençait le document. En dessous, il était stipulé : « Citation à comparaître devant un jury d'accusation ». Puis il y avait des cases, et l'on avait coché celle qui correspondait à « Documents ou objet(s) », en laissant vide celle à côté d'« Individu ».

Le secteur A-1 désignait, dans le découpage administratif de la police, celui concernant le centre de Boston et Charlestown. Le commissariat était un grand rectangle en briques, tout près de l'hôtel de ville et de la place située devant. Les flics se garèrent dans Sudbury Street entre deux autres voitures bleu et blanc, puis ils firent descendre l'escalier à Doug, franchirent les portes en verre et entrèrent avec lui dans le hall. C'était l'heure de la relève, et il y avait plein de monde dans les couloirs quand ils passèrent, à gauche, devant la pièce réservée aux femmes en garde à vue, pour rejoindre le bureau où l'on signifiait aux gens la raison de leur arrestation et d'où l'on voyait des types somnoler dans les cellules.

Le flic ouvrit le tampon encreur, Doug se lécha les doigts pour enlever le sucre qu'il y avait dessus.

– Qu'est-ce qui s'est passé ? Vous avez paumé mes empreintes digitales ?

On releva aussi l'empreinte de sa paume et celle du gras de sa main, en face du pouce, puis on lui demanda de serrer les poings pour appuyer à tour de rôle les phalanges sur le papier avant de lui tendre un mouchoir en papier. C'était tout à la fois étrange et inquiétant, même s'il donnait l'impression d'apprécier l'excursion.

On le prit en photo, de face et de profil, mais sans lui mettre un numéro de dépôt autour du cou. Il ne sourit pas, sans faire non plus la grimace, se prêtant volontiers à leurs desiderata.

À l'aide de cotons-tiges placés ensuite dans un tube en plastique dont on vissa le bouchon, on lui préleva des échantillons d'ADN à l'intérieur des joues. Puis on lui arracha onze cheveux.

– Si vous voulez, je peux aussi pisser dans un bocal, je viens de boire un grand thé.

On opposa une fin de non-recevoir à sa proposition. À la place, on lui tendit un texte et on lui fit lire, devant un magnétophone numérique, des phrases que les victimes du braquage avaient mémorisées :

Arnold Washton, 311 Hazer Street, Quincy.

Morton Harford, 27 Counting Lane, Randolph.

Enlève le plateau à pièces du chariot, ouvre le coffre et entasse les sacs.

N'oublie pas que c'est pas ton fric, Morton, et que tu seras bien content de rentrer chez toi ce soir.

Y aura pas de match retour !

Dis bonjour à ma petite...

On est venus chercher le pop-corn.

On lui fit répéter trois fois la dernière, jusqu'à ce qu'il la lise d'une traite, après quoi on le laissa aller aux toilettes pisser ce qu'on n'avait pas voulu recueillir, puis on l'enferma pendant près d'une heure dans une salle d'interrogatoire. Les murs, qui avaient fait l'objet d'une isolation phonique, étaient recouverts d'une tapisserie. Il se leva pour aller regarder le thermostat, car il avait entendu dire que c'était là que ceux qui procédaient aux interrogatoires planquaient des micros, mais pour être fixé il lui aurait fallu enlever le boîtier. Il préféra siffloter, à l'intention d'un public imaginaire, l'air d'une ballade irlandaise, *The Rose of Tralee*, en espérant que ça plairait…

Celui qui entra se présenta comme étant Drysler, le lieutenant-inspecteur affecté au détachement spécialisé dans les hold-up de banques. Il avait de longs bras et le dos voûté quand il marchait, à la façon d'un homme de grande taille qui commence à prendre de l'âge. Il posa un clipboard sur lequel figurait le relevé des empreintes digitales de Doug, sortit des lunettes de lecture, puis croisa ses grands bras, un peu comme on replie les pieds d'une table de jeu.

– Une seule chance, lui dit-il. Je te laisse tenter le coup une fois, c'est tout.

Doug hocha la tête, l'air intéressé.

– Tu es le premier que je fais conduire au poste, reprit Drysler. Tu as de la veine qu'on te donne l'occasion de passer un accord avant les autres.

Là encore, Doug hocha la tête et se pencha vers lui.

– D'accord, c'est moi, avoua-t-il. Dites à O.J. Simpson que l'enquête est bouclée. C'est moi qui ai tué Nicole Brown Simpson et Ron Goldman.

Drysler le dévisagea, trop vieux et trop pro pour se mettre en rogne.

– Ça t'a plu, la prison, MacRay ?

– Je dois dire que non.

– Il paraît que dans la vie on a toujours le choix, mais c'est faux. On fait un choix, puis un autre, puis encore un autre : ce qu'on mange, les vêtements qu'on porte, l'heure à laquelle on va se coucher et avec qui on couche. Là, tu n'as pas fait le bon choix, MacRay, et tu risques de ne plus avoir l'occasion de choisir quoi que ce soit. C'est ça, la vie en prison : l'absence de choix…

Doug avala sa salive, les propos de l'inspecteur, plus âgé que lui, le touchant de plein fouet, mais il réussit quand même à sourire.

– Si vous avez ce machin-là écrit sur un autocollant, par exemple, je repars avec.

Drysler s'accorda un moment de réflexion, puis il hocha la tête.

– Bien, tu es libre.

En se dirigeant vers le hall, Doug passa devant un mec à côté d'un distributeur d'eau fraîche. Il avait tombé la veste, comme Drysler, et une cravate bleue toute simple, jetée sur une chemise blanche, était rentrée dans son pantalon brun clair. Il buvait dans un gobelet en papier en forme d'entonnoir en l'observant. Doug se dit qu'il avait déjà vu ces yeux.

Le type baissa son gobelet et le dévisagea en avalant avec une dégaine de frimeur. Doug l'avait déjà dépassé lorsque ça fit tilt dans sa tête. Il s'arrêta et se retourna.

– Hé, lui lança-t-il, vous n'avez plus de boutons ?

L'agent du FBI continua à le regarder de l'air suffisant qu'ont tous ceux qui ne se sentent plus pisser avec leurs plaques de flics en civil. La seule chose qui le distinguait un peu, c'était ses cheveux, qui n'étaient pas raides et serrés comme ceux d'un mec ordinaire, mais fauves, bouclés et tout emmêlés. Doug le dominait de six ou sept centimètres et pesait au moins vingt kilos de plus.

– Alors, comme ça, il a suffi d'un peu de pénicilline pour régler le problème ?

Le regard de l'autre se figea. Drysler s'approcha pour faire circuler Doug, qui aurait sans doute passé son chemin si ça n'avait pas été plus fort que lui. Il s'arrêta de nouveau, claqua des doigts, désigna l'agent du FBI au visage insolent, métier oblige.

– Chevrolet Cavalier rouge, c'est ça ?

Pas de réponse, le mec du FBI serrant le poing pour comprimer au maximum le gobelet en papier.

Doug sourit, fit demi-tour et longea le hall. Mais en arrivant devant l'escalier qui donnait sur le trottoir, il n'avait plus le cœur à rire.

Chez Spencer Gifts, on trouvait des chopes en forme de culs qui pétaient quand on les inclinait pour boire. Il faisait sombre dans le petit magasin tout en longueur et il y régnait un vacarme effrayant, le vendeur installé derrière le comptoir, qui ressemblait tout à la fois à un rabbin orthodoxe et à Flea, le chanteur-bassiste des Red Hot Chili Peppers, marmonnant les paroles angoissées d'une chanson stridente des Nine Inch Nails, comme un autre dirait ses prières sur son lieu de travail.

Doug se sentit ridicule, cet endroit ayant perdu tout intérêt à ses yeux depuis dix ans, mais enfin il n'y avait pas de mecs du FBI dans la boutique, où la musique faisait écran à d'éventuels micros.

Dez arriva en retard, ses lunettes à monture noire lui donnant un côté sérieux parfaitement ringard lorsqu'il passa devant des accessoires de body art et des bagues à tête de mort. Il était dans tous ses états, aussi Doug tendit-il la main pour le calmer et le salua-t-il en vitesse poing contre poing.

– Ils sont venus me chercher au boulot, sur le parking, lança Dez. Après être allés voir mon patron pour vérifier mes déclarations.

Doug hocha la tête en surveillant la porte du magasin.

– Du calme, mon gars. Ne t'affole pas.

– Ils ont essayé de me faire perdre mon boulot. Il s'agit d'un jury fédéral, ajouta-t-il en baissant la voix.

– T'excite pas. Ça signifie seulement que tout un tas de gens vont se réunir pour voir si les preuves sont concluantes.

– Ah bon ? C'est tout ?

Ça ne lui allait pas du tout, à Dez, de répondre sur un ton sarcastique.

– Les keufs. Qu'est-ce que tu leur as dit ?

– Ce que je leur ai dit ? Je ne leur ai rien dit du tout ! Ils ne m'ont d'ailleurs rien demandé, sinon de sourire devant l'appareil et d'ouvrir la bouche. Je ne sais pas si c'était pour (par précaution, Dez regarda derrière lui deux jeunes qui l'épiaient à travers une affiche du rappeur Tupac et une autre représentant des feuilles de marijuana)… la dernière histoire ou une autre… Ils n'ont absolument rien dit.

– Et toi non plus.

– Évidemment ! Putain… Ils t'ont fait un prélèvement dans la bouche ?

– Oui. Ils ont relevé l'empreinte de ta paume et de tes phalanges ?

– Oui. C'est pas normal ?

La camionnette n'avait peut-être pas bien brûlé. Ou alors Jem avait fait une connerie, comme d'enlever un gant pour manger un bonbon devant le comptoir. Ou bien rien du tout.

– Ils ont donné un coup de pied dans la fourmilière pour voir ce que ça rapporte. Pour nous provoquer.

– Eh bien, de ce côté-là, c'est réussi !

Doug opina en silence, ce qui le fit taire.

– J'ai lu dans le journal qu'ils ont embarqué une quinzaine d'autres mecs de Charlestown. Un coup de filet, rien que des types du milieu… sauf toi. S'ils viennent te chercher alors que tu n'as pas de vol avec violence dans ton casier, ça veut dire qu'ils s'intéressent aux autres coups.

– Mais enfin comment ? Comment se fait-il qu'ils soient au courant ?

– Qu'ils soient au courant, ça nous complique les choses, voilà tout. Reste à savoir s'ils ont des preuves ou pas.

Dez regarda tourner une boule accrochée au plafond, comme il y en a dans les discothèques.

– Quand même… ils ont essayé de me faire perdre mon boulot…

Doug hocha la tête. Il n'en revenait pas qu'à ce stade Dez s'inquiète pour son boulot. Deux personnes entrèrent dans le magasin. Ce n'était pas vraiment des femmes, elles n'avaient pas trente ans à elles deux, avec une frange qui leur retombait sur le front et des oreilles percées sur lesquelles il y avait davantage de métal que de chair.

– Jem pense que tout ça vient de la directrice de la banque de Kenmore, déclara Dez.

Doug le regarda.

– D'où tu sors ça ? Tu lui as parlé ?

– Non, pas ces derniers temps. Ça remonte à un moment.

– Quand ça ? Qu'est-ce qu'il a dit ?

Dez haussa les épaules.

– Uniquement ça. Qu'elle leur a raconté des trucs, ou qu'elle savait des choses… En tout cas, elle nous porte la poisse, tu es bien obligé de le reconnaître.

– Comment ça ?

– Tu parles ! Depuis, ça n'arrête pas.

Doug détourna le regard, pour éviter que Dez ne voie qu'il était contrarié. Au passage, il aperçut une affiche de Jenny McCarthy, la blonde agrippait ses seins nus comme si elle allait se les arracher et les lui jeter à la figure.

– Jem déconne à pleins tubes, déclara-t-il. Il a joué les cow-boys, l'autre jour, au cinéma. Il a tiré avec une des armes de l'agent de sécurité, et sans aucune raison valable.

– Il a parlé de moi ?

– De toi ? Comment ça… Tu as bavé ?

– Non. Une minute… C'est ce qu'il croit ?

– Bof, moi, j'en sais rien du tout, de ce qu'il peut croire, je l'ai pas vu. De quoi parles-tu ?

Dez essaya de s'expliquer, n'y arriva pas, soupira, réessaya :

– De Krista.

Doug le fixa. À cause du reste, il avait complètement oublié ce paramètre.

– Ah là là…, fit-il, passablement dégoûté.

– Je l'ai croisée au Tap, à la fin de la journée où vous êtes passés à l'action.

Dez le jaugea en se demandant s'il devait lui en dire davantage.

– On est restés un moment ensemble, puis elle a eu envie de voir ce qu'il y avait à la télé sur le hold-up, aux infos de la nuit.

Doug savait très bien comment se comportait Krista quand elle avait bu. Elle s'envoyait plein d'autres mecs. Et là, elle s'était envoyé Dez.

– Mon pote, je ne vais pas te le répéter. Elle t'a manipulé. Elle t'implique dans ce qu'elle croit être la bagarre qui nous oppose, elle et moi, sans comprendre qu'il y a longtemps que j'ai tiré un trait là-dessus.

– Duggy…

– En plus…

Un type en polo et coiffé d'une casquette de base-ball passa devant la porte sans regarder à l'intérieur, ce qui suffit à rendre Doug nerveux et à lui donner l'impression qu'on lui avait tendu un piège.

– En plus, reprit-il, elle est tout le temps en train de faire des courses pour le mec qui a assassiné ton père.

– Son oncle… Elle bosse pour lui, elle s'occupe de sa comptabilité.

– C'est au mieux un cousin éloigné, très éloigné… Et Krista n'a pas la réputation d'aimer les chiffres, Dezi.

– Qu'est-ce que tu racontes ?

C'était complètement idiot, de la part de Dez, de craquer sur elle alors que ça commençait à sentir le roussi pour eux.

– Tu vas te calmer, nom d'un chien ! Je suis en train de t'expliquer qu'elle donne de temps à autre un coup de main à Fergie le Fleuriste, et tu sais aussi bien que moi ce que trafique ce mec. Ouvre un peu les yeux.

– Ils sont grands ouverts, Doug.

– Génial ! Ah, dernière chose…

Dez était maintenant de mauvais poil et hargneux.

– Quoi ?

– Le mec dans la Cavalier rouge garée devant la maison de ta mère… Il était tout à l'heure au commissariat en même temps que moi.

Dez changea de visage et redevint nerveux.

– Non !

– Et ce coup-ci il n'était pas déguisé. Il fait partie du FBI et c'est après nous tous qu'il en a.

Il lui enfonça un index dans la poitrine.

– Si tu veux vraiment te faire du souci, voilà une bonne raison d'être inquiet.

30

Je veux te faire un cadeau

Il l'observa un moment, agenouillée, en train de faire du jardinage, avant de se manifester. En cette longue semaine de la fin du mois de juin, c'était une véritable débauche de couleurs et ça respirait la vie. Même s'il avait toujours trouvé que le jardinage était complètement inepte (cela revenait à faire s'épanouir un bout de terrain, pour le voir ensuite dépérir, donc une tâche vouée à l'échec), il y avait quelque chose d'adorable dans la façon dont elle s'y consacrait, sans se soucier de ce que cela donnerait.

Tout cela lui vint à l'esprit juste avant qu'elle ne l'aperçoive, lui, Doug, en train de la regarder agenouillée sur le sol qui recelait des trésors, la lumière faible et oblique du soleil couchant lui dessinant une ombre portée tout le long de son jardin-sanctuaire.

— Je veux te faire un cadeau, dit-il.

Ils étaient sur la place, devant l'église de la Trinité, au milieu d'un attroupement qui s'était formé autour d'un bateleur qui jonglait avec deux quilles, une boule et des chaussures de bowling. En réalité, il n'y avait que Claire qui l'admirait ; Doug, lui, observait son air amusé. Des applaudissements saluèrent la fin du numéro. Claire frappa tout doucement ses mains levées sur sa poitrine.

— Qu'est-ce que tu veux m'offrir ?

– Qu'est-ce qui te fait envie ?

– Euh…

Elle lui reprit la main et tourna légèrement sur ses talons.

– Qu'est-ce que tu dirais d'une voiture ?

– D'accord. Quel modèle ?

– Je plaisantais. Je n'ai pas envie d'une voiture.

Il ne répondit pas, attendant la suite.

– Tu parles sérieusement ? lui demanda-t-elle.

– C'est la première chose qui t'est venue à l'esprit.

– Parce que moi, je disais ça pour rire.

– Si en plus on remplaçait ta Saturn, ça serait très bien pour toi.

Elle sourit, déconcertée.

– Je-ne-veux-pas-changer-de-voiture.

– Très bien. Alors qu'est-ce que tu veux ?

Elle s'esclaffa.

– Je ne veux rien du tout !

– Réfléchis. Quelque chose que toi, tu ne t'achèterais pas.

Elle joua le jeu et fit mine de réfléchir.

– J'ai trouvé. Un yaourt glacé chez Emack.

– Pas mal. Mais je pensais plutôt à un bijou…

– Ah oui ?

Elle sourit en regardant le trottoir devant eux.

– Un yaourt ou un bijou. Je pourrais passer une nuit entière à hésiter entre les deux.

Des boucles d'oreilles, ça ne l'emballait pas vraiment. Il regarda son cou, gracieux et dénudé.

– Et un collier, ça te dit ? Où irais-tu te chercher ce genre d'article ?

Elle se prit la gorge avec sa main libre.

– Voyons… Chez Tiffany !

– D'accord. Alors ce sera Tiffany.

– Tu sais que je suis toujours en train de blaguer.

– Tout à l'heure, oui, quand il s'agissait d'une voiture. Mais quand j'ai parlé de bijou, j'ai eu l'impression que tu l'as pris moins à la légère.

Elle éclata de rire et lui donna un petit coup de poing à la poitrine, comme pour le punir de lui avoir fait cet affront.

– Qu'est-ce qui t'arrive ce soir ?

– J'ai envie de t'offrir quelque chose. Laisse-moi faire.

Munie des clés de la vitrine (un trousseau énorme, digne d'un gardien de prison), la vendeuse, toute en hanches, attendit que Claire se retourne et relève ses cheveux. Elle manœuvra le fermoir, Claire se campa en face de la glace posée sur le comptoir, ouvrit les yeux et contempla le diamant qui scintillait sur son cou parsemé de taches de son. Enchâssé dans l'or, le solitaire bougea quand elle avala sa salive.

– C'est de la folie, souffla-t-elle.

– Il te va bien.

– Comment tu peux… Tu n'as pas les moyens de m'offrir ça !

– C'est moins cher qu'une voiture.

– Et ça dure plus longtemps, renchérit la vendeuse.

Claire ne quittait pas le diamant des yeux.

– J'en arrive presque à le regretter, dit-elle.

Elle tourna la tête et le regarda briller.

– J'ai bien dit « presque », hein ?

La vendeuse hocha la tête.

– Vous réglez par carte ou vous avez besoin d'un crédit ?

– En liquide, répondit Doug en mettant la main à la poche.

Claire s'arrêta un peu plus loin devant une vitrine pour se regarder, avec en toile de fond des stylos à plume et des couteaux de chasse. Elle s'effleura la clavicule en faisant exactement le même geste que les femmes sur les publicités pour diamants.

– Maintenant, il va falloir que je change de garde-robe, en tenant compte de ça.

Doug remarqua qu'elle ne portait rien au poignet.

– Il y avait aussi un bracelet assorti, tu t'en sors bien.

Elle l'admira encore un peu, puis laissa retomber sa main.

– Je n'aurais jamais dû te laisser m'acheter ça.

– Pourquoi ?

– Parce que. Parce que c'était l'intention qui comptait, il suffisait que tu brûles d'envie de me l'offrir… J'adore, quelle qu'en soit la raison. C'était ça qui était génial. Rien ne dit qu'une femme plus solide ne te l'aurait pas fait comprendre… je ne plaisante pas… Elle t'aurait demandé d'en rester là. Quelqu'un de mieux dans sa peau, peut-être. Il n'empêche que tu n'étais pas obligé.

– Le sentiment de culpabilité… on l'éprouve immédiatement.

– Tu as vu ?

Elle sourit un instant, puis se tourna vers lui, le visage redevenu grave.

– Doug… Il s'est passé un truc aujourd'hui. J'ai quelque chose à t'annoncer.

– Quoi ?

– J'ai quitté mon travail.

Il hocha lentement la tête.

– À la banque ?

– Il le fallait. En réalité, on n'allait pas tarder à me virer comme une malpropre. Je glandais trop là-bas, je ne servais plus à rien.

Ça l'amusait de l'entendre parler ainsi, mais il retrouva très vite son sérieux.

– Depuis le hold-up... Je ne vais pas t'ennuyer une fois de plus avec ça, mais voilà... je n'y arrivais plus. Pas à cause de ce qui s'était passé là-bas, à cause de moi. J'avais besoin de couper les ponts. Je... Je n'arrive pas à croire que je l'ai vraiment fait.

– Ça a été plutôt rapide, non ?

– Sans doute. Pourquoi ?

– Je pensais à la police. Quelques semaines après le hold-up... tu donnes ta démission.

Elle ouvrit la bouche, y porta la main.

– Ah.

– Enfin, ils ne vont peut-être pas...

– Ça ne m'est pas venu à l'esprit. Tu ne penses pas que...

Que si. Ça allait amener le FBI à s'intéresser à elle de près. Et s'ils se mettaient à la surveiller, comment pourrait-il continuer à la voir sans se faire repérer ? Et s'ils en tiraient les conclusions qui s'imposaient...

Ça lui donna à réfléchir.

– Dis... tu lui parles toujours, à cet agent du FBI ?

Elle ôta sa main de sa bouche.

– Tu crois qu'il va revenir me voir ?

Doug en eut froid dans le dos. Pourquoi n'y avait-il pas pensé plus tôt ?

– À quoi ressemble-t-il ? À ceux qu'on voit à la télé ?

Ils passèrent leur chemin, longèrent la galerie marchande Copley en se dirigeant vers l'escalier roulant, le sac Tiffany se balançant dans la main de Claire.

– Il m'a dit qu'il s'occupait exclusivement des affaires de hold-up de banques.

– Il est comment ? En costard, bien propre sur lui ?

– Pas vraiment. En fait, il habite du côté de l'arsenal maritime.

– L'arsenal maritime...

– Il a ma taille, il mesure peut-être deux ou trois centimètres de plus que moi. Cheveux bruns et fournis, ondulés, bouclés, qui lui retombent sur le visage. En fait… ça doit avoir disparu, mais il avait récolté une espèce de tache rougeâtre sur la peau en poursuivant un mec qui s'enfuyait avec des billets dans lesquels on avait planqué un sachet colorant. Tu sais ce que c'est ?

Ils descendaient maintenant par l'ascenseur, ce qui valait mieux, car Doug avait du mal à mettre un pied devant l'autre.

Tout ça était trop tortueux, trop énorme, il n'arrivait pas à analyser la situation. Avait-il déconné ? Ce type se serait-il servi de Claire pour obtenir des renseignements sur lui ?

Il la regarda devant la porte tournante. Elle cessa de lui parler de cet agent du FBI spécialisé dans les affaires de braquages de banques pour admirer son collier qui se reflétait sur le chrome.

Elle ne savait rien. Il en allait peut-être de même pour l'enquêteur. Peut-être…

Dehors, ils traversèrent une place dallée de briques et de pavés, les banlieusards, qui sortaient de la gare de Back Bay, envahissaient la rue et sautaient du trottoir pour héler des taxis. Claire lui prit la main.

– Tu regrettes d'avoir dépensé une somme pareille ? lui demanda-t-elle.

– Non, répondit-il en redescendant sur terre. Alors, qu'est-ce que tu vas faire maintenant ?

– Tout de suite ? Je ne…

– Non, je veux dire… maintenant que tu n'as plus de boulot.

– Ah… Eh bien, j'ai un peu d'argent de côté, un petit matelas. Toute la question est de savoir ce que j'ai envie de faire…

Elle regarda le sommet des gratte-ciel.

– Ne plus jamais travailler dans une banque, ça, c'est sûr. Mes parents vont en être malades. J'ai pensé à entrer dans l'enseignement, mais ce que je fais auprès des jeunes, au Club des garçons et des filles, ce n'est pas vraiment de l'enseignement. Ni un travail d'assistante sociale. On ne peut pas gagner sa vie comme ça. Même si j'ai pris contact avec le directeur, au cas où se libérerait un poste rémunéré.

Tout se bouscula dans sa tête, aussi vite que les banlieusards qui grouillaient autour d'eux.

– Qu'est-ce que tu dirais si moi aussi, je donnais ma démission ? lui demanda-t-il.

Elle eut un petit rire.

– Je me sentirais sans doute moins seule. Mais pourquoi ?

– Moi aussi, j'ai des économies. Mon petit matelas à moi. C'est même plutôt un véritable lit double.

Ils avancèrent encore un peu à contresens des gens. C'est alors qu'elle le regarda en repensant au collier.

– Un lit double ?

– Dans une chambre pour deux.

Désormais, tout avait l'air menacé, tout convergeait. Comme si l'on venait brusquement de condamner la vie qui était la sienne auparavant, comme si l'on avait placé des charges explosives sur les poutres porteuses tandis que s'approchaient les démolisseurs, une bande de durs à cuire équipés de masses et de leviers.

– Tu sais comment on trouve toujours l'endroit où on a envie d'aller ? Celui auquel on pense en se disant : « Si seulement j'en avais les moyens ! », ou bien : « Si seulement j'en avais l'occasion ! »

– Oui.

– Moi, je n'ai jamais eu ce genre d'endroit. Toi, je parie que si.

– Cinq ou six, pas plus…

– Le problème, c'est que personne n'y va jamais, dans cet endroit-là.

– Non.

– Et nous, pourquoi on n'irait pas ? Pourquoi ne serait-on pas les premiers ?

Elle sourit, décelant chez lui une autre motivation, à voir son visage. Découvrant soudain quelque chose.

– Tu veux que je te dise, Doug ? Tu es un sentimental. Si, si. Je le sais depuis le début. Seulement, tu le caches bien.

– Ma situation est en train de changer, Claire. Très vite, d'heure en heure.

– Il y a juste un petit truc qui cloche dans ton plan.

– Quoi donc ?

Elle sourit.

– C'est qu'il n'y a pas d'autre Charlestown sur terre.

– Eh non, soupira-t-il. C'est là que ça coince.

Il laissa la question en suspens, tout cela n'étant que des propos en l'air… Cela faisait vingt-six ans que sa mère avait quitté Charlestown. Le moment était peut-être venu de lui emboîter le pas…

31

Rayure

Serrurier, Clark Mayors possédait une boutique où il fabriquait des clés. Elle était située dans Bromfield Street, une des petites rues qui donnent dans le boulevard de Downtown Crossing. L'agent qui était de service cette nuit avait communiqué à Frawley le numéro de biper de Clark, l'antenne du FBI à Boston n'ayant pas de bon serrurier et lui demandant parfois de la dépanner, officiellement ou non. À soixante ans, Clark était un Noir solide et prudent. Tête carrée et odeur agréable, il portait des petites lunettes au-dessus d'une barbe blanche de plusieurs jours. Son tarif, cent dollars de l'heure, à prendre ou à laisser, était en train de sortir de la poche de Frawley envahie par les peluches.

Quelques heures plus tôt, ce dernier s'était retrouvé sur la banquette arrière de sa nouvelle voiture de fonction, une Ford Tempo bleu marine tout esquintée garée près de chez Claire Keesey. Le rugissement d'une Corvette l'avait réveillé et lui avait permis de les voir blottis l'un contre l'autre à l'avant de la voiture, après quoi elle avait regagné seule son domicile. Il avait remis à une autre fois la visite qu'il avait l'intention de lui rendre, préférant filer MacRay.

La puissante voiture de sport verte se dirigeant visiblement vers l'autoroute, il avait décidé de ne pas la suivre. Mais, au dernier moment, MacRay avait braqué pour aller vers la tour Schrafft, traverser la Mystic

River au nord, puis entrer dans Everett. Il avait quitté Main Street et s'était engagé dans une rue résidentielle sombre. Frawley avait cru être repéré, mais avait vu les stops ronds de la Corvette tourner dans une voie privée. Il avait reculé et attendu, garé dans Main Street, en se demandant ce qui allait se passer. Et soudain il avait reconnu la deuxième voiture de MacRay, sa Caprice Classic blanche ramassée sur elle-même, arrêtée juste en face de lui. Il avait démarré et fait lentement demi-tour après un centre funéraire. À son retour, la Caprice avait disparu.

Depuis, il était resté sur les dents, et maintenant il regardait Clark s'occuper de la porte latérale d'un vaste garage, avec pour tout éclairage une petite lumière bleu pâle provenant de la Vierge qui se trouvait dans le jardin de la voisine, derrière la maison.

Clark glissa d'abord un minuscule périscope articulé sous la porte, pour se faire une idée des verrous et voir s'il y avait des alarmes. Il ne détecta aucun piège, rien qui pose problème sur l'écran gris et blanc qu'il tenait à la main. Il remonta alors son pantalon et s'attaqua au verrou, un genou posé sur un chiffon plié, un vieux rideau noir jeté sur la tête et les épaules pour absorber le faisceau de sa lampe stylo. Frawley, lui, surveillait la rue. Il avait l'impression de se trouver dans un quartier où l'on ne fait pas de cadeaux aux cambrioleurs, tout en écoutant les déclics et les frottements des pièces que manœuvrait Clark.

Celui-ci se débarrassa de sa cape et se releva en poussant un petit grognement, puis il attrapa son sac à outils posé par terre et adressa à Frawley un signe de tête. Frawley posa sa main gan-tée sur la clenche, comme chaque fois qu'il s'introduisait chez quelqu'un par effraction, et la manœuvra facilement, sans qu'aucun grincement ou crissement vienne troubler le silence nocturne.

Clark ralluma sa lampe (un bout de fil de fer attaché à ses lunettes) et repéra un interrupteur mural vissé à une poutre non dégrossie à côté de la porte. Il examina le boîtier découvert, tripota divers branchements et avec l'aide de la Maglite de Frawley, bien plus puissante, suivit les fils jusqu'aux chevrons du plafond et aux lampes accrochées là-haut.

Il appuya sur l'interrupteur, les lampes s'allumèrent en grand, les halogènes illuminant le vieux garage, au beau milieu duquel resplendissait la puissante voiture, émeraude brillant sur du ciment, long joyau chatoyant posé sur des roues basses à cinq rayons et dont les jantes s'ornaient d'étoiles.

Près du mur voisin se trouvaient un chariot à outils et un établi intégré à des étagères en aggloméré, sur lesquelles étaient posés des pièces détachées, des accessoires et des outils, anciens et récents.

– Pas mal, dit Clark en éteignant sa mini-torche.

Frawley s'approcha de la voiture et posa sa main gantée sur le capot lisse comme du verre, s'attendant presque à le sentir palpiter. On avait dû y passer cinq ou six couches de peinture. Il glissa les doigts sous la poignée de la portière du conducteur, qu'il ouvrit tout grand.

L'intérieur était entièrement en cuir noir et dégageait la même odeur qu'un gant de base-ball. Il s'installa à la place du conducteur, la garniture gémit, mais sans protester. Il empauma le levier de vitesse, appuya sur les pédales et effleura le volant recouvert de cuir. Pour bien faire, il aurait dû avancer légèrement le siège.

– Un dealer, c'est ça ? lui demanda Clark en admirant les finitions, son sac à outils à la main.

Le tableau de bord reluisait sous la couche d'Armor All. Frawley tendit le bras pour inspecter la boîte à gants devant le siège du passager, et reconnut le parfum de Claire Keesey, ce produit qui sentait le caramel et

411

qu'elle utilisait pour ses cheveux. La voiture était au nom de Kristina Coughlin, résidant dans Pearl Street, Charlestown, Massachusetts. Sous la carte grise, un CD : *AM Gold*.

Frawley descendit du véhicule et ferma la portière. Il se posta devant l'établi et ouvrit tous les tiroirs du chariot à outils avant de jeter un œil à l'intérieur du minifrigo, dont il sortit une bouteille d'un litre de Mountain Dew. Il dévissa la capsule et en but la moitié d'un trait. Puis il examina une poubelle en carton, mais celle-ci ne contenait que des bouteilles et des chiffons.

Au fond du garage, le sol en ciment s'arrêtait audessus de la vieille charpente en bois qui donnait sur de la terre battue, un mètre, un mètre vingt plus bas. Frawley braqua sa lampe torche sur les outils de jardinage en train de pourrir, les vélos, les luges et une balle molle pour jouer au ballon captif. Le sol avait l'air dur et ne devrait pas conserver l'empreinte de ses pas. Il sauta donc en bas, faisant voler de la poussière dans le pinceau de sa lampe. Après des dizaines d'années d'oxydation, cette manière de tranchée obscure empestait le métal. Il regarda autour de lui, ne vit que des cochonneries, se demanda quelle relation le propriétaire de la maison entretenait avec MacRay et se promit d'aller voir ça le lendemain matin.

En remontant, il aperçut une pierre grosse comme une tête qui s'était détachée des fondations. Son ombre bougea en même temps que lui, laissant voir un trou. Il repoussa un vieux chasse-neige à soufflerie pour aller s'accroupir à côté de la pierre et du trou bien évidé, telle une orbite énuclée. Il ne contenait que des paquets de gel de silice, du même genre que ceux qu'on met dans les cartons à baskets pour absorber l'humidité, et sur lesquels il est bien précisé qu'il s'agit d'un « poison ». Il colla le nez à l'orifice et reconnut l'odeur caractéristique de vieux linge qui est celle du fric dissimulé.

Il se releva, but encore du Mountain Dew. MacRay venait juste de planquer son fric ailleurs. Si seulement il savait à quel point, lui, Frawley, le talonnait !

En haut, Clark bâillait, une façon comme une autre de lui rappeler que l'heure tournait. Il retrouva le sol en ciment, sur lequel brillait la Corvette. Il imagina ce qui se passerait s'il y mettait le feu.

– Vous arriverez à refermer le garage à clé de l'extérieur pour qu'on n'ait pas l'impression que quelqu'un est entré ici ? demanda-t-il à Clark.

Le serrurier lui fit signe que oui.

– En un rien de temps, précisa-t-il d'une voix douce et onctueuse.

– Allez-y, éteignez la lumière et soyez prêt dehors. Je vous rejoins dans un instant.

Clark éteignit les lumières accrochées aux chevrons et sortit, laissant Frawley avec la voiture et le pinceau de lumière de sa Maglite. Frawley prit son trousseau de clés, compara celles qui y étaient accrochées et celles de la nouvelle Tempo – celles-ci avaient les dents plus acérées. Il se posta à l'avant de la Corvette, face au grand pare-chocs, enfonça sa clé dans la peinture et raya le véhicule de la portière du conducteur jusqu'à l'arrière. Puis il recula un peu pour admirer son œuvre.

Les maisons de Charlestown ont parfois, même si c'est très rare, une magnifique porte d'entrée. Ce n'était pas le cas de celle de Claire Keesey. Du côté de Monument Square et du John Harvard Mall, les entrées à l'européenne soutenaient la comparaison avec celles de Beacon Hill et du bas de Back Bay, mais la sienne n'avait rien d'extraordinaire, sans cuivres, vitraux ou couleurs éclatantes, simple porte marron terne, dont le vernis s'écaillait à cause des intempéries.

413

Elle l'ouvrit, vêtue d'un short de gym de couleur grise et d'un débardeur, pieds nus et sans soutien-gorge, les cheveux humides mais peignés et qui tombaient bien droit. La surprise se lut sur son visage quand elle le reconnut malgré ses lunettes de soleil – Frawley constata aussi qu'elle avait l'air déçue.

– Salut, lui lança-t-elle de la même façon qu'elle lui aurait demandé : « Qu'est-ce que vous venez encore faire ici ? »

– Je n'arrive pas au bon moment ? Vous attendiez quelqu'un ?

– Non… non. Entrez.

Il la suivit sur le seuil dallé de blanc, puis emprunta avec elle le petit couloir et pénétra dans la salle de séjour. Des étagères grillagées et un vaisselier en bambou étaient accolés au grand mur, un peu comme on associe les contraires quand on suit les préceptes du feng-shui. Canapé classique, en cuir jaune rembourré, acheté chez Jennifer Convertibles, et d'autres articles incontournables, le range-CD en rotin de Pier One, le petit tapis de chez Pottery Barn, des gravures souvenirs de la fac qui n'avaient pas leur place à cet endroit. L'ensemble constituait un joyeux bric-à-brac, résultant d'une dizaine d'années pendant lesquelles elle n'avait cessé d'emmagasiner des objets.

La table basse était encombrée de catalogues de vêtements et de numéros de *Shape* et de *Marie-Claire*. Il jeta un coup d'œil dans la chambre, le lit n'était pas fait et la couette était toute chiffonnée, puis il gagna la cuisine et regarda par la fenêtre les immeubles de l'autre côté de la petite rue.

– Si vous voulez vous sécher les cheveux, je peux attendre.

– Non, répondit-elle, n'appréciant guère qu'il vadrouille ainsi chez elle, ça va.

414

Il la regarda longuement. Il avait sous le bras une enveloppe en papier kraft qui renfermait des photos de MacRay.

– Ainsi, reprit-il, vous avez donné votre démission à la banque.

Une lueur de panique traversa son regard.

– Oui, c'est… c'est trop me demander maintenant.

Il avait essayé de lui accorder le bénéfice du doute, de la considérer comme un pion qui ne se doutait de rien, comme celle qui s'était fait avoir par un ancien taulard. Il n'était pas seulement venu parce qu'il avait besoin de déterminer ce qu'elle savait de MacRay, mais aussi dans l'espoir d'éprouver de la pitié pour elle.

Cela s'avéra impossible lorsqu'il aperçut l'écrin à bijou sur la table du coin-cuisine. Il était bleu – il venait de chez Tiffany & Company. Il posa son enveloppe sur la table et ouvrit l'écrin, dont il sortit un collier très fin, qu'il laissa se balancer, le solitaire frémissant comme un œil en cristal.

– Joli, dit-il.

– C'est… on me l'a offert.

– Le déménageur ?

Elle ne répondit pas. Frawley se maîtrisa. Il tenait en main une partie de l'argent que MacRay avait volé au cinéma. C'était avec ça que le truand lui avait acheté un bijou !

– Pourrais-je le voir sur vous ?

Elle porta la main à son cou, comme pour se protéger.

– Je ne suis pas vraiment habillée pour ça…

Mais il était déjà en train de le lui apporter, de manœuvrer le petit fermoir et d'attendre qu'elle se retourne. Elle obtempéra à contrecœur et se dégagea la nuque. Il lui installa le collier sous les racines les plus

415

sombres des cheveux, puis il attendit qu'elle se retourne.

Elle baissait les yeux, gênée, tout en s'efforçant de ne pas l'être. Le diamant miroitait en haut du décolleté arrondi de son débardeur, et elle avait les seins collés au tissu noir. Leur pointe durcissant, elle croisa les bras, l'air coupable.

– Vous avez entendu parler du cinéma de Braintree ? lui demanda Frawley.

Elle tiqua en le voyant passer ainsi du coq à l'âne.

– Oui, bien sûr, là où il y a eu un hold-up.

Il hocha la tête, ne voulant pas aller trop loin.

– Ce sont les mêmes gus. On en est quasiment certains.

– Les mêmes ?

Sa surprise n'était pas feinte.

– C'était un fourgon blindé. On sait aussi que ce sont tous des mecs de Charlestown.

Une fois encore, elle eut l'air choquée.

– Vous en êtes sûr ?

– En fait, on a placé sous surveillance deux ou trois rigolos ces temps-ci. On n'est pas loin de toucher au but.

Elle baissa les yeux et hocha la tête, comme si elle essayait de comprendre quelque chose. Peut-être une affaire nébuleuse qui menaçait de l'inquiéter. Frawley reprit la parole pour l'empêcher de retrouver son aplomb :

– Les fourgons blindés, ils adorent ça, les mecs de Charlestown. Les banques et les fourgons blindés, ça a toujours été leur truc. Un rite de passage : ils se défoncent au PCP et font des braquages. Autrefois, quand une alarme se déclenchait dans une banque, les flics de Boston réagissaient en fermant le pont de Charlestown, puis ils attendaient que les autres abrutis essaient de le franchir avec leur butin pour regagner leur quartier.

Surtout en hiver… ils adorent la neige, tout le chaos qui s'ensuit. Ils enfilent leurs passe-montagnes et jouent aux voleurs. Mais il y en a, quelques privilégiés, qui après s'être un peu agités, bon, voilà… il se passe quelque chose en eux et ils commencent à être malins. Ce sont eux qui vont devenir des pros. Ceux pour qui ce sera un métier, une vocation, l'œuvre de leur vie, d'attaquer des banques. Vous voyez, la théorie de la prison, j'ai toujours trouvé ça un peu trop facile.

Elle hocha la tête, essayant de le suivre.

– La théorie de la prison ? répéta-t-elle.

– Vous connaissez le centre universitaire sous l'autoroute ? Autrefois, c'était la prison de Boston. Sacco et Vanzetti, Malcolm X… On prétend que les familles des détenus s'étaient installées ici pour être à côté d'eux, donnant alors naissance à des générations de filous et de truands. À mon avis, c'est plus simple que ça. Personnellement, je pense que piller les banques, c'est un métier ici, tout comme autrefois, en Europe et en Amérique, chaque village était connu pour sa spécialité : souffleur de verre, bottier ou orfèvre. Ici, on braque les banques et les fourgons blindés. Au fil du temps sont apparues de nouvelles techniques, qui se sont ensuite affinées, et les talents se sont transmis d'une génération à l'autre. De père en fils, quoi.

Livide et le regard vague, Claire posa une main sur le canapé et toucha distraitement son collier de l'autre.

– Et puis il y a la mentalité héritée de la guerre d'Indépendance, enchaîna Frawley. Ils se sont emparés de toute cette mythologie et l'ont dénaturée. La tradition qui veut qu'on envoie balader les envahisseurs, ils se la sont appropriée pour justifier leurs méthodes. Le voleur de banques qui passe pour un héros populaire, toutes ces absurdités. Du style : moi, je suis l'ennemi… Le flic, c'est le méchant.

Il prit un CD posé sur la chaîne et se tourna vers elle.

– Ah oui, *AM Gold*. C'est bien ?

Elle ne l'écoutait plus. Elle était ailleurs.

Frawley reposa le disque et poursuivit :

– Mais bon, ne vous inquiétez pas. Ces mecs s'arrangent toujours pour faire des conneries, même les plus malins. En parlant trop des banques, par exemple. Ou en posant trop de questions, en essayant de se renseigner sur le FBI. Ou bien en flambant. Tout ça ne passe pas inaperçu.

Claire retira sa main posée sur le collier.

– Et en plus, ajouta Frawley en revenant devant la table pour ramasser son enveloppe en papier kraft, en plus, on a relevé une empreinte digitale incomplète.

Ça suffit à la faire redescendre sur terre.

– Je croyais que vous n'aviez pas le droit d'évoquer ce genre de choses.

– Eh bien…

Il lui coula un grand sourire et haussa les épaules.

– À qui allez-vous en parler, hein ?

Elle hocha la tête sans croiser son regard. Elle se sentait presque étranglée par le collier. Frawley se rendit compte qu'il pouvait avoir pitié de son ignorance, mais pas de son sort : elle avait invité au naufrage de sa vie le pirate qui avait commencé par la saborder et la piller. Si elle l'avait laissé faire, il aurait pu la protéger. Il aurait pu lui éviter tout ça. Mais maintenant elle incarnait l'avantage qu'il avait sur MacRay, et à ce titre il devait en tirer parti. Il remit l'enveloppe cachetée sous son bras. Son boulot, c'était d'attraper des casseurs de banques, pas d'empêcher des directrices de banques de gâcher leur vie.

– Vous êtes sûre que ça va ? lui demanda-t-il.

Une fois de plus elle croisa les bras et fit signe que oui, s'appuyant pratiquement sur une seule jambe. Le ciel, au loin, se chargeait de nuages noirs, mais elle ne voulait pas admettre que cela annonçait l'orage.

– Oui, dit Frawley.

Elle attendait qu'il s'en aille, et, de son côté, il faisait durer le plaisir.

– Oui, répéta-t-il. Bon…

Il mit ses lunettes de soleil sur son nez, se dirigea vers la porte, s'arrêta auprès d'elle, toujours impressionné par le collier. Il lui appuya légèrement l'index entre les clavicules, touchant le petit objet, s'imprégnant de son malaise, de son désarroi.

– Parfait, conclut-il avant de partir.

32

La patinoire

Quatre mecs en tee-shirt et short en jean qui leur descendait jusqu'aux genoux, des patins noirs aux pieds et de grosses chaussettes baissées au-dessous de leurs mollets charnus, étaient en train de déjeuner sur la patinoire couverte, en plein milieu du mois de juin. Ils avaient la patinoire pour eux tout seuls, les ventilateurs réfrigérants faisant un bruit de guimbarde à l'extérieur de la piste. Quatre mecs qui tournaient autour de deux pizzas de chez Papa Gino posées sur deux cartons à lait, en guise de piédestal.

– Donc, dit Jem, qui balançait une Heineken dans sa main et rappelait à l'ordre les participants à la réunion au sommet, il y a quelqu'un qui a déconné.

Doug jeta la croûte de pizza dans le carton ouvert, décrivit sans effort des courbes derrière Jem, ramassa sa bouteille de Mountain Dew posée sur la glace, puis glissa en arrière.

– Et on ne sait toujours pas de quelle façon, poursuivit Jem. Je ne sais même pas qui mettre à l'amende.

Dez s'éloigna involontairement des pizzas. Il se sentait plus à l'aise en rollers que sur la glace.

– On aurait dû la cramer, cette caisse.

Gloansy finit une Heineken et se baissa pour déposer la canette dans le carton.

– Arrête ton cirque, dit-il, tu y étais.

Doug regarda les chevrons. Il se rappela les foules qui l'acclamaient et dansaient sur les gradins, et aussi qu'apparemment ça ne suffisait pas de faire gagner l'équipe mais qu'il fallait mettre le feu à l'édifice pour satisfaire l'appétit sanguinaire des spectateurs.

Il revoyait le gars des Bruins qui avait pour tâche de repérer les bons joueurs – un type coiffé d'un chapeau Bear Bryant et qui portait des gants de conducteur. Assis à la dernière place de la cinquième rangée, au milieu de la patinoire, il griffonnait comme un dingue dans son carnet à spirale, tandis qu'à côté de lui les sœurs Martin hurlaient le nom de Doug. Dans son compte rendu, qu'on lui avait montré après avoir opéré la sélection, le type le décrivait comme « un voyou qui sort du lot », un défenseur plein de talent marquant beaucoup de points et réalisant la synthèse entre le jeu dur des années 70 et le raffinement apparu dans les années 80.

Sauf que tout cela n'était plus que de vieux souvenirs. Il se surprit à effleurer la cicatrice qu'il avait au sourcil et retira sa main, furieux. Voilà pourquoi il n'aimait plus se retrouver sur la glace.

– Il est clair qu'il n'y a pas eu de problème sur ce coup, reprit Jem, en tout cas aucun d'identifiable. Donc, comment se fait-il que ce matin on a tous passé la moitié du temps à vérifier qu'on n'avait pas le FBI sur le dos avant de venir ici ? Comment se fait-il que d'un seul coup on attire les keufs ?

Il n'y avait pas de flics qui l'attendaient, ce matin-là, lorsque Doug était ressorti du Lori-Ann avec son thé, et pourtant tout avait l'air différent. Comme si Charlestown ne jouait plus son rôle de paravent, comme si maintenant il pouvait y avoir n'importe où des condés qui le guettaient : devant sa voiture, devant chez lui, devant la maison de sa mère…

421

– Ce n'est pas compliqué, expliqua Doug, revenu se chercher une autre tranche et s'arrêtant brusquement, semant des grosses miettes sur les cartons empilés. Ils nous avaient déjà à l'œil avant. Et, n'importe comment, ça ne nous a pas empêchés d'y aller et d'expédier le boulot.

– L'expédier, tu parles ! fit Jem. Mais on est pas restés non plus à glander, on les a pas laissés nous mettre hors circuit.

– Non, répondit Doug. Non, sinon on aurait joué avec le feu.

– Ah, ah, voilà le cerveau qui la ramène ! D'accord, petit génie. Explique-nous. Où et quand ça s'est barré en couilles, ce truc ?

– Pour ça, il faudrait revenir au début décembre 1963, un jour où il faisait un froid de loup.

Jem se rembrunit en l'entendant faire référence à sa date de naissance. Il se retourna vers Dez, le seul de la bande qui n'avait pas participé au coup du cinéma.

– Duggy est furax parce que je me suis un peu amusé là-bas.

– Parce que c'était ça ? lança Doug. Tu t'amusais ?

Jem lui décocha le sourire qu'il arborait quand il était en colère.

– C'était le boulot le plus chiant que j'aie jamais vu. De la petite bière.

– De la petite bière, répéta Doug.

– À la vérité, Douglas… c'était un truc de gonzesses. Tout juste bon pour les lavettes. Faut bien le reconnaître.

Doug ralentit et se rapprocha des cartons.

– Mettons les choses au clair. Ce coup, il s'est trop bien passé à ton goût. Il n'y a pas eu assez de complications de ta part, comme c'est le cas habituellement.

– C'était pas un hold-up. Tu parles, on s'est contentés de braquer le stand des citrons pressés ! On aurait pu être trois meufs et boucler l'affaire.

– On a ramassé un joli paquet et ça s'est passé comme sur des roulettes.

– Bon, les connards, ça suffit ! lança Gloansy, qui voulait calmer le jeu.

Mais Jem s'en fichait.

– C'est pas la somme qui compte, mon pote, répliqua-t-il en s'éloignant des pizzas pour s'en prendre à Doug, c'est la façon dont on la gagne.

– Non, c'est ce qu'on ramène avec soi, voilà tout, trancha Doug. Tu es trop vieux pour mourir jeune, Jemmer. Tu n'en es plus là.

– Et voilà l'autre philosophe de mes burnes ! Qu'est-ce que t'as à perdre, tout d'un coup ?

Son regard lubrique et méchant s'adressait à Claire Keesey, mais Doug n'était pas d'humeur.

– La question est d'être un pro et de se comporter comme ça. De faire le boulot comme il faut. Point à la ligne.

– Non, Duggy. Tu vois, ça, c'est ton truc à toi. C'est toi qui as monté le coup, personne d'autre. Et ensuite, hein ?… Il faudrait que je t'obéisse comme un petit chien ? Comme si j'étais ton larbin ?

Les mains sur les hanches, Jem suivait lentement une trajectoire qui le rapprocha de Doug.

– Tu vois, déclara-t-il, moi, ce qui me fait kiffer, c'est d'y aller à fond la caisse, sur un coup, de me bastonner. Parce que je suis un hors-la-loi, Ducon !

Doug le laissa passer, semant dans son sillage des relents de bière, comme un nuage de mouches.

Dez et Gloansy, qui avaient arrêté de mastiquer, attendaient de l'autre côté du piédestal à pizzas, comme deux gamins qui regardent leurs parents s'engueuler.

– Vous le suivez sur ce terrain, vous autres ? Vous voulez rester peinards grâce à moi, ou vous préférez que je vous mette en danger ? lança Doug.

Jem revint leur tourner autour, décrivant des orbites rapides mais mesurées, levant un patin après l'autre.

– Et c'est quoi, cette histoire comme quoi il faudrait pas prendre de risques ? On est des casseurs de banques, mon pote. Des braqueurs. On se pointe enfouraillés et on met le paquet. C'est un flingue qu'on a à la main, pas un attaché-case, bordel ! Je ne vois pas en quoi c'est sans risques…

Il virevolta pour leur faire face, puis recula un peu.

– Putain, qu'est-ce qui t'est arrivé, Duggy ?

– Est-ce qu'on pourrait parler d'autre chose ? demanda Gloansy.

– Oui, soupira Dez, c'est chiant comme la mort…

Gloansy reposa sa bière.

– Bon, tu nous donnes le mot de passe et on arrête là pour aujourd'hui.

Jem prit de la vitesse, désireux de filer à toute allure.

– C'est comme le coup avec les convoyeurs. Les faire chanter avec leurs familles, les immobiliser comme ça. Ça ne présentait aucun danger, non ! C'était malin ! Tu veux que je te dise ?

Il passa en flèche devant Doug, tournoya, les jambes lourdes, mais ça allait.

– J'ai horreur de tout ce qui est futé et sans danger !

– C'est pour ça que tu as tabassé le directeur adjoint de la banque de Kenmore, répliqua Doug. C'est pour cette raison que t'étais obligé de le choper. Ça ne te suffit plus de piquer du fric parce que tu ne tomberas pas assez vite de cette façon-là.

– C'est ce que je suis en train de dire, lui répondit Jem, qui en fait plaidait sa cause devant les autres. Depuis quand laisses-tu ceux qui nous gênent venir nous mettre des bâtons dans les roues ?

– Il n'y avait aucune raison pour que tu lui casses la gueule, à ce mec. Sinon pour attirer l'attention des keufs, et maintenant ils se régalent !

– T'as oublié que cet enfoiré a déclenché l'alarme ?

– Non, il n'a rien fait.

– Non, il n'a rien fait ! persifla Jem. Eh bien, il peut carrément…

– Ce n'est pas lui, expliqua Doug, mais elle.

Jem le doubla, ouvrant des yeux ronds.

Gloansy se tourna vers Dez, puis vers Doug.

– Qu'est-ce que t'en sais, Duggy ?

– Ce que j'en sais ?

Doug regarda Jem leur tourner autour en se demandant s'il devait répondre.

T'en sais rien du tout ! lui lançait Jem de ses yeux blancs.

– Je le sais parce qu'elle me l'a dit.

Jem continua à le dévisager, essayant de comprendre, lui qui lui disait à mots couverts : *Tu n'as aucune preuve contre moi.*

– Comment ça, lança Dez, c'est elle qui te l'a dit ?

– Je me suis renseigné sur elle, après le braquage… Je l'ai rencontrée. On a discuté deux ou trois fois.

– Tu parles, il sort carrément avec elle, oui ! s'écria Jem.

Doug continua comme si de rien n'était :

– Et maintenant Jem la prend pour une taupe du FBI ou je ne sais quoi. Enfin, toute la panoplie de la théorie du complot. Alors qu'elle essaie tout bonnement de se refaire une vie, c'est pas plus compliqué que ça. Voilà. Maintenant, tout le monde est au courant.

– Tu continues à la voir, déclara Jem.

– Ah oui ? Et alors, tu vas encore me suivre ? Suivre le FBI qui me suit ? On va carrément défiler dans Bunker Hill Street, ça te dit ? Avec des serpentins et des canotiers, la totale, quoi.

Doug s'éloigna, décrivant lentement autour d'eux un cercle étroit.

Gloansy se retourna, le suivit du regard.

– Qui c'est qui suit qui ? Mais enfin, qu'est-ce qui se passe ?

– Il y a un truc qui t'échappe ? Notre Duggy sort avec la gonzesse de l'affaire de Kenmore. Celle qu'on a emmenée avec nous. À part ça… c'est moi qui cherche à me faire gauler.

– Depuis combien de temps, Duggy ? lui demanda Dez, ahuri.

– Pas longtemps.

– Enfin… tu la vois toujours ?

– Ça alors, Roméo ! fit Jem. Quand est-ce que tu nous l'amènes et que tu lui présentes tes copains ?

– Elle ne sait rien du tout, déclara Doug.

– Ça, Duggy, il vaut mieux, dit Gloansy.

– Elle n'est au courant de rien.

– Tu sais, reprit Jem, je parie qu'il ne l'a même pas encore sautée.

Il fit mine de marquer un but sur un tir frappé.

– Il ne lui en a pas encore envoyé un…

Doug le regarda pour lui faire comprendre que ça suffisait.

– Tu sais, poursuivit Jem, sans tenir compte de cet avertissement, le directeur adjoint et moi, on a fait du frotti-frotta l'autre jour. Et si je l'appelais, on pourrait organiser une virée à quatre ? Aller boire des milk-shakes par exemple… Est-ce qu'il arrivera encore à boire à la pipette ? Bon, attends… je parlais d'avaler, quoi.

– Ça va, Jem, dit Doug, qui jeta le gant. Voilà ce qui va se passer. Et c'est ce que je peux faire de plus idiot et de plus risqué. D'accord ? Tu es prêt ?

Jem, avec son sourire sardonique, se régalait à l'avance de la bagarre qui allait éclater.

– Je ne sors plus avec ta sœur. Je ne sortirai plus avec elle, ça n'arrivera pas, c'est fini de ce côté-là. Krista et moi… on ne va pas se marier. Jamais. On ne va pas habiter dans ta maison, tous les trois avec Shyne, et être heureux jusqu'à la fin de nos jours. C'est pas ce qui va se passer.

Le sourire inquiétant de Jem prit la forme d'une fente sombre et incandescente, comme la bouche d'une citrouille évidée de Halloween dont on vient de souffler la bougie qui brûlait à l'intérieur, et qui fume... Il resta parfaitement immobile sur la glace.

– Elle te contrôle, lança-t-il.

– C'est vrai, fit Doug.

– Hé, tu te laisses manipuler par les bonnes femmes !

– Putain...

Doug décocha un coup de poing dans le vide envahi par l'air glacé. Ça le sidérait que les choses soient allées si loin, et en même temps ça ne le surprenait pas du tout. Ils étaient en train de se colleter au bord d'un précipice, au risque d'y tomber ensemble pour de bon.

– Tu es en train de devenir une lavette sous mes yeux. Qu'est-ce qu'elle t'a fait, hein ? Ou bien tu es tellement bouché que tu ne remarques rien ?

– Qu'est-ce qu'il y a que je ne vois pas ?

– Tu ne vois pas ce qu'elle fait de toi ?

– Dis-le-moi, Jem. Dis-moi ce qu'elle est en train de faire.

Écœuré, Jem hocha sa petite tête.

– Si on ne peut pas avoir confiance en elle, mon pote... comment veux-tu qu'on ait confiance en toi ?

Doug sourit. Il se lâchait maintenant, sa colère rentrée et tout ce qui lui trottait dans la tête sortaient au grand jour.

– Tu es largué, Jem ! Tu ne me fais pas confiance ? Non ? Dans ce cas, trouve-toi quelqu'un d'autre pour les organiser, tes coups. Non, mieux que ça, tu t'en charges toi-même. Tu prévois tout. Et moi, je reste peinard jusqu'au début des festivités, et là je me pointe et j'arrose le décor, rien que pour rigoler.

– Il y a toujours Fergie, non ?

Doug eut un haut-le-corps comme s'il venait d'en prendre une.

– Surtout pas !

Jem avait les yeux brillants et le regard provocateur.

– Il a goupillé tout un tas de coups qui vont rapporter un max. La grosse galette pour ceux qui n'ont pas froid aux yeux. C'est ce qu'il m'a expliqué.

– Parfait. Donc tu es prêt. T'as même plus besoin de moi. Parce que je vais jamais bosser pour ce salopard de dingue !

Il recula, furieux, et regarda Dez.

– Et toi, Monseigneur ? Tu veux bosser pour le mec qui a descendu ton père ?

Dez souffla, l'air résolu, et fit signe que non.

Haussement d'épaules de Doug à l'intention de Jem. Ils étaient maintenant deux contre deux, Doug et Dez d'un côté, Jem et Gloansy de l'autre. Le silence retomba. Le souffle court, ils laissaient tous échapper de la vapeur qui tourbillonnait.

– Bon, alors on arrête les frais ? demanda Doug.

Gloansy tendit les mains, comme s'il était dans un ascenseur dont la porte allait se fermer.

– Holà, pas si vite, pas si vite !

Jem secoua sa petite tête.

– On n'arrête rien du tout.

– Ah bon ? fit Doug. Simplement parce que tu déconnes… Gloansy aussi, c'est pareil, tous les deux… Vous allez continuer à accepter des boulots jusqu'à ce que vous vous fassiez serrer.

Jem bondit, grimaçant, le visage déformé par la rage.

– Je ne me ferai jamais serrer !

– Ça, je le sais depuis toujours, mais ça n'a jamais été aussi évident que maintenant. Le butin du hold-up du cinéma… c'est le plus gros qu'on a récolté. Ça ne te suffit pas. Tu ne seras jamais content.

Jem le regarda, éberlué, avec ses yeux blancs, et se rapprocha lentement de lui.

– Tu parles d'argent ? Depuis quand c'est le fric qui nous motive ? Ça a toujours été pour être ensemble ! Les quatre mousquetaires, hein, qui s'en prennent à la société. Il s'agit d'être des hors-la-loi, mon pote. Je ne sais pas quand tu l'as oublié, Duggy. Je ne sais pas quand tu l'as oublié…

– Bon, d'accord. C'est juste pour rigoler, puisque tout le monde s'en fout… Ça nous fait combien, à chacun ?

Jem continuait à s'avancer, ne quittant pas Doug des yeux, prêt à l'affrontement.

– Cent quatorze mille trois cent deux dollars par tête de pipe.

– Bon sang ! s'exclama Dez.

Gloansy sursauta.

– Et rien que de l'argent propre ? Qu'on peut dépenser tout de suite ?

Jem et Doug continuaient à se regarder en chiens de faïence.

– Ah, bon sang ! répéta Dez.

– Le stand des citrons pressés ou ce que tu veux… putain, c'était génial ! renchérit Gloansy, qui se mit à glousser et leva la tête. Ouaaah !!!

– Ça reste modeste, observa Doug.

Jem se figea.

Doug croisa ses patins, histoire d'être prêt.

– Même avec les dix pour cent reversés à tonton Fergus, à qui tu lèches le cul, ce n'est pas grand-chose, reprit-il. Ça nous fait une part modeste.

Gloansy arrêta de fêter ça. Dez regarda Jem. Tous crispèrent la mâchoire.

– J'ai vu ce qu'on a ramené, poursuivit Doug. Je sais. Mais bon, hein, je veux dire… Il ne s'agit pas de fric.

Jem s'avança vers lui, Doug fit de même, Gloansy et Dez se précipitèrent derrière leurs coéquipiers respectifs, les prenant à bras-le-corps pour les empêcher de se battre. Gloansy avait à peine la force de retenir Jem, et même si Dez ne faisait pas le poids devant Doug, celui-ci n'avait pas vraiment envie de se bagarrer. Ce qu'il voulait, c'était sortir vainqueur de la dispute et s'en aller.

– Chaque fois que tu nous as remis notre part, c'était léger. Et pourquoi on t'a laissé t'occuper de ça ? Parce qu'on te faisait confiance ? Non… parce que tu es Jem. Parce que ça nous apprendra à être copains avec toi.

Jem se jeta en avant, Gloansy enfonça ses patins dans la glace et fit de son mieux pour le retenir. Il le força à se retourner, récoltant quelques coups au passage.

– Parce que tu es un voleur et un minable ! hurla Doug. De petites arnaques, et ça depuis que je te connais. Une batte de base-ball par-ci, un album de bandes dessinées par-là… Des trucs à moi qui ont disparu…

Il faillit s'en prendre un, Jem se rapprochant, la bave au menton. Doug se contentait de rester hors de portée de ses poings.

– Cette carte avec la photo de Phil Esposito[1] qu'il te fallait pour ta collection et que je ne voulais pas te filer ? Comment… tu croyais que je n'étais pas au courant ? Mais c'est comme ça que tu étais, et que tu es toujours. Jem le rigolo, Jem le farceur… C'est ça qui t'a permis de continuer. Mais ce n'est plus drôle. C'est la dernière fois que tu vas t'occuper de ma part, ça ne se reproduira plus. Il faut toujours que tu aies davan-

1. Joueur de base-ball qui s'est illustré dans l'équipe des Boston Bruins (NdT).

tage que les autres, il faut toujours que ce soit toi qui commandes…

– Je commande, espèce d'enc…

– Non !

Doug, qui patinait mieux que Dez, en profita pour le repousser.

– Tu te la gardes, ta petite commission, et quand tu t'achèteras des enceintes avec, par exemple, tu te rappelleras qu'à une époque il n'y avait que nous qui comptions, quatre mecs de Charlestown, et que oui, à ce moment-là il se passait quelque chose entre nous.

Il décrivit un cercle autour de Jem, évitant de trop s'en approcher, ce qui eut pour conséquence que l'autre perdit l'équilibre et s'écroula sur Gloansy. Doug ramassa sur la glace sa bouteille de Mountain Dew, puis il se dirigea vers la sortie sans prêter attention aux quolibets que Jem lui adressait.

Lorsque Dez quitta à son tour la patinoire, ayant ôté ses patins et fourré ses chaussettes dedans, il avait l'air encore plus torturé que d'habitude, le type qui se pose plein de questions et qui ne cesse de s'interroger sur lui-même et sur sa place sur terre. Doug lui imposa le silence avant même qu'il ait le temps d'ouvrir la bouche.

– Tu coupes les ponts avec Krista, tu m'entends ? Du coup, tu as la preuve que je n'ai aucun intérêt dans l'affaire. Tu es sortie avec elle, maintenant arrête. Les Coughlin vont te tuer ! Compris ?

Bouleversé, Dez acquiesça.

Gloansy sortit lui aussi de la patinoire et marcha avec ses patins sur le sol recouvert de caoutchouc dur pour retrouver Doug en train de lacer ses Van's. Celui-ci eut la surprise de constater que c'était lui qui, de tous, faisait le maximum pour éviter que leur groupe se désagrège.

– Dis, Duggy… tu vas te calmer, hein ? Et lui aussi ?
Tous les deux, quoi…

Doug entendait déjà les dominos tomber, de la toute
fin jusqu'au début, ce qui expliquait qu'il se tire. Mais
à quoi bon l'expliquer à Gloansy ? Il se leva, ramassa
ses patins et se dirigea vers la sortie.

33

Billy T.

L'éclairage jaune de la boutique de beignets lui donnait le teint gris, à Frank G. Ça faisait deux ou trois jours qu'il ne s'était pas rasé et il n'arrêtait pas de se passer la main sur ses lèvres piquantes, tel un poivrot. Il avait des valises sous les yeux et les épaules plates sous sa chemise Malden Little League Coach.

– Je suis bien content de l'apprendre, dit-il, l'air distrait. Oui, ça fait un moment que tu aurais dû les envoyer promener.

Doug attendit, haussa les épaules.

– C'est tout ce que ça me rapporte ? Pas de fanfare ni de roulements de tambour ?

Frank G. se tortilla sur son siège.

– Donc… On nous appelle de la gare, la semaine dernière…

Doug n'en revenait pas. Frank G., qui était la discrétion même, mettait un point d'honneur à ne jamais parler de lui et de son travail.

– La gare, dit-il, histoire de lui faire remarquer qu'il s'était relâché.

– Un type qui s'était fait renverser par un camion. Bon, rien de spécial, on enfile nos tenues et on va donner un coup de main aux urgences, la routine, quoi. Mais quand on arrive sur place, c'est une autre paire de manches. Un énorme camion à benne chargé de sable s'est renversé au milieu de la route et son moteur continue

433

à tourner. On nous explique qu'un vieillard est coincé dessous. Le camion a huit roues jumelées, des pneus énormes, et j'imagine tout de suite un pied réduit en bouillie, un pauvre type qui a traversé en dehors du passage piétons et qui va se retrouver dans une chaise roulante jusqu'à la fin de sa vie. Mes gars sortent le matériel, moi je fais le tour du camion et je découvre le chauffeur assis au bord du terre-plein central, en train de pleurer, le visage entre les mains. Un grand costaud qui craque, sanglote et demande à voir un prêtre. Je comprends que ça va pas être joli.

« Je vais voir, et il me faut un instant pour réaliser. Le bassin du type est écrasé sous le pneu extérieur, tout aplati. L'autre pneu lui a broyé les jambes jusqu'aux genoux. Les mecs des urgences et une jeune femme flic sont accroupis à côté du gus et s'occupent de lui. Je me dis que c'est pas vrai, qu'on est dans un film, que le mec est allongé dans un nid-de-poule, que ce sont de fausses jambes qui se trouvent de l'autre côté des pneus.

« C'est alors que le vieux tourne la tête. Je n'arrive pas à croire qu'il bouge encore. Il tourne la tête, pose les yeux sur moi et ouvre la bouche, comme un bébé. Et là... c'est incroyable. Car figure-toi que je le connais, ce type. C'est Billy T. !

– Ouah !... Billy T. ? Billy T. le raté ?

– Celui qui assiste aux réunions des Alcooliques anonymes. Sa casquette minable, le truc complètement bouffé par les mites qu'il a toujours sur la tête, est posée à côté de la trousse de l'équipe des urgences. Et je le vois dans ses yeux, ses petits yeux humides de merlan, je vois qu'il me reconnaît. Il essaie de me remettre, je suis en uniforme, casque rouge, veste en cuir, bandes réfléchissantes, mais ce visage lui dit quelque chose. Il doit penser que je suis un ange, hein ? C'est comme ça que fonctionne notre organisme, le cerveau sécrète des machins… Comment ça s'appelle déjà ? Des hormones, des opiacés ? Enfin, j'espère que c'est ça quand on se réveille sous un camion-benne…

Frank G. regarda de la vapeur s'échapper du triangle percé dans le couvercle de sa tasse en papier.

– « Billy », que je lui fais. Ceux qui s'occupent de lui me regardent, comme si j'étais son fils, disons, puisque je sais comment il s'appelle. Un mec des urgences se relève d'un bond, s'adresse à moi en pensant que je suis de sa famille et me raconte que Billy traversait la rue à contresens lorsqu'il a été renversé par un camion qui lui est passé dessus avant de s'arrêter. Billy T. devrait être mort, qu'il m'explique. Si ça s'était passé autrement, il serait déjà décédé. Seulement, le camion a fait office de gigantesque garrot, et en stoppant l'hémorragie, il l'a maintenu en vie.

« Pendant ce temps-là, mon équipe se dépêche de glisser un cric hydraulique de vingt-cinq tonnes sous le camion, puis de gonfler des énormes air-bags de soixante-dix tonnes. Les gars me voient à côté du mec des urgences et se disent que Billy est l'oncle de ma femme ou un truc comme ça, ce qui fait qu'ils redoublent d'efforts, et moi je les encourage. On soulève le camion pour dégager un peu Billy, il meurt. On laisse le camion sur place, il meurt quand même, seulement moins vite.

« Maintenant, le mec des urgences est face à moi, en train de piquer sa crise, de me parler de chirurgiens et d'amputations réalisées sur place, etc., etc., mais moi, je ne vois rien à amputer. Peut-être qu'un magicien aurait pu couper Billy T. en deux, le sortir de là, puis agiter la main et le reconstituer en un seul bloc. Du coup je me retrouve en première ligne. J'ai envie d'aller m'asseoir avec le chauffeur du camion et d'attendre le prêtre… mais c'est à moi d'agir. À moi de décider.

« Je m'agenouille auprès de Billy. On lui a découpé sa chemise, et je vois battre son petit cœur sous l'espèce de torchon qu'est devenue sa chemise, mais très lentement. Il remue un bras, il bouge toujours, le mec, il essaie de me toucher, alors je lui prends la main. Ses petits doigts sont brûlants, il est en nage. Et puis il me lance un de ces regards !… Mais je vois qu'il remue les lèvres et je me baisse. Il a déjà un pied dans la tombe et pourtant il arrive encore à me parler à voix basse. "Frank…", qu'il me dit. Je crie à quelqu'un d'éteindre le moteur pour que je puisse entendre ce qu'il me raconte. Le moteur se tait, et le monde entier se tait, plus un bruit…

« "Billy, que je lui dis. Mon ami." D'un seul coup, le petit vieux pleurnichard est devenu "mon ami", comme si on était deux soldats de la même unité sur le front. J'enlève mon casque. "On va soulever le camion, Billy. On va te dégager. Tu veux dire quelque chose ?" Je ne sais pas s'il a des enfants. "Tu veux que je transmette un message à quelqu'un, mon ami ?" Je continue à l'appeler "mon ami", encore et encore. "Tu as quelque chose à me dire, Billy, quelque chose à me confier ?"

« Et puis, je détecte une légère pression dans sa main et je la serre. Je ne bouge pas, sa respiration me balaie le visage, lui, livide, il me regarde droit dans les yeux. "Frank, chuchote-t-il, Frank… – Qu'est-ce qu'il y a, Billy, tu veux quelque chose ? – Un verre, Frank. Sers-moi à boire."

« Le mec des urgences qui se trouve à côté de moi se relève d'un bond, une fois de plus, et demande qu'on apporte de l'eau en bouteille car ce sont les dernières volontés d'un mourant. Moi, je suis agenouillé, glacé jusqu'aux os. Parce que je le connais, Billy T., je le connais, ce vieil Irlandais pleurnichard aux jambes arquées et à l'haleine qui pue la saucisse. À ce moment-

436

là, ce n'était pas de l'eau qu'il voulait boire. Putain, non, pas de la flotte !

Doug en eut, lui aussi, froid dans le dos, sans pour autant se mettre en colère comme Frank G., qui s'interrompit, au point qu'il fut obligé de lui demander de continuer :

– Et ensuite, ça a donné quoi ?

Frank G. le regarda comme s'il n'avait pas entendu un mot de ce qu'il lui avait raconté.

– C'est ça que ça a donné. La voilà, l'histoire.

– Non, qu'est-ce qui est arrivé à Billy T. ?

Frank haussa les épaules, furax.

– Mes gars ont fait tout ce qu'ils ont pu pour le sauver. On a calé les roues avec des planches pour qu'il ne sente plus les vibrations, on a soulevé le camion. Ce qui est arrivé à Billy T. ? On lui a recouvert le visage avec un drap et on l'a évacué. On a lavé la route au jet d'eau et on est rentrés à la caserne.

Devant le comptoir, un vendeur et un client indien partirent d'un grand éclat de rire. Doug et Frank G. étaient assis là comme deux hommes épuisés parce qu'ils auraient donné beaucoup trop de leur sang.

– Bien…, soupira Doug.

Frank G. leva les yeux de son café, qu'il était en train de contempler.

– Comment ça, « bien » ?

– Bien, j'attends que tu me mettes un peu au courant des potins du quartier.

– Les potins du quartier ? Je ne sais rien, mon pote. Je suis tout nouveau ici. Billy T. nous faisait chier pendant les réunions, mais enfin il s'en était pas mal tiré. Il était resté douze ans, oui, douze ans sans boire une goutte d'alcool. Moi, ça me fusille.

– Quoi ? Qu'il soit resté…

– Qu'avec tout le travail qu'il a fait sur lui-même, pendant douze ans… Il passait son temps à guetter le moment où il pourrait à nouveau prendre un verre. À l'attendre. Comme s'il allait finir par arriver au bout du circuit et repartir à zéro. Mener une vie sans être obligé de se priver. Et ce que moi, je voudrais savoir, c'est si on est tous dans le même cas, si on se contente d'attendre que ce soit le moment... en nous disant qu'un jour il va y avoir un miracle et qu'on sera de nouveau libres.

– Oui, ça se peut.

– Je t'en prie, Doug, n'abonde pas dans mon sens. C'est pour ma vie que je me bats. Qu'est-ce qu'il se disait, lui ? Qu'il n'y a rien de plus génial qu'un bar ouvert ? Que c'est un vrai bonheur de voir quelqu'un essuyer les chopes à bière, puis te mettre un sous-verre et te demander : « Qu'est-ce que je vous sers ? » Que c'est ça, notre destin ?

– Il était en train de mourir, Frank.

– On l'emmerde.

Frank G. se renversa sur son siège.

– Qu'il aille se faire foutre, le Billy T., conclut-il.

– D'accord, Frank. Allez...

– Et merde ! Tu n'y étais pas, toi. Qu'est-ce que tu dirais si j'étais en train de sombrer alors que tu essaies de me tirer de là et que je te propose de nous en jeter un en vitesse ? Hein ? Que je te supplie de venir avec moi ?

– Ça ne me plairait pas du tout.

– Tu en serais malade. Tu trouverais ça révoltant. Après tout ce que je t'ai promis ! Tu me dirais que je déconne à plein tube et tu aurais raison.

Il laissa retomber ses mains sur la table.

– N'importe comment, je déconne à plein tube...

– Allons, Frank, reprit Doug, qui ne savait pas trop quoi lui raconter au juste, je n'ai pas envie de te voir dans cet état.

– Écoute, Doug, j'ai toujours une obligation envers toi, tu as mon numéro de téléphone. Seulement, je ne peux plus continuer. Du moins, pas en ce moment.

– Ouah ! Qu'est-ce que tu…

– Je suis en train de t'expliquer que tu devrais te chercher un autre parrain.

– Il n'en est pas question, Frank ! Pas question. Tu ne peux pas.

– Si. La preuve.

Doug le dévisagea.

– Frank… Tu ne me laisserais pas faire ça, dis ?

– Ah bon ? Et comment je t'en empêcherais, hein ? Et toi, comment tu vas m'en empêcher ?

Paniqué, Doug se frotta le visage. Il repensa soudain à une réunion qui s'était tenue il y avait longtemps, une réunion à laquelle avait assisté Jem, sans y être invité, avec vingt minutes de retard et complètement bourré. Il s'était affalé sur une chaise pliante deux rangées derrière lui, et alors que Billy T. poussait ses jérémiades, il s'était mis à fredonner le *Star Spangled Banner*[1]. Quand on lui avait demandé de s'en aller, il s'était mis à pleurer et à parler de son père, comme quoi il ne l'avait jamais connu et ne demandait qu'à recevoir de l'affection de sa part. Deux personnes étaient venues le consoler, et c'est à ce moment-là qu'il s'était relevé d'un bond et s'était mis à glousser : « Espèce de blaireaux ! », puis il avait renversé des chaises et s'était dirigé vers la porte en titubant. « Allez, viens, Duggy ! » Après, c'était Frank qui était venu le voir. « Tes amis ont peur que tu sois en bonne santé. Ils veulent que tu restes malade. »

– Frank, reprit Doug, qui cherchait un angle d'attaque, un moyen de lui faire entendre raison, mais ne parvenait qu'à se mettre en colère, ce qui n'était pas

1. L'hymne américain (*NdT*).

raisonnable, ne me laisse pas tomber. Pour moi, il faut absolument que ça continue.

– Hé, je suis désolé si ça ne t'arrange pas que je n'aie plus confiance en moi. Désolé que ce soit peut-être moi qui aie besoin de voir un psy en ce moment.

– Je… je ne peux pas t'aider de ce côté-là. Je ne serais même pas capable de…

– Dans ce cas, respecte ma décision et n'insiste pas, nom d'un chien.

Frank ramassa ses clés et se leva, puis se rassit. Il y avait autre chose qui le turlupinait.

– Je ne voulais pas t'en parler, mais ce mec est revenu me voir pour me poser des questions sur toi.

Doug resta pétrifié.

– Quel mec ?

– L'autre jour, à la caserne. Il m'a montré sa plaque du FBI, puis il m'a demandé si je connaissais un certain Doug MacRay. On a commencé par tourner en rond. Moi, j'essayais de rester discret comme un curé ou un toubib. Pas moyen de le convaincre, ce con. Si bien que je lui ai dit en gros ce que je savais. Que ce Doug M. me rappelait ce que j'étais moi-même quinze ans plus tôt et que je m'efforçais de lui servir de prêtre, comme j'aurais aimé que quelqu'un le fasse pour moi. Je lui ai demandé s'il en avait un. "Oui, qu'il m'a répondu. Moi-même. – Non, que je lui ai dit, car à ce compte-là vous êtes paumé. Vous devez rendre des comptes à quelqu'un. – Je rends des comptes à quelqu'un, je rends des comptes à l'archidiocèse du FBI."

Frawley. Qu'est-ce qu'il avait raconté à Frank G., qui avait toujours chanté ses louanges à lui, Doug ? Frank qui le trouvait génial, lui, Doug.

– Tu as sans doute… entendu parler de certaines choses, reprit Doug. Sur moi… On t'a dit des trucs ?

Frank fit la sourde oreille.

– C'est alors que le mec, il me fait : « Les curés, eux, ils ne battent pas leur femme. »

Doug ne vit pas où il voulait en venir.

– Oui, enchaîna Frank en hochant la tête. J'espère que c'est la première fois qu'on t'en parle. Je suis un salopard de mari violent. Quand j'étais bourré, je me foutais en boule et je flanquais des tournées à ma première femme. Super, hein, le mec ? Un parrain de valeur. Finalement, elle m'a fait embarquer un soir, mais si on m'avait mis en taule, je n'aurais pas pu bosser comme pompier, je n'aurais pas eu de salaire et, du même coup, comme elle était bien décidée à demander le divorce, je n'aurais pas pu lui verser de pension alimentaire. Si bien qu'elle a retiré sa plainte. C'est à son côté grippe-sou que je dois de mener la vie qui est la mienne.

Il sourit amèrement et soupira longuement.

– J'étais tellement fier que, depuis, j'ai tout chamboulé. J'ai éliminé le connard qui était en moi.

Il hocha la tête.

– Sacré Billy T., marmonna-t-il en se levant. En cas de besoin, t'as mon biper.

Doug se leva lui aussi, complètement sonné.

– Frank…

Frank hocha la tête, incapable de le regarder en face.

– Fais attention en traversant la rue, dit-il avant de sortir.

34

Bonne nuit, ce coup-ci

Une fois de plus, Doug se retourna sur son siège pour scruter les visages, ceux des fans de base-ball qui trimbalaient des packs de bière dans les allées situées derrière le marbre et s'appuyaient au garde-fou, avec leurs fiches de score et leur boustifaille. Les fils qu'ils avaient dans les oreilles n'étaient que des écouteurs de transistor. Il décida de se calmer.

– Qu'est-ce que tu cherches ? lui demanda Claire, assise à côté de lui.

– Rien, répondit-il en regardant à nouveau le terrain.

Il lui avait acheté un blouson des Red Sox, la température ayant baissé au cours de la cinquième reprise. Les poignets pendaient, car elle avait remonté les mains dans les manches en cuir, et son collier lui descendait en dessous de la gorge.

– J'embrasse toute cette foule du regard, lui expliqua-t-il. Je m'imprègne de l'ambiance du Fenway, histoire d'en avoir pour mon argent.

Il observa Roger Clemens, debout sur la butte, derrière l'arbitre en chef qui leur tournait le dos, qu'il avait large. Clemens, l'as qui commençait à prendre de la bouteille, puisqu'il avait débuté sa carrière professionnelle dix ans plus tôt, cachait sa prise sous son gant et regardait devant lui. Il fit non à un signe que lui adressait le receveur. Il entra en action, lança la balle, qui fusa et heurta la batte avant d'aller rebondir contre l'écran de protection. Dans les gradins, les dix premiers rangs de têtes s'agitèrent comme sur des ressorts.

– Est-ce qu'on se cache ? lui demanda-t-elle.

Doug se tourna vers elle.

– Quoi ?

Piquée par la curiosité, elle haussa les épaules sous sa veste encombrante.

– Je ne sais pas…

Comme lui, elle voyait maintenant des flics en civil partout. Un vendeur ambulant en chemise jaune débarqua dans l'allée. Doug lui fit signe, à croire que depuis le début il avait envie d'une boîte de Cracker Jack.

– Et voilà.

– Je pensais qu'au bout d'un moment tu te montrerais moins secret. (Elle sourit pour ne pas donner l'impression de l'agresser.) Tu n'es pas facile à cerner. Enfin… tout cela est très sentimental, tu as déposé sur le fauteuil de mon jardin un billet pour le match des Red Sox. Mais ce n'est pas un comportement normal, voilà tout.

– Ça t'ennuie ? Je peux te donner mon numéro de téléphone, il n'y a pas de problème. Seulement, je ne suis jamais chez moi et je n'ai pas de répondeur.

Elle hocha la tête : elle n'exigeait rien de lui. Le petit jeune affublé d'une casquette sur laquelle était restée l'étiquette indiquant le prix – deux dollars vingt-cinq – arriva avec un présentoir entier d'énormes boîtes de Cracker Jack, et Doug lui en paya une. Le petit jeune mit du temps à lui rendre la monnaie, sa grosse liasse attirant le regard de son client, Doug le bandit. Ça lui passerait peut-être un jour, se dit ce dernier. Il pourrait peut-être s'entraîner à ne pas reluquer ces machins-là, à ne pas chercher de façon compulsive à trouver des moyens de s'approprier les profits réalisés par les gens payés en liquide…

Pour la première fois depuis longtemps, en tout cas depuis qu'il ne buvait plus, il n'avait rien de prévu. Rien sur quoi il travaillait, pas de coup, rien du tout en perspective. La défection de Frank G. le préoccupait, mais bon… c'était peut-être une raison de plus pour passer à autre chose. Il ne lui restait plus qu'à mettre au point une stratégie élégante pour quitter Charlestown, une façon quelconque de tirer sa révérence.

Claire le regarda lever les fesses de son siège pour remettre ses billets dans son jean. Il n'avait pas oublié qu'elle était restée muette en le voyant sortir sa liasse de billets pour lui acheter le blouson.

Il déchira la boîte de pop-corn au caramel et lui en proposa, mais elle n'en avait pas envie.

– Tu le vois souvent, ton père ? lui demanda-t-elle.

Il regarda le mur du champ gauche, d'où avait l'air de venir la question.

– De temps en temps. Pourquoi ?

– De quoi vous parlez, tous les deux ?

– Bof… De pas grand-chose.

Il plongea la main au fond de la boîte pour aller chercher le cadeau.

– Tiens, une décalcomanie avec le drapeau, dit-il.

Il fit mine de la lui donner, mais comme elle avait les mains remontées dans ses manches, il la lui glissa dans la poche de son blouson.

– J'essaie tout simplement de l'imaginer en prison, ça doit être ça…

Pourquoi toutes ces questions ?

– Je ne suis pas mon père, déclara-t-il, si c'est ce que tu veux savoir. Ça a pris du temps parce que, quand j'étais gamin, je l'idolâtrais. Après tout, nous étions seuls, tous les deux. Il m'a fallu du temps pour le voir tel qu'il était et m'efforcer de devenir le contraire.

Elle était contente de l'entendre parler ainsi. Ce qui ne l'empêchait pas de vouloir des précisions, comme ça se voyait dans son regard.

Doug baissa les yeux. Le moment n'était pas plus mal choisi qu'un autre.

– On dirait que je passe mon temps à faire ça avec toi, déclara-t-il en guise de préambule.

– Quoi donc ?

Il gonfla ses poumons avant de se jeter à l'eau.

– Un jour, j'étais dans un bar. Il y a de ça cinq ans maintenant. Le Bully, un bar de Charlestown. À faire ce que je fais d'habitude quand il y a plein de copains, c'est-à-dire boire des bocks de bière, rigoler un bon coup. Je ne m'en souviens plus très bien, mais on me l'a raconté. Je sais qu'un mec est entré, plus vieux que moi, qui s'est pris un verre. Il me regarde, ça m'énerve. À un moment il vient me voir pour me demander si je suis le fils de Mac MacRay. Il m'explique qu'il a connu mon père dans le temps, qu'il a bossé avec lui, et moi je le laisse dire. Jusqu'à ce qu'il m'avoue comment il m'a reconnu. Il sourit et déclare que je ressemble exactement à mon vieux quand il était soûl.

Les joueurs saluèrent, tout le monde bondit et leva les mains, sauf Claire et Doug.

– J'ai dû l'agresser. Je n'en garde aucun souvenir. Mais si on ne m'avait pas empêché de continuer, ça se serait mal terminé. À l'hôpital où on l'a conduit, ils ont appelé les flics, et le mec m'a balancé. Et maintenant, je m'en félicite. Sérieux.

Elle l'observa attentivement. Un peu comme si elle était déjà au courant ou se doutait qu'il s'était passé quelque chose de ce genre.

– Ça m'a valu un séjour en prison. J'ai détesté ça et je n'y retournerai jamais. La seule chose positive de l'affaire, c'est que je me suis inscrit aux Alcooliques anonymes quand j'y étais. Ça a changé ma vie. Depuis l'an dernier, la mise à l'épreuve est caduque et je ne risque plus de voir mon sursis révoqué. Je suis donc libre comme l'air. Et je me sens libre.

Tout cela était vrai. Il avait seulement omis de lui parler de son petit séjour à l'ombre avant ça.

– Eh bien…

– Oui, je sais. À chaque fois, ça me rend malade de te parler de ça. Alcoolique, issu d'une famille désunie, ancien taulard, dit-il en comptant sur ses doigts. Pas terrible, hein, si tu veux me présenter à tes parents.

Elle digéra tout ça en s'intéressant de nouveau au terrain de base-ball.

– J'ai annoncé à mes parents que je quittais mon travail, lança-t-elle. Ils veulent que j'aille voir un psychiatre. Idée qui d'ailleurs m'était déjà venue à l'esprit… Mais maintenant, ce n'est plus la peine.

– Tu n'en as pas besoin.

– Tu crois ?

Elle lui jeta un regard courroucé, ce qu'elle parut aussitôt regretter.

Doug sentit une certaine froideur.

– Tu me poses des tas de questions ce soir.

– C'est vrai ?

– Il y a quelque chose qui te tracasse ?

Elle fit signe que non et sembla hésiter, comme si elle entrait tout doucement dans le vif du sujet.

– L'agent du FBI, Frawley, est revenu me voir, et il faut croire que ça m'a un peu secouée.

Doug fixa le monticule afin de ne pas perdre les pédales.

– Ah oui ? Comment ça ?

Maintenant, c'était elle qui le regardait. Le scrutait. De son côté, Doug examinait le lanceur de Milwaukee, qui pour sa part observait le coureur sur la première base. Il ne voulait pas la regarder à son tour.

– Il a dit qu'ils sont sûrs que ceux qui ont commis le hold-up à la banque sont des types de Charlestown.

– Ah oui ?

– Il a ajouté qu'ils ont placé des gens sous surveillance et qu'ils vont bientôt toucher au but.

Était-elle au courant ? Si elle savait quelque chose, le lui dirait-elle ? Était-elle en train de le tester ? De le sonder ? Ou bien d'essayer de l'aider ?

– Je suis inquiète, je crois.

Elle savait peut-être, en effet. Peut-être qu'elle était au courant, qu'elle l'acceptait et attendait qu'il se mette à table. Qu'il crache le morceau et qu'on n'en parle plus.

– Qu'est-ce qui t'inquiète ?

Elle parut mal à l'aise.

– Témoigner, sans doute. Vivre dans la même ville que ces gens-là. Enfin, tu vois…

Sur ces entrefaites, elle le regarda de nouveau et l'examina attentivement – mais était-ce bien le cas ? –, et Doug conserva la même expression, ce qui était presque impossible, et la dévisagea, en se demandant soudain lequel, ou laquelle, était en train de mentir à l'autre.

Frawley l'avait-il poussée à l'interroger ? Il entendit alors la voix de Jem en son for intérieur, et ça lui donna la nausée.

Était-elle équipée d'un micro caché relié à Frawley ?

– Il m'a dit qu'il y avait de nouveaux développements dans l'affaire, expliqua-t-elle.

Surtout, ne pas lui demander lesquels.

Il hocha la tête, s'intéressa à la rencontre sans perdre la balle des yeux.

De nouveaux développements ? Non. Contente-toi de ça.

– Ça doit être un travail de longue haleine, une enquête de ce genre, se surprit-il à dire. Il doit encore leur rester du pain sur la planche.

Pourquoi faisait-elle oui de la tête ? Attendait-elle qu'il lui donne d'autres précisions ? Était-elle en train de l'appâter ?

Non.

Ça le rendait fou.

– Il te suffit peut-être de ne plus y penser, raisonna-t-il.

Étaient-ils en train de parler en code ?

Ne me vois pas comme ça, mais comme je suis aujourd'hui.

– N'y pense plus. Ne t'en occupe plus, sauf si tu y es obligée.

Elle posa de nouveau les yeux sur lui, et il essaya de deviner ce qu'elle ressentait. Du soulagement ? De la surprise ? Déchiffrait-elle le sens caché de ses propos ?

Ne le lui demande pas.

Mais il lui fallait bien en avoir le cœur net. *De nouveaux développements.*

Elle voulait peut-être le lui dire, elle essayait peut-être de le mettre en garde.

À moins qu'elle ne sache rien du tout.

Tout cela lui martelant la tête, il avait l'impression que son cœur avait pris la place de son cerveau.

Non.

– Alors ? lui demanda-t-il alors qu'elle détournait le regard, soulagée.

Il affecta un air serein.

– C'est quoi, ces fameux développements ?

Et voilà qu'elle le fixait de nouveau (cette fois, ils se sondaient l'un l'autre). Doug vit dans ses yeux qu'il avait commis une erreur monumentale.

Elle fut la première à regarder ailleurs pour s'intéresser à la casquette du petit garçon qui dormait, appuyé contre l'épaule de son père, sur le siège de devant. Doug crut qu'elle l'avait percé à jour.

– Des empreintes digitales, répondit-elle.

Il hocha la tête, essayant désespérément de réparer son erreur et de dissiper les doutes qu'elle avait en arborant un enthousiasme de façade.

– Des empreintes digitales, bof…

Les empreintes de qui ?

– Je ne savais pas qu'on y avait toujours recours pour élucider des affaires criminelles.

Elle haussa les épaules.

– De toute façon, ajouta-t-il, il ne faut pas que tu t'inquiètes pour le rôle que tu as joué dans cette histoire. Pour moi, tu n'as absolument aucune raison de t'en faire.

Un silence pesant se fit, la rencontre de base-ball se déroulant devant eux sans qu'ils y prêtent attention. D'un seul coup, plus rien n'avait d'importance. La vague déferla sans qu'ils arrivent à la chevaucher. C'est alors qu'il fut en proie à une autre agitation : quelqu'un lui donna en effet une grande tape dans le dos. Il se retourna aussitôt, s'attendant à voir Adam Frawley, des plaques du FBI et des armes.

C'était Wally le Monstre vert, la mascotte à fourrure de Fenway Park, qui désirait échanger avec lui un salut, bras levé, paume contre paume.

Autour d'eux, les spectateurs montrèrent du doigt le tableau d'affichage qui se trouvait au-dessus des gradins du milieu de terrain et sur lequel clignotaient les numéros de certaines places. Claire était l'une des heureuses gagnantes d'un petit déjeuner gratuit avec des crêpes au Bickford.

– Dis donc, mec, t'en fais une gueule ! lui dit le type qui se trouvait sous le déguisement.

Doug leva la main et le salua avant de le regarder s'éloigner d'un pas dansant.

Claire resta perplexe.

– Des crêpes gratuites, ce n'est pas mal, commenta Doug en profitant de cette interruption dans le match.

449

– Oui.

S'il lui restait encore une chance de rattraper le coup, ce serait loin de toute cette foule, en tête à tête.

– Tu te sens bien ici, ou alors…

Elle se retourna et le regarda droit dans les yeux.

– On n'a qu'à revenir chez moi.

Il eut un mouvement de surprise.

– Chez toi ?

Elle sortit la main de sa manche pour prendre la sienne.

– À une condition.

– Soit.

– Tu ne peux pas y passer la nuit.

– D'accord.

Il lui aurait répondu la même chose sur pratiquement n'importe quel sujet.

Ce n'est que sur le chemin du retour, alors qu'ils ne se parlaient presque pas, sa main ne quittant la sienne que pour la poser sur l'embrayage, qu'il se résolut à lui demander, en arrivant aux abords de Packard Street, pourquoi il ne pouvait pas rester.

Elle se retourna vers lui.

– C'est toujours affreux le lendemain matin, et je ne veux pas vivre ça avec toi. À ce moment-là on se pose des questions, et moi, j'en ai assez, des questions.

Il longea la rue, s'arrêta devant chez elle et laissa le moteur tourner au point mort, sans l'éteindre.

– Tu ne te gares pas ?

Il regarda la lumière au-dessus de sa porte.

– Oh là là…

– Quoi ?

Il ne pouvait pas entrer. Pas comme ça. Ça ne l'avancerait à rien de coucher avec elle s'il ne lui racontait pas d'abord ce qui s'était passé.

Elle cessa de lui tenir la main, mais il ne voulut pas la lâcher.

– Qu'est-ce que tu fais ? lui demanda-t-elle.

Il y avait des tas de voitures garées dans la rue. Le flic en civil avait très bien pu se planquer dans l'une d'elles pour les observer.

– Et si je débarquais très tôt chez toi demain matin ? On prendrait le petit déjeuner, et on tirerait un trait là-dessus et sur toutes ces questions.

Elle parut incrédule, mais aussi inquiète. La ventilation du tableau de bord lui soulevait quelques mèches.

Il brûlait d'envie de la suivre à l'intérieur et faillit le faire.

– Et merde, non. Bon sang, qu'est-ce que je…

C'est alors qu'il repensa au stade et à ce qu'il y avait ressenti quand il croyait l'avoir perdue. Il lui restait encore une chance. *Ne la gâche pas, elle aussi !*

– Non, se força-t-il à dire. Je ne peux pas.

Elle se laissa un peu fléchir.

– Si tu parles de t'en aller…

Son regard était éloquent : elle avait peur que ce soit fini entre eux et tentait de le retenir encore un peu.

– Écoute, reprit-il, on a tout notre temps, pas vrai ? Dis-moi que c'est le cas. Je vais encore passer une longue nuit à essayer de prévoir…

– Et ton travail demain matin ?

Elle lui posait une question ? Elle lui demandait quelque chose ?

– J'ai laissé tomber, répondit-il. Je te l'ai dit, je suis prêt à changer de vie. Je m'y suis engagé. Et toi ?

– Moi ?

– Ton endroit de rêve. Le fait qu'on se tire d'ici. Ensemble.

Elle scruta son visage, lui caressa un sourcil, effleura sa cicatrice.

– Je ne sais pas.

Ça lui redonna courage, de la voir hésiter. En dépit de ce qu'elle pouvait savoir ou avoir deviné à son sujet, elle ne lui disait pas non.

– Des crêpes, peut-être. Tu aimes le bacon ? Des saucisses ou du bacon ?

Elle regarda leurs doigts entrelacés, puis retira sa main, ouvrit la portière, sortit une jambe, se retourna.

– Si je te raccompagne, dit-il, si je m'approche de l'entrée…

Maintenant que l'éclairage intérieur s'était allumé, il avait l'impression d'être à découvert et ça l'angoissait. Elle sentit bien qu'il y avait autre chose.

– Ça veut dire bonne nuit ou adieu ?

Il l'attira à lui et l'embrassa, un baiser profond et sans concessions. Elle s'y abandonna, l'étreignit. Elle ne voulait pas qu'il s'en aille. Jamais peut-être, quoi qu'il en soit par ailleurs.

– Bonne nuit, répondit-il en lui caressant les cheveux. Bonne nuit, ce coup-ci.

35

Poudre d'ange

Jem, en mouvement.

En patrouille dans Charlestown, sentant tourbillonner les courants d'air autour de lui à mesure qu'il poursuivait son chemin à pied. S'il y avait eu du brouillard, l'air humide ayant plus de relief, les autres auraient vu la traînée qu'il laissait dans son sillage, ils auraient regardé, pleins d'admiration, cet enfant du coin semer derrière lui comme un panache de fumée. Alors, ils auraient compris.

Pour certains, c'était déjà le cas. Il sentait bien qu'ils le respectaient, seulement il n'avait jamais daigné en tenir compte. Ces regards hésitants, cette façon qu'ils avaient de détourner en vitesse les yeux. Ils n'arrivaient pas à le dévisager, mais leur silence disait l'estime qu'ils lui portaient, le fait que personne, jeune ou vieux, ne mouftait sur son passage.

Il portait Charlestown sur son dos. Toute sa concentration, toute son énergie cérébrale tournaient autour du souvenir qu'il gardait du Charlestown d'autrefois et auquel il voulait rendre son lustre.

L'autre con de Duggy !

Il tripota le képa glissé dans sa poche, le petit paquet lisse en plastique. Chemin faisant, il imaginait Charlestown en flammes. Un incendie purificateur, qui se développait et détruisait ce qui ne valait rien, un feu qui cautérisait et scellait. Les maisons collées les unes aux autres et celles à deux étages en train de se consumer.

À l'angle de Trenton et Bunker Hill, un autre pressing. Les jeunes cadres le croisaient sans se rendre compte. Au cours d'un incendie cathartique, les pressings, avec tous leurs produits chimiques, seraient les premiers à y passer. Et ensuite, de l'autre côté du pont, ce serait au tour des jeunes cadres, telles des fourmis qui fuient une bûche en train de brûler. Officiellement, ils possédaient l'immobilier, mais lui, Jem, était toujours maître des rues. De la même façon que les animaux sont les maîtres de la forêt, il était maître de Charlestown.

Les petits morceaux de brique de Charlestown qui lui circulaient dans les veines lui donnaient des démangeaisons.

Fergie. Il pouvait l'écouter parler du Charlestown d'autrefois pendant des heures. Il venait juste de quitter le sage assis dans la chambre froide de son magasin. La ténacité et la fierté, il connaissait, le Fleuriste. Ancien catcheur, ancien boxeur, il les portait sur la figure, à l'image d'une fenêtre toute fissurée mais qui tient encore debout, par défi. Il savait comment gagner en ayant recours aux coups bas.

Connard de Duggy ! Lui, Jem, était environné de traîtres et de lâcheurs. Tout le monde flanchait et succombait au changement, au *progrès*, et c'était lui, Jem, qui recollait les morceaux et empêchait l'édifice de se disloquer. Il comblait les fissures. Après Fergie, la responsabilité lui en incomberait entièrement.

Sur le cadran déglingué de Charlestown, aussi abîmé que la gueule de Fergie, on approchait de minuit dans Pearl Street. C'était à ce moment-là, à l'heure du crime, qu'il était né, lui, Jem, qu'il avait vécu et qu'il mourrait. Il était fier de l'état de délabrement dans lequel se trouvait sa baraque, façon d'adresser un pied de nez aux maisons rénovées à deux étages qu'il y

454

avait dans la même rue, des résidences divisées en appartements en copropriété, un peu comme des putes à qui on refait une virginité. Tous les transfuges, les Kenney, les Haye, les Phalon, les O'Brien... Puisque les jeunes cadres claquaient un fric fou pour leur premier-né, ces salopards de traîtres auraient fait figurer la photo d'école de leurs gamins dans les pages d'annonces du *Charlestown Patriot*. Déménager, ce n'est pas s'élever socialement, mais ça revient à jeter l'éponge, à se dégonfler.

Il poussa la porte à l'endroit où le trottoir piquait du nez comme on fait le plongeon lors de la première descente sur les vieilles montagnes russes de Nantasket. Il avait collé avec du ruban adhésif un bout de carton à la place du carreau que Doug avait cassé... ce qui réglait du même coup la question de la vitre qui vibrait. Il s'arrêta en bas de l'escalier pour regarder la porte de Krista. Penser à la génération suivante lui donna envie d'aller voir Shyne. Il croisa du regard les vieilles photos posées sur la table dans le couloir, qui montraient la maison telle qu'elle était dans les années 60 ; une vieille guimbarde garée sur la pente, tandis que son père sortait quelque chose du coffre, sans doute son butin ; la photo de ses parents prise lors de la réception organisée le jour de leur mariage, chaque copain du marié portant à la boutonnière un badge de soutien à la campagne électorale de Kennedy et Johnson ; Krista et lui en barboteuse, assis sur une couverture dans le jardin derrière la maison, à l'époque où il y avait là une pelouse.

Il entra sans frapper et découvrit Shyne installée comme d'habitude dans sa chaise d'enfant, toute seule devant la télé. Elle avait les mains, le visage et les cheveux barbouillés de sauce de ravioli, on aurait dit du sang ; elle n'avait d'yeux que pour l'espèce de dinosaure violet qui faisait des bonds, perché sur une échasse sauteuse. Elle avait aussi de la sauce dans les oreilles.

– Salut, ma petite, lui lança-t-il.

Elle ne se retourna pas. Il lui caressa l'arrière du cou, là elle était propre, mais, vu sa réaction, il aurait aussi bien pu toucher une petite poupée qui lui ressemblait.

– Ohé ! fredonna le dinosaure violet.

Incapable de détourner les yeux, elle le fixa, comme s'il venait de lui adresser un message codé.

On tira la chasse d'eau, Krista sortit des toilettes coulée dans un tee-shirt sur lequel on reconnaissait Daisy, la copine de Donald, et le bas d'un maillot de bain laissant voir un cul flasque qui partait dans tous les sens.

– Dis, t'as rien préparé à manger ? lui demanda-t-il.

Il n'avait pas faim, il voulait seulement relever encore un truc qu'elle aurait dû faire.

– Comment veux-tu que je sache quand tu vas revenir ? répliqua-t-elle.

Mais il n'avait ni le temps ni l'envie de se disputer avec elle… et elle s'en s'aperçut. Les deux faux jumeaux firent un peu de télépathie et d'un seul coup elle comprit d'où il venait, qui il avait vu et ce qu'il trimbalait dans sa poche. C'est tout juste si elle ne distingua pas, dans son caleçon court, le petit pochon qu'il y avait planqué. Une drôle d'expression passa sur son visage, on aurait dit qu'elle en avait très envie, qu'elle en avait besoin. Jem s'en rendit compte, comme elle put le constater.

– Quoi ? lui demanda-t-il, plus pour la faire bisquer que pour l'engueuler.

Il trouvait encore là l'occasion de réaffirmer son autorité à la maison. « Ne le lui dis pas, Jem », lui demandait-elle chaque fois qu'elle laissait tout doucement ressortir la fumée, chaque fois qu'elle prenait une taffe. Si elle adorait le PCP, elle craignait encore plus que Doug ne soit au courant. On a tous besoin d'aller se réfugier dans le giron d'un membre de la famille ou d'un conjoint. À la réflexion, il était, lui aussi, souvent allé s'abriter dans le giron de Duggy…

Il contempla sa sœur, la ratée. Faire la pute, ça allait, mais être une pute complètement nulle ? Pour ça, il fallait presque avoir du talent.

Maintenant, tu le dégoûtes autant que tu m'écœures.

Il faillit le lui dire. Il n'en continuait pas moins à espérer que Duggy opérerait une volte-face. C'était déjà arrivé. Au fond de lui, il était en train de concocter un plan.

J'arriverai peut-être à te sauver, Kris, même toi.

Tout ça, il en avait les moyens. Mais la colère le reprit, il la força à baisser les yeux, détestant cela même qu'il adorait. Il se pencha pour faire une bise sur le haut du crâne taché de Shyne et se mit de la sauce sur les lèvres. Baiser qui signifiait : *Elle ne sera pas une épave comme toi*, mais aussi : *Il n'y a que moi qui peux tous vous sortir de là*.

– Je monte, dit-il en sachant qu'elle n'était pas dupe et qu'elle avait compris qu'elle resterait en bas, avec son cul flasque mal enveloppé dans son slip de baigneuse, à contempler le plafond pendant qu'il se défoncerait, et pas elle.

Car tu n'as pas tenu parole, tu n'as pas été capable de retenir Doug, et maintenant c'est à moi de le faire.

Une fois en haut, dans la pièce mal aérée où il avait installé sa chaîne, il regarda les Boston Sox sur sa grosse télé câblée (il avait détourné une ligne) et prit le pochon dans sa fouille. Puis il gagna la cuisine, sortit son attirail rangé dans le meuble au-dessus de l'évier, le déposa sur la table basse et ouvrit le képa à l'aide son couteau multilames X-Acto. Dans un petit verre piqué des années plus tôt au Tully's, il mélangea les quelques milligrammes de dope à une pincée de

Kool-Aid. Puis il saliva un peu, fit couler de la bave dans le verre et regarda le mélange absorber le liquide, et les deux se confondre.

Il repensa au mec du centre de réadaptation, ça faisait un bail, l'ancien pharmacien binoclard du CVS qui, à ses moments perdus, fabriquait des pipes à eau d'enfer avec des pompes à vélo, et qui était retourné au placard parce qu'il concoctait des amphés dans sa piaule. Il lui avait expliqué que la poudre d'ange, ce n'était pas, médicalement parlant, un hallucinogène, mais que c'était considéré comme un produit faisant délirer. Ça, il ne l'avait pas oublié. *Délirer*. Pas de la daube.

Il fit tourner son verre, le mélange prenant une belle teinte rouge cerise. Après quoi il vida en partie une Camel et en plongea le bout dans ce qui se trouvait précédemment au fond du verre et qu'il avait ramassé avec une petite cuiller pour absorber la pâte. Il baissa le pouce sur son Zippo orné d'un drapeau irlandais, une flamme jaillit à l'extrémité, il inhala.

Il pompa le tout, inspirant à fond et gonflant si fort les poumons qu'il pensa ne plus pouvoir les vider.

Dans la pièce, il y eut comme de la dépressurisation quand il soupira et renversa la tête en arrière. Tout changea. Les bruits, la télé, son cœur acquirent une existence autonome, à l'instar de capsules de secours larguées par une navette et qui se retrouvent livrées à elles-mêmes. Le temps s'arrêta, il s'en évada et le fit défiler. Le journaliste qui commentait la rencontre de base-ball annonça un tour de circuit, quelques minutes plus tard Jem vit la balle voler dans les gradins.

Remonter dans le temps. C'était ce qu'il disait en parlant de Charlestown. *Remonter dans le temps*.

Un Texan s'adressa à lui par le truchement de la télé, un Roger Clemens qui l'apostrophait depuis le monticule entre deux lancers :

– Elle bosse pour le FBI, espèce d'enculé !

Et lui de répondre :

Et merde, Roger... Tu crois que je le sais pas ?

– Il est passé où, Duggy ? Où c'est qu'il est ?

De quoi j'ai l'air ? De celui qui est responsable de lui ?

– Pour commencer, oui, mon pote. Accepte le signal que je t'envoie, sinon, gare à tes fesses.

T'arriverais même pas à lui botter son gros cul, à Mo Vaughn [1], espèce de bouffon.

– Ne te la joue pas à la Buckner [2], crapule !

Allez, va te faire foutre, espèce de gros... Oh, et puis merde...

Clemens était maintenant devenu un énorme dinosaure mauve coiffé d'une casquette des Red Sox, qui fredonnait « Ohé ! ».

Le cerveau mité de Jem rougeoyait dans la pièce. On assistait à la métamorphose, là, en train de s'accomplir, et son sang s'était déjà transformé en mercure. Il ôta son fute, se retrouva en caleçon, chaussa des tongs et descendit au sous-sol.

Il s'y donna à fond, enchaînant épaulés-jetés et curls, soulevant cette fois des poids de vingt kilos, son cœur cognant comme un corps qui dévale un escalier dont on ne voit pas le bout. Ça sentait la mer, dans ce sous-sol humide et froid, et le fer cliquetait comme la chaîne d'une ancre.

Les petits soldats en tenue de camouflage. Ses fantassins. Il commencerait avec eux, l'armée d'insurgés qu'il était en train de mettre sur pied. Des bandes de jeunes de Charlestown qui reprendraient le contrôle de leur quartier. Des patriotes qui dressaient les plans

---

1. Joueur vedette de base-ball dans les années 80 et 90, qui a notamment fait partie des Boston Sox *(NdT)*.
2. Bill Buckner, autre joueur émérite de base-ball, en activité dans les années 70 et 80 *(NdT)*.

de la seconde bataille de Bunker Hill[1] en remontant dans le temps. Le rouge, blanc et bleu de leurs yeux injectés de sang.

Il termina par des accroupi-relevé et remonta à l'étage, ressentant des courbatures et des élancements dans les jambes et les bras, comme souffre l'acier tordu. Il s'isola du monde et resta campé sur place, tandis que le couloir lui faisait signe, là-bas. Jem le délirant.

Il fit valser la lampe suspendue au-dessus de la glace, tellement vidé que ça revenait au même de se plier et de se déplier. Plié, le Jem, la moindre parcelle de son corps tumescente et hâlée par le sang.

Partout.

Il tomba le caleçon. En se regardant dans la glace sous la lampe qui oscillait, il s'attrapa le cul avec l'autre main, la troisième (ça ne pouvait être qu'elle) tira sur les cheveux de la directrice de banque pour la forcer à en avoir envie, à faire ce qu'il fallait dans ce sens. Le dinosaure violet qui cognait à la porte le laissa pantois, la directrice se transforma pour un temps en Krista, mais il se concentra, et quand il se ressaisit, il n'eut pas le temps de prendre un Kleenex.

La gerbe acide imprima un point d'interrogation sur la coiffeuse, il finit et recula, se rendant bien compte.

– Ce machin-là est complètement naze, dit-il.

Sous la douche chaude, avec sa bite de verrat, rose et dilatée entre les cuisses… Il présenta le dos à la pomme vissée au plafond, ferma les yeux… le jet devenant incandescent sur ses épaules, la pomme crachant des giclées fulgurantes, comme une lampe à souder. Une nuée d'étincelles batifola en lui, les flammes bleues le

1. Allusion à la bataille de Bunker Hill, qui se déroula en 1775 et fut la première grande confrontation armée de la guerre d'Indépendance entre les forces britanniques et les Américains *(NdT)*.

460

modelèrent, forgeant un nouvel être, un homme de fer métamorphosé par le baptême du feu.

Il savait ce qu'il lui restait à faire. Ce que l'Homme de Fer, jadis l'Homme de Colle, se devait de faire.

Il s'habilla en noir et redescendit au sous-sol pour aller fouiller dans la cantine de son grand-père rangée sous l'escalier. Il composa la combinaison de la serrure et les gonds, auxquels l'humidité et le froid avaient donné de l'arthrite, gémirent lorsque la malle ouvrit la bouche. Il dégagea l'uniforme du pépé, mêlé aux trophées que le vieil homme avait rapportés du Pacifique, à savoir son fusil, ses épées et une demi-douzaine de grenades entreposées à l'intérieur d'une énorme boîte à œufs, ainsi que d'autres petites armes qu'il avait rangées, et aussi de l'argent liquide, qui allait lui permettre de fomenter bientôt la grande rébellion. Du fond de la cantine il sortit le sac de Foodmaster, puis il referma la malle à clé.

C'est comme ça que se comportaient les frères. Ils se protégeaient les uns les autres.

Dans l'obscurité, il partit en mission, soldat dans la nuit de Charlestown, le sac sous le bras. Des corbeaux et des ptérodactyles en pleurs descendaient en piqué des collines, survolant Bunker Hill Street en criant. Des voix s'adressaient à lui depuis l'entrée des maisons, des ruelles et des carrefours. *Occupe-toi d'elle à notre place*, chuchota une femme extrêmement vieille, plus vieille même que le trottoir. *Entendu*, lui répondit-il.

Il traversa Monument Square, passa sous la flèche radioactive. Des animaux de nuit grouillaient autour de lui, revêtus de leurs ailes-peignoirs (les esprits des enfants de chœur échappés des clochers), attirés par le doigt céleste de la tour d'où émettait jour et nuit WTOWN, qu'il captait d'ailleurs parfaitement dans sa tête.

Doug se préparait à prendre son vol. Jem pressa l'allure, l'océan lui mugissant dans les oreilles.

La maladie sévissait dans Packard Street. Le FBI était un vrai cancer à Charlestown, et lui, Jem, le délirant en chimio. Lui qui délivrait les autres de leurs péchés en consommant des plats rituels, l'archange exterminateur…

Dans la petite rue derrière Packard, il aperçut la fenêtre de la salle de bains, légèrement ouverte à son intention. Juste assez. Il enfila ses gants, regarda des deux côtés de la ruelle et se coinça le sac sous la ceinture. Et demanda à être invisible. Ce qui lui fut accordé.

Il monta sans bruit sur le toit de la voiture violette, puis il escalada le mur de séparation. Trouva une prise sur la façade en briques de l'immeuble endormi, la fenêtre se trouvant désormais à sa portée. C'était une vieille, comme celles de la maison de sa mère, avec un sèche-linge à coulisse, il fallait juste la pousser un peu.

Il demanda à devenir furtif, nyctalope et totalement silencieux. Son vœu fut exaucé. Il resta un moment suspendu au rebord en bois de la fenêtre, auquel il se cramponnait à deux mains, puis il s'y hissa, passa d'abord la tête, comme un bébé lors de l'accouchement, puis s'affala sur le carrelage froid.

La salle de bains… L'entrejambe de la maison, dont la cuisine était le cœur, la chambre le cerveau, la salle à manger le ventre et la salle de séjour les poumons. La porte d'entrée en était la tête, et le garage le cul.

L'entrejambe était sombre et froid. Ça coulait en permanence dans la cuvette en porcelaine à côté de son épaule. Un parfum fleuri de crèmes pour la nuit.

Il y voyait bien. Il sortit le sac de sous sa ceinture, l'empêchant de faire trop de bruit en craquant, attrapa le masque par les orbites de ses yeux ovales, se passa la courroie noire derrière la tête.

Du moment que tu t'es débarrassé des masques, elle ne dispose d'aucun élément.

Évidemment que je m'en suis débarrassé.

C'est que tu avais l'air d'en être très fier, de ton œuvre d'art ! Je veux en avoir le cœur net.

Va te faire foutre, Duggy. T'es tellement malin !...

Dans la glace en haut du lavabo, le masque blanc des Cheevers flottait sur la noirceur de ses yeux et les graffitis.

Il migra de l'entrejambe aux poumons. Les numéros verts s'affichant sur la chaîne stéréo se reflétaient sur le mur. Une lumière, dans la nuit, qui lui montrait la voie. La porte du cerveau endormi était fermée. Il saisit la clenche de sa main gantée et entra.

Grâce aux éclairages publics, il distingua parfaitement ce qu'il y avait dans la pièce. Des numéros rouges tremblotaient auprès du lit dans lequel elle l'attendait.

Son genou rencontra le bord du matelas lorsqu'il se campa au-dessus d'elle et l'écouta respirer.

Elle détecta sa présence, remua les jambes sous les draps, tourna sa tête cachée par ses cheveux, s'apercevant tout d'abord que la porte était ouverte. Elle écarta les cheveux qui lui retombaient sur les yeux. Et c'est alors qu'elle vit.

Le visage du délirant. Elle ouvrit la bouche pour crier...

36

Microparano

Doug débarqua chez elle avec un sac en plastique Foodmaster, dans lequel il y avait des provisions. Il était en forme. Il tirait une satisfaction étrange d'avoir différé son plaisir, d'avoir résisté à ce qui lui faisait tellement envie, tout cela parce qu'il nourrissait de plus grandes ambitions. C'était le fonds de commerce des Alcooliques anonymes et il se rendit compte que c'était comme ça qu'étaient apparues les religions.

Il trouva sa porte entrouverte, ce qui l'inquiéta un peu, mais il se ressaisit. À Charlestown il y avait des tas de gens qui ne fermaient pas complètement leur porte quand ils s'absentaient quelques instants pour faire une course. Il allait trouver un petit mot sur la table, qui lui expliquerait qu'elle était partie chercher des œufs et lui dirait de se mettre à l'aise.

– Salut !

Il frappa à la porte, entra.

– C'est moi.

Pas de réponse. Il longea le couloir, ne voulant pas croire qu'un danger puisse le guetter.

– Claire ?

Debout dans la salle de séjour, au bout du canapé, entre la chaîne et la table basse, dans sa main baissée elle tenait un téléphone sans fil. Elle avait enfilé un tee-shirt jaune par-dessus un jean délavé.

– Salut, lui dit-il.

Il s'arrêta, sentant qu'il y avait quelque chose qui clochait.

– Tu sais que ta porte était ouverte ?

Rien qu'à sa façon de le regarder, il comprit qu'elle était au courant.

– Pourquoi ? lui demanda-t-elle.

Il resta hébété. Il déposa son sac à provisions.

– De quoi parles-tu ?

– C'est comme ça que tu te comportes ?

Il crut pouvoir s'en tirer en y allant au bluff, même si ça se présentait mal.

– Tu parles du petit déjeuner ou bien…

– Tu démolis les femmes et puis tu les reconstruis, c'est ça ?

Il n'osa pas aller plus loin qu'au bord du canapé. Il parlait en pure perte, mais enfin il voulait continuer à y croire.

– J'ai apporté du bacon, je…

– Ou bien c'était un pari ? Un concours, peut-être ?

Il s'était passé quelque chose depuis la veille au soir. Pour une raison *x*, elle savait maintenant des choses. Il obéit à son instinct de survie.

– Qui d'autre est ici ?

Les larmes lui vinrent aux yeux.

– Personne, dit-elle. Il n'y a plus personne.

Frawley. Il n'y avait personne dans la cuisine. Il alla voir dans la salle de bains, tira le rideau de la douche, constata que la fenêtre était grande ouverte. Il passa dans la chambre, déserte elle aussi.

Ça le mit hors de lui d'avoir fait chou blanc.

– Qu'est-ce que tu lui as raconté ?

Elle n'avait pas bougé et l'observait.

– Je n'ai rien dit à ce type.

Un piège. Le piège consistait à l'amener à avouer pour s'excuser, à faire en sorte qu'en s'expliquant il se renvoie lui-même en prison. Les micros pouvaient être cachés n'importe où.

Il tendit la main vers la chaîne, où elle avait mis un CD, et monta le son. On n'entendit plus que les Smashing Pumpkins dans l'appartement, avec la guitare à fond et le chauve, là, qui s'excitait.

Comme il s'avançait, elle le fusilla du regard.

– Ne t'approche pas de moi ! lança-t-elle en reculant après avoir relevé l'antenne du téléphone. Sinon, j'appelle la police.

Il se précipita vers elle, attrapa le téléphone, le lui arracha des mains, le jeta sur le canapé.

Elle se figea sur place, abasourdie.

Puisque la musique hurlait, il la poussa contre le mur et lui mit la main sur la bouche, sa paume calleuse l'empêchant de crier. Il lui palpa le torse, de chaque côté, puis le ventre et la taille, la fouilla à travers son tee-shirt.

La voix étouffée, elle écarquillait les yeux. Elle essaya de le repousser, mais avec le coude il lui plaqua aussitôt un bras contre le mur.

Il passa la main sous son tee-shirt, glissa les doigts sur la taille de son jean, remonta ensuite jusqu'à la patte en satin reliant les deux bonnets de son soutien-gorge. De sa main libre elle lui saisit le poignet, pour essayer de l'empêcher de la toucher à cet endroit. Il avança les doigts sous le morceau de tissu, au milieu, puis entre les seins, sans trouver de micro.

Il ôta sa main, alors qu'elle se cramponnait toujours à son poignet. Il était trop fort pour elle. Cette fois, il lui palpa le creux des reins, ne détectant rien à travers son jean, puis il lui toucha le haut des cuisses et l'entre-jambe, là où démarrait la couture intérieure.

Rien. Pas de piles, pas de micro…

Elle le regarda dans les yeux, essayant toujours de lui repousser le poignet. C'est alors qu'il se calma, se rendant compte de ce qu'il venait de faire.

– Je voulais vérifier que tu ne portais pas de micro, lui dit-il. Il fallait que je…

Elle lui donna un coup de genou dans la cuisse, ratant de peu les couilles. Elle se jeta sur lui, le gifla, lui assena des grandes claques, et il la lâcha. Elle n'était pas très efficace, pieds nus, mais elle réussit à lui faire mal au visage. Il se protégeait des coups sans y répondre, puis finit par reculer.

– Va te faire foutre ! s'écria-t-elle.

– Ce n'est pas ce que tu crois.

Que pouvait-il lui dire ?

– Tout ce qu'il a pu te raconter…

– Je te déteste !

– Non.

Ça, il ne voulait pas l'entendre, pas question.

Elle chercha à lui envoyer quelque chose à la figure, mit la main sur le disque *AM Gold* qu'il lui avait prêté, le lui cassa sur le coude. Elle s'en prit ensuite à la chaîne qui hurlait, la bouscula à deux reprises jusqu'à ce qu'elle tombe par terre – ce qui ne l'empêcha pas de marcher. Il lui fallut carrément la débrancher pour que la musique s'arrête.

– Le hold-up… Ce que tu peux savoir là-dessus, c'est vrai, s'empressa-t-il d'expliquer. Mais depuis… je ne sais pas ce qui s'est passé. Je ne pense qu'à toi.

– Toi, le Monsieur Muscle de Charlestown… espèce de connard… taulard… pauvre épave…

Il ne broncha pas.

– Comment ? reprit-elle, folle de rage, tout en remettant en place son soutien-gorge sous son tee-shirt. Tu croyais que tu pouvais venir ici, ce matin, me préparer le petit déjeuner et puis me sauter ? Et ensuite raconter tout ça à tes copains ?

Il eut l'air désarmé, mais ne desserra pas les dents.

– Tu me fais pitié, dit-elle.

– Ah oui ?

Il n'en revenait pas de la voir dans cet état. Elle lui tint tête un instant, puis s'effondra en larmes.

– Pourquoi tu m'as fait ça ? sanglota-t-elle. Pourquoi faire ça à quelqu'un ?

Qu'est-ce qu'il pouvait bien lui répondre ? *Je suis amoureux de toi. Je veux m'en aller avec toi.*

– Tu le savais, hier soir… Au stade, tu le savais, déclara-t-il. Et pourtant ça ne t'a pas dérangée. C'est toi qui m'as demandé de revenir ici.

Il ouvrit les mains en éventail, l'air désarmé.

– Pourquoi réagis-tu comme ça maintenant ?

Elle reprit son souffle, renifla, enleva les mains de son visage. Le défiant, une fois de plus.

– Il faut croire que ton ami m'a rafraîchi la mémoire.

Doug sentit à nouveau le sang lui monter au visage.

– C'est comme ça qu'il m'appelle, Frawley ? Son ami ?

Elle ne bougea pas, respirant bruyamment.

– Frawley ? fit-elle avec un sourire dément. Ce n'était pas lui. C'était ton ami, celui qui portait un masque de hockey.

Un masque de hockey… Il la regarda, perplexe.

– Hein ?

Elle traversa la pièce pour aller chercher son téléphone sur le canapé.

Il se tourna vers la salle de bains, dont la fenêtre était ouverte. Puis vers la chambre, dont c'était cette fois la porte qui était ouverte.

– Il… Quoi ?

Le masque de hockey… La fenêtre ouverte…

– Je voudrais que tu t'en ailles, lui dit-elle.

Jem. Doug la regarda de haut en bas.

– Il t'a touchée ?

Elle était prête à appuyer sur la touche « appel » de son téléphone.

– Il m'a dit de ne pas prévenir la police, mais tant pis, si tu ne fiches pas le camp tout de suite…

Il hocha la tête, voulant éviter qu'elle ne pique une crise de nerfs.

– Est-ce qu'il t'a touchée ?

Elle se remit à pleurer, il la dévisagea.

– Dehors, lui dit-elle. Sors de chez moi, sors de ma vie !

Cela suffit à le faire reculer.

– Claire. Attends…

– Ne t'avise plus de prononcer mon nom !

Elle brandit le téléphone, le pouce posé sur les touches.

– Si tu m'obliges à téléphoner, je vais tout leur raconter.

Il recula de nouveau, le combiné qu'elle tenait en main lui faisant le même effet qu'une arme à feu.

– Tout ce que je voulais…

Elle appuya sur une touche.

– 9…, dit-elle.

– Ne fais pas ça.

– Tu as intérêt à filer.

Elle appuya sur une autre touche.

– 1…

Il allait rester. Quoi qu'il arrive, il lui fallait faire face.

C'est alors qu'elle craqua et se mit à hurler :

– Va-t'en !

Elle était tellement bouleversée qu'il reflua dans le couloir et le descendit à reculons jusqu'à la porte d'entrée.

– Va-t'en !

Penaud, il dévala les marches du perron et s'éloigna, tout seul, dans Packard Street.

37

Cassage de gueule et rencontre-surprise

La vieille porte céda, à croire qu'elle attendait depuis des années qu'on l'enfonce. Doug frôla au passage la photo du cardinal et le bénitier, puis il entra dans la pièce où Jem venait s'amuser. La chaîne était en marche, mais le CD était terminé depuis longtemps et les baffles émettaient un bourdonnement analogue à celui de la sono d'un auditorium fonctionnant à vide. Il n'y avait rien sur le canapé en cuir vert.

Lorsqu'il aperçut le sachet en plastique sous la table basse, il eut l'impression de découvrir la pièce manquante d'un puzzle qu'il cherchait sans s'en rendre compte. Si depuis le début il avait fait attention, il n'aurait pas eu besoin de ça pour comprendre de quoi il retournait.

La musique en pleine nuit, le fait que Jem disparaissait, qu'il se terrait comme un rat, ses petits soldats en tenue de camouflage, les pots-de-vin qu'il versait à Fergie…

Il redescendit en courant dans le couloir, ouvrit tout grand la porte de la chambre de Jem et vira les couvertures empilées sur le tas de coussins qui faisait office de lit. Il passa ensuite au salon de devant, dont les baies vitrées aux moustiquaires déchirées donnaient sur Pearl Street. Les outils de menuisier de Jem étaient posés sur des pages de journal et là, sur une table basse, trônait une maison de poupées presque terminée. Il s'agissait d'un modèle réduit de la fameuse maison à deux étages, dont on voyait tout l'intérieur, le mur ouest n'étant pas monté. Doug leva sa grosse chaussure pour l'écraser, mais la petite voix de la pitié lui dit que c'était un cadeau pour Shyne. À la place, il flanqua un coup de pied dans un lampadaire de salon et en écrasa l'abat-jour.

C'est alors qu'il entendit tourner le moteur réglé au petit poil – il en connaissait bien le bruit – et alla regarder par la fenêtre du milieu. En bas, dans la rue, la Flamer se garait au bord du trottoir. Doug l'y rejoignit en un éclair.

Jem lui adressa un large sourire de clown en s'avançant vers lui à grands pas, mais ne rit plus du tout quand il lui balança un coup de poing sans prévenir, n'y allant pas doucement, comme entre copains, et le touchant au menton en hurlant : « Espèce d'ordure ! » Jem valsa sur le coffre de sa voiture, puis roula dans le caniveau. Un sac à provisions lui glissa des mains, d'où s'échappèrent des petits pinceaux, de la peinture pour modèle réduit et de la colle à bois.

– Putain !

Jem se mit à genoux et se toucha la bouche, les doigts trempés de sang.

– Tu as conservé ton masque, espèce de cinglé !

Doug lui balança un coup de pied dans les côtes, juste en dessous de l'épaule, et l'envoya valdinguer contre le pare-chocs de sa voiture.

– Attends ! Enfin…

Jem s'était redressé sur un genou.

– Arrête, Duggy, arrête !

Jem s'accroupit et d'un seul coup se jeta sur lui, lui enfonçant la tête et l'épaule dans le ventre. Projeté en arrière, Doug traversa le trottoir et se retrouva collé aux bardeaux de la maison.

471

Baissant le poing, Doug le frappa de toutes ses forces pour essayer de le repousser, mais Jem s'y attendait et changea de pied, alors que l'autre cherchait à se débarrasser de lui, tombant pour sa peine sur le cul au milieu du trottoir.

Déjà, Jem était sur lui, la tête toujours enfouie dans son ventre, à lui filer des crochets. Une bagarre entre joueurs de hockey, avec Doug qui avait la tête presque recouverte par la chemise de Jem, ce qui laissait voir son dos constellé de taches de rousseur.

– Fumeur de PCP de mes deux ! hurla-t-il. C'est pour ça que t'as pas dormi la nuit du mariage ? Pour ça que tu as arrosé le cinéma avec un flingue ? J'ai fait un coup avec une espèce d'en…

Jem lui en envoya un dans le rein. Il n'y allait pas de main morte, lui labourant la poitrine de coups de poing, et cela en remontant, bien plus fort et costaud que tout à l'heure. Si seulement il avait eu une meilleure prise, il l'aurait carrément immobilisé.

Doug était en train de perdre. Si jamais Jem lui grimpait dessus, il allait lui fracasser la tête sur le trottoir.

Il glissa le bras sous son adversaire, l'attrapa d'un côté par la ceinture, de l'autre par l'épaule, et dans un accès de fureur le souleva de toutes ses forces, l'amateur de poudre d'ange donnant en l'air des ruades avec ses grosses godasses, tandis que l'autre le virait du décor. Jem retomba lourdement sur le dos, Doug roula sur le côté, enfin libre de ses mouvements.

Jem voulut se relever, mais Doug était déjà debout et le saisissait en vitesse par la chemise et le short pour l'envoyer tête la première contre la camionnette à plateau d'un voisin. Sonné et buriné, Jem essaya de lui satonner les couilles, mais Doug lui attrapa la chaussure et le retourna, puis le redressa et, fou de rage, lui en colla un bon dans la gueule, mine de rien.

Un flot de sang jaillissant de son nez, Jem s'effondra en arrière sur le capot d'une voiture, glissa sur le phare et s'affala par terre.

Puis il resta là, à gigoter à plat ventre en se tenant la tête entre les mains. Doug se campa au-dessus de lui, voyant lui-même trente-six chandelles au terme de la baston, et de sa chute sur le trottoir.

– Debout ! cria-t-il.

Jem roula sur le côté, plié en deux par la douleur. Des filets rouges lui coulaient sur le menton, il avait une entaille au-dessus du nez et la joue poissée de sang mélangé à de la poussière.

– Putain, j'ai pas fait grand-chose, dit-il.

– Debout !

– J'ai pas fait grand-chose.

Lorsqu'il parlait, du sang lui dégoulinait de la bouche.

– Je me suis contenté de râler. Pourquoi elle, hein ? Y a plein d'autres meufs sur terre. Pourquoi ?

– Debout, Jem, que je puisse encore une fois t'envoyer au tapis !

– Tu te prends pour qui ? Tu crois que t'es mieux que moi ?

Il était à genoux. Suffisamment loin. Doug lui fila une mandale au menton et le fit tomber à la renverse.

Pour le coup Jem sourit, étendu dans la rue, les quatre fers en l'air, les dents rouges de sang :

– Je l'ai même pas touchée. Je l'ai juste mise en garde.

– Tant mieux pour toi. Dans ce cas, je vais pas te tuer.

Jem voulut s'asseoir, mais l'état de sa cage thoracique ne le lui permit pas. Il roula sur le côté, sans plus réussir à se relever ; pour finir, il n'insista pas et s'étendit par terre à nouveau, le nez au ciel, sourire aux lèvres.

Pour Doug, ça ne suffisait pas. Il se baissa, l'attrapa par sa chemise trempée de sang et le souleva. Les yeux blancs de Jem chavirèrent alors même qu'il regardait en souriant le poing de Doug.

– Et si tu te cognais dessus, hein ? Putain, cogne-toi dessus !

Doug avait envie de lui en coller un autre. Une envie folle. Mais il fit d'abord semblant, Jem ne broncha pas, le regard brouillé comme de l'eau de vaisselle.

Doug le laissa s'affaler. Jem toussa, perdant son sang en même temps qu'il était secoué d'un petit rire.

– Ils vécurent heureux et eurent beaucoup d'enfants…, marmonna-t-il.

Doug s'éloigna, insatisfait, l'orage couvant toujours en lui et prêt à éclater d'un instant à l'autre.

Krista était sortie sur le trottoir. Elle était restée immobile à regarder son frère se faire tabasser et continua de l'observer tandis qu'il parlait dans sa barbe et ricanait. Elle regarda Doug, fit un pas dans sa direction… mais il était déjà en train de remonter la côte, les mains endolories, des bourdonnements dans les oreilles, à moitié aveuglé par le désespoir.

La sous-location de Frawley lui permettait de bénéficier d'une place de parking dans un garage à plafond bas, tout près de la Première Avenue, l'artère principale qui coupait en deux l'arsenal de Charlestown maintenant désaffecté. Côté terre, les anciens chantiers navals, y compris une corderie obsolète de quatre cents mètres de long. Côté Atlantique, les quais remodelés et des briqueteries transformées en deux-pièces donnant sur le front de mer. L'arsenal réaménagé ressemblait plus à un campus qu'à un quartier proprement dit, et l'on y trouvait surtout des jeunes cadres célibataires bien partis dans la vie. Frawley imagina les dockers d'autrefois ressuscitant et découvrant leurs endroits de prédilection métamorphosés en appartements en copropriété à loyers élevés, occupés par des jeunes, des gens intelligents qui n'avaient pas les mains calleuses...

Il revenait de Lakeville et ses reins se ressentaient du trajet d'une heure et demie qu'il avait effectué. Il descendit de l'affreuse Tempo pour appuyer les deux mains sur le toit et s'étirer afin d'avoir moins de courbatures. Il était en train d'examiner la peinture bleu terne de la voiture, piquée en haut de taches grises qui faisaient penser à de la moisissure sur du pain, lorsque dans son dos il entendit se rapprocher des pas lourds et sonores, comme ceux de quelqu'un qui porte des bottes. Instinctivement, il glissa la main sous sa veste avant de se retourner.

Pas rasé, rien dans les mains, l'air de sortir d'une cuite, en jean et tee-shirt gris délavé, MacRay se déplaçait rapidement dans la lumière dorée.

Frawley serra la crosse de son SIG-Sauer 9 mm, mais sans dégainer. MacRay s'arrêta à trente centimètres de lui et, haletant, lui jeta un regard assassin.

Frawley en resta sur le flanc, mais il ne voulait pas que ça se voie. Il se serait déconsidéré en sortant son arme, aussi préféra-t-il lui montrer sa plaque glissée dans sa poche de poitrine et qu'il ouvrit d'un coup sec.

– Agent spécial Frawley du FB...

MacRay fit sauter son étui, qui voltigea comme un oiseau blessé et atterrit par terre, à un mètre de là.

Frawley se sentit mal. Devant la brutalité du geste et son côté presque enfantin, il changea de visage et surmonta sa peur.

– Pas de bêtise, MacRay, dit-il. Je veux vous serrer, mais pas pour ça.

MacRay le dévisagea, plus maître de lui qu'il ne le pensait. Il regarda derrière lui et prit l'air dégoûté du spécialiste.

– Vous êtes monté en grade ? Maintenant vous roulez en Tempo ? C'est une belle caisse.

Frawley se retint de lui poser certaines questions : depuis quand l'avait-il dans le collimateur ? Qui lui avait dit qu'il le trouverait ici ?

– Vous savez ce qui m'est arrivé ? lança MacRay. Une espèce d'ordure a rayé ma Corvette avec une clé. Putain, j'y crois pas !

Frawley aperçut la voiture vert émeraude garée contre le mur et barrée d'une longue cicatrice.

– Bousiller la caisse d'un mec, c'est un truc de lâche, vous ne trouvez pas ? Enfin quoi, c'est qui, pour vous, un mec qui fait une saloperie pareille ? Un voyou ? Une lavette ?

– J'imagine qu'elle vous a largué.

– Allez vous faire foutre !

Frawley sourit.

– Combien de temps pensiez-vous que ça allait durer ? Vous jouiez à quoi ?

– Vous ne savez rien du tout là-dessus.

– Ça me rappelle les mecs qui vous braquent devant un distributeur automatique. Ils obtiennent votre code et s'imaginent qu'ils vont pouvoir se servir indéfiniment de la carte.

C'est alors qu'il remarqua que MacRay avait les mains ouvertes, nerveuses, avec des coupures entre les phalanges et gonflées comme des noix.

– Si vous avez levé la main sur elle…

– Je vous emmerde ! s'écria MacRay en l'envoyant promener d'un geste de la main.

C'était convaincant, mais Frawley en conclut qu'il serait obligé d'aller voir Claire Keesey pour en avoir le cœur net.

MacRay recula un peu et se mit à tourner en rond, comme un lion en cage, Frawley se tenant coi.

– C'est comme l'autre, là, votre parrain, reprit Frawley en l'asticotant. Frank Gehry, le pompier. Celui qui bat sa femme. Il a essayé de me faire la morale. Vous autres qui ne buvez plus, vous êtes les pires !

MacRay revint à la charge, tendant l'index dans sa direction :

– Écoutez-moi. Vous n'allez pas l'emmerder, compris ? Vous voulez savoir quelque chose sur moi ? Je suis là. Alors ?

Frawley garda son sang-froid.

– Je n'ai rien à vous dire.

– Évidemment. Vous préférez rôder en ville et discuter avec tout le monde, sauf avec moi. Lequel des deux a eu assez de couilles pour s'expliquer directement avec l'autre ? Espèce de petit branleur !

– Vous êtes venu m'insulter, MacRay ?

– Je me suis dit que j'allais venir vous voir et me présenter moi-même.

– C'est très gentil, de la part d'un voisin.

– Arrêtez un peu vos conneries. Cessez de me mener en bateau.

– Je ne vous mène pas en bateau.

– Ah non ? Eh bien, moi non plus.

MacRay regarda les éclairages publics de la Première Avenue par les trous percés dans les murs du garage.

– Vous vous imaginez que vous passez inaperçu ici ? Vous croyez habiter à Charlestown ? L'arsenal, c'est pas Charlestown. Vous ne savez absolument pas ce qui se passe.

– Je sais des tas de choses.

MacRay plissa les yeux, essayant de le jauger.

– Qu'est-ce que ça signifie ? Il s'agit d'elle ?

Va te faire foutre, tel était le message que lui adressa Frawley en faisant la grimace.

– Il s'agit d'une banque.

– Ah oui.

MacRay s'écarta et se remit à tourner en rond.

– Ben voyons… ajouta-t-il.

– Il s'agit aussi d'un cinéma.

– Un cinéma ?

MacRay pencha la tête de côté comme s'il avait mal entendu.

– Vous avez déconné, MacRay, avec votre bande.

MacRay continua à décrire des cercles autour de lui.

– J'en suis resté au cinéma. Là, je ne vous suis plus.

– Moi, ça m'a surpris, cette histoire. Braquer un fourgon blindé sans mettre le paquet. Un boulot peinard. Vous avez peut-être plus peur que je vous rattrape que vous ne voulez l'admettre.

Les propos de Frawley lui résonnaient dans la tête. Furax, il pressa l'allure.

– Je me suis dit qu'il n'était pas impossible que celui qui a fait le coup ait l'intention d'arrêter les frais. Voire de raccrocher pour de bon. Pour l'amour d'une femme, peut-être. À mon avis, il y a une chance sur deux pour que vous soyez venu me dire au revoir, ce soir.

Du coup, MacRay ralentit, refusant de péter les plombs comme Frawley l'escomptait.

– Elle n'a pas envie de vous, lui dit-il. Vous aurez beau faire, ça n'y changera rien.

Frawley en eut froid dans le dos. Il sourit pour donner le change.

– Ah oui, c'est Hélène de Troie. La Joconde. Bon, elle est sympa, MacRay, c'est une fille bien. Elle a toutes ses dents. Mais pourquoi elle ? Un mec prudent comme vous ?… Sortir avec quelqu'un qui a été victime de l'un de vos hold-up ? Qu'est-ce qui vous a incité à faire ça ?

MacRay ne le quittait pas des yeux.

– Attendez… C'était l'amour ? C'est ça, MacRay ?

Un sourire ironique flotta sur ses lèvres.

– Qu'est-ce qui vous a fait croire que ça pouvait marcher ? reprit-il.

– Qui a dit que c'était terminé ?

Frawley se délectait de le voir réagir ainsi.

– Parce que ça ne le serait pas ?

– Il n'y a rien de terminé.

Frawley se dérida. Il faillit dire « tant mieux ».

– Qu'est-ce qu'il y a de drôle, monsieur le détective ?

– De drôle ?

Frawley haussa les épaules.

– Qu'on soit là à discuter, répondit-il.

Ce petit entretien n'avait que trop duré. Frawley commençait à s'angoisser.

– Vous savez comment, dans les films, les flics et les voleurs rivalisent d'astuces pour en fin de compte se respecter malgré tout ? Est-ce que vous me respectez malgré tout ? lui demanda Doug.

– Absolument pas.

– À la bonne heure. Moi non plus. Je ne voulais pas que vous vous imaginiez qu'on allait finir par se serrer la main.

– Non. À moins que vous n'assimiliez à une poignée de main le fait de vous passer les menottes…

Une fois de plus, MacRay le jaugea, puis hocha la tête.

– Si vous avez relevé une empreinte digitale… eh bien, ce n'est pas la mienne.

Elle l'a prévenu. Frawley enrageait.

– Vous êtes dans une impasse, MacRay. Vous auriez peut-être intérêt à filer pour de bon tellement vous avez peur de me tenir tête.

MacRay se retint de lui décocher un sourire narquois. Frawley fut alors persuadé qu'il allait le coincer, mais l'autre regagna sa voiture et il n'en fut plus si sûr.

– Donc à un de ces jours, lui lança-t-il.

– Tu parles… répondit MacRay, qui ouvrit sa portière et s'installa au volant. Ça ne risque pas.

Quatrième partie

Retour au bercail, si l'on veut

38

Excalibur Street

Ce fut Mme Keesey qui ouvrit. Elle portait une tenue de sport haute couture, la version de la robe d'intérieur des années 50 appropriée à la résidence de la Table-Ronde, où elle habitait. Fait rare, la porte grillagée ne grinçait pas quand on la manœuvrait.

– Je vous remercie de m'avoir autorisé à faire un saut au beau milieu de la journée, dit Frawley en pénétrant dans le vestibule glacial.

– De rien, répondit-elle en jetant un œil à sa vilaine Tempo qui enlaidissait Excalibur Street.

Elle referma la lourde porte et gagna la balustrade, où l'on avait disposé entre les barreaux blancs des relevés de comptes et des prospectus pour des placements glissés dans des enveloppes non cachetées.

– Claire !

Elle jeta à Frawley un regard glacial.

– Elle est revenue habiter chez nous. Je ne vois pas en quel honneur.

Elle loucha sur l'enveloppe en papier kraft dans la main de Frawley – elle ne lui disait rien de bon, comme si elle renfermait des renseignements sur elle. Son haleine parfumée au whisky laissait penser qu'elle ne ferait pas de vieux os.

– Vous voulez boire un peu d'eau de source ? lui demanda-t-elle d'un air guindé et affecté, l'actrice qui en a assez de jouer le rôle d'épouse et de femme au foyer.

483

– Non, merci. Ça ira.

Claire Keesey descendit l'escalier, vêtue d'un tee-shirt blanc et d'un pantalon de survêtement encore plus blanc, et salua Frawley, l'air détachée, sa mère s'étant, elle, déjà éclipsée à la cuisine.

Claire l'invita à la suivre de l'autre côté, ses chaussettes blanches chuintant sur le marbre. Ils franchirent une porte-fenêtre et entrèrent dans le bureau de son père, comme la dernière fois. Ce coup-ci, elle s'assit derrière le secrétaire, les yeux bouffis d'avoir pleuré, mais n'ayant ni plaie ni bosse. C'était quelqu'un d'autre que les mains gonflées de MacRay avaient tabassé.

Frawley s'installa dans le fauteuil à bascule et l'observa, animé par des sentiments qu'il ne trouvait pas très reluisants. Le triomphe, la satisfaction et la pitié.

– Vous vous êtes trompée, déclara-t-il en se montrant magnanime maintenant qu'il avait remporté cette manche. Vous avez commis une erreur de jugement.

Elle tira sur ses doigts, lugubre, penaude.

– Je regrette tout ce qui vous est arrivé, dit-il très sérieusement. Et je regrette que nous soyons obligés d'en arriver là.

Il ouvrit le rabat de l'enveloppe et sortit quatre photos de visages qu'il déploya sur le sous-main comme s'il s'agissait de cartes gagnantes. En haut à droite se trouvait celle en noir et blanc de MacRay, avec sa mine effrontée. Claire se focalisa sur elle, l'air malheureuse.

– Bien, dit-il. Vous en connaissez parmi les autres ?

Elle les examina successivement, s'attardant un instant sur Coughlin, qui avait un regard méchant et un rictus d'imbécile.

– Non ? fit-il.

Il sortit une autre photo de l'enveloppe et la lui mit sous le nez. C'était une image tirée de la vidéo tournée par Gary George lors du mariage, sur laquelle on voyait Kristina Coughlin en robe noire, assise à côté de MacRay en smoking devant une table vide, hormis leurs verres.

– Et elle ?

Claire la contempla, sa perplexité laissant place à un visage inexpressif. Elle ne posa aucune question. Elle ne hocha même pas la tête.

Frawley lâchait des ballons d'essai. Il posa une photo trouble et retouchée de Fergus Coln le Fleuriste, qui vivait en reclus, coulé dans un sweat-shirt à capuche de couleur sombre et qui, visiblement, tendait le doigt en direction du téléobjectif. Ce cliché avait été pris six ans plus tôt, pendant une filature.

– Et cet homme ?

Elle plissa les yeux devant la photo trouble et la repoussa aussitôt.

– Êtes-vous allée chez MacRay ?

Silence.

Il insista.

– Son appartement dans Pearl Street, au deuxième étage ?

Elle ne dit rien, mais il eut l'impression que c'était non.

– Vous l'avez déjà vu dépenser de grosses sommes en liquide ? Vous l'avez entendu parler d'une planque ou vous demander de cacher quelque chose pour lui rendre service ?

Son mutisme équivalait à un non.

– A-t-il jamais reconnu quelque chose devant vous ou admis qu'il était impliqué dans une histoire ? Comment avez-vous découvert le pot aux roses ?

Elle se mura carrément dans le silence.

– Écoutez…

Elle avait laissé traîner une main sur le bureau, il la lui serra pour essayer de la rassurer.

– Je suis sûr que vous avez les nerfs un peu à vif dès qu'il est question de vérité, dit-il.

Claire regarda cette main posée sur la sienne, qu'elle retira.

– Depuis quand êtes-vous au courant ? lui demanda-t-elle.

Ce fut au tour de Frawley d'ôter sa main.

– Il n'y a pas longtemps.

– Assez quand même. Lorsque vous êtes venu me voir l'autre jour… vous aviez la même enveloppe.

Il haussa les épaules.

– Il se peut que je me sois promené avec une enveloppe, en effet…

– Vous faisiez ça… pour me punir ?

– Ne soyez pas idiote.

– Vous vouliez m'humilier ? Parce que je l'ai choisi au lieu de vous ? C'est pour ça que vous ne vouliez pas m'en parler ?

D'un signe de tête il lui opposa un démenti catégorique, pas pour lui répondre mais pour se venger d'elle.

– Ne me regardez pas comme si c'était moi qui vous avais séduite et trahie… comme si c'était moi qui m'étais moqué de vous.

Elle garda le silence, et Frawley comprit qu'il y était allé trop fort. Il leva le pied.

– Vous êtes en colère, dit-il. Vous vous sentez bafouée. Je comprends. Mais ne vous en prenez pas à moi. Je voulais vous aider. Je ne vais pas en faire tout un plat, mais enfin… vous pouviez compter sur moi. Or, vous avez fait le mauvais choix. Ce sont des choses qui arrivent, on se trompe. Et maintenant vous le savez.

Elle avait les yeux baissés et ne regardait ni lui ni les photos.

– Du coup, ce qu'il vous faut, c'est leur en vouloir à eux, qui sont les vrais responsables.

Il donna un petit coup sur les photos.

– Si vous nous aidez, on peut les mettre hors circuit pendant un bon moment, ces connards.

Elle fouilla dans la poche de son pantalon de survêtement et en sortit une carte de visite, qu'elle lui remit. La première chose qu'il remarqua fut la balance, le symbole de la justice, dans le coin en bas à gauche.

– C'est mon avocate, expliqua-t-elle. Si vous désirez avoir un autre entretien avec moi, adressez-vous à elle.

Elle insista bien sur le « elle ». Frawley lut et relut la carte en remâchant son amertume.

– Vous avez de la chance, déclara-t-il en ramassant les photos, de la chance que je n'aie plus besoin de vous, sinon tout ça deviendrait très désagréable…

Il attrapa en dernier la photo de MacRay, examinant encore une fois la tête de ce personnage trop sûr de lui avant de la remettre dans l'enveloppe.

– Pourquoi je ne vous ai pas prévenue que vous étiez en train de vous faire embobiner par le mec qui vous a enlevée ? Parce que j'avais besoin que MacRay reste dans les parages. Parce qu'il s'agit d'une enquête criminelle conduite par le FBI et pas d'un feuilleton télévisé à l'eau de rose.

– Je ne vous retiens pas.

– Voilà ce qu'on va faire, mademoiselle Keesey. MacRay va revenir vous voir.

– Non, il ne va…

– Et quand ce sera le cas, la coupa-t-il, quand ce sera le cas… Au moindre contact que vous avez avec lui, à la moindre conversation, vous me prévenez. Personnellement ou par le biais de votre avocate (il donna une chiquenaude à la carte de visite), sinon vous ferez vous-même l'objet de poursuites judiciaires. Ce n'est pas une menace, mais une certitude. J'enquête sur un crime, et le moindre contact entre vous et le suspect dont vous ne m'aurez pas informé fera l'objet de poursuites.

Il se leva, toujours sans décolérer, et empocha la carte de l'avocate.

– Vous vous sentez humiliée, c'est ça ? Et si vous étiez jugée pour complicité avec un criminel armé ? Et si on rendait publique cette histoire pour que tout le monde soit au courant ? « Une directrice de banque tombe amoureuse d'un auteur de hold-up... » Qu'est-ce que vous en pensez ? Vous aimez lire les journaux à sensation ? Vous voulez qu'on y parle de vous ?

Il s'arrêta et ouvrit la porte-fenêtre.

– Oui, c'est dur, mais c'est de votre faute. Je ne peux pas vous aider si vous ne voulez pas. MacRay va certainement venir vous voir un jour. Et à ce moment-là, vous me préviendrez.

39

En bruit de fond, les cranberries

Ce qu'on ressent quand on est sous l'eau.

Krista avait fini par l'être. Submergée. La salle du bas du Tap était devenue un aquarium en briques, le bourbon qui lui circulait dans les veines lui donnant des branchies.

Tout se passait au ralenti. Les bruits lui parvenaient avec un temps de retard, devenaient lancinants, invitaient à la réflexion à moins de les prendre comme ils venaient. La vie adoptait un rythme fluide, alangui. Elle avança la main sur le bar, qui lui opposa la même résistance que de l'eau, ce qui créa des remous. Le moindre geste s'apparentait à un courant et laissait un sillage derrière lui. Si elle tournait la tête, la pièce chavirait, tout se soulevant avant de se remettre d'aplomb, suivi par les bruits qui mettaient quelques instants à retrouver ses oreilles positionnées différemment. Flux splendide dans lequel tout s'écoulait.

Seule au bar, au milieu de cet univers liquide… *Et va te faire foutre, madame Joanie Magloan !* Celle qui était jadis Joanie Lawler avait toujours adoré lancer ça : « Et merde, qu'est-ce que tu crois ? Que je vais devenir une épouse qui reste cloîtrée à la maison ? » C'était avant qu'elle n'embrasse le roi des crapauds, le rouquin Magloan, et se métamorphose en femme au foyer. Elle l'avait appelée l'avant-veille. « Excuse-moi, je ne pourrai pas venir », lui avait répondu Joanie.

489

Si bien que ce soir-là elle ne prit même pas la peine de le lui proposer. Elle lui téléphonerait le lendemain – il y a intérêt ! – et glisserait dans la conversation qu'elle était allée au Tap sans elle, question de psychologie. Pour qu'elle se remue la prochaine fois, il fallait lui faire croire qu'elle loupait quelque chose et pas jouer la célibataire qui la supplie de l'accompagner.

La musique était un charmant gazouillis. Pas de U2 ce soir, le Monseigneur n'était pas là… lui, son pape à elle, son pape reconnaissant, disciple de Duggy. Le coq de Dez avait chanté trois fois, éperdu de reconnaissance, et chaque fois il avait trahi Duggy, et maintenant elle n'arrivait pas à le joindre. Il se planquait dans le Village oublié, son Vatican à lui.

Elle sortit un billet d'un dollar, le dernier, de la poche de son jean. Il ondulait dans sa main comme une fougère caressée par le vent. Ses chaussures touchaient le sol, elle était une nageuse qui traversait le fond de l'aquarium éclairé du Tap, jonché de pierres colorées, en direction du mur en briques corail, et le juke-box était devenu un coffre à trésor d'où s'échappaient des bulles. Trois bulles pour un dollar. Elle entra trois fois le même numéro, *Linger* des Cranberries.

Puis elle revint au radar en faisant semblant de ne pas remarquer le type qui avait passé la soirée à l'observer. *Vas-y, rince-toi l'œil*, se dit-elle en avançant au ralenti pour bien se montrer.

Splashy, le barman, était toujours prêt à lui offrir un verre, mais elle voulait savoir si elle avait encore ce pouvoir, maintenant que celui-ci commençait à décliner. On dit qu'on commence à mourir le jour de la naissance du bébé. Si c'était vrai, alors elle s'étiolait depuis vingt et un mois.

Vingt et un mois, c'était la durée de vie moyenne d'un billet d'un dollar en circulation (elle se rappelait que c'était Duggy qui le lui avait expliqué un jour…

490

elle se souvenait de tout ce qu'il lui avait dit). Moins de deux ans. C'était ceux de cinquante et de cent dollars qui duraient le plus longtemps.

Je suis désirée. Je suis en circulation. Elle était un billet propre et bien ferme, plus craquant, mais qui avait toujours cours. Peut-être plus vraiment un billet de cent dollars, mais un de cinquante, à tous les coups.

Elle regagna son siège et attendit que les remous se dissipent et d'y voir plus clair. Désormais il s'étirait, ne bougeait pas encore, mais s'y apprêtait. Attiré par la marée, il se pointa avec sa Budweiser, qu'il tenait par le goulot.

Je suis un billet de cinquante que tu as envie d'avoir en poche.

Il y eut du tangage quand il grimpa sur le tabouret libre. Il s'assit jambes écartées, posture agressive, en attendant qu'elle le regarde. Ses propos flottèrent jusqu'à elle.

– On dirait qu'on se défie du regard, tous les deux.

– Ah oui ? fit-elle comme on laisse échapper une bulle.

Elle vit tout de suite qu'il n'était pas de Charlestown. Sa tête ne lui disait rien qui vaille. Un hippocampe avec des yeux de barracuda.

– À mon avis, c'est moi qui étais en train de gagner, reprit-il.

Elle acquiesça d'un signe de tête.

– Je me faisais la même réflexion.

– C'est vous qui avez mis ça ?

La musique lui parvint avec un temps de retard.

– Oui, c'est moi.

– Un peu triste, non ?

Elle finit son verre avant lui.

– Seulement si on veut bien.

Comme s'il l'observait ! C'était un peu flippant, mais elle tint bon. Le bourbon lui gagna les branchies,

491

à travers lesquelles s'engouffra de l'eau pour faire contrepoids. Il se pencha vers elle.

– Un soir, déclara-t-il, j'étais dans un bar et un mec allait voir toutes les femmes pour leur expliquer qu'il arbitrait un concours d'embrassades, et il les invitait à y participer. Dans l'ensemble, vous me croyez si vous voulez, elles étaient enchantées, alors il les enlaçait et leur frottait le dos, tout mielleux. J'ai fini par en avoir marre de le regarder, et je lui ai demandé de sortir et je lui ai expliqué que moi, j'arbitrais un concours de pains dans la gueule.

Elle sourit, se laissant aller.

– Si quelqu'un me faisait le coup, c'est moi qui le cognerais !

Il but à sa santé et vida sa Budweiser avant de la reposer sur le bar.

– À ce propos, reprit-il, j'arbitre un concours ce soir.

L'eau jaillissait autour d'eux, le courant sous-marin du bar la nuit éloignant les corps du comptoir, tandis que Krista souriait et s'humectait les lèvres avec la langue. *D'accord, mon vieux.*

– Et si vous me payiez un verre ?

Il sortit de sa poche un billet de vingt dollars et le posa sur le bar du côté où l'on voyait la tête d'Andrew Jackson.

Et voilà, se dit-elle, *je vais flotter…*

Il en commanda deux comme celui qu'elle buvait, sans surprendre, fort heureusement, le coup d'œil complice que lui adressait Splashy. Il lui faisait la conversation et il n'était pas mal. Plutôt mignon, mais pas son genre. Son genre, c'était Duggy, et lui, ce n'était pas Duggy. Encore un autre sur la liste de tous ceux qui n'étaient pas Duggy.

Il parlait d'enfants, non ?

– J'ai une fille, dit-elle.

Cela lui donna une bonne raison pour l'examiner une fois de plus.

– Que vous avez mise au monde ? Vous ?

– Il y a vingt et un mois.

La seule chose qui l'ennuyait, c'est qu'il ne regardait pas si elle portait ou non une bague. *Comment ça, tu ne me crois pas capable de me dégoter un mari ?*

Plus tôt, il lui avait dit comment il s'appelait. Elle ne l'avait pas noté, car ce n'était pas Doug. Il avait de belles mains, solides. Et ces belles mains solides commandèrent deux autres verres.

Il évoqua le prix de l'immobilier à Charlestown.

– Je suis propriétaire, déclara-t-elle.

– D'un appartement en copropriété ?

– De ma maison, corrigea-t-elle, trouvant son incrédulité aussi flatteuse qu'agaçante. Une maison à deux étages, qui me vient de ma mère.

– Eh bien… Elle est à vous seule ?

– Exactement.

Il était tout à la fois facile et sympa de faire comme si elle n'avait pas de frère.

– Il faut que je vous demande… Une femme qui est propriétaire de sa villa et qui passe des heures assise au comptoir, le cul sur un tabouret, à faire pâlir les autres d'envie… Qu'est-ce que vous fabriquez toute seule ici un soir de week-end ?

Elle hocha la tête à la façon d'un Indien, comme si elle ne voulait pas lui répondre.

– Je picole, répondit-elle en faisant tanguer son verre. Je prends les choses comme elles viennent.

Il leva son verre.

– À la bonne heure.

– Vous habitez à l'arsenal maritime ?

– Ça se voit tant que ça ?

– Toujours. Qu'est-ce que vous venez faire dans le coin ? Vous encanailler ?

– Tout juste.

– Vous lever une meuf ? Goûter un peu les spécialités locales ?

– Essayer avant tout de faire mon boulot.

– Votre boulot ? Ah oui, j'avais oublié. Le concours…

– En gros, c'est ça. Je travaille pour le FBI.

Elle s'esclaffa, commençant à bien l'apprécier, pour le coup.

– C'est la première fois que je me marre depuis un mois.

– Ah oui ?

– Je ne vous trouve pas mal. Ce qui ne veut pas dire que je vais rentrer avec vous. Ne vous imaginez pas que je vais baiser avec vous sur le balcon en m'extasiant devant la vue.

– Je n'ai pas de balcon.

– Ah bon ? C'est dommage…

– J'ai trouvé une sous-location merdique et depuis un mois et demi je n'ai pas de pot. Levons nos verres, Krista. Buvons à la santé du pauvre de moi qui n'a pas de balcon !

– D'accord.

Elle avait dû lui dire tout à l'heure comment elle s'appelait, quand…

– Je ne vois pas votre frère ce soir.

– Mon frère ?

Qui donc était ce type ?

– Vous connaissez Jem ?

– On se croise de temps à autre.

Et moi qui croyais qu'il n'était pas de Charlestown, se dit-elle.

– J'avais une meilleure opinion de vous.

– Vous êtes sortie avec Doug MacRay, non ?

Elle le regarda en face.

– Comment se fait-il que vous connaissiez Duggy ?

– Eh bien, on travaille ensemble, quoi…

494

– Sur les chantiers de démolition ?

– Oh non ! répondit-il, l'œil pétillant.

La situation revêtait une autre tournure. La température de l'eau baissa un peu, Krista se raidit, réflexe qu'elle avait devant des gens qu'elle ne connaissait pas.

Le mec sortit deux, trois, quatre autres billets de vingt dollars et les empila sur le bar au-dessus du premier.

– Vous êtes douée dans les mesures ?

– Ça dépend de quoi il s'agit, lui renvoya-t-elle.

Il leva un billet de vingt.

– À votre avis, il mesure combien ?

– Si c'est un jeu de bistrot, je ne…

– Alors ? Quinze centimètres ? D'après vous ? Un peu plus ou un peu moins ?

Elle plissa les yeux.

– Un peu moins.

– C'est faux. Quinze centimètres soixante. Passons maintenant à la largeur.

– Vous devenez bizarre.

– La largeur. Pour certains, elle est encore plus importante. À vue de nez ?

Elle se contenta de le regarder.

– Quatre centimètres. Sur l'argent, je suis incollable. Quant à l'épaisseur d'un billet ? 0,0109 cm. Ça n'a rien d'extraordinaire. Et son poids ? Un gramme, environ. Ce qui signifie qu'un billet de vingt dollars représente la même valeur que son poids converti en PCP, disons.

Ils se dévisagèrent. D'un seul coup, l'eau cessa de couler.

– Ça se passe comment ? Le barman reçoit un coup de fil et vous communique une adresse ? Vous allez chercher un colis quelque part pour le livrer ailleurs, et ensuite Fergie le Fleuriste vous file cent dollars ? C'est ça ? L'enfance de l'art, quoi…

L'eau commença à s'évacuer, la bonde s'était relevée, bruit de succion.

– Vous pensez me fausser compagnie, reprit-il. Ce n'est pas si simple, voyez-vous. Si je vous sors ma plaque, dit-il en la lui montrant en vitesse sur le bar à côté des billets de vingt dollars, vous allez devoir répondre à des tas de questions. Aussi, voici ce qu'on va faire. Je vais encore vous payer un verre et nous allons nous prendre une table au fond de la pièce, loin des autres clients, de manière à pouvoir discuter tranquillement.

La porte n'était pas loin, mais il lui aurait fallu remonter le vilain escalier tapissé de caoutchouc et elle n'avait pas encore la capacité de marcher sur la terre ferme. *Ne fais pas l'idiote*, se dit-elle.

– Je n'ai pas envie de boire autre chose.

Il lui prit la main, la serra et s'approcha avec le regard narquois qu'affectionnent les gens du FBI.

– Très bien. On va faire ça ici, entre nous. Comme des amoureux.

Il lui mit dans la main les cinq billets froissés comme s'il s'agissait de vulgaires bouts de papier.

– Je vous paie cent dollars pour me livrer un colis, et ce colis, ce sera des renseignements.

Inutile de regarder autour d'eux pour voir si quelqu'un risquait de les entendre : elle allait l'envoyer se faire foutre, tout simplement.

– Je ne sais…

– Vous ne savez rien, bien sûr. Je comprends. L'ennui, c'est que moi, je sais que vous savez des choses. Il n'y a pas photo. C'est simple comme bonjour.

On se gèle quand il n'y a plus d'eau. L'air vous agresse, de la même façon qu'on est la cible de sa conscience. Elle voulut demander de l'aide à Splashy, mais il n'était pas là.

– Je ne suis vraiment pas con, hein ? dit le mec en lui serrant la main dans laquelle se trouvait le fric.

Il sentait le moite, le gus parfumé à l'eau de Cologne.

– Vous avez de la chance que je ne sois pas, comme certains flics, du genre à employer les grands moyens, à menacer de vous prendre votre fille, de la placer dans une famille d'accueil et tout ce qui s'ensuit. Moi, je ne suis pas comme ça.

Elle frémit.

– Et puis je m'en fiche que vous serviez de coursier à Fergie. Trafic de drogue, racket, association de malfaiteurs… vous n'êtes qu'un simple rouage. Un intermédiaire. Mais rien n'empêche de donner un grand coup de balai, et un balai, j'en ai un en ce moment. Un balai d'enfer, même. Je ne vous demande pas de porter un micro caché. Je ne cherche pas à vous utiliser, à vous mettre en danger, non. De ce côté-là, je suis bien clair. Vous avez combien de voitures, Krista ?

– Hein ?

Elle était suffisamment près pour lui cracher à la gueule.

– Aucune.

– Sept. Vous êtes propriétaire de sept véhicules. Vous ne les avez pas achetés vous-même, mais chaque carte grise est à votre nom. Ce sont Doug MacRay et votre frère qui ont tout goupillé. Vous avez déjà vu la Corvette de Doug, sa bagnole verte ? Vous l'aimez, cette caisse ? Elle vous appartient, Krista. D'un point de vue légal, elle est à vous. Un jour, il vous a fait signer des papiers pour lui et vous rendre au service de l'immatriculation, d'accord ? S'il lui arrive quelque chose, à Doug… Eh bien, on ne peut pas la saisir en cas de condamnation, à titre de dédommagement pour, disons, le braquage d'une banque. En plus, je parie que vous ne savez même pas où est son garage.

Ne rien dire, ne rien montrer.

– Et c'est pour le fric que vous allez livrer de la poudre d'ange. Pour le fric. Pour élever votre fille. Évidemment.

Mais ça ne vous dérange pas de vivre ainsi ? Vous imaginez un peu, tout le fric qu'ils se sont fait en braquant le cinéma ? Et on ne peut absolument pas l'identifier ; ils peuvent le dépenser tout de suite.

– Je ne vois pas ce que vous…

– De quoi je parle, bien sûr. Vous êtes loyale, eh oui, vous êtes loyale. Vous tenez ça de votre famille. Mais écoutez-moi bien, ils vont tous tomber. Ça va arriver et dans pas longtemps… Il n'y a pas à tortiller. C'est ce que je suis venu vous expliquer. Or, vous avez l'air d'être débrouillarde, d'avoir l'esprit pratique. Vous avez dû estimer que c'est ce qui se passerait un jour. S'ils tombent… que devenez-vous ? Vous n'avez pas envie de vous retrouver en carafe. Les voitures sont à votre nom, très bien, c'est une garantie. Mais attendez. Votre maison… Il se trouve que je sais que vous la possédez conjointement avec votre frère. Et ça, la moitié qui lui appartient, on va la saisir. Si vous ne faites pas, ici avec moi, preuve de débrouillardise et d'esprit pratique, vous risquez de vous retrouver en taule pour complicité. Et cela sans tenir compte de votre mise en examen pour trafic de drogue, auquel cas on va tout vous prendre et vous allez vous installer dans une nouvelle résidence, la prison de Framingham. Quant à votre petite fille…

Frawley hocha la tête.

– Mais bon, enchaîna-t-il, ça, c'est en mettant les choses au pire. Au cas où. Et d'ailleurs je n'aime pas me perdre en conjectures. Pas quand il y a autant d'éléments en votre faveur. Pour commencer, la maison, qu'il faut que vous conserviez. Vous savez combien ça représente, de nos jours, sur le marché de l'immobilier, une villa dans Pearl Street ? Une maison à deux étages à Charlestown, qu'il n'y a plus qu'à rénover et sans emprunt à rembourser ? Vous détenez une petite fortune et cela en toute légalité, et pourtant vous êtes là, à attendre un coup de fil pour aller livrer du PCP et à faire du charme à des inconnus pour qu'ils vous paient à boire... Vous seriez à l'aise financièrement, votre fille et vous, si vous vendiez votre maison. Mais pour ça, il faut qu'on se mette d'accord, tous les deux. Et moi, il me faut une raison valable de protéger votre patrimoine.

Une fois que l'eau s'est évacuée, il ne reste plus que l'odeur nauséabonde. Celle du vide et du moisi.

– Des conneries, tout ça ! Vous essayez de me faire peur. Je veux un avocat.

– D'accord, allez-y. Prenez-en un. Il s'agit simplement de vous protéger. Pas vous, votre fille. Réfléchissez, Krista.

– Ne la mêlez pas à ça.

– Je ne peux pas faire comme si elle n'était pas là, et vous non plus. Pendant des années, vous vous êtes fait entuber. Ils vous tenaient en laisse... Et pourquoi ? Pour vous avoir à leur merci. Pour que vous dépendiez d'eux et que vous soyez esclave de leur bon vouloir. Pour que vous restiez dans les parages. En principe, ils auraient dû vous récompenser de garder aussi fidèlement tous ces secrets.

Il se pencha pour la regarder dans les yeux.

– Et puis écoutez, votre frère, hein ? Ce n'est même pas lui qui m'intéresse.

– Ah bon ?

Il avait surpris une lueur dans son regard. Il s'en imprégna, tout en l'observant.

– Enfin, à moins que vous ne le vouliez.

Duggy. C'était Duggy qui l'intéressait.

– Il s'agit de MacRay, poursuivit l'agent du FBI. Combien de temps l'avez-vous supporté ?

À l'entendre prononcer son nom, elle eut l'impression qu'il venait de lui annoncer sa mort.

– Avec ce qu'il vous a fait baver ? Et si moi, je suis au courant, c'est que tout le monde l'est à Charlestown.

Un coude sur le bar, elle s'attrapa une mèche et la tortilla entre ses doigts.

– Elle est triste, cette chanson, déclara-t-il en appuyant du pouce sur le juke-box, qui se tut. Vous allez passer votre vie à écouter ça ?

Rentre chez toi, et raconte tout ça à Duggy. Va le voir chez lui. Il t'en sera extrêmement reconnaissant.

– Encore une question avant que je vous laisse. Combien de temps êtes-vous restée avec lui ?

Krista piqua du nez.

– Toute ma vie.

– J'aimerais savoir une chose : pendant toutes ces années que vous avez passées ensemble, combien de fois vous a-t-il offert un collier avec diamant de chez Tiffany ?

Il n'y avait maintenant plus aucune humidité dans l'air ; il était complètement desséché.

– Qu'est-ce que c'est que cette histoire de collier avec diamant ?

– Répondez à ma question et je répondrai à la vôtre.

40

La lettre de mac

Juin 1996.

Petit complice,

Ça a dû te faire un choc de trouver cette bafouille dans ta boîte aux lettres, avec mon écriture dessus et Walpole comme adresse de l'expéditeur. J'aurais aimé voir ta tête ! Qu'est-ce qu'il manigance encore, le vieux filou ? Je t'écris pas pour te demander quelque chose. C'est pas mon style, tu le sais bien. Moi, je demande jamais rien à personne. Ce que je voulais, je l'ai pris, et quand il fallait faire quelque chose, je m'en chargeais. Je sais que c'est pareil pour toi, Duggy.

J'écris pas beaucoup et je t'ai encore jamais écrit. Remarque, c'est dur de te joindre dehors, et après la dernière fois j'ai eu l'impression qu'on avait encore des trucs à se raconter. Chaque fois que je te vois, on a tellement de choses à se dire qu'on arrive pas à en faire le tour. J'avais stocké plein de trucs dans ma tête. Et puis tu es reparti et il me reste à nouveau un an pour essayer de te comprendre.

Quand je sortirai d'ici, je vais pas pouvoir te rembourser ce que je te dois. Tu es un homme, tu dois comprendre. Il est deux fois plus dur de réparer les conneries que de les faire. C'est pourquoi il faut pas revenir sur le passé. Bon, d'accord, on y pense, mais on peut pas revenir en arrière. Il faut aller de l'avant.

501

La maison de ta mère maintenant. J'ai fait la connaissance de ta mère devant le Monument, en novembre 1963. Kennedy venait de mourir, une balle dans la tête, et Charlestown était en deuil. Coffy, les copains et moi, on en a eu marre de chialer, alors on a essayé de mettre de l'ambiance. On zonait sur les marches et voilà que s'est pointée une petite guide, de celles qui accompagnent les touristes, une rouquine. Elle était plus jeune que nous, mais elle nous a engueulés comme c'est pas possible. Elle portait un crêpe noir sur son uniforme de l'école et elle nous a sorti des tas de conneries, avant de se mettre à pleurer comme une Madeleine à cause de la mort de Kennedy. Nous, on s'est marrés, mais le lendemain je suis revenu tout seul. J'ai écouté son petit laïus pour les touristes et elle m'a vu. Sur son badge, c'était marqué son nom, Pam. Je suis revenu six jours de suite avant qu'elle me fasse un sourire. Je vois pas ce qu'elle m'a trouvé. Je savais qu'une chose, c'est que je voulais sortir avec elle. Un soir, elle a faussé compagnie à ses copines, et elle est venue au bowling avec moi.

On a été obligés de se marier, Duggy. Ses parents, ils savaient que j'étais d'en bas de la colline, un mec de Slope, et ils m'ont jamais aimé, mais enfin ils l'ont pas laissée tomber. À ta naissance, ils nous ont filé l'acompte pour la baraque de Sackville. Moi, hein, j'ai toujours payé les traites. Elle était à moi, la baraque.

Ce soir-là, quand on s'amusait au bowling, je lui ai promis de plus jamais la faire pleurer et j'ai manqué des centaines de fois à ma parole. Je crois qu'elle voulait se tirer et devenir hippie. Elle m'a fait des crasses parce qu'elle m'en voulait. J'étais tout le temps en vadrouille et elle, elle te confiait trop souvent à sa mère. Le fric que je lui donnais pour les courses, elle le claquait avec sa bande. Je te les ai virés, tous ses copains hippies, mais à partir de là elle a fait ses petites affaires dans son coin.

Je te raconte pas ça parce que je suis un con, mais parce que justement j'en suis pas un.

Elle l'a pas fait exprès. La mode, dans les années 60, c'était de rechercher les extrêmes, de marcher sur la lune et de planer. Elle a un peu trop plané, voilà tout. Tu dormais devant la télé quand je suis rentré à la maison et que je l'ai retrouvée avec une aiguille dans la salle de bains. J'ai commencé par te confier aux voisins. Quand tu t'es réveillé le lendemain matin et que tu m'as demandé où elle était, qu'est-ce que je pouvais te répondre ? Qu'est-ce que tu veux expliquer à un gamin de six ans ? « Ta mère est partie » ? « Elle a disparu » ? « Je crois pas qu'elle reviendra » ?

Comme tu voulais qu'on la cherche, on l'a cherchée. Ses parents avaient organisé un enterrement privé. À la place, j'ai fait le tour du quartier avec toi pour la chercher, jusqu'à ce que tu chiales tellement que t'arrivais plus à marcher. T'as vu à la télé une émission sur un chien qui avait disparu et tu voulais qu'on mette des affiches dans les cabines téléphoniques, alors on en a mis. Tu voulais qu'on laisse allumé dans l'entrée. Et moi, tous les mois je changeais l'ampoule. Tu t'endormais pas si tu la voyais pas de ton lit, cette lampe.

J'ai raconté qu'elle était partie et personne à Charlestown pouvait dire le contraire. On m'a cru sur parole. Seulement, je m'attendais pas à ce que pour toi ça prenne de telles proportions, ce truc avec elle, et que moi, ton père, j'en vienne à compter pour du beurre. Dans une large mesure, tu t'es fait tout seul, je le reconnais. Et en toi je continue à la voir, elle. Mais j'ai fait ce que j'ai pu. Je t'ai appris ce que je savais.

Il se trouve que je vais bientôt sortir. On sera à nouveau ensemble, toi et moi. T'as eu des emmerdes avec Jem, mais tâche d'arranger les choses. Il nous faut de la loyauté. Ça, ça n'a pas de prix.

Tu étais peut-être au courant depuis le début, pour elle, ou bien tu t'en doutais, ou alors tu voulais pas me poser de questions. Si tu veux pas en reparler, ça me dérange pas.

J'ai jamais écrit une lettre aussi longue que ça.

Au fait, les mecs du FBI sont venus me voir. Mais moi, j'ai pas voulu les recevoir.

Je sais pas comment la terminer, cette lettre, Duggy. Je sais même pas si je vais l'envoyer.

Mac

PS : Ta mère est jamais revenue, Duggy, mais moi si, je vais rappliquer.

41

Anniversaire

Doug longea la rue bordée de villas coquettes tout en regardant les numéros. Il déboucha devant une file de voitures en stationnement et aperçut un château gonflable dans une allée privée. Agité de soubresauts, le château en plastique se tordait dans tous les sens, à l'image d'un ventre rempli d'enfants indigestes et qui poussent des hurlements. Doug ralentit en arrivant à la hauteur de la boîte aux lettres gris métallisé décorée de ballons d'anniversaire. C'était le bon numéro.

Il s'arrêta derrière les autres véhicules et descendit de la Caprice. Il s'agissait d'une maison grise de style Cape Cod. Devant, des enfants se couraient après avec des pistolets à eau, tandis que leurs parents bavardaient dans l'allée. Doug allait remonter en voiture lorsqu'il vit Frank G. s'écarter d'un petit groupe près du générateur électrique du château et lui faire signe. Chemisette, pantalon court et chaussures plates, Frank vint à sa rencontre.

– Tu as trouvé, lui dit-il.

Doug enleva ses lunettes de soleil et regarda la fête.

– Quand même, Frank… T'aurais dû me prévenir !

– C'est toi qui m'as expliqué que tu ne resterais que quelques minutes. Allez, viens.

Ils passèrent devant le château d'où montaient les cris et se dirigèrent tous les deux vers un garage envahi de chaises et de tables pliantes, sur lesquelles on avait disposé un buffet. Assises côte à côte sur la pelouse, mêmes lunettes roses sur le nez, des jumelles étaient en train de manger des morceaux de gâteau glacé à moitié fondu, tandis que trois parachutistes en plastique sautaient de la fenêtre d'une chambre, suivis par un avion en balsa qui tomba en vrille. Un gamin au bras plâtré les doubla à toute allure et leur aspergea le ventre avec un minuscule pistolet vert.

– Oh, oh, tonton ! lança-t-il à Frank.

Ce dernier riposta avec un pistolet à eau rose qu'il sortit de sa poche. Son neveu s'enfuit en zigzaguant comme dans un film de guerre.

– Je vais recharger à l'intérieur, dit-il.

Ce qu'il fit à l'évier, la cuisine grouillant de femmes qui emballaient des assiettes de zitis, de lasagnes et de viande froide. Frank et Doug passèrent devant deux pères qui discutaient affaires, devant une femme aux anges qui changeait un bébé par terre dans la salle à manger, et derrière la télévision de la salle de séjour où l'on voyait la rencontre que disputaient les Boston Sox. Frank revint sur ses pas en entendant le chahut qui régnait au premier étage et poussa une porte sur le côté pour descendre avec Doug un escalier en bois conduisant à l'entresol, où il faisait frais.

L'endroit était partiellement aménagé, avec des murs lambrissés recouverts d'affiches de Michael Jordan, Ray Bourque[1] et Mo Vaughn. Partout des balles Koosh, et aussi des cartons pleins à ras bord de matériel de sport. Dans le fond, une piste de courses de voitures au dessin compliqué. Enfin, une table d'air hockey[2] trônait au milieu de la pièce, sous une lampe de billard.

1. Joueur emblématique des Boston Bruins dans les années 80 et 90.
2. Jeu de société qui se joue à deux, chacun étant équipé d'un maillet lui servant à pousser un palet dans les buts adverses *(NdT)*.

– Alors, comment ça va ? lui demanda Frank G.

Doug avait l'air mi-figue, mi-raisin. Voir tout ce monde lui avait donné le vertige.

– Et toi ?

– Moi ?

Frank fit le tour de la table d'air hockey.

– Beaucoup mieux. La dernière fois qu'on s'est vus, je n'étais pas en forme. J'avais laissé l'autre petit vieux me taper sur les nerfs, je ne sais pas pourquoi. Il a ses têtes. Je sais qu'il ne me peut pas m'encadrer.

– Bien, voilà qui fait plaisir à entendre.

Doug fureta dans la pièce, mal à l'aise, comme s'il était venu lui emprunter du fric.

Frank alluma la table d'air hockey. De l'air pulsé jaillit des trous percés sur le terrain.

– Je suis retourné aux réunions deux ou trois fois.

Le palet se déplaça. C'était un petit disque rouge qui glissait sur le côté, comme poussé par une main invisible. Frank l'envoya en face, juste pour s'amuser, pas pour inviter Doug à disputer une partie avec lui.

– Et toi ?

Doug passa sa main dans ses cheveux coupés en brosse.

– Les réunions ? Non. Pas depuis qu'on s'est vus.

En haut défila un troupeau d'éléphants.

– Tu as eu raison de me contacter sur mon biper. Maintenant, écoute-moi. Elle n'en vaut pas le coup.

– Qui ça ? Et qu'est-ce que tu veux dire ?

– Il n'y a pas de raison de changer d'attitude et de boire à cause d'elle. Elle n'en vaut pas le coup, la nana.

– Non, Frank…

– « Je crois que j'ai rencontré quelqu'un… » Tu t'en souviens ?

Frank poussa plus fort le palet, qui ricocha sur le rebord en bois et glissa sur la surface parfaitement lisse.

– Vu la façon dont tu m'as parlé d'elle… j'ai compris. Elle te rend malade, cette fille, Doug.

– Frank… C'est bien la première fois que je te parle ainsi, mais là tu n'y es pas du tout. Cette fille… au contraire, c'est grâce à elle que je ne bois pas.

– Et maintenant elle est partie.

– Oui.

– Et tu as soif. Ça se voit sur ton visage. Mais si tu arrivais à la faire revenir… ça réglerait tout, pas vrai ?

– Écoute, Frank. L'autre fille, mon ex-copine… c'est elle qui me pousse à boire. Elle ne me lâche pas, alors même que je fais ce qu'il faut. Mais celle-ci… non. Elle est trop bien pour moi. Elle…

– Elle représente ce que tu voudrais, mais que tu ne peux pas avoir. Tu as placé tous tes espoirs en elle, qui ne peut pas être avec toi… C'est ça ? Parce qu'elle est trop bien. Tu t'es fixé un objectif inaccessible.

– Tu ne comprends pas.

– Et ça, peut-être dès le début. Alors tu en reviens à ce que tu étais pour t'autoriser de nouveau à boire en te servant d'elle comme prétexte. D'accord ? « Avec tout ce qui m'arrive, comment ne pas me laisser un peu aller ? »

Le palet entra dans un des buts en tintant à la façon d'une pièce de monnaie qu'on glisse dans une tirelire.

– C'est ça qui doit te faire réagir. C'est ça, ton démon.

Doug arpenta la pièce, les mains croisées derrière la tête.

– Comment se fait-il que ce soit devenu si compliqué ? dit-il. C'est une bière. À toi de la boire ou non.

– C'était une bière, précisa Frank, qui éteignit la table d'air hockey et en fit le tour. Regarde les choses en face, Doug. Il faut que tu règles ce qui ne va pas. Tu ne peux pas le noyer dans l'alcool. Tu as déjà essayé. Ça n'a pas marché.

La porte s'ouvrit, les remettant en contact avec les autres qui fêtaient l'anniversaire en haut.

– Frank ? lança une voix de femme.

– Oui, chérie, je suis en bas.

Les sandales s'arrêtèrent au bout de deux marches.

– Steve et Pauline viennent de partir ; ils n'arrivaient pas à te trouver.

– Je sniffe de la colle avec un copain. Une minute.

Frank remonta en courant lui glisser deux mots, puis la femme en sandales descendit devant lui.

– Nancy Gehry, dit-elle en avançant sa petite main pour serrer la sienne en vitesse, sans se montrer hostile ni adopter au contraire un ton sucré.

Il était normal qu'elle vienne saluer un invité.

– Vous avez une maison superbe, lui dit-il, politesse oblige, et en plus c'était vrai.

C'était un petit brin de femme de Boston, dans le genre solide.

– Vous avez trouvé quelque chose à vous mettre sous la dent ?

– Je joue les pique-assiette. Frank ne m'avait pas prévenu que vous…

Il montra le rez-de-chaussée, où résonnaient des bruits de pas.

– Prenez des sandwichs pour les rapporter chez vous, d'accord ?

– Entendu. Merci.

Elle était déjà en train de remonter. Elle n'avait sans doute jamais été très belle, mais elle restait égale à elle-même, ni plus ni moins séduisante avec ou sans maquillage. Elle était toujours pareille. Elle n'essayait pas de vous épater, elle devait s'occuper de sa maison, de sa famille et de l'anniversaire.

La porte se referma. Doug regarda Frank.

– C'est pour ça que tu voulais que je vienne. Pour me montrer ta maison, ta femme et tes enfants.

– Je ne vois pas en quoi c'est inaccessible. Il te suffit d'avoir de la chance. Cette fille, Doug… les gens, ça va, ça vient. Il y a des raisons. C'est la vie qui veut ça. Ça n'a rien à voir avec toi en particulier.

Il se trompait complètement et Doug hocha la tête.

– Bien sûr que si. Écoute, Frank, je me suis engagé. Il ne me reste plus rien ici, et je m'arrange pour qu'il ne me soit pas possible de revenir en arrière. Seulement, il faut… il faut que je règle certaines choses d'abord.

– C'est justement ce qui ne me plaît pas. Que tu essaies de sauver des gens malgré eux.

– Là n'est pas la question. Honnêtement. Il s'agit de savoir ce qu'ils vont devenir une fois que je serai parti, et d'essayer de leur donner au moins une dernière chance.

– Pour faire quoi ?

– Vivre, j'imagine.

– Tu le crois vraiment ? Tu crois vraiment que c'est grâce à toi qu'il ne leur est rien arrivé toutes ces années durant ? Que tu es par définition celui qui ne boit pas et qui prend le volant en toute circonstance ?

Doug réfléchit un instant.

– Oui. Je le reconnais… C'est exactement ça.

Ils remontèrent ensemble l'escalier. Dans le couloir, un enfant courait en brandissant une épée en plastique. Frank l'attrapa par l'épaule.

– Mikey, où est Kev ?

– Ici, papa, répondit un autre, plus petit, avec des cheveux blond filasse, qui se trouvait dans l'entrée de la cuisine, équipé d'une crosse de hockey terminée par une grosse palette incurvée bleue.

– Viens ici, Roscoe.

Frank les dirigea dans la salle de séjour, en passant devant un plateau rempli de miettes de gâteaux secs. Il avait une main posée sur la tête de l'enfant à l'épée et l'autre sur celle du blondinet.

– Michael, Kevin, voici le type dont je vous ai parlé, Doug MacRay.

Doug se tourna vers Frank, surpris, mais comprenant soudain ce qui se passait. Depuis le début, Frank G. savait bien où lui, Doug, voulait en venir.

– Je n'ai jamais vu personne patiner aussi vite en arrière, même les professionnels, enchaîna Frank.

Doug s'avança devant les garçons. Il eut l'impression que c'était lui l'enfant, et eux les adultes.

– Kev a sept ans aujourd'hui, expliqua Frank, qui, rempli de fierté et débordant d'affection, ébouriffa les cheveux de son fils.

– Hier, rectifia Kevin.

– C'est vrai. Excuse-moi. Ton anniversaire, c'était hier, et c'est aujourd'hui qu'on le fête.

Michael, un brun, leva sur Doug le même regard franc et direct que sa mère.

– Vous avez fait partie des Bruins ?

– Oui.

Ils l'examinèrent attentivement, cet inconnu qui se trouvait là, dans leur salle à manger, cet ancien joueur vedette de hockey sur glace et qui était, allez savoir pourquoi, un ami de leur père.

– Et qu'est-ce qui s'est passé ? demanda Kevin, le héros de la journée.

Doug hocha la tête, incapable de le regarder dans les yeux, arrivant à peine à lui répondre.

– J'ai tout gâché.

42

Le dernier petit déjeuner

Petit déjeuner chez sa mère, sans petit déjeuner. Il n'avait rien mangé depuis deux jours et se disait qu'il n'avalerait peut-être plus jamais rien de solide.

Ma mère est une maison.

Pourquoi venir ici maintenant ? Pour porter le deuil de sa mère ? N'était-il pas toujours venu ici pour la pleurer ?

Ma mère est morte.

Non. Il était toujours venu ici pour pleurer sur sa propre mort. Sa mort à lui, qui n'avait pas de mère.

Évanoui, le fantasme dans lequel il la voyait s'enfuir courageusement de Charlestown à minuit et reprendre sa liberté en quittant son père pour refaire sa vie ailleurs, à l'extérieur, et être heureuse, tout en éprouvant une petite pointe au cœur lorsqu'elle pensait à son fils qu'elle avait dû abandonner.

Tous ces bains qu'il avait pris dans la baignoire en porcelaine, dont il sortait frissonnant et projetant de l'eau sur le carrelage où elle avait trouvé la mort…

Il voulait se dire qu'elle était malade, qu'elle souffrait. Croire qu'elle endurait avec héroïsme les affres de la passion. Tout plutôt que l'histoire banale d'une accro qui s'était détruite.

Cette nuit-là, il avait rêvé qu'à Charlestown les rues à sens unique étaient bordées de têtes en guise de maisons. Les visages gigantesques et burinés des vieilles mères lui parlaient lorsqu'il passait en vitesse devant elles pour gagner le terrain vague de Sack-ville Street, les bouches situées de part et d'autre de la rue laissant échapper un « tss-tss » désapprobateur.

Charlestown gardait jalousement ses secrets, qu'elle élevait comme des enfants. Rien qu'à y penser, il s'inquiéta de façon absurde pour Krista et Shyne, puis il se raisonna.

Il n'avait pas vu le type quitter la maison. Perdu comme il l'était dans ses pensées, il ne remarqua pas que le propriétaire de l'appartement du rez-de-chaussée se dirigeait vers sa Saab rouge, ses clés à la main. Brun, trapu, veston pas boutonné, grande cravate et chaussures à glands. Le type l'aperçut et ralentit, et Doug, adossé au muret en briques qui bordait la haie, n'eut pas la force de faire semblant de ne pas regarder sa maison. Le type balança son porte-documents sur le siège arrière, puis il ferma la portière et se demanda s'il n'allait pas toucher un mot à Doug.

Et le fit.

– Salut ! lui lança-t-il en traversant la rue à sens unique. J'ai remarqué que vous venez souvent vous asseoir ici le matin. Presque tous les jours.

– Ah oui ? fit Doug sans conviction, pris au dépourvu. Je suis venu chercher quelqu'un.

Le type n'eut pas l'air convaincu et s'arrêta en face du pare-chocs avant de la Caprice.

– On… je vous vois souvent dans le coin.

Il jeta un coup d'œil à la villa.

– On dirait que vous surveillez notre maison. À moins que je ne me…

– J'ai habité ici autrefois, répondit Doug d'une voix lasse, étonné par sa franchise. Voilà tout.

– Ah.

Le type était étonné et ne savait toujours pas sur quel pied danser.

– Il n'y a pas de raison de vous inquiéter, déclara Doug. Désormais, je ne viendrai plus dans le coin.

Le type hocha la tête en essayant de trouver quelque chose à lui dire, puis il fit demi-tour et repartit. Mais il s'arrêta, une idée lui trottant dans la tête.

– Dites… vous avez envie d'entrer ? Je ne sais pas… pour revoir les lieux une dernière fois ?

Doug n'avait pas pensé que le type puisse se montrer aussi sympa. Il aperçut la femme de la maison, qui les observait derrière le rideau de la fenêtre du salon. Il imagina la scène : deux jeunes cadres en train de regarder un pur produit de Charlestown, qui pesait cent kilos, écraser une larme dans leur salle de bains…

– Vous avez une petite fille, n'est-ce pas ?

– Oui, répondit le type, dont le visage s'éclaira, puis qui se méfia.

– Elle dort dans la chambre d'angle ?

Le type regarda la fenêtre, sur laquelle il restait un autocollant décoloré signalant la présence d'un enfant dans la pièce, ne sachant pas quoi lui répondre, ni même s'il devait lui donner une réponse.

– Les rideaux avec des dauphins, là, reprit Doug en tendant le doigt, vous devriez les tirer le soir. La lumière des phares entre dans la pièce et se reflète sur le plafond. On a l'impression de voir défiler des fantômes. C'est terrifiant pour un gamin qui dort seul.

Le type acquiesça, bouche bée.

– Je n'y manquerai pas.

Doug se glissa dans la Caprice et descendit la pente raide.

On frappa, Krista alla ouvrir, vêtue d'un chemisier sans manches et d'un pantalon de sport en nylon, des mules aux pieds. Surprise de voir Doug, elle eut un haut-le-corps et regarda derrière lui, au cas où il serait accompagné.

– Quoi de neuf ?

Doug haussa les épaules, l'air vague.

– Bof, rien de spécial.

Elle s'écarta pour le laisser entrer. Shyne était attachée sur sa chaise d'enfant toute collante dans le salon mal en point, occupée à étirer un bâtonnet de fromage et à en faire des fils. Sur la table fumait un mégot, que l'on venait d'écraser dans le cendrier.

– J'ai faim, dit-il.

Krista disparut dans la cuisine, il s'affala sur une chaise devant la table, épuisé à 9 heures du matin. Il regarda Shyne triturer le fromage avec ses petits doigts, observa la concentration qui se lisait dans ses yeux bêtes et rapprochés, vit sa langue qui dépassait de la fente horizontale de sa bouche. Pendant une minute il entendit le micro-ondes, puis le bip quand celui-ci s'arrêta.

– Je m'en vais, annonça-t-il en se tournant vers la cuisine.

Silence, puis Krista se remit à marcher avec ses mules qui faisaient floc, floc, ouvrit et referma le micro-ondes.

– Tu as des ennuis ?

Il fit signe que non, même si elle ne le voyait pas.

– Pas plus que d'habitude.

On ouvrit un tiroir, des couverts tintèrent.

– C'est à cause des flics de Charlestown ?

Ça l'agaça qu'elle soit au courant. Jem lui en disait trop.

– Qu'est-ce que tu sais là-dessus ?

Elle déposa devant lui une assiette fumante de poulet aux champignons, ainsi qu'un couteau et une fourchette. Il découvrit une épaisse sauce à la crème, dans laquelle nageaient des morceaux de viande blanche. Au point où il en était, il aurait trouvé bon n'importe quoi.

Krista ramassa un bout de fromage tout effilé sur le plateau de Shyne et le lui agita sous les yeux, comme l'aurait fait une mère oiseau avec un ver de terre. Comme Shyne ne mordait pas dedans, elle le lui coinça entre les lèvres. Résultat, il retomba sur le plateau. Elle n'insista pas et alla s'asseoir en face de lui, les jambes croisées.

– Tu reviens quand ?

Entre eux s'élevait la vapeur qui se dégageait de son assiette. Doug hocha la tête.

Elle l'observa, l'air sceptique.

– C'est lié à tes rapports avec Jem ?

Derrière elle, Shyne faillit prononcer un mot entier et laissa échapper un son qui ressemblait à « Shemm ».

– Si on veut.

– Il est au courant ?

– Sans doute.

Il prit sa fourchette et regarda si elle était propre.

– Je vais faire une dernière chose qu'il me demande. Tu peux le lui dire de ma part.

Elle acquiesça.

– Et après ?

Pas très épais, le manche en bois du couteau était fendu, et la lame rouillée et branlante.

– Tu sais que j'ai toujours veillé sur lui.

– Tu étais le seul à le pouvoir.

– En tout cas, je tire un trait là-dessus. Il veut réaliser un gros coup, je vais lui en donner l'occasion. Libre à lui que ce soit son dernier ou pas.

Elle plissa les yeux, constatant qu'il parlait sérieusement.

– Où vas-tu aller ?

– Je n'en sais toujours rien.

– Elle t'accompagne ?

Doug s'apprêtait à enfourner ce qu'il y avait sur sa fourchette bien pleine, il la reposa en la voyant le dévisager. Tandis que Shyne jetait l'un après l'autre les filaments de fromage par terre, dans la poussière, Krista le fusillait du regard en poussant le cri intérieur de l'amoureuse bafouée.

43

Le fleuriste

Gloansy comprit à quoi la chambre froide du Fleuriste lui faisait penser : à une place forte. Cette espèce de petite pièce installée à l'intérieur d'une autre pièce, avec sa grosse porte équipée d'une poignée de sécurité comme on en voit dans les boucheries, et le calme qui régnait à l'intérieur… Mais c'étaient des bouquets de fleurs qui se trouvaient sur les étagères, pas des liasses de billets.

Pourquoi un magasin de fleuriste ? Ce n'était pas la première fois que Gloansy se posait la question. Pourquoi pas une boutique de traiteur, un débit de tabac ou n'importe quoi d'autre ? Il existait depuis toujours, ce commerce de Main Street, et il avait toujours été tenu par Fergie. Celui-ci avait dû le reprendre à quelqu'un qui lui devait de l'argent, avant d'en faire le magasin le plus laid qui soit, et cela peut-être rien qu'en le touchant… Il attendait que les pétales soient tout bruns et ridés comme des chips au fond d'un sachet pour ôter d'un pot une rose à deux dollars. Il ne changeait jamais l'eau des vases – il y flottait de l'écume vert-de-gris, comme celle du port, et c'était assurément le seul fleuriste qui mettait en vitrine des plantes grimpantes en plastique et en soie.

Il travaillait bien quand avait lieu le défilé pour commémorer la bataille de Bunker Hill et participait à la remise des trophées à l'issue de certaines courses à l'hippodrome de Suffolk Downs, celles qui rapportaient gros – pour l'occasion il fournissait les couronnes. On prétendait même qu'il lui arrivait d'envoyer la facture au propriétaire du cheval gagnant la veille de la course ! Il faisait aussi beaucoup d'enterrements. La mort, c'était son truc. Elle ne le quittait pas et lui tenait lieu de conscience, ses deux fils étant décédés, l'un victime du PCP qu'il vendait, l'autre abattu en même temps que sa fille dans un guet-apens. Mais lui, Fergie, s'en sortait toujours et revenait dans sa salle de travail lier ses couronnes avec du fil de fer. Des bobines de ruban étaient suspendues, telles des langues jaunes et noires, à son établi : FILLE, MÈRE, ÉPOUSE, FILS…

Ils étaient assis sur des chaises pliantes rembourrées qui ressemblaient à celles sur lesquelles prennent place les gens qui assistent à un enterrement, tous les quatre face à Fergie. Il était rare de se trouver suffisamment près de Fergus Coln pour pouvoir lui cracher à la figure. Il vivait désormais en reclus la plupart du temps, soit parce qu'il était devenu complètement parano, soit parce qu'il entretenait sa légende. Les vicissitudes du code du silence avaient éliminé quasiment tous ceux de sa génération, mais lui, il continuait. Il habitait du côté de l'ancienne armurerie, mais on disait qu'il avait des piaules un peu partout en ville et qu'il passait constamment d'un endroit à l'autre, comme un roi en fuite.

On l'appelait aussi Fergie l'Amoché, à cause de son visage, qui se trouvait dans un état lamentable et portait les séquelles de son ancienne carrière de catcheur (on l'avait vu combattre à la télévision à la fin des années 50) et de boxeur professionnel, dans les rencontres organisées à Revere et à Brockton. Il avait le nez cassé, les yeux fatigués, les paupières tombantes et une peau jaunâtre qui ressemblait à celle d'un fruit artificiel. Il n'avait pratiquement pas de lèvres, tellement elles étaient fines. Un enfant aurait pu dessiner au crayon ses petites oreilles en forme de chou-fleur. Comme on disait à l'époque où il était collecteur de fonds pour la Mafia, il y en avait qui étaient tombés raides morts rien qu'à voir sa tête et connaître sa réputation… Il avait aussi les mains abîmées et des doigts crochus, à croire qu'on avait écrasé successivement dans un tiroir les diverses rangées de phalanges, et puis des ongles aplatis et argentés, qui faisaient penser à des pièces de monnaie.

Il était toujours accompagné d'un type, Rusty le Râblé, censé être ou avoir été un tueur de l'IRA, et qui ne pouvait plus revenir en Irlande. Il avait des cheveux blancs et clairsemés, le teint pâle d'un Irlandais, et adorait les survêtements sombres, comme s'il était en vacances. Il ne disait jamais un mot. Un vrai zombie, qui suivait Fergie partout… sauf à l'intérieur de la glacière cet après-midi-là, où il faisait bon, et qui salua respectueusement de la tête toute la bande. Fergie le parano ne voyait jamais personne en tête à tête.

Il s'assit devant sur sa petite chaise, tel un boxeur dans son coin avant que le gong ne retentisse pour la dernière reprise. Il avait les jambes écartées, comme s'il mettait quelqu'un au défi de lui flanquer un coup de latte dans les couilles. Il portait un débardeur blanc couvert de taches de graisse, un pantalon noir, style uniforme, et une casquette retournée au-dessus de son visage remodelé.

En général, quand on voyait Fergie à Charlestown, on le reconnaissait à son inévitable sweat-shirt serré, dont il s'enfonçait la capuche sur le crâne pour se cacher le visage. Ce n'était pas par hasard si Jem s'était habillé comme lui ce jour-là. Côté visage esquinté, il le battait puisqu'il avait encore des pansements sur le nez et la joue, l'œil gauche injecté de sang et les lèvres coupées et enflées.

Duggy s'était installé de l'autre côté de Gloansy et gardait le silence. Il avait l'air tellement lugubre depuis qu'il s'était battu avec Jem qu'on aurait cru que c'était lui qui avait perdu.

Pour l'heure, c'était sa fierté qui en prenait un coup. Gloansy savait comment Doug se comportait en présence du Fleuriste. À leur arrivée, il y avait de jeunes costauds dans le magasin, des mecs venus de leur cité, en pantalon de camouflage, et Doug avait failli se friter avec eux.

Mais ce qui comptait, c'est qu'ils étaient de nouveau ensemble. Doug et Jem avaient conclu un cessez-le-feu tacite. En réalité, le seul qu'il convenait de surveiller était Dez, assis de l'autre côté de Duggy et qui ne quittait pas Fergie des yeux, Fergie, le seigneur de la guerre, celui dont on disait que c'était peut-être lui (« peut-être » au sens où on l'entendait à Charlestown…) qui avait descendu son père. C'est tout juste si Gloansy ne lui avait pas tiré son chapeau. Il n'en revenait pas qu'il soit quand même venu.

– Maintenant il me ressemble, dit Fergie en désignant Jem d'un signe de tête.

Il avait une voix éraillée et un débit saccadé.

– Une petite bagarre, c'est ça ?

Il regarda alternativement Jem et Duggy, ses muscles de vieillard lui pendouillant des bras.

– Deux ou trois points de suture entre frères, c'est bien. Sain. Ça purifie l'air.

Jem haussa les épaules. Doug n'eut aucune réaction notable aux yeux de Gloansy.

– Au fait, il n'y a pas de micro dans cette pièce, je vous le garantis. Personne n'entre ici sans moi et je me suis procuré un dispositif à interrupteur au mercure pour me prévenir si quelqu'un trafique la serrure. On peut donc parler librement.

Il attrapa une jonquille coupée, la tortilla dans sa main et plongea les coussins ronds de ses doigts au milieu des pétales pour humer ensuite le pollen, ce qui lui laissa une tache soufrée sur la lèvre supérieure. C'était une espèce de pervers de la nature.

– Vous en avez mis, du temps, reprit-il. Je me demandais si vous alliez venir.

– Oui, dit Jem du coin de la bouche. On a bossé dur, histoire de montrer qu'on est valables.

Fergie leva son menton estropié, ce qui passa pour un sourire.

– Sur la gueule de chacun de vous, je vois son père…

Il se tourna en dernier vers Dez, qui le cloua du regard.

– Ça me fait penser que je suis toujours d'attaque, malgré mon âge. Je suis toujours debout, en garde, prêt à relever le gant. Et je continue à mener aux points.

– On est les mecs qu'il te faut, déclara Jem. Assez vieux pour avoir connu le Charlestown d'autrefois, et assez jeunes pour faire en sorte que le quartier redevienne comme avant.

Gloansy était attentif, mais conservait un visage inexpressif. Il n'avait pas envie qu'on lui demande de prendre la parole.

– Vous êtes de bons voleurs, reprit Fergie. Mais me verser seulement dix pour cent de ce que vous ramassez…

Il haussa les épaules, l'air chagriné.

– Dix pour cent, c'est le pourboire qu'on balance à un serveur qu'on n'aime pas. C'est quoi, ça ? Vous ne m'aimez pas ?

C'était drôle de voir Jem mal à l'aise. Doug avait croisé les bras et Gloansy ne pensait pas qu'il interviendrait, mais qu'il allait laisser Jem s'en charger.

– Il n'empêche que je vous tiens à l'œil, tous les quatre. Vous avez réalisé un joli coup. Et j'aime bien votre façon de procéder. Vous êtes discrets, vous ne vous étalez pas. Ceux de ma dernière équipe sont devenus négligents. Ils ont niqué une belle affaire.

Vous autres, ça fait un moment que vous êtes ensemble. Qu'est-ce que vous attendez de moi ?

– On compte bien frapper fort, répondit Jem. On a gagné le droit de tenter un gros coup.

Fergie posa la tige de la jonquille sur ses genoux et se tapota les mains pour faire partir le pollen.

– C'est curieux, le destin. Il vous en a fallu du temps pour remonter votre fute et venir frapper à ma porte comme des hommes… Eh bien, vous tombez pile. Figurez-vous que je suis sur un coup, quelque chose qui doit se produire bientôt. Et c'est une grosse affaire. Suffisamment pour qu'on la réserve aux meilleurs. J'ai quelqu'un dans la place, quelqu'un qui a une dette envers moi.

– Ça nous intéresse.

– Évidemment. Qui ne serait pas intéressé par un truc pareil ? Seulement, êtes-vous pris ailleurs ? Parce que là, va falloir payer pour décrocher la timbale, c'est comme ça que ça marche. Ma commission pour vous avoir mis sur le coup. Je veux dire en plus de mon pourcentage sur le butin, et ça représente beaucoup. Mais sans mon contact sur place, vous ne pourriez pas y arriver. Si vous la jouez bien, il vous restera encore plein de fric.

– Combien faut-il mettre ?

– Pour un boulot normal, poids moyen… entre cinquante et soixante-dix mille dollars, à verser d'avance.

Jem hocha la tête et attendit la suite.

– Et pour celui-ci ?

– Le double, facile.

Gloansy essaya de rester impassible, se redressa sur son siège et se tordit les mains. Cent cinquante mille dollars ? Il avait bien entendu ? Divisé par quatre ?

– L'autre andouille, là, il me regarde comme si vous n'aviez pas les sous. N'oubliez pas que les dix pour cent que vous me versez me donnent une idée de ce que vous avez ramassé depuis des années. Et n'allez pas vous imaginer que je sous-traite ce boulot parce que je ne suis pas capable de le faire moi-même. Je mise sur vous car vous êtes des spécialistes. Moi, je n'engage que des pros. Comme je suis généreux, j'aime bien que tout le monde en profite à Charlestown. Vous êtes venus me dire que vous êtes prêts à faire un gros coup ? Eh bien, je n'ai jamais refilé un tuyau pareil à Boozo et sa bande. Ça va se passer à deux pas d'ici et dans pas longtemps.

Gloansy regarda Jem, puis Doug, qui n'avait pas esquissé un geste, et Dez, qui était resté impassible, lui aussi. Il regretta de ne pas avoir fait de même.

– Qui sait ? reprit Fergie devant leur silence et leur impassibilité. Vous n'êtes peut-être pas aussi prêts que vous le croyez…

Il ramassa la jonquille posée sur ses genoux. Gloansy s'étonna que ça n'ait pas suffi à la tuer.

– Cette fleur, reprit Fergie, elle est à qui ? À moi, pas vrai ? Non. Elle n'est pas à moi. Ce n'est pas la mienne. Ce n'est pas moi qui l'ai créée. Quelque part il y a quelqu'un qui l'a fait sortir de terre. C'est l'histoire de ceux qui prennent, à la différence de ceux qui n'arrivent pas à conserver. Si quelqu'un essaie de l'embarquer sans la payer, il va lui en cuire. Parce que je vais l'attraper et lui prendre quelque chose à la place. Une main. Un pied. Ta main, ton pied… tu t'imagines qu'ils sont à toi, tu crois qu'ils t'appartiennent ? Ta vie ?

Il attendit, ils se gardèrent bien de lui répondre.

– Pas si je peux te la prendre. Pas si tu n'es pas capable d'empêcher qu'on te l'enlève.

Il tortilla la fleur entre ses doigts, puis la jeta par terre entre eux.

– Moi, je prends, c'est comme ça que je suis. Pour quelle autre raison êtes-vous venus me voir ? Pas parce que je suis joli garçon. Il va falloir ouvrir les yeux, les mecs. Alors, vous êtes du genre à prendre ou à seule-ment avoir envie ?

Ce fut Duggy qui répondit :

– On prend.

Gloansy le regarda, Dez eut la même réaction. Ils n'en revenaient pas de l'entendre ouvrir la bouche, fût-ce pour dire oui au Fleuriste. Mais Jem, lui, l'ignora ouvertement.

– Pour cent mille dollars pile, ajouta Doug devant Fergie qui opina du bonnet. Vingt-cinq mille chacun. Si c'est aussi génial que tu le dis et si tu n'as pas déjà mis quelqu'un d'autre sur le coup, ça signifie que tu n'as personne à qui t'adresser.

Fergie regarda Doug d'une façon qui rappela à Gloansy celle de son défunt père (qu'il repose en paix), l'air de dire : *N'oublie pas que si tu es encore vivant aujourd'hui, c'est que je ne t'ai pas tué hier... et que, suivant ce que tu vas faire maintenant, tu seras en vie demain ou pas.*

Sauf que Fergie avait trouvé quelqu'un qui lui tenait tête, ou du moins quelqu'un qui ne s'écrasait pas devant lui. Plus personne ne pouvant atteindre Doug, une lueur fébrile s'alluma dans le regard de Fergie.

– Et il a les couilles de son père, conclut-il avec un hochement de tête souverain, histoire de se réaffirmer. Je vais vous faire un cadeau, les mecs, j'accepte votre prix. Une offre de lancement imbattable.

Il se renversa majestueusement sur sa chaise, mais l'atmosphère avait changé : Fergie le Fleuriste s'était incliné devant quelqu'un.

– On va pas te laisser tomber, déclara Jem.

– Non, dit Fergie. Jusqu'alors, vous étiez des enfants de chœur qui piquaient les sous récoltés à la quête de la messe du dimanche. Mais là, les enfants, il est pas question de piller une petite église de paroisse, mais de nettoyer une vraie cathédrale !

44

Le dépôt

Frawley et Dino essayèrent de gagner du temps devant la fontaine d'eau potable en attendant que le jeune Noir adipeux trimbale son sac à dos dans la salle de cours et que la dernière porte se referme. Ils se trouvaient en haut d'un des bâtiments du centre universitaire de Bunker Hill, construit là où se dressait jadis la prison fermée depuis longtemps.

« Radiations : entrée interdite », était-il affiché sur la porte au fond du couloir.

Un type habillé comme un étudiant de troisième cycle l'entrouvrit lorsque Frawley frappa, ne laissant voir que ses lunettes et sa pointe de barbe sous la lèvre inférieure.

– Salut, dit l'agent Grantin en reconnaissant Frawley, et il le laissa entrer avec Dino avant de refermer.

Un deuxième agent se trouvait près de la fenêtre, un casque sur la tête. Dino se pinça le nez.

– Ho là là !

– Que l'un de vous deux explique à Billy Drift, qui fait équipe avec moi, qu'il ne faut pas manger de falafels quand on surveille quelqu'un d'une pièce où la fenêtre ne s'ouvre pas, fit Grantin.

Drift posa son casque et se leva, tout penaud, d'un pupitre.

– J'ai déjà dit que je m'excusais. Ça ne m'a pas réussi, voilà tout…

La pièce était étroite et vide, hormis les pupitres des étudiants çà et là et une table en bois blond. Posés dessus, un magnétophone, un ordinateur, une imprimante couleur, un téléphone portable en train de se recharger et un écran vidéo couplé à une caméra montée sur un trépied, qui filmait par une fenêtre orientée à l'est. Sur l'écran à haute résolution on voyait des gens en train de traverser Main Street, en face du magasin du Fleuriste.

Frawley regarda par la fenêtre, prit le temps de s'orienter et de déterminer l'angle de visée de la caméra et aperçut le centre commercial de Bunker Hill et le cimetière. Il présenta Dino aux agents de la brigade de répression du crime organisé.

– On a ici des équipes qui se relèvent toutes les douze heures, ainsi que deux agents de la DEA, expliqua Grantin en ôtant les lunettes et la pointe de barbe, son incroyable déguisement. J'étais en train d'examiner des épreuves qui datent des derniers jours… Et puis, la fois où vous êtes venus me demander des renseignements sur le Fleuriste, vous avez apporté des photos, celles de vos casseurs de banque ? Je crois qu'on les tient.

Il remit à Frawley quatre saisies vidéo affichant l'heure tirées sur papier photo. Frawley reconnut tout de suite Magloan, pris de profil en train d'entrer dans le magasin avec un autre type vêtu d'un sweat-shirt à capuche et qui avait des pansements sur le visage.

– C'est eux, dit-il en passant la photo à Dino.

Le deuxième plan avait été réalisé deux minutes après : Elden, une casquette de base-ball vissée sur la tête, une main dans la poche et l'autre sur la clenche, regardait la rue derrière lui.

Le dernier était MacRay, six minutes après Elden, qu'on apercevait de profil en train de pénétrer dans la boutique. On le distinguait suffisamment pour permettre à un jury d'accusation de l'identifier.

– Une petite discussion avec le Fleuriste, dit Frawley. Ça a duré combien de temps ?

– Une vingtaine de minutes. Ils sont repartis chacun de leur côté… C'est sur la bande, mais je n'ai pas eu le temps d'en faire un tirage papier.

Dino rendit les épreuves à Frawley.

– Le type qui a des pansements ?

– Coughlin, sans doute, répondit Frawley en se rappelant que MacRay avait les mains enflées, mais Dino ne pouvait pas le savoir.

Il tria d'autres photos de clients qui ne se doutaient de rien.

– Ça se passe comment avec les micros dans son magasin ?

– C'est pas terrible. On en a posé, mais il met tout le temps de la musique irlandaise. On n'a rien capté sur vos lascars, rien que la sonnerie quand quelqu'un ouvre la porte et « Salut, ça va ? ». J'espérais que vous étiez mieux lotis et que vous pourriez nous donner un coup de main.

Frawley hocha la tête.

– On surveille leurs véhicules. Avec les yeux, pas les oreilles. Dans cette ville… c'est impossible.

– Oui, soupira Drift en montrant la fenêtre d'où l'on apercevait Boston, version Charlestown. On a l'air de quoi ici ?

– On a planqué des mouchards dans les pare-chocs des quatre voitures, ce qui évite aux mecs des opérations spéciales de les surveiller et de les filer. On a même réussi à fixer un micro dans la bagnole de Magloan, mais il n'y a jamais personne avec lui et il écoute du matin au soir les conneries de JAM'N 94.5.

– Pire que ça, il chante tout seul, déclara Dino.

– On a placé leurs téléphones sur écoute, mais ils ne s'en servent pas. Ils se méfient car l'un d'eux bosse à la Nynex… Même si on a fixé une balise transpondeur sur la camionnette de son entreprise spécialisée dans les télécoms.

– Enfin, dit Grantin en regardant la ville, il se prépare quelque chose.

Frawley sortit une épreuve montrant Krista Coughlin en short, débardeur et tongs, qui entrait dans le magasin avec une poussette recouverte.

– Qu'est-ce qu'il fabrique en ce moment, le Fleuriste ?

– Comme d'habitude. Il passe son temps là-bas. Il fait son petit numéro de gangster.

– Quand allez-vous le faire tomber ?

Grantin haussa les épaules.

– Quand il y en aura un qui craquera dans son groupe. C'est le seul des anciens qui reste. Un vrai phénomène. La DEA a encore plus envie que nous de le coincer.

Frawley brandit les photos.

– Je peux les garder ?

– Mais oui, je vous en prie.

Frawley dut se rendre à l'antenne du FBI à Boston, à One Center Plaza, pour apprendre que le juge avait repoussé sa deuxième demande de mise sur écoute du téléphone de Claire Keesey, en vertu de l'article 3, et de placement sous surveillance de son appartement à Charlestown, au motif qu'il n'y avait pas suffisamment de preuves et qu'on ne pouvait somme toute pas la considérer comme suspecte dans l'affaire de vol à main armée de Kenmore Square.

De retour dans la pièce où se trouvaient les techniciens, il attendit avec Dino qu'un programmeur rentre les coordonnées géographiques exactes fournies par les balises transpondeurs planquées sous les pare-chocs et puisse ainsi déterminer des adresses précises et dresser des cartes quadrillées.

– C'est quoi, ça ? demanda Dino. MacRay est allé travailler il y a deux jours ?

En tout cas il s'était rendu en voiture au chantier de Billerica, géré par l'entreprise de démolition Bonafide, et y était resté garé pendant huit heures. Le soir, puis le lendemain matin et le soir suivant, il avait circulé dans le quartier d'Allston – sur la carte il ressemble à un aileron de requin – et avait plusieurs fois stationné longuement du côté de Cambridge Street, près des voies de garage de la Conrail. On avait pu établir, par recoupements, que Magloan s'était lui aussi trouvé dans les parages, et la fourgonnette d'Elden y était restée environ une heure en milieu de journée.

– Cambridge Street ? Ça alors ! Qu'est-ce qu'il y a là-bas ? Dunbar ?

– Non, répondit Frawley en attrapant sa veste, Magellan.

Où les fourgons blindés passent-ils la nuit et d'où viennent-ils le matin ? Ils sont garés dans des immeubles anodins protégés par des clôtures et des barrières équipées de dispositifs d'ouverture électronique, et se trouvent confinés dans des zones industrielles ou dissimulés au milieu d'immeubles de bureaux dont l'adresse est l'un des secrets les mieux gardés de la profession. À l'intérieur, où l'on a installé des systèmes de surveillance électronique qui n'ont rien à envier à ceux de la plupart des casinos, des caissiers en combinaison sans poches comptent, trient, empilent et empaquettent tous les soirs des centaines de milliers de dollars, sous forme de billets et de pièces de monnaie, dans des locaux aux cloisons vitrées.

C'est ainsi qu'à Brooklyn, le 27 décembre 1992, des bandits ont raflé huit millions deux cent mille dollars dans un immeuble de bureaux aux murs aveugles, en laissant sur place vingt-quatre millions qu'il leur était impossible de transporter.

Un peu à l'écart du Cambridge Street, côté sud, avant que cette rue ne traverse la Charles River pour entrer à Cambridge, à l'ombre de l'autoroute à péage surélevée du Massachusetts, se trouvait un immeuble anonyme à un étage, entouré d'un double grillage de près de quatre mètres de haut et surmonté de barbelés-rasoirs. De ce côté de la route il n'y avait rien, pas même de trottoir, et l'immeuble ressemblait à un petit entrepôt qui a fait faillite.

De la rue, on ne voyait pas la porte à ouverture électronique située à l'arrière du dépôt réservé aux fourgons blindés. Frawley, qui tenait sa cravate que faisaient voler les voitures passant devant lui, ne pouvait l'apercevoir que du parking balayé par la poussière.

– Il n'y a pas une ou deux issues, lui expliqua Dino en désignant l'autoroute avec son clipboard, mais trois. Trois grandes issues, toutes à moins de deux cents mètres d'ici.

Frawley fit la grimace, giflé par le sable et la poussière.

– Il faut disposer d'une sacrée puissance de feu pour réussir un coup pareil. Ça ne leur ressemble pas.

– Idem pour le Fleuriste. Ils doivent avoir un complice dans la boîte.

– Pour nous, c'est tout bénef. Mais je ne veux pas qu'on se trahisse non plus.

Frawley regarda les caméras placées aux angles du toit.

– Tu m'as dit que MacRay est allé travailler, c'est ça ?

– Tu penses qu'ils vont utiliser des explosifs ? Qu'ils vont faire sauter la porte ?

– Ou alors s'en servir pour faire diversion.

Frawley n'avait pas rempli de formulaire 302 pour rendre compte de son entretien avec MacRay. Il ne voulait pas que cela figure au dossier, du moins pas encore. Ce qui ne l'avait pas empêché de remplir un formulaire 209, celui réservé aux « honorables corres-pondants », sur Krista Coughlin, en lui donnant un nom de code d'indic à six chiffres, afin de se couvrir et de ne pas mettre en danger l'enquête au cas où elle lui apprendrait quelque chose. Comme par exemple le jour où MacRay et compagnie avaient prévu de s'attaquer au dépôt de la société Magellan, spécialisée dans les transports de fonds en fourgon blindé.

Un 4 × 4 noir monta sur l'accotement. Frawley et Dino reculèrent en plissant les yeux à cause du nuage de poussière, tandis qu'un agent de sécurité en uniforme, qui ressemblait à un flic, descendait du véhicule.

– Vous êtes perdus ? leur demanda-t-il sur un ton tout à la fois cordial et ferme. Vous avez besoin d'un coup de main ?

Frawley ne sortit pas sa plaque. Il n'avait aucun moyen de savoir qui pouvait être le complice des autres dans la boîte.

– Non merci, répondit-il. On allait repartir.

45

Vedette de base-ball

La plupart des gens, y compris dans le milieu des casseurs de banques, s'imaginent que le plus dur, dans un hold-up, est de parvenir jusqu'à l'argent, alors que c'est justement à leur façon de prendre la fuite que les pros se démarquent des taulards.

Doug grimpa dans la camionnette de la Nynex, à l'angle de Boylston et de Park, une chemise de travail de Dez sur le dos. Le Monseigneur et lui se saluèrent, poing contre poing.

– Tu as ta chambre d'hôtel ? lui demanda Dez.

– Un vrai palace.

– Combien de temps tu vas y rester ?

– Le temps qu'il faudra. Je me suis inscrit sous le nom de Charles.

– Charles ?

– Comme dans Charlestown.

– Ah…

Doug vérifia dans le rétroviseur qu'ils n'étaient pas suivis.

– Tu as demandé à avoir le mardi prochain pour toi ?

– Oui, j'ai dit que c'était pour raisons personnelles. Tout est arrangé. Mais cette histoire de leurre va nous demander un boulot fou.

– Va expliquer ça au FBI. Tu as changé de véhicule, j'espère ?

– Le radiateur fuit… La barbe. Tiens, mets ça.

532

Doug se noua autour de la taille une ceinture d'ouvrier de ligne analogue à celle de Dez, avec, accrochée dessus, une radio en plastique orange glissée dans un étui métallique.

Dez se gara en double file dans Yawkey Way, juste en face de la porte D, bien en évidence. Il descendit avec son clipboard sur lequel était précisée la nature sa mission et ouvrit tout grand l'arrière du véhicule. Il chargea Doug de tout un tas de matériel, puis ils traversèrent la route et échangèrent quelques mots avec la réceptionniste au chemisier rouge, en se plaignant notamment de la chaleur. Elle consulta son propre clipboard.

– Vous êtes sur ma liste ?

– Je devrais, répondit Dez, car vous figurez sur la mienne.

Le fait qu'elle portait un chemisier indiquait qu'elle faisait partie du personnel du stade et qu'elle n'était pas agent de sécurité.

– C'est à propos de ?…

– La mise à niveau du système. Je me contenterai d'y jeter un coup d'œil, ce qui nous permettra de gagner du temps la prochaine fois qu'on viendra bosser, en étant sûrs qu'on apportera bien ce qu'il nous faut. Tout devrait être terminé pour le prochain circuit itinérant de la côte Ouest. J'en ai pour vingt minutes, au maximum.

– Pourrais-je voir votre badge ?

Dez le lui montra. Elle le regarda, lui remplit un laissez-passer. Doug fit alors semblant de se débattre avec son fardeau.

– C'est mon stagiaire, expliqua Dez.

– Pas de problème.

Elle lui en remplit un autre sans rien lui demander.

C'était dans les excavations et les tunnels creusés sous les gradins de Fenway et du côté de la buvette que le plus ancien stade affilié à la Major Baseball League accusait son âge. Des vendeurs ambulants rejoignaient les stands avec des chariots de hot dogs empaquetés, se constituant déjà des stocks en prévision du match de la soirée. Devant la porte de l'ascenseur, ils tombèrent sur un mec en chemise bleue, sans doute un étudiant admis depuis peu en troisième cycle vu sa dégaine, son badge d'agent de sécurité accroché à un lacet noué autour du cou et son talkie-walkie à la ceinture. Petit, large, avec des muscles de culturiste. Dez lui montra leurs laissez-passer.

– Vous allez où comme ça ?

– Euh… À la tribune réservée à la presse, on m'a dit.

Le type monta dans l'ascenseur et appuya sur le 5. Doug se tenait entre des photos en noir et blanc, datant d'avant la guerre, de Ted Williams appuyé sur une batte et d'un Carl Yastrzemski radieux, qui venait de remporter le Triple Crown.

– Je pense que ça ne sera pas le cas cette année, soupira Dez.

– Non, ça n'en prend pas le chemin, répondit le type en chemise bleue.

– Il y a déjà quelqu'un qui est monté avec vous dans cet engin sans vous ressortir le même couplet ? reprit Dez lorsque l'ascenseur s'arrêta.

– Non. Vous avez mis le doigt dessus.

La porte s'ouvrit sur une passerelle horizontale ensoleillée, située à l'extérieur. Flanqués du type, ils franchirent une double porte vitrée, passèrent devant un poste de sécurité où il n'y avait personne et devant deux cafétérias qui se tournaient le dos, l'une réservée au personnel du stade, l'autre aux médias, puis ils prirent un couloir blanc où les portes ouvertes laissaient voir des cabines destinées aux journalistes de la radio et de la télé. Au fond, le couloir faisait un coude et permettait d'accéder à une double rangée de cabines destinées cette fois à la presse écrite, et qui ressemblaient beaucoup à la vieille tribune du stade de Suffolk Downs. La cloison vitrée surplombait le marbre, légèrement décalé sur la gauche, le gazon du champ intérieur, verdoyant en ce mois de juin, les sentiers de course, couleur cacao, la piste d'avertissement, trente-quatre mille sièges exigus et la ville de verre et d'acier derrière.

– Le stade des hurlements, lâcha Dez en débarrassant Doug de son fardeau.

Ils firent mine d'inspecter les lieux, de brancher des appareils et de cogner sur les murs, le type en ayant très vite marre.

– Dites donc, vous en avez pour un moment ?

– Oui, sans doute, répondit Dez, qui s'activait.

– Je reviens dans cinq minutes.

Dez agita la main sans le regarder.

– Prenez votre temps.

Lorsqu'on n'entendit plus ses pas, Dez se glissa dans l'oreille un dispositif permettant de détecter les fréquences de la sécurité du stade. Doug colla le laissez-passer sur sa chemise trempée de sueur et adressa un signe de tête à Dez, qui ressortit précipitamment dans le couloir, son téléphone à la main, pour regagner la passerelle extérieure.

Il descendit à l'étage en dessous, salua les employés en charge de la restauration qui faisaient la pause, un tablier blanc noué autour de la taille, franchit la première porte ouverte et se retrouva dans le local entièrement vitré du Club 600. Il le traversa le plus naturellement du monde, passa devant un type qui nettoyait un tapis et un autre derrière le bar, et se glissa ensuite derrière les sièges des spectateurs, d'où l'on avait une vue plongeante sur le stade. Un escalier roulant lui permettant d'accéder, en bas, au parvis qui surplombait les places situées devant la troisième base, il se dirigea vers la tribune et les loges avant de revenir sur la première passerelle, qui passait sous les gradins.

Des employés en chemise rouge le doublèrent sans lui prêter attention. La pelouse étant déserte et la buvette fermée, il eut l'impression de revenir à l'époque où il travaillait dans la démolition et d'examiner le sous-sol d'un immeuble condamné avant que la boule entre en action. Incliné, le sol en pierre aurait fait fantasmer les amateurs de skate-board, le stade s'appuyant sur les étais de la même façon que l'autoroute surélevée traversant Charlestown était posée sur des poutres métalliques rouillées.

Il passa derrière la porte D. La fille en chemise rouge qui en contrôlait l'accès s'était assise sur le trottoir et lui tournait le dos. Elle buvait de l'eau en bouteille. Il fila devant un grand stand de souvenirs fermé qui ressemblait à un vieux kiosque à journaux, en lorgnant la porte rouge ouverte plus loin. « Réservé au personnel », disait le panneau apposé dessus. Doug la dépassa et la regarda attentivement. Il aperçut de l'autre côté une petite entrée débouchant sur une seconde porte avec un guichet.

C'était la pièce dans laquelle se trouvait l'argent. Pendant la saison des matchs, il y avait toujours un policier en faction devant, mais pour le moment on se contentait des caméras. À en croire le type qui bossait là et avait balancé l'info à Fergie, au nombre des mesures adoptées pour assurer la sécurité du long trajet par la route figurait un perfectionnement du dispositif de surveillance, ce qui signifiait que celui-ci serait désactivé pendant plusieurs jours. Voilà pourquoi ils ne disposaient pas d'une grande plage de temps.

La pièce du coffre-fort était protégée par une serrure électronique à clavier. Doug en possédait la combinaison, mais n'avait pas l'intention de s'en servir. Il était prévu de s'emparer du butin empaqueté et prêt à partir lorsqu'on le sortirait pour aller le déposer dans le fourgon blindé.

Le hic, c'était que le fourgon blindé descendait carrément dans le stade fermé. Il passait par la porte réservée aux ambulances qui donnait dans Van Ness Street, et on le chargeait à l'intérieur du poste de secours. Ce qui signifiait qu'il allait falloir passer à l'action juste au-dessous des tribunes.

Il emprunta le tunnel qui reliait la pièce du coffre-fort et le poste de secours (parallèle au parcours séparant le marbre et le bord de la pelouse du champ extérieur, après la première base), un passage au plafond bas et incliné, dont les murs en briques étaient recouverts de publicités. C'était par là que l'on transportait l'argent liquide sur un chariot motorisé. Une fois qu'on l'avait chargé, le fourgon blindé s'en allait, la porte réservée aux ambulances s'ouvrant exprès, et il rentrait directement au dépôt de la Provident Armored, situé dans Kendall Square.

Doug s'attarda dans le poste de secours (qui n'était en réalité qu'un kiosque aménagé à l'intérieur du local) pour examiner la distance qui séparait les différentes poutres métalliques et calculer la place qu'il aurait pour se retourner. Il revint ensuite vérifier ce que l'on apercevait de la pièce du coffre-fort. Il était en train de se demander s'ils ne risquaient pas d'être pris au piège au sein même du stade lorsque la porte s'ouvrit.

Il se retourna et s'éloigna, s'engageant de nouveau dans le tunnel pour se diriger vers le poste de secours, en faisant comme s'il s'était trompé. On l'appela, il ne s'arrêta pas, tripotant nerveusement le téléphone qu'il avait à la ceinture.

On l'appela de nouveau, plus fort cette fois, suffisamment pour attirer l'attention d'autres gens. Il s'arrêta tout près du poste de secours, se retourna à moitié, essayant toujours de ne pas montrer son visage.

– Je peux vous aider ? lui demanda l'homme qui le suivait.

C'était un agent de sécurité en chemise bleue. Bronzé, les cheveux fins, il n'avait pas décroché le talkie-walkie qu'il portait à la ceinture.

– Non, ça va, répondit Doug en continuant à jouer avec son téléphone. Je suis un peu perdu ici.

– Attendez une minute.

L'agent de sécurité s'avança, observa Doug, regarda son laissez-passer, sa ceinture d'ouvrier de ligne et ses grosses chaussures. Plus vieux que lui – il avait dépassé la cinquantaine –, il pouvait très bien être le responsable de la sécurité.

– Venez avec moi.

Il le dépassa et Doug lui emboîta le pas en essayant d'arrêter une ligne de conduite. Ils tournèrent à gauche dans la première rampe, se retrouvèrent à l'air libre et longèrent les monticules pour rejoindre l'abri des Red Sox derrière la première base. Non loin de là se trouvait une porte basse donnant sur le terrain. Elle était ouverte. Les agents d'entretien étaient en train de pulvériser de l'eau sur la pelouse et de ratisser la piste d'avertissement.

– C'est ce que vous cherchiez ? lui demanda le type.

Il lui adressa un sourire complice et Doug se rendit compte qu'il essayait de lui donner un coup de main. De lui faire plaisir, entre travailleurs. Devant son hésitation, l'autre reprit la parole :

– À moins de lancer la balle à cent quarante à l'heure ou d'en frapper une lancée à cette vitesse, on ne risque pas de pénétrer sur le terrain…

Doug s'engagea sur le territoire hors jeu, en y posant le pied avec circonspection, comme le font les passagers d'un bateau qui vient d'accoster. Il traversa la pelouse et évita de marcher sur la ligne de jeu qu'on venait de tracer, à l'exemple des entraîneurs superstitieux, avant de gagner le champ intérieur. Il s'arrêta devant le monticule du lanceur, puis grimpa dessus en s'abstenant de toucher à la plaque.

Il regarda en direction du marbre et ça lui donna le vertige, comme s'il était un inconditionnel du base-ball. Il repéra à droite la tribune réservée à la presse. Debout devant la grande fenêtre, Dez le regardait, sans doute en train de se dire que Duggy revivait les instants magiques d'autrefois et qu'il s'était débrouillé pour avoir accès au terrain.

Doug regarda le revêtement en étain fatigué du mur, le fameux Green Monster, puis l'enseigne lumineuse de la Citgo au-dessus de Kenmore Square. Chaque fois qu'il l'apercevrait, il aurait l'impression d'avoir raté quelque chose et perdu quelqu'un – le coup de la banque et Claire. Boston n'était plus que le cimetière de ses souvenirs, raison de plus pour qu'il aille voir ailleurs.

Il regagna l'abri destiné aux joueurs de l'équipe locale, à l'instar d'un lanceur qui va prendre une douche. Le type de la sécurité était adossé aux tribunes de la première rangée, les bras croisés, profitant davantage que lui du cadeau qu'il venait de lui faire.

– Je me rappelle encore la première fois que j'ai mis les pieds sur le terrain…

– Merci, hein, marmonna Doug, qui craignait que l'autre ne se souvienne de son visage.

Il l'observa, à côté de la petite porte donnant accès au terrain, nota qu'il avait des ongles soignés et le teint hâlé, comme tous ceux qui prennent des vacances en Floride, et qu'il portait au doigt une bague ornée de pierreries.

Le responsable de la sécurité, en conclut-il.

– Vous aimez les jeux d'argent ?

Le type parut agacé, un peu comme si c'était une question indiscrète.

– Ça m'arrive de jouer. Aux courses, essentiellement. Pourquoi ?

– Vous lui devez combien, au Fleuriste ?

Le type changea de tête. Sa générosité bon enfant céda la place à une peur panique. Il regarda autour de lui et baissa la voix :

– Vous êtes censé n'avoir aucun contact avec moi.

– Faites comme d'habitude, lundi matin. Ne changez pas d'un iota votre façon de procéder.

Le type jeta un coup d'œil aux employés sur le terrain, puis aux gradins vides derrière lui.

– En principe, personne ne devrait entrer en contact avec moi.

– Les flics, eux, vont vous aborder. Après coup, ils vont parler à tout le monde. Vous êtes prêt à passer au détecteur de mensonges ?

Le type le dévisagea : fier et terrifié, il devait de l'argent au Fleuriste et n'avait plus que sa propre vie à mettre en jeu. Il fit demi-tour et s'éloigna en passant sous les tribunes. Pour Doug, il ne faisait pas l'ombre d'un doute que le Fleuriste le descendrait dès qu'ils auraient réussi leur coup.

La chambre 224 se trouvait à l'arrière de l'hôtel Howard Johnson, qui n'avait qu'un étage. Sans éclairage direct ni petites choses pour rendre la vie agréable, rien qu'une télé qui ronronnait, une chaise et une table dépareillées, un tapis rêche, une douche qui ressemblait à une cabine téléphonique et un lit double qui grinçait, cette chambre du premier étage avait de quoi donner envie de se flinguer. Doug tira le rideau raide et miteux de la fenêtre à carreaux colorés, dont l'un en rose, et regarda, par-delà Van Ness Street, le mur extérieur en briques de Fenway Park, côté sud.

Vu sous cet angle, le stade ressemblait à une usine : un grand bloc de briques rouges et d'acier, percé de fenêtres carrées aussi opaques que des cubes de glace, sans oublier les portes largement espacées, toutes peintes en vert et ne portant aucune inscription, hormis celle qui était en face de sa fenêtre, à savoir la dernière avant le grillage tendu de toile du parking réservé aux joueurs.

Sous une lampe rouge, on avait écrit au pochoir « Ambulance » en petites lettres blanches.

Doug enleva la chemise de Dez, puis retourna aussitôt dehors et traversa Boylston Street à contresens, l'hôtel se trouvant exactement entre le stade et le jardin public de Fenway.

Il marcha lentement jusqu'à l'entrée de son jardin, à elle. La vitalité des fleurs d'été tranchait sur les tiges coupées qui jonchaient la chambre froide-tombeau du Fleuriste. Comme prévu, il n'y avait plus rien dans le jardin de Claire. Les parterres de fleurs laissés à l'abandon commençaient à être envahis par les mauvaises herbes. Il regarda les impatiens plantées à côté de l'endroit où il avait planqué son magot, toutes flétries et desséchées, menacées d'être supplantées par la menthe, et il se demanda quand Claire allait revenir.

Il passa la soirée dans cette chambre qui invitait au suicide, à observer les allées et venues dans le stade, avant que ce soit l'heure de la rencontre de base-ball. L'ampoule rouge s'alluma deux heures avant le premier coup de batte, la porte se leva et l'ambulance entra prudemment à reculons à l'intérieur. Les portes des tunnels se relevèrent toutes à la huitième manche. Après avoir vu gagner leur équipe, les spectateurs se déversèrent dans Van Ness et se dispersèrent tout doucement. L'ambulance repartit alors que les joueurs remontaient dans leurs Blazer et leurs Infiniti, et la lampe rouge s'éteignit. Les éclairages du stade firent de même une demi-heure plus tard. Il ne restait alors plus que les SDF qui cherchaient des boîtes de bière et poussaient leurs chariots au petit bonheur la chance.

Cette nuit-là, il rêva qu'il était écrasé par les roues arrière d'un fourgon blindé, coupé en deux par ses douze tonnes. Sauf que ce n'était pas Frank G. qui ôtait son casque de pompier pour lui tenir la main, mais le flic de la banque, Frawley, le type du FBI, qui le narguait.

Le matin venu, ce fut un coup de klaxon donné par un chauffeur de camion qui le réveilla. Il était couché en travers du lit, même pas déshabillé. Il regarda l'heure, se leva pour aller pisser, puis tira une chaise à côté de la fenêtre et attendit.

À 9 h 17, la lampe rouge s'alluma. La porte réservée à l'ambulance s'ouvrit au moment où arrivait un fourgon blindé gris argent de la Provident Armored, équipé à l'arrière d'une porte à double battant. Le véhicule se tourna vers lui avant de s'arrêter, puis de s'engager lentement dans le passage étroit. Doug distingua les deux convoyeurs dans la cabine, tout en sachant que, vu l'importance des sommes transportées, il devait y en avoir un autre assis derrière sur un strapontin, dans la partie réservée au chargement qui était fermée à clé.

Le fourgon disparut dans le passage et la porte se rabaissa. Au-dessus, la lumière rouge resta allumée.

Un deuxième véhicule, une Suburban noire, se gara dans Van Ness au bord du trottoir, juste à droite de la porte, et laissa tourner son moteur au point mort. Doug regarda le conducteur, qui était apparemment seul, parler dans un talkie-walkie.

Une voiture suivait le fourgon. Ça compliquait les choses.

À 9 h 31, la porte se releva, le fourgon blindé ressortit, tourna vers Yawkey et s'en alla. Au moment où la porte se refermait, la Suburban quitta le trottoir pour suivre le fourgon. Doug s'éloigna de la fenêtre lorsqu'elle passa devant lui. Si la lampe rouge s'éteignit, il s'en alluma en revanche une autre dans son âme de truand, une autre qui fit soudain resplendir le coup génial qui s'offrait à lui.

46

La soif

Doug prit la ligne orange jusqu'à l'arrêt du Centre universitaire, puis il remonta la côte pour gagner Pearl Street. La maison délabrée dans la rue en pente avait l'air d'avoir cent ans de plus que la dernière fois où il l'avait vue. Sa Caprice et la Flamer de Jem étaient garées devant.

Il poussa la porte d'entrée, qui n'était toujours pas réparée. Il voulait avant tout éviter de tomber sur Krista. Une fois en haut dans son appartement, il entreprit de bourrer de vêtements le vieux sac de soldat de son père. Il n'avait qu'une seule paire de chaussures noires, celles qui lui faisaient mal et qu'il avait achetées quand il avait rendez-vous avec Claire : il les flanqua dedans. Il ne remettrait jamais les pieds ici, il s'en rendait bien compte. Il effectua donc en vitesse un dernier passage. Les effets personnels d'un condamné, peu nombreux et chargés de signification, avaient valeur de totems, et avec le temps il avait trié ses totems pour n'en garder qu'un seul. Il sortit du tiroir du bas de son bureau le brouillon de sa lettre, tapé sur du papier à en-tête des Boston Bruins et glissé dans une chemise en plastique transparent, pour le ranger, lui aussi, dans le sac.

En repartant, il s'arrêta dans l'escalier, sous le palier du premier étage. La serrure et le montant de la porte de Jem étaient toujours esquintés. Il remonta, déposa son sac dans le couloir et alla frapper chez Jem.

– C'est ouvert !

Il entra, se dirigea vers la « salle de jeux » de l'autre, mais un « Je suis ici ! » lui fit changer de direction et passer au salon.

En tricot de peau à col en V couvert de taches de sueur et caleçon court noir et or, frappé du logo « smiley », Jem travaillait à sa maison de poupées à deux étages. Il était en train d'en décorer l'intérieur, après avoir collé des morceaux de papier peint et de minuscules rideaux, puis avoir disposé dans les pièces des meubles miniatures, sans oublier une petite Krista en bois attablée dans la salle à manger du rez-de-chaussée. À l'exception du second étage, vide, cette maison de poupées était la réplique exacte de celle où il habitait, dehors comme dedans.

Jem avait terminé la chaîne et les baffles, en se montrant pour le coup très méticuleux puisqu'il était allé jusqu'à préciser la marque et reproduire les touches, et s'intéressait à la télé et à son meuble.

– Je t'ai entendu marcher en haut, dit-il sans se retourner.

– Oui. Je suis venu chercher des vêtements.

Une Budweiser ouverte était posée sur la table en chêne, à laquelle elle imprimait une nouvelle auréole.

– Qu'est-ce que tu deviens ?

– Je mets au point cette histoire, répondit Doug en détournant les yeux de la bière. Ça se précise.

– À la bonne heure. Tu as raccompagné les convoyeurs chez eux, le soir ?

– Non, ça, je ne le fais plus.

Jem mit la petite télé à sécher.

– Les outils sont prêts, poursuivit-il, le pouce levé et l'index tendu pour imiter une arme à feu. J'ai aussi notre armure. Avec les uniformes, on n'a pas besoin de masques.

– Gloansy les a déjà fait nettoyer par Joanie ?

Dans le courant de l'été 1993, Gloansy avait travaillé comme chauffeur sur *Blown Away*, un film policier mettant en scène l'unité de déminage de la police de Boston, un nanard affligeant. Cela n'avait pas empêché notre kleptomane d'effectuer une razzia sur le plateau et de piquer ainsi quatre uniformes de flics dans une caravane transformée en loge, avec les écussons, les ceinturons et les casquettes qui allaient avec. Tout, quoi, sauf les chaussures.

Les costumes étaient tellement bien imités que l'on avait parlé du vol le lendemain dans les journaux, et Gloansy avait été interrogé, au même titre que le reste de l'équipe de tournage. Il avait planqué le fruit de son larcin dans le grenier de sa belle-mère, où il était resté au frais jusqu'à cette semaine.

– J'ai le tien ici, reprit Jem. Il a demandé à bobonne de les retailler un peu pour éviter qu'on ait trois pattes à notre fute. Et il lui reste à savoir avec quelle bagnole on va opérer.

– Dis-lui que je m'en suis occupé. Ça fait partie du spectacle.

Jem acquiesça sans lui poser de questions. Le silence retomba, ils réfléchirent l'un et l'autre à cet armistice qu'ils avaient conclu et qu'ils avaient tant de mal à respecter.

– Il paraît que t'as l'intention de t'en aller ?

– Oui, ça se peut.

Jem hocha la tête.

– Je te demande ça parce que j'ai besoin de savoir si je te mets ou pas au deuxième étage. Tu comprends, Shyne… je n'ai pas envie qu'elle se demande qui c'est, le type là-haut, si tonton Duggy n'y habite plus.

Jem avait même reproduit sur le toit de la maison de poupées les fils avec lesquels il avait opéré un branchement sauvage sur le câble.

545

– J'ai fini, déclara Doug. Si ce coup marche comme prévu, il va aussi falloir que tu dégages.

Cette idée laissa Jem songeur, alors qu'il était en train de regarder sa maison de poupées.

– Ouais, tu as peut-être raison.

– La situation évolue, mon pote. Il faut s'y faire.

– Eh oui.

– On a fait très fort, à tous les niveaux.

– C'est nous qui avons donné le la.

– Le Fleuriste, si tu retournes toujours le voir… Écoute, le mec, c'est un vrai maquereau. Il va pas arrêter de te foutre à la porte, jusqu'au jour où il va te virer pour de bon.

Jem fit la grimace et Doug comprit qu'il parlait dans le vide.

– Autre chose… vu l'importance du butin et tous les paramètres qui vont avec… on devrait prévoir une sortie de secours. Tous autant qu'on est. Au cas où ça déraperait.

– Non, répondit Jem, ça va très bien se passer.

– Oui. Mais on ne sait jamais…

Jem secoua la tête.

– Je ne me vois pas prendre la fuite. Si je dois me mettre au vert un petit moment, en attendant que les choses se tassent… bon, d'accord. Mais ça m'étonnerait.

Doug se tourna vers les fenêtres. Ça lui donnait froid dans le dos de constater que Jem était persuadé que rien ne changerait à l'avenir, et qu'il fabriquerait s'il le pouvait un modèle réduit de Charlestown et resterait dans la même pièce, à jouer toujours les mêmes cartes.

– Ils sont encore là-bas ? lui demanda Jem.

Doug regarda la camionnette grise aux vitres teintées, équipée de deux antennes et garée un peu plus bas.

– Oui.

– Quels sales cons ! grommela Jem, qui attrapa sa bière et en avala une gorgée. Ça va être génial, mon pote. Génial, que je te dis…

Les abords d'un stade de base-ball affilié à la Major League recèlent quantité de chausse-trappes pour un alcoolique en convalescence. Doug était descendu dans un hôtel où il y avait un bar dont la décoration déclinait le thème du base-ball, et c'est là qu'il se trouvait, pour l'instant, assis tout seul à une table à côté des fenêtres sombres, deux heures avant la rencontre, en train de regarder ceux qui avaient déjà leur ticket se bourrer la gueule. Sur le mur voisin une affiche publicitaire des années 70 représentait Bud Man, l'emblème de la Budweiser à l'époque, le visage dissimulé sous une cagoule rouge et des lunettes de skieur sur le nez. Quand la serveuse vint le voir, il commanda donc une Budweiser pression et eut l'impression de rouler des mécaniques. *On va voir si je suis capable de résister.*

« N'entre jamais dans un bistrot ou un magasin de vins et spiritueux, surtout si tu es seul », lui serinait tout le temps Frank G. Reste qu'il convenait parfois de tenter le diable. Il fallait à l'occasion s'approcher du bord de la falaise, rien que pour se rappeler ce qu'il en était de s'écraser en bas…

On lui servit un petit verre de bière, posé sur une serviette blanche pliée en quatre, tel un suppliant agenouillé sur un tapis de prière. Il contempla la blonde légère, devisa un instant avec elle, puis l'estima infréquentable. La force d'un serment n'excède jamais celle de la plus vive tentation. Il laissa trois billets chiffonnés d'un dollar sur la table et ressortit sans s'être compromis dans la lumière du jour qui voit et sait tout.

Il retraversa la rue pour gagner le jardin public de Fenway. Il alla jusque devant chez elle, constata qu'elle n'était toujours pas revenue. Quelques feuilles mortes parsemaient les parterres, telles les pensées mortes d'un esprit désœuvré. Une bête empressée et dotée d'une petite gueule s'était régalée des herbes aromatiques.

Le matin, après avoir quitté Jem, il avait trimbalé son sac au Club des garçons et des filles, de l'autre côté de la colline, au cas où. Mais il ne l'y vit pas et n'y entra pas. Il préféra prendre un taxi pour aller une dernière fois dans Packard Street et dans la ruelle qui passait derrière. La Saturn prune avec l'autocollant « Respirez ! » avait réintégré le parking. Quand le taxi quitta City Square, Doug se retourna une dernière fois, bien décidé à ne plus jamais revenir à Charlestown.

Le vendredi soir, ils déambulèrent dans les excavations de pierre et d'acier aménagées sous les tribunes, à l'heure de la rencontre, eux, Doug et Dez, désormais entourés de groupes de fans de base-ball affamés et la vessie remplie.

Le flic de faction s'ennuyait ferme dans le petit couloir reliant la porte réservée au personnel et celle, plus conséquente, de la pièce du coffre-fort. Doug et Dez passèrent devant à cinq ou six reprises dans l'anonymat de la foule en train de grignoter, se familiarisant avec la topographie, sans rien apprendre de nouveau pour autant.

L'ambulance était garée dans le tunnel fermé, au niveau du poste de secours. Derrière, deux mecs des urgences s'étaient assis sur le marchepied et draguaient deux filles. Doug suivit du regard les rails sur lesquels glissait la porte en se relevant, notant l'emplacement de l'interrupteur manuel de la lampe rouge installée dehors.

Devant la buvette, les gens faisaient la queue sur dix ou douze rangées, et le sol en pierre était jonché de condiments. Partout l'argent changeait de main, et Doug aurait dû s'en réjouir. Des filles à visière rouge servaient des bretzels enveloppés dans des serviettes en papier et des glaces à l'italienne parfumées à la vanille dans des coupes, sur lesquelles étaient représentés des casques et des battes, et donc susceptibles de devenir des objets de collection, tandis que des enfants surexcités brandissaient des fanions, des affiches et des photos de leur équipe autographiées à la machine, les pères mettant, eux, la main à la poche. Des vendeurs ambulants à chemise jaune trimbalaient des casiers de bouteilles vides et des boîtes métalliques de hot dogs dans une pièce noire de monde à côté de la porte G et en ressortaient quelques instants après avec un chargement complet qu'ils apportaient aux stands. Il faisait chaud ce soir-là, dans les trente-cinq degrés, et l'on avait prévu un temps lourd pendant tout le week-end, « torride », comme disaient les supporters des Red Sox, ce qui était l'idéal pour transbahuter des bâtonnets de glace et des Coca.

Il n'empêche que toute cette bouffe et ces prodigalités lui donnaient la nausée. Les gorets et leur pâtée. Il évita un tas de nachos au fromage qui ressemblait à un monceau d'excréments et passa son chemin, avant de s'isoler aux toilettes pour pisser un coup. Tout se passait comme si le stade n'était qu'une usine à merde, à pisse et à fric. Au fond, l'industrie du base-ball ne valait pas mieux que celle du cinéma ou de la religion : il s'agissait d'organiser un spectacle, de faire miroiter un horizon sublime et de saigner à blanc les gogos.

Ils gagnèrent leurs places dans la sixième travée, juste derrière le poteau de la première base. Une fausse balle décrivit un arc de cercle au-dessus d'eux, ralentissant avant d'arriver à son apogée, comme un pétard sur le point d'exploser et d'éclore, puis de s'évanouir dans un poudroiement de lumière, et retomba ensuite dans Van Ness Street en survolant les loges aménagées sur le toit. Les supporters laissèrent échapper un murmure désapprobateur et se rassirent, à l'exception de Doug et Dez qui ne s'étaient pas levés.

Doug était penché au-dessus d'un sachet de cacahuètes, qu'il décortiquait les unes après les autres. Un connard avait renversé une bière deux rangées plus haut, et sous le siège de Doug s'étalait une flaque qui ressemblait à de l'urine. Il tenta de l'éponger en balançant dessus les coques vides, alors même que les cacahuètes lui asséchaient la bouche. Jamais il ne céderait devant une bière de Fenway…

Pour lui, penser à boire revenait à fantasmer sur le crime parfait, à la façon dont il s'y prendrait… si d'aventure il devait le commettre.

On assista à un vague mouvement de foule, les spectateurs se levant puis se rasseyant tous ensemble, Dez et Doug restant une fois de plus immobiles.

– Et moi qui pensais que c'était barbant de jouer au ballon sur la plage…, soupira Dez.

– Bande de tarés, grommela Doug.

Dez lui lança un regard.

– Qu'est-ce qu'il y a ? T'as fait la gueule toute la soirée.

Doug se renfrogna, puis laissa tomber.

– Je croyais pouvoir me consacrer entièrement à la préparation. Eh bien, non. À la limite, je suis en forme quand je me donne à fond au boulot.

– Sinon ?

Doug écrasa une autre coque de cacahuète.

– Il va falloir régler l'affaire en deux temps trois mouvements, déclara-t-il.

– C'est ce que tu as toujours dit, Duggy… On n'est pas là pour se faire de la pub.

– Oui, c'est ce que j'ai toujours dit.

– Et puis, il ne faut pas être trop gourmand.

– Exact.

550

Dez l'observa.

– C'est à cause de la fille ?

– Elle est partie, mon vieux.

– Justement.

– C'est à cause du Fleuriste, du FBI… de tout ce bordel.

Dez le regarda décortiquer ses cacahuètes.

– Tu sais, c'est pas là-dedans que tu verras l'avenir.

Doug écarta les mains pour voir la pile de coques écrasées entre ses grosses chaussures. Il y fila un grand coup de pied, ça ne méritait pas mieux. L'odeur de bibine lui montait à la gorge, surtout celle provenant du mec assis à côté de lui, qui avait une casquette des Red Sox flambant neuve.

– Écoute-moi, Dezi. J'ai bien réfléchi… C'est pas un coup pour toi. On n'a pas besoin de technicien, ni de se compliquer la vie. On va simplement débarquer un flingue à la main. Si jamais ça tournait mal, il pourrait y avoir du grabuge. Sans déconner.

– Tu crois que je ne peux pas…

– Les deux autres, je pourrais pas les en dissuader, même si j'essayais. Ce matin, j'ai dit à Jem de mettre des affaires dans un sac, par mesure de précaution. Il ne m'a même pas écouté. Mais toi… tu es raisonnable. Et c'est moi qui t'ai embarqué dans cette histoire. Dez… je me suis servi de toi, tu comprends ? Enfin… au début.

– Je… oui.

– Parce que, de ce côté-là, je suis minable. Parce que à l'époque, pour moi, il n'y avait que le boulot qui comptait. Mais maintenant je me sens responsable de toi, et ça, je n'en veux pas, compris ? Les choses touchent à leur fin. Tu n'as quand même pas envie de faire des affaires avec le Fleuriste ! Pense à ton père.

Dez se tourna vers le terrain.

– J'y pense, figure-toi. Sans doute trop.

– On l'emmerde, le Fleuriste. C'est un vestige. Une fois qu'il sera tombé, c'est Charlestown tout entier qui va le suivre. Et les vieilles méthodes avec.

– Il va falloir le buter, déclara Dez en regardant le terrain.

– Oublie ça. Oh ! (Doug lui donna une bourrade sur l'épaule.) Je ne veux même pas que tu m'en parles.

Dez fit non de la tête.

– Ce n'est pas maintenant que je vais me défiler, Duggy. Même si je voulais, tu comprends ? Et ce n'est pas le cas. En plus… Vous n'arriveriez pas à réussir un coup pareil à seulement trois.

– Mais si.

– Tu mens. Tu racontes des conneries, Duggy, et ça ne me plaît pas. Tu n'es pas honnête avec moi. Tu as l'air désespéré. Et tout ce que tu m'as appris, tout ce que tu fabriques me montre que ce n'est pas comme ça qu'il faut s'y prendre.

– Dans ce cas, dis-moi que tu te désistes. Ne te mêle pas de ça.

– D'accord. Très bien. Je vais renoncer quand tu feras pareil.

– Allez, arrête !

Doug écrasa la dernière coque de cacahuète, roula le sachet en boule et le jeta par terre.

– Tu comprends, je suis désespéré. Ma vie, en ce moment… Laisse tomber. Il y a quinze jours ou trois semaines, j'aurais pu reprendre mes billes, renoncer tout en gardant l'avantage. Maintenant, je suis obligé d'aller au charbon. Ça me rend malade, toute cette histoire… Fergie, le FBI… je les emmerde. Mais je ne vais pas partir les mains vides. Je me disais qu'un dernier petit pécule nous affranchirait tous, seulement Jem, lui, il ne va pas lâcher. Et Gloansy non plus. C'était juste une lubie de ma part. Mais toi… Tu n'es pas sans rien, tu as ton boulot, ta mère dont tu dois t'occuper…

– Y a un truc sur ce coup dont tu ne veux pas me parler ?

– Ce que je suis en train de t'expliquer, c'est que tu devrais renoncer. Pour le moment, tu ne risques rien. Moi, j'ai un point de retard et je suis obligé de faire sortir le gardien de but des filets et de marquer un but à la dernière minute. Il va falloir que je la finance, ma jolie victoire. Or, je ne sais pas m'y prendre autrement.

Autour d'eux, les gens se dressèrent et bondirent de leurs sièges, avant de s'affaler à nouveau pour laisser passer une fausse balle saluée par des hurlements.

– Qu'ils aillent se faire…

Doug reçut une giclée sur les genoux. Un liquide tiède qui s'infiltra sous sa chemise, lui mouilla la poitrine et lui coula sur les bras.

Le type à côté de lui se ressaisit, debout, des gouttes de bière tombant du gobelet vide qu'il tenait à la main.

Une saloperie de bière. Qui pénétrait ses vêtements et dont l'odeur infecte lui donnait envie de chialer.

– Oh là là ! fit le gus, l'étiquette frappée du logo de la Major League Baseball pendouillant de sa casquette. Merde ! Excusez-moi. Je vais chercher des serviettes en papier et je vous paye un verre…

Doug se leva et lui claqua le beignet. Le mec tomba à la renverse dans la travée, son galure flambant neuf lui décollant du crâne.

Doug le bourra de coups de poing, jusqu'à ce que quelqu'un lui attrape les bras, Dez, en l'occurrence, qui lui monta pratiquement sur le dos pour l'arrêter. Tout le monde criait, c'était le délire. Doug était prêt à se retourner pour s'en prendre à Dez.

Ce n'est qu'en voyant le gamin qu'il se calma. Huit ans, assis à une place de lui, mort de peur. Coiffé lui aussi d'une casquette. Le fils du mec.

Doug repoussa Dez, passa devant le gamin terrifié et se glissa dans l'allée, puis descendit en vitesse dans les excavations au moment même où arrivaient les agents de sécurité en chemise bleue. Il sortit par la première porte ouverte qu'il trouva et se mit à courir dès qu'il fut dans la rue pour essayer d'échapper à l'odeur de pisse qu'il dégageait à cause de la bière.

47

La fuite

Après le match, on fit la fête deux numéros plus loin. Il resta couché en travers du lit, à écouter la musique, les rires dans le couloir, les gens qui prenaient un bain de minuit dans la piscine de l'hôtel. Pour s'occuper, il conçut un véritable stratagème visant à impliquer le Fleuriste dans le hold-up, sans lui donner pour autant sa part. Façon de le doubler qui les obligerait tous les quatre à quitter définitivement Charlestown et leur sauverait la vie du même coup. Ce plan leur demanderait de faire preuve d'héroïsme, tout en leur permettant d'assouvir leur vengeance. Mais il était trop fatigué pour le finaliser et il s'endormit, tout content. À son réveil, le samedi matin, ce bel échafaudage lui parut bancal et s'effondra comme un château de cartes.

Il ne se souvenait que d'un rêve : lui en train de regarder le tirage de la loterie dans sa chambre d'hôtel, la fille qui sortait quatre zéros de suite de la machine dans laquelle voltigeaient les balles n'étant autre que Claire Keesey. Or, c'était le numéro qu'il avait joué…

Il tourna en rond, essayant de rester terré dans la chambre et d'éviter les ennuis. Il ne pensait plus qu'à ce bar sombre et minable au décor de base-ball à l'avant de son hôtel. Il pouvait encore tout modifier. Il avait bien calculé la façon dont ils allaient s'enfuir du stade, c'était peut-être même génial, encore lui restait-il à concevoir comment lui-même allait faire de son côté. Comment il allait s'enfuir de Charlestown.

Il quitta l'hôtel par la porte de derrière, au bout du couloir de son étage, et déambula dans le périmètre du stade. Il se dit qu'il se contentait d'effectuer une reconnaissance et passa devant plusieurs bars, le Boston Beer Works, l'Uno, Le Bill's Bar et le Jillian. Il est plus facile de résister à la tentation quand on a des perspectives qui exigent qu'on se montre fort. Quant à la raison pour laquelle il n'avait pas envie d'organiser sa propre fuite, elle lui creva soudain les yeux.

Dans le Fenway, on annonça par haut-parleur les noms des joueurs. Il était alors en train d'effectuer son troisième ou quatrième passage dans le jardin public, comme tous ces jours derniers. Apparemment, il n'y avait personne chez Claire et il s'en allait, presque soulagé, lorsque du coin de l'œil il vit bouger quelque chose. Il se retourna, elle était là, au milieu de sa propriété.

Sans se laisser le temps de réfléchir ou de se dégonfler, il se dirigea vers le portail, assailli de picotements dans la poitrine, piétinant au passage le bon sens qui lui disait de s'en abstenir, pour écouter son cœur qui l'y poussait.

Elle se retourna en entendant le loquet du portail. Un chapeau de paille mou lui cachait le visage et dissimulait du même coup sa stupeur, mais elle se sentit défaillir par cet après-midi ensoleillé. En tee-shirt blanc et short en jean, elle tenait une paire de cisailles de sa main gantée et avait de la boue sur les genoux.

– Il faut que je te dise une chose…

Elle fit un pas en arrière et laissa tomber les cisailles. Elle avait l'air de souffrir et d'avoir peur. C'était l'effet que ça lui faisait, maintenant, de le voir.

– Je suis sur la corde raide, déclara-t-il.

Elle le regarda comme s'il était un homme dont elle croyait s'être débarrassée et qui reparaissait comme par enchantement.

– On peut y arriver, dit-il. On le peut, je le sais. On peut faire en sorte que ça marche. Si tu le veux. Tu le veux ?

Elle ne se laissa pas fléchir.

– S'il te plaît, va-t'en.

– On a fait connaissance dans une laverie automatique. Tu pleurais…

– On s'est vus pour la première fois dans la banque que tu étais en train de dévaliser.

– On a fait connaissance dans une laverie automatique. C'est la vérité, si toi, tu le crois. Moi, je le crois. Sur le toit, le premier soir ? On est toujours les mêmes.

– Non.

– Je me suis servi de toi, je le reconnais. Et je le referais, exactement de la même façon, si je n'avais pas d'autre moyen pour m'approcher de toi. Si je te disais que je le regrette… ce ne serait pas honnête de ma part.

Elle eut un geste de lassitude.

– Tu veux être maîtresse de ton existence. Tu l'as dit. Tu veux en être responsable. Et moi, c'est ce que je veux te donner. La possibilité d'avoir un droit de regard sur ta vie et la mienne. Tout ce qui nous concerne, toi et moi, se trouve désormais entre tes mains.

Il vidait son sac. Au moins l'écoutait-elle. Il désigna, derrière elle, les lampadaires qui éclairaient le Fenway.

– Lundi, reprit-il, dans deux jours. Un fourgon blindé va venir chercher la recette des matchs du week-end. On y sera, nous aussi.

Elle le cloua du regard, saisie d'horreur, pétrifiée.

– Désormais, je m'en fiche, poursuivit-il. De tout, sauf de toi. Après cette histoire, je m'en vais.

– Pourquoi me dire ça ?

Elle serra les poings.

– Pourquoi me faire un coup pareil ?

– Frawley t'a sans doute demandé de lui répéter tout ce que je te raconte ? D'accord. Avec ce que je viens de t'annoncer… tu pourrais me faire tirer perpète. Si tu me détestes, si tu as envie de te débarrasser de moi, ce sera le moyen le plus rapide d'y arriver.

Elle hocha la tête, sans qu'il puisse dire si cela signifiait qu'elle n'allait pas suivre les consignes de Frawley, qu'elle ne voulait pas choisir de le faire ou qu'elle ne voulait plus entendre parler de tout ça.

– Mais si ce n'est pas le cas, alors, viens avec moi. Après. C'est ce que je suis venu te demander.

Elle restait muette de stupeur.

– On attendra ensemble qu'il y ait prescription. On ira où tu veux.

Il s'interrompit en entendant un cheval s'ébrouer, puis un bruit de sabots, et il vit Claire ouvrir des yeux ronds. Un flic de la brigade équestre et sa monture longeaient le chemin derrière eux.

– Tu décides, reprit-il en reculant jusqu'au portail. Mon avenir, notre avenir… il est entre tes mains.

Il était maintenant de l'autre côté de la barrière.

– Doug…

– Je suis descendu au Howard Johnson au bout de la rue, dit-il.

Il lui donna le numéro de sa chambre et le nom de l'établissement. Il voulait qu'elle réfléchisse, persuadé qu'elle viendrait le voir.

– Ou tu me balances aux flics, ou tu t'enfuis avec moi, conclut-il avant de repartir vers le stade de base-ball, où il avait du pain sur la planche.

48

Les nuiteux

Frawley se retrouva à passer le samedi soir dans un sous-marin, au bout de la rue qui donnait sur le garage de la Magellan Armored, en compagnie de Cray, un jeune collègue de la brigade financière. Dino avait quitté son service après que toutes les lumières s'étaient éteintes dans le dépôt des fourgons blindés, à 7 heures du soir, tandis que là-haut, depuis une semaine qu'il montait le gué, les voitures roulaient plus que jamais au ralenti sur l'autoroute surélevée à péage, Cambridge Street étant devenue le havre de tous les nuiteux qui de bars en boîtes faisaient la navette entre Allston Street et cette rue. Cray, qui était célibataire comme Frawley (en général, les hommes mariés débrayaient pendant le week-end), mit un moment la radio, ils écoutèrent *X Night*, une émission en direct et sans publicité diffusée depuis une des salles de danse de Landsdowne Street. Un petit aperçu de ce qu'ils rataient...

La bande avait considérablement réduit ses activités autour du garage. La veille, Magloan, qui portait des lunettes de soleil, était resté deux heures dans le coin, mais le micro planqué dans sa voiture n'avait enregistré que des ronflements. Coughlin était passé devant une fois, en tout et pour tout, alors même que le flic en faction avait signalé qu'il y avait eu beaucoup d'allées et venues dans le garage. Le seul à être fidèle au poste était Elden : il venait tous les jours s'y garer pour manger à midi, y compris la fois où il était arrivé avec un autre pick-up de sa boîte.

Mais ce qui inquiétait beaucoup Frawley, c'était que MacRay avait pratiquement disparu de la circulation. Cela faisait plusieurs jours qu'on ne l'avait pas vu autour du dépôt, et depuis une semaine sa Caprice n'avait pas bougé de sa place habituelle, dans Pearl Street. Il avait foncé à Charlestown, quand les types en planque dans Pearl Street l'avaient vu quitter la maison avec un truc qui ressemblait à un sac à linge. Hélas, à son arrivée, il s'était de nouveau évanoui dans la nature.

Il s'attendait à ce que les types évitent de se rencontrer quelques jours avant le braquage. Mais ils auraient quand même dû effectuer plus de préparatifs et s'intéresser de près à la cible et aux alentours, d'autant plus que, trois jours plus tard, Elden aurait son jour de congé.

Krista Coughlin lui avait raccroché au nez deux fois de suite. Il craignait d'avoir abusé de sa position de force avec elle, et qu'elle soit allée voir MacRay après leur premier entretien, amenant ainsi celui qu'il avait dans le collimateur à prendre la fuite.

Cray battait la mesure avec un crayon sur le tableau de bord et consultait le dossier qu'il avait déposé sur son siège.

– Des explosifs ?

– C'est un scénario envisageable.

– Trois sorties sur l'autoroute… Ma parole, ils l'ont fait exprès, les urbanistes !

Frawley inclina la tête, puis il s'adossa, pensif, à la cloison de la camionnette. Il resta un bon moment immobile et silencieux. Cray finit par se tourner vers lui.

– Tu as déjà joué au hockey ? lui demanda Frawley.

– Tu rigoles ? Je suis du nord du Minnesota, plus près de Winnipeg que de Minneapolis. Et toi ?

– J'ai fait du jogging. J'ai aussi joué un peu au basket, mais comme je ne mesurais pas un mètre quatre-vingt-quinze, je feintais. On feinte aussi au hockey ?

– En permanence.

Cray déplaça son crayon sur le dossier en faisant comme s'il s'agissait d'une crosse.

– Imaginons que tu aies réussi une échappée. Vous vous retrouvez face à face, le gardien de but et toi. Tu fonces, il se met au milieu, crosse baissée, épaules en avant. Tu recules comme pour un tir frappé, une feinte pour l'obliger à incliner la lame de ses patins. Il s'engage. Tu lui as fichu la trouille. Tu enchaînes sur un petit lancer des poignets derrière son patin… et dans la salle, tous les supporters de ton équipe sont en délire.

Frawley acquiesça et resta là, à bavarder. Au bout d'un moment, il ouvrit les portières arrière de la camionnette et descendit sur le bas-côté en terre de la route, les mains moites. Il regarda le garage de la Magellan Armored, protégé par un double grillage, puis l'autoroute à péage, au-dessus de lui, avec les voitures qui déboulaient à toute allure dans la ville. Et alors il songea : *Et tous les supporters de ton équipe sont en délire…*

49

À se flinguer, la chambre

Trente-quatre mille places, multipliées par trois matchs où tous les tickets sont vendus, égalent cent mille bouches.

Quantité de jeunes assistent aux matchs qui se déroulent l'après-midi : Coca, bières et glaces à foison ; à quoi s'ajoutent les tee-shirts, les casquettes et les souvenirs.

Si l'on arrondit le tout, à raison de vingt-cinq dollars en moyenne par bouche, multiplié par cent mille, on obtient deux millions et demi de dollars.

En tenant compte des billets vendus le jour même et en retranchant les pièces de monnaie… on reste sur le même chiffre.

On soustrait les quarante pour cent de Fergie et on divise le tout par quatre.

En sept minutes, on se ramasse dans les quatre cent mille dollars.

Le dimanche, il ne quitta sa chambre que sur le coup de midi. Aller faire un tour dans les environs du stade avant l'heure du match était le minimum requis en matière de préparatifs. Il évita de regarder les bistrots, et en fin de compte il abrégea pour regagner en vitesse la chambre 224, persuadé que Claire l'y attendrait. Ou qu'au moins le répondeur clignoterait parce qu'elle lui aurait laissé un message.

Rien. Il répéta la manip habituelle : il décrocha pour vérifier que la ligne n'était pas occupée, puis il alla voir à la réception si là non plus on ne lui avait pas laissé de message, avant de remonter en courant dans sa chambre en espérant que le téléphone n'avait pas sonné entre-temps.

On devait en être à la troisième manche lorsqu'il commença à essayer de cacher sa nervosité. Il ouvrit le seul carreau de la fenêtre qui pouvait l'être pour écouter le bruit que faisait le public dans le stade de l'autre côté de Van Ness, le match étant par ailleurs retransmis à la télé, dont il avait coupé le son. À un moment donné, il aperçut une femme flic qui effectuait une ronde sur le trottoir. Il tira les stores pour la regarder passer sous la lampe rouge allumée au-dessus de la porte réservée à l'ambulance et qui était fermée. Il comprit alors qu'il n'y avait pas lieu de s'affoler, ce n'était qu'un agent qui patrouillait dans le secteur et non un bleu envoyé en reconnaissance sous sa fenêtre.

Il savait que Claire ne le balancerait pas au FBI. S'il lui avait donné l'occasion de l'envoyer en taule, c'était justement parce qu'il était sûr qu'elle ne le ferait pas.

C'était la chambre qui n'avait pas confiance en elle. Cette petite chambre sordide où l'on avait envie de se flinguer, cette chambre qui lui disait qu'il avait eu tort de s'épancher devant Claire. Et lui, il l'envoyait se faire foutre, la carrée.

Pour la énième fois, il repensa à leur rencontre dans son jardin. Si seulement elle lui avait demandé d'arrêter ! *Arrête, fais-le pour moi.* Il l'aurait fait. Il aurait annulé cette histoire et se serait tiré sans aucun regret. Il était allé trop loin pour risquer de compromettre leur avenir, tout ça pour finir en beauté. C'était avec Claire Keesey qu'il finirait en beauté. À charge pour elle maintenant de venir le voir.

Il se raccrochait à cette vision idéalisée qu'il avait d'elle, mais au fil des heures il commença à perdre espoir.

On entendit soudain un vacarme, et puis de l'agitation. Il se posta de nouveau devant le châssis à guillotine de la fenêtre et s'accroupit. Mais ce n'étaient que les gens qui quittaient le stade à la fin du match. Il se releva comme un idiot, tourna en rond dans la pièce et fit les cent pas devant le téléphone, l'après-midi tirant à sa fin.

Vers 18 heures, il essaya l'uniforme devant la glace de la porte de la salle de bains. Avec sa taille et sa coupe de cheveux, il faisait un bon flic. Trop bon : le flic dans la glace le regardait comme pour lui dire qu'il commettait une grosse bêtise.

Il ôta l'uniforme et se balada dans la chambre en sous-vêtements. Claire avait-elle oublié le nom qui figurait sur le registre ? Confondu cet hôtel avec un autre ?

Il brûlait d'envie de l'appeler, mais il ne fallait pas. Pas même d'une cabine téléphonique, car on avait certainement dû mettre sa ligne sur table d'écoute.

Pour la énième fois il regarda par l'œilleton, voyant déjà Frawley et une équipe de la brigade de recherche et d'intervention du FBI cerner l'hôtel, puis l'évacuer, une chambre après l'autre.

Il se dit que ça irait peut-être mieux s'il mangeait quelque chose, mais quand le livreur de Domino's Pizza se pointa après 20 heures, Doug, devenu complètement parano, examina le type pour voir s'il avait une gueule de flic, puis il se dépêcha de le payer et au revoir. Il déposa le carton à pizza sur la télé, mais n'en souleva même pas le couvercle.

À 22 heures, il était en train de prendre une douche brûlante pour essayer de ne plus avoir la nausée et la chair de poule lorsqu'il entendit frapper. Il coupa l'alimentation d'eau et tendit l'oreille pendant quelques précieuses secondes, écouta dégouliner les gouttes, prit une serviette et s'en alla ouvrir sans même se sécher.

Une femme au milieu du couloir, à trois numéros de là. Elle se retourna en vitesse en entendant qu'on ouvrait. C'était Krista et pas Claire, Krista avec Shyne qu'elle tenait sur sa hanche comme un poids mort.

Doug était tellement vidé qu'il ne dit rien. Il resta campé dans l'entrée, Krista s'avança, jeta un regard à la chambre, Shyne clignant lentement des yeux, collée à elle.

– Tu as du jus de fruits ou du lait ?

Elle leva le biberon vide de sa fille.

– Il ne me reste plus rien.

Il recula et partit enfiler un pantalon dans la salle de bains. Quand il en ressortit, Shyne était assise en tailleur par terre, en train de sucer une grosse tétine à poignée rose. Dans ses bras, elle serrait son biberon rempli de Mountain Dew et regardait ce qu'il y avait à la télé. Au pied du lit, Krista contemplait l'uniforme de flic accroché à la porte.

– Dez m'a dit que t'étais descendu ici.

– Qu'est-ce que tu veux, Kris ?

– Te voir avant que tu t'en ailles.

Les bras lui en tombèrent.

– Eh bien, tu m'as vu, soupira-t-il.

– Pour te donner une dernière chance.

– Kris…

Il voyait déjà le tableau : Claire qui débarquait après avoir bouclé ses bagages, tombait sur Krista et Shyne…

Elle s'assit au bord du lit.

– Est-ce que tu sais que mon abruti de frère n'a pas voulu me prêter sa voiture ?

– Tu ne peux pas rester. On va tous se regrouper ici dans deux heures.

– Comme si j'étais son esclave ! Lui et ses conneries… J'en ai ras-le-bol !

– On ne se sert pas des voitures, tu le sais. Comment es-tu venue ici ?

Elle haussa les épaules.

– Je n'avais pas le choix.

Doug gagna la fenêtre et aperçut sa Caprice garée en biais sur le parking. Maintenant, le FBI allait repérer sa caisse devant le Fenway, la veille du jour où ils passeraient à l'action !

– Tu m'as piqué ma bagnole.

– Regarde la carte grise, Duggy. Tu verras que j'ai emprunté une bagnole qui est à moi.

Il se retourna vers elle.

– Qu'est-ce qui te prend tout d'un coup de me parler sur ce ton ?

– Je suis prête à m'en aller, moi aussi. Comme toi, j'ai décidé qu'il faut changer de vie. À mon avis, loin de Charlestown, je peux devenir quelqu'un d'autre. Loin de lui.

Elle jeta un œil à la scène de panique qu'on voyait à la télé, des gens qui s'enfuyaient d'un immeuble en feu.

– Tu sais, reprit-elle, ça l'emmerde que tu t'en ailles. Il croit que t'es venu ici pour lui échapper. Je lui ai expliqué qu'à mon avis c'est de moi que tu te caches.

Elle le regarda.

– De qui de nous deux te caches-tu ?

– Je ne me cache pas.

– Il a fumé ce soir. Il est défoncé au PCP. Je me disais que ça t'intéresserait de l'apprendre.

Doug se balança d'un pied sur l'autre et serra les poings.

– Tu sais ce qui va se passer après ton départ… Comme tu ne seras plus là, il va multiplier les conneries, on va lui piquer la moitié de la maison qui lui revient et on va le mettre en taule. Et moi, qu'est-ce que je vais devenir ?

– On ne peut pas saisir la maison.

– Mon cul, oui ! Je n'ai aucune garantie. Pourquoi est-ce que je continue à demander aux mecs de me prendre dans leurs voitures et à lui nettoyer ses sous-vêtements à la con, à Jem ?

– C'est une histoire entre toi et…

– C'est pas à cause de lui que j'ai attendu, bordel, et que j'ai pris mon mal en patience pendant si longtemps. Les conneries de Jem, je les supporte uniquement parce que j'ai toujours pensé que le moment viendrait. Celui où je serais avec toi. Je me suis toujours définie par rapport à toi, Duggy. Hein ? Je ne me suis pas montrée loyale ?

– Qu'est-ce que vient faire la loyauté là-dedans ?

– C'est une question de justice. C'est lié au fait qu'on me traite comme je le mérite. Je suis là depuis le début… avant Dez, et bien avant Joanie. Je me suis montrée loyale et patiente. Mais je ne veux pas me retrouver en carafe. Je ne le mérite pas.

– Kris…

Il s'interrompit, ne sachant pas quoi ajouter, ne voyant pas du tout ce qui avait pu la pousser à venir ici.

– Qu'est-ce qui se passe, nom d'un chien ? Tu veux t'en aller ? Dans ce cas, va-t'en, comme moi. Il n'y a rien qui nous oblige à rester à Charlestown, tout comme il n'y a rien non plus qui nous oblige à rester ensemble.

– Ça, c'est faux.

Elle eut un drôle de sourire.

– Tu te trompes, ajouta-t-elle.

– Il faut que tu largues tout ça. À force de toujours vivre dans la même maison, de te promener dans les mêmes rues et de voir le même bout de ciel quand tu lèves la tête, voilà ce que ça donne. Tu te cramponnes et tu t'imagines que ça peut continuer indéfiniment de la même façon.

– C'est pas parce qu'on a des ennuis et qu'il t'est arrivé plein de trucs…

– Il n'y a pas de trucs qui tiennent, dit-il, soucieux d'en finir. Je m'en vais. Je m'en vais avec quelqu'un d'autre.

Il se sentit tout con de dire ça, parce qu'il voulait y croire et pas parce que ça faisait de la peine à Krista. Elle était venue ici pour ça. Pour qu'il la blesse, et qu'ensuite il ait pitié d'elle et renonce à partir. Voilà pourquoi elle avait trimbalé Shyne avec elle.

– Kris, reprit-il en jetant encore un coup d'œil au téléphone muet, on a été élevés ensemble, toi et moi. Comme un frère et une sœur…

– N'essaie pas de m'attendrir !

– … et on aurait dû en rester là. Dommage que ça n'ait pas été le cas. On était trop proches. C'était pas normal.

Elle se leva et s'approcha. Il reconnut son regard. Elle caressa son ventre nu, qui se contracta, mais il se retrouva collé à la fenêtre. Elle glissa les mains sur ses flancs, se lova contre lui en le serrant dans ses bras. Il ne pouvait se soustraire à cette étreinte qu'en se montrant brutal. Il se laissa enlacer, sans réagir. Il était fier de ne plus rien éprouver pour elle et ça le soulagea. Il observa Shyne, caressée par des reflets bleu-vert venus de la télé, petite ombre qui vacillait derrière elle. Puis il regarda la porte où Claire allait frapper, en sachant bien que Krista le détruirait si elle en avait l'occasion.

Elle le lâcha et reprit son air suffisant.

– Tu as hâte que je m'en aille, hein ?

– Ça t'a marquée…

– Où est-elle en ce moment ? Si elle vient avec toi…

Elle regarda autour d'elle.

– Tu parles d'une piaule minable pour s'envoyer en l'air ! Après un collier de chez Tiffany, moi, j'aurais cru que tu l'emmènerais au Ritz.

– Qu'est-ce que tu viens de dire ?

Il s'approcha d'elle, le regard glacial.

– Qui t'a parlé de ça ?

Voilà qu'elle souriait après l'avoir fait sortir de ses gonds.

– Mon petit doigt.

Il lui saisit les bras.

– Qui t'en a parlé ?

Elle lui coula un sourire carnassier. Il la secoua, sans faire disparaître son sourire.

– Tu as toujours aimé jouer les brutes.

– Un collier ? Qu'est-ce que tu en sais ?

– J'en sais que moi, je n'en ai pas. J'en sais que tu préférerais me voir la corde au cou plutôt que de m'offrir un bijou.

– Tu racontes n'importe quoi.

Il la repoussa pour ne pas lui flanquer une gifle.

– Tu as intérêt à faire gaffe. On ne bouscule pas une femme enceinte.

Il se figea et l'observa. Elle n'avait pas un gros ventre. Elle s'y intéressait comme s'il s'agissait d'une nouvelle partie de son organisme, et posait fièrement une main dessus, comme le font les futures mères.

– De Dez, expliqua-t-elle.

Doug se prit la tête à deux mains, puis il se couvrit les yeux.

– Eh bien, le chambra-t-elle, pour un copain, ça a l'air de te bouleverser ! En général, les gens ont l'élégance de me féliciter.

Il bascula la tête en arrière sans se découvrir les yeux, les coudes dirigés vers les angles de la pièce. Il continua jusqu'à ce qu'il voie des papillons. *Dez*.

– Tu crois que le Monseigneur va être à la hauteur ? Qu'il va te passer la bague au doigt ?

Il laissa retomber ses mains et recommença à y voir clair et à distinguer son visage provocateur.

– Ah, vous autres, les Coughlin !…

Elle avait un regard féroce, mais aussi, curieusement, taquin.

– Je n'ai pas l'impression que sa mère m'apprécie.

– Qu'est-ce que tu veux ? À quoi tu joues ? Si j'accepte de rester, tu vas rendre sa liberté à Dez ?

Elle s'avança, posa les mains sur ses pectoraux, du bout de ses doigts aussi légers que des mouches.

– Emmène-moi. J'avorterai… Je ferais n'importe quoi pour toi, Duggy.

Elle égara une paume sur son cœur.

– Mais ne m'abandonne pas.

Il la considéra en éprouvant le dégoût qu'il réservait en principe à sa glace, le matin.

– On se mérite sans doute l'un l'autre, déclara-t-il en repoussant ses mains. Mais je ne marche plus dans la combine. Je n'ai plus l'intention de régler les histoires, d'arranger les choses pour tout le monde, de veiller sur Jem… J'avais dit à Dez de rester à l'écart. Je l'avais mis en garde !

Il passa derrière elle, prit Shyne et son biberon dans ses bras, la petite fille toujours scotchée à la télé tandis qu'il l'en éloignait.

– Le problème vient de moi, continua-t-il. L'élément moteur, c'est moi, c'est moi qui permets à l'édifice de tenir en place au lieu de s'écrouler.

Il se dirigea vers la porte, Shyne coincée sous son bras, ouvrit, se retourna.

– Ce sera mieux pour tout le monde une fois que je serai parti.

Krista n'alla pas plus loin que le coin du lit.

– Ne fais pas ça, Duggy.

– Sinon ? Tu vas l'avoir, cet enfant ? Comme tu as eu la petite ?

Accrochée à son flanc, la malheureuse Shyne était ballottée comme un colis.

– Qui en est le père, Krista ? Hein ? Puisqu'on en est à se faire des confidences. C'était qui ? Jem ?

– Jem ?

Écœurée, elle eut un mouvement de recul.

– Qui, alors ?

Elle l'envoya se faire foutre, ce qui avait l'air sincère, mais il ne pouvait désormais plus croire un mot de ce qu'elle lui racontait. N'importe comment, on nageait dans le flou le plus complet.

– Tu veux que je te dise ? reprit-il. Si je devais partir avec quelqu'un, ce serait avec elle.

Il déposa doucement Shyne par terre dans le couloir désert, puis il regagna la pièce.

Krista ne bougeait pas.

– On vient avec toi.

– Tu sors d'ici. Immédiatement.

– Duggy ! Ne me dis pas non. Réfléchis-y, Douglas MacRay. Je veux que tu réfléchisses à ce que tu fais…

Il lui saisit le bras. Elle se débattit, laissa échapper un « Non ! », lui donna des coups de poing dans la poitrine, remonta vers son menton, lui enfonça ses ongles dans la trachée-artère, tandis qu'il la refoulait inexorablement vers la porte. Elle poussa un dernier hurlement, accompagné d'un coup de pied, réussit à se dégager, reprit son équilibre en s'appuyant à la porte de la salle de bains ouverte et parcourut les quelques mètres qui la séparaient de l'entrée comme s'il lui restait encore un semblant de fierté à préserver.

Une fois dehors, elle se retourna, passant de la froideur à un sourire carnassier.

– Tu ne sais pas ce que tu viens de…

Il referma la porte et donna un tour de clé. Il s'attendait à ce qu'elle cogne à la porte et se mette à crier ; il savait qu'elle était capable de l'avoir à l'usure, elle n'avait honte de rien, et lui serait alors bien forcé de la laisser rentrer avant que les autres clients se plaignent et qu'on appelle la police.

Mais rien de tout cela n'arriva. Quand il regarda par l'œilleton un peu plus tard, en s'attendant à la voir toujours là avec Shyne, elle avait disparu.

50

Elle a bavé

Frawley était en train de mettre du fromage râpé sur des œufs brouillés lorsqu'il reçut un coup de téléphone. Sa fenêtre, qui donnait sur le pont à péage, était battue par une pluie cinglante venue de l'océan. Sur le micro-ondes, l'horloge indiquait 7 h 45.

C'était un sergent Untel qui l'appelait des urgences du centre hospitalier du Massachusetts.

– Agent Frawley ? Voilà, il y a ici quelqu'un d'amoché qu'on a embarqué pour conduite en état d'ivresse à l'arsenal maritime de Charlestown. Elle s'est empla-fonné une grosse ancre exposée en face des cales sèches.

Frawley crut tout d'abord qu'il s'agissait de Claire Keesey.

– Il me faut un nom.

– Coughlin, Kristina. C'est ce qui est marqué sur la carte grise de la voiture. Une Caprice Classic blanche. Il y avait une gosse avec elle. La petite fille s'en sort indemne, mais la mère a dérouillé et elle est agressive. Elle prétend bosser avec vous, ce qui a l'air faux. Sauf qu'elle avait bien votre carte sur elle, avec ce numéro griffonné au dos. Les gens de l'assistance sociale sont déjà venus récupérer la petite. On a interpellé Mlle Coughlin, mais elle dit qu'il faut d'abord vous prévenir.

Frawley jeta ses œufs chauds à la poubelle.

573

– J'arrive tout de suite.

Il ne lui fallut pas plus d'une demi-heure pour rejoindre sa voiture et faire le trajet sous la pluie, à l'heure de pointe. C'est avec des chaussures mouillées qu'il parcourut les couloirs de l'hôpital et grâce à sa plaque qu'il eut accès aux urgences.

– Salut, dit-il en s'arrêtant devant le poste des infirmières avec ses chaussures trempées. Je cherche…

C'est alors qu'il entendit sa voix, qui fusait dans le local :

– Si vous commenciez par enfiler cette blouse, Denzel, alors je le ferais…

Il fonça dans cette direction. Un médecin noir, bel homme, mais visiblement troublé, écarta un rideau jaune pâle.

– Coughlin ? lança Frawley en essayant de passer devant lui.

Mais le médecin, inquiet, y mit le holà.

– Écoutez, elle a besoin d'être examinée par notre spécialiste en chirurgie plastique. Insistez là-dessus, si vous avez de l'influence sur elle. Les entailles sont trop profondes pour qu'elle s'en tire avec des points de suture. Elle aura des cicatrices toute sa vie.

– Oui… D'accord.

Il essaya de le dépasser, mais le médecin avait posé la main sur son bras.

– Elle prétend qu'elle était enceinte, dit-il en baissant le ton. Mais les analyses sanguines sont négatives et elle ne présente aucun signe de fausse couche.

Frawley se dégagea.

– Hé, je ne suis pas apparenté à elle, ni quoi que ce soit. Ça ne me regarde pas.

Il gagna son alcôve et tira le rideau.

Elle était assise sur la chaise rembourrée destinée aux visiteurs, un bandage autour du front, une tache rouge vif au-dessus de l'œil gauche, son tee-shirt et son jean constellés de sang.

– Voilà le plus beau ! lança-t-elle.

Frawley fit un signe de tête au sergent Untel. Le flic, plus âgé que lui, tourna les yeux dans la direction de Krista et se dirigea vers la fente du rideau.

– J'en ai pour cinq minutes, lui dit Frawley.

Krista le héla.

– Je prends mon lait avec trois sucres !

Elle sourit, les bras bien croisés, tandis que Frawley refermait le rideau. Sa carte était posée sur le lit, en haut de la tunique qu'elle avait refusé d'enfiler. Elle pianotait avec ses ongles et balançait nerveusement le pied qu'elle avait posé au-dessus de l'autre (avec, en l'occurrence, une chaussure noire au talon cassé).

– Je venais vous voir, déclara-t-elle.

– Ça, c'est intéressant étant donné que vous n'avez pas mon adresse.

– Vous habitez du côté de l'arsenal maritime.

Elle haussa les épaules.

– Je vous aurais retrouvé, ajouta-t-elle.

Il lui suffit de voir ses yeux pour constater qu'elle avait pris du PCP, ce qui l'obligea à être moins pressé.

– Qu'est-ce qui s'est passé ?

– Je ne sais pas. Quelqu'un a dû laisser traîner une ancre au milieu de la route.

Elle eut le sourire de celle pour qui la vie de tous les jours est en soi une telle absurdité qu'avoir un accident de voiture revient à bien commencer la semaine… Dans ce sourire Frawley reconnut le mépris et la brutalité de son frère.

Il aperçut dans le coin le siège de voiture, avec son tissu en plaid couvert de miettes de pain et de taches de lait, la place vide évoquant une bouche ouverte d'où allait sortir un cri.

Krista le vit l'examiner et ravala son sourire.

– Elle n'est pas blessée, déclara-t-elle fièrement, ou presque. Elle s'en sort sans une égratignure.

– Me voilà donc en face de la Mère de l'Année, lui lança-t-il en persiflant.

– Qu'est-ce que vous en savez, de ce que je vis ? Regardez-vous.

Elle décroisa les bras.

– Il arrive qu'on fasse des bêtises… Et qui êtes-vous, monsieur le donneur de leçons ? Le chasseur de bêtises ? Vous, un petit chef à la con avec un écusson, qu'est-ce que vous savez sur quelqu'un comme moi ? J'existe, moi, tout bêtement. Je suis une femme célibataire.

– Votre fille se trouve sur la banquette arrière d'un minibus. Une personne que vous ne connaissez pas est partie la confier aux services sociaux. Combien de temps désirez-vous encore parler ?

Elle ouvrit des yeux ronds, qui s'embuèrent. Frawley se montrait dur, mais ça marchait.

– Pourquoi veniez-vous me voir ? Vous aviez besoin de quelqu'un pour garder votre fille ? À deux reprises, j'ai essayé de discuter avec vous, et chaque fois vous m'avez raccroché au nez.

Elle regarda d'un sale œil le rideau jaunâtre, mais garda son sang-froid en dépit du PCP.

– Les services sociaux ne vont pas la garder long-temps. Ils feront un diagnostic. D'ici là, il ne se passera rien.

– Dans ce cas, vous voulez peut-être voir un avocat plutôt que le FBI.

Elle se retourna vers lui, sidérée.

– Pourquoi est-ce qu'on se sert toujours de moi ? Tous les hommes que je connais…

– Qui est-ce qui se sert de vous en ce moment ? Qui a appelé qui ? Qui est-ce qui demande de l'aide ? Moi ? Je suis quasiment certain que la raison de ma présence ici, c'est que vous voulez récupérer votre fille. Et pour ça, vous avez besoin de moi.

– Parce que, tout bêtement, il arrive qu'on fasse des bêtises.

– Il ne s'agit plus de vous, mais de votre fille. Est-elle mieux avec vous que dans un orphelinat ? Regardez-moi un peu ce siège de voiture !

Ce qu'elle fit, l'œil humide.

– Si vous voulez conserver la garde de votre enfant, il va falloir que votre avocat se mette d'accord avec l'accusation pour revoir à la baisse les chefs d'inculpation dont vous faites l'objet.

Elle leva les yeux en un éclair.

– Et ma maison ? Je veux que vous me donniez des garanties.

– Holà, pas si vite. Je n'ai jamais dit que je pouvais vous donner des garanties. Je vous ai expliqué que je pouvais essayer.

– Vous m'avez dit…

– J'ai dit que je pouvais essayer. Et c'est ce que je vais faire, Krista, c'est ce que je vous ai promis à condition que vous soyez honnête avec moi. Et si ça ne suffit pas, vous n'aurez qu'à attendre qu'on vous fasse une proposition plus intéressante. De combien de cartes « Vous sortez de prison » disposez-vous ? Votre frère serait-il en mesure de vous tirer de ce pétrin ? MacRay, peut-être ? Qui ça ? Fergie ?

Les prunelles de Krista s'allumèrent.

– Quoi ? C'est Fergie votre bienfaiteur, non ? Pour-quoi un dealer de PCP à la noix devrait-il vous aider à élever votre fille ?

Rien dans ses yeux baissés ne lui fournit une réponse, sinon qu'elle resta un moment sans bouger.

Le sang de Frawley ne fit qu'un tour.

– Oh, bon Dieu !…

Elle continua à le défier du regard, puis elle commença à craquer.

– Le Fleuriste et vous…

Frawley dut se forcer à ne pas en dire davantage. Il se représenta le visage esquinté du gangster penché sur elle, dans un moment d'extase sauvage…

Krista avait le menton qui tremblait. C'était affreux de voir une femme dure comme elle en train de s'effondrer.

– Pourquoi me mettre sous pression comme ça ? Pourquoi m'obliger à mendier tout ce que j'obtiens ? Me traiter comme si j'étais une moins que rien, comme si je comptais pas ? Vous êtes tous pareils, vous les hommes.

Frawley, pour alimenter sa colère, repensa à MacRay qui était venu le voir dans le parking, faisant ainsi contrepoids à la pitié que lui inspirait la sœur de Coughlin qu'il avait devant lui.

– Vous m'avez appelé. Ça veut dire que vous avez quelque chose à échanger.

Elle baissa les yeux, haletante, secouée de frissons.

– Duggy s'en va avec elle après.

– Avec elle ?

Il s'approcha.

– Comment ça, « avec elle » ?

Krista leva les yeux, vit le désir et la colère qui l'animaient.

– Vous aussi ?

Là, c'en était trop.

– Comment ça, « avec elle » ?

Elle était atterrée.

– Mais enfin, c'est qui, cette fille ? Qu'est-ce qu'elle a, bon sang, pour que vous soyez tous dingues d'elle ?

Frawley se ressaisit et revint à l'essentiel.

– Vous m'avez dit « après ». Il part avec elle après. Après quoi ?

Elle se retourna pour regarder la pendule, et Frawley blêmit.

– Aujourd'hui ? dit-il, comprenant son regard. Où et quand ?

Sa mâchoire se mit à trembler, comme du mortier qui se fissure sur une façade.

– Ma fille…

– Il va falloir faire preuve d'intelligence, Krista. Vous avez multiplié les mauvaises décisions dans la vie, en voilà une qui pourrait vous être bénéfique et vous aider à redresser la situation.

– Ma fille… dit-elle d'une voix étranglée. Elle est attardée.

Frawley retint son souffle et resta parfaitement immobile.

Krista versa des larmes, vaincue, accablée.

– Il va lui falloir des machins… des trucs adaptés… des écoles spéciales…

– C'est vrai, dit-il, radouci. Oui.

Elle leva les yeux, le visage fatigué et raviné de larmes.

– C'est pour elle que je fais ça. Pas pour moi.

– Non, dit-il en jetant à nouveau un coup d'œil à la pendule, qui indiquait 8 h 25. Évidemment.

– Ce n'est pas pour moi… pas pour moi…

51

Le deuil

Ils étaient maintenant tous les quatre debout dans sa chambre d'hôtel, en uniforme de flic et les armes posées sur le lit avec les sacs en toile pliés.

Une pluie battante tambourinait sur les stores de la fenêtre. Des trombes d'eau, voilà qui les arrangeait presque autant que de la neige. Ça faisait baisser la luminosité, étouffait les bruits, chassait les badauds des rues et semait la pagaille en ville. La veille, Gloansy s'était procuré dans un surplus militaire quatre impers orange vif qui maintenant dissimulaient les gilets pare-balles sous leurs uniformes de cinéma.

– C'est l'idéal, la pluie, marmonnait Jem en faisant l'aller et retour entre la fenêtre aux rideaux tirés et eux. C'est l'idéal, la pluie, c'est l'idéal, la pluie, c'est l'idéal, la pluie, c'est l'idéal, la pluie…

Doug regarda le téléphone. Il était complètement déphasé, les trombes d'eau à l'extérieur faisant écho à la tempête qui s'agitait sous son crâne. Il répondait quand on s'adressait à lui et bougeait quand on le lui demandait, mais il avait l'impression de suivre de loin une scène répétée à l'avance, sans s'y investir vraiment. Ils étaient tous les quatre en train d'accomplir leur petit rituel préliminaire. Il avait perdu la notion du temps et saisissait mal la logique des choses, ne comprenant pas très bien comment il se retrouvait habillé en flic dans cet hôtel perdu au diable vauvert.

Dez n'y voyait goutte avec les lentilles de contact rigides qu'il portait dans ce genre de circonstances. La glace eut droit à ses insultes. Sans ses lunettes, il avait l'air tout nu, ça lui donnait des petits yeux égarés au milieu du visage, un peu comme lorsque Clark Kent [1] enlève en vitesse ses lunettes dans une cabine téléphonique et qu'on s'aperçoit qu'il est myope. « Quoi de neuf ? avait demandé Dez, le dernier à être arrivé. – Rien », avait répondu Doug, qui, jusqu'à ce moment-là, avait pourtant espéré qu'il se tiendrait à l'écart.

Gloansy engloutit deux tranches de pizza froides et aplaties, tandis que Jem, qui tournait en rond en marmonnant et en faisant craquer ses doigts, était au bord du délire. Où étaient passés la déconnante et les moments de franche rigolade qui jadis étaient de rigueur avant chaque coup et qui avaient le don de l'énerver, lui, Doug ? C'était fini, on ne se marrait plus comme des dingues.

Les mecs du FBI les laisseraient-ils même seulement quitter l'hôtel ? Ou attendraient-ils qu'ils soient dans le stade, fin prêts, avec tout le matos, pour les serrer, ce qui ferait ensuite les gros titres dans la presse ? À moins qu'ils ne les attendent à l'intérieur, déguisés en agents de sécurité, ce qui équivaudrait à un Morning Glory à l'envers ?

Il subodorait qu'on leur avait tendu un piège, mais le pire était d'être le seul de cet avis. Quel con, quand même ! Tomber amoureux d'un être imaginaire, d'une femme censée être le remède à ses maux et tout lui passer, son ticket magique, son gros lot… lui faire confiance. Avoir besoin d'elle. Pourquoi avait-il cherché à se donner à fond à une fille meurtrie ? Si d'aventure le téléphone sonnait, ce serait les types du FBI qui les appelleraient depuis le hall pour leur

1. Alias « Superman » *(NdT)*.

annoncer que l'immeuble était cerné et leur ordonner de sortir en file indienne, les mains sur la tête.

Il n'était pas trop tard. Il pouvait raconter aux autres ce qu'il avait fait. Rien ne les empêcherait alors de se remettre en tenue de ville, de se débarrasser des armes et des uniformes, et de s'en aller comme si de rien n'était, trois d'entre eux repartant vers Charlestown, et lui, Doug, dans une direction différente. Il avait un peu d'argent, il s'en sortirait. Provisoirement.

Mais, au fond de lui, il gardait encore espoir. Car s'ils avaient dû se faire serrer, ce serait déjà arrivé, ici même, à l'hôtel. Le FBI n'avait pas envie de les voir se balader dehors, armés et susceptibles de réagir de façon imprévisible. Claire ne lui avait peut-être rien raconté. Plus on approchait de l'instant fatidique, plus il reprenait courage.

Il passa un tampon d'alcool à quatre-vingt-dix degrés sur la table et la coiffeuse pour effacer ses empreintes digitales, puis il versa du chlore dans la douche et le lavabo de la salle de bains, traitement de choc permettant de détruire toute trace d'ADN dans les conduits d'évacuation. Faire en sorte que rien ici ne le désigne. Il ne lui restait plus que le magot qu'il avait enterré, pas très profondément, dans le jardin de la fille qui le détestait, et ses vêtements entassés dans le vieux sac militaire de Mac posé à côté de la porte. Et les trois autres, là.

Gloansy et Dez se saluèrent, poing contre poing, enfilèrent leurs impers orange et quittèrent la pièce l'un après l'autre, puis ils descendirent l'escalier au bout du couloir et sortirent par la porte de derrière. Doug observa leur manège depuis la fenêtre, la pluie battante offrant une bonne couverture à deux flics en orange qui quittaient discrètement un hôtel et montaient dans une voiture volée. Ils s'en allaient de bonne heure pour bloquer la circulation entre la ville et la banlieue, et gagner le stade de base-ball ensuite. Il les regarda tourner au carrefour et disparaître. Il les imagina contraints de s'arrêter juste après avoir quitté le parking parce qu'ils étaient tombés sur un barrage dans Boylston Street, des mecs armés les prenant dans la nasse. Il remit le rideau en place comme si on allait tirer des grenades lacrymogènes par la fenêtre.

Jem avait braqué son 9 mm sur lui. Doug s'immobilisa, perdant soudain ses moyens devant Jem, qui garda la pose, l'air narquois, avant de rengainer son arme et de rabattre la languette en cuir de l'étui.

– Tu veux le Tec-9 ? lui demanda-t-il.

– Ça m'est égal, répondit Doug, pris de vertige. Donne-moi un flingue, c'est tout.

Jem lui jeta un Beretta chargé, qu'il attrapa au vol à la manière d'un ballon de basket. Jem admira le Tec-9 qu'il tenait en main, un énorme pistolet dont l'alimentation se faisait devant la détente.

– Ouais…, fit-il.

Puis il le déposa sur le lit, se coinça les pouces sous l'avant du ceinturon et se pavana dans la chambre.

– Ça va finir par payer, d'avoir suivi pendant des années *Cops* à la télé.

Tout content, il sourit et grinça des dents, comme lorsqu'on a pris du PCP.

– J'aurais fait un bon flic, un flic riche !

Il s'interrompit, vérifia qu'il avait une bonne élocution.

– Putain, c'est génial. Comment veux-tu arrêter un truc pareil ?

Doug était coincé. Il ne pouvait ni continuer, ni faire marche arrière. Ni rester, ni s'en aller. Et pourtant il était là.

– Au fait, reprit Jem, finalement je t'y ai mis.

– Où ça ?

– Au deuxième étage. Dans la maison de poupées de Shyne. J'en ai profité. Tu vas peut-être changer d'avis. Tu es déjà parti une fois, et tu es revenu…

Bloqué par un embouteillage dans le centre-ville, Frawley se débattait avec son téléphone de voiture pendant que les essuie-glaces balayaient la pluie. Les Renseignements n'étaient pas fichus de lui communiquer ne serait-ce qu'un numéro correspondant au Fenway. Personne du détachement spécial n'étant encore arrivé au bureau de Lakeville, il appelait New York pour obtenir les coordonnées téléphoniques du siège social de la Provident Armored. Il avait réussi à joindre Dino chez lui et à l'empêcher de s'en aller à Lakeville. C'était maintenant lui qui le recontactait.

– Mon capitaine a transmis l'info au patron de la police.

Frawley se rapprocha du combiné.

– Je le tiens de la sœur.

– Celle de Coughlin ?

– Ils vont mettre le paquet. Soi-disant qu'il s'agit du dernier coup et qu'après MacRay va se tirer. C'est tout ce que je sais.

– Tu as une idée de la façon dont marche la sécurité au Fenway ?

– Non, mais, Dean… tu me vires les bleus.

– Et on gardera le silence radio.

– Pas d'hélicoptères non plus pour les faire fuir.

– T'excite pas, Frawl. À l'heure qu'il est, les mecs de la brigade d'intervention sont en train de s'équiper. Ils communiquent sur une fréquence radio cryptée. Est-ce qu'on sait d'où ils vont débarquer, les autres tordus ?

– Non, on ne connaît que l'heure.

Frawley regarda l'horloge du tableau de bord.

– Et il est 8 h 45, bordel ! Qu'est-ce qui se passe sur la route ?

– Il y a aussi ça. Il pleut, mais j'ai comme l'impression qu'il y a deux gros embouteillages, un sur Storrow, en allant vers l'ouest, et l'autre à Kenmore Square.

– À Kenmore Square ?

Frawley flanqua un coup de poing sur le plafond de sa Tempo.

– C'est eux !

– Un semi-remorque a calé au milieu du carrefour. L'autre, sur Storrow, c'est une énorme camionnette de location qui bloque la circulation sous un des ponts à hauteur limitée. Les deux véhicules ont été abandonnés, portières verrouillées et moteur tournant au point mort.

– Putain… C'est eux, Dean !

Frawley raccrocha et jeta son téléphone, incapable d'imaginer qu'ils puissent les louper. Ou ne pas réussir à agrafer MacRay.

On l'emmerde, l'antenne locale du FBI ! Frawley grimpa sur le bord du trottoir, raya au passage le châssis de la Tempo, tourna dans une des rues transversales remontant vers Beacon Hill et fonça tout droit vers le Fenway.

Doug s'était installé sur la banquette arrière de la grosse Thunderbird garée à l'angle de Yawkey et de Van Ness. Gloansy était assis devant, Dez à côté de lui, et le moteur tournait au point mort. Malgré la pluie battante, ils avaient entrouvert les vitres pour éviter qu'elles ne s'embuent. Doug voyait le FBI partout : sur les toits ruisselants, aux fenêtres des maisons voisines, dans chaque voiture qui passait.

La bagnole avait trois minutes de retard. Sur la radio d'infos en continu, les embouteillages provoquaient l'affolement. Jem donnait des coups par terre avec ses chaussures noires, marchant sur place sans avoir besoin de se lever, un bruit qui ressemblait à celui d'un cœur qui bat très fort.

– Je ne sais pas, dit Doug, qui se rongeait les sangs. Je ne sais pas quoi en penser.

– Elle est coincée dans les embouteillages, comme tout le monde, raisonna Gloansy.

– Je ne sais pas.

Dez tourna la tête.

– Comment ça ?

Doug essayait de leur laisser au moins une chance.

– Il y a un truc qui cloche.

– Tout baigne, répondit Jem. On va le faire, ce coup.

– J'ai l'impression qu'il y a quelque chose de louche.

– Regarde un peu.

Jem ouvrit son imper. En plus du Glock dans son étui et du T-9 semi-automatique qu'il portait à l'épaule, il s'était collé avec du ruban adhésif noir quatre grenades quadrillées, modèle Seconde Guerre mondiale, à son ceinturon de flic.

– Elles me viennent de mon grand-père, expliqua-t-il. Il s'est comporté en héros pendant la guerre.

Il donna une chiquenaude aux goupilles métalliques, qui n'avaient pas bougé.

– Elles marchent toujours ? demanda Dez.

– Bordel ! s'insurgea Gloansy. Tu vas tous nous faire sauter, là-dedans !

– Elles nous servent d'assurance, abrutis. Vous croyez qu'ils vont laisser arriver quelque chose au Fenway, un véritable monument historique ? C'est grâce à elles qu'on va pouvoir s'échapper. J'en ai amené une pour chacun de nous.

Dez jeta un œil à Doug sur la banquette arrière. Lequel trouva énervant qu'il prenne cet air offusqué.

Jem referma son imperméable, ses yeux bleuâtres débordant d'assurance, comme lorsqu'on est chargé à la poudre d'ange.

– On va le faire, ce coup. On va le faire !

Un flash illumina la rue. Doug crut tout d'abord qu'il s'agissait d'une grenade éclairante et assourdissante que leur avait balancée le FBI. Il guetta en vain l'écho du tonnerre.

Incapable de rester plus longtemps sans bouger, il ouvrit sa portière et sortit de la Thunderbird, puis il referma avant que les autres aient le temps de réagir et se dirigea sous la pluie vers Boylston Street.

Il aurait pu se casser. À la place, la sonnerie du magasin vendant de l'alcool retentit lorsqu'il y entra. Un drôle d'effet, les lumières, les promos bariolées… Ça faisait un bail ! Il enfila un rayon et repéra le coin réfrigéré dans le fond. Deux packs de six High Life. Il les prit et les apporta à la caisse.

Il y avait un flic qui attendait : Dez, tout dégoulinant.

– Qu'est-ce que tu glandes ?

Doug n'avait pas de monnaie dans les poches de son uniforme de flic.

– Passe-moi du fric.

– Arrête ton cirque. C'est bon. On y va…

– Ta gueule !

À l'adresse du caissier :

– Mettez ça sur le compte des flics.

Il n'attendit pas sa réponse pour filer devant Dez.

Lequel l'attrapa sur le trottoir.

– Qu'est-ce qui va pas, Duggy ? C'est pas la peine de…

L'autre le repoussa du coude.

– Je t'avais dit de ne pas venir, bordel !

Il fut le premier à regagner la voiture. Avec l'imperméable qui grinça quand il s'assit.

– Tu vas m'expliquer ce qui se passe ! s'écria Jem avant de voir les deux packs de bouteilles de bière d'un demi-litre.

– Je pensais que tu voulais être là quand je m'en enverrais une !

Jem se rengorgea, le sourire assassin.

– Duggy Mac est de retour !

Doug passa un pack de six à Gloansy au moment où rappliquait un Dez qui se posa sur la banquette avant, sans même enlever sa capuche orange.

– Qui c'est qu'a un décapsuleur ?

Personne. Bon, dans ces cas-là, on accroche une capsule à l'autre, on fait levier avec la première, et on te la vire, mon pote. Doug en ouvrit deux, une pour Jem et l'autre pour lui.

Tout le délire qui remontait par le goulot ! Il en avait le cœur battant.

Jem attendit que Gloansy en ouvre deux pour porter un toast.

– À Charlestown ! fit-il sur un ton cérémonieux.

Jem et Gloansy se tapèrent le poing sans renverser une goutte de leur boisson.

– C'est comme ça ! déclama Doug.

Il porta la canette à ses lèvres, la bière lui dévalant grave dans le gosier, insipide d'abord, mais qu'il engloutit comme si c'était de l'eau de mer. Puis il reconnut la saveur, et ça lui fila la niaque. Il pompa la bibine, jusqu'au fond, jusqu'à ce que la bouteille ne pèse plus rien. T'as un goût dans la bouche, tu vois, ça se confond comme l'écume avec le sable sur la plage…

Il rota, écho de l'abîme sans fond. Il en décapsula une autre et tomba sur Dez, ramassé sur lui-même, qui faisait durer la sienne, pas content du tout. Doug but à grands traits.

C'est alors que reparut l'autre Doug. Le Doug MacRay d'autrefois, celui qui baissait les bras. Celui qui savait depuis le départ qu'il allait droit dans le mur, et sans casque. La part maudite en lui qu'il partageait avec Jem. *Ne plus jamais retourner en taule.* Il n'y avait plus que ça qui comptait.

Pas de lendemain : c'était comme ça qu'avait fonctionné Billy T. Pas de conséquences, personne qu'on risque de décevoir, ni Dez, ni Frank G., ni lui-même, Doug. Désormais, plus rien ne pouvait l'atteindre.

Jem décapsula sa troisième, en avance sur Doug, qui du coup n'avait plus rien pour ouvrir la sienne. Il s'escrimait sur la capsule avec ses doigts badigeonnés de colle lorsque Jem poussa un cri de guerre.

Dans Van Ness, la lumière rouge était allumée au-dessus du passage fermé réservé à l'ambulance.

Le fourgon blindé de la Provident arriva d'Ipswich, descendit la route et ralentit devant la porte qui s'ouvrait. Il tourna, s'arrêta et recula dans le passage.

La Suburban noire se gara au bord du trottoir, devant le Fenway, à l'instant même où la porte se refermait.

Jem jeta sa bière vide sur le tapis, ouvrit sa portière d'un coup de pied et se retrouva dans la rue, sous la pluie.

L'averse crépitant sur sa capuche, Doug ne passait pas inaperçu sur le trottoir. Dez sortit devant lui et resta sur place, sans le regarder, en attendant Gloansy. Puis ils remontèrent tous les deux Van Ness pour rejoindre la Suburban, tandis que Doug traversait avec Jem la rue balayée par des feuilles détrempées et se dirigeait vers la porte D, guettant le FBI entre deux gouttes d'eau, redoutant qu'on leur ait tendu un piège.

52

Le dernier coup

Jem secoua le portail fermé par une chaîne.

Le type en chemise rouge, assis bien au sec à l'intérieur sur une chaise pliante, leva les yeux de son journal. En voyant les flics, il le laissa tomber et se précipita.

– C'est vous qui avez appelé ? lui demanda Jem.

Ils avaient affaire à un jeune mec bouffi et à la peau cannelle, peut-être originaire des îles Samoa, pas vraiment une baraque.

– Hein ?

– On nous a appelés. Ouvrez.

– Je n'ai pas… Ce n'était pas moi…

– Un braquage. Il y a qui d'autre, ici ?

– Un braquage ?

Il s'affola, regarda autour de lui.

– Il n'y a personne d'autre ?

– Bien sûr que si, mais…

– Il paraît que vous êtes victimes d'un hold-up… en ce moment.

– Dans ce cas, il faut que j'appelle la sécurité.

– Appelez qui vous voulez, mais d'abord il faut qu'on entre faire notre boulot. Vous téléphonerez après.

Le type acquiesça et ouvrit le cadenas de la chaîne pour laisser la voie libre à Doug et Jem.

Doug prit l'air pincé, histoire de cacher sa nervosité.

– Allez-y, refermez si vous êtes obligé.

Ils profitèrent de ce que le type s'exécutait pour déboutonner le bas de leurs vareuses afin de découvrir leurs étuis. À cause de la pluie et du manque d'éclairage, on y voyait encore moins que lors d'un match en nocturne.

– Où sont les autres ? demanda Jem en s'engageant dans la rampe qui descendait.

– Il y en a tout près d'ici. Je vais vous…

– Vous vous appelez comment ?

– Eric.

– Montrez-moi par où aller. Qu'on soit sûrs que tout va bien. Ensuite, on pourra souffler et téléphoner.

Eric s'inclina et leur servit de guide. Ils descendirent la pente, tournèrent au coin. Doug entrevit la porte réservée au personnel, ouverte, et le tunnel, plus large.

Au bout du passage, le chariot motorisé à plateau s'avançait vers le poste de secours, chargé de grosses liasses de billets enveloppées dans du plastique. C'était un convoyeur de la Provident, en uniforme noir et gris, qui le conduisait, flanqué d'un collègue, la main sur l'étui de son arme. Doug regarda leurs oreilles – pas de micros.

Jem lui emboîta le pas.

– Qui est-ce qui a appelé la police ? lança-t-il.

Les convoyeurs s'immobilisèrent et se retournèrent, pétrifiés.

– Qui a appelé ? demanda Jem, une main à la taille, les pans de sa vareuse lui battant les cuisses.

Doug força Eric à se coucher par terre et lui dit de rester comme ça, sans bouger.

Les convoyeurs se regardèrent, prêts à dégainer.

– On a reçu un appel de détresse, expliqua Doug d'une voix angoissée tout à fait de circonstance. Qui nous a appelés ?

Les convoyeurs faisaient tampon entre Jem et Doug, d'une part, et le chariot rempli d'argent, de l'autre.

591

– Ce n'est pas nous.

– Qui alors ? insista Jem en se rapprochant.

– Arrêtez ! dit l'un des convoyeurs en levant sa main libre.

– Vos papiers ! Montrez-moi vos papiers ! Tous les deux !

– Du calme, ne nous énervons pas, raisonna le convoyeur en abaissant son centre de gravité.

– Holà, holà ! s'exclama Jem.

– Non, pas ça ! hurla Doug.

– On n'a pas appelé au secours ! répondit un des types.

– On fait notre boulot, ici, ajouta l'autre.

Derrière eux, à l'entrée du passage, on vit arriver deux agents de sécurité du stade en chemise bleue.

– Qu'est-ce que c'est que ce ?...

– À plat ventre ! leur ordonna Doug.

Ils sortirent leurs armes en faisant comme s'il s'agissait d'une méprise.

– Ça va ! lancèrent-ils. Ils sont réglos, les mecs !

Doug dégaina son Beretta et le tint à la hanche, canon tourné vers le bas.

– À plat ventre, tout le monde !

– On ne veut pas prendre de risques, dit Jem en dégainant à son tour. Montrez-moi tous vos papiers !

Une vingtaine de mètres plus loin, Doug continua à se faire respecter :

– Couchez-vous !

– Hé, attendez ! protestèrent les convoyeurs.

– À plat ventre ! hurla Jem.

Les chemises bleues obéirent.

Le convoyeur, paniqué, sortit son arme. Doug releva son Beretta, l'appuya sur son autre avant-bras.

– Ton flingue ! cria-t-il. Ton flingue !

– Lâche ton arme ! gueula Jem en braquant son Glock sur lui. Pose ça tout de suite !

– Non, non ! cria l'autre convoyeur, qui recula en le visant à la tête.

Jem et Doug se ruèrent vers eux, flingue à la main, crispés, évidemment.

– Lâche ton arme ! On a reçu un appel ! Pose-la !

– On n'a appelé personne ! s'insurgea le convoyeur.

Doug s'arrêta à dix mètres de lui. Tous les quatre s'invectivèrent, en se tenant en joue. Le convoyeur qui reculait finit par tomber à genoux, éloigner la main de son étui et se coucher sur le ventre, bras écartés.

– Inutile de résister ! lancèrent-ils à son collègue. Couche-toi ! Couche-toi !

Effrayé, il céda à son tour en jurant et se mit à plat ventre, bras écartés, mais sans abandonner son arme.

Doug et Jem se précipitèrent. Jem posa le pied sur le poignet du type, les menaçant avec son arme, son collègue et lui, pendant que Doug s'occupait des agents de sécurité derrière le chariot rempli de fric et leur attachait les poignets dans le dos avec des liens en plastique. Juste après le coin, le fourgon blindé, dont le moteur tournait au ralenti, recula, l'homme au volant ne pouvant ni voir ni entendre ce qui se passait.

Doug arracha les radios des types de la sécurité et les vira du décor.

– Ne bougez pas ! ordonna-t-il.

Puis il rejoignit Jem et glissa dans une poche le flingue de l'autre convoyeur avant de lui tirer les mains dans le dos.

– Nom d'un chien ! éructa le type, le visage tout rouge, l'air bourru. Qu'est-ce que vous fabriquez, tous les deux ? Nous, on est en train de faire notre boulot, ici !

– On a reçu un appel, lui répondit Doug en lui ligotant les poignets.

Puis il releva le bandana noir qu'il s'était noué autour du cou pour se dissimuler le visage, ne laissant voir que ses yeux. Jem fit de même, et Doug retourna auprès d'Eric.

Le bouffi s'était déjà assis. L'incompréhension se lut sur son visage (enfin quoi… un flic masqué, arme à la main, qui s'en prenait à lui ?), puis il se releva, posa une main sur le mur et détala.

Doug lui cria de s'arrêter. Au même instant, une balle siffla. La détonation se répercuta dans le tunnel, Eric se retourna, sans cesser de courir, glissant ses mains couleur cannelle sur les coutures de son jean comme pour essayer d'attraper la balle qui venait de le toucher au flanc. Il parcourut encore quelques mètres avant de s'effondrer, plus parce qu'il n'en revenait pas qu'on lui ait tiré dessus qu'à cause du projectile lui-même.

Doug se retourna et vit que Jem braquait toujours son 9 mm, un genou et l'autre main posés sur le dos des deux convoyeurs qui gigotaient.

Doug se précipita au chevet d'Eric, qui se tenait la hanche, horrifié. Mais il remuait toujours les quatre membres et il était suffisamment enveloppé pour que cela amortisse l'impact de la balle. Pourvu que la pluie ait étouffé la détonation !

Il écarta une main d'Eric de la petite blessure, puis l'autre, de manière à les lui lier dans le dos.

– Les secours ne vont pas tarder à arriver, lui dit-il en se penchant sur lui pour donner du poids à ses propos. Restez allongé, et pas un mot.

Il revint en courant auprès de Jem, lui lança un regard noir, puis remit debout le convoyeur, qui se tortilla et se débattit. Il finit par le projeter contre le mur, le sonner, puis le maîtriser.

Il voyait maintenant parfaitement le fourgon blindé gris métallisé, avec le médaillon de la Provident apposé fièrement sous les vitres arrière. Il laissa le convoyeur face au mur en briques et alla se poster vers

594

l'avant du véhicule, à droite, pour attirer l'attention du chauffeur.

Il ne s'attendait pas à voir une femme, visage allongé, cheveux crépus, et en resta tout ébahi.

Elle blêmit, sursauta, tripota fébrilement la clé de contact et mit le moteur en marche, les gaz d'échappement du diesel envahissant le réduit. Doug entendit les serrures se réenclencher automatiquement. Sur le toit, le gyrophare jaune s'alluma et commença à tourner. Le véhicule était désormais verrouillé de l'intérieur. Seulement, comme en face la porte était fermée et que derrière il butait sur des poutrelles métalliques, il était pris au piège.

Jem traîna les agents de sécurité contre le mur, à côté des convoyeurs, eux-mêmes complètement ahuris. La conductrice regarda par la vitre droite avant, tout en parlant très vite dans le combiné d'une radio fixée au plafond.

– Les enfoirés ! Ils sont dans la merde, gronda l'un des convoyeurs. Sandy s'est enfermée et elle appelle la police.

Doug alla appuyer sur l'interrupteur pour éteindre la lumière rouge dehors. Il regarda Jem, avec les quatre captifs allongés à ses pieds, son bandana gonflé par le souffle de sa respiration, puis il repassa devant le fourgon blindé immobilisé pour aller se poster devant la deuxième porte baissée. Là, il appuya sur le bouton « appel » de son talkie-walkie Motorola analogue à celui dont étaient équipés les flics et qu'il portait à l'épaule.

– Tu es prêt ?

– Prêt, répondit Dez, à bout de souffle. La voie est libre.

Doug manœuvra l'interrupteur et la deuxième porte se releva lentement jusqu'en haut, laissant voir Dez, imper orange sur son dos de flic et bandana noir sur le visage. Avec son Beretta, il tenait en respect le chauffeur de la voiture censée suivre le fourgon blindé. Il s'agissait d'un grand basané, style culturiste, en jean et polo, qui avait les mains liées dans le dos et l'air pas content du tout. Dez le fit entrer, puis la grosse Suburban noire les suivit dans le passage à reculons. Les pneus mouillés glissèrent sur la pente et s'arrêtèrent, Gloansy sauta du véhicule, le visage dissimulé derrière son bandana, et Doug referma la porte.

Gloansy se chargea du type à la bagnole et le mit avec les autres, à côté du fourgon blindé de la Provident. Dez, lui, porta la main à l'oreillette de sa radio, battit des cils, plissa les yeux en écoutant l'une après l'autre les fréquences de la police et du dispositif de sécurité du stade proprement dit, et marmonna au passage quelque chose à propos de ses lentilles de contact.

– Et voilà, annonça-t-il. On vient juste d'envoyer un message.

La conductrice avait fait son boulot et lancé un SOS.

Ils revinrent au pas de course auprès du fourgon blindé pris au piège et dont le moteur tournait au point mort devant le poste de secours, où l'autre grande gueule de convoyeur continuait à la ramener :

– J'ai bossé vingt-deux ans comme vigile chez Walpole, gronda-t-il. J'ai des potes qui veilleront à ce que vous finissiez votre vie dans le cul de l'enfer.

Jem le menaça avec son flingue et le mec la ferma.

Gloansy et Dez restèrent à surveiller les cinq otages, à savoir les deux convoyeurs en uniforme, les deux agents de sécurité du Fenway avec leurs chemises bleues et le conducteur de la Suburban, tandis que Jem et Doug s'occupaient du chariot. Doug manœuvra les commandes électriques pour le faire passer derrière le fourgon et l'arrêter à côté de la porte arrière de la Suburban. Le fric se présentait sous forme de liasses bien nettes et serrées, qui avaient à peu près la taille de quatre pains en tranches enveloppés et posés côte à côte. Jem vira la paperasse qui se trouvait dessus et flanqua par terre deux gros monnayeurs, les rouleaux se brisant et laissant échapper des pièces de cinq et dix cents. Des poches de leurs imperméables ils sortirent des sacs de hockey en toile, que Doug déplia à l'arrière de la Suburban.

Faisant office de bagagiste, Jem lança alors à Doug les paquets de fric aussi vite que celui-ci arrivait à les attraper, chaque sac renfermant six liasses. Il en était à cinq ou six sacs lorsque Dez les interpella :

– Il y en a encore pour longtemps ?

– Qu'est-ce qui se passe ? lança Jem.

– Activité intense sur une des fréquences réservées aux flics.

Jem s'immobilisa. Doug se retourna et aperçut Dez dans la lumière jaune et clignotante du gyrophare, une main posée sur l'oreille.

– C'est trop rapproché de l'appel de tout à l'heure, expliqua ce dernier. Ça ne peut pas être à cause de nous. Il doit se passer quelque chose ailleurs…

Doug sentit sa gorge se nouer.

– Je vais voir dehors, dit-il.

– Non, fit Jem, qui s'était déjà mis en route.

Doug le vit ouvrir son imper, sous lequel était caché son Tec-9, puis s'engager dans le tunnel.

Doug se réattaqua aux miches d'argent et se dépêcha de remplir le dernier sac.

Frawley s'arrêta devant la façade du 1912 Fenway Park, à l'autre bout de Yawkey Way, où se trouvait la porte A, celle par laquelle on entrait jadis dans le stade. Pour se protéger de la pluie, il n'avait que le blouson bleu de la Nautica qu'il avait pris ce matin-là avant de foncer à l'hôpital. Il ouvrit son coffre, se jeta sa veste pare-balles sur les épaules, uniquement pour qu'on sache qui il était (en principe les agents du FBI s'occupant des attaques de banques ne portaient pas ce genre de protection), et trouva une casquette de base-ball du club de Syracuse à se mettre sur la tête. Il se munit de tout ce qu'il avait, fourra dans les poches de son pantalon deux autres chargeurs de 9 mm pour le SIG-Sauer glissé dans son étui d'épaule, vida une boîte de cartouches de fusil dans les poches de son blouson et sortit son Remington 870 calibre 12 de sa gaine.

La Taurus de Dino se gara précipitamment sur le trottoir d'en face. Dino s'en extirpa et boutonna son imperméable, à cause de l'averse.

– J'ai fait le tour du secteur, dit-il, inquiet. Rien de louche. Tout a l'air normal. Pas de camionnette. Aucun véhicule de garé avec un macaron handicapés.

Frawley agrippa le bord de sa casquette et la déforma en pestant. Si on les avait fait se déplacer pour rien, ça aurait des conséquences catastrophiques pour lui. Il pourrait dire adieu à Los Angeles et se préparer à être muté dans un trou perdu.

– On est peut-être arrivés trop tôt ou trop tard.

Il se tourna vers la camionnette de la police de Boston qui venait de débarquer, le PC mobile de la brigade d'intervention s'étant garé devant une boutique de souvenirs qui était fermée. Répartis en deux groupes de deux, des commandos portant cagoule, casque militaire et gilet pare-balles frappé au dos du sigle de leur unité longeaient Yawkey Way, aux aguets, comme s'ils risquaient de se faire canarder à tout instant, les uns se dirigeant vers les guichets situés non loin de là, les autres vers la porte D.

Une Accord gris argent surgit, puis ralentit. La mère de famille, une blonde, observa le spectacle, son petit garçon agitant la main à l'arrière.

– Il va falloir boucler le quartier, lança Dino.

Frawley, qui était mouillé et pas sûr du tout de son coup, vit deux hommes des commandos s'élancer en courant dans Yawkey, depuis les guichets, pour rejoindre Van Ness. Dino passa la tête dans la camionnette.

– Qu'est-ce qui se passe ?

Deux flics de la brigade d'intervention coordonnaient les opérations.

– On a capté une voix à l'intérieur. Le type explique qu'il est blessé par balle.

Frawley vit leurs collègues s'engouffrer par la porte, puis se mettre à courir, et se dit que, tout compte fait, il n'était peut-être pas trop tard.

Doug laissa ouverte la portière arrière de la Suburban, avec les sacs en toile bourrés de fric, puis il passa devant les autres. Jem avait déjà parcouru plus de la moitié du tunnel en avançant à pas de loup. Doug aperçut Eric, au bout, qui se débattait avec sa grosse jambe et n'arrêtait pas de gémir :

– Je suis touché, je suis touché…

Il faillit rappeler Jem lorsque celui-ci s'accroupit soudain.

Doug vit, lui aussi, briller la lueur, là, derrière Eric qui se tortillait. Il s'agissait d'une petite glace fixée à une longue perche et que l'on glissait par l'ouverture. Jem lui tira dessus et l'explosa, la perche tomba bruyamment sur le sol en pierre. À l'intérieur du passage, la détonation se répercuta, assourdissante. Doug, les tympans brisés, fit la grimace et recula en dégainant son Beretta. Jem tira encore une fois en direction de la sortie, puis il repartit dans l'autre sens en continuant de tirer derrière lui.

Une multitude d'éclairs zébra le tunnel. Des décharges aveuglantes, mais pas mortelles, de rayons laser Starflash qui ricochaient sur les murs en une salve déroutante. Jem réussit à semer ces espèces de lucioles jusqu'à

Doug, qui ouvrit le feu pour le couvrir, en prenant pour cible de vulgaires faisceaux lumineux. Il crispa les doigts sur la détente, le Beretta cracha et se cambra dans sa main en faisant le même bruit qu'un pétard qui explose dans un bidon. Jem le doubla à toute allure et ils tournèrent à l'angle. Jem vira son chargeur vide et le remplaça par un autre, en hurlant des insultes.

– Qu'est-ce que c'est que ce bordel ? s'écria Gloansy, paniqué, en s'éloignant des convoyeurs.

– On nous a balancés !

Penché en avant, Jem arrosa le tunnel, puis recula le torse, son Tec fumant.

– On nous a balancés ! Les fils de pute !

Trois coups de feu retentirent – ils venaient d'ailleurs. Gloansy hurla et se tordit, avant de s'effondrer. Doug se baissa, regarda fiévreusement autour de lui, puis il saisit Gloansy par la cheville et le traîna à côté du fourgon blindé, au niveau du pneu droit arrière. Les cinq otages gigotaient et criaient en tentant de se protéger la tête. Ils n'y étaient pour rien, Gloansy avait été touché par-derrière. Doug jeta un œil à la Suburban. Personne en vue.

Gloansy proféra des obscénités et s'assit en se mettant la main sur les reins. Son gilet pare-balles lui avait sauvé la vie, mais ça faisait un mal de chien.

Deux autres balles sifflèrent au-dessus d'eux. Jem arrosa le fourgon blindé, tirant en pure perte des balles qui ricochaient et s'abattaient à côté de Doug, lequel poussa un hurlement, mais au moins savaient-ils maintenant d'où on les arrosait.

C'était la conductrice. À l'abri de son habitacle blindé, elle les flinguait depuis les meurtrières. Accroupis contre le véhicule, Doug et Gloansy ne risquaient rien là où ils étaient, mais ils ne pouvaient plus bouger non plus. Doug regarda sous le fourgon blindé, aperçut les jambes de Dez de l'autre côté. Il lui cria quelque chose que l'autre n'entendit pas. Il décrocha sa radio et l'envoya sous le véhicule. Elle toucha sa chaussure.

– La porte ! hurla-t-il. Ouvre la porte !

Dez rampa devant le fourgon, puis sauta en l'air pour appuyer sur le bouton rouge. La porte commença à se lever.

– Mais enfin, c'est quoi, ce cirque ? aboya Jem, coincé près de l'entrée du tunnel.

Doug avait raison : la conductrice avait la trouille. Dès qu'elle vit le panneau se relever, elle se mit au volant, fonça à toute allure en marche avant, le flanc du véhicule frottant le montant de la porte en briques, fit une embardée en avalant le trottoir et disparut dans Van Ness.

Campé dans l'entrée, Doug appuya sur le bouton et referma la porte. Sortant de sa poche l'arme du convoyeur, il s'approcha de Jem, passa le flingue de l'autre côté du tunnel et tira, le 32 vociférant.

– On se casse ! lança-t-il. Tout de suite !

– Pas question ! répliqua Jem. La caisse est chargée et prête à décoller.

Gloansy s'était relevé, la tête rentrée dans les épaules, mais il arrivait à marcher. Il dégaina son arme et ouvrit le feu à l'aveuglette dans le tunnel, puis il enleva son bandana, se découvrant ainsi le visage.

– Je prends le volant ! lança-t-il.

– Non ! fit Doug.

Mais Gloansy était déjà en train de se diriger vers la voiture en boitillant, le fait qu'il tirait dans le tunnel empêchant Doug de lui courir après. Blessé, Gloansy pétait un câble et recherchait la sécurité illusoire que lui offrait une cage de verre et de métal.

– On se retrouve pour changer de bagnole ! cria-t-il.

Dez, qui était plus près de la Suburban, leur adressait des signes de la main, partagé entre le désir de rester là et celui de filer avec Gloansy.

– Et merde ! lança-t-il en voyant ce dernier refermer brutalement le coffre.

Il se dépêcha alors de rejoindre Doug. Jem poussa un cri de guerre, bomba le torse et canarda le tunnel.

En s'approchant, Frawley entendit les coups de feu, leur bruit couvrant celui de la pluie et de ses pas. Il vit aussi des éclairs à l'entrée de la porte D et entendit des hurlements qui partaient en échos. C'est alors qu'auprès de lui quelqu'un s'écria :

– Les voilà !

Avec Dino et les autres, il se précipita à l'angle de Van Ness. Un fourgon blindé gris argent déboucha de la porte percée dans le mur en briques qui s'étirait tout le long de la voie, après avoir raclé contre la paroi du tunnel, puis il dévala la rue battue par la pluie en venant dans leur direction, son gyrophare jaune allumé. Deux sergents mal inspirés foncèrent sur le trottoir pour tirer en vain sur la calandre et le pare-brise du véhicule.

Frawley pensa aux meurtrières et ça l'inquiéta. Il essaya de voir qui conduisait, mais le chauffeur n'ayant pas mis les essuie-glaces, il ne distingua vaguement que des cheveux crépus… C'était peut-être un mauvais déguisement. Quel que soit celui qui était au volant, il balisait.

Dino cria à tout le monde de se pousser alors que le fourgon passait devant eux à cinquante à l'heure, tournait à droite et dérapait sur la chaussée glissante. Le conducteur contre-braqua et reprit quelques instants le contrôle du véhicule, mais celui-ci partit alors dans l'autre sens et vira vers le trottoir en s'écartant du stade, pour en fin de compte percuter de plein fouet la camionnette de la police.

Le choc fut terrible. Frawley n'avait jamais entendu un tel fracas, c'était épouvantable. La camionnette s'affaissa, ses quatre pneus explosèrent, elle dérapa sur ses jantes, laboura le bitume et arracha une bouche d'incendie, avant de s'arrêter dix mètres plus loin. Les flics s'en extirpèrent et retombèrent, éclopés, sur la chaussée mouillée, en essayant de s'éloigner à quatre pattes du jet d'eau qui s'échappait de la bouche d'incendie, tout cela sous la pluie…

Dino et les autres flics accoururent, l'accident réussissant à faire sortir en coup de vent de la porte D deux flics de la brigade d'intervention qui voulaient savoir ce qui se passait. Le fourgon gris argent s'en tirait sans dommage. Le conducteur fit crier les vitesses, en essayant toujours de prendre la fuite. Dino dit aux hommes se trouvant derrière de se méfier des meurtrières. On entendit s'approcher des sirènes.

Frawley repartit en sens inverse et regagna Van Ness, à l'instant même où un second véhicule, un gros break Suburban noir, sortait en trombe du stade. Il fonça dans l'autre direction, mais les voitures de patrouille et leurs sirènes hurlantes le firent changer d'avis. Il opéra un dérapage contrôlé et se retrouva face au fourgon, qui se rua sur lui.

De là où il se trouvait, Frawley ne voyait pas qui était au volant. Tout ce qu'il savait, c'était que quelqu'un fuyait la fusillade. Il monta sur le trottoir de gauche, arma le fusil à pompe, visa les pneus et tira. Il rata sa cible, actionna de nouveau la pompe et ce coup-ci cribla de plombs le fourgon. Il toucha le pneu droit avant, arma une fois de plus le fusil et explosa le pneu arrière. Déchiquetés, les deux pneus se détachèrent des jantes, d'où jaillit alors une nuée d'étincelles, tandis que le conducteur se débattait avec son volant et perdait le contrôle du véhicule en voulant braquer pour repartir dans l'autre sens. Le fourgon grimpa sur le trottoir et emboutit une Thunderbird garée au carrefour.

Frawley se précipita à l'arrière de la Suburban, imaginant qu'ils étaient tous les quatre derrière les vitres teintées. Deux hommes de la brigade d'intervention s'avancèrent, pistolet mitrailleur MP5 à la hanche. Il les laissa faire leur boulot.

Ils entendirent les voitures de patrouille passer devant Gloansy, dans la Suburban. Puis des coups de feu, tirés sous la pluie avec un fusil à pompe, et la collision, tout le fracas du verre qui se brise.

Dez se prit la tête à deux mains.

– Ils l'ont eu ! Ah, merde, ils ont eu Gloansy.

Jem se retourna en criant avant d'arroser encore une fois le tunnel.

– Qui c'est qui nous a balancés ? hurla-t-il. Je vais le buter !

La gorge serrée, Doug fit se relever les deux convoyeurs et les repoussa en arrière, à côté du tunnel. Une fois de plus, Jem rechargeait, étreignant fébrilement son flingue.

– Gloansy, espèce d'abruti…

Le visage dissimulé sous son bandana, Dez avait l'air hébété, son arme à la main. Doug le fit revenir sur terre en poussant vers lui les convoyeurs, qu'il lui demanda de tenir à l'œil. Il courut à l'autre bout de l'espèce de caverne et appuya sur les boutons pour relever les quatre portes. Il revint ensuite en vitesse auprès des autres.

Par terre, à côté du chariot, il restait un sac en toile vide. Jem s'était agenouillé pour le remplir de fric, le Tec à moitié sorti de son étui d'épaule.

– Qu'est-ce que tu glandes ? lui lança Doug.

Jem continua son manège.

– Tu fais quoi, là ? Laisse tomber ! Viens !

Lorsqu'il voulut l'attraper, Jem leva son flingue.

Ce fut à cause de l'air coupable qu'avait Doug en reculant. Jem le sentait, debout face à lui, un peu comme un requin reconnaît le goût du sang, l'œil brillant maintenant qu'il avait compris.

– C'est toi, hein ? C'est toi qui nous as donnés. Dis, c'est vraiment toi ?

– Hé, les connards, venez ! s'écria Dez derrière eux.

Sidéré, Jem fixait Doug de ses yeux blancs. Il s'agenouilla pour remonter la fermeture éclair de son sac, puis il ôta son bandana tout en continuant à tenir Doug en joue.

– Pourquoi, mon pote ?

Dez ne savait pas sur qui braquer son arme, les convoyeurs ou Jem.

– Dis-lui que c'est pas toi, Duggy !

On entendit d'autres sirènes. Jem était de plus en plus sinistre. Sans quitter Doug des yeux, qu'il menaçait toujours de son arme, il souleva le sac posé à côté de lui et remonta le tunnel en pente, au bout duquel la porte était ouverte. Il s'arrêta un instant, à cause du déluge.

Doug attendait la balle.

Jem, visage de marbre, rengaina son Tec sous son imper, puis il baissa la tête et sortit sous la pluie, chargé de son sac noir.

Le conducteur de la Suburban, quel qu'il soit, était au moins inconscient. À travers le pare-brise, il vit ses épaules se soulever, puis retomber, tandis que le lascar avait toujours la tête posée sur le volant couvert de sang. En théorie, il aurait dû appeler les urgences, l'ennui étant qu'il avait du mal à distinguer la banquette arrière et le coffre. On ne savait rien du sort des trois autres, on ne savait même pas s'ils étaient là. Un cordon de flics entourait le lieu de l'accident – le moins grave des deux auxquels on avait assisté dans Yawkey.

Muni d'un mégaphone, un agent invitait les occupants du véhicule à sortir.

Frawley était accroupi derrière une voiture de patrouille garée en biais de l'autre côté du carrefour, le fusil à pompe posé sur ses genoux. Les grosses chaussures près de lui étaient celles d'un flic de la brigade d'intervention qui, lui, était debout. La pluie tambourinait sur le toit de la voiture où il avait appuyé son pistolet mitrailleur braqué sur la Suburban. Frawley, qui marchait à l'adrénaline, ne sentait même pas les gouttes. *Je viens de dézinguer en pleine rue les pneus d'une bagnole avec un fusil à pompe ! Hé, agent spécial Steve McQueen !!!* Il regarda autour de lui, à la recherche de Dino. Il se devait de raconter ça à quelqu'un.

Encore des sirènes. De partout arrivaient des gyrophares bleus. Il aimait bien ça, Frawley : entendre se pointer la cavalerie. C'est alors qu'il repensa aux deux voitures de patrouille qui avaient fait fuir la Suburban. Qui donc les avait appelées, ces deux-là, qui étaient arrivées avant les autres ? « La radio sera silencieuse. Ils communiquent sur une fréquence cryptée », lui avait expliqué Dino.

Frawley se releva et se lança à la recherche de Dino. Il le retrouva sous un parapluie au coin de la rue, à côté du grillage, en train de discuter avec un capitaine de police. Il se glissa entre eux et les interrompit, défoncé aux hormones, même s'il ne s'en rendait pas vraiment compte.

– D'où sortent ces deux voitures de patrouille ? demanda-t-il.

Le capitaine observa les trois lettres, FBI, qu'il portait en plastron.

– Eh bien, répondit-il sous le parapluie qui dégoulinait, quand une voiture de patrouille papa et une voiture de patrouille maman s'aiment beaucoup…

Dino l'arrêta d'un geste.

– Voilà mon patron, capitaine. Frawley, de l'unité spécialisée dans les attaques de banques. Un bon flic.

Le capitaine regarda de nouveau Frawley et hocha la tête, histoire de s'excuser.

– Quelqu'un a appelé la police, expliqua-t-il. Un appel de détresse a été lancé depuis le véhicule de transport de fonds.

Frawley se tourna en direction du fourgon blindé gris argent de la Provident, qui se trouvait tout près de la camionnette accidentée, où il n'y avait plus personne.

– Dean…

Dino devina à quoi il pensait. D'habitude, cette bande ne laissait jamais rien au hasard. Or, ils avaient fait le tour des alarmes.

– Ils l'ont déclenchée exprès ? interrogea Dino. Mais pour quelle raison ?

Frawley recula un peu pour observer les véhicules accidentés, autour desquels se pressait une multitude de flics en imperméable orange. Il se retourna pour regarder Van Ness et tout s'éclaira.

– Ils voulaient voir débarquer la police, dit-il.

Il aperçut un flic qui traversait la rue en tenant à la main un sac mou de couleur noire. Il s'éloignait du stade d'un pas bien trop serein…

Doug regarda Jem s'en aller. Une autre voiture de patrouille le doubla en faisant crisser ses pneus. Dez lui cria quelque chose. Doug se retourna et constata qu'il tenait toujours en joue les convoyeurs. Dans le tunnel, on entendait des pas et on voyait s'agiter les pinceaux lumineux de lampes torches. Doug dégaina son Beretta et sortit le chargeur. Il ne restait plus que deux cartouches à l'intérieur. Il mit le chargeur dans sa poche et en prit un autre, plein celui-là, qui était glissé sous sa ceinture. Il agrippa l'un des convoyeurs et fonça avec le petit groupe vers la dernière porte, la plus éloignée du tunnel, au bout de Van Ness.

Il fit coucher à plat ventre le convoyeur, puis il rengaina son arme et enleva le bandana qui lui cachait le visage. Le convoyeur le supplia de ne pas le tuer, persuadé qu'il allait l'abattre, jusqu'à ce qu'il se retrouve bâillonné avec le bandana.

Dez agit de même avec son collègue, puis il se releva et s'essuya les yeux pour tâcher de remettre en place ses lentilles de contact.

– Tu crois qu'on va y arriver ? lui demanda-t-il.

Doug regarda tomber la pluie.

– Et merde ! dit-il à mi-voix en évaluant leurs chances. Pour moi, c'est perpète, expliqua-t-il à Dez. J'ai pas le choix. Mais toi, tu ne prendras que quelques années de cabane. Passe un marché avec eux, dis-leur tout ce que tu sais. N'importe comment, si j'arrive à m'en tirer, je ne reviendrai plus jamais ici.

Dez le dévisagea, ne sachant quoi répondre.

– Gloansy est déjà blessé, reprit Doug. Rends-toi. Moi, à ta place, c'est ce que je ferais.

– C'est non, répliqua Dez en battant des cils car il avait mal aux yeux.

Doug se pencha à l'extérieur de la porte et vit débarquer des flics de chaque côté. Ils étaient presque arrivés à leur niveau. Il sortit sous la pluie et fit signe aux deux flics les plus proches. Ils couraient sur le trottoir avec leur imper orange, en tenant leur arme sur le côté. Veillant bien à ce qu'ils constatent qu'il avait les mains vides, il leur désigna l'endroit où se trouvaient Dez et les deux convoyeurs ligotés et bâillonnés.

Les flics ne chômèrent pas. L'un d'eux posa le genou sur le dos d'un des convoyeurs, l'autre décrochant sa radio pour signaler où ils se trouvaient.

– Jolie prise, dit le premier.

essuie-glaces étaient toujours en marche. Il n'était pas là non plus.

Il recula sans s'énerver, en se disant que l'autre attendait qu'il bouge pour l'allumer. Quelqu'un allait finir par être blessé dans cet échange de coups de feu. De ce côté-ci, deux flics remontaient la rue en venant vers lui. Ils portaient des impers jaunes, comme Coughlin, il les regarda pendant une fraction de seconde, n'oubliant pas que MacRay était toujours dans la nature.

Nouvelles détonations, juste à côté de la fourgonnette. Frawley partit dans l'autre sens, enfila le trottoir à toute allure, vers l'ouest, bien décidé à ce que Coughlin reste dans Boylston.

Doug aperçut le fusil du type du FBI au moment où Frawley, adossé au pare-chocs avant d'une fourgonnette d'UPS, s'arrêtait pour recharger.

Dez se frottait les yeux pour tâcher d'y voir plus clair.

– Tu vas tirer sur les flics ?

– Lâche-moi la grappe, Dez.

– Comment tu vas le sortir de là ? Comment ?

Doug pouvait abattre Frawley. S'il voulait le tuer, il pouvait le faire maintenant. Des projectiles crépitèrent et tintèrent sur la voiture garée à côté d'eux, faisant voler le verre et cinglant la pluie.

– Tu ne lui dois rien, Doug. Tu ne peux rien pour Jem, à part mourir en même temps que lui.

Arrivé à mi-chemin du carrefour, Jem déchargeait une grêle de balles sur les flics. Dez se baissa et poussa un juron.

– Duggy, on va se faire coincer. Il faut qu'on se tire, et tout de suite !

Doug regarda Frawley déboîter de l'arrière de la fourgonnette. Dans certains cas, il suffit de se savoir capable d'atteindre un objectif. Il laissa Dez le tirer par la manche, et ils firent demi-tour ensemble dans Boylston, en se dirigeant vers la fumée noire de la voiture qui avait sauté.

Sous l'effet de la panique, ou parce qu'il ne savait plus très bien où il en était, ou encore par pure bêtise, Coughlin traversa le carrefour, là où Yawkey partait de Boylston. Les flics le guettaient et son gilet pare-balles fut criblé d'impacts ; il tituba, touché à la jambe et au bras droit. Cela ne l'empêcha pas de se retourner et de répliquer. Il fit taire les armes de poing dont étaient normalement équipés les flics, mais pas les pistolets-mitrailleurs. Tirant avec précision de très courtes rafales de deux coups, ceux-ci réussirent à lui faire perdre l'équilibre. Il se protégea avec son sac rempli de fric, recula jusqu'à l'angle de la rue, en face de la pharmacie.

Couvert de sang, ricanant, il monta à cloche-pied la rampe d'accès au magasin, en principe réservée aux personnes handicapées. Quelqu'un avait eu la présence d'esprit de fermer à clé la porte de l'officine. Une rafale inutile détruisit en partie la vitrine, jusqu'à ce qu'il ait vidé le chargeur de son Intratec. Frawley, qui se trouvait sur le parking du magasin, collé contre le mur, entendit cliqueter l'arme sur la chaussée, tandis que Coughlin lâchait des bordées d'insultes en riant et en traînant sa patte blessée.

Coughlin tourna à l'angle de la rue, Frawley l'y attendait avec son Remington. Coughlin lui sourit, comme s'il le connaissait, à moins qu'il n'ait trouvé marrantes les trois lettres qui barraient son blouson. Frawley lui cria quelque chose, sans trop savoir quoi, et selon toute vraisemblance l'autre ne l'entendit pas.

Coughlin s'esclaffa, le pistolet qu'il tenait en main se leva, Frawley visa en bas et pressa la détente, visa plus haut et fit feu une dernière fois.

Coughlin fut projeté en arrière, un ultime sursaut de démence lui permettant encore de tenir debout. Il recula, glissa du trottoir détrempé et s'effondra dans la rue.

Frawley demeura immobile, figé dans la position du tireur, ressentant encore la secousse du fusil à pompe. Un pistolet couvert de sang gisait sur le trottoir dont Coughlin venait de tomber.

Coughlin roula sur lui-même et se mit à ramper, à se traîner par terre en tenant toujours son sac noir et en tendant le bras vers la double ligne jaune, comme s'il s'agissait du bord du toit d'un grand immeuble.

Frawley finit par se ressaisir, mais resta à bonne distance de son adversaire, sachant pertinemment qu'il l'avait tué et que Coughlin n'allait pas tarder à s'immobiliser. Des flics de la brigade d'intervention se précipitèrent sur le côté, braquant leurs armes sur la cible orange ruisselante. Tout le monde retint son souffle.

Coughlin s'arrêta, vomit en ricanant du sang dans la rue, puis se retourna, face au ciel qui lui tombait dessus sous forme liquide, la poitrine agitée de soubresauts, le sourire aux lèvres, même si sa gorge cherchait l'air.

Doug regarda la silhouette orange de Jem ramper dans la rue, s'arrêter, puis se retourner au milieu de la chaussée. Déjà des flics s'approchaient d'eux.

– Doug ! lança Dez dans un souffle.

Doug recula, fit demi-tour et s'éloigna à grands pas avec Dez, les mains engourdies et le visage ankylosé, alors que Jem était emporté par la pluie. Dez et lui allaient s'enfuir ensemble. Ils avaient perdu la deuxième voiture et leur tenue de rechange, mais heureusement ils étaient tout près du jardin de Fenway. Ils iraient déterrer son magot, puis ils se rendraient dans le premier magasin de fripes venu, sauteraient dans un taxi et se feraient conduire au parking de l'aéroport

Logan, où l'on pouvait laisser longtemps un véhicule en stationnement. Là, ils piqueraient une vieille bagnole, avec laquelle ils quitteraient le Massachusetts. Et après… on verrait bien.

Tout cela se bousculait dans sa tête, lorsqu'il s'aperçut qu'il était seul. Il se retourna et aperçut Dez, au milieu de la route, qui repartait dans l'autre sens et regardait Jem, au bout de la double ligne jaune. Pour y voir clair, sous la pluie, il essuyait ses lentilles de contact, comme quelqu'un qui n'en croit pas ses yeux.

Frawley en gilet pare-balles et des flics de la brigade d'intervention s'approchaient lentement de Jem. Doug ne comprenait pas ce que Dez fabriquait. D'un seul coup, ça fit tilt. Les grenades que Jem s'était accrochées à la ceinture !

– Hé ! s'écria Dez.

Avec la pluie, les autres ne pouvaient pas l'entendre. Doug l'appela :

– Dez !

De la voiture en flammes sortirent des flics ordinaires. Dez fit quelques mètres au pas de course en agitant les bras. Il s'agissait au moins autant pour lui de battre Jem à plates coutures, en l'empêchant de quitter le champ de bataille sur un coup d'éclat lorsqu'il se ferait sauter à la grenade en entraînant des ennemis avec lui, que de sauver la vie des flics.

Dez dégaina et fit feu sous l'averse, ce qui ne lui était pas encore arrivé ce matin-là. De là où il se trouvait, il n'avait pas d'autre moyen de forcer les flics à s'éloigner.

Il se produisit une déflagration qui ressembla à celle d'une mine posée sur une route. Jem fut déchiqueté, du fric jaillissant du sac et retombant comme des confettis sur la chaussée détrempée.

Alors les flics qui se trouvaient près de la Civic fumante braquèrent leurs armes sur lui en hurlant. Sous la pluie battante, c'était la confusion générale. Dez essaya d'y voir clair, ses yeux le brûlaient, il se cacha le visage derrière ses bras.

Le premier coup de feu le fit tourner sur lui-même. Le deuxième l'envoya dans l'autre sens, son gilet pare-balles n'offrant de près qu'une protection relative. Il s'effondra sur l'asphalte en soulevant une gerbe d'eau.

Doug sortit son arme et voulut le rejoindre, mais il y avait déjà une demi-douzaine d'impers orange qui s'approchaient de lui, étendu dans la rue.

Tu vas tirer sur les flics ?

Doug le regarda gigoter par terre, jusqu'à ce que les flics qui l'encerclaient lui bouchent la vue. Dez était touché, Gloansy s'était fait gauler, Jem était mort…

C'est alors qu'il se fit une raison, rengaina son arme et s'en alla.

Frawley se releva dans la rue détrempée et recula en chancelant en direction du corps déchiqueté de Coughlin. Il avait les oreilles qui sifflaient, et poussait des hurlements dans son for intérieur. Les billets tombaient en pluie, il s'avança, l'arme à la main, dans le tourbillon de fric, pour atteindre la double ligne jaune.

Le gilet pare-balles de Coughlin s'était fendu en deux comme une gousse ensanglantée, et la rue était jonchée de restes humains fumants. L'enculé s'était fait sauter en essayant de leur réserver le même sort, à lui et à tous ceux qui se trouvaient dans les parages.

Frawley regarda dans la direction d'où étaient partis les coups de feu, trop commotionné pour se demander ce qui s'était passé, et constata qu'on avait arrêté quelqu'un là-bas. Pourvu qu'il s'agisse de MacRay !

Doug s'assit sur le banc en pierre de Claire Keesey. Dans son jardin, le saule pleurait des gouttes de pluie, et il eut du mal à comprendre ce qu'il ressentait, jusqu'à ce qu'il finisse par s'apercevoir qu'en réalité il ne ressentait rien du tout.

Il s'agenouilla dans la gadoue. La pluie cinglait les impatiens violettes lorsqu'il plongea les mains jusqu'aux poignets dans la terre, comme s'il pouvait arriver jusqu'à l'endroit où le fric était planqué, le récupérer et s'en aller. Comme s'il avait encore un endroit où se cacher. Comme s'il avait encore une raison de s'enfuir.

Il ne lui restait plus que le désir de se venger. On entendait toujours hurler des sirènes dans Boylston quand il ôta son imper orange et tourna les talons pour regagner Charlestown.

53

Retour au bercail

Doug descendit du métro à la station Centre-Universitaire et emprunta la passerelle pour traverser Rutherford Avenue, voyant devant lui le quartier de Charlestown ruisselant, les deux collines jumelles raidies sous la pluie.

Entre la patinoire et la grande place du Foodmaster il longea Austin Street pour rejoindre Main Street, les gens munis d'un parapluie adressant un signe de tête à cet îlotier trempé comme une soupe qu'ils croisaient sur le trottoir et qui attirait le regard des gamins en ciré et bottes de caoutchouc. Doug ne s'en rendait pas compte. En dehors des briques sur lesquelles il marchait, il ne remarquait qu'une chose : l'hélicoptère de la police qui bravait le déluge pour survoler la ville et tâcher de le retrouver.

La sonnette ricana quand il entra dans la boutique. Il reconnut *Un petit coin de paradis*, cet air irlandais interprété à la harpe et au violon, faisant la sérénade aux plantes assoiffées et aux gargouilles en pierre qui squattaient l'endroit. Il resta seul quelques instants dans ce lieu confiné, au milieu des fleurs pâles, avant que Rusty, l'homme de main du Fleuriste, pousse le rideau noir dissimulant la porte derrière le comptoir, dans le fond.

En survêtement vert, il mangeait un sandwich à la laitue emballé dans du papier alu. Le flic dégoulinant ne fut d'abord pour lui qu'un client comme un autre, jusqu'à ce qu'il distingue ses traits.

On aurait pu croire que Doug n'aurait pas à descendre l'ancien membre de l'IRA. Rusty n'avait qu'un sandwich froid pour se défendre et Doug pensa qu'il s'inclinerait devant la force et s'effacerait.

Mais un coup d'œil de Rusty aux mains vides de Doug permit à celui-ci de constater que l'homme de main était bien trop prétentieux. Le garde du corps lâcha son sandwich et plongea sous le comptoir pour attraper quelque chose.

Doug découvrit son étui et fit feu à deux reprises. L'Irlandais aux cheveux blancs tomba à la renverse contre le mur avant de s'effondrer par terre. Doug se dirigea vers le rideau et s'arrêta devant Rusty qui suffoquait, couché à plat ventre.

Puis il franchit le rideau noir, son arme devant lui. Plus forte, la musique irlandaise montait d'un vieux tourne-disque. Il entendit un bruit de chasse d'eau. Se retourna vers la porte non verrouillée, à l'instant même où elle s'ouvrait.

Fergie sortit avec un journal, un sweat-shirt moulant à capuche sur le dos, des chaussons en daim bordeaux aux pieds et les jambes glissées dans un pantalon de travail bleu. Il aperçut le flic, qui avait une arme à la main, et dans un premier temps il eut l'air contrarié, sans plus. Puis il ôta ses lunettes de lecture pour mieux voir quelle tête il avait, et ses lorgnons lui tombèrent sur la poitrine.

Il prononça son nom. Doug remplit de fumée l'espace qui les séparait, tirant jusqu'à ce que Fergus Coln gise, pieds nus, sous l'établi, au milieu des tiges coupées, les rubans destinés aux couronnes mortuaires et sur lesquels était marqué « Sincères condoléances » se déroulant sur lui.

Il s'écoula un petit moment avant que Doug entende à nouveau la musique irlandaise. En revanche, il n'entendit pas la sonnette de la porte d'entrée.

Deux projectiles atteignirent le haut de son gilet pare-balles. Un autre lui traversa l'arrière de la cuisse gauche, un quatrième ricochant avant de lui entrer dans le cou.

Il se retourna, se jeta à terre, ouvrit le feu en direction du magasin, à travers le rideau. Il entendit quelque chose tomber, puis le ricanement de la sonnette.

Il se releva péniblement. La balle qu'il avait reçue à la cuisse le brûlait, et il lui coulait du sang sur le devant de la chemise, là, sur l'écusson bidon bleu et argent. Il sentit palpiter un orifice chaud dans son cou, le boucha avec la paume, appuya fort dessus et se dirigea vers la porte en boitillant.

Rusty n'avait pas bougé, mort sur place. Un corps gisait sur le côté, au milieu des pots de fleurs, celui d'un jeune homme secoué de tremblements et qui battait le sol avec ses grosses chaussures noires. À l'arrière de son tee-shirt, un trou rouge, juste au-dessus de la ceinture de son pantalon de treillis. Doug s'avança clopin-clopant, arrêtant de la main gauche l'hémorragie qu'il avait au cou et tenant son flingue de la main droite.

L'un des petits jeunes de Jem, ceux qui portaient des tenues de camouflage… Le ricanement de la sonnette, tout à heure, c'était l'autre qui s'enfuyait.

Doug s'arrêta devant lui et attendit, mais le petit jeune ne voulut pas le regarder, agité de soubresauts dans l'eau souillée du pot qu'il avait renversé. Doug rengaina son arme et s'en alla, le laissant par terre avec ses convulsions.

Assis dans le McDonald's, Frawley essayait toujours d'établir le décompte des coups de feu qu'il avait tirés.

Le FBI allait diligenter une enquête et il pouvait s'attendre à des audiences concernant sa responsabilité civile ; il devrait alors expliquer pourquoi, à chaque fois, il s'était servi de son arme. Il avait déjà rendu son Remington pour les analyses balistiques.

– Je vais me faire virer.

À côté de lui, Dino buvait un milk-shake à la fraise.

– Allons, du calme.

– Regarde-moi un peu ça...

La rue grouillait de flics du Massachusetts et d'agents du FBI, de coroners du comté de Suffolk et d'avocats de la municipalité. Des meutes de journalistes se pressaient contre les barrières installées par la police de Boston, tous ces gens étaient munis de parapluies.

– Une fusillade au stade de Fenway. Une grenade qui fait sauter une bagnole. Et moi qui abats un mec dans la rue...

Frawley se redressa sur son siège.

– J'ai tué un homme.

– Tu l'as descendu vite fait, bien fait, mais, techniquement parlant, je crois que ce sont ses grenades, à l'autre tordu, qui lui ont réglé son compte.

Le gilet pare-balles froissé de Frawley gisait comme une mare de plastique.

– On ne peut pas me coffrer maintenant. Ça ferait mauvais genre. Il va falloir attendre que l'enquête sur les causes de la mort du type suive son cours. Pendant ce temps-là, on va me muter ailleurs dare-dare.

– Ça t'intéresse de savoir qui c'était, l'autre qui s'est fait descendre dans la rue ?

Frawley fit la grimace.

– Vas-y.

– C'était Elden. Celui qui était au volant de la Suburban, c'était Magloan... avec apparemment tout le butin dans le coffre, moins ce qui a sauté avec Coughlin.

Frawley attendit.

– Et MacRay ?

– On va le retrouver. On va faire venir la brigade canine pour passer le stade au peigne fin.

Frawley observa, à côté des vitres, les petits déjeuners que les clients n'avaient pas eu le temps de finir, les chaises pour enfants vides, les journaux dépliés.

– Dean, dit-il, j'ai fait des conneries dans cette histoire. J'ai pris des initiatives, alors que j'aurais sans doute dû te demander d'abord ton avis.

Dino le regarda calmement.

– Je n'ai rien fait d'illégal, souligna Frawley. Mais j'ai exagéré. Je me suis engouffré dans cette affaire. Je m'y suis complètement investi.

Dino but une grande gorgée de son milk-shake, puis il reposa le gobelet et se leva.

– Tu es encore sous le choc, Frawl. On parlera de ça dans une heure ou deux. Ou plutôt non, c'est toi qui parleras.

Il s'en alla, laissant Frawley regarder par la vitre et se dire qu'il ne faisait pas chaud. Il avait toujours son diplôme de droit. Peut-être que ce McDonald's avait des postes libres.

Dehors, deux inspecteurs sautèrent dans une Grand Marquis banalisée et quittèrent le parking à toute allure.

Frawley constata que les agents restés sur place étaient en pleine effervescence, ce qui l'amena à sortir. Il demanda ce qui se passait à celui qui avait l'air d'être le benjamin du lot.

– La boutique du Fleuriste, dans Charlestown. Un vrai bain de sang, dans le style du milieu. On dirait que Fergie s'est fait buter.

Son sang ne fit qu'un tour. Et dire qu'il était là, avachi dans un McDonald's, à se lamenter sur son sort !

Claire Keesey.

Il partit en courant, traversa la rue et remonta Yawkey pour rejoindre sa voiture.

Doug écrasa la sonnette et baissa la tête, afin que l'écusson de sa casquette soit bien en face de l'œilleton.

Claire ouvrit au flic. Elle reconnut le visage de Doug, vit qu'il avait le cou et une main couverts de sang, écarquilla les yeux, effarée.

Doug entra sans trop de difficultés, puis il chancela et s'écroula.

Elle poussa un hurlement.

Il ne pouvait ôter la main de son cou : s'il était encore en vie, c'est parce qu'il appuyait sur l'artère. Le pouls qui battait lentement sur sa paume indiquait qu'il n'en avait plus pour longtemps.

Il s'assit, referma la porte de sa main libre en s'aidant avec les pieds. Sous la pluie, il n'avait eu qu'une seule idée en tête : arriver jusque chez elle. Désormais, il voulait simplement entrer un peu plus loin dans la maison. Il parvint jusqu'à la table basse devant la cuisine, s'affala contre les pieds d'une chaise.

Il perdit un instant connaissance, puis revint à lui.

– J'ai réussi, dit-il.

Il avait terriblement envie de bâiller, et il ne pouvait pas.

Claire s'approchait de lui, immense tout d'un coup, une main sur la bouche, les larmes aux yeux.

Il commençait à avoir le souffle rauque – bruit de l'aiguille dans un sillon de disque usé.

– Pourquoi ?

Elle voulut s'agenouiller, hésita, resta debout, ne sachant que faire.

– Dans ton jardin… (Il s'exprimait désormais par bribes de phrases et d'une voix enrouée.) La dernière fois. Je voulais que tu… me dises de ne pas le faire. Je voulais… que tu m'en empêches.

Elle hocha la tête, horrifiée.

– Je voulais… que tu me donnes une raison… d'arrêter.

– J'aurais pu dire n'importe quoi…

Elle ne voyait toujours pas où il voulait en venir.

– Pour toi… j'aurais fait n'importe quoi. Y compris sauver ma peau.

Elle plia les genoux et s'accroupit à côté de ses pieds, ne sachant trop quoi penser.

– Pourquoi, Doug ? Pourquoi me faire endosser cette responsabilité ?

Sa perplexité lui fit mesurer à quel point il s'était trompé. Il avait capitulé devant elle, tout comme Krista avait capitulé devant lui. Et donner à quelqu'un le pouvoir de vous sauver, c'est aussi lui donner celui de vous détruire. C'était ce que Frank G. avait essayé de lui faire comprendre : il ne faut jamais se laisser aller. Il appartient à chacun de nous de panser ses blessures. Et si l'on saigne, il convient d'avoir l'élégance de ne pas aller souiller l'appartement d'un ou d'une autre.

Un homme s'approcha dans le vestibule, une arme à la main. Le flic, Frawley. Doug appuya plus fort sur son cou.

La porte était ouverte, Frawley entra, vit la traînée de sang mêlée à la pluie, son SIG-Sauer sorti de l'étui qu'il portait à l'aisselle. En uniforme de flic, MacRay était affalé par terre, appuyé contre une chaise, et Claire s'était agenouillée devant lui.

MacRay avait son arme dans son étui. Il se serrait le cou, où il avait été touché, sa main toute rouge et le sang dégoulinant de son épaule sur le tapis jaune citron. Il n'avait pas de grenades à la ceinture.

Doug fit la grimace en voyant le pistolet de Frawley, puis Frawley lui-même. Celui-ci vint se placer à côté de lui en continuant à le tenir en joue. Il sentit l'odeur du sang et lui prit son Beretta rangé dans son étui de flic. MacRay resta immobile et le regarda faire. Frawley recula derrière Claire, baissa son arme et glissa le Beretta dans sa poche arrière. Puis il vit un téléphone sur la table et fit un détour pour aller décrocher.

– Non.

La voix de MacRay était aussi exsangue que son visage. Frawley raccrocha et revint se mettre là où MacRay pouvait le voir.

Claire tourna la tête et fixa Frawley, les larmes aux yeux.

– C'est vous qui avez fait ça ?

Les mots de la jeune femme le giflèrent. Elle lui demandait si c'était à cause d'elle qu'il avait fait ça.

MacRay avait du mal à respirer, et encore plus à s'exprimer.

– C'est elle qui m'a balancé ?

Il avait l'air de connaître déjà la réponse.

– Exactement.

MacRay avalait avec difficulté. Il regarda Claire un moment, baissa les yeux, puis regarda de nouveau Frawley en battant des cils.

– Pourquoi nous avoir laissés aller jusqu'au bout ? Pourquoi ne pas nous avoir interpellés à… à l'hôtel ?

– Quel hôtel ? Je n'ai été prévenu qu'une heure avant.

MacRay dévisagea Claire. Il se passait quelque chose.

– On parle de la sœur de Coughlin, on est bien d'accord ? reprit Frawley.

MacRay posa de nouveau les yeux sur lui. Son regard était tellement fixe que Frawley le crut mort et se dit qu'il venait d'assister aux derniers instants d'un homme. Mais MacRay hocha la tête et sembla un instant moins crispé.

Le cœur de Frawley battait suffisamment fort pour irriguer le corps de MacRay et le sien.

– Vous avez buté le Fleuriste.

MacRay cligna des yeux.

– Dites à Dez que c'est pour lui que je l'ai fait. Pour Charlestown.

Frawley n'avait pas envie d'éprouver quoi que ce soit pour ce truand, mais se trouver en présence d'un mourant, c'est un peu mourir soi-même.

– Il va falloir que vous le lui expliquiez, déclara-t-il.

Pour toute réaction, une lueur s'alluma dans le regard de MacRay.

– Où est l'argent ? demanda Frawley. Le reste du butin ?

MacRay se recroquevillait déjà sur lui-même.

– Le fric ? insista Frawley.

– Fichez-lui la paix, dit Claire.

MacRay était en train de mourir. Frawley recula, les jambes lourdes, décrocha le téléphone et appela la police.

Claire s'approcha et lui prit la main, qu'elle posa tendrement dans la sienne, comme si c'était cette main elle-même qui mourait.

– Tu ne serais jamais venue avec moi… Si ?

Elle soutint son regard, les yeux embués. L'air de lui dire non. Il sentit l'amour passer de sa main dans la sienne, tel un courant électrique.

Elle le découvrirait au printemps. L'argent qu'il avait enterré dans son jardin, là, comme un espoir évanoui. Elle tomberait dessus par hasard, comme s'il s'agissait d'un petit mot qu'il lui avait laissé. Elle pourrait l'investir dans le Club des garçons et des filles, où elle travaillait comme bénévole... Rien ne disait qu'à la longue elle n'allait pas se faire une autre idée de lui.

Il cessa de porter la main gauche à son cou pour ne plus s'intéresser qu'à son visage à elle. Il voulait que ce soit cela qu'il voie en dernier.

Même lorsqu'on s'achemine vers la fin, il reste un absurde moment d'espoir qui fait que ça vaut le coup d'avoir échoué, que tout le reste s'en trouve justifié.

Ça lui fit un choc de tenir sa main flasque et sans vie. Effrayée, elle la lâcha, et n'en eut honte qu'ensuite. Pour l'instant, il y avait un mort qui gisait par terre chez elle, et ça la dépassait complètement.

Pourquoi était-il venu mourir ici ? Il s'était traîné dans sa cuisine, tout comme il s'était mêlé à sa vie. Elle éprouvait du mépris pour lui à cause de tous les dégâts qu'il avait occasionnés, qu'il s'agisse du sang laissé par terre ou de la flétrissure qu'elle ressentait en son for intérieur. Il n'empêche. Il n'empêche qu'elle était là, à le regarder, et ne pouvait faire autrement que voir en lui le petit garçon qui n'avait pas eu de mère. Et d'avoir aussi de la pitié pour Adam Frawley, le petit garçon rancunier qui parlait tout bas au téléphone, pour ces deux fils qui se languissaient d'amour et entre lesquels elle s'était retrouvée coincée. Restait néanmoins que les hommes qu'ils étaient devenus ne lui inspiraient que du mépris.

Elle se rappela une histoire dont on avait parlé dans la presse : une femme était tombée à l'eau d'un bateau de croisière amarré dans un port. Elle était remontée sans dommage à la surface, avait nagé sur place, mais la marée poussait le navire contre le dock. Elle aurait été écrasée si elle n'avait pas ôté sa robe de soirée et ses chaussures avant de plonger sous la coque, dans

628

l'obscurité, pour ressortir de l'autre côté, les poumons sur le point d'éclater lorsqu'elle avait retrouvé l'air libre, vivante et nue.

Et elle, Claire, avait-elle réussi à passer de l'autre côté ? Était-elle en train de remonter à la surface, où elle pourrait enfin respirer ?

La police était déjà dans le vestibule lorsqu'elle toucha une dernière fois la main de Doug avant d'en être séparée à jamais. Son corps s'était tassé contre la chaise, et sa main lui parut incroyablement lourde et prête à retomber. Elle remarqua qu'il avait les ongles sales, que de la terre les souillait. Elle pensa aussitôt à son jardin. Elle ne voyait pas du tout ce qu'il serait allé y faire, ni pourquoi elle était sûre qu'il y était allé.

Attendez d'avoir les pieds mouillés pour enlever votre bandeau.

Elle ressentit la même chose que lorsqu'elle avait vu mourir son petit frère : l'impression de n'être parvenue à rien, certes, mais aussi une dévolution des responsabilités, un contrat passé entre le mort et le vivant.

Claire lui ôta son bandeau. Elle regarda ses yeux qui ternissaient, pensa à un feu qui brûle dans une cheminée et aux braises qui mettent longtemps à refroidir après qu'il s'est éteint. Puis elle se demanda ce que Doug MacRay avait vu alors que l'étincelle de la vie s'évanouissait en lui. Elle voulait savoir ce qui meurt en dernier dans le cœur d'un voleur.

54

Le début de la fin

– Je peux pas, disait Jem. Ça, non alors, je peux pas. Il me donne envie de gerber avec ce truc. Y a combien de temps qu'on a commandé des sandwichs ? Une demi-journée ? Tu pouvais pas prendre de la viande froide comme tout le monde, Magloan ? Au lieu d'être là avec ton espèce de casse-dalle ramollo au steak et ces saloperies de poivrons qui pendouillent !

– Arrête, il y a combien de temps qu'il bouffe ce machin-là ? demandait Dez. Trois heures ?

– Moi, j'appelle pas ça bouffer, mais baiser. Le mec, il se la donne avec un sandwich au steak. C'est trop, je peux pas regarder ça !

– En général, Joanie a le sourire aux lèvres, poursuivait Dez.

– Ah ça… Gloansy lui broute le minou comme un chef, c'est clair. Je m'en porte garant ! renchérissait Jem.

Doug faisait taire leurs rires. Il ne craignait certes pas les détecteurs acoustiques inclus dans le dispositif anti-cambriolage de la chambre forte, mais il faisait quand même attention. Ils étaient assis tous les quatre par terre, derrière les guichets, dans des combinaisons bleues toutes poussiéreuses. Le jour se levait, on commençait à y voir plus clair dans la banque, dehors les voitures et les camions traversaient Kenmore Square avec fracas.

– Vous savez ce qu'il nous faudrait ? demandait Gloansy, qui continuait à mastiquer. Des casques à écouteurs, comme dans les films. Avec ça, on pourrait se parler sans être dans la même pièce.

– Les casques, c'est des trucs de pédés, rétorquait Jem. Tu ressemblerais à la fille qui plie les pantalons au Gap. Un talkie-walkie… Ça, c'est une radio d'homme.

– Je parle de mains libres, reprenait Gloansy. Un flingue dans une main, un sac plein de fric dans l'autre. Tu piges ?

– Dis pas « tu piges », ça fait con.

Jem se levait, s'étirait.

– Tu vois, tout ça, c'est bien trop calme. C'est pas un cambriolage, ce truc, on pourrait aussi bien le faire chez moi. Voilà pourquoi c'est nul d'entrer en douce. De passer la nuit à creuser un trou dans le plafond. Comme si on travaillait pour gagner notre vie !

– Non, c'est malin.

– C'est bon pour les couilles molles.

Doug regardait l'horloge sur le mur.

– Si tu veux de l'action, tu vas en avoir, mon pote, dans environ un quart d'heure. On va emballer toutes ces cochonneries.

– Mais moi, j'ai pas fini de bouffer, protestait Gloansy.

Jem lui prenait son sandwich des mains et l'écrasait avant de le jeter dans leur sac-poubelle.

– Et maintenant, tu as fini ? Parce que moi, j'ai une banque à braquer.

Doug vérifiait que son colt était chargé et le remettait dans sa poche, sachant bien qu'il risquait plus de s'en servir pour assommer quelqu'un que pour faire feu. Il avait beau apporter un soin maniaque à la préparation de leurs coups, il préférait ne pas savoir par quel biais Jem se procurait les armes. Si c'était effectivement auprès du Fleuriste ou de l'un des petits jeunes à son service qui carburaient à la poudre d'ange, ça n'aurait pu que l'énerver.

Gloansy se levait, sans sa bouteille de Mountain Dew, désormais vide.

– Si tu dois laisser ton soda ici, il serait aussi simple d'écrire sur le mur ton nom et ton numéro d'identification en lettres de sang, grognait Doug.

– J'ai compris, j'ai compris, disait le petit génie couvert de taches de son.

Il jetait la bouteille dans le sac de travail en toile posé à côté des bidons de chlore. Ils continuaient à se chamailler pendant quelques précieuses minutes avant le hold-up proprement dit, et Doug se rendait compte que c'était cette partie-là du boulot qu'il préférait. Les périodes de battement pendant lesquelles ils redevenaient des gamins, quatre garçons de Charlestown pas très nets, voilà : de vrais voyous. Il ne se sentait jamais plus en sécurité, plus serein, plus protégé que dans ce genre de situation, voilà : lorsqu'ils se retrouvaient terrés dans une banque qu'ils n'allaient pas tarder à dévaliser. Dans ces moments-là, personne ne pouvait leur faire quoi que ce soit, personne d'autre qu'eux-mêmes ne pouvait s'en prendre à eux.

– J'ai des mauvaises nouvelles pour toi, Monseigneur, disait Jem. Dans *Rolling Stone* ils expliquent que le prochain album de U2, c'est du disco.

Dez se frottait les yeux et remettait en place ses lentilles de contact.

– C'est pas vrai !

– Eh si, mon pote. Ça peut pas durer éternellement, ces trucs-là. Faut bien que ça s'arrête un jour.

– On verra, répondait Dez en se mettant dans l'oreille l'écouteur de sa radio branchée sur les fréquences de la police. On verra bien.

Jem sortait du sac de travail en toile une grande poche en papier du Foodmaster.

– Voilà nos déguisements, annonçait-il en distribuant des cagoules de ski de couleur noire.

– C'est ça ? demandait Gloansy en enfilant la sienne. C'est ça, ton grand secret ?

Jem lui coulait le sourire narquois dont il était coutumier.

– Rincez-vous l'œil, mesdames ! disait-il en fouillant dans le sac.

Doug réceptionnait son masque de hockey sur glace, celui de gardien de but, et l'examinait : les yeux ovales, les points de suture noirs, dentelés et dessinés à la main…

– Gerry Cheevers, déclarait Gloansy, médusé, en passant le sien par-dessus sa cagoule de ski.

Jem plaçait son arme dans sa main gantée de bleu.

– Allez, disait-il, on va se la faire, cette banque !

Ses compagnons masqués acquiesçaient et se saluaient poing contre poing. Doug observait les visages de ses copains, couturés de cicatrices. Puis Dez s'installait derrière les vitres du devant, où les stores étaient baissés, Gloansy restant derrière le comptoir.

Doug contournait la chambre forte et suivait Jem dans le petit couloir conduisant à la porte de derrière, où ils se faisaient face, immobiles et silencieux. Doug n'avait pas de sombres pressentiments sur ce coup lorsqu'il empoignait le 38 noir. La seule chose qui l'ennuyait, c'était qu'on passait déjà aux choses sérieuses.

Une voiture se garait devant la banque, les portières claquaient.

– Ça marche comme sur des roulettes, disait Jem sous son masque.

Claire Keesey. C'était comme ça que s'appelait la directrice de l'agence. Elle avait un coupé Saturn couleur prune équipé d'un becquet qui ne servait à rien, et sur le pare-chocs un autocollant qui proclamait : « Respirez ! » À sa connaissance, elle était célibataire, et il aurait bien aimé savoir pourquoi. C'était incroyable, tout ce qu'on pouvait apprendre de loin sur quelqu'un, et l'idée qu'on s'en faisait. Il avait eu beau la suivre à maintes reprises et l'observer à distance, il en était venu à se poser plus de questions sur elle qu'il n'avait de certitudes dans ce domaine. Maintenant elle l'intriguait. Il se demandait, avec la vague tendresse qui habite le mec qui pense à une fille, à quoi elle allait ressembler de près.

Remerciements

J'exprime toute ma gratitude à Charlotte, qui m'a apporté un soutien indéfectible ; à mon père, auprès de qui j'ai puisé force et inspiration ; à ma Melanie et à mon Declan ; aux NewGents (tous des philosophes) ; à Richard Abate, le Prince des agents ; à Colin Harrison, qui a enrichi ce livre en un temps record ; à Kevin Smith de chez Pocket ; à Sarah Knight et à tout le monde chez Scribner ; et enfin à Nan Graham et Susan Moldow.

Acknowledgments

...

RÉALISATION : NORD COMPO À VILLENEUVE-D'ASCQ
IMPRESSION : CPI BRODARD ET TAUPIN À LA FLÈCHE
DÉPÔT LÉGAL : SEPTEMBRE 2010. N° 103953. (59531)
IMPRIMÉ EN FRANCE